LO MEJOR DE LA VIDA

LO MEJOR DE LA VIDA

Rona Jaffe

Traducción de
Ana Alcaina

Lumen

narrativa

Título original: *The Best of Everything*

Primera edición en U.S.A.: noviembre de 2009

© 1958, Rona Jaffe
© 2009, de la presente edición en castellano para todo el mundo:
  Random House Mondadori, S. A.
  Travessera de Gràcia, 47-49. 08021 Barcelona
© 2009, Ana Alcaina Pérez, por la traducción

Quedan prohibidos, dentro de los límites establecidos en la ley y bajo los
apercibimientos legalmente previstos, la reproducción total o parcial de
esta obra por cualquier medio o procedimiento, ya sea electrónico o mecánico, el tratamiento informático, el alquiler o cualquier otra forma de
cesión de la obra sin la autorización previa y por escrito de los titulares
del *copyright*. Diríjase a CEDRO (Centro Español de Derechos Repro-
gráficos, http://www.cedro.org) si necesita fotocopiar o escanear algún
fragmento de esta obra.

Printed in Spain – Impreso en España

ISBN: 978-0-307-39298-2

Distributed by Random House, Inc.

B D 9 2 9 8 5

Para Phyllis, Bob, Jay, Jerry y Jack

TE MERECES LO MEJOR DE LA VIDA
El mejor trabajo, el mejor entorno,
el mejor sueldo, los mejores contactos.

Leído en un anuncio del New York Times

1

Las vemos todos los días a las nueve menos cuarto de la mañana saliendo a toda prisa de las fauces del metro, inundando la estación de Grand Central, cruzando las avenidas Lexington, Park, Madison y la Quinta, cientos y cientos de mujeres jóvenes. Unas parecen nerviosas, otras enfadadas, y algunas es como si todavía no se hubieran levantado de la cama. Algunas están de pie desde las seis y media, las que tienen que venir en transporte público desde Brooklyn, Yonkers, Staten Island y Connecticut. Llevan el periódico de la mañana y unos bolsos llenos hasta los topes. Algunas llevan abrigos de paño rosa o verde manzana, zapatos de salón con correa en el tobillo de hace cinco años, y el pelo recogido en ondas con horquillas debajo de un pañuelo anudado en la barbilla. Otras llevan vestidos negros muy elegantes (puede que sean de la temporada anterior, pero ¿qué más da?, solo lo saben ellas) y guantes de cabritilla, y llevan el almuerzo en bolsas de los almacenes Bonwit Teller con ramilletes de violetas. Ninguna tiene demasiado dinero.

A las ocho cuarenta y cinco de la mañana del miércoles 2 de enero de 1952, una chica de veinte años llamada Caroline Bender salió de la estación de Grand Central y encaminó sus pasos en dirección oeste, hacia Radio City. Era más que guapa, con el pelo oscuro, los ojos claros y un semblante que reflejaba una mezcla de dulzura e inteligencia considerables. Vestía un traje de tweed gris que había sido su atuendo habitual cuando quería ir arreglada en la universidad, y llevaba un maletín pequeño que contenía una cartera con cinco dólares en su interior, un fajo de billetes de tren, algunos artículos de maquillaje y tres revistas: *The Cross*, *My Secret Life* y *America's Woman*.

Era una de esas mañanas frías y neblinosas de mediados de invierno en Nueva York, de las que hacen que la gente piense en enfermedades respiratorias. Caroline caminaba a toda prisa entre la muchedumbre, sin apenas fijarse en nadie, nerviosa, un poco asustada y casi eufórica. Era su primer día en el primer trabajo que tenía en su vida, y no se consideraba una mujer con una carrera profesional, desde luego. El año anterior, al pensar en ese día húmedo de enero, había creído que para entonces estaría casada. Puesto que estaba prometida, parecía lo más lógico. Sin embargo, ya no tenía novio ni nadie que le interesase, y el nuevo trabajo le procuraba algo más que ventajas económicas: era una necesidad emocional. No estaba segura de que trabajar de secretaria en una sección de mecanografía pudiese ser apasionante, pero no iba a tener más remedio que hacer que lo fuese. Porque de lo contrario tendría tiempo para pensar, y entonces recordaría demasiadas cosas...

Fabian Publications ocupaba cinco plantas con aire acondicionado en uno de los modernos edificios de Radio City. En aquella primera semana del nuevo año, la empresa acababa de finalizar el período de contratación anual; tres secretarias habían abandonado la sección de mecanografía, una para casarse y las otras dos por un trabajo mejor. Habían contratado a tres secretarias nuevas que debían incorporarse el miércoles 2 de enero. Una de ellas era Caroline Bender.

Faltaban cinco minutos para las nueve cuando Caroline llegó a la planta donde estaba ubicada la sección de mecanografía, y se sorprendió al encontrarse con la gran sala a oscuras y todas las máquinas de escribir aún tapadas con sus fundas. Había temido llegar tarde y ahora resultaba que era la primera. Encontró el interruptor que encendía las luces del techo y empezó a pasearse arriba y abajo esperando a que apareciese alguien. Había un enorme espacio central con hileras de mesas para las secretarias y, alrededor, las puertas cerradas de los despachos de los editores. Algunas de estas lucían todavía campanillas de Navidad y lazos rojos pegados con cinta adhesiva, que tenían un aire desmadejado y triste ahora que las fiestas habían terminado.

Curioseó en el interior de algunos despachos y vio que su tamaño parecía aumentar en proporción a la importancia de su ocupante, desde pequeños cubículos con el suelo embaldosado y dos mesas hasta despachos más amplios con una sola mesa, y por último, dos despachos de enormes dimensiones con moqueta, sillones de piel y paredes revestidas de madera. Por los libros y las revistas desperdigados en ambos despachos, dedujo que uno debía de pertenecer al editor de Derby Books y el otro al editor de la revista *The Cross*. En ese momento oyó voces en la sala principal, y también risas y saludos. Sintiéndose muy cohibida de pronto, salió despacio del despacho del editor.

Eran las nueve en punto y la sala se inundó rápidamente de chicas, ninguna de las cuales se percató de su presencia. La operadora del teletipo se estaba quitando las horquillas de los rizos del pelo, y una mecanógrafa iba de mesa en mesa recogiendo vasos de cristal vacíos y anotando quién quería café. Se retiraban las fundas de las máquinas de escribir, se colgaban los abrigos, se desplegaban los periódicos sobre las mesas para su lectura, y cada nueva llegada era recibida con un coro de grititos entusiastas. Era como si hubiesen estado separadas cuatro semanas, en lugar de cuatro días. Caroline no sabía qué mesa era la suya y le daba apuro sentarse en la de otra, así que permaneció de pie, observando, y por primera vez esa mañana se sintió como si fuera una intrusa en un club privado.

Un hombre hizo su entrada en ese momento, con paso rápido y una expresión risueña y un tanto cohibida, como si acabase de interrumpir una reunión de amigas. Al verlo algunas chicas se enderezaron en su asiento y trataron de adoptar un aire más profesional. El hombre debía de rondar la cincuentena y era de estatura media pero flaco, de manera que parecía más menudo, con la cara pálida y demacrada que parecía aún más ajada por los indicios de que en otro tiempo había sido muy atractiva. Se detuvo junto a la fuente de agua y estuvo bebiendo largo rato, luego se irguió y entró en uno de los despachos de los editores. Llevaba un abrigo de pelo de camello con una enorme quemadura de cigarrillo en la solapa.

—¿Quién es ese? —preguntó Caroline a la chica que tenía más cerca.

—El señor Rice, el editor de *The Cross*. Tú eres nueva, ¿verdad? —señaló la chica—. Me llamo Mary Agnes.

—Hola, yo soy Caroline.

—Espero que te guste trabajar aquí —dijo Mary Agnes. Era una joven delgada, del montón, con el pelo castaño oscuro y ondulado; vestía una falda de lana negra y una blusa blanca transparente de nailon. Estaba plana como una tabla de planchar.

—Eso espero yo también —repuso Caroline.

—Bueno, puedes quedarte con una de esas dos mesas de ahí si quieres guardar algo. Esta semana trabajarás para la señorita Farrow porque su secretaria la ha dejado. Normalmente llega sobre las diez. Te enseñará las oficinas y te presentará al personal. ¿Te apetece tomar un café?

—Sí, me encantaría —contestó Caroline. Metió su maletín y los guantes en el cajón de una de las mesas vacías y colgó la chaqueta en el respaldo de la silla.

Mary Agnes hizo señas a la chica que se ocupaba de tomar nota de los cafés.

—Brenda, te presento a Caroline.

—Encantada —dijo Brenda. Era regordeta, rubia y bastante guapa, pero cuando sonreía su mala dentadura confería a su rostro un aspecto lobuno—. ¿Cómo quieres el café? Te aconsejo que te lo tomes en vaso de cristal, en lugar de uno desechable.

—Gracias —dijo Caroline.

Brenda regresó a su mesa contoneando las caderas.

—Ten cuidado con ella —le advirtió Mary Agnes con tono de complicidad cuando vio que la otra no podía oírlas—. Hace pagar el café y el vaso de cristal, y luego devuelve el vaso y se queda con el dinero del depósito. No se lo consientas.

—De acuerdo —dijo Caroline.

—¿Tienes la llave del aseo de señoras?

—No.

—Usa la mía hasta que te den la tuya. Solo tienes que pedírmela. ¿Te has fijado en sus dientes?

—¿Los dientes de quién?

—Los de Brenda. Está a punto de casarse y se está quitando todos los dientes picados para que su marido tenga que pagarle los nuevos. ¿Habías oído cosa semejante alguna vez? —Mary Agnes se echó a reír y empezó a introducir hojas de papel carbón y papel de carta en el rodillo de su máquina de escribir.

—¿Y cómo es el señor… Rice? Se llama así, ¿no? —preguntó Caroline. Le gustaban los abrigos de pelo de camello en los hombres, le recordaban a los personajes de *Un gran reportaje*.

Una expresión de genuina compasión se apoderó del rostro de Mary Agnes.

—Es muy triste —dijo—. Me dan mucha pena las personas como él. Ojalá alguien pudiese ayudarlo.

—¿Por qué? ¿Qué le pasa?

—Espera a leer esa revista que publica. Es para ponerse enferma.

—¿Quieres decir que escribe esas cosas porque las cree de verdad?

—Peor… —contestó Mary Agnes—. Las escribe porque no cree en nada. Sus artículos parecen muy piadosos, pero son pura palabrería. Me dan pena los pobres infelices que se los creen, pero aún me da más pena el señor Rice. Muchas veces pienso que debe de sentirse muy solo. —Esbozó una sonrisa de tristeza—. Pero no me tires de la lengua, no me hagas hablar de la falta de fe del señor Rice. Es un tema que me angustia mucho y tengo que pasar a máquina esas cartas.

—A lo mejor podríamos almorzar juntas —propuso Caroline.

—Huy, eso estaría muy bien… pero no puedo. Siempre almuerzo con mi novio. Bueno, algunos días él viene aquí con su almuerzo y se lo come conmigo y otros días yo voy al centro con mis sándwiches y me los como con él. Trabaja unas manzanas más abajo, en una fábrica de muebles. Estamos ahorrando. Nos casaremos en junio del año que viene.

—Falta todavía mucho —señaló Caroline.

—Sí, ya lo sé —repuso Mary Agnes—. Pero podría faltar aún mucho más.

—Te deseo mucha suerte, de verdad —dijo Caroline. Se fue a su mesa y se sentó. Había aceptado aquel trabajo para ahuyentar cualquier pensamiento relacionado con el matrimonio, y resultaba que las dos primeras chicas que conocía estaban prometidas. Muy bien, vaciaría los cajones de su mesa, luego llegaría la señorita Comosellame y seguramente le encargaría más trabajo del que sería capaz de asumir, nerviosa como estaba en su primer día, y su cabeza no tardaría en estar tan llena de los problemas de la oficina que no le quedaría espacio para recordar lo que no debía.

Tenía una lista mental de las cosas que había de mantener alejadas de su pensamiento, pero resultaba muy difícil, porque se trataba de

cosas cotidianas para el resto del mundo y surgían en las conversaciones cada dos por tres. Los chicos que se llamaban Eddie. París. Casi
cualquier canción de Noel Coward. Tres o cuatro restaurantes. El
chianti. Cualquier libro o relato de F. Scott Fitzgerald. W. B. Yeats.
Barcos de vapor con rumbo a Europa. Barcos de vapor procedentes
de Europa.

Lo cierto era que en el fondo no quería olvidar nada de aquello,
porque en su momento había sido sinónimo de felicidad. Solo quería
que algún día fuera capaz de recordarlo sin que le produjese dolor.
Ahí estaba la clave, en conservar todos los buenos recuerdos del pasado y deshacerse de los dolorosos.

Cursaba tercero en Radcliffe cuando conoció a Eddie Harris. Él
estudiaba su último curso en Harvard. Era un chico encantador, divertido y muy atractivo, tocaba jazz en el piano, leía libros de los que
nadie había oído hablar y tenía un sentido del humor capaz de hacer
que Caroline se desternillara de risa durante horas. También le daban
ataques de melancolía a veces, y entonces se paseaba arriba y abajo
por su cuarto con un suéter de cuello de cisne y pantalones caqui,
con los pies descalzos, ponía canciones de Noel Coward en el tocadiscos y durante varios días no dirigía la palabra a nadie más que a
ella. Sacaba las mejores notas en la facultad con el mínimo esfuerzo, o
al menos eso parecía, y su familia tenía dinero. Caroline no podía
creer que aquello le estuviese pasando a ella, una chiquilla de dieciocho años que nunca había conocido a ningún chico que le hiciese ni
pizca de gracia, y ahora resultaba que Eddie Harris estaba enamorado de ella y ella lo adoraba.

Estaba casi segura de que quería a Eddie más que él a ella, pero él
era un hombre al fin y al cabo, y ya se sabe que los hombres tienen
otras preocupaciones.

Tenían previsto casarse en otoño, después de que él se graduase
en Harvard. Mientras tanto, ella se matricularía en las clases de vera-

no para obtener un diploma universitario. Era algo en lo que sus padres habían insistido mucho; entonces solo tenía diecinueve años, y le habían dicho que se arrepentiría algún día si, después de haber llegado tan lejos en sus estudios, los dejaba a medias. Las muchachas de diecinueve años no debían tener prisa en contraer matrimonio, le dijeron, aunque lo cierto era que estaban tan contentos como ella con su compromiso con Eddie. Este la animó a seguir estudiando y, por supuesto, ella habría hecho cualquier cosa que él le pidiera, a pesar de que en realidad no entendía de qué le iban a servir unos cuantos meses más de clases, cuando el simple hecho de estar cerca de Eddie la hacía mucho más consciente de todo cuanto leía, escuchaba y veía, hasta el punto de que se sentía una persona diferente. Se suponía que la universidad debía enseñar a pensar por uno mismo, ¿no? Bueno, pues Eddie la hacía pensar por sí misma, y lo que en realidad quería de la vida era ser una buena esposa, una mujer interesante para su marido, y no memorizar otro centenar de frases de Shakespeare.

El caso es que Caroline fue a las clases de verano y los padres de Eddie lo enviaron de viaje a Europa como regalo de graduación. A ella le pareció que habría sido un detalle mucho más bonito que hubiesen esperado a que ella y Eddie fueran allí en su luna de miel, pero eso le hizo sentirse tan egoísta que ni siquiera se le ocurrió mencionárselo a él. En Harvard y Radcliffe, los viajes al extranjero habían experimentado un auge extraordinario: todos querían correr mundo. En aquellos primeros años posteriores a la Segunda Guerra Mundial, viajar era una experiencia nueva para su generación, y Caroline ya estaba hasta la coronilla de oír en todos los cócteles a los que iba la misma conversación, que consistía básicamente en mencionar el nombre de una ciudad tras otra. Ella mantenía la boca cerrada y todos le decían: «Pero... habrás estado en Europa, ¿no?». Le hacían mucha gracia los universitarios que iban a París para luego sentarse en una cafetería buscando chicas americanas a las que habían conocido en su país, pero sabía que Eddie sabría sacarle mucho más partido a su viaje al Viejo Continente.

Cuando fue a despedirle al barco, lo obsequió con una botella de champán y una sonrisa valiente, a pesar de que mientras se besaban lo único que quería era gritar: «¡Llévame contigo, no te vayas solo!». Él le dijo que solo iban a ser seis semanas, que el tiempo pasaría volando y que pensaría en ella a todas horas. «Échame de menos un poquito», le dijo, sonriendo, cuando ambos sabían perfectamente que lo que quería decir era que lo echase mucho de menos, y que iba a ser así tanto si él se lo pedía como si no. Una vez en cubierta, Eddie se encontró con los padres de una chica a la que había conocido años atrás, cuando estudiaba secundaria, Helen Lowe, y se pegó como una lapa al padre de la joven. «¿Lo ves? —le decía su sonrisa a Caroline con aire reconfortante, mientras el barco se alejaba del muelle—. Aquí estoy, con este agradable hombre de mediana edad. ¿Ves como soy perfectamente capaz de no meterme en líos?»

Helen también estaba a bordo, en su camarote, con cuatro de sus compañeras de clase de la prestigiosa Sarah Lawrence, emborrachándose con ellas. Era una chica alta y esbelta, con mucho pecho y ese pelo rubio ceniza que parece casi gris y que no se puso de moda hasta varios años después. Tenía un caniche blanco y había estudiado francés antes de emprender la travesía.

Cuando al fin hubieron pasado las seis semanas, Caroline recibió una carta el mismo día en que el barco de Eddie atracó en Nueva York sin él a bordo.

«No sé cómo decirte esto —empezaba la carta—. Es la cuarta vez que intento escribirte para decírtelo; los otros tres intentos han acabado hechos trizas en la papelera.» Parecía sentir mucha lástima de sí mismo por tener que darle la noticia. Seguramente pensaba: «¡Qué horror! ¡Qué horror…! Resulta muchísimo más fácil declararse que romper, sobre todo si aún aprecias a la persona…». Parecía sentirlo aún más por él y por su desagradable trance que por ella, que solo tenía que leer con serenidad lo que él había escrito y ver su futuro y su felicidad hechos añicos.

Eddie siempre había detestado las situaciones desagradables. Tal vez pensaba que el matrimonio con Helen Lowe lo resolvería todo, porque era una mujer sofisticada, desenvuelta, inteligente y guapa, y su padre era propietario de varios pozos de petróleo. No se podían poner muchas objeciones a los pozos de petróleo. O quizá le había pasado lo que a los otros universitarios que viajaban a París y, sintiéndose solos, se sentaban en las cafeterías (en su caso, en la cubierta del barco) en busca de rostros conocidos. Tal vez Caroline lo había sobrestimado. Así que Helen y sus padres lo acompañaron en el viaje de vuelta a América, y al cabo de un mes tuvo lugar una boda por todo lo alto en Dallas.

Después de acabar las clases de verano, a Caroline no le quedaba ningún semestre de universidad que la ayudara a mantenerse ocupada, de modo que se matriculó en un curso de taquigrafía comercial y, tan pronto como lo hubo terminado, aceptó el primer empleo que le ofrecieron. La verdad es que no le importaba demasiado de qué trabajo se tratase, siempre y cuando fuese de nueve a cinco, lo que significaban ocho horas menos para pensar en sí misma. Se alegró mucho, no obstante, de que resultara ser un empleo en una editorial. Se compró tres de las revistas del grupo Fabian, las leyó de cabo a rabo la víspera de su primer día de trabajo y no supo decidir quiénes le parecían más raros, si los que leían semejante porquería o los que la publicaban. Sin embargo, lo más extraño era que últimamente, siempre que leía una historia con un final feliz, se echaba a llorar.

—¿Tú eres la nueva secretaria? Soy Amanda Farrow.

Caroline se levantó de un salto, espantando sus reflexiones. La mujer plantada ante su mesa debía de tener cerca de cuarenta años, era alta y delgada, con el pelo cobrizo y brillante recogido en un moño. Vestía con elegancia, a la última moda. Hasta llevaba un sombrerito (bueno, más bien dos plumas tupidas) con un velo negro minúsculo.

—Me llamo Caroline Bender.

—Ven a mi despacho dentro de un momento. El número nueve.

Vio a Amanda Farrow desaparecer en el despacho y luego encontró un bloc de notas y unos lápices en el cajón de su nueva mesa. Por las pesquisas que había hecho a primera hora de la mañana, Caroline sabía que el de Amanda Farrow era uno de los despachos para ejecutivos, un rango por debajo de los despachos con moqueta. Vio cómo se encendían las luces del número nueve y esperó un momento; a continuación abrió la puerta y entró.

Amanda Farrow estaba sentada detrás de su enorme escritorio. Todavía llevaba el sombrero y estaba enfrascada en la tarea de pintarse las uñas. Había un archivador de grandes dimensiones en una pared y dos sillones frente a la mesa.

—Para empezar, puedes pedirme un café, solo y con azúcar —dijo Amanda Farrow—. Todo lo que hay que clasificar y archivar está en esta bandeja de aquí. Mi secretaria se marchó la semana pasada y esto está hecho un desastre. El correo llega cuatro veces al día, deberás abrirlo, y todo lo que requiera una respuesta personal va en esta bandeja de aquí. Puedes contestar tú misma algunas cartas, si son de algún chiflado, por ejemplo, pero enséñame todo lo que escribas antes de enviarlo. ¿Tienes tarjeta de la seguridad social?

—Todavía no.

—Bueno, pues tendrás que hacértela durante la hora del almuerzo. El señor Fabian es muy estricto y no quiere que nadie trabaje sin su tarjeta de la seguridad social. Tómate una hora para almorzar, y te quiero de vuelta a tiempo para responder a mis llamadas. Ah, y si te sobra tiempo, cómprame una caja de polvos sueltos en Saks.

A Caroline aquella mujer empezaba a caerle mal, hablaba tan rápido que era muy difícil seguirla. Se sentó en uno de los sillones que había junto a la mesa de Amanda Farrow y levantó el auricular del teléfono para marcar el número de la cafetería.

—¡Aquí no! —exclamó la mujer, enfadada, tapando el bote de laca de uñas—. Usa tu teléfono. Tienes que contestar mis llamadas en tu mesa y decir: «Despacho de la señorita Farrow». Cuando me hayas pedido el café, vuelve aquí para que te dicte unas cartas.

Caroline se encaminó apresuradamente a su mesa, llamó a la cafetería, regresó al despacho para que su jefa le dictara unas cartas, dejó de archivar documentos para escribir al dictado otra carta y, cuando la pasaba a máquina, tuvo que abandonar de nuevo la tarea para seguir clasificando documentos. Amanda Farrow parecía tener cualquier cosa menos una mente ordenada: en cuanto pensaba en algo que quería que se hiciese de inmediato, se le ocurría otra cosa que le corría aún más prisa. Cuando sonaba el teléfono, Caroline tenía que salir a la carrera del despacho, si estaba archivando documentos, y contestar la llamada desde su mesa. De vez en cuando la señorita Farrow salía de su despacho, se acercaba a Caroline y se inclinaba sobre su hombro para ver qué hacía. La primera vez, Caroline se puso tan nerviosa que cometió dos errores.

—Creía que eras una buena mecanógrafa —dijo la señorita Farrow.

A las doce en punto, cuando llevaba dos horas en el despacho, la señorita Farrow salió a almorzar.

—¿Qué te parece tu nueva jefa? —preguntó Mary Agnes a Caroline.

—Espero que sea mi jefa solo de forma provisional —señaló Caroline con preocupación.

—Ha tenido doce secretarias en tres años —explicó Mary Agnes. Sacó del cajón de su mesa un sándwich envuelto en papel marrón y se puso un suéter blanco de fibra sintética con cuentas de vidrio recamadas—. Vamos, bajaré contigo en el ascensor.

—¿Sabes dónde puedo conseguir una tarjeta de la seguridad social?

—Hay un sitio a un par de manzanas de aquí. Será mejor que comas antes, porque tardarás horas en conseguir que te la den.

—Vaya, pues solo tengo una hora para almorzar... —dijo Caroline.

—Ella no vuelve hasta las tres y media. No se enterará. Procura estar aquí a las tres.

—¿Y cómo se las apaña para sacar adelante el trabajo? —inquirió Caroline—. ¿O es una pregunta ingenua?

—Los ejecutivos no trabajan —contestó Mary Agnes—. Cuanto más arriba se está en el escalafón, menos hay que trabajar. Hasta que llegas a ser el de arriba de todo, y entonces debes tomar decisiones, y eso es difícil. Son los que están justo debajo del de arriba los que mejor se lo montan.

Cuando Mary Agnes echó a andar en dirección al metro, Caroline bajó por la Quinta Avenida mirando a su alrededor. Todo el mundo parecía tener mucha prisa por llegar a algún sitio, encontrarse con alguien o hacer algo: chicas que intentaban hacer compras a toda velocidad en los grandes almacenes aprovechando la hora del almuerzo; mensajeros que debían entregar un sobre o un paquete a su destinatario antes de que este saliese a comer; ejecutivos que se precipitaban hacia los bares para tomarse el primer martini... En la escalinata de la catedral de Saint Patrick había algunos turistas que se enfocaban unos a otros con sus cámaras con fundas de piel, sonriendo ante la arquitectura histórica. Una bandada de palomas levantó el vuelo desde el peldaño superior con un chasquido seco y repentino, como virutas de madera blanca lanzadas al aire frío. Había salido el sol y todo resplandecía.

De pronto, una sensación de entusiasmo invadió a Caroline. Era su primer día en un trabajo nuevo, iba a ganar cincuenta dólares a la semana. Le parecía una auténtica fortuna. Aún vivía con sus padres, en Port Blair, Nueva York, y no tenía apenas gastos, salvo los de la ropa, el almuerzo y el tren. Tal vez para el verano conseguiría un aumento y entonces podría alquilar un apartamento en Nueva York con otra chica. «Debe de haber un centenar de chicas trabajando en Fabian —pensó— y seguro que encontraré a alguna que me caiga bien y quiera compartir piso conmigo.» Siguió avanzando a empujones entre la muchedumbre, parpadeando a causa del inesperado sol de invierno, y se dio cuenta de que estaba sonriendo porque un repartidor con chaqueta de cuero le sonrió a su vez y le soltó: «Hola, guapa».

«Se cree un frescales —pensó Caroline—, pero si me volviera y le dijera: "Hola, guapetón", seguro que se desmayaría del susto.» Se echó a reír. Estaba acostumbrada a la informalidad cordial de una pequeña ciudad universitaria, donde en el cuarto de hora que tardaba en ir de los dormitorios a las clases acababa con agujetas en la cara de tanto sonreír a todos los conocidos. Y, por supuesto, en Port Blair todo el mundo se conocía, si no en persona, al menos de oídas.

Encontró el edificio gris de aspecto lúgubre que albergaba las dependencias de la seguridad social y subió en el ascensor. Cayó en la cuenta de que se le había olvidado detenerse a almorzar, pero estaba demasiado inquieta para comer nada. La pequeña sala estaba abarrotada de gente, sentada con gesto aburrido en hileras de sillas de madera. Ocupó su lugar en la cola y miró alrededor.

¡Qué aspecto tan triste tenía todo el mundo! Era como si hiciesen cola para contar sus penas al director de un consultorio sentimental. Tal vez estuviesen así por las largas horas de espera, y es que el aburrimiento suele sacar lo peor de la cara de la gente. Caroline examinó la ropa que llevaban. La mayoría tenía los puños raídos y los tacones muy gastados. Sintió cierto complejo de culpa con su cuello de piel de mapache y sus impolutos guantes de cabritilla. ¿Dónde estaban las personas felices y acomodadas? ¿Es que no trabajaban? ¿O es que quienes estaban en aquella sala eran los que llevaban mucho tiempo sin trabajar? Tal vez había ido a parar a la oficina de la seguridad social para los fracasados, y había otra unas manzanas más arriba o más abajo para los bendecidos por el éxito profesional.

«Yo nunca tendré ese aspecto —se dijo con determinación—. Pase lo que pase, nunca me dejaré de esa manera. Mientras tenga que seguir trabajando, sacaré algo de provecho de ello. Toda esta gente parece tener… un simple trabajo, sin más. No da la impresión de que su trabajo les guste especialmente, sino solo que no pueden hacer otra cosa. Yo no quiero parecerme a ellos, quiero que mi trabajo sea una de las fuentes de felicidad en mi vida.»

—Siguiente —dijo el hombre con cara de aburrido que había detrás de la ventanilla. La cola avanzó un sitio.

«Es como el juego de las sillas —pensó Caroline—, solo que nadie se divierte y todos quieren salir de aquí pitando para que no los echen del trabajo.» Consultó su reloj y empezó a hojear un folleto que una mujer se había dejado en la silla.

«Proteja su futuro», rezaba el folleto. Sesenta y cinco años para las mujeres. Le parecía que le faltaba muchísimo para alcanzar esa edad. Ni siquiera se podía imaginar cómo sería su vida a los veinticinco. El año anterior, incluso seis meses atrás, creía haberlo sabido con toda certeza, pero ahora el futuro era un misterio. Se preguntó si alguna vez volvería a depararle lo mismo que había estado a punto de depararle entonces.

Regresó a su mesa a las dos en punto con su almuerzo en una bolsa de papel, la tarjeta de la seguridad social en la cartera y los polvos sueltos de la señorita Farrow, envueltos en papel de regalo, en una caja de rayas doradas y blancas. Mary Agnes estaba sentada a su mesa y parecía contenta. Brenda charlaba animadamente por teléfono, utilizando el de la oficina para ahorrar en su factura de teléfono. Sobre la mesa contigua a la de Caroline, que había estado desocupada por la mañana, había un bolso de paja con flores cosidas y un par de guantes blancos de algodón con un agujero en un dedo.

—Hola —dijo Mary Agnes—. ¿Has podido hacerlo todo?

—Sí —contestó Caroline—. ¿Ha vuelto ya la señorita Farrow?

—¿Estás de broma?

Caroline se sentó a su mesa y empezó a comerse el sándwich. El vaso desechable de café goteaba por la parte inferior y estaba dejando un cerco en su cartapacio nuevo. Al ver la mancha le pareció que llevaba mucho tiempo trabajando en aquella mesa.

—Por fin ha llegado la tercera chica —informó Mary Agnes señalando hacia la otra mesa—. Le ha dicho al señor Rice que esta mañana se encontraba mal y él se lo ha tomado muy bien, pero luego ella me ha contado que en realidad… ¡se le había olvidado poner el despertador! ¡Habrase visto cosa más despistada! Yo no pude pegar ojo en toda la noche la víspera de mi primer día de trabajo.

—Ah, ¿así que también es su primer trabajo?

—Sí, solo lleva unas semanas en Nueva York. Es de Springs, Colorado. Acaba de salir de la escuela universitaria.

«Mary Agnes, la Louella Parsons de la planta treinta y cinco», pensó Caroline.

—Se llama April Morrison —siguió diciendo Mary Agnes—. Un nombre muy bonito, ¿no te parece? April. Es esa, la del pelo largo.

Señaló con la cabeza hacia una joven que cruzaba la estancia desde los despachos de un lado hacia el otro, con un bloc de notas en la mano, una de las chicas más raras que Caroline había visto en su vida. El rostro de April Morrison era de una belleza casi espectacular, y no llevaba maquillaje salvo un poco de pintalabios rosa pálido. El pelo, que era de un color dorado rojizo, le caía en cascada por la espalda hasta la mitad de los omoplatos; una melena enmarañada que le hacía parecer una campesina. Llevaba un traje azul celeste de tela gabardina brillante de tan gastada. Tenía los ojos azules y grandes, la nariz delicadamente esculpida y llena de pecas, y a Caroline no le habría extrañado que en cualquier momento se encasquetase en la cabeza una de esas capotas que usaban las pioneras.

—Tiene mucha suerte de que no le hayan dado tu trabajo —le susurró Mary Agnes cuando April entró en un despacho y cerró la puerta—. La señorita Farrow se la comería viva.

—Vaya, muchas gracias —repuso Caroline—. ¿Quieres decir que yo sí tengo pinta de saber manejar a la señorita Farrow?

—Si alguien puede, esa eres tú, desde luego. Ahora bien, si te pregunta si quieres un ascenso y dejar la sección de mecanografía para convertirte en su secretaria personal, di no, no y no.

«¿Qué haría yo sin alguien para advertirme y darme consejos en mi primer día de trabajo?», se preguntó Caroline, agradecida.

—¿Has sido su secretaria alguna vez?

—Bueno, he trabajado para ella unas cuantas veces dentro de la sección, eso es todo. Pero todo el mundo sabe lo terrible que es.

—¿Y cómo eran sus anteriores secretarias?

—Sofisticadas —respondió Mary Agnes—. Un poco como tú. Con carrera universitaria; guapas, por lo general. Siempre contrata a secretarias con el potencial suficiente para llegar a convertirse en profesionales de éxito, y luego acaba odiando a esas infelices por haber tenido las agallas de intentarlo.

—Así que trabajar para la señorita Farrow debe de ser como esas pruebas que hay que pasar para ingresar en una hermandad femenina de la universidad, ¿no?

—Sí, es una buena comparación —señaló Mary Agnes.

—¿Y no hay nadie más que necesite una secretaria personal en estos momentos?

—Qué va. A todas las demás chicas les gusta su trabajo. Verás, ser secretaria personal está muy bien, porque de ahí puedes pasar a hacer trabajo editorial. Vamos, si te interesa, claro. En mi caso, ni se me pasaría por la cabeza hacer de lectora, ni aunque me pagasen setenta y cinco dólares a la semana de entrada. Me gusta leer revistas, pero no sabría ni por dónde empezar si tuviera que hacerles una crítica.

«Pues yo sí sabría —se dijo Caroline—. Empezaría con *My Secret Life* y les diría que "Mis dos días en un desván con un maníaco sexual" es la peor bazofia que he leído en mi vida. Y seguro que venderían más ejemplares si a la gente no le diera vergüenza tener en su salón esas portadas que publican.»

—Cuidado —la avisó Mary Agnes, que se inclinó sobre sus papeles con expresión diligente. La señorita Farrow, con color en las mejillas y la respiración acompasada, caminaba con aire soñador hacia su despacho. Caroline cogió la caja de polvos sueltos y fue tras ella.

—Aquí tiene sus polvos, señorita Farrow. Los he cargado a su cuenta.

—¿Qué pasa? ¿Es que no llevabas dinero? —Era evidente que la euforia que la hora del almuerzo desataba en la señorita Farrow no se extendía al trato que dispensaba al personal de la oficina.

—Pues la verdad es que no.

La señorita Farrow arqueó las cejas.

—Qué curioso. Por tu aspecto pensé que eras otra de esas chicas graduadas en Vassar que quieren ser editoras solo porque se han especializado en lengua en la carrera.

—Estudié en Radcliffe. Y sí, me especialicé en lengua. —Caroline sonrió.

—Supongo que crees que es fácil ser editora.

—Ni siquiera estoy segura de que sea fácil ser secretaria.

La señorita Farrow la miró con suspicacia tratando de determinar si pretendía ser sarcástica o lo decía en serio. Caroline intentó mantener una expresión neutra, divertida y un tanto humilde, y procuró no parecer intimidada.

—No es fácil ser mi secretaria —dijo la señorita Farrow al fin.

—Intentaré hacerlo lo mejor que pueda hasta que tenga una secretaria.

—¿Cuánto ganas ahora?

—Cincuenta dólares a la semana.

—O sea, que no tienes experiencia.

—Acabo de terminar un curso de seis semanas de secretariado y comercio, así que mi taquigrafía es mejor que la de cualquier chica que lleve un tiempo sin trabajar.

—Las secretarias personales empiezan con un sueldo de sesenta y cinco a la semana, ¿sabes? ¿Eres ambiciosa?

«Qué cara de antipática y desconfiada tiene esta mujer —pensó Caroline, sorprendida—. ¿Qué narices cree que voy a hacerle?»

—Bueno, sesenta y cinco suena mucho mejor que cincuenta —respondió con delicadeza.

La expresión de desconfianza se dulcificó a medias.

—Todavía no he buscado una sustituta permanente para la chica que trabajaba para mí. Tal vez no tenga que hacerlo. Ya veremos si mejoras escribiendo a máquina.

«Lo haré mejor en cuanto dejes de vigilarme mirando por encima de mi hombro», pensó Caroline.

—Tengo unas cartas preparadas en mi mesa para que me las firme. ¿Eso es todo por ahora, señorita Farrow?

—Sí —contestó la mujer con una media sonrisa—. Eso es todo por ahora.

El resto de la tarde pasó tan deprisa como había pasado la mañana, mientras la señorita Farrow lanzaba sus órdenes inconexas y Caroline trataba de cumplirlas como mejor podía. Se sentía como la chica que sabe que va a invitarla al baile el capitán del equipo de fútbol, que, además, resulta ser un mujeriego con la peor reputación de toda la clase, y tiene que decidir qué quiere en realidad. Caroline no sabía lo que quería. Un trabajo agradable, sí, pero estancarse como Mary Agnes, no. Algo a medio camino entre lo uno y lo otro sería lo ideal, pero empezaba a darse cuenta de que el mundo laboral era más complicado de lo que había imaginado. En ese momento el trabajo de oficina le parecía de lo más apasionante y agotador, pero sabía que eso solo se debía a la novedad y que al cabo de unas semanas le resultaría aburridísimo. Su cerebro necesitaba una tarea más creativa. Pero lo más importante era que, si se quedaba estancada en un trabajo que la aburría soberanamente, se pasaría las horas pensando en Eddie y en lo que pudo haber sido y no fue, y precisamente para escapar de eso había entrado a trabajar allí.

A las cinco menos cuarto la señorita Farrow salió de su despacho poniéndose los guantes.

—Hay un informe de lectura encima de mi mesa —dijo—. Pásalo a máquina, a doble espacio. Eso es todo por hoy, a menos que tengas algo pendiente. Buenas tardes.

—Buenas tardes, señorita Farrow.

—¡Sí, hombre…! ¿Y qué más? —masculló Mary Agnes, con justificada indignación—. Es la única editora que no escribe a máquina sus informes de lectura. Seguro que le da miedo estropearse las uñas.

Caroline se echó a reír y entró en el despacho de la señorita Farrow. Ya había oscurecido al otro lado del enorme ventanal que ocupaba la totalidad de la cuarta pared, y entre las tablillas de la persiana vio las luces de la ciudad. Subió la persiana y permaneció allí un momento. Cada recuadro de luz era un despacho, y en cada despacho de la ciudad bañada en la luz crepuscular había mujeres muy parecidas a ella, felices o desgraciadas, ambiciosas o aburridas, que tapaban sus máquinas de escribir con la funda a toda prisa para acudir al encuentro de las personas que amaban, o que tal vez retrasaban el momento de la marcha porque ir a casa equivalía a la soledad de una larga noche oscura. De pronto un dolor le atenazó la garganta de tal modo que sintió que le costaba tragar saliva. Se dirigió a la mesa de la señorita Farrow y cogió el manuscrito.

Era un legajo voluminoso, un conjunto de hojas sueltas sujetas con una goma elástica gruesa. Hojeó las primeras páginas con curiosidad y vio la primera, que llevaba el siguiente encabezamiento: «Derby Books. Hoja de comentarios».

Leyó lo que había escrito la señorita Farrow, con letra grande y pomposa. Ponía el libro por las nubes: «Un estilo ágil y espléndido. La trama trepidante me tuvo en vilo hasta el final». Mecanografió la reseña en una hoja de comentarios nueva y la adjuntó al manuscrito. Las campanas de la catedral de Saint Patrick daban las cinco en punto.

Mary Agnes abrió la puerta del despacho y se asomó. Ya se había puesto el suéter y el abrigo y llevaba el bolso en la mano.

—Hasta mañana, Caroline.

—Hasta mañana.

—No te quedes aquí toda la noche, ja, ja… —Mary Agnes se despidió con la mano y se volvió para marcharse.

—Mary Agnes…

—¿Qué?

—¿Crees que puedo llevarme este manuscrito a casa para leérmelo? Quiero decir, ¿sabes si hay alguna norma al respecto?

—¿Quieres leértelo? ¿En tu tiempo libre?

—Creo que sería una experiencia fascinante leer un libro bueno antes de que se publique…

Mary Agnes se encogió de hombros.

—Tú misma. Haz lo que quieras. Hay unos sobres rojos muy grandes en aquel fichero de ahí.

—Gracias.

—Adiós.

La puerta se cerró y Caroline encontró un sobre en el que metió el manuscrito con cuidado. Acto seguido, recogió sus cosas y dirigió sus pasos hacia el ascensor. A las cinco y cinco la zona reservada a las mecanógrafas estaba desierta, se había despejado con tanta rapidez como si hubiera sonado una alarma antiaérea. Le llegó el sonido de una máquina de escribir desde un despacho solitario al fondo del pasillo. Había sido una jornada muy larga y empezaba a darse cuenta de lo cansada que estaba. Recordó, mientras bajaba en el ascensor, que la señorita Farrow no la había acompañado en la ronda en que Mary Agnes le había prometido. Daba igual. Al fin y al cabo, ya había tenido presentación de sobra para ser el primer día. Y se moría de ganas de leer la novela que había encontrado. Estrechó el manuscrito entre sus brazos mientras apretaba el paso para no perder el tren de las cinco y veintinueve.

2

Nueva York es una ciudad en constante transformación arquitectónica, se derriban edificios, se construyen otros nuevos en su lugar, se levantan y cierran con vallas las calles con carteles que proclaman cortésmente: «Disculpen las molestias. Estamos abriendo paso para una Nueva York en crecimiento». Casi todos sus habitantes viven en edificios reformados recientemente —edificios de obra vista reformados, edificios de ladrillo blanco reformados, mansiones rococó reformadas—, todos divididos en apartamentos de uno o dos dormitorios, o en lo que eufemísticamente se llama «de medio dormitorio». April Morrison, que acababa de despertarse en su nuevo apartamento a las siete de la mañana de un jueves de enero, vivía en uno «de medio dormitorio». Se hallaba en un bloque de viviendas reformado, al norte de Columbus Circle.

Era un edificio sin ascensor, y su piso estaba tres plantas por encima de lo que el casero llamaba el «jardín de invierno», que en realidad no era más que una especie de patio cerrado con sillas metálicas apiladas boca abajo y a punto de oxidarse, y un pedazo de tierra donde tal vez alguien plantaría flores algún día. Constaba de una habitación grande con una cocina encajada en el hueco de un armario y una cama que salía de la pared y que tenía un muelle roto que la obligaba a dormir en posición fetal. Sin embargo, el muelle roto no la molestaba demasiado para dormir, porque April era una chica extremadamente tranquila, sin problemas de insomnio. También había un cuarto de baño, con una ducha improvisada en la bañera, y un armario de tamaño razonable.

Aquella mañana, en cuanto sonó el despertador, April se levantó de la cama de un salto. La víspera había sido el primer día de su primer trabajo en Nueva York y, entusiasmada y nerviosa como estaba, se le había olvidado poner la alarma del reloj y había llegado a la oficina a mediodía. Eso no volvería a suceder.

Mientras calentaba el agua en un cazo adquirido en una tienda de saldos para prepararse un café instantáneo, April entonaba una cancioncilla de la que no se había acordado en años. La había aprendido en la escuela dominical. Sus dos hermanas mayores, que vivían en Springs, habían sido profesoras de la escuela dominical antes de casarse, muy jóvenes, y cuando April había anunciado que quería ir a clases de arte dramático se habían echado a reír a carcajadas. Al fin y al cabo, le dijeron, había miles de chicas guapas con melena dorada dispuestas a ir a Hollywood y, aunque siempre le habían dado los papeles protagonistas en las obras de teatro del instituto, si le quedaba algo de sentido común se olvidaría inmediatamente de esa absurda idea. «¿Y por qué, si puede saberse? —había intervenido su padre—. ¿Por qué no puede April ser actriz?» Pero los padres siempre creían que sus hijas pequeñas eran especiales.

En la escuela universitaria había asistido a clases de dicción, canto y ballet, además de, para tranquilizar a su familia, mecanografía y taquigrafía. Como regalo de graduación, sus padres le dieron un billete de tren a Nueva York y quinientos dólares. En principio, iba a quedarse en la gran ciudad hasta que se le acabase el dinero y a hacer lo que le viniese en gana, como ir al teatro, hacer turismo, visitar museos y buscar a una compañera de instituto de su madre que se había casado con un señor de Brooklyn y se había trasladado a vivir allí. April llegó justo después del día de Acción de Gracias e hizo todas

esas cosas durante tres días seguidos. Al cuarto día vio en el periódico un anuncio en el que pedían bailarinas para un nuevo musical. Se
presentó a la prueba, esperanzada y aterrorizada a la vez, realizó su
número con lo que debían de ser al menos otras quinientas chicas y le
dijeron muy educadamente que ya la llamarían. No la llamaron. Al
término de su segunda semana en Nueva York, se presentó a una
prueba en la que pedían cantantes.

No sin cierto regocijo, descubrió que la mayoría de las cantantes
eran muy poco agraciadas; desde luego, eran mucho menos guapas
que las bailarinas. ¿Por qué las cantantes de los musicales nunca eran
tan guapas como las bailarinas? No tardaría en averiguarlo: con su
voz afinada, a aquellas mujeres no les hacía ninguna falta ser guapas,
pues el público estaba tan absorto escuchándolas que ni siquiera las
miraba atentamente. April, con su voz de aficionada, después de can-
tar en el coro de la iglesia y de los dos años en la universidad, no tenía
la menor oportunidad. Le dieron las gracias por acudir y le dijeron
muy educadamente que ya la llamarían. Al día siguiente se presentó
en el Copacabana, donde pedían coristas. Al menos sabía caminar en
línea recta.

Cuando llegó al Copa, se sintió como una enana. Todas las chicas
medían metro ochenta, o al menos eso le parecía. Descalza, April medía un metro cincuenta y ocho. Ni siquiera le pidieron que les ense-
ñara las piernas, de lo cual se alegró, porque en el último momento
comprendió que nunca podría explicar a su familia que trabajaba de
corista. Sus padres creían que todas las coristas de los clubes eran unas
mantenidas.

¿Qué iba a hacer? Los quinientos dólares no daban tanto de sí
como ella había creído: un paseo en coche de caballos —¿quién habría imaginado que podían ser tan caros?—, la limpieza de cutis, el
frasco de perfume que no había podido evitar comprar, y todos esos
taxis... Tenía la sensación de que los taxistas la llevaban siempre por

la ruta más larga. Pero de una cosa estaba segura: iría en metro, compraría la comida en las máquinas del Automat y viviría en Nueva York aunque tuviese que ponerse a trabajar de cajera en una tienda de baratillo. El hotel era demasiado caro, así que había encontrado aquel pequeño apartamento.

¡Y cómo le gustaba Nueva York…! En toda su vida había visto nada igual. Tampoco se iba a morir si al final no llegaba a ser actriz. En su pequeña ciudad, en Springs, ser actriz le había parecido algo glamuroso y accesible, porque formaba parte de un mundo de ensueño. Había leído todas las obras de teatro de Eugene O'Neill, J. M. Barrie, Kaufman y Hart, y había ensayado las frases en voz alta en la intimidad de su habitación. Ahora se daba cuenta de que eso no garantizaba que fuera a triunfar como actriz, del mismo modo que coleccionar recetas de cocina no garantizaba a nadie que fuera a ser chef en el Waldorf. Ser actriz había formado parte de una fantasía, una película que incluía edificios altísimos bajo el crepúsculo azul y la fuente delante del Plaza, ver a Marlene Dietrich comprando pañuelos en Bonwit y a Frank Sinatra saliendo de Lindy's, y a mujeres bellísimas de las que nadie había oído hablar con abrigos blancos de visón y diamantes, acompañadas por hombres atractivos de más edad. El armazón de su fantasía era real, caminaba por él y lo miraba, deslumbrada. ¿Y la parte de la actriz? Hasta que de veras anduvo junto a aquellos edificios altísimos bajo el crepúsculo azul no se había percatado de lo insignificante que era ella en realidad. ¿Por dónde iba a empezar el asalto de una fortaleza como Nueva York? Ni siquiera quería hacerlo. Solo quería quedarse allí hasta que ella misma formase parte de la ciudad, ser una de esas mujeres bien arregladas y mejor acompañadas, y era consciente solo a medias de que eso también era una fantasía. Solo tenía que subir los tres pisos que llevaban a su sombría habitación para saber hasta qué punto lo era. Pero a pesar de los pesares era feliz, y cada momento de su recién estrenada vida le deparaba algo nuevo y emocionante. A fin de cuentas, en su ciudad ninguna otra chica había sido rechazada por el mismísimo George Abbott.

Le llamó la atención un anuncio de una agencia de empleo en el *New York Times*. Se presentó y desde allí la enviaron a Fabian Publications. Quería uno de los trabajos de noventa dólares semanales, pero aquel era su primer empleo y le dijeron que lo aceptara y se alegrara por la experiencia. En su ciudad, todos los estudiantes del instituto eran lectores empedernidos de *My Secret Life*; ella, sin ir más lejos, hacía tan solo tres años que había dejado de comprarla. A decir verdad, estaba entusiasmada con la posibilidad de trabajar en el lugar donde se creaba una revista que había contribuido en gran medida a su actual desinformación. Además, su abuela leía *The Cross*. April escribió inmediatamente a su familia para informarles de su nuevo trabajo y darles la noticia de que no pensaba volver, al menos durante una buena temporada.

Se bebió el café de pie y se vistió a toda prisa. Ya eran las ocho y media y ahí estaba ella, perdiendo el tiempo con sus fantasías de siempre. Cuando salió a la calle, vio su imagen reflejada en el escaparate de una tienda de comestibles que había junto a su edificio. Su abrigo era demasiado corto, ¿verdad? Se acordó de la chica del traje de tweed y el cuello de piel de mapache que había trabajado en la mesa contigua a la suya el día anterior, en Fabian. ¡Qué chica más sofisticada! Había algo en ella que la hacía parecer… perfecta. ¿Serían los guantes de piel? Tal vez los guantes blancos de algodón desentonaban muchísimo en enero. Eran los mejores que tenía, y por eso nunca les había prestado la menor atención. Los examinó detenidamente y se fijó por primera vez en el agujero del dedo. Se los quitó y se los metió en el bolso antes de dirigirse con paso presuroso hacia la boca de metro.

El metro todavía la asustaba, y no se atrevía a correr para no perder el tren como hacían los demás, pues temía que una de aquellas puertas enormes se cerrara y la dejase medio dentro, medio fuera, chillando mientras el vagón la conducía a una muerte misteriosa y horrible en las entrañas de un oscuro túnel. Vio a la gente correr y darse empujones entre sí a medida que el sonido de un tren que se aproximaba se hacía más fuerte, y se entretuvo un momento delante de la taquilla contando el dinero para pagar la ficha.

—Buenos días —dijo afablemente al hombre de la ventanilla. Era una de las pocas personas de Nueva York a las que había visto más de una vez, y por eso sentía una corriente de simpatía especial hacia él. Siempre le daba los buenos días; eso la hacía sentirse menos sola.

—¿Cómo estás hoy?

—Bien —dijo ella. April recogió la ficha y se volvió para marcharse.

—Espera un momento —susurró él. Miró alrededor y la sujetó de la muñeca con unos dedos sorprendentemente fuertes—. Tengo algo que enseñarte.

—¿Algo que enseñarme?

—Mira —dijo él. Deslizó una fotografía, boca abajo, por la ranura de la ventanilla. Ella miró al hombre con curiosidad y cogió la foto.

Al principio no supo lo que era; parecían dos personas en una postura forzada y extraña, dos contrincantes de lucha libre, quizá. Luego vio que se trataba de un hombre y una mujer, y cuando descubrió lo que estaban haciendo sintió que se le ruborizaban las mejillas; la mano empezó a temblarle de tal modo que apenas si pudo volver a pasar la imagen por la ranura. Dio media vuelta para echar a correr.

—Eh... —gritó él, y a continuación, en voz más alta y cargada de indignación—: ¡Eh!

Ella volvió la cabeza un instante.

—¿Qué pasa? —exclamó el hombre—. Creía que tú y yo éramos amigos. ¡Ja, ja, ja! —Se echó a reír escandalosamente, con furia, sintiéndose ofendido y con la intención de herirla—. ¿Adónde crees que vas?

Ella se abrió paso por el torniquete y, por primera vez en su vida, se subió de un salto a un vagón en el instante en que las puertas empezaban a cerrarse. Un hombre gordo la agarró del brazo para ayudarla mientras las fauces de los bordes de goma se cerraban de golpe.

—¿Qué prisa tienes? —le dijo—. Un día de estos te vas a matar. ¡Estas chicas de Nueva York están locas de remate!

«Chicas de Nueva York», pensó April, y el susto empezó a perder cuerpo. Ese hombre la había tomado por una chica de Nueva York; ¿acaso significaba que parecía una típica neoyorquina? Tal vez el desagradable hombre de la taquilla del metro también la había tomado por un neoyorquina e ignoraba que, en su ciudad natal, se podía hablar con todo el mundo y eso no significaba nada en absoluto. Avanzó hasta un asiento abriéndose paso entre dos hombres que también iban hacia él. Recibió un fuerte codazo en las costillas, se sentó con aire triunfal y, cuando vio que sus dos competidores chocaban, apenas pudo contener una sonrisa. Estaba avanzando a tientas en su aventura en la gran ciudad, pero al final saldría airosa. Ese día, en la oficina, hablaría con aquella chica elegante con pinta de lista, la del cuello de piel de mapache, y, quién sabe, tal vez algún día almorzarían juntas.

Una vez en su mesa, estaba atareada tecleando direcciones en etiquetas para los manuscritos rechazados y buscando a Caroline con la mirada, cuando la señorita Farrow salió de su despacho y se dirigió directamente hacia ella. April sentía una fascinación secreta por la señorita Farrow; se preguntó si habría estado casada alguna vez y con qué clase de hombres se veía al salir de la oficina.

—Hoy tendrás que ayudar al señor Shalimar —le indicó la editora sin siquiera darle los buenos días—. Su secretaria está enferma. Es ese despacho grande de ahí, el de la puerta cerrada. Dale el resto de esas etiquetas a la responsable de los manuscritos para que acabe ella.

—Sí, señora, enseguida —dijo April tratando de disimular su alegría bajo una máscara de dignidad profesional. Recogió todas las etiquetas con un solo movimiento y casi echó a correr pasillo abajo hacia la sala donde se registraban los manuscritos para luego entregarlos a los lectores. ¡El señor Shalimar era nada más y nada menos que el director editorial de Derby Books! Solo lo había visto fugazmente a través de su puerta entreabierta; era un hombre alto y mayor, de tez un tanto cenicienta y facciones muy marcadas, y nunca se le había pasado por la imaginación que llegaría a tener la suerte de conocerlo. Mary Agnes le había dicho que el señor Shalimar había conocido al mismísimo Eugene O'Neill.

—No puedo ayudarte más con esto por hoy —dijo con entusiasmo a la chica de los manuscritos—. Voy a trabajar para el señor Shalimar.

La oficinista, que estaba de pie en la habitación repleta de libros, no se inmutó e hizo estallar su globo de chicle.

—Bueno, todos tenemos nuestros problemas —dijo al fin.

April la miró, sorprendida, y luego se encogió de hombros y enfiló apresuradamente el pasillo hacia el despacho de la puerta cerrada. Llamó con unos golpecitos tímidos. No obtuvo respuesta. Acercó la oreja a la puerta tratando de oír si había alguna reunión en el interior, pero no oyó nada, de modo que hizo girar el pomo y entró.

Era un despacho enorme y lujoso, con una moqueta gruesa y suave en el suelo, un sofá negro de piel y varias hileras de librerías repletas hasta los topes de ejemplares en rústica. Enfrente de la pared de ventanales había un escritorio gigantesco de madera. Las persianas estaban cerradas para proteger la sala de la luz del sol de la mañana. En el sillón del escritorio, con los pies cruzados encima del cartapacio y la barbilla hincada en el pecho, estaba el señor Shalimar, roncando ligeramente. April se quedó en el umbral, sin saber qué hacer. El señor Shalimar se sobresaltó en sueños, meneó la cabeza frenéticamente como un perro sacudiéndose y se despertó.

—¿Qué pasa? ¿Qué pasa? —exclamó. Apartó los pies de la mesa, se dio media vuelta en su sillón y tiró del cordel de las persianas venecianas, con lo que la habitación se inundó de luz.

—Siento haberlo molestado —se disculpó April con timidez.

—Bah, me tomo un descansito de vez en cuando. Es solo un minuto. —La examinó con atención—. Acércate.

Frente al enorme escritorio, April se sintió como si fueran a entrevistarla otra vez.

—Eres nueva, ¿verdad?

Ella asintió con la cabeza.

—¿Cómo te llamas?

—April Morrison.

El hombre entrelazó los dedos encima de la mesa.

—¿Sabes que para este trabajo tuyo hemos tenido que rechazar a otras quince chicas?

—No, señor.

—¿Qué quieres hacer en la vida? ¿Casarte? ¿Ser editora?

—No... no lo sé todavía, señor.

El hombre enarcó las cejas.

—¿Qué te hace creer que tienes más derecho a estar aquí que las otras chicas?

April escondió las manos tras la espalda para que el editor no viera cómo le temblaban.

—No lo sé, señor —contestó—. No las conozco.

—¿Qué te hace creer que deberías trabajar aquí en lugar de, por ejemplo, ser dependienta en una tienda de ropa?

En esos momentos April habría preferido mil veces trabajar de dependienta en una tienda de ropa, pero contestó con valentía:

—No creo que fuera una buena dependienta.

—¿Por qué no?

—Porque no me interesa.

—¿Y los libros sí te interesan?

—Sí.

El hombre se reclinó en el sillón, se puso las manos en la nuca y se echó a reír. Por un momento April creyó que se estaba riendo de ella y los ojos se le inundaron de lágrimas de rabia.

—No te lo tomes a mal —dijo él—. Siempre hago la misma pregunta a todas las nuevas. Me gusta saber cómo piensan. Te sorprenderían los disparates que algunas de ellas han llegado a decir.

—Bueno —repuso April. Sintió tal alivio que no pudo evitar sonreír—. Espero que mi respuesta no haya sido ningún disparate.

—En absoluto —aseguró él—. Eres sensata además de guapa.

El cumplido la hizo sentirse más cómoda.

—De todos modos, no me ha parecido justo —protestó ella—. Al fin y al cabo, yo aquí solo soy mecanógrafa.

—¿Es esa tu ambición?

—No, en realidad yo… quería ser actriz.

—¿Te gusta leer obras de teatro?

—Muchísimo.

El señor Shalimar se inclinó sobre el escritorio y una expresión ausente se apoderó de su rostro.

—Solía decirle a Eugene O'Neill… Lo conocí muy bien, ¿sabes? Bueno, en los viejos tiempos, claro. Antes de que se hiciera famoso. Era mi protegido.

—No parece usted tan mayor…

—Pero tenía muy en cuenta mi opinión. Solía darle ánimos. —Le sonrió—. Algún día te contaré unas cuantas historias. De joven me consideraban un genio como editor, ¿sabes? Eso fue antes de que tú nacieras.

—Dios santo —exclamó April—, me encantaría escucharlas.

—Algún día, cuando tengamos más tiempo —dijo él afablemente—. Hoy tengo un montón de trabajo pendiente. ¿Tienes algo que hacer esta tarde? ¿Podrías quedarte hasta las... seis, si es necesario? Mi secretaria se ha puesto enferma justo cuando iba a hacer el informe mensual de todos nuestros libros. ¿Puedes quedarte?

—Con mucho gusto.

—Si no has acabado a las seis, te daré dinero para la cena, ¿de acuerdo?

—De acuerdo.

—Y ahora, cierra la puerta, por favor. Y echa la llave. Hay algo que tienes que aprender de entrada, y es a mantener alejados a los indeseables.

«Estoy manteniendo a los indeseables alejados del despacho del señor Shalimar», pensó April, y parecía un puesto de tanta responsabilidad comparado con humedecer etiquetas para los manuscritos que el corazón empezó a palpitarle de alegría. Desde luego, no podía esperar nada mejor en su segundo día en el mundo laboral.

Qué emocionante era responder al teléfono y reconocer el nombre de un autor famoso... Conocía a la mayoría solo vagamente, nombres que había oído en alguna parte, pero los memorizó todos al instante. Cuando el señor Shalimar salió a almorzar al Algonquin con un guionista de Hollywood, April cerró la puerta del despacho del editor y leyó todo cuanto había encima de la mesa de este. Luego bajó a la cafetería del edificio.

La cafetería, que también funcionaba como bar por las noches, estaba muy iluminada y abarrotada de mujeres jóvenes y no tan jóvenes que parecían hablar todas al mismo tiempo a voz en grito. En los reservados llegaban a apretujarse hasta seis, que, con el cuerpo inclinado sobre sus hamburguesas, diseccionaban al resto del personal de la oficina con su lengua viperina o entre estridentes carcajadas. Cuatro o cinco agobiadas camareras, con el uniforme arrugado, se abrían paso a través de la multitud con los platos colocados uno tras otro sobre el brazo, desde la muñeca hasta el hombro. Parecían malabaristas. Todos los asientos de la barra curva estaban ocupados, en su mayoría por chicas, entre las que había dos o tres hombres sentados que parecían sentirse atrapados detrás del periódico y de sus platos grasientos. April vio que uno de ellos se levantaba para marcharse y se abrió paso a toda prisa hacia el asiento que acababa de quedar libre, sintiéndose como si aún estuviera en el metro. El trozo de barra que se encontró delante, con una servilleta manchada de aceite y hecha una bola encima del plato, una salpicadura de ketchup en el lugar donde intentó apoyar el codo y algo de calderilla en un charco de agua derramada, por poco le hizo perder el apetito. Se volvió y vio que la chica que estaba sentada a su lado era Caroline Bender.

Ese día vestía un traje negro y parecía un maniquí de una revista de modas. Tenía el pelo moreno, cortado justo por debajo de los lóbulos de las orejas, con las puntas peinadas hacia dentro y con flequillo, y llevaba sombra de ojos azul. April trató de pensar en algo que decirle, mientras admiraba su perfil con el rabillo del ojo y pensaba: «Qué cara más triste tiene...». Caroline tenía la mirada clavada en el estante de las tartas de crema y de manzana, sin verlas en realidad. A continuación volvió la cabeza.

—Hola —exclamó, como si se alegrara de verdad de ver a alguien conocido, aunque hasta entonces no habían llegado a intercambiar ni una palabra—. Yo te conozco, ¿verdad?

—Sí, nos sentamos juntas en la oficina, y ahora también aquí —contestó April—. Al menos tendríamos que presentarnos. Yo soy April.

—Y yo Caroline. —Alargó el brazo y se estrecharon la mano, las dos riéndose tontamente sin saber por qué, tal vez por una mezcla de vergüenza y alivio—. ¿Y qué haces?

La camarera despejó la parte de la barra que tenían delante, con una expresión de sentir aún más asco que las propias clientas. Les dejó sendas cartas con manchas de salsa.

—Soy mecanógrafa, supongo —dijo April—, pero ahora mismo hago de secretaria del señor Shalimar.

—Qué bien. ¿Y quieres ser editora algún día?

—¿Por qué todo el mundo me pregunta lo mismo? —exclamó April—. Acepté este trabajo porque necesitaba el dinero, y en cuanto puse el pie en el despacho del señor Shalimar, este me sometió al tercer grado. ¿Es verdad que hay tantísimas chicas peleándose por mi puesto de trabajo?

—Eso me dijeron en la agencia de colocación. Todas son universitarias con buena formación pero sin experiencia, y están dispuestas a trabajar prácticamente gratis. Por eso Fabian puede pagar tan poco sin que nadie se escandalice. Y cincuenta dólares está muy bien para el trabajo que hacemos. En la mayoría de los sitios las chicas empiezan cobrando cuarenta.

—¿Y tú? ¿Quieres ser editora algún día?

Caroline sonrió.

—Todo el mundo me pregunta eso a mí también. Trabajo para la señorita Farrow temporalmente, y me mira como si de un momento a otro fuese a abalanzarme sobre ella para morderle la yugular. Pero creo que empiezo a entender por qué lo hace. La ambición tiene algo de contagioso.

La camarera les sirvió los sándwiches y estuvieron comiendo un par de minutos en silencio.

—Eres de Nueva York, ¿verdad? —quiso saber April.

—De Port Blair. Está a unos cuarenta minutos.

—¿Eso es como vivir en el campo?

—Bueno, en el caso de la mayor parte de las ciudades de Westchester sí, pero Port Blair es la única que no. Tienes todos los inconvenientes de un largo trayecto en tren y luego, cuando llegas allí, todos los inconvenientes de una ciudad pequeña y sucia.

—¿Vives con tu familia?

—Es la única razón que hay para vivir en un sitio como Port Blair.

—Yo soy de Colorado —le contó April.

—Ya lo sé.

—¿Lo sabes? ¿Y cómo lo sabes?

—Mary Agnes me lo ha dicho.

—Ah, sí, es muy graciosa. Lo sabe todo de todo el mundo. —April se alisó la melena larga y enredada—. Creía que decías que lo sabías porque se me nota. Las chicas de Nueva York parecen todas tan sofisticadas...

—¿Mary Agnes? —se extrañó Caroline, sonriendo—. ¿Brenda?

—No... ellas no. Pero tú sí. Para mí representas cómo debería ser una chica de Nueva York.

—Bueno, pues muchas gracias —dijo Caroline—. ¿Debo tomármelo como un cumplido?

—Sí, sí —respondió April—. Lo es.

Pagaron la cuenta y subieron juntas en el ascensor.

—¿Haces algo mañana, al salir del trabajo? —le preguntó Caroline.

—Creo que no.

—Ah, pues a lo mejor podríamos cenar juntas en algún sitio e ir al cine. ¿Te apetece?

—¡Me encantaría!

—Muy bien. Quedamos así entonces. Hasta luego.

April entró en el despacho vacío del señor Shalimar, cerró la puerta, se quitó los zapatos e hizo una pirueta en la blanda moqueta. Estaba muy contenta. Sacó el espejito del bolso y, recogiéndose la melena con la otra mano para apartársela del cuello, volvió la cabeza a un lado y a otro frente al espejo. ¿Cómo es que nunca se había dado cuenta de que parecía un oso lanudo? Además, el traje que llevaba no acababa de sentarle demasiado bien. Su madre le tenía dicho que las chicas de ojos azules debían llevar ropa de color azul claro y que el negro era para los entierros y para las viejas. Bien, pues no se sentía ni mucho menos como para ir a un entierro, sino que estaba de un humor maravilloso, y esa noche, cuando el señor Shalimar le diese el dinero de la cena, se lo gastaría íntegramente en el salón de belleza. Y el viernes, cuando le entregasen la paga, se compraría un traje negro igualito que el de Caroline.

Al cabo de un par de días el señor Shalimar ni siquiera la reconocería. Se le empezó a acelerar el corazón. Era una chica con suerte, ¿no? Desde luego, era una chica con mucha suerte. Llevó el cenicero de su jefe a la papelera del pasillo, lo vació y lo lavó en la fuente de agua. Hasta ver la cara de susto de Mary Agnes no se dio cuenta de que había olvidado calzarse los zapatos.

En enero anochece enseguida, y a las cinco en punto, cuando las mecanógrafas empezaron a tapar las máquinas de escribir y a anudarse los pañuelos, el cielo ya estaba oscuro. El señor Shalimar le estaba dictando la segunda página del informe mensual, que constaba de diez. Había permitido a April acomodarse en el sofá mientras le dictaba, de modo que allí estaba ella, otra vez descalza y sentada sobre las piernas dobladas, anotando las palabras del editor con trazo firme y rápido. En las clases siempre había detestado la taquigrafía, pero en ese momento se alegraba tanto de haber aprendido que casi estaba disfrutando. Veía que el hombre estaba contento porque no tenía que parar ni siquiera un momento para que ella no se perdiera. El sonido de su voz casi impedía oír los ruidos que al otro lado de la puerta hacían los demás al marcharse, el taconeo de los zapatos y las palabras de despedida. No tardó en imponerse un sonido diferente, el sonido del silencio absoluto. April se levantó para buscar un lápiz más afilado.

—Podemos parar un minuto —dijo él—. Debes de estar cansada.

—No, no estoy cansada.

—¿Por dónde vamos? ¿Por la mitad?

—Casi.

—¿Tienes hambre?

—No, señor.

El hombre se agachó y sacó una botella de whisky del último cajón de su escritorio y un juego de vasitos de metal. Separó dos de los
vasos y sirvió un poco de whisky en ambos.

—¿Te apetece una copita?

April nunca había probado nada más fuerte que un combinado.

—No me gustaría desperdiciarla —dijo tímidamente.

Él vertió la mitad del vaso de ella en la botella.

—Ten —dijo, ofreciéndole el resto.

«¿Quién lo iba a decir?», pensó April. Ahí estaba ella, tan cohibida que era como si le hubiera comido la lengua el gato, bebiendo
whisky en la oficina con el director editorial de Derby Books. En realidad, aquello no parecía una oficina, sino más bien el estudio de una
de esas mansiones lujosas que se ven en las películas.

—Salud —dijo el señor Shalimar, y vació el vaso de un trago. A
continuación se echó un poco de agua de su botella y se la bebió sin
siquiera mirar a April. De acuerdo, puede que aquello no fuese una
reunión social entre amigos, pero ella estaba allí, y eso era algo. Probó el whisky con cautela, haciendo un esfuerzo por tragar unos sorbos, y notó cómo el calor le bajaba por la garganta.

El señor Shalimar se sirvió otra copa y miró a April por primera
vez.

—¿Quieres que le ponga un poco de agua?

—Supongo que sería mejor. —Mientras el señor Shalimar le
echaba agua en el vaso, April observó su cabello oscuro y con canas,
reparó en que tenía un lunar en la oreja y se sintió un poco violenta
por estar tan cerca de él. Tuvo tiempo de fijarse en todas las arrugas y
hasta en las marcas más minúsculas de su cara, al principio con curiosidad, porque era un hombre importante del que apenas sabía na-

da, y luego con una sensación parecida a la intimidad, porque pensó que de algún modo aquellas arrugas, marcas e imperfecciones pertenecían a la esfera de su vida privada. De todos modos, no hacía más que darse el gusto de admirar a un hombre importante, se dijo a sí misma con sensatez, y siguió dándose ese gusto—. Muchas gracias —dijo, y regresó al sofá.

Él volvió a arrellanarse en el sillón y cruzó sus largas piernas. Tenía la piel morena, con el típico bronceado de quien pasa la hora del almuerzo en el club deportivo, y llevaba anillo de casado. Recordaba un poco a un magnate griego de la industria naviera, o tal vez a uno de esos peces gordos de Oriente Próximo, pensó April. Sobre el escritorio tenía fotos de su familia en marcos de plata.

—Verás —dijo—, son pocos los que barruntan el brillante porvenir que tienen los libros en rústica. ¿Sabes que lanzamos una primera edición de un cuarto de millón de ejemplares de todos y cada uno de los libros? ¿Cuántos crees que se venden del libro de tapa dura medio?

—No lo sé.

—Un par de miles si es un fracaso; puede que cien mil si hablamos de un éxito de ventas. Cien mil lectores en todo Estados Unidos. No son muchos, ¿no te parece?

—No —contestó ella.

—¿Sabes que en este país hay ciudades que no tienen biblioteca? ¡Ni siquiera una librería! El único sitio donde los habitantes de esas pequeñas ciudades pueden comprar un libro es el supermercado. ¿Y qué leen? Nuestros libros.

—Cielo santo… —exclamó April.

—Somos los responsables de cambiar el gusto literario de Estados Unidos —prosiguió él—. La gente tiene que aprender a gatear antes de andar. Al principio no leerán más que historias con aventuras morbosas. Luego les colaremos un par de libros buenos. Moldearemos su formación lectora, y al final todos nuestros libros serán igual de buenos o mejores que la mejor literatura supuestamente «de calidad» en tapa dura. ¿O acaso crees que todos los libros de tapa dura son buena literatura solo porque cuestan cuatro dólares? La mayoría no son más que bazofia.

April esbozó una sonrisa al ver su vehemencia y tomó unos cuantos buenos sorbos de whisky. Eso la hizo sentirse más segura y lo apuró de un trago.

—Son nuestros libros, con nuestras cubiertas sexys, nuestros bajos costes y nuestra distribución masiva, los que están enseñando a leer a Estados Unidos. Se van a enterar esos que no saben nada y dicen que Derby Books solo publica basura. Espera y verás.

—Nunca se me había ocurrido verlo desde ese punto de vista —dijo ella.

Él le indicó por señas que le acercara el vaso, y April se aproximó al escritorio y esperó mientras le servía otra copa. Esta vez, el señor Shalimar entrechocó ligeramente su vaso con el de ella antes de beber. April regresó al sofá, muy contenta de repente. Con razón todo el mundo allí parecía sentir tanta curiosidad por sus ambiciones como editora. No estaba nada mal la idea de trabajar en los cimientos de un… movimiento literario. Eso es lo que era.

—¿Has leído alguno de nuestros libros? —preguntó él.

—Sí, algunos.

El editor abrió el cajón de su escritorio, extrajo cuatro libros y los metió en un sobre.

—Ten. Léetelos esta semana y dime qué te han parecido. Me interesa conocer la opinión de una chica joven.

—¿Le interesa mi opinión? —exclamó ella, incrédula.

—Déjate guiar por tu instinto. No me interesa tu educación. Algunas de las personas que compran nuestros libros son graduadas universitarias, pero la mayoría no. O les gusta un libro o no les gusta. Solo tienes que decirme si te han gustado o no, y por qué.

—De acuerdo. —Cuando April se levantó para recoger los libros, se dio cuenta de que no debería haberse bebido la segunda copa tan deprisa. Lo veía todo borroso y tenía el rostro encendido. Cuando cogió el sobre con los libros, las manos de él rozaron las suyas y sintió un enorme afecto filial por él.

El señor Shalimar consultó la hora.

—Es tarde. Debes de estar muriéndote de hambre. ¿Sabes qué? Bajaremos a la cafetería del edificio, tomaremos un bocado, luego regresaremos y terminaremos el informe mensual. Ve a por tu abrigo.

April se encaminó hacia su mesa y se sujetó en la puerta al pasar. El whisky era más fuerte de lo que creía, y se había hecho tarde. No quería que el editor se percatase de que estaba un poco achispada, porque entonces pensaría que era una auténtica pueblerina. Un café y algo de comer era justo lo que necesitaba. Mientras se empolvaba la cara enrojecida, lo oyó hablar por teléfono en su despacho. No entendía qué estaba diciendo, pero su voz delataba cansancio y su tono era de disculpa. Sin duda había llamado a su mujer para decirle que no iría a casa a cenar. April sintió lástima por su esposa, que seguramente había esperado con ilusión el momento de reunirse con él, y también se compadeció del señor Shalimar, porque tenía que comerse un sándwich en una cafetería mugrienta y luego subir para seguir dictando informes a su secretaria durante dos horas más. Por la única persona que no sentía ninguna lástima era por ella misma.

—Buenas noches, señor Shalimar —saludó la camarera con familiaridad, como si fuese un asiduo. Había unas mesitas en la parte de la cafetería con luz más tenue, la que correspondía al bar, mientras que la parte principal, donde había almorzado April, estaba bien iluminada y cerrada al público. El señor Shalimar la condujo a una mesa del rincón.

—Dos whiskies con agua y dos bistecs —dijo—. ¿Te parece bien, April?

—Sí, señor, muy bien. —No lo veía todo tan borroso en la penumbra, y de algún lugar cerca del techo salía una música suave. El señor Shalimar, que estaba sentado a su lado en el banco de cuero, inclinó el cuerpo hacia delante y la miró detenidamente.

—Eres muy guapa, ¿lo sabías?

—Gracias —contestó ella, un tanto incómoda.

—¿Tienes algún amigo? ¿Novio? ¿Qué clase de hombres te gustan?

—No tengo novio, y tampoco amigos, en Nueva York —admitió—. No conozco a ningún chico. En mi ciudad salí con algunos.

—¿Con alguien en especial?

—No, no.

—¿Qué clase de hombres te atraen? ¿Con qué clase de hombre te gustaría casarte?

Había hablado de eso muchas veces con sus compañeras de universidad en las íntimas y largas conversaciones que mantenían hasta altas horas de la madrugada, por lo que recitó su respuesta sin titubear.

—Con un hombre comprensivo. Un hombre bueno e inteligente. No tiene por qué ser guapo, siempre y cuando a mí me resulte guapo. Supongo que cuando quieres a alguien te parece el más guapo del mundo, mientras que si no te gusta o se porta mal contigo lo encuentras horroroso.

—Una respuesta muy buena —murmuró él. Hizo entrechocar su vaso con el de ella—. Espero que conozcas a ese hombre algún día.

—Sí, yo también —repuso ella. Se bebió el whisky y le entraron ganas de reír.

—Tienes una sonrisa irresistible. Cuando conozcas a ese hombre, caerá rendido a tus pies.

Esta vez April sí se echó a reír.

—Ojalá lo conozca pronto. Nunca he estado enamorada; me ha gustado algún que otro chico, pero sabía que no era nada serio. Ojalá me enamore de alguien que me corresponda.

—¿Y qué me dices de pasarlo bien? —El señor Shalimar la miraba ahora aún más detenidamente—. ¿No te gustaría conocer a alguien con quien pudieras pasarlo bien sin necesidad de enamorarte?

—Sí… —respondió ella. No estaba segura de a qué se refería él. Las palabras eran inocentes, las prudentes palabras que un padre dirige a una hija romántica e impaciente; sin embargo, en el modo en que había pronunciado la frase «pasarlo bien» había algo que hacía que sonara distinta e infinitamente más misteriosa que la diversión que había experimentado hasta entonces con los chicos o con quien fuera—. Supongo que sí —contestó.

Él la miró con una expresión cautelosa.

—¿Qué dicen los chicos de hoy día a las jovencitas como tú? ¿Qué les dicen cuando quieren… hacer el amor?

—¿Decir? —exclamó ella—. No dicen nada. Básicamente se limitan a tocar.

Él se echó a reír.

—Eso debe de ser muy desagradable.

¡Qué comprensivo era aquel hombre!

—Sí, lo es —convino ella con alivio—. Es algo que no soporto.

—¿Y cómo hacen el amor los universitarios?

Le daba un poco de vergüenza estar hablando de besos y toqueteos con aquel hombre. En primer lugar, nunca había hablado de sexo con ningún hombre —desde luego, no con su padre—, y en segundo lugar, el señor Shalimar provenía de un mundo tan alejado del suyo que no podía imaginarse qué interés podía tener en sus pequeños escarceos sexuales de aficionada.

—No soy una autoridad en la materia, que digamos —contestó, sonriendo.

—Todas las chicas son una autoridad en su propia vida —la contradijo él.

—Con razón es usted editor… Sabe tantas cosas de la gente…

—Sé cosas de la gente porque pregunto. Siempre interrogo a los demás. Mi curiosidad por la vida ajena es insaciable —afirmó—. ¿Cómo crees que sé lo que quieren leer las mujeres de Estados Unidos? Pues hablando con ellas, averiguando cuáles son sus fantasías inconfesables, sus miedos…

Sus palabras tranquilizaron a April. En ese momento llegó la camarera con los bistecs y la joven descubrió que tenía mucha hambre. Empezó a devorar el suyo y, cuando ya se había comido la mitad, vio que el señor Shalimar todavía no había probado bocado.

—Por Dios… —exclamó, preocupada por su bienestar—, no deje que se le enfríe.

El editor ingirió un trocito de bistec y empujó el resto con el tenedor hacia los bordes del plato, con expresión de desconcierto. April supuso que estaba acostumbrado a una cocina mucho más elaborada, pero a ella el bistec le sabía a gloria.

—Puedes comerte el mío también —le ofreció él.

—Oh, no, no podría.

—Adelante. —El hombre depositó el bistec en su plato con cuidado y la joven sonrió. Se sentía avergonzada, como una niña pequeña a la que prodigan mimos.

—Mi padre solía hacer eso —le confió.

—Seguro que eras su preferida.

—No, no era eso. Es que mis hermanas eran mucho mayores que yo y más o menos hacían su vida cuando yo todavía iba al instituto, así que supongo que mi padre tenía más tiempo para dedicarme. Además, creo que los padres sienten debilidad por los hijos menores.

—Mmmm… Supongo que tu padre tenía una actitud muy protectora contigo respecto a los chicos.

—Bueno, la verdad es que yo nunca le contaba nada, si es a eso a lo que se refiere.

El hombre arqueó una ceja.

—Ah, entonces… ¿tenías secretos?

—No, la verdad es que no.

—Dime, ¿qué clase de cosas hacen los chicos jóvenes cuando hacen el amor?

—¿Quiere que yo se lo explique?

—Sí, por supuesto.

April notó que se ruborizaba. No era que tuviese ninguna confesión interesante ni que se sintiese culpable, era simplemente que no se hablaba de ese tema con un hombre mayor, y menos aún con el jefe. No era su médico de cabecera, aunque ni siquiera su médico de cabecera hablaba con ella de esos asuntos.

—Bueno, pues ya se lo puede imaginar… —dijo sin entrar en detalles, con la esperanza de que su respuesta lo dejase satisfecho—. Hacen lo mismo que se ha hecho siempre.

—Parece muy aburrido, la verdad —dijo él, con un deje risueño en la voz.

—¡Huy, sí! ¡Ya lo creo! —exclamó ella, aliviada al ver que la conversación parecía a punto de zanjarse—. Es muy, muy aburrido.

Él depositó la mano sobre la suya un instante y le dio una palmadita paternal.

—¡Camarera! La cuenta, por favor.

Por las noches solo había un ascensor de servicio, y mientras esperaban a que bajase para llevarlos a su planta no dijeron nada. April se alegraba de que gracias a los bistecs se le hubiese pasado la embriaguez; ahora podría taquigrafiar lo que le dictara sin cometer errores. Era casi imposible descifrar lo que habías escrito el día anterior si estabas un poco piripi. Seguramente terminarían el informe al cabo de una hora, pensó, y mientras seguía a su jefe hacia el despacho miró el reloj de pared de la zona reservada a las mecanógrafas. Le hizo gracia ver que marcaba las diez y saber que eran las diez de la noche, en lugar de las diez de la mañana.

El señor Shalimar había dejado encendida la lámpara del escritorio y en el despacho reinaba una penumbra plagada de sombras. «Sería una sala de estar preciosa si no estuviese ahí el escritorio», se dijo April. Entre las lamas entreabiertas de las persianas se veía la enorme y misteriosa ciudad nocturna. Nueva York… la capital de las grandes emociones, de las promesas, el lugar de encuentro de gente desconocida y efervescente a la que esperaba conocer algún día, gente que en ese momento pasaba la velada, según lo planeado o de forma improvisada, de maneras que parecían tan propias de ese mundo desconocido, alegre y sofisticado como ajenas al suyo, a todo cuanto ella estaba acostumbrada. Se apoyó en el escritorio, conmovida y sin habla, contemplando la meca de sus sueños.

—¿En qué estás pensando? —le preguntó el señor Shalimar, que estaba detrás de ella.

—No puedo explicarlo —susurró April—. No sabría cómo decirlo.

El editor se abalanzó sobre ella tan rápidamente que April percibió el movimiento más que la amenaza y luego la estrechó con fuerza. Sus brazos eran como dos correas apretadas que apenas la dejaban respirar, y su boca, caliente y autoritaria, cubría la de ella con violencia. En cuanto hubo pasado el primer instante de paralizante incredulidad, April fue presa del terror. Sacudió la cabeza tratando de escapar de aquellos labios y dientes que intentaban devorarla, y profirió un grito ahogado. Él la soltó.

—¡Señor Shalimar! —exclamó, y sus palabras sonaron tan estúpidas en el silencio del despacho y tan parecidas a una frase de las peores revistas de la editorial Fabian que April se echó a llorar.

Él se quedó mirándola con una sonrisa en los labios, sin parecer particularmente enfadado, sino solo divertido. Le tendió su pañuelo, que olía a lavanda.

—Tampoco hay para tanto… —comentó sin dejar de sonreír.

Ella se limpió los ojos y la boca (la boca más rápido, para que él no se diese cuenta) y le devolvió el pañuelo. Estaba demasiado avergonzada para salir corriendo ofendida y trataba de pensar en algo que decirle, pero su mente se había quedado en blanco por el susto. ¡Un hombre de al menos cincuenta años! ¡Y casado! ¡Delante del retrato de su mujer, que descansaba sobre la mesa! Él meneó la cabeza como quien está ante una niña pequeña, se limpió la boca con sumo cuidado, observó la mancha de pintalabios en el pañuelo por lo demás impoluto, lo dobló y se lo colocó en el bolsillo de la americana.

—Ven —dijo—. Te acompañaré a buscar un taxi.

Ella permaneció a un metro de distancia de él mientras recorrían el pasillo y bajaban en el ascensor, e incluso cuando por fin salieron a la calle. Él llamó a un taxi y le abrió la portezuela. Ella entró tan rápido como pudo y, con la mano en la manija interior, dijo:

—Buenas noches.

—Aguarda —dijo él. Le dio dos billetes de dólar arrugados—. Es para el taxi. Espero que no vivas en el Bronx.

Ella negó con la cabeza.

—Tómalo. —Le apretó el dinero en la mano y ella se encogió al notar sus dedos—. Los libros —añadió. Había llevado el sobre con las cuatro novelas en rústica durante todo el camino y ella no se había percatado porque en todo momento había evitado mirarlo—. No te olvides de leerlos —agregó con tono afable. Se llevó la mano al sombrero y cerró la portezuela. April tardó unos segundos en recordar su dirección.

El interior de aquel taxi oscuro era confortable. April empujó el sobre con los libros al otro extremo del asiento como si fuese un animal muerto y se cubrió la cara con las manos. Qué curioso… ya no tenía ganas de llorar, ni siquiera sentía miedo al recordar aquel beso inesperado y prohibido que tanto la había asustado. De hecho, ahora que por fin estaba sola y a salvo, revivió la sensación que había experimentado con el beso, al principio aterradora, pero luego vagamente excitante y maravillosa. El señor Shalimar la había besado... El mismísimo señor Shalimar... Sabía que debería estar indignada, furiosa; en cambio, lo que sentía era el despertar de una nueva emoción, una especie de embriaguez romántica. Esa emoción la confortó, de forma inconfesable y no sin remordimientos ahora que la había identificado, durante todo el camino a casa.

3

P ort Blair, donde Caroline Bender vivía con su familia, es una
localidad situada en la línea del ferrocarril de New Haven y se
distingue por carecer de las características agradables y propias de una zona residencial. Su actividad económica se basa en una
fábrica de caramelos y en una calle de pequeños bares modernos y
pequeños burdeles antiguos. Por las noches la población aumenta
con visitantes procedentes de ciudades vecinas más pretenciosas, en
su mayoría personal del servicio doméstico y chóferes de las casas y
fincas de las cercanas Greenwich, Scarsdale, Port Chester y Larch-
mont. La policía recorre las calles en coches patrulla y detiene a cualquiera con aspecto sospechoso, y los lunes por la mañana, sobre todo
si durante el fin de semana se han celebrado fiestas tan importantes
como el Cuatro de Julio o el Memorial Day, el juzgado no da abasto.
En el centro de la ciudad hay un oasis de ocho manzanas cuadradas
de casas grandes y preciosas, calles flanqueadas por árboles y una intimidad celosamente protegida, que hace cincuenta años era la ciudad
original de Port Blair. Las tabernas, los garitos de mala muerte, las cafeterías baratas… todo eso llegó más tarde, muy despacio al principio
y luego, una vez establecida la fábrica de caramelos, rápida y vigoro-
samente, rodeando la antigua área residencial pero sin llegar nunca a
asfixiarla del todo.

Los habitantes de esta zona de ocho manzanas cuadradas son los médicos, los abogados, los propietarios de las grandes empresas y los comerciantes más prósperos de la ciudad. Ocultan sus casas detrás de altísimos setos y mandan a sus hijos a campamentos, sitios de veraneo y universidades fuera de la ciudad. Sin embargo, todos envían a sus vástagos a estudiar secundaria en el instituto público de Port Blair, porque de lo contrario se les consideraría unos esnobs y sería muy perjudicial para los negocios. El padre de Caroline era médico y había heredado de su propio padre tanto la enorme casa de estilo colonial donde vivían como su profesión. La madre de Caroline era de una familia de clase media de la ciudad de Nueva York. Ambos se conocieron en un baile universitario cuando él cursaba medicina y ella, los primeros años de universidad. Enseguida formalizaron su relación, se casaron en cuanto él se graduó, y una vez que él hubo acabado las prácticas se mudaron a Port Blair. En aquella época la señora Bender estaba encantada de vivir en lo que le parecían las afueras, pero no tardó en cambiar de opinión. La vida acotada, el escaso número de amigos íntimos y la fealdad de la ciudad provinciana la deprimían, así que decidió que su hija y su hijo menor serían neoyorquinos, como ella, o al menos vivirían en una parte mejor del condado de Westchester. Fue la señora Bender quien insistió en que Caroline estudiase en Radcliffe (para estar cerca de los chicos de Harvard) y era la señora Bender quien, noche tras noche, se sentaba junto a su hija para asegurarse de que aprendía los verbos en latín (la asignatura que Caroline llevaba más floja) a fin de que obtuviera una buena nota en los exámenes de ingreso y la aceptaran en la universidad. Su hijo Mark era seis años menor que Caroline, de modo que de momento no tenía que preocuparse por él, pero la señora Bender ya planeaba secretamente que rompiese con la tradición de estudiar en el instituto de Port Blair y pasase al menos el último año de secundaria en Lawrenceville, el prestigioso internado. No era una persona con ansias de medrar en la escala social, pero consideraba que Port Blair privaba a la vida de muchas de las cosas que la hacían gratificante y estimulante, y no quería que sus hijos sintieran apego por aquella ciudad. Eso habría sido demasiado fácil. A la generación más joven le gustaba vivir en Port Blair, tenían amigos, fiestas, novios con los que hacer manitas en los coches. Sin embargo, la señora Bender recordaba algo distinto y, para ella, infinitamente más deseable.

Se llevó un gran disgusto cuando Eddie Harris rompió su compromiso con Caroline, pero no por las mismas razones que su hija. No era una mujer sentimental y, como Caroline era guapa e inteligente y solo tenía veinte años, estaba segura de que le saldría otro novio en su debido momento. ¿Qué más daba que no fuese Eddie Harris? A ella le daba igual un universitario que otro, todos le parecían cortados por el mismo patrón, y el futuro que les aguardaba era del todo predecible. Cierto que Eddie era un muchacho sumamente encantador para su edad, sereno, y sabía hablar con sus mayores como si de veras disfrutase de la conversación. Su talento para la música era mediocre, desde luego, pues tocaba el piano igual que los chicos de su edad tocaban la mandolina. Lo imaginaba más bien en el mundo de las relaciones públicas, quizá, o en el de la publicidad. Venía de buena familia, era atractivo, y a ella le habría gustado que un joven con su educación y ambición fuese marido de su hija. Cuando Eddie envió a Caroline aquella carta desde Europa, la señora Bender decidió al instante que era inmaduro, frívolo y egoísta. Lo que más lamentaba era que Caroline hubiese pasado tanto tiempo en la universidad con él, cuando podría haberse relacionado con otros chicos deseables. A Caroline no le resultaría fácil conocer a algún «amigo» —su eufemismo para «buen partido»— en Port Blair después de graduarse. Cuando su hija expresó el deseo de buscar trabajo en Nueva York, la señora Bender se sintió orgullosa de ella por haberse tomado tan bien todo aquel asunto tan desgraciado. Sabía que Caroline no tenía ambiciones profesionales, pero en aquellos tiempos una chica tenía que trabajar aunque no necesitase el dinero. Las jóvenes ya no se quedaban en casa pudriéndose de aburrimiento, y menos aún si vivían en un lugar como Port Blair... y «pudrirse» era la palabra que, según la señora Bender, mejor explicaba lo que le ocurriría a cualquier muchacha que se quedara en Port Blair.

El doctor Bender era el típico médico de una ciudad pequeña, a pesar de que Port Blair no era en absoluto la típica ciudad pequeña. Le gustaba el trato con la gente y a la gente le caía bien, por lo que acudían a su consulta con sus problemas familiares además de sus dolencias físicas. Era la clase de hombre al que apreciaban más sus amistades que su propia familia. Las mujeres que acudían a él con achaques y dolores, ya fuesen reales o imaginarios, y salían de la consulta suspirando de envidia por la suerte que tenía aquella tal señora Bender, la mujer del médico. Era tan sumamente educado, cortés y generoso, se entregaba tanto a sus pacientes y a los problemas ridículos y tediosos de estos, que le quedaba muy poco tiempo para dedicarlo a su familia. Nunca llevaba a su hijo a ningún partido de fútbol americano; siempre se quedaba dormido en el sofá después de cenar, delante del televisor o con una revista médica entre las manos, y se despertaba como si tal cosa una hora más tarde si tenía que acudir al domicilio de un paciente por alguna emergencia. Prácticamente la única chica de toda la ciudad que no confiaba sus asuntos al doctor Bender era su hija, Caroline, quien confiaba única y exclusivamente en su madre, y esta llegó a proteger aquel privilegio con un sentimiento muy parecido a los celos. Muchas veces decía: «Tu padre no sabe de esas cosas», y el doctor Bender, que amaba y respetaba muchísimo a su esposa, empezó a decir cada vez más a menudo: «Pregúntaselo a tu madre. Ella lo sabe», hasta que al final no hubo ninguna razón para que siguiera diciéndolo.

Cuando Caroline llevó a su casa el manuscrito la noche de su primer día de trabajo en Fabian, fue a su madre a quien se lo contó.

Y cuando lo leyó y descubrió para su sorpresa que no estaba de acuerdo con los comentarios de Amanda Farrow, sino que la novela le parecía aburridísima pese a su estilo llano y sencillo, fue a su madre a quien acudió.

—Anoche leí un libro, mamá. Bueno, en realidad es un manuscrito. Supongo que lo van a publicar porque la señorita Farrow ha dicho que es muy bueno, pero lo he leído y a mí me ha parecido soporífero. ¿Crees que me he equivocado de trabajo? Creía saber algo sobre literatura, pero con ese libro me dormí de puro aburrimiento. A lo mejor los libros en rústica tienen algún secreto que desconozco...

—Tú siempre has tenido buen gusto —le dijo su madre, incondicional como de costumbre—. Un libro es un libro, que yo sepa, da igual cómo esté encuadernado. Todo el mundo tiene derecho a opinar. Yo misma, sin ir más lejos, nunca he soportado *La letra escarlata*, y se supone que es un clásico. —La conversación trajo a la memoria de la señora Bender un curso de literatura inglesa al que había asistido en la universidad y lo que el profesor le había dicho, y empezó a relatar una de sus nostálgicas e interminables anécdotas sobre esa época, que era una de sus formas de evadirse temporalmente de la vida en Port Blair. Caroline, que ya había oído antes la historia, y muchas otras muy parecidas, se terminó el café del desayuno ensimismada en sus pensamientos.

Seguro que publicaban el manuscrito, pero... ¡a ella le parecía espantoso! De todos modos, ¿acaso era asunto suyo? Sin embargo lo había leído y... El manuscrito pasaría a continuación al señor Shalimar, el director editorial, y era ella quien debía dejarlo encima de su mesa. Si Caroline redactaba a máquina una hoja de comentarios con su opinión personal, lo peor que podía pasar era que el editor la tirase a la papelera y le dijese que no se metiese donde no la llamaban. No la pondría de patitas en la calle, sino que atribuiría su comportamiento al exceso de entusiasmo de una joven novata en su primer empleo. Además, cabía la posibilidad de que ella tuviese razón, o de que al menos valiese la pena escucharla. Tal vez el director editorial le dejaría leer otros manuscritos. Tras comprobar que su opinión era tan diametralmente opuesta a la de la señorita Farrow, Caroline tenía que saber si iba por el buen camino...

—Me voy, que llego tarde —dijo, y besó a su madre en la mejilla. Cogió el sobre y se dirigió a la puerta—. Ah, se me olvidaba. No vendré a cenar. Voy a salir con una chica de la oficina.

—Ah, ¿con alguien interesante?

—Eso espero —contestó Caroline, sonriendo—. Hasta luego.

Llegó a la estación diez minutos antes de la salida de su tren y se quedó en el andén observando las vaharadas de su aliento en el aire frío y nítido. Más allá, donde se detenía el vagón de fumadores, esperaban los hombres que se desplazaban a su trabajo en ferrocarril todos los días, aunque había muy pocos, porque la mayoría de los hombres que vivían en Port Blair trabajaban en Port Blair. Vio a Stan Rogers, con resaca, apoyado en una columna; tenía los párpados gruesos y en la cara, sonrosada y brillante, rasguños de la navaja de afeitar. Había ido un curso por delante de Caroline en el instituto, de modo que tenía la misma edad que Eddie Harris, y se había casado con una chica de Port Blair justo después de acabar los estudios. Ahora tenían cuatro hijos, el mayor, de tres años y medio. Sus zapatos estaban tan gastados y llenos de rozaduras que Caroline reparó en su mal estado desde donde se encontraba, y en el aparcamiento de la estación reconoció el cacharro del joven, que era el mismo que tanto había impresionado a las chicas en su último año en el instituto. Y allí estaban también las hermanas Litchfield, una gorda y la otra delgada, que siempre vestían de forma idéntica, como si creyeran que eran gemelas o que tenían siete años en lugar de treinta, y que trabajaban como operadoras de las máquinas de calcular en una aseguradora. Las saludó con un gesto de la cabeza y echó a andar en la otra dirección.

Y entonces vio a alguien a quien no esperaba encontrar en la estación: la señora Nature, amiga de su madre y esposa del rey de las lavanderías del lugar. «LAVAMOS LA ROPA *À LA NATURE*», rezaban sus carteles publicitarios, y quienes los veían creían que se trataba de un nuevo y misterioso proceso de limpieza en seco, completamente natural, procedente de Europa. La verdad era que el dueño de las lavanderías (tenía cuatro) se llamaba Francis P. Nature y se había convertido en uno de los hombres más ricos de la ciudad.

—¡Caroline! ¡Yuju! —La señora Nature le hacía señas con la mano. La joven se acercó a ella—. Cuánto me alegro de verte, Caroline. Pensaba llamarte esta noche, pero ya no hará falta. Me he tomado la libertad de decirle a un jovencito que te llame para salir.

—¿Ah, sí?

—Antes salía con Francine, pero no en serio, solo se veían de vez en cuando. A ella le parecía bastante simpático y agradable.

Después de haber casado a su única hija, a la señora Nature se le había ablandado tanto el corazón que enviaba a todos los antiguos novios de Francine a las amigas solteras de esta. Caroline nunca había sentido demasiado aprecio por la joven, que era extremadamente nerviosa y escandalosa, y no le hacía ninguna gracia la perspectiva de quedar con alguno de los pretendientes a los que Francine había dado calabazas.

—Se llama Alvin Wiggs —explicaba la señora Nature—. Ahora bien, es posible que os caigáis fatal… nunca se sabe, yo no prometo nada. Siempre les digo a las chicas: no es más que una noche de entre todas las noches de vuestra vida, y no os digo que tengáis que casaros con él. Claro que si funciona y descubrís que estáis locos el uno por el otro, yo estaré encantada.

«¡Alvin Wiggs! —exclamó Caroline para sus adentros—. ¡Qué apellido más ridículo! La señora de Alvin el Pelucas…»

—¿Es guapo? —preguntó.

—Podría decirse que sí. Francine lo encontraba muy atractivo. Yo siempre digo que el físico, como todo lo demás, es cuestión de gustos. Te llamará al trabajo. Puede incluso que te llame hoy, porque le di tu número anoche. Como ya he dicho, nunca prometo nada, y es posible que os caigáis fatal, pero a mí me parece un chico encantador.

—Es todo un detalle por su parte haber pensado en mí —dijo Caroline educadamente. Y habría sido un detalle mucho más bonito, pensó la joven, que la señora Nature le hubiese preguntado antes si quería que alguien la invitase a salir—. ¿Y a qué se dedica?

—Su familia tiene un negocio —contestó la señora Nature—. Trabaja para su padre. Se dedican a la industria de los maniquíes.

En ese momento llegó el tren de las ocho y cinco, acompañado del fragor y el chirrido de los frenos. Como de costumbre, paró muy al principio del andén y todos los pasajeros tuvieron que correr para subir a él. Caroline y la señora Nature corrieron en paralelo, ni juntas ni separadas.

—Ah, cómo detesto este tren… —exclamó entre jadeos la señora Nature—. Pero tengo que ir a Nueva York para enviar regalos de boda, no puedo posponerlo por más tiempo. Últimamente se han casado muchas hijas de amigas mías.

—Yo iré a sentarme en el vagón de fumadores —dijo Caroline.

—Ah, vaya… Bueno, pues ya nos veremos. No soporto el vagón de fumadores. Llámame para decirme qué te ha parecido Alvin.

Se despidieron agitando la mano y Caroline avanzó hasta el último asiento del vagón, junto a la ventanilla. Miró a través del cristal sucio y polvoriento y vio pasar la estación y luego las afueras de Port Blair. Citas a ciegas… No sabía qué era peor, si la expectativa o el resultado final. Un año antes, seis meses atrás incluso, creía haber dicho adiós para siempre a la maldita tríada de la chica soltera: la soledad, la inseguridad y las citas a ciegas. Y ahora estaba con lo mismo otra vez.

Cuando hubo subido hasta la planta treinta y cinco de Fabian en el ascensor, Caroline ya había olvidado la cita a ciegas y volvía a estar atrapada en la vorágine de sensaciones de su mundo laboral, un estado emocional a medio camino entre el entusiasmo y el desasosiego. Al pasar junto a la recepción se fijó en una chica aproximadamente de su misma edad que estaba sentada, hecha un manojo de nervios, en la orilla de un sofá y que llevaba sombrero. «Debe de estar buscando trabajo», pensó. El sombrero la delataba. Tanto Caroline como las chicas que conocía solo se lo ponían en dos ocasiones: para ir a una boda o para buscar trabajo. En cuanto las contrataban, lo guardaban en el armario y no volvían a lucirlo en la oficina hasta haber alcanzado la categoría de una señorita Farrow —si es que llegaban a alcanzarla—, y entonces lo llevaban puesto a todas horas dentro del despacho.

«¿Será esa chica de ahí fuera la nueva secretaria de la señorita Farrow? —se preguntó Caroline, al tiempo que colocaba una hoja de comentarios en blanco en el carro de la máquina de escribir—. Porque, desde luego, espero no tener que ser yo.»

Depositó el manuscrito con los comentarios de la señorita Farrow y con los suyos propios en el escritorio del señor Shalimar, que aún no había llegado, y salió a toda prisa, antes de que pudiera arrepentirse, para regresar a su mesa. Las mecanógrafas estaban enfrascadas en el ritual del café de la mañana. Se preguntó si alguna de ellas desayunaba algún día en casa, sobre todo las casadas, y si estas tenían siquiera tiempo de preparar el desayuno para sus maridos antes de que se fueran a trabajar y para ellas mismas. Brenda, que estaba comprando su ajuar, había llevado ese día su última adquisición, un camisón de encaje blanco, que había dejado sobre la mesa, dentro de su caja abierta, para que las otras le echaran un vistazo.

—Qué os parece… —murmuró Mary Agnes—. A estas alturas debe de tener cuarenta y cinco camisones. Se compra algo siempre que sale a almorzar y lo deja encima de la mesa para que todas la envidiemos. Pues la verdad, no sé a quién puede interesarle su ajuar…

«Dios santo —pensó Caroline—, las compras compulsivas, la acumulación frenética, los preparativos... No le quedará ni un centavo cuando se haya casado, pero seguro que se ha pasado toda la vida preparándose para su boda y no piensa en el tiempo que viene después.» Había conocido a chicas como Brenda en Port Blair, jóvenes que creían que la vida se detenía el día de su boda, en ese momento único de culminación perfecta, como las figuras del poema de Keats sobre la urna griega. Se acordó de la chica con la que Eddie se había casado y se preguntó qué estaría haciendo Helen Harris en esos momentos. Enseguida se obligó a apartar de su cerebro ese pensamiento. No quería pensar en Eddie y Helen, aquello era agua pasada, no era de su incumbencia. Que hiciesen lo que quisiesen, que se despertasen, que se fuesen a dormir, que hiciesen el amor... no pensaba pasarse el día preguntándose: «¿Qué hora es en Dallas? ¿Qué estarán haciendo ahora?». Esa sí sería una actitud malsana. Ahora ella también tenía su propia vida, estaba trabajando, trataba de acceder a un puesto más interesante. Se sentaría en su mesa y esperaría a que llegase el señor Shalimar, echaría un vistazo al camisón de Brenda, tan fuera de lugar al lado de la máquina de escribir y de las fichas para archivar, y se divertiría pensando para qué clase de hombre compraba Brenda aquellas prendas tan seductoras. Para algún pánfilo, seguramente.

La habitual procesión de los que siempre llegaban tarde al trabajo cruzaba lentamente la puerta. El señor Rice, por ejemplo, con su maravilloso abrigo de piel de camello y aquel perfil bien delineado que empezaba a desdibujarse en los extremos. Esa mañana sus ojos eran dos hendiduras, y en la comisura de los labios tenía un pequeño corte con sangre seca. Como de costumbre, se detuvo a beber un trago largo de agua en la fuente antes de encaminarse hacia su despacho como si fuera un sonámbulo.

—Psss... ¡mira eso! —Mary Agnes dio un codazo a Caroline, escandalizada.

—Nuestro ilustre editor religioso —susurró Caroline— después de una batalla con el diablo. —Un segundo después de haber pronunciado la frase no sabía qué la había impulsado a burlarse de él. La verdad era que sentía por aquel hombre algo muy parecido a la fascinación... Y quizá precisamente por eso había hecho ese comentario.

—¿El diablo? —murmuró Mary Agnes con profundo desdén—. Se pasa las noches enteras en esos tugurios de la Tercera Avenida, bebiendo, recitando poemas y hablando con el primer desconocido que se le ponga delante. Seguro que alguno le pegó un puñetazo.

—¿Es que no tiene casa? —preguntó Caroline—. ¿Una esposa?

—Estaba casado, pero su mujer lo abandonó. Es una historia muy triste. Vive en un hotel de mala muerte del West Side. Está divorciado y tiene una hija de diez años a la que no ve nunca. Le escribe a todas horas; lo sé porque me lo contó su secretaria. Por lo visto le dictaba unas cartas larguísimas sobre la vida, el amor, las personas y cosas así... una especie de consejos para cuando sea mayor. Le escribe porque cree que no volverá a verla nunca. Imagínate qué clase de consejos puede dar ese hombre a una niña...

—Para su edad, tiene una hija muy pequeña, de solo diez años —dijo Caroline.

—¿Cuántos crees que tiene él?

—Yo le echaría unos cuarenta y ocho.

—Pues ha cumplido treinta y ocho, y tiene ese aspecto por la mala vida que lleva —señaló Mary Agnes con tono reprobador—. Si estuviese casado y viviera con su mujer y su hija, no tendría ese aspecto.

—¿Es que el matrimonio lo arregla todo? —preguntó Caroline.

—Eso sí que tiene gracia...

—¿Por qué tiene gracia?

—Verás... —se explicó Mary Agnes—, solo hay dos maneras posibles de vivir: la buena y la mala. Si eliges la buena eres feliz, mientras que si escoges la mala eres desgraciado. Casarse no significa automáticamente ser feliz, pero si te casas y luego rompes tu matrimonio seguro que no serás feliz: siempre sabrás que has renunciado a una de tus responsabilidades.

—¿Y si es la otra persona la que te abandona?

—El señor Rice debería haber puesto más empeño en salvar su matrimonio.

—¿Y cómo sabes que no lo hizo?

—Vaya, es curioso que pienses eso —dijo Mary Agnes—. Ni siquiera lo conoces.

—Ya lo sé —repuso Caroline—. Puede que sea un bruto. Solo digo que sé lo que es que te abandonen. A veces poner mucho empeño no sirve de nada. Es casi como si no fuese cosa de dos personas, sino solo de una.

Mary Agnes la miró con los ojos como platos.

—¿Has estado casada?

—No. Prometida.

Mary Agnes echó un vistazo a la mano izquierda de Caroline.

—Oh, qué pena... Qué pena...

—Bueno, tampoco hace falta que te pongas así —dijo Caroline sonriendo.

—Pobrecilla —repuso Mary Agnes—. Nunca volveré a hablar del tema, a menos que tú lo saques. Si quieres hablar de eso algún día, no tienes más que decírmelo.

«Sí, para que se lo cuentes al resto de empleadas de la planta treinta y cinco», pensó Caroline, divertida. La reacción de Mary Agnes, como si lo que le había sucedido fuera una tragedia, le hizo pensar por primera vez que, en el fondo, sus problemas no eran tan dignos de lástima. La compasión exagerada de los demás ofrece siempre una vertiente interesante: cuando pasa de la raya, el problema original parece menos grave, casi irrelevante. «A lo mejor es el primer indicio de que lo estoy superando —se dijo—. Cuando alguien recibe un golpe en el estómago, la herida debe cerrarse, y recuperarse de una conmoción cerebral también requiere tiempo, pero al menos se puede observar el proceso de curación. En cambio, es muy difícil observar la imperceptible cicatrización de un corazón roto. Quizá esta sea la primera señal de mejoría: el hecho de que la desconsolada preocupación de Mary Agnes por mí esta mañana me provoque risa.»

Fue un día tranquilo, porque la señorita Farrow desapareció después del almuerzo y no volvió en toda la tarde, pero Caroline siguió vigilando con nerviosismo la puerta cerrada del señor Shalimar; casi esperaba que de un momento a otro saliera bramando como un toro a la arena de la plaza, agitando iracundo su hoja de comentarios. Era extraño que se le hubiese ocurrido la comparación con un toro, reflexionó, pero tal vez se debía a que el señor Shalimar, las pocas veces que lo había visto, le recordaba a un torero envejecido. El porte envarado, la espalda recta, la piel morena y, lo más extraño de todo, el aire de alguien que ha pasado muchísimas vicisitudes y todavía siente una energía interior que lo impele a seguir adelante pero sabe que ya no podrá responder a esa llamada. Le parecía un hombre atribulado, y no solo a causa de sus responsabilidades en la oficina, porque estas podían abrumar a cualquiera que las asumiera. Era curioso: antes de aquel primer trabajo siempre había creído que una oficina era un lugar al que la gente iba a trabajar, pero ahora le parecía un lugar al que la gente también llevaba sus problemas personales para que todo el mundo los viese, metiese sus narices en ellos, los comentase y disfrutase con ellos. La sección de mecanografía de la planta treinta y cinco de Fabian Publications era como la plaza del pueblo, y los despachos que la rodeaban, como las casas de la gente. Más tarde vio algo que la dejó atónita. Al pasar por delante de un despacho vislumbró a través de la puerta entreabierta a una chica apoyada en el tabique del despacho contiguo, con la oreja pegada al extremo de un vaso que había aplicado a la pared. Tenía la cara iluminada por una mezcla de embeleso y satisfacción, como una fisgona que oye exactamente lo que espera escuchar. Caroline se dio cuenta de que la joven estaba en el despacho contiguo al del señor Shalimar. Era evidente que le traía sin cuidado que la vieran, ya que ni siquiera se había tomado la molestia de cerrar la puerta, y eso seguramente se debía a que pretendía informar de lo que había oído al resto del personal. Caroline se preguntó si lo que la mantenía arrimada a la pared eran las intrigas de poder en la oficina, algún secreto del trabajo o la vida privada del señor Shalimar.

A las cinco en punto April salió del despacho del señor Shalimar y empezó a recoger sus cosas.

—¿Dónde quieres cenar? —preguntó a Caroline.

—¿Y tú?

—Me gustaría ir a Sardi's —respondió April—. He oído hablar mucho de ese sitio.

Caroline la miró. April volvía a llevar el traje azul celeste con la tela de gabardina brillante de tan gastada y, como esa noche iba a salir, hasta se había calado un sombrero, una vulgaridad horrorosa de fieltro blanco que la hacía parecer una pueblerina recién salida de la misa de domingo. Sintió una punzada de vergüenza al pensar que la vieran con ella en un buen restaurante; ya era bastante triste ir allí sin un acompañante masculino para, encima, aparecer con April vestida de ese modo y con esa melena…

—Oye —dijo Caroline—, ¿a que no has comido nunca en el Automat?

—¿No preferirías ir a Sardi's? —preguntó a su vez April, un tanto decepcionada.

—Es que es un poco caro para mí —mintió Caroline.

—Ah, claro, claro. —El rostro de April se iluminó con una expresión de comprensión instantánea—. Te entiendo perfectamente. Yo tampoco debería ir a esa clase de sitios, apenas me quedan cuatro dólares con que vivir hasta que reciba la paga. Desde luego, soy la persona menos práctica del mundo... Seguro que me moriría de hambre si la gente como tú no velase por mí.

—Te encantará el Automat —le aseguró Caroline con tono animoso.

El señor Shalimar salió de su despacho con un brazo sobre los hombros del señor Rice. Ambos se estaban riendo y, al pasar junto a las mesas de April y Caroline, se detuvieron.

—¿Quieres pasarte por el bar para tomar una copita, April? —preguntó el señor Shalimar. Acto seguido, miró a Caroline—. Tú también, Caroline.

April se puso roja al instante.

—Oh, nos encantaría —respondió en voz muy baja—. ¿A que sí, Caroline?

—Nos vemos abajo, en el Irlandés Antipático —dijo el señor Rice—. Daos prisa, chicas. —Los dos hombres se dirigieron juntos al ascensor. April empezó a guardar apresuradamente en el bolso sus avíos de maquillaje y, con las prisas, le cayó algo al suelo.

—El Irlandés Antipático —dijo—. Así es como llama al bar del edificio. ¿A que es todo un personaje?

Era la primera vez que Caroline estaba en el bar, y aguzó la vista en la penumbra para ver a quién reconocía. La sala estaba llena en sus dos terceras partes, con personas a las que había visto en los ascensores y los pasillos del edificio. Aquel parecía ser el bar extraoficial, el refugio, el lugar de encuentro y el club social de las cinco de la tarde de Fabian Publications. El señor Shalimar y el señor Rice estaban sentados a una mesa del rincón, con unas copas delante, y habían apartado sendas sillas para Caroline y April.

—¿Qué vais a tomar, chicas? —dijo el señor Shalimar.

—Un whisky —respondió Caroline. Fue lo primero que se le ocurrió.

April parecía estar librando una dura batalla interna.

—Yo también —dijo por fin, muy rápido y en voz baja. Se comió una galletita salada y volvió a ruborizarse.

—Bueno, ¿y qué haces en Fabian? —preguntó el señor Rice a Caroline.

—Esta semana estoy trabajando para la señorita Farrow —contestó.

El hombre puso los ojos en blanco con fingido espanto. Su rostro era completamente inexpresivo, con un ligero toque de cinismo.

—Es la prueba que hay que pasar para ingresar en la hermandad femenina —dijo—. La reservamos para las chicas más afortunadas.

«¡Qué casualidad! —pensó Caroline—. Es justo lo que dije yo cuando se lo conté a Mary Agnes.»

—Entonces tú eres Caroline Bender —intervino el señor Shalimar.

De pronto a Caroline se le quedó la boca seca.

—Sí —dijo.

—He encontrado un informe tuyo en mi mesa —explicó el director editorial.

—Sí, ya lo sé. —¿Por qué sonaba su voz como un graznido? Tomó un sorbo de su copa.

—He leído el manuscrito esta tarde —dijo él. Hizo una pausa y la miró—. ¿Sabes una cosa, señorita Bender?

—¿Sí?

—Resulta que estoy de acuerdo contigo.

—Oh, Dios mío… ——exclamó Caroline con gran alivio.

—Creo que yo no compraría ese libro —dijo el hombre.

—Dios mío… —repitió ella.

El señor Shalimar entrecerró los ojos.

—No me malinterpretes. Yo soy el director editorial, y compro lo que me gusta y rechazo lo que no me gusta sin atender a lo que digan mis editores, pero me complace tener a una lectora joven e inteligente cuyo criterio coincide con el mío; me hace sentir mejor.

—Espero llegar a ser lectora algún día —dijo Caroline.

—De acuerdo. Durante la semana que viene y la siguiente te daré un manuscrito todas las tardes para que te lo lleves a casa y lo leas. Redactarás un informe de lectura sobre cada uno de ellos. Una vez que haya visto cómo lo haces, tal vez te deje ser lectora.

—¡Sería fantástico!

El señor Rice esbozó una sonrisa irónica. A pesar de la sonrisa, su rostro apenas experimentó ningún cambio.

—El entusiasmo de la juventud… —comentó—. Si el viejo Fabian lo hubiese sabido, ni siquiera se habría molestado en pagar a estas crías para que trabajasen aquí, sino que les habría cobrado.

El señor Shalimar miraba con ojos penetrantes a Caroline, sentada frente a él.

—Hoy día el bien más preciado en el mundo de la empresa, si la gente lo supiera reconocer, es el entusiasmo. No me interesan los bobos. La gente bobalicona siempre hace comentarios trillados. Quiero editores que piensen que cada uno de los libros que sacamos al mercado es importante. Me trae sin cuidado que sea la peor bazofia del mundo; si el autor que lo ha escrito cree en él, y si los editores que ayudan a revisarlo creen en él, entonces la gente que lo compre también creerá en él. Lo que fallaba en el manuscrito que leíste anoche, Caroline, es que sonaba falso, todo era impostado. El autor creía que podía engañar a los lectores. Bueno, pues a mí no me engaña nadie. Y a ti tampoco te engañó. ¿Quieres adquirir experiencia?

—Sí —contestó ella.

—Yo te haré ganar experiencia. Te enseñaré. Soy editor desde hace cuarenta años, he enseñado a algunos de los mejores escritores. Conocí a Eugene O'Neill hace años y le di algunos consejos.

April emitió un suspiro casi inaudible, como si al fin hubiese alcanzado un momento de felicidad que llevara esperando mucho, mucho tiempo. El señor Shalimar se volvió para incluirla en sus confidencias. April lo miraba con ojos encendidos. El señor Rice puso su vaso de whisky casi boca abajo mientras su garganta se movía rítmicamente, al compás de cada trago. Tenía los ojos cerrados y no parecía escuchar nada de lo que explicaba el señor Shalimar.

Eran ya las nueve cuando Caroline se percató de que no habían comido nada más que galletas saladas, y el señor Rice, ni eso. April parecía estar en trance, con el torso inclinado hacia el señor Shalimar igual que una planta joven inclina el tallo hacia el sol en una ventana, y mientras escuchaba las historias que relataba el editor dejaba escapar risas y grititos ahogados. A Caroline le interesaba más el señor Rice, o Mike, como había pasado a llamarle. La atención que este dedicaba al señor Shalimar se debía, obviamente, más a la lealtad que a un verdadero interés, y Caroline empezó a sospechar que Mike Rice ya había oído todas las historias del señor Shalimar varias veces. Bebía en silencio, de forma constante y saboreando cada trago, como quien hace un solitario o teje un suéter, copa tras copa tras copa, sin dar muestras de estar emborrachándose. De vez en cuando la miraba a ella, le dedicaba una leve sonrisa y asentía con la cabeza; un bebedor habitual haciendo señales de que aún existe comunicación entre él y su compañero de mesa, pero sin interrumpir el ritmo. Era al señor Shalimar a quien le estaba costando beberse el licor.

El primer indicio que tuvo Caroline fue una mano huesuda y furtiva que le tocaba la rodilla. La cara y la voz del señor Shalimar, denotaban tal seguridad y autoridad que, por un momento, se le ocurrió la disparatada idea de que la mano que exploraba su pierna era de alguien que se hallaba debajo de la mesa. Parecía casi imposible que estuviera unida al brazo y el hombro del señor Shalimar. En ese momento Caroline percibió que se empañaba la voz del director editorial, quien se inclinó hacia ella mirándola a la cara.

—Mike, ¿te has fijado en lo guapa que es esta chica? —dijo.

Su voz ronca la aterrorizó. Se apartó de golpe para zafarse de la mano del hombre y volcó sin querer su vaso.

—Vaya… —exclamó Mike con tono afable. Levantó el vaso y se puso a limpiar la falda de Caroline con su pañuelo. No había nada personal en aquel contacto físico, lo que Caroline agradeció—. ¡Señorita! —Hizo señas a la camarera—. ¡Señorita!

La camarera se acercó a toda prisa con un puñado de servilletas. El señor Shalimar parecía ajeno al contratiempo y seguía hablando como si nada, con una voz un poco más cavernosa, sobre lo preciosa que era la cara de Caroline. April empezó a parecer desconcertada. De pronto miró al señor Shalimar con una mezcla de horror y complacencia. En esos momentos el hombre debía de estar tocándole la rodilla, pensó Caroline, que al instante sufrió un ataque de risa incontenible. Se excusó apresuradamente y corrió al aseo de señoras.

April apareció un momento después.

—Caroline, ¿estás bien?

—¿Y tú? ¿Cómo estás tú? —Caroline, que estaba doblada, rió sin parar hasta que le saltaron las lágrimas. En realidad nada de lo que había pasado era gracioso, pero se alegraba de poder reírse de todo aquello después de haber estado casi cuatro horas tan tensa y nerviosa.

—Creía que te encontrabas mal —dijo April, preocupada.

—No, estoy bien. ¿Crees que podremos escaparnos e ir a cenar?

—Estaba pensando… ¿y si nos invitan a cenar? ¿Crees que lo harán?

—¿Es que quieres cenar con ellos?

—Bueno, ni tú ni yo andamos sobradas de dinero. Desde luego, nos ayudará a pasar el resto de la semana si nos invitan a cenar esta noche.

—Podríamos volver y decir que tenemos hambre, a ver qué pasa.

—¿Te importa? —preguntó April.

—No… No me importa. —Caroline se empolvó la nariz y se pintó los labios—. Podré soportarlo si tú también puedes.

April se volvió para mirarla, sorprendida.

—¡Te estás riendo de él!

—Bueno, tienes que admitir que ha sido muy gracioso.

—¿Gracioso? ¿Qué tiene de gracioso? A mí me parece la persona más interesante que he conocido en mi vida.

—¿Ah, sí? —exclamó Caroline, escéptica.

—¡La vida que ha llevado… la gente que conoce! Me pasaría toda la noche escuchándolo.

Caroline no resistió la tentación de decirlo.

—Y él también estaría encantado, siempre y cuando no apartaras la pierna…

April se puso roja como un tomate.

—Oh, Dios santo… —exclamó, y se tapó la cara con las manos.

Caroline la rodeó con el brazo.

—Es un poco sobón, eso es todo. Tú no digas nada y él tampoco sacará el tema a colación.

April sonrió con cierta tristeza.

—Tenía ganas de cenar contigo a solas. Hay muchas cosas de las que me gustaría hablar contigo… Esperaba que pudiéramos llegar a conocernos mejor.

—Y lo haremos.

—¿Tienes que volver a casa esta noche? A lo mejor podrías quedarte a dormir conmigo.

Con el whisky que había bebido, Caroline estaba alegre y feliz, y era amiga del mundo entero.

—Eso estaría muy bien —contestó. Nunca había visto el apartamento de ninguna chica que trabajase y viviese sola en Nueva York, pero por las revistas de moda que había leído se había formado una idea al respecto, y se imaginó charlando tranquilamente con April hasta las cuatro de la mañana en un apartamento minúsculo y austero pero muy chic, como el que a ella misma le gustaría tener en un futuro próximo.

—Es un cuchitril —dijo April—, pero a mí me gusta.

—Me encantaría verlo. Venga, vayamos con esos dos calaveras…
—Salieron del lavabo y regresaron a la mesa del rincón. Mike Rice estaba allí sentado, solo.

—El señor Shalimar ha tenido que irse a casa —dijo.

—Vaya, qué lastima… —repuso April—. Ni siquiera hemos tenido ocasión de darle las gracias.

Caroline se volvió hacia Mike y por una fracción de segundo él le sostuvo la mirada. La joven esperaba encontrar un atisbo de socarronería en sus ojos, o al menos el cinismo habitual, pero para su sorpresa se topó con una mirada de advertencia.

—Ya se las daréis mañana —dijo el hombre.

—Por supuesto —murmuró April. Se sentó en su sitio y empezó a juguetear con sus guantes, sin saber si debían marcharse o quedarse.

Mike llamó a la camarera y señaló los vasos. Caroline también tomó asiento. Durante un minuto a ninguno se le ocurrió nada que decir.

—Tenéis que entender al señor Shalimar —dijo Mike al fin.

Había algo en Mike Rice que a Caroline le gustaba; tenía la sensación de que podía decirle cualquier cosa sin que él se escandalizara ni pensara que sus comentarios estaban fuera de lugar.

—Puede que esté equivocada —dijo—, pero tengo la impresión de que ha vivido tiempos mejores, de que ha caído desde muy alto y ahora se avergüenza. No hace más que hablar del pasado y de lo importante que fue.

—Bueno, acabaréis sabiéndolo de todos modos… —repuso Mike—. Sospecho que os vais a quedar aquí una buena temporada, así que… No es que haya caído de ningún sitio, porque nunca ha estado arriba ni nada parecido.

—Entonces, ¿toda esa gente a la que ha conocido? —se extrañó Caroline—. Las anécdotas que cuenta… ¡Pero si siempre está hablando de Eugene O'Neill!

No había el menor asomo de sonrisa en el rostro de Mike, solo una expresión de profunda compasión. No dejaba de ser sorprendente, pensó Caroline, que un hombre que se hallaba en semejantes condiciones sintiese lástima de alguien como el señor Shalimar.

—Ya sabes qué pasa cuando la gente habla todo el tiempo de algún famoso —dijo Mike—. El señor Shalimar conoce a Eugene O'Neill, pero Eugene O'Neill no lo conoce a él.

—¡Dios mío! —exclamó April, mordiéndose el pulgar.

—Sed buenas —prosiguió Mike—, olvidad lo que os he dicho y tratad al señor Shalimar con el máximo respeto. Es un hombre amargado, pero tiene razones para estarlo. Es terrible saber que tienes cincuenta y cinco años y que has de preocuparte a todas horas por si pierdes un trabajo que ni siquiera está a la altura de tu capacidad.

—¿Y por qué iba a perder el trabajo? —quiso saber Caroline.

—Por culpa de la gente joven e inteligente. Personas como tú, por ejemplo. Jóvenes con ambición que escriben unos informes brillantes de forma instintiva. Un hombre que tiene que vivir en un pasado que en realidad nunca existió tiene miedo de muchas cosas.

—Pero no puede tener miedo de mí... —exclamó Caroline, incrédula.

—No, ahora no. De momento no representas ninguna amenaza para él, pero dentro de un par de años... ya veremos. Escúchale con atención y respeto cuando te enseñe algo sobre el negocio en el que estás metida. No te creas tan lista. Limítate a escuchar y a recordar todo lo que diga.

Había empezado a arrastrar las palabras, y Caroline se dio cuenta de que estaba muy borracho. Mike sacó del bolsillo un fajo de billetes arrugados y los arrojó sobre la mesa.

—Con esto bastará para pagar las copas y seguramente un sándwich para cada una, chicas —dijo. Apoyó las manos en la mesa y tomó impulso para ponerse en pie—. Nos vemos mañana.

—Muchas gracias, señor Rice —dijo April.

—Sí, gracias —murmuró Caroline. Estaba dándole vueltas a la cabeza, preocupada. No quería alcanzar el éxito profesional si eso significaba tener que andarse con cien ojos con gente de vida turbia que le tenía miedo por razones desconocidas. Aquella misma mañana, Caroline había tenido miedo de hablar con el señor Shalimar, y por la noche él le había sobado la pierna y a ella le habían dicho que algún día sería el director editorial quien la temería a ella. Estaba pensando que no le gustaba nada el mundo laboral y, sin embargo, se sentía exultante. Era todo como un sueño en el que podía conseguir cuanto se propusiese, siempre y cuando fuese con mucho, mucho cuidado.

Mike Rice se inclinó hacia ella y le tocó el entrecejo, que la joven tenía fruncido. Sus dedos eran muy delicados.

—Te acabo de decir: «No te creas tan lista», ¿verdad? Bueno, pues rectifico: no dejes que nadie sospeche que te crees muy lista. Porque ¿sabes qué? Eres la mar de lista. —Le dio unas palmaditas en la mejilla y se marchó rápidamente, haciendo notables esfuerzos por caminar sin tambalearse, con el abrigo de piel de camello echado sobre los hombros como si fuera una capa.

—¿De qué está hablando? —preguntó April, que seguía al hombre con la mirada.

—No lo sé… —respondió Caroline—. Todavía.

Cenaron en aquel mismo bar y luego Caroline telefoneó a su madre, se compró un cepillo de dientes y se fue con April al apartamento de esta. Había un cochecito de bebé en el vestíbulo del edificio, además de dos cubos de basura y una hilera de buzones en una pared. Cuando subían por las escaleras, Caroline oyó el sonido de un televisor procedente de un apartamento y chillidos que salían de otro donde se celebraba una fiesta y cuya puerta estaba abierta de par en par.

—Mira. —April dio un codazo a Caroline—. En este edificio todo el mundo es muy abierto y simpático. Podríamos entrar si quisiéramos. Hay tanto humo dentro que ni siquiera se enterarían.

El apartamento de April estaba a oscuras. La joven encendió la luz y corrió hacia la ventana.

—¡Ven a ver mi jardín, Caroline!

Caroline estaba examinando la habitación. Era diminuta, y la ropa de April estaba desperdigada por todas partes. Había una taza con un poco de café frío en una mesita junto a una pila de los últimos números de todas las revistas de moda. Había dos puertas, una de las cuales debía de llevar al dormitorio, ya que allí no había ninguna cama. En realidad, el mobiliario era escaso, y ni siquiera había una alfombra. Era un cuchitril, no había más remedio que admitirlo, pero Caroline sintió cómo se le aceleraba el corazón. Se podía adecentar fácilmente, y entonces sería un sitio delicioso. Qué maravilla tener un apartamento propio... con sus cosas repartidas por doquier y su gusto personal reflejado en cada rincón.

—La cama está en la pared —explicó April—. Yo dormiré en el somier y tú en el colchón. Aquí está el cuarto de baño, y la cocina está en el hueco de este armario. ¡Ven a ver mi jardín, Caroline!

La joven se asomó a la ventana y tres plantas más abajo entrevió en la penumbra la silueta de unos árboles. Eran árboles de ciudad, larguiruchos y más bien esmirriados, y a duras penas podía decirse que aquel fuera el «jardín de April», salvo porque esta podía contemplarlo desde arriba, pero Caroline se quedó prendada en cuanto lo vio.

—Me encanta tu apartamento. Qué suerte tienes...

—¿Lo dices en serio? —La cara de April se iluminó de alegría—. Temía que te pareciese un cuchitril mugriento.

—Con un sueldo de cincuenta dólares a la semana no esperaba que vivieses en un ático.

—Sí, ya lo sé. Es una pena andar siempre corta de dinero. Después de pagar el alquiler, el teléfono y la comida, no me llega siquiera para ir al cine. Tengo que quedarme aquí todas las noches leyendo revistas. Conozco a una chica que vive en este edificio y que trabaja en Fabian. Se llama Barbara Lemont. Es la secretaria de la directora de la sección de belleza de *America's Woman* y dice que me pasará todas las revistas de moda cuando acabe de leerlas. En ese departamento dan las revistas gratis a los trabajadores. Ya he empezado a leer algunas. —April sonrió con timidez, como si fuera una niña—. ¿Sabes qué? Que me estoy culturizando. ¿Te apetece un poco de chocolate caliente?

—Me encantaría.

April empezó a moverse por su minúscula cocina para preparar el chocolate.

—Nunca habría conocido a Barbara en Fabian porque trabaja en otra planta. Es como si fuera otro mundo. Dios mío, ¡si en la planta treinta y uno, tienen hasta una cocina donde preparan los platos a los que luego hacen las fotos que sacan en la revista! La mayoría no se pueden comer, porque echan colorantes para que la foto salga mejor. ¿No te parece un despilfarro? Pero a veces dejan que las chicas se lleven a casa algún plato suculento, como un pavo asado. Me parece que tendría que pedir el traslado. Y si crees que se me hace la boca agua solo de pensarlo, no te equivocas. Últimamente tengo hambre a todas horas. No estoy acostumbrada a cenar solo unas míseras galletas de mermelada de higos. En casa las cenas eran siempre espléndidas. —Puso las dos tazas de chocolate encima de la mesita, retiró una pila de ropa de un sillón, se quitó los zapatos y se sentó. Caroline tomó asiento en el otro sillón.

»Ojalá conociese a algún chico —siguió diciendo April— que me llevase a cenar a restaurantes y se portase bien conmigo. ¿A quién quiero engañar? Me daría igual que no me llevase a cenar fuera, siempre y cuando estuviésemos enamorados. ¿Sabes que Barbara Lemont, que solo tiene veinte años, como nosotras, ya ha estado casada, se ha divorciado y tiene una niña de un año? ¿Has visto el cochecito de bebé que hay en el vestíbulo? Es suyo. Quiere venderlo. Ella tampoco tiene dinero. Nadie que yo conozca tiene dinero.

—Qué pena eso del cochecito… —comentó Caroline—. La mayoría de la gente lo guarda para el siguiente hijo. Es como si no esperara volver a casarse.

—Así es —dijo April—. Supongo que no tiene espacio. Los apartamentos de este edificio no son demasiado grandes. Vive con su madre y con la niña; su padre murió. Seguro que no lo tiene fácil para salir con hombres. Como ha estado casada y eso…

—Sí —repuso Caroline. Estaba cómodamente ovillada en el sillón, con los brazos alrededor de las rodillas, y no tomaba chocolate caliente desde que era niña. Empezaba a experimentar esa sensación que fluye después de medianoche, cuando los pensamientos se abren, como una flor, y salen en busca de algún descubrimiento, alguna verdad novedosa que en realidad es tan antigua como los cientos de años que las chicas llevan haciéndose confidencias en la relajante intimidad de la noche—. Los hombres son un caso. Por lo visto creen que las mujeres que han estado casadas no saben vivir sin sexo. No sé si será verdad. ¿Tú qué crees?

—Yo tampoco lo sé —respondió April. Hizo girar la taza de chocolate entre las manos, observando con atención las rosas que tenía pintadas como si fueran algo fascinante—. ¿Tú eres virgen?

—Tengo que admitir que sí, lo soy. ¿Y tú?

—Sí, claro. ¿Qué quieres decir con eso de «admitir»? Las chicas de mi ciudad nunca admitirían que no lo son… si es que hay alguna que no lo es, que no lo sé.

—Es que no me siento orgullosa de eso, la verdad —dijo Caroline—. Simplemente es algo que no puedo entregar así como así. Si mi madre me oyese hablar de esto con tanta naturalidad se subiría por las paredes. Solo me dio dos reglas fundamentales para enfrentarme a la vida: no dejes que los chicos te toquen y hazte socia del Radcliffe Club.

April sonrió.

—La mía no me enseñó nada a ese respecto porque en mi casa nunca se habla de sexo. Se da por sentado que todas las chicas solteras son vírgenes, salvo aquellas que han protagonizado algún escándalo. A mi madre no se le ocurriría decirme que no me acostara con ningún chico, del mismo modo que no me diría que no robase un coche, por ejemplo. Sabe que ni se me pasaría por la cabeza.

—Pero ¿piensas en hacerlo?

—Pienso sobre el hecho de hacerlo. A todas horas. Pero eso es un poco distinto, ¿no?

—Cuando cumpla los veintiséis, si no me he casado para entonces, tendré un amante —afirmó Caroline.

—¿En serio? —April parecía un poco escandalizada. Luego meditó al respecto—. Creo que tienes razón. Si ya eres mayor, tienes derecho a disfrutar de la vida.

—Yo quería acostarme con Eddie —confesó Caroline—. Era mi prometido en la universidad. De veras que quería, pero en el último momento siempre me daba miedo. Creo que temía perderlo y además me asustaba que el hecho de llegar hasta el final no fuese tan maravilloso como siempre había imaginado. Supongo que todo el mundo fantasea con la idea de que será algo magnífico, y luego esperan y esperan y se convierte en algo demasiado importante. Como el primer beso, o el primer lo que sea. Debería ser algo espontáneo, no planeado meticulosamente, porque de lo contrario lo más probable es que te lleves una decepción.

—Supongo que te pareceré una tonta de remate —dijo April—, pero cuando intento imaginarme que me voy a la cama con alguien, nunca sé qué se hace con la sábana y las mantas. ¿Te metes debajo de la manta o la quitas primero?

Caroline no pudo contener la risa.

—¿Es que nunca te has besuqueado con nadie en una cama?

—¡No, por Dios! En una cama, no.

—Bueno, pues cuando llegue el momento, el chico, sea quien sea, sabrá qué hacer con la manta, no te preocupes.

Se quedaron en silencio unos minutos, cada una ensimismada en sus pensamientos.

—Si tuvieras que echarte un amante la semana que viene —dijo April—, es solo un suponer, ¿quién te gustaría que fuese? ¿Qué clase de hombre te gustaría para tu primera vez?

—Alguien de quien estuviese enamorada —contestó Caroline—. Pero sobre todo debería ser considerado y tener suficiente experiencia para saber lo que está haciendo.

—Un hombre mayor —señaló April—. Creo que debería ser un hombre mayor.

—Pero no demasiado mayor.

—No, no. Pero tampoco un veinteañero. Imagínate que pudieras elegir a quien quisieras y que hubieses decidido tener una aventura sentimental. ¿A quién escogerías? Puede ser una estrella de cine o alguien de la oficina… cualquiera.

—Muy bien —dijo Caroline.

—¿Ya lo sabes?

—Mmm… Mmm… —Y de pronto lo supo, y la elección le pareció tan natural como si lo hubiese sabido desde el principio, y tan estimulante como si fuese disparatada e improbablemente posible—. Solo lo estamos imaginando, que conste.

—Sí, claro.

—Con Mike Rice.

4

Las chicas que, como Caroline, acaban de dejar atrás quince años de educación formal ininterrumpida, siguen dividiendo el año en los mismos períodos que cuando estudiaban, en vez de regirse por el calendario. Para ellas el año no empieza el 1 de enero, sino el 1 de septiembre. La primavera no es una época de esperanza y florecimiento, sino de despedidas y leves punzadas de tristeza. El año se parte por la mitad a finales de enero, que es la época de exámenes, de pánico, de ropa sucia, de noches en blanco hincando los codos a última hora. Así pues, a Caroline le resultaba muy extraño estar en Nueva York a finales de enero sin nada que le provocase un revuelo emocional.

Todas las tardes se llevaba un manuscrito a casa para leerlo y comentarlo, y aunque al principio había tenido que redactar el texto una y otra vez como si fuera un trabajo de clase para resumirlo al máximo y destacar solo lo importante, no tardó en pillarle el tranquillo y escribir sus impresiones directamente sobre la hoja de comentarios oficial. Al reseñar los primeros libros pensó que nunca podría ser editora, pero al cabo de tres semanas hizo un descubrimiento asombroso y muy alentador: algo que al principio parece misterioso puede acabar convirtiéndose en algo casi automático. De hecho, a finales de enero empezó a sentir cierto resentimiento hacia el señor Shalimar porque este continuaba engullendo el producto de sus horas extraordinarias sin dar la menor señal de que algún día le permitiría ser lectora oficial de la casa.

Había adquirido la costumbre de tomar el expreso de las siete hacia Port Blair tres tardes por semana. Esas tardes, antes de coger el tren iba al bar de Fabian para tomar una copa con el señor Shalimar, Mike, April y otras dos o tres chicas de la oficina a las que el señor Shalimar conseguía convencer. Estaba casi segura de que le caía bien al editor, porque April y ella eran las únicas que lo acompañaban siempre. Ella en cambio no sentía especial simpatía por él. No podía vencer del todo el temor que le infundía, un temor que le impedía entrar en trance cuando él empezaba a contar sus viejas batallitas a las chicas que iban al bar por primera vez. Las dos razones por las que seguía aceptando sus invitaciones eran su deseo de convertirse en algo parecido a un miembro de su círculo más íntimo y su sentimiento de amistad hacia Mike Rice. Siempre se las arreglaba para sentarse enfrente del señor Shalimar, no a su lado, a fin de que fuera otra chica la involuntaria destinataria del roce de su cariñosa mano, de modo que indefectiblemente acababa sentada junto a Mike. A menudo lo miraba a hurtadillas y pensaba lo mismo que le había venido a la cabeza al ver el apartamento de April por primera vez: se podía hacer muchísimo por mejorar aquella fachada ruinosa. Mike tenía la clase de rostro aristocrático y bien proporcionado y de cuerpo atlético aunque enjuto que resultan difíciles de ajar, aunque al parecer hacía todo lo posible por conseguirlo.

Pese a lo que había dicho a April aquella noche en su conversación íntima, Caroline nunca había considerado a Mike como un posible amante. No sabía bien cómo lo consideraba en realidad. Esperaba que algún día fuera su amigo. Sabía que le inspiraba confianza y que representaba una clase de vida y una clase de mundo que para ella eran un misterio, y muy interesante, además. Nunca lo comparaba con Eddie ni se obligaba a pensar en Eddie como defensa contra él. Eddie era una herida que no se había cerrado todavía, como si le hubieran arrancado una parte importante de sí misma. Si estuviese saliendo con otro chico, se habría visto impulsada a compararlo con Eddie, pero no tenía que comparar a Mike Rice con nadie. De todos modos, en su limitado círculo no había nadie con quien pudiese comparar a Mike.

A pesar de estar absorta analizando sus sentimientos sobre una situación que seguía siendo nueva para ella, Caroline no pudo menos de advertir la lenta transformación que se estaba obrando en April. La primera señal llegó la mañana siguiente a su primer día de cobro, cuando April apareció en la zona reservada a las mecanógrafas con aire triunfal y el pelo corto, ondulado y rociado de laca. El efecto —o, mejor dicho, el contraste con la melena de antes— era un tanto inquietante, como ver a una de esas antiguas faraonas egipcias completamente calva sin su tocado. A las cinco en punto de ese día, April abordó a Caroline.

—Todavía hay algo que chirría, ¿a que sí? —dijo tímidamente—. Parezco un adefesio.

—No, es que el pelo te queda un poco tieso... —repuso Caroline con tacto.

—Quería tenerlo como tú —dijo April—. Dime a qué peluquería vas.

Cuando al día siguiente April llegó a la oficina, parecía otra persona, con el pelo esponjoso, las cejas bien perfiladas, que le daban un aire de chiquillo travieso, y una base de maquillaje muy clara que disimulaba las pecas de campesina. Caroline había olvidado que tenía una cara hermosísima, pero ahora saltaba a al vista. April llevaba un vestido de punto negro muy sencillo que había visto en una de sus revistas de moda de segunda mano.

—¡Caramba! ¡Mirad qué estrella de cine tenemos aquí! —exclamó el señor Shalimar.

April aún podía ruborizarse, a pesar de la capa de maquillaje Elizabeth Arden.

—Me he comprado otros dos vestidos, un par de zapatos, un bolso y un abrigo, y lo he cargado todo a mi tarjeta de crédito —le confió a Caroline—. El año que viene aún no habré acabado de pagarlo.

—Ha merecido la pena —le aseguró Caroline—. Estás muy guapa, de veras. Guapísima.

Cuando April sonrió, las cejas bien perfiladas dieron un aire de atrevimiento a su expresión, o tal vez fue la curva que formó el nacimiento del cabello alrededor de su cara.

—¿Has oído lo que ha dicho?

—¿Quién? ¿«Pálidas manos que amé en el Shalimar…»?

—Oh, eres muy, muy mala —musitó April entre risas, y acto seguido salió disparada hacia el despacho del señor Shalimar con el bloc de taquigrafía en una mano y alisándose la falda con la otra.

La señorita Farrow tenía una secretaria eventual, la chica a la que Caroline había visto sentada, hecha un manojo de nervios, en la sala de la recepción unas semanas antes. «Lo mejor sería que contrataran a una secretaria eventual —había dicho Mike a Caroline—. De todos modos ninguna le dura más de unos meses.» La joven se llamaba Gregg Adams y era actriz. Caroline pensó que debía de haber miles de actrices de las que jamás había oído hablar, que ganaban quizá doscientos dólares al año como figurantes en televisión o representando pequeños papeles en producciones off-Broadway, y que se pasaban el resto del tiempo presentándose a pruebas y aceptando trabajos de oficina temporales mientras esperaban a que las llamasen. Gregg era esbelta y de estatura media, con la cara de una niña de catorce años. Tenía el pelo rubio, largo y liso, pero no era una melena desgreñada, sino de las que se mecían como si fuesen una sola pieza cuando la chica se movía rápidamente. Llevaba el maquillaje habitual, salvo el pintalabios, lo que acentuaba aún más su aspecto de quinceañera. Caroline se quedó de piedra al enterarse de que tenía veintitrés años. Gregg tenía una de esas bocas que hacían que fumar un cigarrillo pareciese algo pecaminoso.

La señorita Farrow trataba a su nueva secretaria como otras personas tratan a su caballo o a su perro antes de que intervenga la Sociedad Protectora de Animales. Despreciaba a los trabajadores eventuales, pues estaba convencida de que, cuando al fin aprendían algo, se largaban, así que era una pérdida de tiempo enseñarles nada.

—¿Sabes lo que hizo la señorita Farrow el viernes pasado? —dijo Mary Agnes a Caroline, casi sin aliento—. Dio una fiesta en su casa e invitó a Gregg, y luego la tuvo toda la noche llevando bandejas de aperitivos a los invitados, vaciando ceniceros y preparando bebidas. ¡Como una sirvienta! ¿Has visto qué cara más dura?

—¿Y qué hizo Gregg?

—Nada —respondió Mary Agnes.

—Estás loca —dijo Caroline a Gregg más tarde, en el aseo de señoras—. Si dejas que te manipule de esa manera, la próxima vez será aún peor.

—No pasa nada —repuso Gregg con dulzura. Tenía una vocecilla muy tierna, infantil—. Antes de irme a casa le birlé dos botellas de whisky.

A Caroline le cayó bien Gregg, y empezaron a almorzar juntas casi todos los días, a menudo con April. Gregg era de Dallas, de familia de clase media alta, y Caroline no pudo resistir la tentación de preguntarle inmediatamente si conocía a Helen Lowe. No la conocía, pero había oído hablar de la familia, por supuesto. Gregg era la menor de tres hermanas y se había pasado la mayor parte de su vida en internados, siempre sola, porque la hermana mediana le sacaba cinco años y ya iba a la universidad cuando ella empezó la secundaria. Sus padres se habían divorciado y vuelto a casar varias veces.

—Si me caso algún día —dijo Gregg a Caroline—, será para siempre. Llevo toda la vida diciendo adiós a gente que no volveré a ver y ya estoy harta. —La hermana mediana, que vivía en Texas, tenía veintiocho años y ya iba por su tercer matrimonio. La mayor también estaba divorciada—. No somos una familia demasiado fiel —añadió Gregg—. Yo soy la excepción. Yo tengo todo el pegamento que a alguien se le olvidó repartir al resto de la familia; ¡ojalá tuviera a alguien a quien untárselo!

Ni Caroline, ni Gregg ni April conocían a demasiados chicos en Nueva York. Caroline salía con alguno cada dos semanas, la mayoría de las veces eran citas a ciegas con muchachos tan horrorosos que no quería volver a quedar con ellos o pasárselos a sus amigas. Gregg conocía a varios chicos de su clase de arte dramático que tenían tan poco dinero como ella. Su madre le enviaba cierta cantidad, lo suficiente para pagar el alquiler de un apartamento minúsculo, la comida y algo de ropa, pero no para las clases de interpretación ni para las de ballet a las que acudía por las noches, razón por la cual tenía que soportar a la señorita Farrow en Fabian.

—Escucha —dijo Gregg a Caroline—, si quieres vivir en Nueva York, ¿por qué no compartimos piso? En mi apartamento tengo dos sofás cama, y pagaríamos a medias el alquiler, que es de cien dólares al mes. No encontrarás un apartamento decente para ti sola por cincuenta.

—Cuando sea lectora y me aumenten el sueldo, lo haré —dijo Caroline.

Gregg vivía en el segundo piso de un edificio sin ascensor, encima de una lavandería china, en un barrio respetable y seguro, aunque decadente y un poco abandonado. El propietario de la lavandería, que sentía verdadera ansia por respirar aire fresco, dejaba la puerta del establecimiento abierta de par en par durante todo el día, ya fuese verano o invierno. Al pasar por delante para acceder al edificio se oía el siseo de la máquina de planchar, y los días en que hacía frío las nubes de vapor que ascendían por el aire hacían que cualquiera que entrase en el apartamento de Gregg tuviese la sensación de estar subiendo a un tren. A Caroline no le importaba en absoluto, y le gustaba el apartamento, que, al pertenecer a un edificio de ladrillo reformado, tenía unos ventanales enormes que iban del suelo al techo, acabados en arcos de medio punto como los de una iglesia. Había un balcón diminuto fuera de cada ventana, justo lo bastante grande para dar cabida a varios centímetros de polvo y hollín y al gato callejero de rayas de Gregg, que utilizaba los balcones para su paseo diario.

Ahora Caroline tenía más razones que nunca para querer el ascenso, de modo que empezó a preocuparse. Hacía varios días que la secretaria del señor Shalimar se había reincorporado, así que April estaba de vuelta en la sección de mecanografía y no podía decirle si el editor estaba sopesando la posibilidad de hacer algo respecto a sus informes de lectura. Todas las tardes el hombre se paraba un momento en la mesa de Caroline y le decía: «Gracias por tus comentarios. Son muy útiles». De vez en cuando decía: «He leído tu comentario con mucho interés, y ruego a Dios que no tengas razón». Ella no quería presionarlo ni mostrarse demasiado impaciente, pero empezaba a temer que estuviera utilizándola para que hiciera dos trabajos por un solo sueldo, que además era el de menor cuantía, y no sabía muy bien qué hacer al respecto.

Entretanto, pasaba a máquina algún que otro trabajo cuando no había ninguna otra chica disponible, ayudaba a sus compañeras y pasaba por delante del despacho del señor Shalimar con cualquier excusa, no porque fuera a sacar ningún provecho, sino porque le hacía sentirse mejor. Empezó a encontrar en su mesa pilas de papeles procedentes del despacho de la señorita Farrow. Hizo el trabajo sin rechistar durante varios días, hasta que un buen día preguntó a Gregg:

—¿Todo esto me lo mandas tú? No es que me importe, pero tengo mucho trabajo mío, la verdad.

—Es la señorita Farrow la que te lo deja —explicó Gregg—. Yo me paso la mitad del tiempo sin hacer nada. O piensa que soy idiota, o siente debilidad por tus dotes de mecanógrafa.

—¿Debilidad por mis dotes de mecanógrafa? —se asombró Caroline—. Eso sí es una novedad.

Con su carga de trabajo habitual más el que le añadía la señorita Farrow, Caroline iba siempre muy apurada y estaba exhausta al término de la jornada, por lo que leer los manuscritos por la noche ya no constituía un placer, sino más bien un incordio. Si de ella hubiese dependido, habría aplazado por norma el trabajo que le encargaba la señorita Farrow, pero cada pila iba acompañada de una nota manuscrita en la que se leía «Urgente» o «Para hoy, por favor» o «Tiene que hacerse de inmediato». Caroline sabía que no era mejor secretaria que las demás chicas y empezó a preguntarse por qué la elegía para aquellas tareas extra. Un día, a las cinco menos cuarto, cuando ya estaba terminando, la señorita Farrow salió del despacho y dejó un paquete de cartas encima de su escritorio.

—Las he corregido. ¿Querrá pasarlas a máquina, señorita Bender, y dejarlas en mi mesa antes de marcharse, por favor?

—No creo que pueda terminarlas hoy, señorita Farrow.

La mujer entrecerró los ojos y respiró hondo.

—Escucha, niñata —dijo—, crees que eres lectora de esta editorial, pero no es así. Eres solo una mecanógrafa más, no lo olvides. No eres una editora, ¿te enteras? —Dio media vuelta y echó a andar rápidamente hacia su despacho.

—¿Qué te ha dicho? —preguntó Mary Agnes—. Dímelo, Caroline. Por la cara que has puesto parece que te haya dado un bofetón.

El estupor de Caroline fue tan absoluto que al principio no sintió nada; luego tuvo ganas de echarse a llorar, y al cabo de un momento, cuando lo entendió, le entraron ganas de reír a carcajadas.

—Supongo —dijo a Mary Agnes— que ha dicho que al final seré lectora de la editorial.

Era curioso, pensó, lo rápido que se adaptaban las personas a la corriente de sentimientos que se daban en la oficina: los miedos, las envidias, las connivencias y los temores secretos. No era conveniente pensar que nadie tenía miedo; desde luego, si el señor Shalimar desconfiaba de la ambición de la juventud, también debía de desconfiar la señorita Farrow. Las chicas que, como Mary Agnes, no tenían más ambición que cumplir con su trabajo satisfactoriamente, desaparecer a las cinco en punto y ponerse en la cola del banco el día de cobro eran la columna vertebral de la oficina, y esta no podía funcionar sin ellas. Sin embargo, la empresa no obtendría beneficios si todos sus trabajadores fueran como Mary Agnes, y todo el mundo lo sabía, desde el señor Fabian hasta la propia Mary Agnes. Era la entusiasta recién llegada, la instigadora, quien ponía las ruedas del pánico en movimiento, y las personas como la señorita Farrow estaban tan alerta que sabían quién era antes de que la propia recién llegada lo supiera. «Qué ingenua he sido —pensó Caroline— al creer que podría ser editora sin pisotear a nadie, y aquí estoy, sin ningunas ganas de hacerlo y sin tener ni idea de por dónde empezar.»

—¡Oye, eso es estupendo! —decía Mary Agnes—. Y más teniendo en cuenta el poco tiempo que llevas aquí. Pues si vas a ser lectora, no tienes que hacer todo ese trabajo extra que te manda la señorita Farrow. Ni siquiera tendrás tiempo de leer para el señor Shalimar si sigue cargándote así de trabajo. Deberías decírselo a él. Yo que tú no dejaría que esa mujer siguiera abusando así.

«¿He dicho que no tengo la más mínima idea de por dónde empezar? —pensó Caroline—. Mary Agnes sabe lo que hay que hacer mucho mejor que yo.»

—Tienes razón —dijo—. Muchas gracias, Mary Agnes.

Iba pensando qué le diría al editor al día siguiente mientras bajaba en el ascensor, con el manuscrito que había cogido aquella tarde en la mano. Le habría gustado hablar con él antes de marcharse, pero el señor Shalimar tenía la puerta cerrada y ella debía apresurarse para acudir a la cita a ciegas que le había concertado la señora Nature, pues el joven por fin la había llamado. El tal Alvin Wiggs se había convertido en un incordio, porque su presencia y sus planes se interponían como una barrera entre ella y algo que poco a poco había pasado a ser muy importante en su vida. La voz indecisa que había oído al otro lado del teléfono esa tarde no la había animado ni le había resultado prometedora, mientras que el manuscrito que llevaba en la mano encerraba un mundo de promesas.

«No deberías trabajar todas las noches —le había dicho su madre varias veces—. También tienes que salir. No todo en esta vida es trabajar...»

«Saldría ahora mismo si alguien me llamase», respondió ella. Pues bien, ahora alguien la había llamado y la esperaba a la puerta del edificio. Lo reconoció al instante, a pesar de no haberlo visto nunca. Era la única persona de la multitud que parecía no saber adónde iba; estaba tan nervioso que entraba y salía por la puerta giratoria una y otra vez mirando con ansiedad a todas las chicas que salían. Tenía unos treinta años, era de estatura media y estaba medio calvo.

—¿Caroline Bender? —dijo en voz muy alta en cuanto ella se detuvo a su lado—. ¿Eres Caroline?

Varias chicas de Fabian se volvieron a mirarlos con curiosidad al oír el nombre de Caroline, que sintió tanta vergüenza que deseó que se la tragara la tierra.

—Sí —contestó en voz baja. Lo tomó del brazo y echó a andar calle abajo hasta estar a una distancia prudente de la oficina.

El joven la miraba de arriba abajo. Tenía los ojos húmedos, cargados de ansiedad, y parecía aterrorizado. Caroline le soltó el brazo.

—Tú debes de ser Alvin Wiggs —dijo en tono amable.

—Sí.

—Muy bien —dijo ella.

Entonces fue él quien echó a andar.

—Cenaremos en Schrafft's —anunció.

«¿En Schrafft's? —pensó ella—. ¿Donde almuerzo con April y Gregg todos los días? ¿Tomates al horno y refresco de fresa con todas esas señoras y Alvin Wiggs?»

—Ah, ¿es uno de tus restaurantes favoritos? —preguntó.

El joven pareció ponerse nervioso.

—Yo no… nunca he estado allí, pero mi madre va siempre. ¿No quieres ir?

—Mmm… la verdad es que preferiría un sitio más… bueno, más oscuro, con música. Si no te importa.

—Creía que a las mujeres les gustaba ir a Schrafft's —dijo él con tono vacilante—. Ya sabes… por lo de las raciones pequeñas… Iremos a donde tú quieras.

«Puede que no tenga dinero —pensó Caroline—. No, la señora Nature dijo que trabajaba en la empresa de su padre.» Caminaron en dirección este hacia Madison Avenue y, después de pasar junto a varios restaurantes que a Caroline le gustaron, se detuvieron ante un local pequeño y oscuro del que ella había oído hablar; le habían dicho que la comida era buena y que no era muy caro.

—¿Qué te parece este? —preguntó.

—Muy bien. —Entraron, pasaron junto a la diminuta barra y los condujeron a una mesa. Eran los únicos en el comedor.

—¿Les apetece algo de beber? —preguntó la camarera.

—No, no —contestó Alvin—. Yo no. Tú tampoco querrás una copa, ¿verdad?

—Solo son las cinco y cuarto —dijo Caroline—. Me gustaría beber algo antes de cenar, a menos que tengas mucha hambre.

Caroline pidió un whisky con agua y Alvin Wiggs no pidió nada. Se sintió un poco avergonzada por tener que beber sola, pero sabía que si no bebía, no podría soportar una hora entera a solas con él. Lo miró y le dedicó una sonrisa radiante.

—Tendría que haberte traído uno de nuestros últimos libros —dijo—. ¿Has leído algo interesante últimamente?

—No me gustan los libros —contestó él—. Tardo unos siete meses en acabarme una novela. Prefiero las revistas de economía.

Caroline volvió a la carga.

—Es una lástima que no hayas encontrado ningún libro que te haya gustado. ¿Cuál fue el último que leíste?

—No me acuerdo.

Qué cubitos más curiosos había en su copa… Tenían unas burbujas minúsculas dentro. Caroline nunca había visto unos cubitos de hielo que le llamasen tanto la atención.

—La señora Nature es una persona estupenda, ¿verdad? —dijo él.

—Sí.

—Es muy agradable. Me cae bien.

—¿Conoces al marido de Francine?

—No —contestó él—. Me han dicho que es muy agradable. Me cae bien Francine.

—Sí —dijo ella.

—Francine es muy agradable —dijo él.

«Vaya… ¡nos hemos dejado al señor Nature!», exclamó Caroline para sus adentros. Le dieron ganas de reír. Solo eran las cinco y media.

—¿Me trae otro whisky, por favor?

—¿Está bueno?

—Sí, está muy bueno.

—A lo mejor lo pruebo. No bebo mucho.

—Eso está muy bien.

—Sí, pero lo probaré.

«A lo mejor es tímido», pensó esperanzada mientras Alvin se bebía la copa como si fuera un vaso de agua y ponía mala cara.

—¿Vives en Port Blair? —preguntó ella.

—Sí. Vivo con mis padres.

—¿Y te gusta vivir con ellos?

—Bueno, no me importa. Mis padres son muy buenos. Ya ni siquiera me preguntan a qué hora vuelvo a casa por las noches —respondió con orgullo.

—¿Qué edad tienes? Creo que la señora Nature no me lo dijo.

—Treinta.

Al oír eso Caroline no tuvo más remedio que tomarse otro whisky, solo uno más, y él la imitó. Luego pidieron la cena. El whisky la había envalentonado lo bastante para creer que podía emular a Sarah Bernhardt, y decidió que iba a entrarle un tremendo dolor de cabeza justo después de cenar.

—Conocí a un escritor famoso cuando estuve en Europa —explicó él animadamente, como si acabara de recordarlo.

«¿Lo ves? —se dijo Caroline—. Estaba equivocada. Debería haberle dado una oportunidad. Seguramente lleva una doble vida, una vida disoluta y cosmopolita que yo ni siquiera sospecho.»

—¿Ah, sí? ¿A quién?

—Mmm… Déjame pensar… ¿Cómo se llama…? Ah, sí, Ernest Hemingway. Yo estaba sentado en una cafetería de España con unos amigos y él estaba en otra mesa. —Se ruborizó ligeramente—. Le… le pedí un autógrafo.

—¿Y qué pasó?

—Que me lo dio.

Caroline lo miró con aire expectante, pero por lo visto aquel era el final de su historia sobre el encuentro con el escritor. «¡Vaya por Dios! —pensó Caroline—. Hasta el señor Shalimar sabe hacerlo mejor…»

El restaurante donde estaban era, por desgracia, muy eficiente en su especialidad: conseguir que los clientes acabaran a tiempo para llegar a la función del teatro. Además, habían sido los primeros en el comedor. Mientras tomaban el café, Caroline consultó el reloj con la esperanza de que fueran al menos las nueve (de la semana siguiente) y para su consternación descubrió que solo eran las seis y media. El efecto del whisky se había evaporado y no acababa de armarse de valor para fingir que se encontraba mal. ¿Y si decía algo así como «Huy, si me doy prisa, podré tomar el expreso de las siete en punto»?

—Supongo que cualquier persona para la que trabajaras se consideraría muy afortunada —decía Alvin, con los ojos húmedos de admiración. Caroline sentía demasiada lástima de él para tomarle antipatía o, al menos, para herir sus sentimientos. Solo quería irse a casa, irse a casa, irse a casa (su casa le parecía un refugio, un lugar muy hermoso al que no iba desde hacía mucho tiempo), e irse a casa era algo muy sencillo, pero completamente imposible para ella en esos momentos.

—Me apetece una copita de brandy —dijo.

—Ah... —El joven pareció sorprendido, pero enseguida se sumó—. Camarera, dos brandys.

Se los sirvieron en unas enormes copas muy bonitas.

—Háblame del negocio de los maniquíes —dijo ella—. Yo ya he hablado bastante del mundo editorial.

El joven reaccionó como si acabasen de pedirle que pronunciase un discurso ante cientos de espectadores hostiles. Parecía estar devanándose los sesos para encontrar algo que decir.

—Bueno, es la empresa familiar —dijo al fin—. Es un simple... negocio familiar. Solo la familia.

—Ya, pero ¿qué hacéis exactamente? —«¿Labores de espionaje? ¿Les colocáis microfilmes en el cuello?», pensó Caroline.

—Hacemos maniquíes para los escaparates de las tiendas. A ti debe de parecerte muy aburrido.

—No, no, qué va.

—Es que tú... llevas una vida tan emocionante... Todos esos escritores...

—Todo aquello que te gusta es emocionante —repuso ella.

—¿Y quieres dedicarte a eso siempre o te gustaría casarte algún día?

—¿No puedo hacer las dos cosas?

Él se quedó perplejo.

—Supongo que sí. Nunca me lo había planteado.

—Me apetece otro brandy —dijo ella—. Luego tendré que irme a casa porque debo leer sin falta un manuscrito para mañana.

—Pero si es muy pronto —protestó él.

—Es que es un manuscrito muy largo.

—Camarera, un brandy, por favor. Y la cuenta.

«Si hay algo que no soporto —se dijo Caroline— es beber sola mientras el otro me mira como me está mirando él ahora. Si hay algo peor que beber con alguien que no te gusta, es beber sola y ser observada por alguien que no te gusta.»

—¿Tú no te vas a tomar otro conmigo? Por favor...

—Yo... Bueno, está bien.

Vació la copa en tres tragos, con la expresión de quien ingiere un jarabe desagradable, y de repente dejó de poner mala cara y pestañeó varias veces.

—La segunda vez no está tan mal —comentó—. Te acostumbras al sabor. —Levantó el brazo y, en un asombroso alarde de chulería, chasqueó los dedos para llamar a la camarera.

«No soporto a la gente que hace eso», se dijo Caroline, aliviada por tener algo concreto contra él que era culpa del joven y no solo una consecuencia azarosa de su personalidad y su educación.

—Tengo que irme si no quiero perder el tren —anunció.

—Nunca he conocido a una chica tan agradable como tú —dijo él—. Eres la chica más agradable que he conocido. —La camarera se había acercado con dos copas de brandy, y Alvin se tomó una.

—Yo no quiero más —dijo ella poniéndose los guantes.

—Ya nos vamos —repuso él—, ya nos vamos… —Cogió la segunda copa y se la bebió, un tanto avergonzado—. Es una pena malgastarlo —murmuró, y acto seguido, sin venir a cuento, se echó a reír.

Ella se puso en pie.

—¿Podemos irnos ya?

Él cogió torpemente el cambio y la siguió muy de cerca hacia la puerta, casi pisándole los talones, como un san bernardo ebrio.

—Ten cuidado, no vayas a tropezar —murmuró, y la agarró del brazo. Caroline estaba segura de que no iba a tropezar, pero no podía decir lo mismo de él. Cuando llegaron al vestíbulo del restaurante, vio para su vergüenza que Mike Rice estaba sentado en la barra, solo, muy serio, con la mirada clavada en el espejo. Bajó la cabeza con la esperanza de que no la viese en compañía de Alvin Wiggs, ¡el único hombre con quien Mike la veía, y tenía que ser precisamente aquel! Pero ya era demasiado tarde. Mike la había visto reflejada en el espejo y se volvió girando despacio el taburete, con las cejas arqueadas.

—Hola —dijo. Saludó a ambos con un gesto de la cabeza y continuó girando hasta dar la vuelta completa y quedar de nuevo de cara a la barra. Caroline vio que seguía observándola en el espejo, con el rostro tan inexpresivo como siempre, con solo un destello risueño en los ojos.

—¿Qué pasa? —exclamó Alvin.

—Chist…

—Pero ¿qué…? ¿Quién es?

—Un escritor.

—¡Ah, pues preséntamelo! Quiero conocer a uno de esos escritores amigos tuyos. —Empezó a tirar de ella hacia la barra.

—¡Alvin, por favor!

—¿Os invito a una copa, chicos? —propuso Mike. Su tono afable y el hecho de que se refiriera a Caroline y a Alvin como «chicos» consiguieron aliviar en parte la vergüenza de que ella estuviera allí en compañía de un neurótico medio calvo diez años mayor que ella, que se había emborrachado con cuatro brandys y que estaba decidido a comportarse como un niño pequeño.

Alvin tendió la mano a Mike.

—Quiero conocer a un escritor famoso. Me llamo Alvin Wiggs.

Mike dejó que el otro utilizase su mano como punto de amarre y miró desconcertado a Caroline. Esta respiró hondo antes de hablar.

—Te presento al señor F. Scott Fitzgerald —dijo.

—¿F. Scott Fitzgerald? —exclamó Alvin. Su rostro se iluminó poco a poco—. ¡Caramba! Lo estudiamos a usted en la universidad. Escribía sobre… los años veinte y cosas así. Me alegro mucho de conocerlo.

—Yo también me alegro de conocerlo a usted —repuso Mike. Apartó la vista de Alvin para mirar a Caroline.

—Creía que estaba usted muerto —dijo Alvin—. Es lamentable.

—Vergonzoso —repuso Mike, muy serio—. Debería darle vergüenza decirme algo así. Estoy muy dolido.

—¡Oh, lo siento muchísimo! —se disculpó Alvin—. Mire, deje que le invite a una copa. Me alegro mucho de conocerlo.

Mike hizo señas al camarero para que les sirviera una ronda. Caroline advirtió que era un cliente habitual, y se preguntó cuándo emprendería su peregrinaje por los tugurios de la Tercera Avenida de los que le había hablado Mary Agnes. Después de medianoche, seguramente.

—¿Hace mucho que sois amigos? —preguntó Mike.

—Nos hemos conocido esta noche —explicó Caroline—. Una cita a ciegas. —Lanzó una mirada elocuente a Mike.

—Una auténtica suerte, ¿verdad? —terció Alvin, rebosante de felicidad, y se bebió su copa de un trago—. Disculpadme —añadió con voz pastosa y una sonrisa beatífica, y se dirigió con paso tambaleante hacia el servicio de caballeros, chocando con una pareja por el camino.

—Oh, no lo soporto… —exclamó Caroline—. ¡No puedo soportarlo! —A pesar de la vergüenza, se alegraba de ver a Mike. Le parecía una persona tan amable y sensata que se echó a reír.

—¿Qué es eso de las citas a ciegas? —preguntó él con curiosidad.

—Huy, es una vieja institución americana para juntar a dos personas que no pegan ni con cola. ¿No has tenido nunca ninguna?

—No —contestó él con cara de alivio—. Me casé cuando tenía dieciocho años. Además, a ninguna de las personas a las que conocía le interesaba lo más mínimo si tenía vida social. Esa costumbre tan primitiva debe de ser algo típico de Port Blair.

—No, no lo es.

—¿Y cómo piensas librarte de él? ¿Sabrás arreglártelas?

—Es culpa mía —dijo—. Yo le he obligado a dar ese primer paso por la peligrosa senda del Demonio Alcohol. ¿Cómo iba a saber que era el doctor Jekyll y míster Hyde? Ahora me siento responsable de él. Creo que debería acompañarlo y asegurarme de que sube sano y salvo al tren.

—Es él quien debería acompañarte a ti. Si no puede, déjalo plantado.

—Sería una falta de consideración por mi parte.

—¿Ah, sí? ¿Y no ha sido una falta de consideración por su parte invitarte a cenar y comportarse como se está comportando?

—Supongo que no puede evitarlo. Tiene un enorme complejo de inferioridad y creo que lo he intimidado.

Mike sonrió y esta vez la sonrisa se reflejó en todo su rostro, lo que hizo que pareciera otra persona a ojos de Caroline.

—Siempre justificas a todo el mundo, ¿verdad? —dijo.

Ella no estaba segura de si lo decía como un cumplido o justo lo contrario.

—No es nada malo —repuso.

—Es malo para ti.

—¿Por qué?

—Si te empeñas en que te guste quien no te conviene, luego no te engañes diciéndote que si es así o asá. Que si es digno de compasión, que si necesita tu ayuda, que si eres tú la que saca lo peor que hay en él... Admite que te gusta quien no te conviene, pero no busques razones que no vienen al caso.

Caroline levantó la vista y vio a lo lejos la cara pálida de Alvin, que avanzaba hacia ellos en la penumbra de la sala. Se dio cuenta de que ya había olvidado qué aspecto tenía.

—Me gusta lo que has dicho —le aseguró—, pero no se puede aplicar a mí y a Alvin. No es más que un hombre que ha entrado en mi vida por accidente y que volverá a salir de ella después de esta noche.

—No lo decía por ti y Alvin en concreto —repuso Mike—, lo decía por ti respecto a cualquiera. Podría ser alguien que tal vez llegara a importarte. Alguien que está mucho más cerca de ti.

La miraba fijamente mientras pronunciaba aquellas palabras, y por un instante Caroline se estremeció. No era un escalofrío de los que acompañan a un presentimiento, sino más bien de entusiasmo, de expectación ante lo desconocido, de aquella misma sensación de sueño hecho realidad que había experimentado cuando Mike le había dicho que el señor Shalimar tenía miedo de ella.

—¿Quién? —preguntó—. ¿Quién?

—Menos mal que no estoy tan borracho como Alvin —dijo Mike—, porque de lo contrario tal vez te lo diría y haría un ridículo espantoso.

Caroline se quedó mirándolo sorprendida, hasta que llegó Alvin y se interpuso jovialmente entre ambos. De todos modos, iba a llevarse algo consigo y a reflexionar sobre ello, y aquello le bastaba. Se sentía atónita y reconfortada por sus propios sentimientos. En realidad, ¿qué había dicho él? Nada. Y, sin embargo, podía ser mucho, muchísimo.

Durante el trayecto de vuelta a casa en tren, sentada junto a Alvin y fingiendo mirar por la ventana, se sorprendió pensando una y otra vez en Mike. Dejó que su recuerdo penetrase en su cerebro y se instalase en él, sin ningún recelo. Mike casi le doblaba la edad, y era un hombre maltratado por la vida y amargado. Estaba segura de que, como cualquier persona atormentada, él tenía en su pasado muchas cosas que despertarían su compasión —una decepción, un desengaño amoroso, un fracaso—, desgracias y episodios que tal vez no la mereciesen, pero que sin duda la provocarían en una chica como ella, para quien serían nuevos y espantosos y, por lo tanto, conmovedores. Estaba convencida de que Mike había tratado de prevenirla contra eso. Y como ella le importaba lo suficiente para advertirla contra sí mismo, Caroline se encontraba desarmada ante él. Pensó que debía de apreciarla no solo como a una amiga, pues en ese caso no le habría dicho nada. La posibilidad de una relación amorosa con Mike era la cosa más extraña que le había pasado en la vida y, no obstante, empezaba a parecer lo más natural del mundo.

No pudo evitar comparar a Mike, que era capaz de adivinar sus pensamientos más íntimos, con los muchachos aburridos y deprimentes con quienes había salido tras terminar la universidad. Entre aquellos chicos y ella parecía haber una barrera, erigida porque ella, era una mujer y ellos, hombres, y cada uno quería algo del otro. Era algo así como una competición juvenil. Con Mike, en cambio, era como si, precisamente por el hecho de que él fuera un hombre y ella, una mujer, cada uno tuviese algo que aportar al otro. Caroline no tenía miedo de él. Para ella lo peligroso era que le hiciesen daño. No creía que tener una relación con él pudiese entrañar ningún otro peligro. El riesgo de sufrir un cambio de actitud ante la vida, de llegar a tener una mente tan curtida como la de él, parecía muy remoto.

5

Gregg Adams estaba en la ducha, y su estado de ánimo era mucho mejor que sus dotes de cantante. Se sentía feliz —lo que para ella significaba que esa noche no estaba en absoluto deprimida—, de modo que cantaba y se echaba agua por el cuerpo a toda prisa para enjuagarse el jabón antes de que se agotase el suministro de agua caliente. Se le había metido una melodía en la cabeza, una vieja tonada de cuando su madre era joven: *La vida es un cuenco de cerezas.* «La vida es un cuenco de ceereezaas... —cantaba—. Da, di, da, da, da... La vida es un cuenco de ceereezaas, da, di, da, da, dam.» Había conseguido doce frases en una telenovela matinal para la semana siguiente, con la promesa de más trabajo en un futuro. Como de costumbre, interpretaba a una quinceañera con voz de niña e insoportablemente remilgada. El ligero acento del oeste, del que todavía no había logrado desprenderse, no le había resultado inútil del todo. Se había fijado en que todos los niños repelentemente cursis que salían en los anuncios —«¡Oh, mamá, qué rico está! ¡Quiero más!»—, parecían tener acento del oeste. Tal vez algún ejecutivo pensaba que así parecían aún más infantiles.

Esa noche acudiría a una fiesta con Tony, compañero de las clases de interpretación y uno de los jóvenes a los que le unía una amistad semiplatónica. Se prestaban dinero e iban juntos a las fiestas donde se podía consumir alcohol y comida gratis con un mínimo de sofisticación. Era más joven que ella, llevaba el pelo tan largo que le caía sobre los ojos cuando sacudía la cabeza, y, más que hablar, farfullaba. Cuando alguien le preguntaba algo, se removía, se rascaba, clavaba la vista en el suelo como si se sintiera fuera de lugar, y al final masculaba una respuesta de lo más emotiva, del tipo: «Sí, vamos al cine». Ella sabía que estaba actuando, que cuando estaba rebosante de entusiasmo o exaltado hablaba con la dicción shakespeareana más exquisitamente modulada que Gregg hubiese oído jamás. Todos los chicos de su clase de interpretación eran así, los que la invitaban a salir, los que estaban casados e incluso los más pobres y los mariquitas. Todos la aburrían mortalmente.

En su desordenado armario, lleno hasta los topes, encontró un vestido rojo que le había gustado algún día y que había olvidado que tenía. Era el típico vestido para ir a fiestas a conocer gente; una rubia con un vestido rojo siempre conseguía apañárselas sin necesidad de presentaciones. No era que esperase conocer a alguien que no le resultase aburrido en aquella fiesta; de hecho, solo iba porque habría comida y buen whisky y porque sería una manera de no estar sola. Cuando estaba a solas en su apartamento, sentía cómo se apoderaba de ella aquella asfixiante sensación que había aprendido a temer: todo iba bien y, de repente, un peso de una tonelada se instalaba en su pecho y apenas le dejaba respirar, y mucho menos tragar saliva. La música de jazz en el tocadiscos y el vermut barato ayudaban algo, las conversaciones telefónicas de una hora larga con sus amigas aún más, pero todo eso no eran más que meros calmantes para adormecer el pánico y aliviar el peso; no lograban eliminarlos del todo. En torno al círculo de luz junto a su cama acechaban unas sombras que la envolverían en cuanto colgase el auricular y se despidiese de la voz tranquilizadora que había al otro lado del hilo.

A veces su gato se deslizaba hasta ella y frotaba la peluda cabeza contra su tobillo y, al mirarlo, Gregg sentía un cariño inmenso y abrumador por él. Mi gatito. Unas costillas finas como lápices que se movían con la respiración mientras dormía, señales de vida que le recordaban que había otros mundos en el interior de la cabeza de los demás, incluso en la cabecita de un gato. Entonces se sentía menos sola, menos asfixiada, menos asustada de algo que en realidad no sabía qué era. Podía morirse en Nueva York, tras la puerta cerrada a cal y canto de su apartamento, y nadie se enteraría hasta que algún vecino se quejase del hedor. Sus amigos dirían entonces: «Sí, llevaba un tiempo sin saber nada de ella, pero creía que estaba enfurruñada». O bien: «Creía que había encontrado un trabajo nuevo y estaba muy ocupada». «¿Ocupada? ¡Ja! —pensó Gregg—. Ocupada de tanto no trabajar...»

Tony llevaba una hora de retraso, lo cual era muy propio de él. Cuando apareció al fin, Gregg se sentía tan sola que hasta se alegró de verlo.

—Oye —dijo él—, me acuerdo de ese vestido... —Se inclinó para besarla en la mejilla.

Gregg recordó entonces, un tanto avergonzada, que lo había llevado la primera y única noche que se había acostado con él. Con razón se acordaba Tony del vestido con tanto cariño... Con razón lo había empujado ella al fondo de su desordenado armario. Eran una noche y un vestido que Gregg prefería olvidar. Había chicos que podían ser tu amante una vez, y solo una, con los que luego no querías volver a acostarte. No es que no fuesen considerados y buenos en la cama, porque por regla general lo eran, pero lo que les había movido a abrazarse era la soledad, el miedo, la curiosidad, el deseo y la esperanza de que esta vez encontrarían algo hermoso. Luego, por la mañana, encontraban unas sábanas que parecían un accidente geográfico, tal vez un cenicero volcado sobre la alfombra junto a la cama y ni un solo indicio de la fisonomía del amor.

—Vamos —dijo ella tomándolo de la mano—, o se lo habrán comido todo antes de que lleguemos.

La fiesta se celebraba en el apartamento de una actriz de mediana edad a la que Tony conocía. La sala estaba a oscuras y llena de humo e invitados, como si fueran los espectadores de los restos de un incendio. Gregg se puso a toser y caminó siguiendo el sentido de las agujas del reloj, como hacía todo aquel gentío, hacia el extremo de la habitación donde estaba la ventana, con la esperanza de encontrar allí la mesa de las bebidas. Con un vaso helado en la mano se sintió mejor. Tony le colocó un cigarrillo encendido en la otra; ya disponía del atrezo necesario y la obra podía comenzar. Una obra que se titulaba *¿A que lo estamos pasando en grande?*

—¿Ves a esos tres hombres de ahí? —le susurró él—. Fíjate en el más alto y joven. ¿Sabes quién es? —Tony debía de estar entusiasmado, porque había articulado de corrido tres frases enteras.

—¿Quién es?

—David Wilder Savage

David Wilder Savage era una de las primeras personas de las que Gregg había oído hablar a su llegada a Nueva York. Era un nombre estrambótico, que le venía que ni pintado.* La mayoría de la gente creía que era su nombre artístico, elegido a propósito para que se acordasen de él. Fuese cual fuese la razón, lo cierto es que había surtido efecto. Nadie lo llamaba nunca por su apellido Savage, sino que siempre decían el nombre completo. Había sido una de las jóvenes promesas de Broadway: había producido su primera obra a los veinticinco años, un éxito sensacional que había permanecido en cartel durante casi dos años. Todas las obras que había llevado a escena después habían batido récords de taquilla, excepto la que había montado al principio de esa temporada, que había retirado del teatro al cabo de cuatro sema-

* *Wild* significa «salvaje», al igual que *savage*. *(N. de la T.)*

nas. La magia del nombre de David Wilder Savage había sido lo único por lo que se había mantenido en cartel durante ese tiempo.

La obra en sí carecía de aliciente teatral. Reflexiva, insulsa y de limitado interés, estaba escrita por una de las pocas personas que tenían una relación estrecha con David Wilder Savage. Como muchos hombres que causan sensación en el mundo de los negocios y de la cama, David Wilder Savage contaba con un solo amigo, por el que sentía un gran cariño y a quien protegía. Autor y productor habían sido compañeros de habitación en la universidad, y después de graduarse el autor trabajó durante catorce años en aquella única obra, al tiempo que recurría al pluriempleo para ganarse el pan. Solo ese hecho habría bastado para ahuyentar a cualquier posible productor, y a David Wilder Savage más que a ningún otro, porque, si alguien tenía olfato para detectar el éxito y el fracaso, era él. Sin embargo, su amigo murió en un accidente de coche en primavera, y en otoño David Wilder Savage, desoyendo los consejos de cualquiera que se atreviese a dárselos, estrenó la obra en Broadway. No era que el dolor por la pérdida del amigo lo hubiese trastornado, sino que sabía muy bien lo que hacía. Era uno de los infrecuentes gestos de sentimentalismo —más aún, de amor— de un hombre famoso por su frialdad. No dejaba de ser irónico que ese único acto nacido del afecto hubiese cosechado semejante fracaso, pero no tenía nada de extraño, ya que el propio David Wilder Savage habría sido el primero en decir que si un criminal, en un momento de pura bondad, intentara salvar a un niño de morir ahogado, lo más probable era que acabase engullido por un tiburón.

—¿Lo conoces? —susurró Gregg a Tony.

—Una vez hice una prueba para él. No creo que se acuerde de mí.

—¿Y si me lanzo y voy a hablar con él?

—¿Por qué no? Estamos en una fiesta —respondió Tony sin demasiado entusiasmo.

—Ven conmigo.

Tony le dio un beso fugaz en la sien, con el carrillo hinchado porque acababa de zamparse un canapé.

—¿Para qué? Las chicas guapas se las apañan mejor solas.

Gregg se alegró de que no quisiera acompañarla, pero cuando se hubo abierto paso entre la multitud hasta donde se encontraba David Wilder Savage, que en ese momento estaba solo, el pánico se apoderó de ella. ¿Qué iba a decirle? «Hola, ¿qué tal? Soy actriz.» Sí, claro, para eso más valía que le tendiese la mano y le pidiese una moneda para un café. Total, seguro que la recibía con el mismo entusiasmo.

¡Qué atractivo era! Satánico, esa era la palabra para describirlo. A los treinta y cinco años se hallaba en la cima del mundo, mirando desde las alturas, con el semblante de un hombre culto que está de vuelta de todo, a las personas ambiciosas que, como ella, se acercaban sigilosamente tratando de pensar en alguna frase ingeniosa que decirle. Gregg clavó la vista en el vaso que llevaba en la mano, deseando encontrar algún sitio donde dejarlo.

—¿Y quién diablos eres tú? —preguntó él con tono afable.

La joven levantó la vista hacia él, sorprendida.

—Gregg Adams.

—Yo soy David Wilder Savage. Y, como suele preguntarse en esta clase de cócteles, ¿estudias o trabajas?

—Trabajo como auxiliar de dentista.

El hombre sonrió.

—Vaya, eso sí es una sorpresa. Pareces la alumna de un internado en libertad provisional.

—Fui alumna de un internado. Y muy sofisticada, además. Con pintalabios negro y todo eso.

—¿Has leído un libro que se titula *Las mil caras*?

Gregg había oído hablar de él; el autor era portugués.

—He leído las críticas.

—Eso no sirve de mucho.

—Te sorprendería —repuso ella— lo bien que se me da hablar de un libro a partir de lo que he leído en las críticas.

—¿Y de una película por el reparto que aparece en la marquesina del cine?

—También. —Al lado había una pareja norteamericana hablando francés. Gregg los señaló con la cabeza—. Y cuando estoy con gente así, les digo: «Entiendo vuestro francés perfectamente, pero no puedo hablaros en francés porque con mi acento no me entenderíais».

—Siento que no hayas leído *Las mil caras* —dijo él—. Me quedo con las ganas de saber si te provocó algo y el qué. Soy productor, y creo que podría salir una buena obra de teatro de esa novela.

Había algo indefinible en él, en el modo en que bajaba la voz hasta adoptar un tono íntimo, que la hacía sentir que ella y sus opiniones eran muy importantes para él. Sin embargo, ¿por qué iba a importarle lo que ella, una chica normal, con un trabajo en la ciudad, a la que acababa de conocer en una fiesta, pensase sobre un libro? Sin duda porque creía que ella representaba el público medio, una chica que iba a Manhattan todos los días en metro desde Queens con su sándwich de atún en una bolsa de papel marrón, que vivía con sus padres, se lavaba el pelo todos los jueves por la noche e iba al cine con su novio todas las noches de sábado. Y, sin embargo, lo cierto era que ese hombre tenía algo indefinible.

—Lo leeré mañana —anunció ella—. Será demasiado tarde para decirte qué me ha parecido, pero me han dado ganas de leerlo.

—Te encantará.

Gregg pensó que si cualquier otra persona dijera «Te encantará», la frase sonaría trivial, de esas que se dicen por cortesía. Sin embargo, en labios de David Wilder Savage la frase era como entregar un regalo a alguien. Era como si quisiera regalarle el placer de descubrir una idea nueva, una historia mágica. «Encanto —pensó Gregg—. Antes "encanto" era solo una palabra, pero ahora sé lo que significa. Es lo que acompaña a cualquier cosa que dice este hombre.»

El productor le tocó el brazo.

—¿Ves a esa pareja de ahí? Se han equivocado de fiesta. Hay otra en el piso de abajo, y era a esa a la que tenían que ir. Ahora él quiere marcharse y ella le dice que lo está pasando muy bien y quiere quedarse. Se están peleando.

Era una pareja joven, una chica de busto generoso, con un vestido blanco, que no dejaba de hacer pucheros, y un hombre que parecía más bien débil.

—Fíjate en los gestos y en esas caras largas —dijo Gregg entre risas—. Es como mirar un televisor con el volumen bajo. ¿Lo has hecho alguna vez? ¿Bajar del todo el volumen? ¿Especialmente en los anuncios? Es como ver una de esas antiguas películas mudas.

—Sí. Llevo años haciéndolo.

—Mira —dijo él, divertido—. El hombre se va y ella se queda.

—Y eso que la chica ni siquiera tiene una copa en la mano.

Gregg había supuesto que se sentiría intimidada ante David Wilder Savage y le sorprendía observar que no era así. De hecho le parecía que estar con él riendo y observando a los demás era algo especial, como si formaran un grupito de gente «exclusiva» y todos los demás fueran «vulgares».

—¿De dónde has sacado esa excelente dicción? —le preguntó él.

—De mi clase de dicción.

—Quieres ser actriz.

—Soy actriz. Por así decirlo.

—Y no auxiliar de dentista.

Ella se echó a reír.

—No, no, la verdad es que soy actriz. Lo que pasa es que no quería plantarme a tu lado y decírtelo si más, porque habría sonado a «Yo también soy del club, ¿sabes?».

—Como esos que se acercan en las fiestas y te sueltan: «Tenemos algo en común», como si por eso tuvieran que caerte bien.

—Exacto —dijo ella—. ¡Exacto!

—¿Has venido con alguien?

Gregg pensó que Tony lo entendería, que haría lo mismo si se le presentase la oportunidad.

—No —contestó—. No he venido con nadie.

—¿No has venido con el dentista?

—Con nadie.

—Es una fiesta muy aburrida, ¿no te parece?

Gregg lo miró a la cara.

—No en este rincón.

Él la cogió del brazo.

—Pues llevémonos este rincón con nosotros.

—Voy por mi abrigo. —Mientras se dirigía al dormitorio de la anfitriona para recoger su abrigo, Gregg buscó a Tony con el rabillo del ojo, aunque esperaba con toda su alma no dar con él. Se detuvo un instante ante el espejo para mirarse. Qué oscuros eran sus ojos, y cuántas cosas revelaban, aun para sí misma... Había detectado otra cualidad en David Wilder Savage, algo que se encontraba justo debajo de la superficie, una especie de crueldad oculta. Era como si fuese básicamente un hombre sin corazón pero tuviese un lado tierno que solo mostraba a aquellas personas que le importaban de veras. El encanto que había desplegado el hombre en su presencia le decía que ella podía ser una de esas personas, pero el sentido común le indicaba que era una mentira, una trampa, y que pocas chicas serían lo bastante prudentes para resistirse a poner a prueba aquella argucia. Se puso el abrigo y se sacó la larga melena del cuello. Ambos eran prácticamente unos perfectos desconocidos, pero Gregg había visto aquella desafiante mezcla de crueldad y ternura. Lo comprendió todo en un instante, como quien está a punto de morir ahogado y ve desfilar su vida ante sus ojos, y decidió emerger de aquella habitación segura para encaminarse hacia el vestíbulo, donde él la esperaba.

Era extraño; por lo general, le habría impresionado y halagado la oleada de reconocimiento que recorrió la sala cuando él la llevó a un restaurante para cenar. Le gustaba entrar en los sitios acompañada de un famoso, le daba seguridad en sí misma. Y en el fondo siempre albergaba la esperanza de que le presentaran a alguien que pudiese ayudarla en su carrera. Sin embargo, con David le molestaban los espontáneos que acudían constantemente a su mesa a robarle su tiempo, los conocidos que reclamaban su atención. Todo cuanto explicaba David parecía importante, y cada vez que él se volvía para hablar con otra persona Gregg se sentía como si hubiese abandonado por un momento el grupito de gente «exclusiva», y recordaba quién era y lo sola que estaría de nuevo al cabo de una o dos horas.

Cuando hubieron terminado de cenar, era pasada la medianoche. Los comensales se habían ido del restaurante y habían aparecido los clientes que querían tomar una copa.

—Ven a mi casa —la invitó él.

Conociéndose, Gregg trató de pensar en algún comentario estúpido para ganar tiempo.

—¿Por qué?

Él la miró con absoluta calma, como si no fuese una pregunta estúpida, y respondió:

—Porque quiero hacerte el amor.

—Yo no… yo no quiero —contestó ella, tartamudeando.

—Muy bien —dijo él. La ayudó a ponerse el abrigo y cuando salieron a la calle paró un taxi—. ¿Dónde vives?

Ella se lo dijo. Se encogió en su rincón del asiento trasero, sumiéndose en un estado de creciente depresión mientras veía desfilar las calles. La estaba llevando a casa y ella no quería ir a casa. Como una niña, tenía miedo de la oscuridad y de la soledad y, como una niña, alargó la mano y le tiró de la manga. Él le tomó la mano. Gregg sabía que no volvería a verlo y no podía soportarlo. Él representaba algo extraño y emocionante que había entrado en su vida solo por una noche... por unas pocas horas, en realidad. ¿Y qué era ella para él? Una joven con quien se había divertido y de quien quizá se acordase si oía mencionar su nombre alguna vez.

—No quiero irme a casa —dijo.

—¿Y adónde quieres ir entonces? —preguntó él.

—Me da igual. Es que no puedo soportar la idea de no volverte a ver.

El productor no pareció pensar que sus palabras eran una estupidez o una muestra de desesperación. Se limitó a inclinarse hacia delante para dar su dirección al taxista, tras lo cual se recostó de nuevo en el asiento y le rodeó los hombros con el brazo en un gesto de consuelo, sin ninguno de los aderezos que acompañan a la pasión. De repente Gregg se sintió como si lo que acababa de decirle fuese, de algún modo, romántico e importante.

Nunca había visto un apartamento tan impresionante como aquel. Gregg siempre había pensado que se podía deducir mucho más de alguien echando un vistazo a su piso que después de una hora entera de conversación. En su opinión, el mundo se dividía en las personas a las que su casa les importaba un comino y las que, a pesar de importarles, no tenían nada que añadirle. En el apartamento de David debía de haber al menos un millar de libros. Llenaban las estanterías altísimas que ocupaban una pared entera de la sala de estar, y sobre cada una de las sillas descansaban varios tomos. Había al menos una docena de obras de teatro encima de la mesa de comedor redonda, y junto a esta, en el suelo, una enorme cesta de mimbre rebosante de revistas. David le quitó el abrigo y, con él aún en la mano, se dirigió al tocadiscos y lo puso en marcha. Gregg se fijó entonces en sus discos, todos ellos de larga duración, una hilera de metro y medio de largo.

Al fondo del salón, entre las librerías, había una chimenea pasada de moda con una repisa de mármol negro. Era una chimenea que, a todas luces, se utilizaba con frecuencia, con una pantalla y utensilios ennegrecidos para atizar la lumbre, y varios leños a la espera de arder entre las ascuas. David guardó el abrigo de la joven en su armario y se arrodilló para encender el fuego. Delante de la chimenea había un sofá alargado de color negro y Gregg se lo imaginó sentado en él, a oscuras, con la mirada fija en las llamas, lo que le daba un aspecto más satánico que nunca.

—¿Te apetece un brandy?

—Sí, por favor.

Sacó una botella de brandy y dos vasos de la mesita que había frente al sofá y se sentó a su lado. En el tocadiscos sonaba una pieza clásica que Gregg no había oído nunca; él había subido el volumen, como si realmente disfrutara escuchándola, no como si fuera una música de fondo para un acto de seducción.

—¿De verdad te has leído todos esos libros? —preguntó, señalándolos.

—Sí.

—¿Y esas revistas? ¿Y esas obras de teatro?

—Sí. Siempre ando buscando algo.

En una mesita auxiliar que había junto a un sillón no había ni un solo libro, sino una enorme fotografía, en un marco de plata, de dos hombres a bordo de un velero en verano, con una sonrisa en los labios y los ojos entrecerrados debido al sol, ataviados con pantalones y jerséis blancos, y con un brazo sobre el hombro del otro. Gregg se puso de pie y se acercó a mirarla. Uno de los hombres era David, muchos años atrás, con las facciones más suaves e imprecisas; el otro era un joven bastante apuesto, de aspecto sensible y con la complexión de un tenista corpulento.

—¿Quién es este?

—Gordon McKay.

—Ah… El autor de la obra que acabas de estrenar.

—Eso es. —La voz de David parecía haberse tensado, como si fuese muy consciente de cómo sonaba entre aquellas cuatro paredes.

Gregg no sabía qué decir. No podía decirle: «Siento lo de la muerte de tu amigo», y tampoco: «Siento el batacazo de la obra de tu amigo»; por alguna razón, pensaba que si decía algo así desaparecería al instante la sensación de intimidad que ambos experimentaban en ese momento.

—Siento no haber tenido oportunidad de ver la obra —dijo al fin.

—¿Más brandy? —preguntó él, y le llenó el vaso sin aguardar la respuesta.

A Gregg le vino a la memoria algo que Tony había dicho una vez sobre David Wilder Savage y Gordon McKay, una maldad, la clase de comentario que los fracasados suelen hacer de quienes saborean las mieles del éxito, algo así como llevar un paso más allá la costumbre de darse importancia mencionando el nombre de gente famosa para empezar a insultarla. ¿Qué era lo que había dicho Tony? Ah, sí: «Nadie sabe a ciencia cierta si estaban enamorados el uno del otro, pero ahora veremos si vuelve a cosechar un éxito alguna vez o si su luz se ha apagado para siempre». Eso era lo peor que había oído decir sobre David Wilder Savage; la mayoría de sus compañeros de clase prefería hablar de su talento teatral y de su fama de donjuán. ¿Por qué tenía que decir la gente que dos hombres estaban enamorados cuando simplemente se querían? ¿Es que no podían comprender lo extraordinaria y milagrosa que era una amistad íntima sin intentar ensuciarla? De repente pensó que el mundo estaba lleno de gente idiota y cruel como Tony, su propia familia y una larguísima retahíla de chicas con las que había estudiado y de chicos con quienes había tonteado… todos ellos seres distantes, solos, llenos de rencor y temerosos de querer a los demás.

Se dirigió como una sonámbula hacia el sofá donde estaba sentado David. La habitación estaba a oscuras y el rojo de las llamas destellaba sobre la tapicería del sofá, de modo que parecía rojo y negro a la vez, y en la copa de brandy que había encima de la mesa, cuyo contenido brillaba como si fuera un granate. Gregg tocó la cara a David.

Él no la atrajo hacia sí de inmediato, sino que se levantó y con un rápido movimiento la rodeó con los brazos y la llevó al sofá. Gregg sintió cierta sorpresa con el primer beso, como le sucedía siempre, porque la forma de la boca nunca parecía encajar del todo con la sensación del beso que procuraba. En el caso de David le asombró que una boca cruel pudiese derrochar tanto cariño y delicadeza.

—Tienes la boca más suave de la historia de la humanidad —murmuró él.

—Y tú también.

David le estaba quitando el vestido, la combinación y las medias sin apartar los labios de su boca y su cara, como si sus manos fueran una eficiente y discreta parte de él y de sus dotes amatorias. Gregg tuvo un fugaz momento de reflexión y pensó: «¡Dios mío, cuánta práctica tiene! Debe de haber hecho el amor con centenares de mujeres…». Luego las manos de David dejaron de ser incorpóreas y Gregg se alegró de que tuvieran tanta experiencia, porque fue como si todo ese tiempo la hubiesen estado esperando. Entonces le asaltó un único temor, el de quedarse embarazada y ser una vergüenza para su familia, y detestó su vocecilla de niña asustada, y ahora impregnada de pasión, que tenía que hacer la maldita pregunta que la arrancaría de su ensueño.

—¿Tienes algo?

—¿Tú no?

—Yo no sabía…

—Está bien… —Cuando David se separó de ella, Gregg cerró los ojos, aturdida, hasta que él volvió y la estrechó entre sus brazos.

Entonces sintió el frescor de la piel del hombre y el calor de la chimenea como si todo fuera un sueño inundado de un placer que era como dolor y oyó las viejas, viejísimas peticiones y obscenidades que en los labios de David sonaban como palabras de amor. Él se las decía a ella y ella a él, y ambos las pronunciaban con tono apremiante, los dos con los ojos abiertos mirando el rostro del otro, trémulos, hasta el último momento, cuando la pasión los separó.

Él no se retiró cuando hubo terminado, y tampoco la soltó, sino que permaneció abrazado a ella, mirándola de nuevo a la cara. La música del tocadiscos había dejado de sonar hacía rato y en la habitación reinaba el silencio, solo roto por el chasquido de la aguja sobre el último surco, olvidada. Gregg lo estrechó entre sus brazos como si él fuera un niño y ella una mujer adulta, y le acarició el pelo, deseando que pudieran permanecer así para siempre. Al final él se apartó.

—Este maldito estorbo... —dijo, entre divertido y molesto—. No usaba uno de estos desde que tenía dieciséis años.

—Estás hablando de los escasos milímetros que me separan del albergue para madres solteras.

—Bueno, la próxima vez, contribuye.

—¿Se puede saber qué esperabas? ¿Crees que voy a todas las fiestas preparada para algo así?

—¿Estamos teniendo nuestra primera pelea?

Entre las sombras que había a sus espaldas sonó el teléfono, un timbre suave. Gregg miró el reloj.

—¡Dios mío! ¿Te llaman a las dos de la noche?

Él se levantó.

—Bébete el brandy —dijo cariñosamente, y tras alborotarle el cabello se fue a atender la llamada.

Sola en el sofá, Gregg sonrió mirando el fuego, mientras percibía el ardor y el sabor amargo del brandy en la garganta, y la leve aspereza de la tapicería bajo las piernas desnudas. Oía a David reírse de lo que le decía su interlocutor, y de vez en cuando lanzar exclamaciones de alegría. Apuró el brandy y se levantó perezosamente, adormilada por las secuelas del acto amatorio y por la agradable penumbra de la habitación templada, y se acercó al tocadiscos. Levantó la aguja, puso la otra cara del disco y bajó el volumen para no molestar a David mientras hablaba por teléfono. Vio un cenicero repleto de colillas en la repisa de la ventana, de modo que lo cogió y lo llevó a la cocina para vaciarlo. Desde allí seguía oyendo la voz de David, masculina, risueña y libre, y se acordó de cómo había sonado al hablarle con palabras carnales. El sonido de su voz había sido entonces para ella y solo para ella. No recordaba haberse sentido tan feliz en toda su vida.

Se preguntó si en la ventana de la cocina no había cortina porque David no la había comprado o porque la había llevado a la lavandería. Seguramente no tenía cortina; un soltero tan ocupado como él ni siquiera pensaría en esos detalles. ¡Menuda sorpresa se llevaría si ella le hiciese unas! Podía comprar un trozo de tela al día siguiente y…

De vuelta en el salón, Gregg vio cómo poco a poco el fuego moría en la chimenea y el nivel de brandy bajaba en la botella, mientras David seguía hablando con quienquiera que estuviese al otro extremo de la línea. Por la conversación dedujo que se trataba de una llamada de negocios, y no le sorprendía, porque la gente del teatro tenía la manía de quedarse despierta hasta altas horas de la noche. Las agujas de su reloj de pulsera señalaban las dos y veinticinco. Sentía una especie de alborozo sabiendo que estaba allí con él, en la intimidad, esperándolo entre las sombras…

6

Barbara Lemont abandonó las oficinas de Fabian a las cinco en punto y tras cruzar la puerta giratoria del edificio se detuvo un instante en la luz crepuscular para dejar paso a la avalancha vociferante de chicas que corrían para ir a coger el autobús, el metro o el tren. Aunque era una tarde de finales de febrero, el aire era tibio, de falsa primavera. Los escaparates de Rockefeller Plaza estaban iluminados, y Barbara caminó despacio por delante de ellos recreándose, admirándolos, imaginándose que un hombre rico le regalaba cualquiera de los objetos expuestos que ella eligiera como obsequio. Ya estaban en febrero, y aquella tarde había estado pasando a máquina los textos para el número de junio de *America's Woman*, el especial novias. Todas las novias de las fotografías parecían tan jóvenes y etéreas que cualquiera que las viera se preguntaría cómo eran sus vidas y quién era el hombre del que estaban enamoradas y con el que iban a casarse, olvidando que solo eran modelos. La rubia de la portada, con el pelo lleno de margaritas y la misma expresión en los ojos que un niño en la mañana de Navidad, acababa de separarse de su marido y había trastocado todo el calendario de sesiones fotográficas una semana antes de que se tomase aquella foto porque estaba en cama convaleciente por un aborto. Tal vez la expresión que mostraba en la portada del especial novias era una copia de la que había lucido el día de su boda y, a pesar de que las cosas se le habían torcido, todavía recordaba cuando todo era distinto. «Como yo», pensó Barbara.

Esa mañana se había despertado poco a poco con la sensación de que había algo que no quería recordar, y se había quedado bajo las sábanas como un animal en su acogedora madriguera, hasta que el llanto de su hija en la cuna la había obligado a levantarse de la cama. Luego se había acordado, y al recordarlo se había dado cuenta de que, al fin y al cabo, no era algo tan terrible: ese día habría sido su aniversario de boda.

Tres años… un récord para una persona tan joven como ella. La mayoría de las chicas del trabajo ni siquiera se habían casado, y mucho menos llevaban casadas tres años. A las casadas era a las que ya no veía demasiado, amigas de su época en el instituto. Desde su divorcio hablaba de vez en cuando por teléfono con esas viejas amigas, que a veces le decían: «Cuando tengas alguna cita con un chico, ¿por qué no lo traes a cenar a casa?»; ella les daba las gracias y nunca aceptaba la invitación. Barbara había descubierto que no se podía llevar a un chico a cenar en casa de una joven pareja, porque eso lo ahuyentaría para siempre. El chico sentiría cómo la trampa se cerraba en torno a él, aunque fuese una trampa imaginaria, y creería que ella quería hacerle una demostración práctica de las bondades del matrimonio. Se adaptaba tan bien a las conversaciones de matrimonios, estaba tan acostumbrada a ellas, que a veces, mientras charlaban de recetas o problemas domésticos («¡Uf, dímelo a mí! Los hombres son un verdadero desastre con los agujeros en los calcetines»), levantaba la vista y sorprendía al chico con el que había salido esa noche mirándola con una expresión que oscilaba entre el aburrimiento y el pánico.

Se detuvo en una panadería de la Sexta Avenida a comprar unos bollos de miel para su madre. Ya que estaba allí, compró también unas galletitas con forma de animales para su hija. Intentaría enseñar a Hillary a decir «conejo» cuando se comiese la galleta; seguramente eso tendría un efecto más duradero que ver el dibujo de un conejo en un libro. Llevaba un tiempo pensando en cambiar el nombre a su hija, tal vez por una forma abreviada que la niña pudiese utilizar como nombre de pila cuando fuese a la escuela. Barbara le había puesto el hombre de Hillary por la madre de su marido, que había fallecido, y en su momento le había parecido un gesto de amor. No había llegado a conocer a su suegra, y ahora casi nunca veía a su ex marido, y el nombre de Hillary se había convertido en una carga que no le gustaba demasiado, pues le recordaba una época y unas personas que ya no significaban nada para ella. Se alegraba de no haber tenido un niño, porque entonces le habría puesto el nombre de su suegro, y eso sí que habría resultado un auténtico engorro.

Pensó que era curioso cómo algo que había parecido sentimental e importante —es más, casi sagrado— podía acabar en nada. Si al principio hubiese imaginado que su amor por aquel hombre y todo cuanto tenían juntos y valía la pena iban a desaparecer y caer en el olvido, se le habría roto el corazón. Agradeció que su capacidad de adaptación le hubiese permitido olvidar. Mac había sido el primer chico con el que había salido en el instituto... el primero con el que había salido en serio, sin contar a los compañeros de clase que la invitaban a ir a las fiestas. Ella tenía dieciséis años y él veinte. Le inquietaba un poco que él fuese tan mayor, pero después de pasar una tarde juntos se sintió como si se conocieran de toda la vida. Era amor, como en las canciones de la gramola, las historias de las revistas y las conversaciones en las fiestas de pijamas de chicas, con pajaritos que trinaban, nubes rosas y fantasías que no tenían ni pies ni cabeza. No era particularmente guapa, su cara era del montón, pero sí atractiva, y al enamorarse pensó que su físico debía de tener algo especial para haberse llevado aquel primer premio: Mac. Era el chico más guapo que había visto en su vida, y la diferencia de edad hacía que le atribuyese más inteligencia de la que poseía en realidad. Mac acababa de volver de Alemania, donde había estado con el ejército, y al lado de los compañeros de clase de Barbara parecía un experimentado viajero. En su tercera cita le propuso matrimonio y, aunque lo mantuvieron en secreto y se lo ocultaron a sus padres, se consideraron prometidos a partir de esa noche.

Estar prometida, y más aún en secreto, era un estado extraño y emocionante, con escaso contacto con la realidad. Barbara seguía con sus actividades cotidianas —estudiar, ir a clase de gimnasia, hacer los deberes, tomar refrescos con las amigas— sintiéndose como si estuviera en un sueño. Estaba Prometida, con mayúscula, iba a Casarse, y estaba Enamorada. Flotaba a dos palmos del suelo y nunca se paró a averiguar qué sentía en realidad respecto a muchas cosas. En cuanto terminó los estudios en el instituto, ella y Mac anunciaron su compromiso, y en febrero se casaron y se marcharon a Nueva York para que él pudiera continuar su carrera en la Universidad del Estado de Ohio gracias a una beca para soldados. Ella se ocupaba de la casa o, mejor dicho, de la habitación, porque el minúsculo y deprimente apartamento donde vivían solo tenía una, con un sofá cama y una mesa desvencijada que casi siempre estaba llena de libros, papeles y restos de la cena de la noche anterior. Solo tenían un armario, del que la ropa salía disparada como un muñeco de resorte de una caja cada vez que abrían la puerta. Ella se había matriculado en una escuela universitaria femenina que había cerca e intentaba llevar al día el trabajo de clase y el de la casa. Cuando empezó a sentir náuseas por las mañanas, y muchas veces también por las tardes, creyó que se debían a que seguía siendo una malísima cocinera, con muy poca experiencia. El propio Mac tenía ardor de estómago a todas horas durante aquellos primeros tres meses de vida conyugal. Luego descubrió que su problema no era ninguna indigestión, sino algo que debería haber sospechado desde el principio.

Cuando se enteró, no podía creérselo. No era que padeciese algún problema físico ni nada parecido, pero no podía creerse que ella, Barbara Lemont, fuese capaz de hacer algo tan adulto y complicado como concebir un hijo. Iba a crear otro ser humano, que algún día iría a la universidad, se enamoraría y se casaría, igual que había hecho ella. Era increíble. Ella, que ni siquiera había tenido un perro en su vida, iba a ser responsable de un ser humano durante al menos los siguientes quince años. Su incredulidad dio paso al convencimiento de que aquello iba en serio y luego se convirtió en miedo.

Empezó a verse cada vez más gorda y desgarbada. Era una chica normalita, del montón, pero su atractivo residía en su elegancia, su simpatía y cierto aire seductor. ¿Cómo iba alguien que parecía una vaca a resultar seductor? Le daba vergüenza ir a clase, porque pensaba que una chica de dieciocho años debía parecerse a esas otras alumnas de primer año, con sus falditas y sus jerséis de universitarias, en lugar de parecer una matrona torpe e hinchada.

Las lecturas obligatorias para sus clases, que completaba a rajatabla, le servían de evasión y recordatorio a un tiempo. Estaba perdida en el mundo de una novela de Thomas Mann cuando, de repente, levantaba la vista al oír el vocerío de un grupo de universitarios, chicos y chicas, que reían al pasar por debajo de su ventana. Su apartamento estaba en el primer piso, justo enfrente del campus de la facultad de Mac. Los jóvenes al otro lado de la ventana normalmente hablaban de la clase a la que acababan de asistir, enzarzados en debates acalorados que contenían una dosis apenas perceptible de flirteo y coqueteo. «Vamos a tomar un café —oía decir a un chico—. ¿Tienes tiempo?» Y una voz de chica respondía: «Estaría muy bien». Con el ánimo por los suelos, Barbara echaba un vistazo por la habitación y se fijaba en el polvo de debajo del sofá, en los platos por fregar, en la ropa de Mac desperdigada de cualquier manera en el suelo, esperando a que alguien la llevara a la lavandería o la guardase en el armario. Se levantaba con un gran esfuerzo, sintiendo náuseas de nuevo, y dejaba el libro que estaba leyendo. En cuanto terminase de limpiar el apartamento, tendría que ponerlo todo patas arriba para preparar la cena. Era curioso lo desordenado que parecía un estudio de una sola habitación en cuanto se cambiaba de sitio una o dos cosas... Para entonces al otro lado de la ventana ya había oscurecido y, mientras esperaba a que Mac volviese a casa, se daba cuenta de cuánto lo echaba de menos, porque él era lo único que tenía.

Ninguno de los dos sabía muy bien qué les estaba pasando a ellos y a su matrimonio, ni cómo impedirlo. Mac creía en el lema «vive y deja vivir» y, a pesar de que más de una vez debió de preguntarse por qué su mujer estaba siempre tan triste, nunca se lo llegó a preguntar a ella. Los fines de semana la llevaba a las fiestas que se organizaban en las habitaciones de sus amigos de la universidad en las que corría la cerveza, y a veces durante la semana la llevaba a la cervecería del campus, donde los estudiantes recorrían a la carrera los pasillos saludando a sus amigos y se apiñaban de seis en seis en estrechos reservados donde solo cabían cuatro personas. El olor a cerveza y a colillas de cigarrillo a medio apagar la ponían enferma. Las chicas que salían con los amigos de Mac eran todas tan esbeltas y parecían tan despreocupadas que le hacían sentir el doble de vergüenza que antes. Si al menos hubiese podido disfrutar de algo bueno, como un paseo por el campo en un día espléndido, la ayuda de una asistenta que limpiase la minúscula habitación de una vez por todas, un vestido nuevo que le sentase bien, una amiga íntima a la que poder hacer confidencias... entonces todo habría ido perfectamente. Ni su madre ni el padre de Mac podían enviarles más dinero que el necesario para pagar el alquiler, y eso con grandes esfuerzos. Barbara había estado posponiendo la tarea de escribir a su madre para darle la noticia de que esperaba un hijo.

Al cabo de un tiempo, cuando Barbara dijo que no le apetecía ir a la cervecería, Mac empezó a ir solo. Eran pocas las ocasiones en que podía salir, entre los estudios y el trabajo a media jornada que había encontrado como ayudante de camarero en la cafetería de la facultad durante los cursos de verano. Había aceptado el empleo con el fin de ahorrar para las facturas del hospital y los gastos que vendrían después. Necesitaban un apartamento más grande. En cuanto a Barbara, ya no se sentía como si llevara un niño en su vientre, sino que le parecía que lo que tenía dentro era un bulto gigantesco, un tumor, y no había nada que desease más que ir al hospital al término de los nueve meses para que se lo quitaran del cuerpo. Incluso hacer el amor había dejado de ser divertido, ni siquiera le servía como válvula de escape. Tenía que gustarte tu cuerpo para querer entregarlo a la persona a quien amabas, y cuando sentías que eras una perfecta desconocida monstruosa, ¿cómo podía la entrega de semejante cuerpo ser algo más que un trance bochornoso?

Luego Barbara fue al hospital para tener a su hijo y de la noche a la mañana todo cambió. Por la noche, presa de los dolores, gritaba y deseaba estar de nuevo en casa con su madre, y a la mañana siguiente sintió por primera vez que era una mujer adulta. Lo primero que vio al despertar fue su barriga plana, su identidad recuperada. Ella era Barbara, claro, ¿cómo podía haberlo olvidado? Lo que vio a continuación fue la cabecita redonda y llena de pelusa de su hija, su minúsculo cuerpecillo, tan delicado al tacto, con los bracitos y las piernecitas envueltos en una suave tela blanca.

No había imaginado cuánto llegaría a querer a su hijita hasta que la tocó con sus propias manos. Aquello había merecido la pena, por aquello merecía la pena cualquier cosa. ¿Cómo podía haber sido tan infantil, tan ignorante, cómo no se había dado cuenta de cuánto amor había acumulado en su corazón? El amor salió a raudales de ella y la envolvió como un aura, haciendo que se le saltaran las lágrimas. Amaba a aquella niña con toda su alma, amaba a Mac con locura... ¡cuánto lo amaba! No había hecho ningún caso a su marido durante todos aquellos meses y él, pobrecillo, no se había quejado ni había discutido con ella ni una sola vez; era un ángel. Ella le compensaría, le haría feliz. Tendrían un verdadero hogar.

Cuando salió del hospital, se instalaron en un apartamento con un dormitorio separado del resto del piso que Mac había encontrado. Barbara trabajaba más que nunca, habiendo olvidado todo propósito de seguir estudiando. Se encargaba de limpiar la casa, de preparar el biberón de la niña y de llevar la ropa de Mac a la tintorería. Se limaba las uñas, seguía una dieta y leía las revistas femeninas para encontrar recetas económicas que pudieran gustarle a Mac. En Navidad volvieron a su ciudad natal por primera vez, con Hillary. Se hospedaron en casa de su suegro, y Barbara, la niña y Mac durmieron en la antigua habitación de este, entre las fotografías enmarcadas de sus compañeros de promoción en el instituto, las medallas de atletismo y su olvidada colección de sellos. Tal vez fue la extrañeza de estar los tres juntos en aquella habitación, tan llena de recuerdos del pasado; tal vez Barbara había cambiado de actitud demasiado tarde, o tal vez fue que, sencillamente, su vida y sus responsabilidades eran demasiado difíciles de asumir para ellos y el amor demasiado frágil para superar los problemas...

—Escucha, Barb —dijo Mac, y se pasó la lengua por el labio inferior mientras sacaba y metía la hoja de su vieja navaja. La había encontrado en el cajón de la mesilla de noche el día anterior—. Escucha, Barb, no sé cómo decirte esto.

—¿Decirme qué, ángel mío?

—¡No me llames ángel! Haces que me sienta peor.

—¿Por qué?

Mac se puso de pie y empezó a pasearse arriba y abajo por la habitación, furioso, pisando con mucha fuerza, como si tratara de borrar algo doloroso que estuviese escrito en la arena.

—No voy a volver a Ohio.

—Muy bien, cariño. No me importa. Dejaremos a Hillary con mi madre y volveremos allí para recoger la ropa y los regalos de boda. Casi todo lo demás son trastos, así que podemos venderlos.

—No me refiero a eso.

—¿A qué te refieres entonces?

Mac se pasaba la hoja de la navaja por la yema del pulgar, y eso asustaba a Barbara. Temía que se cortase. Mac torció un poco la boca y respiró hondo.

—Quiero decir que no... —Vaciló un instante y luego siguió hablando, articulando cada palabra con claridad—. No quiero volver a Ohio ni vivir aquí contigo. Creo que deberíamos dejar de vernos por un tiempo.

—Pero ¿qué dices? ¡Si estamos casados!

—Pues yo no quiero estar casado. —De pronto Mac se puso a gritar, con el rostro crispado por el miedo y los remordimientos—. ¡No quiero estar casado! ¡No deberíamos habernos casado, para empezar! Lo siento, lo siento...

Se miraron fijamente en silencio, dándose cuenta al fin de que las palabras que Mac había dicho eran verdades como puños desde mucho, muchísimo tiempo antes de que él las pronunciara.

—Lo siento —repitió Mac en voz baja.

—Por favor, no me dejes —dijo Barbara.

—Te estoy haciendo un favor.

Ella no quería llorar, pero empezó a sollozar histéricamente, con el rostro bañado en lágrimas, las manos rígidas en los costados, ni siquiera levantadas, para ocultar sus emociones.

—No me dejes —le imploró—. ¡No me dejes! Yo te quiero...

—Y mientras lloraba y le suplicaba, en el fondo sabía que para ella sería un alivio que él se marchase.

—Cariño... —Él la rodeó con los brazos, le acarició el pelo.

—Te quiero —repitió ella.

—Oh, Dios…

—Lo que pasa es que los dos odiamos Ohio y ese apartamento —dijo ella, cuyas palabras sonaban ahora ya más serenas—. Volveremos a Nueva York, encontrarás un buen trabajo, tendremos dinero. Podrás terminar tus asignaturas en la Universidad de Nueva York.

—¿Es que no lo entiendes? —preguntó él.

—No, no lo entiendo. Estamos casados. Tenemos una hija. Aunque ya no me quieras a mí…

En ese momento Mac estaba de espaldas a ella, contando dinero, que dejó sobre la mesa. Cuando habló, su voz no delataba ninguna emoción.

—Yo te quiero, Barb. No sé qué me pasa. A lo mejor debería acudir a un psicólogo. A lo mejor no debería haberme casado con nadie. A lo mejor tú no deberías haberte casado. O a lo mejor tú y yo no deberíamos habernos casado.

Pasó por su lado muy rápido, evitando la mano que ella tendía para tocarlo.

—Te enviaré dinero —añadió, y se marchó.

Al día siguiente Barbara y Hillary se mudaron al centro, a la casa de su madre. No sabía cómo localizar a Mac, y la espera fue una pesadilla insoportable durante dos o tres semanas. Luego remitió, como la fiebre. Sintió un extraño alivio y empezó a preguntarse qué iba a ser de su vida.

La siguiente vez que lo vio fue en compañía de su abogado, cuando les concedieron el divorcio, y Mac apenas se atrevió a mirarla a la cara. Una vez levantó la vista hacia ella, como si la viera por primera vez, y dijo:

—Estás muy guapa. Nunca te había visto ese vestido.

—Gracias —repuso ella educadamente, como si fuera un completo desconocido.

—Muy guapa —repitió él.

Esas fueron las últimas palabras que se dijeron como marido y mujer. Barbara las recordaba ahora como otras tantas veces, mientras bajaba por la última calle en dirección al apartamento que compartía con su madre y la niña. «Sí, debería cambiarle el nombre a la niña —pensó—. Tal vez Barbara estaría bien, o hasta podría ponerle el nombre de mi madre... ¿A quién quiero engañar? —se dijo, y de improviso una punzada de dolor le atenazó la garganta—. Nunca cambiaré el nombre a la niña, ni el nombre ni ninguna otra cosa. Ella es lo único que me queda de él. Ahora es demasiado tarde... Estuve mucho tiempo pensando solo en mí misma y sintiéndome confusa y lastrada, y nunca se me pasó por la cabeza que tal vez Mac se sentía igual que yo. No nos entendíamos a nosotros mismos ni al otro. ¿Cómo se nos ocurrió casarnos? Es como cogerse de la mano y saltar al vacío desde la azotea de un edificio; ¿acaso creíamos que sería más fácil porque íbamos cogidos de la mano? Y ahora es demasiado tarde...»

Ni Mac ni ella habían vuelto a casarse, y ninguno de los dos quería salir con el otro. Se veían una vez al mes, cuando Mac visitaba a Hillary. Hablaban de la niña hasta que ya no se les ocurría qué más decir de ella, y entonces charlaban de trivialidades hasta que él se marchaba. Cuando él se iba, Barbara lo echaba de menos al instante, y sin embargo sabía que lo que añoraba no era a Mac, sino otra cosa, algo intangible: una vida distinta, una felicidad de la que habían disfrutado solo durante un período muy breve, una segunda oportunidad que ninguno de los dos quería aprovechar, una niñez que había dado paso bruscamente a la vida adulta sin fase intermedia, una fase intermedia que le había sido devuelta ahora, cuando ya era una persona distinta y demasiado seria.

Mientras subía por la escalera de su edificio, Barbara empezó a sentirse atrapada. Llamaba a su apartamento la «casa de las mujeres», por la notoria ausencia de un toque masculino en todas partes.

Su madre, viuda; ella, divorciada; Hillary, bueno, un día sería una mujercita, para completar el grupo de costura. En cuanto a los vecinos, en fin... estaban los dos hombres de mediana edad que compartían un estudio al fondo del pasillo y que parecían un par de ancianitas en lugar de hombres. Uno de los chicos con los que Barbara había salido había comentado en cierta ocasión que aquellos dos vivían en un apartamento tan pequeño para que no les costase mucho esfuerzo perseguirse el uno al otro. Y luego estaba aquel joven estudioso y extraño que vivía con su madre inválida en el apartamento contiguo. Una vez Barbara había subido sola con él en el ascensor, y el joven la había mirado con tal animadversión que ella había sentido escalofríos. Y luego estaba April Morrison. Al menos April era normal, y qué alivio suponía escuchar su tranquilizador acento de Colorado y presenciar sus pequeñas meteduras de pata, tan divertidas, que la dejaban desconcertada cuando se daba cuenta de lo que había dicho o hecho. En cuanto a ella, se disponía a pasar otra velada más frente al televisor, hasta que fuera lo bastante tarde para irse a la cama. ¡La que antes creía que el matrimonio era aburrido!

El sonido del televisor a todo volumen le dio la bienvenida a través de la delgada puerta de su apartamento. Abrió con su llave y dejó los paquetes encima de la mesa del comedor. Su madre estaba sentada en un sillón delante del aparato, con una bata acolchada y larga. Se pasaba los días viendo la televisión, apenas salía de casa y rara vez se tomaba la molestia de vestirse.

—Hola, mamá.

—Ven a ver esto, es una película estupenda —le dijo su madre a modo de saludo—. *Náufragos*. Nos la perdimos cuando la echaban en el cine del barrio.

—He traído bollos de miel —dijo Barbara.

—Eres un tesoro.

—Nos lo comeremos de postre. ¿Qué hay de cena?

—Hoy no he salido a comprar —declaró su madre—. No me encontraba muy bien.

—¿Qué te pasa?

—No lo sé. Me dolía la barriga. No era nada.

—¿Has llamado al médico?

—No era nada grave.

—¿Y qué has hecho durante todo el día? —preguntó Barbara, pese a conocer la respuesta de antemano.

Su madre se encogió de hombros.

—¿Qué es lo que hago siempre?

—Estar sentada en el sillón viendo la tele. Cuando me fui a trabajar esta mañana, te dejé enganchada al *Club del desayuno*. Luego has visto todas las telenovelas de la mañana, el concurso de mediodía y la película de la sobremesa. Seguro que incluso has visto *Kukla, Fran y Ollie, Lucky Pup* y cualquier otro programa infantil que emitan hoy. Y te quejas de que te duele la barriga... ¿Quieres saber por qué te duele?

—¿Por qué?

—Porque te pasas todo el día sentada. ¿Por qué no has salido a dar un paseo?

—¿Un paseo? ¿Y adónde quieres que vaya?

—Llama a alguna amiga.

—La señora Oliphant ha estado aquí un rato. Ha visto conmigo la tele y luego se ha llevado a la niña a dar un paseo. Está loca por Hillary.

—Voy a verla.

Barbara entró en la habitación donde dormía antes de casarse y que ahora compartía con la niña, una cuna, otro tocador, una bañerita y un surtido de animales de peluche, bloques de construcción y muñecas. Hillary estaba en la cuna, con su pijama azul. Se puso de pie en cuanto vio a su madre e intentó encaramarse a los barrotes. Barbara la cogió en brazos y la besó.

—Hola, cariño. ¿Cómo está mi niña? ¿Cómo está mi angelito?

La dejó en el suelo, se agachó para cogerle la mano y caminaron juntas hacia el salón. Su madre estaba viendo con sumo interés un anuncio. Barbara se dirigió hacia la cocina y subió a la niña al escurridero sin dejar de hablarle.

—Y ahora tú me miras mientras preparo la cena, ¿de acuerdo? Te contaré lo que he hecho hoy. Hoy nos tocaba trabajar en el número especial de novias, el del mes de junio, ¿te acuerdas? Huy, sí, ha sido muy divertido; tenían que fotografiar a las modelos en la azotea vestidas con batas y camisones blancos muy vaporosos, con los edificios al fondo, muy romántico... y el fotógrafo ha tenido que utilizar un filtro para que no se notase que tenían la carne de gallina, del frío que hacía.

La niña permaneció sentada, muy seria, en el borde del escurridero, con las piernas regordetas estiradas, masticando un trozo de pan y arrullada por la dulce voz de su madre.

—Bien, supongo que esta noche tendremos que volver a cenar raviolis de lata. No hay nada más porque la abuelita no ha ido a comprar. Te gustan los raviolis, ¿verdad que sí, cielo? ¿Sabes una cosa? Creo que van a concederme otro aumento de sueldo en junio. Lo he pedido y mi jefa ha dicho que soy la única chica de la oficina que tiene el valor de solicitar el aumento de verano un mes después de haber conseguido el de Año Nuevo, pero lo decía sonriendo, así que estoy segura de que sabe que el que me dieron el mes pasado no era suficiente. Menuda tomadura de pelo, ¡cinco dólares al mes! ¿Te has parado a pensar cuánto es eso a la semana?

La niña, confortada por la seguridad de la voz que tan bien conocía y las palabras que no comprendía, se acurrucó en el escurridero y se quedó dormida, chupándose el pulgar. El trozo de pan, reblandecido y mordisqueado, cayó al suelo. Barbara la miró con una sonrisa cariñosa y se encogió de hombros. Tomó a Hillary en brazos y la llevó a la cuna. En el salón su madre, envuelta en humo de cigarrillo, seguía viendo la televisión.

Barbara volvió a la cocina y empezó a abrir las latas, oyendo el sonido amortiguado de voces procedentes de la otra habitación, voces que no podían responder, que hablaban a una mujer a la que, por alguna razón, había dejado de importarle si tenía alguien con quien hablar o no. Barbara oyó el tictac del reloj de la cocina, el sonido metálico de una cuchara en el borde de un tarro. Oyó hablar a una voz en su cerebro y supo que era su propia voz, hablando consigo misma: «Háblame», decía. ¿Háblame?

—Me encantaría —respondió en voz alta.

—Nadie en esta casa me habla nunca —se quejó la voz.

—Ya lo sé —respondió Barbara—. A mí tampoco.

—Seguro que mamá ha mantenido una conversación agradable con la señora Oliphant esta tarde —dijo la voz—. La señora Oliphant le habrá dicho: «Qué pena que Barbara no haya vuelto a casarse. Una chica tan estupenda...». Y mamá le habrá contestado: «Bueno, no será por falta de pretendientes... Es que ahora mismo no está interesada. Ya elegirá marido cuando le apetezca». Y la señora Oliphant habrá dicho: «Sí, claro. Eso seguro».

—Sí, montones de pretendientes... —ironizó Barbara—. Todos pidiéndome matrimonio... ¡Y un cuerno!

—Luego la señora Oliphant se ha ido y se ha encontrado con una amiga —siguió diciendo la voz—. Y la amiga le habrá dicho: «¿Qué tal está Barbara?». Y la señora Oliphant le habrá contestado: «Pues no me parece que sea muy feliz. Seguro que ahora se arrepiente de haber apartado de su vida a ese chico tan majo, a ese Mac Lemont. Seguro que le encantaría volver con él».

—Me imagino la conversación perfectamente... —dijo Barbara.

—¿Y es verdad? —le preguntó la voz—. ¿Te gustaría volver con Mac?

—Déjame en paz —dijo Barbara.

—¿Te gustaría?

—No. Solo quiero… alguien con quien hablar. Alguien que me hable. Alguien que me importe, alguien a quien querer. Y lo encontraré, así que no te metas y cierra el pico. Lo encontraré, ya lo verás. Y antes de lo que crees.

—Citando tus dulces palabras —dijo la voz—, ¡y un cuerno lo vas a encontrar!

7

En junio hubo una temprana ola de calor. El aire caliente se elevaba del asfalto pegajoso y los clientes de los restaurantes protestaban a voz en grito: «¡Eh! ¿Cuándo van a encender el aire acondicionado?». En los cubículos de grandes ventanales y con sistema de refrigeración de Fabian Publications la vida seguía como siempre. Mike Rice y Caroline habían adquirido la costumbre de quedar a las cinco en punto junto a la máquina de agua fresca, saludarse con un gesto de la cabeza, separarse y reencontrarse más tarde en un bar de la Tercera Avenida. Era difícil guardar un secreto en la oficina: todo el mundo sabía que la señorita Farrow tenía una aventura con un vicepresidente, todos excepto Mary Agnes, que lo sabía pero se negaba a creerlo. A pesar de que Mary Agnes siempre se las arreglaba para ser la primera en enterarse de casi todos los chismes, nunca acababa de creerse que de verdad la gente hiciera «eso». Hacía una mueca, se mostraba escandalizada y murmuraba, pero en el fondo tenía sus reservas, sin duda porque el comportamiento de los demás en materia de sexo era diametralmente opuesto a cualquier cosa que ella pudiera plantearse. Brenda se había casado, y una semana antes de la boda habían celebrado una fiesta en la oficina; todas las chicas habían puesto un dólar por cabeza para contribuir al regalo y al final habían acabado un poco piripis con solo un vaso whisky que se tomaron en el bar del edificio. Después de la luna de miel, Brenda llevó a la oficina un voluminoso álbum de fotos de piel blanca titulado «Nuestra boda», e insistió en que todas sus compañeras de la sección de mecanografía lo mirasen y le dedicasen los elogios pertinentes. «Tenía yo razón —no pudo evitar pensar Caroline—, el novio tiene cara de pánfilo.»

Gracias a la intervención del señor Shalimar, Caroline había obtenido un aumento de diez dólares a la semana y el puesto de «lectora», y se había mudado al piso de Gregg. Tenía el apartamento para ella durante la mayor parte del tiempo porque Gregg salía con David Wilder Savage, algo que a Caroline le venía de perlas. Gregg solía regresar hacia las tres de la madrugada porque David tenía una norma: ninguna chica podía pasar la noche en su casa.

—¿Qué le ocurre? —preguntó Caroline a Gregg—. ¿Le da miedo su asistenta?

—Es que le gusta estar solo a veces —respondió su amiga—. Es un lobo solitario.

«Pues no será porque no le guste la compañía femenina, desde luego», pensó Caroline, pero no dijo nada. Le inquietaba un poco aquella relación. No es que fuese una mojigata, ni mucho menos, a pesar de la estricta educación que había recibido y las mentiras virtuosas que ella y sus compañeras de universidad se habían contado sobre su vida privada. Sin embargo, tenía la certeza de que David Wilder Savage no amaba a Gregg, a pesar de lo que esta quisiese creer. En primer lugar, nunca le había dicho que la quería y, para colmo, tenía fama de mujeriego. ¿Por qué un hombre como él, que tenía todo cuanto quería salvo un corazón, iba a convertirse en un sentimental por una chica como Gregg? Nunca pasaba a recogerla ni la llevaba a casa, sino que quedaba con ella en su despacho o en un restaurante. A las tres de la madrugada la acompañaba a la calle y delante de la puerta de su edificio la subía a un taxi. ¿Era eso amor? De todos modos, llamaba a Gregg todos los días y la veía casi todas las noches, así que al menos era amor en cierto modo.

—Hay personas que han nacido para que les hagan daño —comentó Caroline a Mike una noche—. Ni siquiera tienen que poner demasiado empeño. Gregg es de esa clase de personas, ¡y mira con quién está liada!

—¿Crees que lo ha elegido a él con ese propósito? —preguntó Mike.

—¿Para que le haga daño? No, Gregg no.

—¿No crees que debería evitar verlo?

—¿A David Wilder Savage? Imposible. No sé ni si yo misma evitaría estar con él.

—¿Lo conoces?

—Lo he visto dos veces. Gregg y yo estábamos tomando una copa en un restaurante antes de que él fuera a buscarla. Habla contigo como si fueses la única persona sobre la faz de la tierra.

—¿Y te gustaría acostarte con él? —preguntó Mike tranquilamente, con curiosidad.

—¡Mike! No me planteo eso cada vez que me presentan a un hombre.

—¿Por qué no?

—Bueno, las mujeres no somos así.

—Claro que sí —dijo Mike, y apuró su octava o novena copa—. Las mujeres tienen los mismos sentimientos que los hombres, pero solo lo admiten para sí mismas. Un hombre ve a una chica guapa en la calle, o en cualquier otro sitio, y se dice con toda naturalidad, sin la menor intención de hacer nada al respecto: «Me gustaría acostarme con esa chica». Eso no significa que intente entablar siquiera una conversación con ella, pero acepta sus propios sentimientos.

—¿Por qué bebes tanto? —le preguntó Caroline.

—¿Estás intentando cambiar de tema?

—A lo mejor no es un tema tan distinto. No me puedo creer que alguien beba tanto como tú simplemente porque le gusta el sabor.

—Tienes razón —repuso él con tono jovial.

—Me siento aquí y te observo noche tras noche. Bebes y hablas sin dar muestras de estar emborrachándote y luego de repente te levantas y parece que vayas a caerte redondo al suelo.

—Me gusta el whisky —afirmó él—. Lo prefiero a la gente.

—¿Por qué?

—Muy sencillo: con el whisky no hay problemas, responsabilidades ni reproches. Míranos a ti y a mí, por ejemplo. Esta mañana me he despertado y, como de costumbre, me he puesto a pensar en ti. Y de pronto he sabido que estoy enamorado de ti.

Lo dijo con tal naturalidad, con el mismo semblante inexpresivo de siempre, que Caroline tardó unos segundos en asimilar sus palabras. La joven contuvo el aliento. Él siguió tomando un sorbo tras otro de su nueva bebida, sin aguardar una respuesta, sin preguntarle si le correspondía, tras haber hecho un comentario que podía ser o no importante para ambos. Caroline se sintió conmovida y se dio cuenta de lo mucho que confiaba en él. Él se encargaría de todo, todo iría bien.

—¿Y qué hiciste luego? —susurró.

—Me levanté de la cama para buscar una toalla y luego volví a acostarme y pensé en ti un poco más.

—¡Mike! ¡Eres terrible! ¡Terrible! ¿Cómo puedes decir esas cosas? —No obstante, Caroline seguía estando conmovida, a pesar de la vergüenza que sentía.

—Me gustaría tener una aventura contigo —dijo él—, pero creo que si tú tuvieras una aventura conmigo, te destrozaría la vida. —Dejó la copa en la mesa y se inclinó hacia ella mirándola fijamente a los ojos. No la tocó—. Tengamos una aventura distinta de las demás, una aventura amorosa poco convencional, privada. Una aventura mental, indirecta.

—¿Qué es eso? No acabo de entenderte.

—Nos contaremos lo que pensamos. Seremos absolutamente sinceros. Yo te contaré todo lo que quiero hacer contigo y tú me dirás todo lo que quieres hacer conmigo. Tendremos una relación verdaderamente «íntima», ¿me entiendes ahora?

—Pero ¿por qué? —preguntó Caroline.

—Porque yo tengo mi cerebro y mi botella, y tú tienes tu juventud y tu futuro. No es ningún intercambio, Caroline, el perjuicio sería todo para ti y el beneficio, todo para mí.

—Pienso en ti prácticamente a todas horas —confesó Caroline en voz baja—. Pienso en todo lo que quiero decirte y me acuerdo de todo lo que me has dicho. Me interesa todo lo que te pasa.

—Ya te advertí respecto a esto hace mucho tiempo —repuso él—, ¿te acuerdas?

—Huy, sí... —Caroline se echó a reír—. Aquella noche, con aquel tipo tan horrible, aquella desastrosa cita a ciegas... ¿cómo se llamaba? Alvin Wiggs.

Mike sonrió.

—¿Qué ha sido de él?

—Se casó con una buena chica. Eso es lo que hacen, ¿sabes?

Despacio, muy despacio, ambos deslizaron una mano por la superficie de la mesa hasta que se encontraron. Él tomó la de ella con delicadeza y le acarició la yema de los dedos con el pulgar.

—No te cases con un idiota —dijo—. No te dejes atrapar por algún «buen chico» que tu familia te ponga delante. Eres inteligente, tienes futuro. Cásate solo con un hombre a quien adores, del que estés locamente enamorada, pero sobre todo al que respetes. Si te casas con un hombre por el que no sientas suficiente respeto, eso acabará contigo.

En ese momento Caroline se acordó de Eddie y el corazón le dio un vuelco, pero no apartó la mano que Mike sostenía en la suya. La mano de Mike era reconfortante, y ella quería seguir teniéndolo cerca.

—Conocí a alguien así una vez —dijo—. Ahora está casado. No sé si volveré a encontrar a alguien que me haga sentir lo mismo otra vez...

—Espera a que aparezca —repuso Mike—. No tienes ninguna prisa. Tienes mucho, muchísimo tiempo. Ojalá me hubiera casado yo contigo.

—¿Tú?

—Hace veinte años, cuando tenía tu edad. Pero entonces tú acababas de nacer. ¡Habríamos sido una pareja maravillosa! Ahora yo soy otra persona, y una vida entera se interpone entre nosotros. Tomamos decisiones todos los días, a veces sin pensar, a veces en contra de nuestra voluntad. Si no nos rebelamos, si nos dejamos llevar y cambiamos o permitimos que nos cambien los demás, entonces, una vez que hemos cambiado, tenemos que hacer otras cosas, y así una y otra vez hasta que la persona que queríamos queda tan atrás en el pasado que solo nos acordamos de ella con añoranza, como si fuera un desconocido muy querido.

—Qué horror... —exclamó Caroline—. Yo no quiero que me ocurra.

Mike guardó silencio durante un minuto. Luego se llevó la mano de Caroline a la boca y la besó con ternura.

—Sufro por ti —dijo—. Eres demasiado lista, demasiado guapa, quieres demasiado. Verás, en Italia hay un muro cubierto de plumas y sangre porque miles y miles de gorriones se arrojan contra él todos los años y se matan. ¿Por qué lo hacen? Quién sabe... ¿Sabes quiénes son los seres más afortunados? Las Mary Agnes de este mundo. Mary Agnes ya tiene su vida organizada: se casará en junio, ahorrará dinero, seguirá con su trabajo y no esperará nada más de la vida. Mary Agnes es el triste resultado de la educación, la ignorancia y la fuerza de la costumbre, y es más lista que el resto de sus compañeras.

—Yo también tuve esos planes un día —señaló Caroline.

—Bueno, a lo mejor todos tenemos la oportunidad de ser una Mary Agnes. La pierdes y se acabó, no hay vuelta atrás. Pero la verdad es que si fueras una auténtica Mary Agnes encontrarías tu segunda oportunidad, aunque no fuese tan buena como la primera.

—Eso es precisamente lo que me has dicho antes que no debo hacer —observó Caroline.

—Estoy borracho —dijo Mike. Se puso de pie—. Vamos, te llevaré a casa.

La acompañó hasta la puerta del edificio y se quedó unos minutos al pie de las escaleras.

—Piensa en nuestra aventura —dijo.

—De acuerdo.

Mike consultó su reloj.

—Son las once. Estaré en mi hotel, metido en la cama, sobre las once y media. Pensaré en ti entonces. ¿Pensarás tú en mí?

—Sí —contestó ella.

—Piensa en mí de once y media a doce. Y mañana, cuando te vea, me contarás lo que has pensado y lo que has hecho.

—¿Y qué se supone que debo hacer? —preguntó Caroline con curiosidad.

—Lo que quieras —respondió él muy serio, y tras rozarle los labios con la mano a modo de despedida se alejó deprisa para perderse en la oscuridad.

Una vez en su apartamento, Caroline se puso el pijama y se bebió un vaso de leche. Se dejó puesto el reloj de pulsera y fue mirándolo de vez en cuando, sentada en el borde de su sofá cama. «Debe de haber llegado ya a casa —pensó—, a ese hotelucho de mala muerte donde Mary Agnes me dijo que vivía.» Quizá se había parado a tomar una última copa en el bar. Caroline no tenía ni pizca de sueño y pensó que tal vez esperaría a Gregg levantada, leyendo una revista, oyendo la radio o dándose un baño. Se suponía que debía pensar en Mike, pero ¿qué podía pensar? No estaba acostumbrada a que le dijeran que pensara en alguien en un momento concreto, y de repente le pareció algo muy difícil. Era más fácil pensar en sí misma.

¿Quería a Mike? No, no como había querido a Eddie o a cualquier otra persona en su vida. Le resultaba un hombre fascinante y creía que tal vez podría ser feliz si conseguía enamorarse de él, a pesar de sus advertencias. No conocía a ningún otro hombre que comprendiese lo que estaba pensando. Mike parecía capaz de adentrarse en su corazón y ver no solo lo que la desconcertaba, sino darle además las respuestas. Volvió a oír la voz de él en su cabeza diciendo: «Y de pronto he sabido que estoy enamorado de ti». Repitió las palabras una y otra vez para sus adentros y le parecieron emocionantes y reconfortantes a un tiempo. Si llegase a querer a Mike, sería lo único emocionante de su vida en esos momentos, lo sabía, y el mero hecho de saberlo hacía que ya estuviera medio enamorada de él.

De haberse tratado de cualquier otro hombre, no se habría atrevido a pensar en enamorarse, ni mucho menos a intentar enamorarse, pero se sentía muy mimada y cuidada por él. Mike era mayor e inteligente, y nunca la abandonaría como Eddie. Tampoco se casaría con ella, pero aún era muy joven, tenía apenas veinte años y mucho tiempo por delante antes de tener que pensar en serio en el matrimonio. Era todo un alivio posponerlo, pensar en emociones y sentimientos nuevos sin tener que preocuparse por compromisos definitivos.

Nunca pensaba en Mike en un sentido físico, ni siquiera se lo imaginaba besándola en la boca. En lo que pensaba era en el desafío que entrañaba como persona, como compañero, como su mejor amigo y como amante en un plano cuya existencia acababa de descubrir. No podía contar a Gregg ni a April nada de aquello. Ellas nunca lo entenderían. Y ella misma tampoco estaba segura de entenderlo.

Era medianoche. Ya no quería esperar a Gregg despierta; quería acostarse lo antes posible y guardarse todos sus pensamientos para sí.

La idea de tener que hablar de trivialidades con cualquiera, incluso con una amiga íntima como Gregg, se le antojaba ahora una dura imposición. Apagó la luz, se ovilló en su cama llena de bultos y se sorprendió soñando con Mike, sin saber a ciencia cierta si estaba dormida o despierta.

A partir de aquella noche le resultó más fácil seguir aquel juego, o su aventura, tal como él la llamaba. La idea de invocar la imagen de Mike a una hora concreta no tardó en dejar de parecerle extraña. Si alguna noche él se olvidaba de decirle que pensase en él, Caroline se sentía desatendida, por así decirlo. Se decía que a Mike se le habría olvidado y se preguntaba por qué. Era como si la hubiese dejado plantada. Sabía que Mike tenía una reacción mucho más física al pensar en ella que la suya cuando pensaba en él. Cuando él le contó lo que hacía al respecto, Caroline se escandalizó.

—¿Por qué? —preguntó él.

—Eso es tan... eso lo hacen los niños. Los críos. Los adolescentes...

—Caroline, ¿cuándo aprenderás que nada de lo que hacen dos personas que se quieren está mal?

—Es eso precisamente: no son dos personas, eres tú solo. Es espantoso. Es algo... solitario.

—No es solitario, porque me acerca más a ti.

—¿Cómo va a acercarte a mí si me muero de vergüenza solo de imaginarte haciéndolo?

—Si tenemos una aventura amorosa —dijo—, no debes sentir vergüenza de nada. Tendrás que aceptar tus sentimientos y también los míos.

—A veces creo que sería mejor si tuviéramos una aventura de verdad —dijo ella.

—Te equivocas, créeme —repuso él, compungido—. De este modo nada puede afectarte, nada puede hacerte daño. Es lo único que me preocupa: hacerte daño.

Por el momento Caroline no podía quejarse, solo podía estar agradecida.

Mike nunca la llevaba a su habitación ni subía con ella a su apartamento. Quedaban en algún bar, en las tabernas de la Tercera Avenida con el suelo lleno de serrín, en el rincón más oscuro del bar de Fabian, a veces en alguna coctelería de Radio City... A menudo se tropezaban con gente que trabajaba en la editorial y que Mike conocía, y al cabo de un tiempo Caroline pensó que las malas lenguas de la oficina seguramente daban por sentado que ambos estaban liados. No dejaba de ser irónico, pensaba, porque era obvio que no lo estaban; aun así, la intimidad creciente que existía entre ambos no podía seguir considerándose una simple amistad.

—¿Sabes qué? —le dijo ella una noche—. Si es posible decir que un cerebro se acuesta con otro cerebro, entonces eso es lo que estamos haciendo.

—Cualquier cosa es posible —repuso él—. Dime qué quieres que te haga.

—Ya sabes que no me gusta que hables así.

—Dímelo. ¿Cómo lo voy a saber si no?

—Me da vergüenza.

—¿Quieres que te bese?

—Sí —respondió ella.

—Entonces dilo.

—Quiero que me beses. ¡Y nunca lo haces! Solo me das las buenas noches, como si fueras un viejo amigo de la familia.

Él se inclinó por encima de la mesa bajo la penumbra azulada y la besó levemente en la comisura de los labios.

—Ya está.

—Ya estamos otra vez. —Caroline no pudo contener una sonrisa.

—Si empezase a besarte, a besarte de verdad, no podría pararme ahí.

—Haces que me sienta como una niña pequeña.

—Vamos —dijo él—, ¿qué quieres que te haga?

—Bésame.

—Eso ya lo has dicho.

Caroline se miró las manos, entrelazadas sobre la mesa, muy blancas en contraste con la oscuridad de la coctelería. La luz del local era tenue, a propósito para resultar seductora, y en alguna parte sonaba una música nostálgica que no reconocía. Mike parecía mucho más joven en aquella penumbra, un hombre de apenas treinta años. ¿Y qué tenía de malo tener treinta y ocho? Aún seguía en la treintena, y no podía decirse que un hombre de menos de cuarenta fuese tan mayor para una chica de veinte…

—¿Qué más?

—Ya lo sabes.

—¿Quieres que te toque?

—Sí.

—¿Dónde?

En ocasiones como esa Caroline se enfadaba tanto con él que estaba segura de que no lo quería y, pese a todo, se sentía incapaz de levantarse y marcharse. La voz de Mike y sus palabras la tenían presa porque eran las palabras del amor pronunciadas en el tono del amor, y eran importantes para ella porque salían de él. Tal vez sí lo quería. Desde luego, no podía pensar en ninguna otra persona, y siempre que salía con alguno de los chicos que había conocido tras romper con Eddie se descubría comparándolo desfavorablemente con Mike. Eran todos tan sosos… incapaces de trastornarla como hacía él solo con tocarle la mano. Porque ahora, por fin, Caroline pensaba en Mike en un sentido físico, y deseaba que la besase y acariciase como había hecho Eddie, sin todo aquel discurso tan solemne de aventuras y vidas destrozadas.

—Tienes que cogerme la mano mientras te lo digo —le pidió ella.

Él le tomó la mano con suma delicadeza, y al contacto de su piel Caroline sintió un temblor que le recorrió todo el brazo hasta el pecho.

—Estás destrozando mi vocabulario —dijo con una sonrisa—. Empiezo a escandalizar a la gente sin darme cuenta.

—¿A quién? ¿A esa frívola compañera de piso que tienes?

—No, a Gregg no. A mi padre y a mi madre. El fin de semana pasado fui a casa, a Port Blair, y estábamos cenando y charlando tranquilamente…, bueno, no tan tranquilamente, porque en los últimos tiempos cualquier conversación entre mi madre y yo está plagada de indirectas. El caso es que levanté la vista y vi la expresión horrorizada de mi madre. No acaba de entender qué hago viviendo en Nueva York. No para de decir: «Supongo que estarás conociendo a chicos majísimos», o: «Supongo que lo pasarás en grande», siempre con una leve inflexión al final de la frase, porque en realidad es una pregunta, no un comentario. En fin, el caso es que le dije algo que me habías dicho tú, ni siquiera me acuerdo de lo que era. Era algo que parecía del todo natural cuando lo hablamos tú y yo. Pues bien, mi madre arqueó las cejas, contuvo el aliento y exclamó: «¡Caroline! ¿De dónde sacas esas ideas?».

—Supongo que querrá que te cases lo antes posible —dijo él con tono amable—. Cree que así estarás al fin a salvo.

—Sí, pero solo con alguien a quien ella considere «un buen partido». No quiere que me case con cualquiera solo por el hecho de casarme.

—¿Y el amor?

—Sí, eso también. Pero mi madre opina que una chica sensata siempre se enamora de la persona adecuada.

—Es muy fácil —repuso él— decir a otra persona lo que debe hacer, lo que está bien. Cuando no hay emociones de por medio, se ve claramente lo que está bien y lo que está mal.

—Como Mary Agnes —dijo Caroline.

—¿Sabes cómo te veo yo? —preguntó él—. Veo a una niña sentada en una roca en un claro cerca de un bosque. De pronto llega el flautista de Hamelín tocando su música y las demás niñas abandonan la seguridad de su hogar y se van bailando detrás de él, lejos, muy lejos, a otro país. Es el país del matrimonio, de la respetabilidad y, ¿quién sabe?, acaso de la decepción para algunas. Todas, o casi todas, se van detrás del flautista de Hamelín, pero tú no. Entonces llega Pan, el dios de los bosques, canoso y peludo, con una expresión lasciva en su rostro humano y la dulce música de la siringa en su boca. Se adentra en el bosque y unas cuantas chicas, no muchas, como tu amiga Gregg, lo siguen. Son las que tienen el valor de romper con la tradición, de vivir tan libremente como deseen. Las ves desaparecer en el bosque, pero tampoco vas detrás de Pan. Por una parte, quieres pensar como tú quieras y vivir libremente, pero por otra quieres casarte, ser convencional, formar una familia. Así que te quedas sentada en la roca preguntándote: «¿Qué va a ser de mí?».

—¿Y? —quiso saber Caroline—. ¿Qué va a ser de mí?

—¿Crees que soy un profeta? —dijo él con una pequeña sonrisa.

—A veces creo que sí.

—Yo diría que te irá muy bien —aventuró él con aire pensativo—. Creo que llegarás a amar mucho a un hombre. Ojalá pudiera ser yo.

—A lo mejor serás tú —repuso Caroline—. ¿Eso te asustaría?

—Solo un minuto. Me temo que luego sería lo bastante egoísta para estar encantado.

De manera espontánea, Caroline agachó la cabeza en la oscuridad y le besó la mano.

—Caroline, te quiero. Ojalá estuviéramos en mil novecientos treinta y dos.

—Pero entonces yo no habría nacido —repuso ella, sonriendo.

—¿Lo ves? Estamos perdidos.

—¿Y por qué no podemos querernos de todos modos? Conozco

a una viuda de Port Blair que se casó con un hombre veinte años mayor que ella y son muy felices juntos.

—Cuando ella tenga sesenta y él ochenta, tendrá que sostenerlo para que no se caiga al subir a un taxi, le calentará el vaso de leche por las noches y le contará la misma historia una y otra vez porque a él se le olvidará en cuanto se la haya contado.

—¡Ochenta! —exclamó Caroline—. Con la vida que llevas, nunca llegarás a los ochenta.

—Eso espero —repuso él alegremente, y apuró su copa de un trago y lo que quedaba de la de ella.

—Te diré una cosa —dijo Caroline—. He cambiado. Lo noto porque mi actitud ante las cosas es distinta, como si aceptara las ideas que difieren de las mías, y también a la gente que antes me intimidaba. Y todo esto en los seis meses que hace que somos amigos.

—Cinco de esos seis meses habríamos podido estar casados —afirmó él—, si hubiéramos tenido más suerte…

Era la primera vez que Mike hablaba de matrimonio, y Caroline se quedó atónita. «Ya me quería mucho antes de que yo le quisiera a él —pensó, sorprendida—. Mucho antes de que yo lo sospechara.» Se preguntó cómo habría sido su matrimonio con Mike Rice. Habría podido hacer cosas por él, ayudarlo para que no bebiera tanto, darle un verdadero hogar… «Vaya —se dijo—, vuelves a hacer lo mismo de siempre, a comportarte como la niña sentada en la roca, soñando con domesticar a este renegado. Y sin embargo me atrae porque sabe muchísimo de la vida. Me lo imagino en el salón de Port Blair, comiendo un domingo en casa de los suegros…»

—¿De qué te ríes? —le preguntó Mike.

—De mí misma, supongo —admitió ella—. Por soñar despierta.

El último fin de semana de junio, todo el personal de Fabian, desde los vicepresidentes hasta los empleados del departamento de transporte, salieron hacia las afueras en unos autobuses especiales para celebrar la fiesta de verano de la empresa. El viejo Clyde Fabian acostumbraba a organizarla en su club de golf a orillas del Hudson, y aunque estaba enfermo y discapacitado, insistió en que se mantuviese la tradición. La fiesta tuvo lugar un viernes, a las diez de la mañana, el último día laborable de la semana para que todos pudieran recuperarse de la resaca tranquilamente al día siguiente. Habría partidos de softball, piscina, golf, un generoso bufet al aire libre para el almuerzo, música y baile, tras lo cual regresarían a la ciudad a las seis de la tarde. Caroline fue con Gregg, April y Mary Agnes.

—Pues en la oficina de una amiga mía —explicó Mary Agnes— hacen algo estupendo: invitan a los maridos, las esposas y los niños a la fiesta de la empresa para que puedan estar todos juntos.

—¿Qué? —exclamó Gregg—. Vaya forma de aguar la diversión.

Todas las chicas se echaron a reír menos Mary Agnes.

—Pues yo creo que sería mucho más divertido —protestó—. El año pasado, cuando llevaba el traje de baño, el señor Shalimar no dejó de hacer comentarios sobre lo bonitas que eran mis piernas; creía que me moría de la vergüenza. Este año he estado a punto de no traerme el traje de baño.

—Piensa que esta es mi primera fiesta de empresa —dijo April.

—También para Gregg y para mí —intervino Caroline.

—Me muero por ver un club de golf de la costa Este —dijo April.

—¿Las copas son gratis o tenemos que pagarlas? —quiso saber Gregg.

—Son gratis —respondió Mary Agnes—. Y todo el mundo se emborracha, así que es un horror.

—No puedo esperar más para decíroslo —dijo Gregg—: esta

fiesta es mi canto del cisne. Voy a coger los tres días de vacaciones que me corresponden y luego dejaré el trabajo.

—¡Dejar el trabajo!

—David me ha conseguido uno para la temporada de verano. Haré el papel de ingenua en al menos cuatro obras. No solo me pagarán muy bien, sino que además estaré en Connecticut, de modo que David y yo podremos seguir viéndonos.

—Es estupendo —comentó Mary Agnes.

—Yo nunca le habría pedido ningún favor —explicó Gregg—, pero fue él quien lo propuso. ¿A que es un cielo?

—Figúrate... David Wilder Savage abriéndote puertas de esa manera... —susurró April—. Eres muy afortunada. Es fantástico. —No había rastro de envidia en su voz, solo admiración y alegría por la suerte de Gregg. Si había alguien incapaz de sentir celos o guardar rencor, pensó Caroline, esa era April.

Cuando el autobús se detuvo sobre la gravilla blanca del amplio camino de entrada del club, se oyeron varias exclamaciones de entusiasmo entre los pasajeros. Caroline y Gregg iban sentadas en la parte trasera, por lo que fueron las últimas en bajar. Delante de ellas, April y Mary Agnes corrían para unirse a los demás. Gregg miró a Caroline.

—No sé por qué hemos venido —dijo.

—Ya. Detesto el jaleo. Todos estos desconocidos..., y Shalimar seguro que querrá representar una de las escenas de sexo de nuestro último manuscrito.

—¿Acaso crees que puede? —preguntó Gregg.

—Ojalá nos hubieran dado el dinero a los empleados en lugar de gastarlo en una fiesta —dijo Caroline.

—Sí, yo también opino lo mismo.

Se aproximaron despacio a una mesa larga que había bajo un conjunto de árboles frondosos y que evidentemente era el bar, pues en torno a ella se apiñaban varias hileras de empleados de Fabian, como hormigas apelotonadas alrededor de un trozo de queso.

Al final del gentío, Caroline vio a Mike con una copa en la mano, charlando con dos directores de otras revistas a los que ella no conocía. Parecía tan adulto y profesional que por un momento tuvo la extraña sensación de que no lo conocía en absoluto. Tres hombres, seguramente hablando de negocios o contándose los chistes que no querían que oyeran las mujeres. Caroline se sintió muy joven y cohibida, y cogió a Gregg del brazo.

—A lo mejor tu amiguito tiene influencias en el bar —dijo Gregg señalando con la cabeza hacia Mike—, porque aquí, con tanta gente, el único que va a probar el alcohol va a ser mi vestido cuando alguien me tire la copa encima.

—A mí no me apetece beber.

—Pues claro que te apetece —repuso Gregg—. ¿Cómo vas a jugar a *touch football* con los chicos del correo si no te preparas antes?

Caroline se echó a reír, pero tenía las manos frías. Era un día de verano caluroso y soplaba una brisa suave que traía consigo el olor a hierba recién cortada, a perfume, a humo de cigarrillos y a madera quemada procedente del fuego de la barbacoa que acababan de encender. La brisa la hacía tiritar y no sabía por qué. Caroline miró hacia la orilla de la muchedumbre de invitados y vio que Mike la miraba con semblante serio y un tanto divertido al mismo tiempo, como si se hubiera equivocado de fiesta. Su mirada parecía unirlo a ella, y Caroline pensó que era como un puente que podía cruzar hasta estar sana y salva junto a él. Rodeó la multitud, sin notar apenas que un tacón se le clavaba en el empeine y que un brazo grueso le rozaba el pecho, y se acercó con Gregg al trío que estaba bajo el árbol.

Mike les presentó a dos hombres, uno de los cuales tendió a Gregg la copa que sostenía en la mano; la joven sonrió encantada.

—¿Lo estás pasando bien? —preguntó Mike a Caroline. La tomó del brazo y la alejó hábilmente del grupo.

—Me alegro mucho de verte.

—No sé por qué vengo a estas fiestas —comentó él—. Supongo que es inofensivo… un poco de aire fresco… —Respiró hondo.

—¿Te gusta el campo? —preguntó Caroline.

—Me encanta. Me crié en una granja.

—Dios mío… Nunca lo habría dicho.

—¿Por qué? ¿Es que los que se han criado en una granja tienen algún rasgo físico especial?

Caroline se encogió de hombros.

—Son cosas mías; soy un poco provinciana, supongo.

—Tendrías que haber visto la granja —prosiguió él—. Era para niños de cuatro a catorce años que carecían de hogar o que tenían demasiadas malas pulgas para que los aguantasen sus parientes. El cabrón que la dirigía nos pegaba con una correa los sábados por la noche para que tuviéramos algo por lo que llorar el domingo en la iglesia.

—¡Cielo santo!

—Una vez, cuando tenía diez años, salté de lo alto del pajar con la esperanza de romperme la crisma y matarme, pero por desgracia solo conseguí torcerme el tobillo. Ni siquiera quedé lo bastante incapacitado para librarme de las tareas que me impusieron como castigo por ser tan descuidado.

—¿Por qué no escribiste a tu familia? —exclamó Caroline.

—Los niños son seres muy curiosos —respondió él—. Mi padre había muerto y mi madre tenía en casa cuatro hijos de los que ocuparse. Yo era el mayor, así que fue a mí al que envió a esa hermosa y saludable granja del campo. Supongo que yo pensaba que a mi madre le importaba un comino, porque, de lo contrario, me habría dejado quedarme en casa con ella.

—Es horrible —dijo Caroline.

Habían dejado a los otros muy atrás y caminaban solos. Mike se sentó en la hierba con las piernas cruzadas y escarbó un espacio en la tierra para su vaso de whisky. Caroline se sentó a su lado y se tapó las piernas con la falda.

—Supongo que no deja de ser irónico —observó él— que ahora sea director de una revista de contenido religioso. Lo que más recuerdo de los domingos en la iglesia es que todas las mañanas, antes de ir, imaginaba con todo detalle que echaba a correr por el pasillo en mitad de la misa y me quitaba la ropa para enseñarles a los feligreses los latigazos que aquel cabrón me había dado la noche anterior. En mis fantasías, el cura siempre me salvaba, me hablaba de forma paternal y decía: «Este niño no volverá nunca más a esa granja». Como es lógico, nunca tuve el valor de hacer nada semejante.

—Es horrible —dijo Caroline—. ¿Y cómo saliste de allí?

—Cuando cumplí catorce años, acabé los estudios —explicó él alegremente—, y me puse a trabajar de recadero en un periódico. No te lo vas a creer, pero algunos internos, una vez terminados los estudios, se quedaban en la granja, trabajando de lavaplatos o jornaleros y maltrataban a los pequeños. Es increíble cómo se puede embrutecer a los niños para que encajen en un molde que luego ellos, a su vez, imponen a los más débiles, sin pensar siquiera en salir de ese círculo repugnante.

—Ojalá no me hubieses contado nada de eso —murmuró Caroline—. Te imagino de pequeño y me dan ganas de llorar. Odio y desprecio a la gente que maltrata a los niños.

—Yo también. Nunca pegué a mi hijita, ni siquiera le alcé la voz ni una sola vez. Nunca se me pasó por la cabeza. Esa era una de las cosas por las que discutíamos mi mujer y yo: ella quería darle a la niña algún que otro azote y yo no la dejaba. Así que ahora es ella quien tiene la custodia y yo soy el borracho incapacitado para ser padre.

—No había amargura en su voz, y tampoco autocompasión, solo la misma actitud realista y perspicaz con que hablaba de cualquiera de las cosas que eran importantes para él o para Caroline.

La serenidad de su voz conmovió a Caroline como no lo habría hecho ninguna otra emoción. Estaba embargada de multitud de sentimientos hacia él: pena, amor, ternura, remordimiento... Por primera vez percibió la soledad de aquel hombre y, aún más, su dulzura. Mike siempre había sido tierno, pero había sido tierno y fuerte, el líder y el instructor. De pronto solo había una cosa que ella quisiera decirle.

—Te traeré una copa —dijo él—. ¿No quieres una? Bueno, pues yo sí. —Hincó las rodillas en el suelo para levantarse. Caroline se puso de rodillas también y, mirándolo a la cara, posó las manos sobre sus hombros.

—Por favor, por favor, acuéstate conmigo —dijo.

Él le cubrió las manos con las suyas y las apartó con dulzura de sus hombros.

—No, tesoro.

—Te lo estoy pidiendo yo a ti, no tú a mí.

—Eres virgen. Sigue siéndolo.

—Siempre he querido que mi primera relación surgiera espontáneamente —repuso Caroline—. Si vas a discutir conmigo, entonces ya no será espontánea y lo estropearás todo.

Mike la miró durante largo rato sin decir nada.

—Si alguien tiene que ser el primero —dijo al fin—, al menos será alguien que te quiere. Vamos. —La tomó de la mano y la ayudó a levantarse.

Corrieron colina abajo hacia el edificio del club, cogidos de la mano, sin hablar pero mirándose de vez en cuando y sonriendo. Él le apretaba la mano con actitud tranquilizadora y ella notaba cómo le palpitaban las sienes.

—Llamaré a un taxi desde el club —anunció él—. Yo no tengo coche, ¿y tú?

—Tampoco.

Rodearon a un grupo de jugadores de softball y Caroline reconoció a Brenda, que llevaba un suéter blanco demasiado ceñido y una gorra de béisbol ladeada sobre un ojo. Jugaba en la segunda base y parecía dura de pelar. El chico que entregaba el correo de Caroline por las mañanas era el bateador. En el grupo que se había formado para animar el partido, Caroline vio a Mary Agnes y a la amiga de April, Barbara Lemont. Los gritos de alegría y los ruidos de los espectadores y los jugadores sonaban muy distantes, como las voces que se oyen a través del cristal de una ventana. Se sentía completamente ajena a todo aquello, lejos de su pequeño mundo y de lo que estaba a punto de sucederle, y por una vez se alegró de estar separada de la gente a la que conocía y de las cosas que les importaban, cosas que en ese momento no parecían importar en absoluto.

Una vez en el edificio del club, Mike se dirigió a la cabina telefónica que había detrás del bar y Caroline esperó en la sala, fresca y en penumbra. Las sillas estaban arrimadas a las mesas y se oía claramente el tictac de un reloj. Apenas había miembros del club ese día a causa de la invasión de los empleados de Fabian. En la oscuridad del fondo de la sala, Caroline oyó un murmullo de voces y vio una figura alta vestida de blanco y otra figura más bajita detrás. Reconoció a April, acompañada de un joven al que Caroline no había visto nunca. Le pareció que era mejor que April no advirtiese su presencia, de modo que dio unos golpecitos en el cristal de la cabina telefónica y Mike abrió la puerta.

Caroline se metió en el reducido espacio de la cabina y él colgó el receptor.

—Llegará dentro de cinco minutos —anunció, y le dio un beso en la sien—. Iremos a tu apartamento y, si cambias de idea por el camino, te llevaré a un bar.

Ella le rodeó el cuello con los brazos y él la besó, esta vez de verdad, por primera vez. Le acarició los hombros y la espalda y volvió a besarla. Caroline lo amaba por haber dejado que ella tomara la decisión, y precisamente por eso sabía que no iba a echarse atrás.

Camino de Nueva York en el taxi, ninguno de los dos pronunció palabra. Iban cogidos de la mano y se miraban, cada uno ensimismado en sus pensamientos, sin sentir la necesidad de hablar. Ahora que se había decidido, Caroline se sentía muy unida a él. Tenía una sensación de irrealidad, y los campos que atravesaban parecían una amalgama de pinceladas verdes. Apenas percibía el aire que entraba por las ventanillas abiertas y le daba en la cara, los baches y las sacudidas. Cuando llegaron, se detuvo un momento al pie de las escaleras del edificio mientras Mike pagaba al taxista. Su casa se le antojaba distinta, tal vez porque nunca la había visto desde fuera en una jornada laborable al mediodía. La lavandería china estaría cerrada durante dos semanas por las vacaciones de verano, de manera que se respiraba mucha tranquilidad sin el vapor y el ruido. En el escalón inferior había dos mujeres sentadas, con los cochecitos de bebé delante. Caroline las miró y por un instante, sin saber por qué, sintió una punzada de tristeza. Luego Mike se acercó rápidamente por detrás, la asió del brazo y subieron por las escaleras.

Se estaba bastante fresco en el apartamento, que estaba a oscuras, con las persianas echadas para impedir el paso del sol. Mike no se abalanzó sobre Caroline ni la besó de inmediato, lo que ella agradeció, sino que se puso a mirar el apartamento, que no había visto hasta entonces.

—Es muy bonito —comentó.

—¿Te apetece una copa?

—Yo te prepararé una. —Se acercó al pequeño bar metálico del rincón, sirvió whisky en dos vasos y los llevó a la cocina. Caroline lo oyó sacar los cubitos de hielo de la bandeja del congelador.

Cuando Mike salió de la cocina, se sentaron en el borde de un sofá cama y bebieron un trago de sus respectivas copas.

—¿Es esta tu cama? —quiso saber él.

—Sí.

—He intentado imaginármela cientos de veces.

—Pues ahora ya sabes cómo es.

—Una cama individual pequeña y estrecha. —Mike sonrió—.
Justo como me la imaginaba.

—Tendría que cambiar las sábanas. No había previsto nada de
esto…

—No lo hagas. ¿Acaso crees que me molesta acostarme en las sábanas en las que has dormido tú?

Apuraron sus copas y las dejaron en el suelo, junto al sofá cama.
De repente Caroline fue presa del miedo, de una resistencia de última
hora a entregarse, del deseo de estar un momento a solas y reflexionar.

—Voy al aseo de señoras —murmuró, poniéndose en pie.

Entró en el cuarto de baño y cerró la puerta, pero no echó el pes-
tillo, temerosa de que él oyera oír el sonido metálico y supiese que estaba asustada. Se sentó en el borde de la bañera y apoyó la frente en
la porcelana blanca y fría del lavabo. ¿Se llevaría él una decepción
cuando la viese desnuda? ¿Le parecería que estaba demasiado plana,
demasiado flaca? Le temblaban las manos y los muslos, y tenía menos
ganas que nunca de hacer el amor. Era como si hubiese hecho un trato y ya no hubiese forma de dar marcha atrás, no porque él no fuese a
perdonarla, sino porque ella misma no se lo perdonaría.

«Oh, Dios mío… —pensó—, ojalá me hubiese casado con Eddie.
¿Por qué estoy aquí en vez de estar casada con Eddie? No es justo.
—Y a continuación se dijo—: Eres idiota. Quieres a Mike y lo deseas.
Madura un poco.»

Se levantó, abrió la puerta y se dirigió despacio a la sala de estar,
donde la esperaba Mike. Este había retirado la colcha y la había deja-

do bien doblada a los pies del otro sofá cama. Cuando Caroline vio las sábanas blancas, la situación empezó a parecerle más natural. Él seguía vestido, solo se había quitado la chaqueta y la corbata. Estaba de pie de espaldas a la ventana, su silueta recortada en la penumbra, y a Caroline le latía tan deprisa el corazón que tenía la vista casi nublada.

—¿Has tomado el sol este año? —le preguntó él con toda naturalidad.

Ella asintió con la cabeza.

—Enséñame ese bronceado.

Ligeramente a la defensiva, Caroline se bajó los tirantes del vestido. Él la abrazó y besó las marcas blancas que habían quedado al descubierto al retirar los tirantes, luego desplazó los labios hasta su cuello y por último hasta sus labios. Ella permaneció rígida entre sus brazos, pero enseguida la pasión la empujó y se sintió cómoda, dúctil y desbordada por las sensaciones. Le rodeó el cuello con los brazos como si fuera una planta trepadora y abrió la boca para recibir sus besos, sintiéndose como si quisiese fundirse con él para siempre.

En ese momento él se apartó y Caroline oyó el leve crujido de la ropa al caer al suelo. Por un segundo tuvo miedo de abrir los ojos, pero cuando los abrió no se llevó ninguna decepción. Volvió a cerrarlos, como si eso la hiciera invisible de algún modo, y se despojó del vestido, la combinación y la ropa interior, se quitó los zapatos y se quedó completamente desnuda frente a él, con los puños apretados para no hacer ninguna estupidez como taparse con las manos.

—Qué hermosa eres… —dijo él.

Caroline abrió los ojos.

—¿No te parece que tengo poco pecho?

—Tienes el suficiente.

La tomó de la mano y la condujo a la cama, donde se tumbaron y abrazaron sin dejar de besarse. Caroline se dio cuenta, con un preludio de placer, de que había olvidado cómo era la piel de un hombre; sin embargo, la de Mike era distinta de la de Eddie, tenía más vello en el pecho. Qué maravillosa era al tacto aquella leve aspereza... era mejor que la seda, mejor que las sábanas limpias, mejor que cualquier cosa que pudiera recordar.

Mike empezó a besarle el cuerpo y ella le dejó hacer lo que quisiera, sin moverse, sin tocarlo salvo para mantener los dedos suavemente sobre su nuca.

—Abrázame —dijo él.

Ella hizo lo que le pedía.

—Ahora —dijo él. No era una pregunta ni una orden, sino simplemente una afirmación de que había llegado la hora de poner fin al misterio y de revelar el misterio más novedoso y más profundo. Caroline cerró los ojos y esperó, percibiendo cómo esperaba todo su cuerpo, al borde de la pasión.

Nunca había pensado que algo pudiera doler tanto. Era como si él estuviera intentando clavar una estaca en una sólida pared de carne. Se le escapó un grito.

—Te estoy haciendo daño. Voy a parar.

—No.

Caroline ahogó un chillido de dolor y supo que él lo había oído, pero no había podido contenerlo. De pronto ya no hubo nada allí que siguiera haciéndole daño, nada, y él la abrazó con la cabeza enterrada en su cuello.

—Lo siento —se disculpó Mike.

—No pasa nada, no pasa nada —le susurró ella una y otra vez—. Me alegro de que hayas parado. —Pero no se alegraba de que hubiera parado y sabía que él lo sabía.

»Dentro de un par de minutos habrá pasado —añadió, acariciándole. Luego supo que no sería así.

—No quiero hacerte daño —dijo él.

Caroline lo besó con dulzura en la comisura de la boca, como solía besarla él.

—Los hombres sois complicados, ¿verdad? —dijo.

Él se rió, pero sin demasiada alegría.

—Sí.

Acto seguido se levantó y fue al cuarto de baño. Caroline empujó la almohada hacia la cabecera de la cama, se recostó en ella y se abrazó las rodillas. Se las miró y luego sacó la lengua y lamió una para averiguar a qué sabía. Era un sabor ligeramente salado, el sabor de la carne, de un cuerpo. Se sintió muy sensual y extraña.

¿Seguía siendo virgen? Mike había estado dentro de ella, no sabía hasta qué punto, y por lo tanto ya no era virgen. Sin embargo, solo la había penetrado un momento y no había llegado al final, así que tal vez seguía siéndolo. No podía preguntárselo a Mike; le daría un ataque. Pero ¿seguía siendo virgen?

¿Y qué le había sucedido? Aquel paso tan importante, traspasar un umbral de la condición femenina… no era nada, absolutamente nada. ¿De verdad eso era todo? No obstante se sentía diferente. Era una mujer, sabía que ahora era una mujer porque conocía la respuesta al misterio que le había parecido muy complicado pero que en realidad era muy sencillo. Ya no volvería a preguntarse por él nunca más, y por eso era una mujer. Había abandonado el continente de las doncellas inocentes para adentrarse en otro mundo. Podría buscar mejores amantes, podría buscar el éxtasis, pero los buscaría como una mujer. Ahora que el misterio había sido resuelto, sabía que no le resultaría tan difícil volver a acostarse con un hombre. Qué raro… se sentía diez años mayor.

Mike salió del baño y empezó a vestirse.

—Vamos —dijo—, sé de un sitio muy bonito donde podemos almorzar. Debes de estar muerta de hambre; ya son las dos.

Caroline se vistió y ninguno de los dos miró al otro. Cuando salieron al calor de la calle tranquila, ella lo tomó de la mano, pero como si fuera un amigo, sin deseo. Se preguntó si volvería a desearlo algún día.

Él paró un taxi y la ayudó a subir. Una vez dentro, bajaron las ventanillas, bromearon, se rieron y él encendió un cigarrillo para él y otro para ella. «Qué extraño me parece —pensó Caroline— que este hombre tan viril y sofisticado pueda cambiar tanto precisamente en la situación que se diría que es su fuerte.» Supo entonces que los cuentos de viejas son a veces ciertos: que la inocencia absoluta es lo que la protege... aunque solo de ciertas personas.

8

El cambio en la estructura del carácter de una persona es lento y casi imperceptible, y aunque mucha gente dice al echar la vista atrás: «Ese fue el día que cambió mi vida», en realidad nunca tienen razón del todo. El día en que escogemos una carrera universitaria en lugar de otra, o en que decidimos no estudiar en la universidad, el día en que aceptamos un trabajo en lugar de otro porque no podemos esperar, el día en que conocemos a alguien a quien llegaremos a amar... todos son días que conducen a un cambio, pero ninguno de ellos es decisivo porque la elección es el resultado inconsciente de los días que los precedieron. Así pues, cuando April Morrison, al echar la vista atrás, decía: «El día de la fiesta de la empresa de Fabian en mil novecientos cincuenta y dos cambió mi vida», se equivocaba. El día en que se cortó el pelo porque quería parecerse a Caroline Bender, el día en que decidió abandonar su propósito de ser actriz y trabajar en Fabian, el día en que vio su primera película y soñó con Nueva York... todos ellos fueron días que cambiaron su vida y, de no haber sido por todos esos días, April Morrison nunca habría acabado con Dexter Key.

El Hudson View Country Club no se parecía a nada que April hubiese visto hasta entonces. En cuanto el resto de los empleados comenzaron a jugar sus partidos de softball y a beber una copa tras otra, April se separó de ellos para echar un vistazo al recinto. Vio la piscina, la más grande que había visto en su vida, con aguas de color turquesa. Cogió un poco de agua en la mano para ver si de verdad ese era su color o el del fondo de la piscina; en efecto, el agua era turquesa. En torno a la piscina había unas mesitas con parasoles de rayas de vivos colores, y unos camareros con chaquetas blancas preparaban un bufet sobre la mesa más larga que había visto desde la boda de su hermana. También vio los vestuarios donde los empleados de Fabian se pondrían más tarde los trajes de baño, y a lo lejos, en lo alto de una loma, se alzaba el edificio del club. Los empleados de Fabian no estaban invitados a entrar en él, pero tampoco se les había prohibido expresamente la entrada, por lo que April decidió visitarlo por su cuenta.

Se quedó boquiabierta al ver la entrada principal. Era tan magnífica que pensó que en cualquier momento podría aparecer un mayordomo estirado para preguntarle quién era. Había un Mercedes Benz azul claro aparcado a un lado (vio el nombre en el adhesivo del concesionario), y un Jaguar blanco descapotable al otro. «Dios mío, si esto parece un plató de cine... —pensó—. Seguro que podrían rodar películas aquí si quisiesen.» Se encaminó hacia la entrada lateral, donde había un patio que daba a una especie de coctelería, y entró.

El local estaba desierto, no había siquiera un camarero a aquella hora de la mañana. Con el calor y el entusiasmo, le había entrado mucha sed, así que al ver una caja de ginger-ale en la barra decidió servirse uno. Seguramente no echarían de menos una botellita de ginger-ale; lo más probable era que cualquiera que perteneciese a ese club pudiese bañarse en ginger-ale si quería. Había puesto unos cubitos de hielo en un vaso y estaba buscando un abridor de botellas cuando entró un chico.

—Yo también robaré uno —dijo él.

—¿Crees que nos matarán? —preguntó April. Levantó la mirada y él le sonrió. Era alto, moreno y muy apuesto, con las facciones redondeadas en lugar de angulosas, por lo que dedujo que debía de tener unos veinte años. Vestía pantalones cortos de color blanco y un grueso suéter para jugar a tenis con cuello de pico, y tenía las piernas tan bronceadas que, en la oscuridad que había detrás de la barra, parecía no tener piernas.

—¿Matarnos? —exclamó él—. ¿El ginger-ale?

—No, no el ginger-ale —contestó ella—, sino ellos. Los demás.

Él la miró con expresión divertida.

—¿Estás bebida?

—¡Claro que no!

El chico dejó la raqueta de tenis sobre la barra, abrió dos botellas de ginger-ale y las sirvió en sendos vasos con hielo. Levantó el suyo a modo de brindis y se bebió el contenido con avidez.

—Nunca te había visto —dijo April—. Debes de estar en Publicidad.

—Eso es un *non sequitur*.

—¿Qué?

Él se echó a reír.

—No cabe duda de que estás bebida.

Qué lástima, pensó ella, que un chico tan guapo resultara ser un cretino. Debía de trabajar en la sección de correo… aunque creía conocer a todos los chicos de esa sección. A lo mejor era nuevo.

—Muy inteligente por tu parte haberte traído la raqueta —comentó ella, señalándola.

—Sí, la verdad es que así es más fácil —repuso el muchacho arqueando las cejas, como si fuese él, no ella, quien estaba hablando con una idiota.

—¿Juegas bien?

—Más o menos. Intento jugar todos los días al salir del trabajo.

—¿Sí? ¿Dónde? —preguntó April—. ¿En el parque?

—¿Por qué? ¿Tan mal crees que se me da?

—¿Qué?

El joven le dio unas palmaditas en la cabeza.

—Pórtate bien y no pases tanto rato al sol.

—Ya lo sé —repuso ella—. Me salen un montón de pecas. —Había descubierto un vaso lleno de palitos para cóctel con el nombre Hudson View Club inscrito en minúsculas letras doradas—. ¿Crees que a alguien le importará que me lleve uno?

—Para eso están.

—¡Qué generosos son!

—Huy, sí, generosísimos —dijo él—. Son muy considerados.

April se guardó dos palitos en el bolso y de pronto el mundo le pareció un lugar mucho mejor.

—¿Eres nuevo? —le preguntó con afabilidad.

—No —respondió él—. Pero tú sí debes de serlo. No te había visto nunca.

—Yo tampoco te había visto a ti.

El joven le tendió la mano.

—Me llamo Dexter Key.

—Y yo April Morrison. Trabajo en la planta treinta y cinco.

—¿Y qué haces en la planta treinta y cinco? —preguntó el joven, al que parecía costarle un gran esfuerzo aguantarse la risa.

—Trabajo en la sección de mecanografía. ¿Dónde trabajas tú?

—Merryll Lynch, Pierce, Fenner y Beane.

—¡Oh, Dios mío! —exclamó April.

—¿Qué pasa?

—Creía que… Creía que trabajabas en Fabian. Debes de ser un miembro del club…

Él se echó a reír, agarrado al borde de la barra para no perder el equilibrio y meneando la cabeza, y siguió riendo hasta que se le saltaron las lágrimas.

—Eres muy guapa —susurró—. Guapísima.

April se estaba mordisqueando el pulgar, como siempre que estaba avergonzada o asustada, y por poco se arranca el dedo de un mordisco cuando él le dijo que era guapa.

—No hacía más que pensar: «Pobrecilla, seguro que se ha tirado a la piscina y se ha golpeado la cabeza contra el fondo» —prosiguió él entre risas—. Vamos a abrir otra botella de ginger-ale para brindar por tu recobrada salud.

—Qué vergüenza… —dijo April.

—No tienes por qué avergonzarte. Me alegro de que nos hayamos conocido.

—Yo también… —repuso ella.

—Dime, ¿odias las fiestas de empresa tanto como yo?

—No lo sé. Nunca había estado en una.

—Entonces te explicaré cómo son. Estoy seguro de que las odiarás. Tengo una idea, ¿por qué no comemos juntos?

—¿Aquí, en el club?

—Bueno, en el comedor del club. Tiene unas vistas magníficas.

—¡Me encantaría!

Él le ofreció el brazo y ella lo aceptó, sintiéndose bastante aturdida y muy feliz. Dexter Key, qué nombre más bonito; sonaba a alta sociedad. Y lucía un bronceado magnífico. Era tan guapo de perfil como de frente. Por un momento estuvo a punto de preguntarle qué era Merrill Lynch, Pierce, Fenner y Beane, pero se contuvo. Por la forma en que el joven lo había soltado, era evidente que todos los del club sabían qué era, y April no quería que la considerase aún más cateta de lo que en realidad era. Ahí estaba, Dexter Key, la clase de chico que había soñado conocer en Nueva York… le parecía que en cualquier momento iba a despertarse y descubrir que estaba en su diminuta y sofocante habitación, con la sábana enredada entre las piernas.

—¿A que las vistas son estupendas? —preguntó él.

—¡Sí, ya lo creo!

—¿Quieres una copa antes de comer?

—No lo sé.

Él sonrió, moviendo la cabeza.

—¿Qué tal un martini, locuela?

—Muy bien.

Chasqueó dos dedos para llamar al camarero, que de inmediato echó a correr hacia el bar.

—¿Te gusta…? Bueno, ve diciendo sí o no: ¿el tenis, el mercado de valores, navegar, esquiar, el teatro, Louis Armstrong, no tener que arreglarte para salir y pasear por lugares que no conoces?

—Sí, no lo sé, no lo sé, no lo sé, sí…, y ya me he perdido.

—Louis Armstrong.

—Sí.

—No tener que arreglarte para salir.

—Me encanta.

—¿Pasear por lugares que no conoces?

—Lo hago a todas horas. Llevo solo seis meses en Nueva York. A veces los domingos camino kilómetros y kilómetros mirándolo todo… y me pierdo.

—De eso estoy seguro —repuso él, pero su tono era tan afable y la simpatía que sentía por ella tan evidente, que no pudo sentirse ofendida.

Más tarde, April no estaba muy segura de lo que había dicho ni de lo que había comido durante aquel almuerzo tan largo y emocionante. En cambio se acordaba muy bien de todo cuanto había dicho él, de la línea de su mandíbula y de los movimientos de su boca al hablar. Se acordaba de sus manos, muy morenas, con un callo en el pulgar de la derecha de sujetar la raqueta de tenis, y un sello de oro en el meñique de la izquierda. La sortija tenía grabado un escudo de familia. La voz de Dexter poseía una amplia variedad de tonos: amable, agradable y a veces bastante enrabietado, como el de un crío. Sus rabietas solo conseguían que April sintiera aún más simpatía por él, porque formaban parte de su personalidad. No las habría tolerado en ninguna otra persona, de eso estaba segura, pero probablemente a él se lo perdonaría todo. En su opinión era lógico que alguien de su extracción social se comportara como un niño mimado, habiendo estudiado en Yale y antes en un exclusivo instituto privado, y siendo dueño de su propio velero... Sin embargo, Dexter le contó también que había trabajado en una acería un verano, durante las vacaciones de la universidad, y eso la dejó atónita.

—He escrito un artículo sobre mis experiencias y he intentado venderlo a una revista —le explicó—, pero nadie ha picado. No sé escribir, eso es lo que pasa. De todos modos, fue una experiencia magnífica, y gané más dinero del que gano ahora trabajando como agente de bolsa.

—Es estupendo.

—Todo empezó como una especie de broma, eso es lo más gracioso.

Eran las cuatro de la tarde cuando acabaron de almorzar. Se estaba tan fresco en el comedor con aire acondicionado, y las vistas eran tan espectaculares y cambiantes que se quedaron un rato más, Dexter fumando un cigarrillo tras otro y April observando los movimientos de sus manos cuando los encendía con un mechero de oro con sus iniciales grabadas, que luego se guardaba en el bolsillo del suéter de tenis. April casi había olvidado que era el día de la fiesta de Fabian, que nunca había estado en una y que se la estaba perdiendo.

—¿Cómo has venido? —le preguntó él—. ¿En coche?

—Han fletado autocares —le explicó April.

—¿Tienes algún plan para después?

—No.

—Si quieres te llevo en coche a Nueva York y así no tendrás que volver en autocar. Después de cambiarme de ropa podríamos ir a tomar un cóctel. ¿Te apetecería?

—Sería muy amable por tu parte... —contestó April.

Dexter se levantó.

—Tengo que ir a Nueva York de todos modos. Vivo allí.

—Somos vecinos... —susurró April.

—¿A que es una casualidad estupenda?

Cuando la llevó hasta el Jaguar blanco descapotable que estaba aparcado ante la entrada del edificio del club, a April por poco le da un síncope. Dexter bajó la capota, le abrió la portezuela y la ayudó a subir al coche, pequeño y bajo. Ella miró atrás un instante mientras el motor arrancaba con un rugido y deseó haber tenido un larguísimo pañuelo de gasa blanca para hacerlo ondear al viento. Ojalá hubiese habido algún conocido en el césped, pensó, para que la viera marcharse en aquel coche de ensueño con aquel chico increíble. Él aún llevaba los pantalones cortos y el suéter de tenis... «Imagínate —se dijo April—, ser tan valiente como para entrar en Nueva York vestido de esa guisa.» Pero saltaba a la vista que Dexter Key podía ir vestido como le diese la gana sin que le pasara nada.

El joven encendió la radio del coche, y la música y el viento sonaron como un zumbido en los oídos de April.

—Qué miedo... —exclamó—. Tengo la sensación de que vamos muy rápido.

—Eso es solo porque estamos muy cerca del suelo —explicó él—, porque solo voy a ciento quince.

—¡A ciento quince!

—Mira qué cielo más azul —dijo él.

April recostó la cabeza sobre el cuero del asiento y miró el cielo. En efecto, era muy azul, sin una sola nube, y así siguió mientras circulaban a toda velocidad. En la radio sonaba una canción de amor y April comenzó a cantarla, con los brazos alzados, notando cómo el viento arremetía contra ellos. Era feliz, feliz, feliz... Y qué azul se veía el Hudson ahí abajo, a sus pies, con destellos blancos y dorados a la luz del atardecer. Aquella era la mejor vista de Nueva York, pensó; entrar en la ciudad cuando los edificios estaban coronados de oro, como si la ciudad entera estuviera en llamas, todas las ventanas resplandecientes, ardientes orificios dorados. ¿Cómo podía haber creído que el Plaza a la hora del crepúsculo era Nueva York? Allí estaba la verdadera Nueva York, justo a su lado: Dexter Key; y las maravillosas cosas secretas que, en el interior de aquellos edificios altísimos, hacía la gente a la hora del cóctel eran las cosas que aquel hombre hacía todas las noches, y aquella noche iban a sucederle a ella.

Cuando Dexter aparcó el coche frente a su casa, en una tranquila calle arbolada, fue como si estuvieran en otro mundo. Era una calle secundaria de edificios de ladrillo que en otro tiempo habían sido mansiones. No se veía a un alma y los árboles, larguiruchos y flacos, ofrecían el frescor de su sombra. Había otros pocos coches deportivos aparcados junto al bordillo, uno de un rojo brillante y otro verde claro. April llegó a la conclusión de que todos cuantos vivían en aquella calle en particular eran jóvenes y ricos y bastante especiales. Dexter sacó del automóvil la raqueta de tenis y la ayudó a bajarse.

—¿Prefieres subir o esperarme aquí?

En otras circunstancias April habría inventado una excusa para quedarse en la calle en lugar de entrar sola en el piso de un hombre, pero, como él había sido lo bastante caballeroso para prever la posibilidad de una negativa, se sintió segura.

—Subiré —contestó en voz baja.

El apartamento constaba de una sola habitación enorme con una cocina diminuta, un vestidor muy amplio y un cuarto de baño. En la parte posterior del edificio había un jardín al que daban las ventanas del salón. Dexter vivía en la segunda planta. El jardín contaba con una estatua de mármol blanco, césped y gravilla, y había un gatito gris jugando en el sendero.

—¿De quién es ese gato tan precioso?

—De dos bujarrones que viven abajo —respondió él.

—¿De dos qué?

Él la miró.

—Mariquitas. —Sonrió—. Tengo un par de mariquitas al fondo de mi jardín, como dice la canción. —Preparó una copa para April y la dejó en una mesita de café con la superficie de mármol blanco que había delante de la chimenea, tras lo cual entró en el vestidor—. Estás en tu casa —le dijo a gritos desde allí.

Ella miró alrededor. Los muebles eran modernos, todos muy nuevos y limpios y con aspecto de ser cómodos, y también muy caros. El cuadro de vivos colores colgado encima de la chimenea, que no sabía qué representaba, era a todas luces un original, no una copia. Junto a una pared había una cómoda con una pequeña estatua de bronce de una chica desnuda encima. Rodeaba el cuello de la estatua una corbata de rayas, como si Dexter la hubiese arrojado allí por la mañana, cuando se había puesto el traje de tenis, y aquella incongruencia la hizo sonreír, aunque por lo general se habría sentido un poco avergonzada de estar a solas en el apartamento de un hombre con una estatua desnuda mirándola a la cara. La cocina parecía estar todavía por estrenar. Abrió la puerta del frigorífico y vio que solo contenía dos botellas de vino tumbadas, un poco de zumo de naranja y media barra de pan duro como una piedra. Se sentó en el sofá y bebió un sorbo de gin-tonic, oyendo el ruido de la ducha. No pudo evitar imaginarse a Dexter desnudo en la ducha, y se estremeció y se asustó al mismo tiempo. Allí estaba, sentada en la cama (bueno, en realidad era un sofá, pero podía convertirse en una cama en un instante) de un hombre al que apenas conocía, y a menos de tres metros estaba él en cueros y cantando como si fuera la situación más natural del mundo. Se preguntó si se habría quitado la sortija de oro antes de entrar en la ducha.

El sonido del agua cesó, y entonces April oyó los pasos de Dexter y el ruido que hacía al abrir y cerrar cajones. Cogió una revista que había en la mesita del café y fingió leerla para que cuando él saliese no sospechase que había estado pensando en él.

—¿April? Oye, April, ¿he dejado ahí una corbata azul?

Ella levantó la vista.

—¿Con rayas rojas y blancas?

—Esa es.

—Está aquí —dijo ella. Miró la estatua desnuda y se mordió el labio.

—Por favor, cielo, pásamela.

«¡Me ha llamado "cielo"!», pensó ella. Se levantó, se acercó a la cómoda y retiró la corbata de la estatua. A través de la rendija de la puerta entreabierta vio un espejo, y en el espejo, el destello de una camisa blanca. Abrió la puerta y le tendió la corbata.

Dexter se había puesto una camisa blanca limpia y un par de pantalones de franela gris oscuro bien planchados. Todavía tenía el pelo mojado y April reparó en las marcas que le había dejado el peine.

—Gracias —dijo él. Se colocó la corbata alrededor del cuello y se ató el nudo, mirándose en el espejo.

April pensó en volver al sofá, pero se quedó plantada allí, fascinada. Nunca había visto a un hombre vistiéndose, y ahí estaba ella, con Dexter Key, el chico más fabuloso que había conocido, observándolo en aquella situación que, pese a ser en cierto modo muy íntima, no le infundía ningún temor. Dexter la miró.

—¿Está bien?

—Ajá...

Se acercó a ella y le rodeó la cintura con los brazos, y antes de que April supiera lo que ocurría, la besó. Aquel no se parecía en nada al último beso que había recibido, del viejo verde del señor Shalimar, y tampoco a los que le habían dado los chicos de su ciudad natal. Era mágico, acompañado de fuertes latidos del corazón y de algo que era sedoso y cálido; un beso que sería incapaz de recordar al cabo de un momento porque le suscitaba demasiadas emociones. Se dio cuenta de que le estaba devolviendo el beso, y de que él la besaba de nuevo, y entonces los movimientos de las manos masculinas sobre su cuerpo la devolvieron a la realidad.

—¡No! —exclamó, apartándolo.

—¿Qué pasa? —preguntó él. Tenía los ojos entrecerrados, parecía medio dormido.

—Ya basta —contestó ella con voz trémula. Retrocedió dos pasos e intentó esbozar una sonrisa.

Dexter la miraba con una expresión que April trató de descifrar. ¿Estaba enfadado? No querría volver a verla, se sentía insultado, creería que era una estrecha. Seguramente salía con chicas sofisticadas que llegaban hasta el final y luego se reían. Pero ella no podía... no podía. Él descubriría que no era una joven sofisticada, pensaría que solo era una chica fácil. April quería retenerlo, tenía que retenerlo ahora que lo había encontrado; no podía tolerar que pensase que era «una de esas» y luego se la quitase de encima. «Oh, Dios... ¿Qué estará pensando? —se dijo—. Por favor, Dexter, háblame, dime algo...»

Él se aproximó al espejo, observó su imagen reflejada en él y se limpió cuidadosamente la marca del pintalabios con un pañuelo de papel. A continuación volvió a peinarse. Parecía más interesado por su aspecto que preocupado por el rechazo a sus caricias, y April no sabía si sentirse ofendida o aliviada. «Ya no le gusto», pensó, presa de un repentino ataque de pánico.

—¿Estás enfadado conmigo? —le preguntó con dulzura.

—¿Enfadado? ¿Por qué?

April se encogió de hombros y notó cómo se ruborizaba.

—¿Por qué enfadado? —repitió—. ¿Por qué?

—Es que yo...

—Vamos, April —le espetó él, enfurruñado—. Madura un poco.

¿Por qué iba a estar enfadado contigo? Yo no obligo a nadie a hacer nada, no me hace ninguna falta.

—Ya, de eso estoy segura —dijo ella.

Dexter había aplacado su ira e intentaba que no se le notara. April sintió que el corazón le latía alborozado.

—No es que no me gustes —le confesó, retorciéndose las manos—. Me gustas, y mucho.

—A mí también me gustas tú —dijo él. Sacó del armario la chaqueta del traje y, una vez que se la hubo puesto, se colocó con sumo cuidado un pañuelo de seda en el bolsillo. Se echó un último vistazo en el espejo—. ¿Estás lista? —le preguntó, sonriente.

—Sí. —Ella salió del apartamento y esperó mientras él cerraba la puerta con llave. Era como si Dexter estuviera escribiendo «Fin» en un capítulo, pero April tenía la certeza de que solo era el fin de un capítulo, no de la historia. Qué guapo era, ¡y qué bien olía! Era curioso que, mientras Dexter la besaba, ella hubiera pensado en el señor Shalimar como aquel «viejo verde». Todo cuanto le había sucedido antes de ese día parecía muy lejano e insignificante. ¿Cómo era posible que hubiera considerado glamuroso al señor Shalimar? Se alegraba de no haber dejado que le hiciera nada y de haberse mantenido alejada de él cuando estaba solo. Lo importante eran el presente y el futuro, con Dexter Key, como si su vida empezase de verdad ese día.

—¿Te apetece cenar al aire libre? —preguntó él—. Sé de un lugar perfecto.

La tomó del brazo y bajaron a la calle, donde paró un taxi. No estaba enfadado, ella le gustaba. No le importaba que fuese un poco mojigata, ella le gustaba. Al final eso sería un punto a su favor. Tal vez hasta se enamorara de ella. April ya estaba un noventa y ocho por ciento enamorada de él. Era una historia neoyorquina de éxito auténtica, estaba pensando April, y ahora sabía qué había ido a buscar a Nueva York.

9

El verano es la peor época del año en Nueva York. Por las ventanas abiertas entran el hollín y la negrura pegajosa que transporta el aire caliente, las oficinas funcionan a medio gas con la mitad del personal debido a los turnos de vacaciones, las aceras se reblandecen y el mal humor se recrudece, y en las calles que llevan a las autopistas de salida de la ciudad la gente, apoyada en el alféizar de las ventanas de su bloque de apartamentos, observa aburrida la larga procesión de coches que avanzan lentamente, pegados los unos a los otros, a las cinco en punto, la hora de la libertad.

A la hora del almuerzo Times Square parece una feria o un carnaval más bien soso. Los abrigos de invierno ocultan muchos secretos, tanto los defectos del cuerpo como los atentados al buen gusto, pero el calor del verano deja todo al descubierto. Es imposible saber cuándo los semáforos se han puesto en verde observando a la gente en los cruces de las calles, porque la marabunta avanza siempre sin reparar en ellos, los chicos con camisetas de manga corta y las chicas con vestidos de verano, con los brazos al aire, las piernas al aire y algunas incluso con la espalda al aire, mostrando la piel blanca del invierno, a la espera de disfrutar de sus dos semanas al sol. Las oficinas sin aire acondicionado son una tortura en verano, la temperatura asciende siete grados al subir desde la planta baja en el ascensor; los ventiladores remueven el aire asfixiante y hacen que los papeles vuelen de las mesas al suelo. En los edificios modernos y frescos de Radio City, donde se encuentran las oficinas de Fabian Publications, las chicas llevan jerséis y muchas veces se ausentan a causa de algún que otro leve resfriado veraniego.

En los edificios de ladrillo reformados y en los viejos bloques de apartamentos cuyos inquilinos tienen prohibido o no pueden permitirse instalar aire acondicionado, las noches de verano son un buen momento para ir una vez más a un cine con sistema de refrigeración, para pasar horas y horas en un restaurante, o para tomar el fresco en un balcón o una escalera de incendios y restregarse los párpados irritados a la espera de que llegue el sueño, a la espera de un poco de aire, a la espera del día siguiente, que traerá consigo un sol aún más abrasador y ningún alivio. En aquellas noches calurosas e insomnes del verano de 1952, al menos cinco mujeres pasaban las horas en vela pensando en el amor y en el trabajo, preocupadas, cada una a su manera.

Mary Agnes Russo, en el Bronx, pensaba en su boda, para la que faltaba menos de un año. Se preguntaba dónde alquilarían el piso y si podrían permitirse uno con tres piezas. Le haría ilusión disponer de un salón, un dormitorio y una cocina. Un dormitorio... un escalofrío le recorrió la espalda en aquella habitación sofocante y oscura, al pensar en lo que había intentado no pensar durante tantos meses. Tenía un poco de miedo, pero sabía que todo iría bien una vez que ella y Bill estuvieran juntos y a solas por fin. Le habían contado algo horrible: que después del nerviosismo por los preparativos, la ceremonia, el banquete y lo demás, a la novia siempre le venía la regla en su noche de bodas. ¡Qué espanto si le pasaba eso a ella, después de esperar casi dos años! De todos modos, habría muchas otras noches después, durante años y años, y tendrían hijos y un hogar amueblado, y comidas que cocinar, y cosas que hacer como marido y mujer, y habría merecido la pena la espera. Si alguien se casaba para siempre, para el resto de su vida y por toda la eternidad, una espera de dos años era soportable, ¿no? Entrelazó las manos con fuerza y rodó por las sábanas arrugadas en busca de un lugar más fresco que su cuerpo no hubiese ocupado. Últimamente no podía dormir; si seguía así, acabaría hecha una piltrafa. Por las mañanas siempre se levantaba con ojeras. Una chica tenía que casarse: ser soltera era aburrido, y una se sentía muy sola. Detestaba dar las buenas noches a su novio en la puerta y volver corriendo por un último beso, y luego tener que apartar las manos de Bill de lugares de su cuerpo que no debían explorar. «Sí, ya lo sé», decía él, y las hundía en los bolsillos. Después, cuando Mary Agnes subía por las escaleras hacia su cuarto, de puntillas para no despertar a su padre, a quien oía roncar en su dormitorio, nada deseaba más que correr escaleras abajo para llamar a voces a Bill antes de que se alejara. Sin embargo, se reprimía y seguía andando hacia su habitación, y cuando llegaba, se daba cuenta de que estaba tan cansada que solo quería irse a dormir. Y luego, en la cama, no lograba conciliar el sueño…

«No pasa nada —se dijo Mary Agnes—, el año que viene por estas fechas ya estaremos casados. Y si hace calor y no podemos dormir, nos quedaremos despiertos junto a la ventana charlando, y nos beberemos un vaso de leche, o a lo mejor él se toma una cerveza bien fría… Y tendremos un dormitorio estilo francés clásico con cama de matrimonio y tocador a juego, o puede que un tocador para mí y una cómoda para él.» Iba a resultarle un poco chocante tener una cama de matrimonio. Cada vez que visitaba a alguna amiga del instituto ya casada y veía la cama de matrimonio en el dormitorio, le daba un poco de vergüenza. Era casi como decir: «Ahora ya sabes qué hacemos». «No importa —pensó Mary Agnes—, cuando estás casada te acostumbras a esas cosas. Seguro que al cabo de un tiempo es tan normal como irse a dormir por las noches. A fin de cuentas, eso no es lo más importante en el matrimonio; si me apuras, es lo menos importante. Lo más importante es ser una pareja, ser una esposa, estar casada, poder decir "Mi marido". "Mi marido dice...".

»Si esta noche tampoco puedo dormir —se dijo Mary Agnes—, no sé qué voy a hacer...»

Barbara Lemont estaba despierta, mirando al techo, en la habitación que compartía con su hija de año y medio. De vez en cuando pasaba algún coche por la calle y la luz de los faros surcaba el techo. Se preguntaba entonces quiénes serían sus ocupantes y adónde irían; un chico y una chica, tal vez, en su primera cita. Ella no había salido con demasiados chicos, nunca había tenido ocasión, y ahora salir con hombres era distinto para ella. «Ojalá conociese a alguno interesante —pensó—. Estoy harta de ir a esas coctelerías con tan poca luz que me entra sueño, donde me duelen las mandíbulas de tanto contener los bostezos, escuchando los chistes verdes que me cuenta algún memo porque cree que así me va a poner caliente. Idiotas que sacan a relucir el tema del sexo en la conversación, pensando que lo único que tienen que hacer es hablar de gente que se va a la cama para que yo empiece a jadear. Pero ¿qué narices se creen esos tipos, que una mujer que ha estado casada es una máquina de hacer el amor? Esos atletas de dormitorio seguramente tienen más vida sexual como solteros de la que he tenido yo jamás. ¿Acaso no saben que cuando no te llevas bien con tu marido hacer el amor con él es lo último que te apetece? Y no se dan cuenta de que si me matan de aburrimiento durante la cena, ¿cómo voy a querer yo después matarme en la cama con ellos? Vaya, he dicho "matarme" en vez de "meterme"... ¡menudo lapsus!»

Barbara sonrió. «Al menos todavía me río —pensó—. Y cuando todavía puedes reírte de ellos es que llevas las de ganar, da igual lo que pase. ¿A que sí, Hillary, cielo?» Se levantó de la cama, se acercó de puntillas a la cuna de su hija y se agachó para contemplar su plácida carita y escuchar su respiración acompasada. «Y luego tendré que ocuparme de ti —pensó—. ¡Dios, qué responsabilidad! No tardarás en ser lo bastante mayor para hablar y hacerme preguntas sobre el amor, sobre los chicos y sobre por qué no hay ningún papá en esta casa. Y yo tendré que decirte que el amor es maravilloso, y que las niñas buenas se casan y viven felices y comen perdices para siempre, y que la abuelita y yo no tuvimos esa suerte. No sé si me creerás o si serás lo bastante lista para darte cuenta de que no me lo creo ni yo.

»Amor —pensó Barbara— es una palabra de cuatro letras, pero la mayoría de los hombres a los que conozco parecen confundirla con otra palabra también de cuatro letras de la que la gente educada no suele hablar en público. ¡Ojalá, maldita sea, ojalá conociese a alguien interesante!»

Caroline Bender, con una bata de nailon blanco, estaba sentada en su balcón o, mejor dicho, puesto que este era tan diminuto que no cabía una silla, estaba sentada en el alféizar de la ventana, con los pies en el suelo del balcón y el gato de Gregg dormido en el regazo. Acariciaba la oreja del animal con el dedo mientras escuchaba los sonidos nocturnos del verano: el ruido de los coches, el intrigante frenazo de un autobús, que sonó un poco como el croar de las ranas de San Antonio, los gritos y las risas de un grupo de adolescentes que cruzaban la calle. Era la una de la madrugada y no estaba lo bastante cansada para dormir y sí demasiado soñolienta para hacer algo constructivo como leer otro manuscrito. Los manuscritos, que se apilaban en su tocador junto a los frascos de perfume, le recordaban su antiguo cuarto en la universidad. Siempre había trabajo que hacer, no porque Fabian obligase a sus editores a llevarse trabajo a casa, sino porque ella quería. Se acordó de las primeras semanas después de su graduación, de cómo en las noches de otoño se ponía a ver la televisión y un sentimiento de culpa se apoderaba de ella, hasta que al final comprendió que le habían inculcado de tal manera el hábito de estudiar y hacer los deberes al final del día, que el hecho de estar absolutamente ociosa era una sensación a la que tendría que acostumbrarse. Quince años de estudios, quince años de esfuerzo continuado y asimilación de conocimientos, de madurar y aprender a buscar, y también a encontrar. Y de pronto llegaba el momento de la graduación y el descubrimiento de que los muros sin límites de los libros son en realidad un claustro.

La situación entre ella y Mike había cambiado después de aquella tarde en que abandonaron juntos la fiesta de la empresa, no mucho, pero ambos lo notaban. Era como si se hubiese producido un distanciamiento lento y paulatino entre los dos, de forma muy suave porque cada uno temía hacer daño al otro y, al mismo tiempo, sufrir ellos mismos con la separación. Ya no salían juntos tan a menudo y se las arreglaban para rodearse de gente de la oficina, personas que hasta entonces les habían parecido aburridas pero a las que ahora se alegraban mucho de ver. Ella aún sentía afecto por Mike, pero era otra clase de amor, sin deseo. Ahora, cada vez que lo tomaba de la mano movida por el cariño, se quedaba un tanto sorprendida porque eso a él lo excitaba tanto como antes. Para ella había dejado de ser un amante. No era que él le hubiese fallado; de hecho, le había dado algo y ella le estaba agradecida. Se alegraba de que hubiese sido Mike y no cualquier otro. Aun así, no podía evitar sentir, con grandes remordimientos, que en el fondo Mike le había fallado, que se habían fallado el uno al otro. Él le había modelado la mente y había esperado que su cuerpo hiciese el resto. Pero ¿cómo iba a hacerlo? Todo había sido una farsa: su «aventura mental», su amor y su posterior momento de pasión. Él la había cambiado, la había dejado temblorosa, con el aguijón de la curiosidad, satisfecha solo a medias, con una mente exigente, perspicaz, casi cínica. Él podría decir que le había hecho un favor y ella no tendría más remedio que estar de acuerdo, pero también le había vedado cualquier posible avance en ese terreno, y aunque él diría que eso también era hacerle un favor, Caroline se preguntaba qué sería de ella ahora.

De una cosa estaba segura: iba a convertirse en editora. Sabía que el señor Shalimar confiaba cada vez más en sus informes de lectura, que tenía más en cuenta su opinión que la de la señorita Farrow. Si la perseverancia y las horas extraordinarias surtían efecto, lograría su tan ansiado éxito profesional. Sin embargo, el camino no estaba exento de obstáculos. Por ejemplo, la señorita Farrow había enviado la lista de ascensos al *Publisher's Weekly*, la biblia del mundillo editorial, y había omitido el nombre de Caroline. Esta nunca había oído hablar del *Publisher's Weekly*, pero le dolía que la señorita Farrow no la hubiese incluido. En lugar de tomárselo como una afrenta personal, se limitó a enviar una nota en la que, muy educadamente, explicaba el «error», y a la semana siguiente le enviaron un ejemplar para ella sola. Después de eso Caroline empezó a darse cuenta de que la mujer no se fiaba de ella. Ahora la señorita Farrow solo se tomaba dos horas para almorzar, en lugar de las tres habituales, y comenzó a hojear los manuscritos que había encima de la mesa de Caroline para asegurarse de que esta no tenía nada importante en su poder. A finales de agosto Caroline ya disponía de un despacho propio, el último cubículo de la hilera y el menor de todos, por el que la señorita Farrow se pasaba todos los días como si estuviera al acecho.

Era bueno poder preocuparse tanto por el trabajo. «Debe de ser algo parecido a lo que les ocurre a los hombres —se dijo Caroline—, solo que ellos tienen que preocuparse por el dinero.» Para ella, la emoción residía en la competitividad y en la realización profesional, pero también empezaba a pensar en el dinero. ¿Qué clase de salario eran sesenta dólares a la semana? Una secretaria personal empezaba con un sueldo de sesenta y cinco; la secretaria del señor Shalimar cobraba ochenta y cinco. Si Caroline era lectora y compraba libros que hacían ganar dinero a la empresa, ¿no deberían pagarle más? Los cincuenta dólares que le habían parecido una fortuna en enero se le antojaban ahora la asignación semanal de un chiquillo. Después de las retenciones de impuestos y la seguridad social, ¿qué le quedaba? Y el alquiler, la comida, alguna botella de licor de vez en cuando, y los cosméticos, las medias, los zapatos y la ropa interior, que no duraban para siempre, e ir a la peluquería, salir a almorzar todos los días... apenas podía permitirse ir a Port Blair los fines de semana. Su madre le ponía en la mano el dinero para el billete de vuelta cada vez que iba a visitarlos, y Caroline vacilaba solo un momento antes de aceptarlo. Era mejor que aceptar dinero de un hombre, como hacía April.

Sí, claro, April siempre tenía la intención de devolverlo. Dexter Key le prestaba diez dólares cuando la tienda de comestibles de la esquina se negaba a seguir fiándole; le había prestado otros cincuenta para tranquilizarla cuando los grandes almacenes enviaron a April la última carta amenazadora, que comenzaba así: «Sabemos que no querrá pasar por la vergonzosa experiencia de que un cobrador de morosos se presente en...». Dexter era tan rico que podía permitirse esos pequeños donativos siempre que le venía en gana, y April pensaba que cada uno de ellos era un compromiso de permanencia. La habían educado en la creencia de que un hombre jamás asume las deudas de una mujer a menos que sea un familiar, su esposa o su amante. Como April no era ninguna de las tres cosas en relación con Dexter, dejaba volar la imaginación, y su imaginación era una de las más románticas del mundo.

Caroline se removió en el alféizar de la ventana tratando de encontrar una posición cómoda, y el gato se despertó y saltó de su regazo. No era el bochorno lo que la tenía en vela a aquellas horas de la noche, porque si se quedaba quieta, el calor corporal bajaba unos grados y casi podía decirse que la temperatura era agradable. Pero tenía demasiadas preocupaciones: lo primero que haría al llegar a la oficina a la mañana siguiente, esa carta que el señor Shalimar le había dicho que podía escribir a un autor para proponerle que hiciera algunas correcciones en su libro (era la primera vez que asumía una responsabilidad semejante y estaba asustada), y todas esas malditas novelas del Oeste cuya lectura había estado posponiendo y que acumulaban polvo en su escritorio. Si en la pila de originales que recibían a diario descubría alguno que mereciese la pena, sería un gran paso adelante, porque entonces el autor sería suyo en exclusiva y, si resultaba que era capaz de escribir más libros buenos, Caroline estaría en camino de convertirse en editora. Tal vez al año siguiente por esas fechas, hasta dispondría de una cuenta de gastos de representación (pequeña, eso seguro) que le permitiese invitar a almorzar a sus propios autores. «¿Te imaginas firmando un cheque en un restaurante para invitar a un hombre?», se preguntó Caroline, y sonrió. No era nada descabellado; desde luego, no más que las cosas que le habían sucedido a lo largo de los ocho meses anteriores. «El futuro —pensó— depende de la suerte y de los demás. Tu imaginación, si sales de un entorno protegido, ni siquiera es capaz de abarcar todas las cosas que llegan a pasarte en realidad.»

April Morrison advirtió por primera vez que el muelle suelto de su cama empotrada a la pared le molestaba e incordiaba de verdad. Aquella noche ya hacía bastante calor sin necesidad de tener que ovillarse como una oruga para que no se le clavase en el cuerpo. Retiró la sábana y la extendió en el suelo, colocó encima la almohada y se tumbó. Allí se estaba mucho mejor. No dejaba de tener gracia: ¡la chica de Dexter Key tenía que dormir en el suelo! ¿Qué dirían las crónicas de sociedad? Él le había dicho que a veces lo mencionaban en la columna de Winchell, y ahora ella la leía todos los días, pero nunca veía su nombre. Dexter Key, el *boulevardier* de los parquets financieros, y April Morrison, la secretaria de Fabian Publications, son pareja. ¡Cómo le gustaría ver eso publicado! April cerró los ojos y evocó la cara de Dexter. En aquella fantasía en concreto, se acercaba a ella despacio, le tomaba la mano y decía: «Te quiero cada vez más y más. Casémonos». ¿Era eso lo que decían los hombres cuando proponían matrimonio a una mujer? A ella nunca se lo habían pedido y esperaba que fuese algo romántico cuando al fin sucediese. «¿A quién quiero engañar? —pensó—. Solo con que Dexter dijera: "Hoy no tengo nada que hacer, casémonos", yo ya estaría encantada.»

Podían tener tres hijos, primero un niño, que se llamaría como su padre, por supuesto, y luego una niña que se llamaría Christina. Christina Key. El nombre sonaba demasiado agresivo, con la C y la K. Tendría que pensar en otro. Linda era bonito… o Lynn. La imagen del rostro de Dexter empezó a desdibujarse, a formar parte de un sueño. El joven le susurraba al oído y entrelazaba los dedos con los suyos. April se quedó dormida, perdida en un sueño que ella misma había escogido, y muy contenta.

Gregg Adams estaba despierta, apoyada en un codo junto al cuerpo dormido de David Wilder Savage, escuchando su respiración, observando su rostro. ¿Cómo podía dormir con el calor que hacía? Estaba tan alterada y cansada después de su actuación en el teatro y de conducir dos horas en el coche que le había prestado el director de escena para ir a la ciudad a ver a David, que ni siquiera podía pensar en dormir. Sin duda al día siguiente estaría agotada, y además tendría que emprender el horrible camino de regreso; el trayecto hacia la ciudad siempre le resultaba muy corto, pero la vuelta se hacía eterna. David no podía ir a verla tan a menudo como a ella le habría gustado; pobrecillo, tenía que elegir el reparto para una nueva obra. Solo se veían tres veces a la semana, y estar lejos de él era un infierno. Pensaba en David a todas horas, repasaba las conversaciones que habían mantenido preguntándose si ella había dicho alguna inconveniencia o si él había dejado traslucir algo significativo en sus palabras. ¡Qué hombre! ¡Qué manera de ocultar sus sentimientos! Qué fáciles habían sido las primeras semanas, comparadas con el presente, tan lleno de emoción y dudas que casi le daban dolor de cabeza. Nunca había pensado que el amor pudiese ser algo así, un estado de inseguridad y de necesidad de estar siempre con el otro, en el que se alternaban el consuelo y la soledad en función del humor del hombre.

David se mostraba muy tierno después de hacer el amor: le besaba la frente y los ojos, en lugar de apartarse enseguida como si hubiese terminado con ella que era lo que hacían otros hombres. Le cogía la mano y permanecían así unos minutos, hasta que el sueño les hacía desear un poco de intimidad, y luego, cuando cada uno se acurrucaba en su mundo particular, no era como si se estuviesen despidiendo, en absoluto. A pesar de que él nunca le había dicho «te quiero», ni siquiera en los momentos en que ella creía que la pasión y sus insistentes preguntas lo obligarían a mentir, Gregg estaba segura de que la quería. Nadie podía mostrarse tan tierno y cariñoso si no estaba enamorado.

«Es un asco ser mujer —pensó Gregg—. Querer tanto amor, sentirse solamente como la mitad de una persona, necesitar tanto… ¿Qué había dicho Platón? Que un hombre y una mujer eran dos mitades de un ser humano hasta que se unían. ¿Por qué no les había dejado eso más clarito a los hombres?»

10

El otoño en Nueva York es un renacer: se estrenan obras de teatro en Broadway, los escaparates de las tiendas muestran la moda de la nueva temporada y empieza la ronda de búsqueda de apartamento, mudanza y fiesta de inauguración. Suenan los teléfonos, se envían cartas, la gente se alegra de ver a alguien que vivía acaso a cien manzanas geográficamente pero a quince mil kilómetros de distancia en el letargo estival. «¿Qué tal las vacaciones?», dice todo el mundo, hasta que la pregunta resulta tediosa y la gente se aburre de tener que soltar siempre los elogios de rigor. Caroline Bender había pasado sus tres días de vacaciones en Port Blair, en la playa vecina, y esperaba que su bronceado se desvaneciese justo a tiempo para ponerse la ropa oscura de otoño. Gregg Adams había pasado sus tres días en el apartamento de David Wilder Savage, una concesión de este como regalo de despedida antes de que ella iniciara su gira de verano. April Morrison había pasado sus tres días o bien acumulando una factura de compra tras otra en las prestigiosas tiendas de Bonwit Teller y Lord and Taylor, en vestuario de playa y de campo, o bien navegando y jugando al tenis con Dexter Key. Barbara Lemont había dejado a Hillary con su madre y había pasado sus vacaciones —disponía de una semana entera— en un hotel de un lugar de veraneo, donde había conocido a varios jóvenes, todos ellos buenos partidos y tan interesados por mantenerlas a ella y su hija como podían estarlo por realizar un viaje a la luna sin mascarilla de oxígeno. Mary Agnes, que contaba con dos semanas de vacaciones debido a su antigüedad en la empresa, intentó en vano que se las aplazasen hasta el verano siguiente para así disfrutar de una luna de miel de cuatro semanas, y al final pasó las dos semanas en la ciudad mirando vajillas, cuberterías y ropa de cama, y yendo de vez en cuando a Jones Beach con Bill, su prometido. El señor Shalimar se fue al cabo Cod con su esposa e hijos. Mike Rice, que había planeado viajar a Florida para visitar a su ex mujer y a su hija, cambió de idea en el último momento por alguna razón que ni siquiera Caroline pudo averiguar y pasó las vacaciones con unos amigos que tenían una granja en Connecticut. En general, todos se alegraban mucho de estar de vuelta y de que el tiempo asignado al ocio y la diversión hubiese acabado.

A principios de octubre, cuando las hojas de los esmirriados árboles de las aceras comenzaban a cambiar de color e ir andando al trabajo era un placer, con aquel cielo azul y despejado, Caroline recibió una invitación para asistir a una fiesta que organizaba una compañera del instituto de Port Blair, que ahora estaba casada y vivía en Nueva York con su marido, estudiante de medicina. Caroline siempre sentía cierta reticencia al principio de una fiesta; no le gustaba entrar sola en una sala llena de desconocidos, y habría preferido llevar a algún acompañante, a cualquiera, pero su anfitriona le había dicho que habría montones de solteros y que necesitarían el mayor número posible de chicas sin pareja. Aunque el Soltero siempre se menciona como el principal ingrediente para el éxito de una fiesta —al menos en los manuales de etiqueta—, una chica soltera y atractiva de veintipocos años con un trabajo interesante es igual de valiosa y, en esta época de matrimonios tempranos, un ejemplar casi tan exótico como el Soltero.

El apartamento donde se celebraba la fiesta se encontraba en uno de esos enormes edificios antiguos habitados en su mayor parte por familias que llevaban años allí. Como los apartamentos son de alquiler controlado, los inquilinos se muestran reacios a marcharse y es difícil conseguir uno. Kippie Millikin y su marido habían logrado alquilar uno de dos habitaciones que daba a un patio. Las ventanas estaban protegidas por unos barrotes curvos que el inquilino anterior, con varios niños pequeños, había colocado, y los Millikin no se habían molestado en quitarlos. Con aquellos barrotes, la suciedad de los cristales de las ventanas y el oscuro patio, Caroline se sintió como si estuviera en una ratonera. De momento la pareja había amueblado el apartamento con piezas heredadas de la familia: un sofá cama verde oscuro con un agujero en un brazo, una mesita de cristal y mimbre que antes había estado en un porche, y un surtido de lámparas modernas y de estilo colonial. Kippie, que estaba embarazada de cinco meses, había dejado su trabajo de secretaria, y los padres de ambos les ayudaban a pagar el alquiler mientras el marido seguía estudiando en la facultad. Era como si fuesen las familias las que se habían casado, pensó Caroline, y los hijos jugasen a papás y mamás. Pero era una inversión de futuro, le había dicho su madre, que a continuación había añadido que, en confianza, esperaba que ella se enamorase de un hombre que ya estuviese establecido.

Kippie recibió a Caroline en la puerta y le dio un beso fugaz en la mejilla.

—Me alegro mucho de que hayas venido tan pronto —dijo—. Hay un montón de solteros.

Caroline se quitó el abrigo y, tras colgarlo en el armario del recibidor, miró a su amiga. Kippie llevaba un blusón plisado premamá que la hacía parecer más gorda de lo que estaba, con un amplio escote que se suponía que debía favorecerla. Se había cortado el pelo porque era más cómodo, y lo llevaba liso, con el flequillo igualado. Tenía los brazos muy delgados y pálidos, y lucía una pulsera chapada en oro, con parte de este ya gastado, de manera que se veía el metal verdoso de debajo. Llevaba las uñas sin pintar, cortas y redondeadas como las de un niño. «Supongo que debe de dedicar mucho tiempo a las tareas domésticas —pensó Caroline—, y organizar esta fiesta no ha debido de ser muy fácil.»

—Nos han regalado una colcha por nuestro aniversario —dijo Kippie—. Ven a verla, que luego te serviré un trago.

A Caroline se le ocurrían al menos una docena de cosas que prefería ver antes que una colcha, pero la siguió obedientemente al dormitorio, mirando de reojo por el camino a los grupitos de gente que, un tanto cohibida, se había reunido en la penumbra de la sala de estar.

—Lo que quería decirte en realidad es que ha venido un chico que me muero de ganas de presentarte —le confió Kippie—. Se llama Paul Landis, es abogado, y muy simpático.

—¿Es de Nueva York o de Port Blair?

—De Nueva York. Su cuñada es amiga mía, la he conocido en las clases de parto natural. Nos invitó a su casa el mes pasado y allí conocí a Paul. En cuanto lo vi me dije: «Me encantaría presentarle a una buena chica para que fuese su novia».

—A ti te encanta buscarle novios a todo el mundo, Kippie —dijo Caroline, sonriendo.

Kippie se quedó perpleja. Luego sonrió.

—Es que me gusta ver a mis amigos felices y contentos. Ahora para ti es muy divertido tener un trabajo, pero dentro de unos años te cansarás de él. Además, opino que una mujer debería tener hijos cuando aún es joven, porque así puede disfrutar cuando es mayor y su marido ha empezado a ganar dinero de verdad.

—No entiendo por qué una mujer tiene que dejar su trabajo solo porque se case —repuso Caroline—. A mí me gustaría conservar el mío. Yo lo considero más bien una profesión, no un trabajo cualquiera... me gusta lo que hago.

—A lo mejor te casarás con Paul... —dijo Kippie, ilusionada.

—¡Pero si ni siquiera lo he visto todavía!

—Te gustará. Es muy cariñoso. Cuando nos despedimos, me planta un beso en la mejilla y dice en broma que soy su novia.

—Ay, Dios...

—No, es un hombre muy divertido, de veras —dijo Kippie—. Es guapísimo. Espera y verás.

Caroline se estaba mirando en el espejo, peinándose. Echó un vistazo a los frascos de perfume y colonia que había en la bandeja del tocador.

—Vaya, todavía usas ese. Me acuerdo de que lo llevabas cuando ibas al instituto. Fuiste la primera chica en utilizar perfume en vez de colonia. Recuerdo que yo creía que eras rica y sofisticada.

—¡Cielo santo, no me acuerdo de eso!

—No, claro que no. —Caroline olisqueó el tapón. El aroma despertó en ella más recuerdos, uno detrás de otro, como una imagen reflejada una y otra vez en una serie de espejos—. Y me acuerdo de nuestro primer año, cuando empezaste a afeitarte las piernas. Yo estaba un poco escandalizada, no sé exactamente por qué.

Kippie levantó una pierna y se miró la pantorrilla con cierta tristeza.

—Ya ni siquiera tengo tiempo para eso.

—¿Por qué?

—Hay un millón de cosas que hacer en la casa. Yo no me lo creía hasta que me casé. Además de eso tengo que ir a las clases de parto natural y a las de cocina, e invitar a los suegros a comer todos los domingos o ir nosotros a su casa, y comprar todo lo necesario para el bebé. Puede que no parezca gran cosa, pero yo lo considero importante porque me gusta.

—Siempre y cuando seas feliz —dijo Caroline—. Eso es lo más importante.

—Soy feliz. Nunca me gustó mi trabajo y, cuando supe que estaba embarazada, me puse a dar saltos de alegría porque así podría dejarlo. —Tomó a Caroline de la mano—. Ven, te presentaré a Paul.

Caroline echó un vistazo al dormitorio antes de salir. La colcha, con un volante alrededor, parecía fuera de lugar al lado de aquel suelo de madera gastada, sin enmoquetar. Los dos sillones no hacían juego entre sí, y las persianas de las ventanas eran normales, no venecianas. Caroline se acordaba muy bien de la casa donde Kippie vivía en Port Blair, confortable, acogedora y elegante, muy parecida a la suya. Kippie había dejado todos sus bonitos muebles del dormitorio a su hermana pequeña, que aún iba al instituto. La cama de matrimonio extragrande era nueva, al igual que el tocador, pero el resto tendría que esperar. La llegada de un bebé suponía muchos gastos, la matrícula en la facultad de medicina era cara, al igual que el alquiler y la comida. Kippie y su marido esperaban comprarse algún día una casa en las afueras, donde él pudiese instalar su consulta. «A lo mejor ella tiene razón y yo no —pensó Caroline—, pero no soportaría vivir como vive ella ahora. Me deprimo solo con pasar aquí una hora. Y, encima, apenas ve a su marido, que siempre está en el hospital o estudiando.»

¿Habría hecho lo mismo por Eddie? Volvió a acordarse de Eddie, como parte de su pasado, un pasado que regresaba cada vez que veía a alguien a quien conocía de antes de aquellos nueve meses decisivos en Fabian. Y pensar en el pasado aún le provocaba cierto dolor. «Pues claro que lo habría hecho por Eddie —pensó Caroline—. Seguramente sería igual de aburrida y hacendosa que Kippie. No... no tan aburrida. Yo le echaría un poquito de imaginación. Y Eddie era distinto de los demás porque también tenía imaginación, y sentido del humor, y era muy vital.»

—Te presento a Paul Landis —dijo Kippie—. Esta es mi amiga Caroline Bender, del instituto. Te he hablado de ella muchas veces.

—Así es —repuso Paul Landis.

Tendió la mano a Caroline y ella se la estrechó, pensando en lo formal que era que alguien se parase a dar un apretón de manos en una fiesta como aquella. Paul medía algo más de metro ochenta, tenía el pelo liso y oscuro, la nariz recta y prominente, y llevaba gafas con montura de concha marrón. A Caroline le recordó a un pájaro grandote y muy serio. Vestía un traje de franela gris tirando a negro, una camisa blanca de cuello pequeño y ajustado, sujeto con un pasador, y una corbata de punto negra y estrecha. Era evidente que el traje era muy caro, y el pasador del cuello de la camisa parecía de oro de ley.

—¿Te traigo una copa? —preguntó Paul.

—Sí, por favor. Un martini —dijo Caroline.

—Vaya, se han acabado los martinis —se lamentó Kippie—. ¡Pero seguro que Paul te preparará uno!

—Estaré encantado —repuso él—. ¿Tienes algún vaso a mano?

—Si hasta tenemos un vaso mezclador para martinis —señaló Kippie—. Fue un regalo de boda. Ahora lo traigo, quedaos aquí.

—Tú eres la editora —comentó Paul—. Debe de ser un trabajo muy interesante.

—Cuando doy con algún libro bueno que leer, sí —explicó Caroline—. Entonces me digo: «¿De verdad me pagan por hacer esto?».

Paul se echó a reír.

—¿Has publicado alguno que pueda haber leído?

—No lo sé. ¿Has leído *La belleza de los cuerpos*? ¿O *Tobacco Hill*?

—Me recuerdan a otros títulos; a eso, o a libros baratos.

En circunstancias normales, Caroline habría sido la primera en admitir que en el sello Derby Books les gustaba encontrar títulos que sonasen como los de algún éxito comercial de otro autor, o que prometiesen aventuras literarias de naturaleza carnal, pero las cejas arqueadas de Paul le hicieron sentir cierta hostilidad hacia él.

—Ese es el objetivo —dijo.

—Quieres decir que eso es lo que quiere la gente.

—Varios millones de personas —repuso ella.

—Me gustaría que me enviases algunos —le pidió Paul—. Me gustaría leerlos. Pero será mejor que me los envíes envueltos en papel de embalar.

—¿Y por qué no te los compras?

—Muy bien, lo haré. ¿Dónde los venden?

—En cualquier drugstore.

—Ah, de acuerdo —dijo Paul.

—Aquí llega Kippie con el vaso mezclador —anunció la propia Kippie alegremente, acercándose a ellos—. Ahora Paul podrá impresionarte.

«Si preparar un cóctel debe impresionarme —se dijo Caroline—, entonces debería estar loquita por todos los camareros de la ciudad. Pero no pienso dejar que la presión de Kippie me afecte. Sería muy infantil que tomara antipatía a este hombre solo porque ella trata de emparejarnos tan descaradamente. Voy a intentar que me caiga bien; en el fondo no está mal, la verdad… solo es un poco estirado.»

—Deja que te analice —dijo Paul Landis, al tiempo que agitaba el martini con brío—. Nada de lo que voy a decir lo sé por Kippie, lo deduzco solo con mirarte. Estudiante en Radcliffe o en Wellesley.

—En Radcliffe —contestó Caroline—. Y hay una gran diferencia.

—Todas las chicas de Radcliffe decís lo mismo. Vives en el East Side, entre la Cincuenta y la Ochenta.

—Una suposición bien fundada —dijo Caroline.

—¿Tengo razón?

—Sí, pero resulta que vivo lo suficientemente hacia el este para que la zona ya no sea chic. Solo es barata.

—Compartes piso con alguien.

Por alguna razón a Caroline le molestaba que estuviera clasificándola, aunque curiosamente, no había fallado ni una vez. «Es como si no me mirara a mí —pensó Caroline—, sino la imagen que quiere formarse de mí.»

—Has acertado de nuevo —dijo—. Comparto piso con Gregg Adams.

—¿Con Gregg? —Paul enarcó las cejas, no porque creyese que Gregg era un nombre de hombre (no lo habría creído ni en un millón de años), sino porque no podía dejar pasar la ocasión de hacer una bromita más bien tonta.

—Gregg con dos ges. Es una chica —le explicó Caroline—. Es actriz.

—Y os lleváis estupendamente porque ella apenas aparece por casa —aventuró él.

—Y también porque nos caemos bien.

—Eso lo doy por hecho.

—Me estás interrogando —dijo Caroline—. Se nota a la legua que eres abogado.

—¿Y eso te molesta?

—No especialmente. Pero me gustaría tomarme otro martini.

—¡Mi alma gemela! Yo también me tomaré otro. —Se inclinó hacia el vaso mezclador y midió la dosis exacta de ginebra y vermut.

Mientras tanto Caroline miraba alrededor. Vio al marido de Kippie, Don, un joven regordete, sanote, que rodeaba alegremente con el brazo el cuello de sus amigos. En Port Blair todos creían que era un genio, que tenía un futuro muy prometedor. «Puede que sí —pensó Caroline—, y seguro que tiene un tacto exquisito... con sus pacientes, quiero decir. No me imagino a ella y a Kippie en la cama, aunque es evidente que se acuestan juntos. A mí me recuerda a un osito de peluche afeitado.»

—¿Qué te gusta hacer en tu tiempo libre? —preguntó Paul, pasándole la bebida—. ¿Ir al teatro? ¿Al ballet? Ten cuidado, el vaso gotea. —Le ofreció rápidamente una servilleta de cóctel, le quitó el vaso de la mano y, tras limpiar la parte inferior con otra servilleta, se lo devolvió vigilando que no se derramara—. Cuidado, no he calculado bien la cantidad.

—No pasa nada.

—Espero que no te hayas manchado el vestido.

—No, está bien.

—Es un vestido muy bonito, por cierto —comentó Paul—. Me gustan las chicas que visten de negro. Para mí no existe otro color.

«¿Por qué será que no me sorprende?», no pudo evitar pensar Caroline. De todos modos, Paul era muy agradable, se preocupaba por ella, se fijaba en las cosas. Caroline pensó que si sus ideas y sus sentimientos no se podían catalogar tan fácilmente como él esperaba, tal vez no fuese culpa suya, sino de ella.

—Supongo que todos mis vestidos de invierno son grises o negros —dijo.

—Además la tela es de muy buena calidad. Me fijo en las telas porque mi padre está en el sector de la industria textil. Es lógico que yo haya aprendido algunas cosas acerca de ese ramo.

—Pues me alegro de saber que cuento con la aprobación de una autoridad en la materia —dijo Caroline, sonriendo.

—No soy ninguna autoridad. Mi padre quería que me pusiese a trabajar con él cuando me gradué en Columbia, pero me negué. Preferí estudiar derecho.

—¿Y vas a juicios?

—No. Me dedico solo a contratos y grandes empresas. Eso da mucho dinero.

—El abogado que despliega su sagacidad en un juicio siempre me ha parecido una figura muy romántica —dijo Caroline—. Supongo que he visto demasiadas películas. Menuda decepción saber que no eres uno de esos; siempre he querido conocer a uno.

—He sido lo bastante afortunado para entrar en uno de los mejores bufetes —dijo Paul—. Tengo mucho futuro ahí, y me encanta el trabajo. Si te interesan los libros, seguro que te gustará oír alguno de nuestros casos. Darían para una novela, o al menos para un relato.

—Me gustaría oír alguno —repuso Caroline, con la esperanza de que no le contara ninguno. Estaba muy cansada. Había sido un día duro: había tenido a la señorita Farrow encima a todas horas; el señor Shalimar había decidido que el deseo que sentía por ella desde hacía meses era demasiado poderoso y había intentado besarla detrás del archivador de su despacho, y por último la administrativa encargada de los manuscritos había perdido uno de los más importantes y se había desatado una histeria general en la oficina hasta que al fin lo habían encontrado.

—¿Qué me dices de ir a cenar luego? —le preguntó Paul—. A mí me apetece un bistec, ¿y a ti?

—Eres muy amable, pero estoy tan cansada que creo que me iré directa a la cama.

—Pero ¡tienes que cenar! No pensarás irte a la cama sin comer nada... ¿La niña se ha portado tan mal que va a acostarse sin cenar?

Caroline tendió las manos en un gesto de impotencia.

—Me temo que no tengo aguante para salir por ahí y estar alegre y divertida. Solo conseguiría que tú también te murieses de sueño, porque ya sabes que se contagia.

—No hace falta que me des conversación, ya hablaré yo. Haré que te comas un bistec y te bebas otro martini, y luego te llevaré directa a casa.

La verdad es que aquel hombre era muy agradable, ¿qué podía decirle? Para ser sincera, tenía hambre, y no probaba un bistec desde hacía... ni siquiera se acordaba de la última vez. A él le gustaba hablar y ella podía escucharlo, lo que evidentemente lo haría feliz. Tal vez no tenía a nadie que le hiciese compañía, tal vez se sentía solo.

Tal vez, a pesar de la frialdad con que Caroline lo trataba él creía de veras que ella le gustaba. Tal vez había sido injusta con él, y si llegaba a conocerlo mejor se alegraría de haberse tomado la molestia.

—Bueno, me encantaría, pero solo si dices en serio que me llevarás a casa temprano.

—Te lo prometo.

Ella le sonrió.

—Estoy lista para irnos cuando tú quieras.

Él apuró su martini de un trago y fueron juntos a despedirse de sus anfitriones. Paul rodeó a Kippie con el brazo y le dio un sonoro beso en la mejilla.

—Adiós, novia mía —dijo.

Kippie sonrió de oreja a oreja.

—¿Os vais a cenar juntos? —preguntó.

—Vamos a ir al Steak Bit —contestó Paul. Y rodeó a Caroline con el brazo.

—¡Ay... me encanta el Steak Bit! —exclamó Kippie tras lanzar un suspiro—. Don y yo solíamos ir a menudo antes de casarnos, ¿te acuerdas, cariño?

—Si tú le das un beso de despedida a mi esposa, entonces yo también quiero darle un beso a Caroline —dijo Don. Avanzó hacia Caroline extendiendo sus brazos de oso de peluche y ella volvió la cabeza, pero no lo bastante rápido: Don le dio un beso en los labios inesperadamente. Caroline notó los dientes de él detrás de los labios y luego cómo trataba de abrirse paso con la lengua. Se apartó de él con brusquedad y esbozó una sonrisa afable por consideración a su amiga Kippie.

—Gracias por esta fiesta tan estupenda —dijo.

—Gracias a ti por venir —repuso Kippie—. Que lo pases bien con mi novio. —Rodeó la cintura de su marido con el brazo y sonrió a Paul y a Caroline.

—A ver si volvemos a vernos pronto —dijo Don.

—Sí —convino Kippie—. Podemos jugar los cuatro al bridge alguna noche. ¿A que sería divertido? Te llamaré muy, muy pronto, Caroline. —Subrayó las últimas palabras con un gesto más que elocuente de la cabeza.

—Buenas noches.

—Buenas noches.

Con el aire fresco de la calle, Caroline se despejó un poco. Se zafó del brazo de Paul y se pasó el bolso a la otra mano, la que estaba más cerca de él, para que este no se la cogiera. Al otro lado de la calle se veían las habitaciones iluminadas de algunos apartamentos de las plantas inferiores, y en uno de ellos vio a gente moverse como si también celebraran una fiesta. Se preguntó si habría allí dentro alguna chica a la que estuvieran presentando a un chico con el que tal vez llegaría a casarse, o algún marido que arrancara un beso clandestino a una antigua compañera de clase de su mujer en un momento estúpido de deseo extraescolar. De repente se sintió sola y, por algún motivo inexplicable, muy triste.

El restaurante adonde la llevó Paul era uno de esos locales tradicionales de aspecto sencillo donde el elevado precio es siempre una sorpresa. Los filetes de carne se servían negros como el carbón por fuera y rojos por dentro, y debían de pesar casi un kilo. El martini que Caroline tomó antes de la cena hizo que experimentara una agradable sensación de aturdimiento. Sabía que la depresión que la había sorprendido en la calle la esperaba en alguna parte fuera de aquella euforia pasajera, pero, si se concentraba, lograría mantenerla a raya, al menos durante un tiempo. Sonrió a Paul cuando se inclinó hacia él para que le encendiera el cigarrillo.

—No comes mucho —comentó él—. No me extraña que estés tan flaca. Me gustan las chicas que tienen un poco más de… mmm…

—¿Forma?

—No, tú tienes unas formas bonitas. Es solo que creo que podrías tener un poquito más.

—Hablas como un hombre chapado a la antigua.

—Tal vez lo sea —continuó Paul—. Me gustan la vida refinada, las cenas copiosas de tres horas, un hogar donde siempre haya flores frescas y una chica de curvas generosas. Supongo que tendría que haber nacido en el siglo pasado.

—Para tomar comidas de catorce platos y tener una mujer que pesara noventa kilos.

—¡Puaj! —exclamó—. No, catorce platos no. Una comida sin prisas, con su copa de brandy al final y muchísimo tiempo para una conversación de sobremesa. Hablando de brandy, ¿cuál prefieres?

—Me da vergüenza confesar que no sé distinguir uno de otro. —En realidad no le daba ninguna vergüenza, no le importaba lo más mínimo.

Paul pidió dos copitas de brandy, se reclinó en el asiento y encendió un cigarrillo.

—Te lo he preguntado antes y no me has contestado: ¿te gusta el teatro?

—Me encanta.

—Compraré entradas para el próximo sábado por la noche si vienes conmigo.

Caroline se preguntó si quería ir. ¿Por qué no? Paul la trataba con amabilidad y a ella le gustaba el teatro, así que sería una estupidez no aceptar la invitación… sin embargo, había algo que le daba mala espina. No tenía la más remota idea de lo que era, se trataba simplemente de un presentimiento, y enseguida lo ahuyentó.

—Sí, estaría muy bien —dijo.

—Perfecto. Cenaremos después de la función, así no iremos con prisa.

¡Cómo lo planificaba todo, qué eficiencia! Desde luego, Paul representaba la Vida Refinada con mayúsculas. Recordó que la «vida refinada» era la consigna oficial de Radcliffe y que la mayoría de las chicas la habían convertido en una especie de broma. La «vida refinada» significaba que había que ponerse un vestido para cenar en lugar de pantalones cómodos, y pasar luego a la sala de estar para tomar el café, y a Caroline y a sus amigas les parecía una estúpida lucha por conservar lo superficial, cuando lo más profundo se venía abajo a su alrededor. ¿Un café y una conversación forzada cuando tenías tres asignaturas suspendidas? ¿Un café y una conversación cuando el chico al que amabas llevaba diez días sin llamar por teléfono? ¿Un café y una conversación cuando se te retrasaba la regla y sin saber por qué empezabas a tener náuseas por las mañanas? Allí estaba ella, cenando con Paul Landis en un restaurante caro, bebiendo el mejor brandy, hablando de lo que hacía la vida agradable, y de lo único que tenía ganas era de gritarle: «¡Háblame! ¡Llégame al corazón! Dime algo que signifique algo para mí, cualquier cosa, ni siquiera yo lo sé. Mírame a la cara como hacía Mike, como hacía Eddie, y di algo que me demuestre que estás aquí conmigo, con Caroline Bender, que es algo más que una chica delgada con un vestido negro a quien le gusta el teatro».

Era demasiado pedir para una primera cita, y no obstante intuía que aquel hombre nunca miraría más adentro. «Lo pasaré bien —pensó Caroline—, es una compañía perfecta. Es muy amable. ¿Qué estoy buscando, un neurótico como Mike, como Eddie? He aquí un hombre joven, simpático, serio y responsable al que no cabe duda de que le gusto. Punto.»

—¿Te apetece dar un paseo? —le preguntó Paul.

—Sí, necesito recuperarme de esta cena tan abundante.

—Mañana te enviaré una caja de bombones y tú te los comerás. Los necesitas.

Ella se echó a reír.

Mientras Paul recogía su sombrero en el guardarropa, Caroline lo examinó con ojos críticos. Era de esperar que un hombre como él llevase sombrero, pero al menos era de ala corta, desenfadado, así que no se parecía a los que usaría su padre. La nariz le brillaba un poco por el calor que hacía en el restaurante, pero tenía una tez sonrosada que irradiaba salud. Caroline estaba segura de que se acostaba antes de las doce los días laborables y de que nunca bebía demasiado. El traje le sentaba como un guante. No era en absoluto afeminado, y sin embargo tenía la clase de complexión física que hacía que su cuerpo pareciese inexistente. Todo él era un traje caro que se extendía desde un par de hombros de buen tamaño hasta un par de zapatos ingleses. Era alto, debía de pesar unos ochenta kilos, pero eran detalles en los que Caroline tenía que fijarse a propósito. Era como intentar caracterizar algo para hacer que existiera. «Puede que sea eso lo mismo que le pasa conmigo —se dijo Caroline—, que tiene que catalogarme a fin de que yo exista para él.»

Una vez en la calle, Caroline percibió plenamente los sonidos y colores que la rodeaban: las luces de neón de los restaurantes, el ruido del tráfico, las risas y la conversación de personas que pasaban a su lado apenas un instante y a las que no volvería a ver, o a las que, si se cruzaban de nuevo con ella, no reconocería. El mundo le pareció de repente un lugar muy interesante, y se aferró a todas su facetas, a todo cuanto podía ver, oler y oír. Apenas se percató de que Paul había comenzado al fin la larga narración de unos de sus casos legales «que darían para un buen relato».

—Debe de fascinarte tu trabajo —dijo Caroline—. Eso está muy bien.

—Sí, me apasiona. Tanto como a ti el tuyo, supongo. Aunque no entiendo por qué pierdes el tiempo con la literatura basura. Pareces una chica inteligente, con una buena formación. ¿No podrías haber encontrado algo mejor?

—No en ese momento. La oficina de empleo me ofreció este trabajo y me pareció una buena oportunidad. Solo quería estar ocupada, me daba lo mismo el trabajo. Había algo que intentaba olvidar con todas mis fuerzas.

—No pareces una chica a la que le haya pasado algo que no quiera recordar.

—Todas las chicas tenemos malas experiencias —repuso Caroline—. La vida no es perfecta. ¿A ti nunca te ha pasado algo que prefieres olvidar?

Se quedó pensativo un momento.

—Pues no… Así, de buenas a primeras, no se me ocurre nada. He tenido mucha suerte. Nunca me ha faltado el dinero, entré en la facultad que había elegido, me gustan los amigos que tengo. Me llevo bien con mi familia, nunca he tenido ninguna enfermedad salvo el sarampión y la varicela, y me entusiasma mi trabajo. Me rompí las dos piernas una vez cuando estaba aprendiendo a esquiar, pero tampoco estuvo tan mal, porque al menos tuve ocasión de estar en la cama y leer cosas que, de otro modo, nunca habría tenido tiempo de leer.

—Qué vida tan maravillosa y apacible —dijo Caroline con un suspiro—. Nada de altibajos, siempre recto y hacia delante.

—¿De qué estás hablando? —dijo Paul—. Tú has tenido la misma vida que yo. No me dirás que te ha pasado algo que, dentro de un año, por ejemplo, al recordarlo, puedas decir con toda sinceridad que fue una verdadera desgracia.

—¡Qué sabihondo eres! Puede que haya estado internada en un reformatorio, o que sea huérfana… ¿Cómo sabes que no es así? ¿Solo porque tengo buenos modales y vivo en una zona determinada de Nueva York?

—No lo sé —contestó Paul, muy serio—. Puede que hayas estado en un reformatorio, ahora que lo dices, pero, si es así, no quiero saberlo. Me gusta cómo eres ahora, conmigo, esta noche.

—Pero si me hubiera pasado algo así —replicó Caroline—, entonces eso formaría parte de mí. Sería yo. Y mi forma de pensar, lo que yo pienso... es lo que ha hecho importantes todas las cosas que me han pasado o no me han llegado a pasar.

—Bueno, ¿has estado en un reformatorio o no? —preguntó él, con un destello en los ojos.

—Por supuesto que no.

—Eso me parecía a mí.

—No lo entiendes —dijo Caroline—. No entiendes nada de nada.

Paul paró un taxi y la ayudó a subirse en él.

—¿Lo ves? —dijo—. Te llevo a tu casa temprano, tal como te prometí.

—Se me había olvidado por completo.

—Bien —dijo él. Puso el brazo sobre el respaldo del asiento, rozándole apenas el hombro con los dedos. Se quitó el sombrero y lo dejó en el asiento, entre él y la ventanilla—. Me gusta cómo expones tus argumentos, Caroline.

—Gracias.

En ese momento Paul posó la mano sobre su hombro, levemente, y se aproximó a ella. Le tomó la mano, que ella tenía en el regazo, y la sostuvo en la suya, enguantada. Caroline notó su aliento en la mejilla cuando le habló.

—Es un placer conocer a una chica capaz de pensar —dijo él.

«Pero no sabes cómo pienso», tuvo ganas de decir Caroline. Le sonrió un tanto nerviosa. Sabía que él se estaba preparando para besarla y no quería ofenderlo, pero tampoco quería besarlo. De pronto se interpuso entre ambos la imagen del rostro de Mike, con una expresión de complicidad y un tanto lastimera. «Si Paul Landis supiese lo mío con Mike —pensó Caroline—, se moriría.» Era como un arma en su poder: Mike, su aventura con Mike, su comunicación con Mike y la forma en que este la comprendía, algo que aquel chico normal y corriente, tan seguro de sí mismo y satisfecho, jamás sería capaz de entender.

—Eres muy simpático —dijo—. Eres una buena persona. —Se volvió, bajó la ventanilla y se asomó a medias—. Mira qué bonito está el parque por la noche... es una lástima que la gente no pueda pasear por él sin que alguien les de un golpe en la cabeza. Ojalá pudiese ir al zoo alguna noche... Sería una locura, ¿no crees? De todos modos, los animales estarían dormidos y no podría ver nada en la oscuridad. —Era consciente de que estaba diciendo tonterías.

—Ven aquí —dijo él.

Le puso una mano en el rostro y la atrajo hacia sí con la otra. Se había quitado los guantes y tenía la palma un poco húmeda. «Está tan nervioso como yo», se dijo Caroline, y cerró los ojos, rindiéndose. La besó una vez, un beso largo, pero solo uno. Luego le dio un beso tierno en la mejilla y se apartó. Caroline apenas pudo reprimir un suspiro de alivio. Paul colocó el brazo más cómodamente sobre los hombros de Caroline, recostó la cabeza en el respaldo del asiento y cerró los ojos.

—Yo te llevaré al zoo de noche —murmuró—. Si de verdad quieres ir.

Cuando la dejó ante la puerta de su apartamento, Paul le sostuvo la mano un momento, pero no le pidió que le dejase entrar.

—Gracias por una noche maravillosa —dijo.

—Gracias a ti.

Paul cerró el puño y le dio un golpecito cariñoso en la barbilla.

—El sábado que viene... no te olvides. Te llamaré antes.

Luego se fue y Caroline cerró la puerta con llave. Entró en el baño y se miró en el espejo. Hacía mucho tiempo que no estaba tan guapa, con el pelo ondulado por la humedad de la noche otoñal, la boca de aspecto voluptuoso con el pintalabios corrido, los ojos grandes y muy azules en la cara bronceada. ¿Por qué pasaba eso siempre, que estaba más guapa cuando salía con un chico que no significaba nada? Era injusto, en cierto modo. En todo caso, no era de extrañar que a él le hubiera gustado, lo cierto es que estaba guapa. Muy... atractiva. Eso era. ¿O acaso se sentía atractiva porque había impresionado a Paul de una forma tan evidente? Era agradable gustar a alguien que no era un perfecto idiota, eso había que admitirlo. La hacía sentirse satisfecha. No obstante, también se sentía satisfecha porque había cerrado con llave la puerta del apartamento y Paul Landis estaba fuera, mientras ella estaba a salvo dentro. Era como si hubiese llevado a cabo con éxito una misión agotadora y ahora pudiese descansar y recuperarse a solas.

Caroline se paseó durante unos minutos por la habitación, luego se desvistió, se puso el pijama y desplegó su cama. Se desmaquilló, se cepilló los dientes y bebió un vaso de agua. A continuación, cuando ya tenía la mano en la lámpara para apagarla, le sobrevino un acceso de melancolía con la misma fuerza que si hubiera sido un ataque de náuseas. Se incorporó en la cama, vencida por ese sentimiento, y le pareció que una mano le atenazaba la garganta. Alguien... necesitaba hablar con alguien... ¿por qué no venía Gregg? Porque era demasiado temprano para Gregg. Caroline sabía con quién necesitaba hablar, a quién quería ver más que a nadie en el mundo en ese momento, pero no quería llamarlo; ¿de qué le iba a servir? ¿Qué podía hacer él por ella? «Duérmete —se dijo— y olvídalo. Mañana estarás bien.» Pero sabía que si se tumbaba en la cama no lograría conciliar el sueño.

El simple hecho de abrir el listín telefónico ya fue un acto reconfortante. Caroline lo hojeó, con el corazón acelerado. Encontró el nombre del hotel de Mike y marcó el número, sin darse cuenta hasta ese mismo instante de que era demasiado pronto para que él estuviese en su habitación. «Ojalá no esté —se dijo, y al cabo de un instante pensó—: ¡Por favor, que esté en su habitación!»

—Con Mike Rice, por favor.

Qué aburrida parecía estar la telefonista, como si odiase a todo el mundo en general y, en ese momento, a Mike Rice en particular. Siguió una larga espera. «Sé que no está ahí», pensó Caroline, pero, ahora que tenía la certeza de que no estaba, se alegraba de haber llamado solo para averiguarlo.

—¿Diga? —contestó Mike Rice.

—¡Ah, Mike!

—¿Caroline?

—Sí.

—¿Dónde estás? Caroline...

—En casa —respondió ella con tono jovial—. ¿En qué otro sitio iba a estar?

—Ah. —Mike parecía decepcionado.

—¿Dónde creías que estaba?

—Pensaba que quizá estabas en una fiesta aburrida, eso es todo. —Hablaba con el mismo tono indiferente que ella, con la misma naturalidad.

—No. He ido a una fiesta y luego he cenado con un chico al que he conocido. Se llama Paul Landis y es abogado.

—¿Te ha caído bien? —Con naturalidad, con absoluta naturalidad, tan solo con un asomo de ansiedad que no supo disimular del todo.

—Es muy agradable... ¿sabes lo que quiero decir? Lo que otras considerarían el hombre perfecto, solo que yo no siento lo mismo respecto a esa clase de personas.

—Claro que no —repuso Mike, comprensivo.

Su comprensión hizo pensar a Caroline que no eran justos con Paul.

—Pero es muy buena persona.

—¿Cuántos años tiene?

—Unos veinticinco, creo. Resulta difícil decirlo. Es como si no tuviera edad. Pero aparenta veinticinco.

—¿Ha intentado irse a la cama contigo?

—No, por Dios… Por lo visto, tú siempre crees que todo el mundo quiere acostarse conmigo.

—Lo intentará.

—Paul no —repuso Caroline—. Yo sé que no. Es de los que se casan y tienen dos hijos y un garaje de dos plazas.

—Y eso es lo que en el fondo tú también quieres —afirmó Mike.

—Sí, lo sé, pero no con él. O al menos estoy casi segura de que no con él.

—Bueno, pues me alegro de que lo hayas pasado bien.

—Sí.

—¿Vas a acostarte ahora?

—Sí.

La voz de Mike sonaba vacilante.

—¿Estás cansada?

—Ahora sí —susurró ella—. No podía dormir, pero ahora que he hablado contigo me siento mucho mejor.

—Me alegro.

—Bueno…

—¿Caroline?

—¿Sí?

—Buenas noches… que duermas bien.

—Buenas noches, cielo —murmuró Caroline—. Te quiero.

—Yo también te quiero. —Hizo una pausa—. Yo también te quiero.

Cuando hubo colgado el auricular, Caroline se sintió agotada, presa de un cansancio que significaba relajación y descanso. Se arropó con la manta hasta la barbilla, apagó la luz y pensó, como cuando de niña su madre le contaba un cuento, que toda la habitación estaba llena de ángeles de la guarda que velaban su sueño.

Al día siguiente, cuando regresó por la tarde de la oficina, encontró una caja de rosas rojas apoyada contra la puerta. «Necesitas los bombones —rezaba la tarjeta que las acompañaba—, pero las flores son más románticas. Paul.»

Las colocó en un jarrón con agua y dejó la tarjeta al pie de este, no porque le apeteciera verla, sino porque así Paul la vería cuando fuese a buscarla el sábado siguiente, y tal vez le gustaría saber que había guardado su tarjeta toda la semana.

11

—**M**e alegro de haberles caído bien a tus padres —dijo April—. Tenía un poco de miedo.

April y Dexter Key estaban sentados en el murete de la terraza del edificio del Hudson View Country Club. Eran las tres y media de la madrugada de un domingo, una más de una serie de noches y días despejados del mes de noviembre. Sobre sus cabezas brillaban las estrellas diminutas, y delante tenían los ventanales iluminados del salón de baile del club, a través de los cuales April veía a los últimos bailarines reunidos en grupos para despedirse y al contrabajista guardando su instrumento en la funda. April llevaba la chaqueta del traje de Dexter sobre los hombros desnudos, y lo único que veía de él en la quietud de las sombras era el blanco de su camisa y el resplandor rojo de la punta del cigarrillo. Cuando Dexter sonrió, vio sus dientes blancos.

—¿Y por qué no ibas a caerles bien? —dijo—. Les gustan todas mis novias. Tengo buen gusto.

—Bueno… Pensaba que tal vez serían un poco más críticos conmigo. Porque salimos en serio y todo eso. Y yo no soy… de la alta sociedad ni nada por el estilo.

—¿La alta sociedad? —dijo Dexter—. ¿Y quién pertenece a la alta sociedad en estos tiempos?

—Mucha gente. Y tú lo sabes.

El suelo estaba cubierto de hojas secas, que producían un sonido seco y triste cuando las agitaban con los pies. April las movía con sus zapatos plateados, evocando los grandes montones de hojas que bordeaban la calle de su casa, en Colorado.

—Son las últimas hojas de la estación —susurró—. Este es el último fin de semana del otoño. Nunca lo había pasado tan bien en toda mi vida.

—Siempre lo pasas bien conmigo, ¿verdad? —le preguntó él, acariciándole el cuello con los labios.

—Sí.

—Iremos a la ciudad y te prepararé el desayuno —murmuró él—. Nunca he hecho eso, ¿verdad que no?

—No... Y me encantaría. Oye, ¿por qué no nos quedamos despiertos toda la noche y luego vamos a la iglesia?

—¿A la iglesia?

—No he ido desde que te conocí —dijo April—. Le prometí a mi padre que iría todos los domingos cuando viviese en Nueva York, pero todos los domingos por la mañana estoy dormida como un tronco.

—¿Y cuántas veces fuiste antes de conocerme?

—Dos —musitó ella, avergonzada—. Los dos primeros domingos. Iba sobre todo porque me sentía sola, supongo.

—Entonces no me eches la culpa a mí —repuso Dexter, un poco a la defensiva.

—No te echo la culpa, cariño. Es solo que me ha parecido que estaría bien ir juntos a la iglesia hoy.

—Yo nunca te he dicho lo que tienes que hacer —replicó Dexter—. Nunca te he obligado a hacer nada que no quisieras.

—No.

—Pues entonces no me des la lata.

A April se le humedecieron los ojos.

—¡Qué mal humor tienes a veces, Dexter! Y sin que yo sepa por qué, además. —Deseó romper a llorar de veras; a Dexter le estaría bien empleado, así vería cuánto daño le hacían los comentarios que soltaba a la ligera.

—¿Qué he dicho ahora?

—Has dicho que te doy la lata.

—Y es cierto —El joven se levantó—. Vámonos —añadió con un tono que no era brusco ni desagradable—. Cerrarán la puerta y tendremos que dormir en la terraza.

April lo siguió, un paso por detrás, a través del suelo encerado del salón de baile en dirección al guardarropa. ¡Qué guapo estaba con el traje de etiqueta! Estaba orgullosa de él, y era evidente que la madre de Dexter también lo estaba, porque no le había quitado los ojos de encima. La mujer apenas si había reparado en April, pero al final le había estrechado la mano calurosamente y le había dicho: «Tienes que venir a almorzar conmigo algún día, querida». «Dios santo, ¿de qué voy a hablar yo con esta mujer? —pensó April—. Seguro que me tiro la lechuga de la ensalada encima. Figúrate: ¡la madre de Dexter quiere que almuerce con ella!» Era obvio que sabía que April significaba más para su hijo que las otras chicas con las que había salido, con algunas de las cuales incluso se había acostado.

Dexter desplegó la capota del Jaguar, en cuyo interior se estaba muy cómodo y calentito. April metió las manos en los bolsillos del abrigo y le sonrió.

—Voy a ir a la iglesia de todos modos. Yo sola, ya que tú no quieres acompañarme.

Dexter se encogió de hombros.

—¿A qué viene esa devoción tan repentina?

—Es que últimamente he tenido mucha suerte: vivir en Nueva York, mi trabajo, conocerte a ti, todo lo que haces por mí. Creo que debería hacer algo a cambio.

—Entonces haz algo por mí —apuntó Dexter.

—¡Haría cualquier cosa por ti! Dime qué quieres que haga.

Dexter tenía la mirada fija en el parabrisas, y sonrió al tiempo que meneaba un poco la cabeza.

—Deja de rechazarme.

—¡Dexter! ¿Qué dices? Yo no te rechazo. Te quiero.

—Pues tienes una forma muy curiosa de demostrármelo.

—Ya sabes que te lo demuestro —se defendió April, agachando la cabeza mientras notaba cómo se ruborizaba. Algunas de las cosas que hacían cuando se besaban... prefería no pensar en ellas en esos momentos.

—Tienes una moral muy peculiar —afirmó Dexter—. ¿Acaso crees que voy a valorarte más si sigues rechazándome?

—No puedo evitarlo.

—Es el argumento más ilógico que he oído en mi vida. April, todo el mundo puede evitar hacer lo que hace, o debería hacer todo lo posible por poder evitarlo, maldita sea. Si una persona es tan remilgada, entonces no merece la pena conocerla.

—Por favor, no discutamos —dijo April—. Lo estaba pasando tan bien...

—No estoy discutiendo —repuso él con calma—. Es que sé que al final acabarás cediendo y no entiendo por qué tienes que hacernos sufrir a los dos alargándolo tanto.

—Lo siento.

—Es obvio que no lo sientes.

Permanecieron en silencio durante largo rato.

—Dexter... —dijo April—, ¿te casarías con una chica que no fuese virgen?

—Por supuesto.

—No me refiero a una chica que hubiese salido con un montón de hombres, sino que, por ejemplo, fuera virgen hasta empezar a salir contigo.

—Ni siquiera me importaría si hubiese tenido un montón de amantes —aseguró Dexter—. Si la quisiese y deseara pasar el resto de mi vida a su lado, me casaría con ella. Punto.

April se humedeció los labios, con la vista clavada en la mano mientras arrancaba la pelusa de lana del abrigo.

—Tú sabrías, si fueras el primero, que significabas mucho para esa chica... ¿verdad? Que para ella habría sido muy duro...

—Por eso no me gusta acostarme con una virgen —afirmó Dexter con rotundidad—. Creen que te están dando lo más precioso que pueden ofrecer. ¿Y qué te están dando? Les duele, no saben lo que tienen que hacer en la cama... todo el proceso es una auténtica tortura para el hombre. Si sé que una chica es virgen, ni siquiera me acerco a ella.

—Yo soy virgen —dijo April, indignada.

Él alargó el brazo y le cogió la mano.

—Eso es diferente —dijo, riéndose a medias—. A ti te quiero, así que estoy dispuesto a aguantar ese pequeño inconveniente.

—¡Dexter! Para ti no hay nada sagrado, ¿verdad?

—Eso no lo es.

—Entonces, ¿qué lo es?

—El amor —respondió Dexter—. Lo que comparten dos personas cuando hablan y cuando están juntas en silencio. La capacidad de sentir, de preocuparse por el otro. Si quiero a una chica, deseo una relación completa, no solo una parte. Quiero pasar a su lado todo el tiempo, cada minuto, en todos los sentidos, y no tener que librar un combate de boxeo cada vez que digo buenas noches.

—Nosotros no nos peleamos —repuso April, agachando la cabeza.

—A lo mejor tú consideras que así salvaguardas tu honor. Para mí es una lata insufrible.

—Es que no sé qué hacer —dijo April.

—Haz lo que quieras —repuso él con cierta indiferencia, un poco herido.

—Tengo miedo de hacer lo que quiero —susurró April.

—No me pidas que sea yo quien te lleve por el mal camino —repuso Dexter—. No quiero que luego me eches la culpa por haber destrozado tu vida.

—¡Tú no destrozarías mi vida!

—Bueno, gracias por pensar así.

—Oh, Dexter...

Siguió otro largo silencio. April vio las luces de la ciudad a lo lejos, y sin saber por qué eso le produjo una tristeza inmensa. Era la primera vez que al ver Nueva York, al saber que entraba una vez más en la ciudad de sus sueños, no le embargaba la emoción. Estaba demasiado nerviosa para tener sueño, pero se sentía muy cansada. ¡Qué complicada se había vuelto la vida! En aquella ciudad había tanta gente, haciendo tantas cosas distintas, cada cual con su propia vida y sus anhelos, tan diferentes de los del vecino... eso te obligaba de vez en cuando a detenerte y mirar alrededor para encontrar tu propia identidad. Y si ella tenía alguna identidad, pensó April, mirando el perfil de Dexter (el gesto huraño, decidido a no seguir discutiendo, y guapísimo), era gracias al amor. Estar enamorada la hacía sentirse segura y fuerte, completamente distinta de como se sentía al llegar a Nueva York. En aquel entonces era toda ojos, una turista, casi un espectro, dando brincos por la superficie de aquella ciudad fortaleza. Ahora formaba parte de Nueva York, era dueña de sí misma y, sobre todo, pertenecía a Dexter.

—¿Quieres que paremos en la tienda de comestibles que abre toda la noche? —preguntó—. ¿Necesitas algo?

—Deberíamos comprar un poco de pan.

Qué maravilloso era hablar de temas banales, domésticos: la compra, la comida, las cosas que dos personas hacían juntas cuando vivían juntas y estaban acostumbradas la una a la otra. Cualquiera habría dicho que ella y Dexter vivían juntos, que estaban casados. Se casarían algún día, April estaba segura. Porque, con todo el tiempo que Dexter pasaba con ella, ¿cuándo iba a tener ocasión de conocer a otra chica? Se arrimó a él y apoyó la cabeza en su hombro; al cabo de un instante él apartó la mano del volante y la rodeó con el brazo, apretándola contra sí, en un abrazo seguro y cálido.

12

Unas dos semanas antes de Navidad, llegó el árbol para la recepción de Fabian Publications y las secretarias empezaron a decorar las oficinas. Colgaron guirnaldas y bolas de colores en las puertas de los despachos, y en algunos de los más amplios se colocaron incluso árboles de Navidad en miniatura. Una semana antes de Navidad, cinco chicas de la sección de mecanografía de la planta treinta y cinco pasaron la tarde entera engalanando una de las mesas de los manuscritos, de la que se habían apropiado para la ocasión: nieve artificial, árboles, casas y renos diminutos, y hasta un trozo de espejo que hacía de lago helado para patinar. Espolvorearon la escena con purpurina y sus jefes, que tenían pilas de trabajo de última hora que había que terminar antes del fin de semana largo, esperaron a que acabaran sonriendo con falsa alegría y bullendo de rabia por dentro.

Puesto que ese año el día de Navidad caía en jueves y la Nochebuena era una fecha que todo el mundo quería pasar con la familia, hubo que celebrar la fiesta anual de la oficina el martes. Habían alquilado el inmenso salón de baile del hotel President Hoover para la cena y el baile posterior. A causa de los gastos, que según se rumoreaba ascendían a quince dólares por cabeza, no se permitiría la asistencia de esposas, maridos o amigos de los empleados.

—De ese modo animan al incesto —comentó Gregg a Caroline arqueando una ceja cuando esta le explicó los planes.

—No sé con quién voy a cometer incesto este año —repuso Caroline—. Mike y yo somos… solo amigos o algo así, y casi todos los demás hombres de la oficina me ponen los pelos de punta.

Se sorprendió mucho al oírse hablar de aquella manera, aunque fuese en broma, pero estaba nerviosa y frustrada, y restar importancia a ese hecho en sus conversaciones con Gregg era para ella una válvula de escape, la única que tenía. Paul Landis la invitaba a salir una vez por semana desde que se habían conocido, y aunque hallaba cierto placer en salir con un hombre atento que le inspiraba simpatía y cuyas reacciones podía predecir, Caroline no sentía más afecto por él que cuando lo había conocido. Él le enviaba flores, la llevaba a los clubes nocturnos, habían visto juntos las mejores obras de teatro y Caroline comía mejor de lo que había comido en meses. Él solo le pedía a cambio besos de buenas noches (ahora tres o cuatro, en lugar de uno) y que fuese una compañía agradecida. La trataba como si fuese una muñeca de cristal. Besarse con Paul era el sexo más asexuado e inofensivo que Caroline había experimentado en su vida, y cuando él se le arrimaba mucho y ella percibía que eso significaba para él algo más, se quedaba perpleja. Era como si fuera a besar a su tío favorito y de pronto lo viera jadear de placer.

—Además —decía Gregg—, casi todos están casados. O son de la acera de enfrente, o tan jóvenes y pobres que ni siquiera pueden invitarte a comer a las máquinas del Automat.

—En mi opinión —comentó Caroline—, organizar una fiesta estupenda para un grupo de personas que en realidad no se caen demasiado bien es malgastar el dinero. No hace falta que me emperifolle para ir al President Hoover a beber ponche de huevo con Mary Agnes.

—Y tocará una orquesta de lujo para que bailes con el señor Shalimar —dijo Gregg—. Me alegro de no trabajar ya ahí.

—Paul quiere que nos veamos después de la fiesta —explicó Caroline—. Supongo que aceptaré.

—El otro día, mientras estaba sentada sin nada que hacer, se me ocurrió un mote perfecto para Paul —dijo Gregg—. Bermuda Schwartz.

—Ay, Dios… —exclamó Caroline entre risas.

—¿A que es perfecto?

—Sí, pero somos muy malas por reírnos de él de esta manera. Es mucho más feliz que cualquiera de las dos.

—Sí, pero yo no querría tener esa clase de felicidad —aseguró Gregg.

—A veces creo que yo sí querría, pero no puedo. Si me casara con Paul tendría un anillo de diamantes, un abrigo de visón dentro de veinte años, a él nunca se le olvidaría un aniversario, y yo correría al salón de belleza dos veces por semana para olvidarme de que, en el fondo, no le quiero.

—¿Te ha pedido que te cases con él? —preguntó Gregg, con un destello en los ojos.

—Lanza indirectas. Ya sabes, la típica comparación de los intereses de uno y otro que lleva al tema de los intereses domésticos.

—Seguro que hay alguna buena chica que suspira por él —comentó Gregg con ironía.

—Ya lo sé. Soy tonta. Aunque en el fondo no creo que lo sea.

—Lo que pasa es que te aferras al amor.

—¿Crees —le preguntó Caroline— que todas las chicas tienen un Bermuda Schwartz y que todos los Bermuda Schwartz tienen a alguien que es un Bermuda Schwartz para él?

—Estoy segura de que es así.

—Mi madre dice que todo el mundo aspira a mejorar de posición, incluso los hombres —dijo Caroline.

—Sobre todo los hombres —recalcó Gregg—, los muy cabrones…

A pesar de todo, el día de la fiesta de Navidad Caroline descubrió que en realidad estaba ilusionada. Al fin y al cabo, se había perdido buena parte de la fiesta de verano de Fabian, y aquella sería una novedad para ella. Tal vez acudiera alguien interesante de otro departamento, pensó; o incluso un vicepresidente que olvidara el sistema jerárquico después de una copita de whisky o dos. Si los rumores eran ciertos, a la señorita Farrow las cosas no le habían ido nada mal liándose con un vicepresidente. Ella sería incapaz de convertirse en la amante de un hombre con el único propósito de medrar en su carrera profesional, pero había otras clases de relaciones personales que no eran inapropiadas y que podían ayudarla a destacar entre la pléyade de jóvenes y ambiciosas secretarias y lectoras de Fabian.

Era raro maquillarse, ponerse joyas y perfume a las ocho de la mañana. Después de probarse y descartar algunos vestidos por considerarlos demasiado elegantes para la ocasión, se decantó por un vestido de punto negro, muy sencillo pero caro, que se ponía a veces cuando iba a cenar con alguien al salir del trabajo. Bajo las sábanas, Gregg la observaba con ojos adormilados.

—Que te diviertas —dijo—. Emborráchate a mi salud.

—No me pienso emborrachar, por el bien de mi salud —repuso Caroline, aunque pensó que le iría mucho mejor si estaba un poco achispada.

Cuando llegó a la oficina a las nueve y cuarto, April estaba sentada a la mesa de Caroline, esperándola, y con los ojos brillantes por la risa contenida.

—Tienes que caminar delante de mí como si fuera un pase de modelos —le ordenó April.

Llevaba un vestido de punto beis, ajustado y elegante, y del perchero de Caroline colgaba un abrigo de cachemir a juego. Formaban parte del vestuario de invierno que había cargado a su cuenta en los grandes almacenes antes incluso de haber pagado el de verano. El color ambarino de ambas prendas armonizaba con el tono dorado de la melena de April y le favorecía de un modo increíble. Estaba guapísima. Caroline se acordó de la chica con el traje azul celeste de gabardina desgastada y los rizos largos y enredados que había llegado a la oficina un año antes, y apenas podía creer que fuese la misma persona. Recordaba muy bien cómo era aquella otra April, pero era como si evocara a una chica que ambas hubiesen conocido y que luego hubiese desaparecido para siempre, y de quien solo se acordaban de vez en cuando con una sonrisa cariñosa y compasiva en los labios.

—Tienes que ver esto —le dijo April, y tomándola de la mano, la llevó a la zona reservada a las mecanógrafas.

Allí estaba Brenda, sentada a su mesa, resplandeciente con un vestido de lamé dorado muy ceñido, que tenía un lazo justo en el trasero. Llevaba unos zapatos de salón color bronce de piel, con tacón de aguja, y un montón de collares de perlas falsas. Se estaba tomando el café de la mañana en un vaso desechable, en cuyo borde había dejado un semicírculo de pintalabios, y tenía una pila de cartas junto al codo, aunque aquel día nadie iba a archivar nada.

—Una mujer de vida alegre después de una noche dura —susurró Caroline.

—¿Crees que habrá venido en el metro vestida así? —preguntó April en voz baja, conteniendo la risa.

—Qué más da —respondió Caroline—. Su marido la encuentra preciosa.

Mary Agnes las saludó con la mano. Llevaba un vestido de color verde mar de una tela suave y esponjosa que parecía de angora o piel de conejo, con el cuello de angora blanco. Parecía una cría de dieciséis años delgada y plana como una tabla.

—Vaya —exclamó—, ¿no os vais a arreglar para la fiesta de Navidad?

—Vamos arregladas —contestó Caroline.

Mary Agnes puso cara de perplejidad y luego se encogió de hombros.

Algunas de las otras mecanógrafas vestían de forma más conservadora, con faldas de terciopelo negro y jerséis recamados con cuentas blancas, o tafetán liso con crinolina que hacía frufrú. La operadora del teletipo estaba casada y creía que la fiesta de Navidad sería una pérdida de tiempo sin su marido, así que había llegado a un término medio poniéndose un traje de tweed normal y corriente con un ramillete de adornos navideños con purpurina prendido en el hombro.

—¿Y dónde se ha metido hoy la señorita Farrow? —preguntó Caroline—. Si hasta parece que haga calor aquí dentro, sin los escalofríos que me recorren el cuerpo cada vez que la tengo cerca.

—Nunca viene el día de la fiesta de la oficina —respondió Mary Agnes—. Opina que es una pérdida de tiempo. Se toma el día libre porque dice que se lo merece.

—Pues me alegro por ella —dijo April—, porque yo también me lo merezco. Al menos habría podido avisarme. —Desde que Gregg se había marchado, April trabajaba como secretaria de la señorita Farrow hasta que le encontrasen una permanente. De todos modos, no era un trabajo tan desagradable durante las fiestas navideñas, porque April se pasaba la mayor parte del día en los grandes almacenes comprando la lista de regalos de Navidad de su jefa. Había obsequios para toda la familia de la señorita Farrow: su madre, su padre, su hermana, sus dos hermanos y sus sobrinos, que vivían en su ciudad natal, en Racine, Wisconsin. También había varios artículos muy caros de caballero. Como April tenía que llevarlos a la oficina para que la señorita Farrow se los entregara personalmente a sus destinatarios, suponía que no eran para ningún pariente. April y Caroline habían decidido que era imposible comprar una chaqueta de esmoquin y un batín de seda para el mismo hombre al mismo tiempo, así que tenían que ser dos.

—El señor Bossart debe de tener un rival —había comentado Caroline.

—¿Crees que uno de esos regalos es para él? —había preguntado April, regocijándose.

—Si son amantes, sería lógico que le hiciese un regalo de Navidad, ¿no crees? Aunque, conociendo a la señorita Farrow, seguro que es para asegurarse de obtener algo a cambio.

—¿Crees que esa mujer es capaz de querer a alguien?

—A lo mejor lo quiere. El señor Bossart es muy atractivo para la edad que tiene.

—A lo mejor quiere al otro —había dicho April en voz baja—. Al rival.

Ahora, en la oficina junto a April y Mary Agnes, Caroline recordó esa conversación y su cerebro se puso a trabajar a toda velocidad. Había muchas cosas que una persona malintencionada podía hacer. Sin embargo, sabía que no era capaz de hacer ninguna de ellas. Un flirteo en la oficina seguramente podía ser bastante útil, pero una aventura con alguien de la oficina solo entrañaba riesgos. Pese a los rumores que corrían sobre la señorita Farrow y el señor Bossart, Caroline seguía pensando que una mujer progresaba en su trabajo a pesar de tener una aventura con alguien de la oficina, no gracias a ella. Al fin y al cabo, el señor Bossart estaba casado, tenía hijos y una reputación en su barrio residencial que no podía permitirse el lujo de destrozar. Tal vez fuese cierto, como decía todo el mundo, que daba lo mismo lo que la señorita Farrow hiciese o dejase de hacer en la oficina: nadie podía despedirla porque se acostaba con el señor Bossart. No obstante, Caroline no podía evitar preguntarse si tal vez, a pesar del sexo, el señor Bossart no se sentiría más aliviado si la señorita Farrow desapareciese un día de su vista. A aquellas alturas debía de estar al tanto de los rumores que circulaban sobre ellos; aunque fuese el vicepresidente, no era tan ajeno a lo que sucedía a su alrededor.

Recordó otros rumores de la oficina que habían llegado a sus oídos: el señor Bossart guardaba un magnetofón en su despacho, debajo de la mesa, para grabar todo cuanto se decía allí; el viejo Fabian tenía intervenidos todos los teléfonos para saber quién era desleal con la editorial; una de las mujeres noruegas que se encargaban de la limpieza era en realidad una espía de la empresa. Caroline estaba segura de que ninguno era cierto y, sin embargo, ¿cómo podría estarlo? Muchos empleados creían otras cosas que eran producto de la ignorancia, el miedo y el deseo de dar algo de emoción a la monotonía diaria. Desde luego, era mucho más excitante hacer una aburrida llamada a la imprenta cuando sospechabas que el señor Fabian en persona estaba escuchando.

A las tres y media, las chicas de la sección de mecanografía empezaron a ir al lavabo de señoras en grupitos para peinarse, echarse perfume y charlar entusiasmadas. Un empleado de publicidad, imbuido de espíritu navideño, bajó a ver al señor Shalimar por cuestiones laborales, se paró en seco al ver a Brenda con su vestido de lamé dorado y le dio un abrazo y un cariñoso beso, lo que hizo que el resto de las mecanógrafas estallaran en risitas incontenibles. A las cuatro y media todos empezaron a desfilar hacia el hotel President Hoover, divididos en grupos para compartir los taxis en la hora punta.

Mike salió de su despacho y se encontró con Caroline en la máquina de agua fresca.

—¿Quieres compartir el taxi conmigo? —le ofreció.

—Sería estupendo. April tendrá que acompañarnos; le prometí que iría con ella.

Caroline, April y Mike Rice tomaron un taxi para ellos tres solos, un taxi que el propio Mike había parado con agilidad. A Caroline siempre le habían gustado los hombres capaces de hacerse dueños de la situación, de encontrar un taxi en hora punta, de conducirla a través de una marea de gente, de atraer la atención de un camarero en un restaurante abarrotado, de comportarse como si tuviesen suficiente amor propio para reclamar sus derechos. Desde que conocía a Mike percibía esa carencia en muchos de los jóvenes que la invitaban a salir: eran demasiado exigentes, o irritables, o demasiado tímidos para hacerse oír. Hasta entonces nunca se había fijado en esos pequeños detalles, y ahora se alegraba de reparar en ellos porque hacían la vida más fácil, aunque también lo lamentaba porque, claro está, cuando se es más exigente la vida nunca es fácil.

Enfrente del amplísimo salón de baile del hotel President Hoover había una galería de espejos con un bar y unas cuantas mesas redondas. Los empleados de Fabian dejaron los abrigos en el guardarropa del entrepiso y luego se dirigieron a la galería para tomar un cóctel. El salón de baile, a cuya derecha había otro salón más pequeño donde una orquesta de cinco miembros tocaba música de baile, estaba lleno de mesas redondas de mayor tamaño con manteles blancos y centros de flores, y unos camareros con chaquetas rojas se deslizaban arriba y abajo depositando en ellas bandejas de panecillos que parecían duros y jarras de agua helada, e intentando hacer hueco para un cubierto extra aquí y allá. Caroline entró en la galería flanqueada por Mike y April. Conocía a muchos de los que estaban allí, y se sentía cómoda y segura de sí misma. Ya no era la chica tímida que había ido a regañadientes a la fiesta de verano de la empresa deseando haberse quedado en la ciudad.

Mike se abrió paso a través de la multitud que rodeaba el bar y regresó con bebidas para los tres. Caroline no pudo evitar recordar los sentimientos que había despertado en ella en la otra fiesta, que parecía tan lejana en el tiempo, y cuando sus miradas se encontraron, se dio cuenta de que él también estaba pensando lo mismo. Por un instante, la chispa volvió a prender entre ambos, y a Caroline se le aceleró el corazón. Se sintió inundada por una mezcla de ternura y tristeza.

Mike se inclinó hacia ella y la besó muy levemente en los labios.

—Feliz Navidad —murmuró.

Ella apenas pudo responder con un susurro.

—Feliz Navidad.

—Y a ti también, April. Feliz Navidad. —Mike besó a April. Los camareros avanzaban entre la multitud con bandejas de vasos de whisky, y todo el mundo bebía como si estuviera a punto de morir de sed. Mike se terminó la copa en un minuto y fue a por más a la barra. Caroline miró alrededor. Allí estaba el señor Bossart, con su pelambrera castaña y salpicada de canas, que le recordaba el abrigo de piel de nutria que tenía su madre, y su rostro cuadrado, que a los veinte años debía de haber poseído la belleza delicada de un chico del coro pero que, al llegar a los cincuenta, había adquirido un atractivo viril, con la impresión de energía y fuerza que a veces proporciona la edad. Vestía unos pantalones de franela gris, una chaqueta de tweed marrón con las solapas pequeñas y dos faldones detrás que le hacían parecer un ganso, y una corbata de lana roja estampada con pequeños coches deportivos de color blanco. Caroline intentó seguirlo con la mirada mientras avanzaba entre la multitud saludando a sus conocidos, pero el hombre no tardó en desaparecer. Vio a algunas secretarias pululando en grupos; parecían floreros con sus vestidos de fiesta y hablaban tan animadamente como si acabaran de conocerse, en lugar de trabajar en mesas contiguas durante todo el día. Y más allá vio una imagen increíble: el señor Shalimar con Barbara Lemont, Kingsley, el marica confeso de la oficina, de *Unveiled*, Brenda, y la secretaria del señor Bossart, una señora de pelo cano y aspecto bondadoso, que tenía en la mano una copa de whisky que trasegaba como una cosaca.

Mike volvió con tres vasos de whisky con soda y un chiste que le habían contado mientras esperaba en la cola. Caroline empezaba a experimentar una agradable sensación de bienestar. El whisky era más bien flojo, sin duda el menos caro que podía ofrecer el hotel, y se deslizaba por la garganta como si nada. April empezaba a dar señales de tener la vista nublada, como le ocurría siempre después de la segunda copa.

—Caroline —murmuró—, acompáñame al aseo de señoras.

—¿Por qué las mujeres siempre vais al aseo de dos en dos? —preguntó Mike, divertido.

—Para hablar de hombres, por supuesto —respondió Caroline—. Enseguida volvemos. Guárdanos el sitio, por favor.

Era demasiado pronto para que el aseo de señoras estuviese lleno. April se sentó en un banco del tocador y se miró en el espejo, donde vio su imagen borrosa. Delante de ella había una caja con cosméticos de cortesía en un estante: colonia barata, pintalabios de calidad dudosa y una caja de polvos compactos con una borla de uso público. April cogió un frasco de colonia, lo olisqueó como si en realidad no oliera nada y lo devolvió a su sitio.

—Dime una cosa —murmuró con timidez—, ¿crees que una chica tiene un aspecto distinto cuando se acuesta con alguien? ¿La gente lo nota?

—Espero que no —contestó Caroline.

—Es algo que me he planteado.

—¡Qué idea más extraña! ¿A qué viene eso ahora?

—Ay, Caroline... —dijo April—. He querido contártelo desde que pasó, pero ¿cómo decir una cosa así?

—¿Dexter y tú...? —exclamó Caroline.

April se ruborizó.

—Nos acostamos juntos desde hace dos semanas.

Caroline trató de disimular una sonrisa.

—Por la manera en que lo dices, cualquiera pensaría que lleváis dos años haciéndolo...

—¿Te has escandalizado?

—Claro que no.

—Tú y yo hablábamos de eso —dijo April—. ¿Te acuerdas?

—Desde luego que sí.

—¿Y recuerdas cuándo intentábamos decidir si había que hacerlo encima o debajo de las mantas?

—Sí.

April se miró las uñas y se encogió de hombros, sonriendo para sí.

—Bueno, pues... la primera vez... cuando estábamos en plena faena... de pronto me dije: «Ahora ya lo sé». Y me acordé de cuando tú y yo nos los preguntábamos y pensé: «Tengo que decírselo a Caroline».

—¿En eso estabas pensando? ¿Precisamente en eso?

—Supongo que la gente piensa muchas cosas curiosas la primera vez —afirmó April—. Es todo muy... raro, ¿no? De repente el mundo parece estar hecho de distintas capas de sensaciones, felicidad, miedo, romanticismo y mucha, mucha normalidad, y las sientes todas a la vez. Desde hace dos semanas me siento así.

—No te preocupes —repuso Caroline—. Yo me he sentido así toda la vida.

—Eres mi mejor amiga —dijo April—. No se me ocurriría contárselo a ninguna otra persona.

—Me alegro de que me lo hayas contado.

—No es solo una aventura —aclaró April en tono soñador—. Vamos a casarnos. Lo sé. Esas cosas se presienten, ¿sabes?

—¿Quieres casarte con él?

—¡Pues claro! —April abrió los ojos como platos, sorprendida. Luego sonrió y se mordió el labio—. Supongo que debo de parecer muy inocente, pero nunca me habría acostado con Dexter si no fuese el único hombre que existe para mí. Me muero de ganas de casarme con él.

—Entonces espero que lo hagas, y pronto —dijo Caroline, afectuosamente.

—Es muy bueno conmigo, Caroline —explicó April, suspirando—. Muy tierno... Me quiere de verdad, estoy segura. Irá conmigo a Springs por Navidad para conocer a mi familia.

—¡Es estupendo!

—Todavía no es definitivo que vaya a acompañarme. Primero tiene que librarse de alguna que otra comida familiar. Su madre siempre organiza una comida de Navidad por todo lo alto, con toda la familia, desde el abuelo de noventa años hasta los biznietos, que solo comen papillas. Pero va a intentarlo, y si a él le cae bien mi familia y a mi familia les cae bien él, pues...

—Y si no, tal vez puedas ir tú a la comida de Navidad de su familia —dijo Caroline—. Además, no sé de dónde vas a sacar el dinero para el billete de tren.

—Me lo ha dado él —explicó April—. Me ha regalado un calcetín de Navidad precioso, de fieltro rojo, con un billete de avión de ida y vuelta dentro. Dijo que sabía que yo echaba de menos a mi familia, y tendremos cuatro días de vacaciones por Navidad.

—¡Pues tienes razón, es muy bueno contigo!

—Lo malo —confesó April— es que no echo de menos para nada a mi familia. Es a él a quien echaré de menos durante esos cuatro días si se queda en Nueva York, más de lo que he añorado a mi familia durante todo el año que llevo aquí. Pero no he tenido el coraje de decírselo después de que haya sido tan generoso conmigo regalándome el billete. Si te soy sincera, en el fondo esperaba ir a la comida de Navidad de su familia, porque solo conozco a su padre y a su madre, y no demasiado bien. Había pensado que, cuando me diesen las dos semanas de vacaciones el verano que viene, volvería a mi casa y las pasaría allí. Así celebraría mi cumpleaños con mi familia y todo eso. —Su tono se volvió más alegre—. De todos modos, ahora que tengo el billete y sé que voy a volver a casa, estoy tan entusiasmada que me muero de ganas de ir.

—Tu familia no te reconocerá.

—Ya lo sé —convino April—. Ayer me pasé la noche en blanco pensando en cómo dejarlos pasmados cuando baje del avión. Se me ha ocurrido que podría comprarme un par de caniches blancos y llevar uno en cada brazo, ponerme mi abrigo nuevo, e ir a Claude para que me arregle el pelo...

—Bueno, bueno, tampoco hay que exagerar —exclamó Caroline—. Sabiendo cómo son las madres, lo primero que dirá la tuya es: «¡Qué delgada estás!», y ni siquiera se fijará en lo demás.

—Tengo la sensación de que llevo años fuera de allí. Ojalá Dexter pueda acompañarme.

—Seguramente lo hará —afirmó Caroline para tranquilizarla.

—No voy a pensar que no vendrá conmigo hasta que sea definitivo —dijo April—. De lo contrario, solo conseguiré sufrir dos veces. Si pienso que sí va a acompañarme y luego me llevo una decepción, solo sufriré una vez.

«Esa es la filosofía de vida de April resumida en pocas palabras», pensó Caroline con una leve punzada de desasosiego.

—Volvamos a la fiesta —propuso—. Mike no podrá seguir guardándonos el sitio y creerá que lo hemos dejado plantado.

Salió del aseo de señoras detrás de April, observando su espalda recta, su cabello brillante y sedoso, y su perfil de modelo cuando volvía la cabeza, y pensó: «Casi es un crimen que sea tan guapa y elegante. La gente suele creer que las chicas como ella son fuertes, especiales y afortunadas en el amor. ¡Qué tontería! Es como llevar una armadura hecha de papel de regalo».

Cuando regresaron a la galería, esta estaba medio vacía y las mesas del salón de baile empezaban a llenarse. La gente se emparejaba, buscaba a sus amigos, se hacía señas con la mano. Caroline miró la mesa del bar donde habían estado sentadas buscando a Mike, pero este había desaparecido. Luego lo vio de pie junto a una mesa en el centro del salón, tratando de llamar su atención.

—Es un hombre maravilloso, siempre pendiente de nosotras —dijo a April. Se abrieron paso entre las apretujadas hileras de sillas y mesas y la aglomeración de empleados hasta el lugar donde las esperaba Mike. En la esquina, la orquesta, que se había trasladado desde el salón contiguo, interpretaba algo con muchos instrumentos de cuerda, una pieza de jazz alegre que apenas se oía por culpa de las conversaciones y las risas.

—¡Vamos a sentarnos con el señor Bossart! —susurró April.

En la mesa cabían cómodamente seis comensales, pero se habían añadido una séptima silla y un cubierto adicional. Allí estaban el señor Shalimar y Barbara Lemont, ya sentados, y el señor Bossart, que se levantó cuando las dos jóvenes se aproximaron. Había otras dos sillas vacías. Mike Rice estaba de pie, rodeando con el brazo a Mary Agnes en un gesto protector. Esta parecía sobrecogida y un poco asustada, como si no acabase de entender qué hacía en tan distinguida compañía.

—¿Conocéis a todos? —preguntó Mike—. Al señor Bossart sí lo conocéis, ¿verdad? Caroline Bender y April Morrison.

El señor Bossart tendió la mano y Caroline se la estrechó. Era una mano muy dura y cuadrada, con la palma sedosa; una mano que, por alguna razón, a Caroline no le gustó. Era como estrechar un bloque de madera. Sin embargo, el hombre le dedicó una sonrisa obsequiosa, que dejó entrever unos dientes blanquísimos; ella le devolvió la sonrisa y se sentó a su lado.

—¿Puedo sentarme aquí?

—Por favor, se lo ruego —respondió el señor Bossart.

April tomó asiento en la otra silla vacía, entre Caroline y Mike. Había una botella de whisky en la mesa, una cubitera, una jarra de agua y dos botellas de soda. Mike sirvió sendas copas para Caroline y April.

—Es mi lectora particular —explicó el señor Shalimar señalando a Caroline, y se inclinó sobre la mesa—. ¿Lo sabías, Arthur? Es mi lectora particular. —Hablaba con voz un tanto pastosa y tono agresivo, y Caroline dedujo que el señor Shalimar debía de ser el responsable de que la botella de whisky estuviese medio vacía.

—Ah, sí —respondió Arthur Bossart tranquilamente. Miró a Caroline con renovado interés—. ¿Un cigarrillo?

—Gracias.

—Lleva solo un año en la empresa y ya es lectora —insistió el señor Shalimar—. Hace solo un año... Es muy ambiciosa. Mucho.

—Y también tiene talento, supongo... —repuso el señor Bossart.

—¿Qué es el talento? —inquirió el señor Shalimar. Su tono se había vuelto aún más agresivo—. Práctica, eso es lo que se necesita. Práctica y experiencia. Unas niñatas universitarias entran a trabajar aquí y se creen que van a decirle a todo el mundo lo que tiene que hacer. Se creen que van a comerse el mundo en tres bocados. No saben que hace falta mucho tiempo para convertirse en un editor de verdad.

—Estoy seguro de que la señorita Bender adquirirá mucha práctica contigo —dijo el señor Bossart con afabilidad.

—Talento —prosiguió el señor Shalimar—, ella cree que puede llegar a la cima con talento.

Caroline apretó los puños con fuerza debajo de la mesa y respiró hondo, al tiempo que dedicaba al señor Shalimar lo que esperaba fuese una sonrisa inocente y encantadora.

—Creo que lo primero que me hizo pensar que podía albergar esperanzas de ser editora fue algo que me dijo usted cuando entré a trabajar aquí, señor Shalimar —empezó a decir, mirándolos a él y al señor Bossart—. Recuerdo que estábamos todos en el bar; tú Mike también estabas, ¿te acuerdas? —Se volvió hacia él y a continuación miró de nuevo al señor Shalimar y al señor Bossart—. Me dijo usted que el instinto en relación con el trabajo era la cualidad más importante para ser un buen editor. Eso y el entusiasmo. Y, en mi opinión, el instinto es una forma de talento, ¿no está usted de acuerdo?

—Eso me parece a mí también —opinó el señor Bossart, asintiendo con la cabeza. El señor Shalimar se quedó en silencio y empezó a arrugar la frente.

—Ya está aquí la sopa —dijo Mike—. Cuidado, chicas, que quema. —Se apartó a un lado mientras el camarero servía los platos de sopa humeante y, cuando Caroline lo miró, le guiñó un ojo de manera casi imperceptible.

«Sí se acuerda —pensó Caroline—. Y sabe que no fue Shalimar sino él quien dijo que el instinto era lo más importante. Pero era lo que el señor Shalimar pensaba. ¡Qué mal debo de caerle a Shalimar, y nunca me había dado cuenta!»

El señor Bossart removía la sopa con la cuchara para que se enfriara. Shalimar estaba distraído bebiendo una nueva copa de whisky, y Barbara Lemont lo miraba con curiosidad y una expresión divertida. Apretujada entre el señor Shalimar y Mike, Mary Agnes comía mecánicamente la sopa porque la tenía delante. En el salón había mucho ruido entre el vocerío y el tintineo de las cucharas al chocar con la gruesa porcelana.

—¿En qué universidad estudió, señorita Bender? —preguntó el señor Bossart. De algún modo, tenía la habilidad de conseguir que una pregunta corriente como aquella pareciese íntima.

—Llámeme Caroline, por favor. Puede tutearme.

—¿En qué universidad estudiaste, Caroline?

—En Radcliffe.

—¿Ah, de veras? —Su hija menor quería entrar en Radcliffe ese año, Caroline lo sabía, pero estaba segura de que no iba a mencionar eso ni a su hija. No lo hizo—. He oído que por allí siguen llevando abrigos de piel de mapache a los partidos de fútbol —comentó—, ¿es verdad?

—Algunas chicas los llevan. Compran abrigos viejos y raídos por cinco o diez dólares, reliquias de los años veinte.

El señor Bossart se echó a reír.

—Con un bolsillo para la petaca incorporado, y también con pulgas incorporadas.

—Dios, espero que no con pulgas.

—¿Has ido al partido de Harvard contra Yale de este año?

—No.

—Lo habrás visto por televisión, espero.

—Me temo que no.

—Pero ¿qué clase de ex alumna eres tú?

—Cuando estudiaba era una rata de biblioteca, supongo —respondió Caroline, sonriendo.

—No me lo creo. Eres demasiado guapa.

—Gracias.

Al otro lado de la mesa, el señor Shalimar charlaba con Barbara, mirándola de hito en hito. Aunque no podía leerle los labios, Caroline estaba segura de que le estaba hablando de sus glorias pasadas. Barbara nunca había oído sus batallitas y lo escuchaba con respetuosa atención, pero no con la fascinación que antaño mostraba April. Tenía la expresión despreocupada de quien escucha el largo monólogo de un borracho muy pesado, y parecía que trataba de imaginar qué clase de hombre era cuando estaba sobrio.

—¿Vives en la ciudad? —le preguntó el señor Bossart.

—Ahora sí. Mis padres viven en Port Blair.

—¿Ah, sí? Y vas a verlos los fines de semana, supongo.

—No todos —contestó Caroline.

—Demasiada vida social aquí, ¿eh?

Caroline esbozó una sonrisa radiante.

El camarero había retirado los platos de la sopa y los había reemplazado por platos de pollo con guisantes y patatas diminutas. El señor Bossart se sacó del bolsillo lo que parecía una navaja suiza de oro de catorce quilates y empezó a cortar el pollo con ella.

—Un regalo de Navidad —explicó a Caroline con naturalidad.

—Es muy bonita.

El hombre limpió la hoja de la navaja con su servilleta.

—Mira, tiene tres hojas de distintos tamaños, un abridor de botellas, una lima de uñas y un cincel. ¿A que nunca habías visto una navaja suiza con un cincel?

—Tampoco había visto ninguna de oro.

—Tengo setenta y dos navajas en mi casa —dijo el señor Bossart—. Llevo años coleccionándolas.

—Dios santo, con eso podría empezar una revolución.

—Y tengo treinta y cinco armas de época. Tengo un par de pistolas de duelo del siglo diecisiete auténticas y uno de los primeros revólveres Single Action que se fabricaron. Pero seguramente no sabes de qué te estoy hablando.

—Es muy interesante.

—Coleccionar armas y navajas es una actividad masculina, las mujeres os aburrís como una ostra cuando hablamos de eso. Eres muy amable por fingir que te interesa. —Esbozó una sonrisa cordial, pero con cierto aire de superioridad.

«Pero ¿qué clase de hombre es este?», se dijo Caroline.

—Admito que no sé nada del tema —dijo.

—Hace tiempo que estoy dándole vueltas a la idea de crear una revista para hombres —explicó el señor Bossart—. Hablé de eso con Clyde Fabian antes de que le diera el infarto y se mostró interesado. Verás, se publican muchísimas revistas masculinas, pero la mayoría giran en torno a las mujeres: fotos sensuales, chistes verdes, fotos de chicas en negligé. Hasta las que publican relatos de ficción y artículos de calidad hacen mucho hincapié en el sexo. Yo quiero hacer algo nuevo, una auténtica revista para hombres, en la que no aparezcan para nada las mujeres. Solo se hablará de caza, pesca, coches deportivos, alpinismo, toros y hazañas heroicas.

—¿Y crees que a la mayoría de los hombres les gustará eso? —preguntó Caroline con escepticismo.

—¿Por qué no? En la revista no habrá nada para universitarios ni para atletas de salón. Ah, publicaremos artículos sobre entretenimiento: teatro, libros de interés para hombres y, por supuesto, una sección dedicada a bebidas.

—¿Y sobre gastronomía? —preguntó Caroline.

—Nada de fotos a todo color de frascos de boticario llenos de macarrones sin cocer —dijo el señor Bossart con desdén—. Habrá artículos sobre cómo preparar y guisar patos salvajes después de haberlos cazado, sobre cómo asar la carne de venado y antílope, y cosas por el estilo.

«Y en diciembre los lectores podrán encuadernar en piel el número de Navidad», pensó Caroline.

—Parece algo distinto —comentó.

—Es que es algo distinto.

El camarero retiró el plato de pollo y sirvió helado con salsa de chocolate. Caroline se volvió un momento y April le hizo una seña y esbozó una media sonrisa, como diciendo: «Vaya, veo que no lo estás haciendo nada mal». Ella le devolvió la sonrisa.

—En la revista no trabajará ninguna mujer —siguió diciendo el señor Bossart—. Mira, la mitad de esas revistas para hombres están dominadas por arpías, mujeres que no saben qué quieren los hombres. —Le guiñó un ojo—. Bueno, al menos no saben lo que quieren encontrar en una revista. Mantendremos a las mujeres en la cocina y en la sección de mecanografía, que es donde deben estar.

—¿Y qué me dices de Derby Books? —preguntó Caroline.

Él pareció ponerse un poco nervioso, pero solo por instante.

—Está bien que haya un par de mujeres trabajando en Derby Books, porque gran parte de su público es femenino. Las mujeres no deberían intentar pensar como un hombre, porque no pueden aunque lo intenten. Su arma reside en su feminidad.

«Pues no es ahí donde está el arma de la señorita Farrow», pensó Caroline.

—Tienes toda la razón —convino.

—Es muy agradable hablar contigo —dijo él—. ¿Más café?

—No, gracias.

—Bueno, ¿y por qué no bailamos?

—Me encantaría.

El señor Bossart se levantó, le retiró la silla e hizo un gesto con la cabeza a sus compañeros de mesa. A continuación la guió hacia el otro extremo del salón donde se había despejado un espacio reducido para que la gente pudiera bailar. Caroline se acercó a él. Era como abrazar un trozo de madera cubierto de abrojo. La palma dura y mecánica que le había ofrecido en su apretón de manos no había sido un fenómeno excepcional, sino que formaba parte del rígido conjunto. «No me imagino a él y a Amanda Farrow como amantes —pensó Caroline—. No se me ocurren dos personas menos dotadas para el amor que ellos dos.»

Bailaron sin hablar. Caroline miró con disimulo alrededor de la sala y vio que Brenda la miraba con los ojos como platos y que daba un codazo a la chica sentada a su lado. Caroline ya se imaginaba lo que le dirían el lunes: «¡Te vi bailando con el señor Bossart, nada menos!». Los camareros, ansiosos por recoger las mesas e irse a casa, retiraban cafeteras y platos de *petit fours* antes de que estuvieran vacíos y robaban botellas medio llenas de whisky de las mesas. Con el rabillo del ojo, Caroline vio que Mike Rice, con una botella debajo de cada brazo, se dirigía hacia el salón, seguido de April.

—Hay más sitio en el salón —dijo el señor Bossart—. ¿Quieres que vayamos allí o prefieres ir al bar?

—A lo mejor hay un bar en el salón. Vamos a ver. —A Caroline le gustaba que la vieran con él, pero no quería que la vieran marcharse sola con él. Eso daría pie a toda clase de chismes en la oficina, ¿y qué gracia tenía ganarse la reputación de la señorita Farrow sin obtener a cambio ninguno de sus privilegios?

Eran más de las nueve, y algunas chicas que tenían novios o maridos con los que reunirse comenzaban a marcharse. Caroline vio a Mary Agnes dirigirse hacia los ascensores. Era una fiesta muy tranquila, mucho más que cualquiera de las reuniones íntimas prenavideñas que se organizaban en la oficina, tal vez porque el ambiente formal de un hotel grande amansaba a la gente que, en otras circunstancias, se habría emborrachado, habría hecho el payaso y se habría liberado de todas las frustraciones que los tenían encorsetados durante el año. El señor Bossart encontró una mesa libre en el rincón del salón semivacío y le retiró una silla para que se sentara.

—Hay un bar —dijo—. Estamos de suerte. ¿Qué quieres tomar?

—Un whisky, por favor.

El hombre trajo las copas, acercó su silla a la de Caroline y la rodeó con un brazo.

—¿Quieres que te lleve a casa cuando nos vayamos?

—He quedado con alguien en la Cincuenta a las diez y media. Si te pilla de paso, me encantaría, pero estoy segura de que no es así si te diriges a la autopista.

—¿Un amigo especial?

—Es un amigo y es especial, sí.

El señor Bossart sonrió.

—Si fuese una amiga, te llevaría. Es una pena que no puedas ver mi deportivo. Te gustaría.

—Seguro que sí.

—Bueno, otra vez será.

—Sí, otra vez será. —Caroline sonrió con tristeza, pero estaba segura de que no habría otra vez. Tratar de complacerlo, sonreírle y esforzarse por decir lo más apropiado resultaba divertido porque era nada más y nada menos que el señor Bossart, el mascarón de proa de la editorial, el inescrutable y famoso señor Bossart. Sin embargo, como persona la aburría, lo que no dejaba de sorprenderla. Cuando se había sentado a su lado en la mesa, le había parecido el comienzo de una aventura. Podría haber imaginado que él la rechazara, pero no que la aburriera. Lo cierto es que eran incompatibles porque ninguno de los dos era la clase de persona que el otro quería conocer más a fondo. Él veía en ella una conquista, tal vez. Quizá su ofrecimiento de llevarla a casa fuese pura caballerosidad, un gesto inofensivo, pero ella sospechaba que no le costaría nada convertirlo en algo más personal. Y ella también veía en él una conquista, en cierto modo. Quería que se fijara en ella. Y eso era lo único que ambos tenían en común, el deseo mutuo de conquista —y ni siquiera un deseo demasiado apasionado, dicho sea de paso—, y Caroline recordaba pocas ocasiones en las que se hubiese sentido más incómoda. Cuando advirtió que el señor Shalimar y Barbara se acercaban a ellos, casi se alegró de verlos.

—¿Conocéis a la señorita Lemont? —preguntó el señor Shalimar. Su voz era mucho más pastosa que cuando estaba sentado a la mesa, y Caroline se sorprendió. Nunca lo había visto así, aunque sabía que eso no significaba que fuese algo poco habitual en él.

—Sí, la conocemos —respondió el señor Bossart con amabilidad.

El señor Shalimar retiró una silla para Barbara, se sentó a su lado y puso la mano debajo de la mesa.

—Yo no conocía a la señorita Lemont —dijo—. La he conocido esta noche. Es una chica preciosa, ¿no os parece?

—Desde luego —convino el señor Bossart. Barbara tenía una expresión extraña: o bien se sentía incómoda o estaba tratando de contener la risa. Se removió un poco en la silla, a todas luces para impedir que los tentáculos del señor Shalimar siguieran avanzando por su rodilla.

—Parece una Mona Lisa —comentó el señor Shalimar—. Mirad qué sonrisa…

En efecto, Barbara se parecía un poco a la Mona Lisa, pensó Caroline. Tenía el pelo liso y castaño, recogido detrás de las orejas, y unas facciones bien proporcionadas. Su rostro denotaba llaneza, que de algún modo también resultaba atractiva, y parecía realizar un gran esfuerzo por no traslucir ninguna emoción. Solo la delataba la leve curva ascendente de los labios. «Seguramente es de esas personas —pensó Caroline— que están más guapas cuando son felices y menos guapas mientras duermen.»

—La pequeña Mona Lisa —dijo el señor Shalimar. Barbara hizo una mueca, tras lo cual le sonrió con dulzura y se apartó un poco más.

—Me apetece un ginger-ale —anunció con cierta desesperación en la voz.

—Llamaremos al camarero.

—No hay ninguno —repuso ella, un poco más desesperada aún—. Supongo que tendremos que levantarnos y servirnos nosotros mismos.

—Iré yo —se ofreció el señor Bossart tranquilamente—. Estaba a punto de servirme otra copa yo también. —Se acercó a la barra y volvió con bebidas para todos.

—Es una fiesta estupenda —comentó Caroline, sin saber qué decir—, ¿no os parece?

—Estupenda —convino el señor Bossart.

—Me alegro de haber conocido a esta chica —afirmó el señor Shalimar. Tenía los ojos medio cerrados, pero, más que soñoliento, parecía un animal a punto de abalanzarse sobre su presa—. Es muy inteligente. Y guapa, además. Y os diré que mantiene a su hija y a su madre con lo que gana en la empresa. ¿Qué te parece, Art?

—¿Eso demuestra tu elevado poder adquisitivo o tus dotes de administradora? —preguntó el señor Bossart.

—Mis dotes de administradora —respondió Barbara.

—Vamos a ver, trabajas en *America's Woman*, ¿verdad? —preguntó el señor Bossart.

—Sí, soy directora adjunta de la sección de belleza. Antes era secretaria, pero he conseguido un ascenso estas navidades.

—Ah, sí... ya me acuerdo. Barbara Lemont. Están muy contentos contigo.

—Me alegro —dijo Barbara.

—Tiene mucho futuro —murmuró el señor Shalimar. Se inclinó hacia la joven y le acarició la mejilla con un beso. Ella lo miró entre sus pobladas pestañas como si quisiera limpiarse la mejilla con la mano, pero seguía esbozando aquella sonrisilla indescifrable.

—¿Cuántos años tienes, si me permites la indiscreción? —preguntó el señor Bossart.

—Veintiuno.

—¡Dios santo! ¿Y qué edad tiene tu hija?

—Dos. —Por primera vez, la sonrisa de Barbara transmitió verdadera calidez—. Los cumplió la semana pasada.

—¿A que es un encanto, Art? —dijo el señor Shalimar. Posó la mano en la nuca de la joven—. Danos un beso de Navidad.

A Caroline le pareció que Barbara se estremecía imperceptiblemente. A continuación se produjo un momento muy embarazoso cuando el señor Shalimar se abatió sobre Barbara y la inmovilizó con un beso, moviendo la cabeza de lado a lado, mientras ella mantenía el cuello y los hombros tan rígidos que parecía que fueran a romperse. Caroline miró al señor Bossart preguntándose qué iba a hacer, pero él no parecía especialmente sorprendido ni disgustado. «Seguro que presencia este numerito todos los años —pensó, asqueada—. Dejemos que los ejecutivos se diviertan un poco, es Navidad...»

Cuando por fin el señor Shalimar se separó de Barbara, esta clavó la vista en su copa de ginger-ale como si no hubiera pasado nada. Bebió un sorbo sin levantar la mirada, pero la piel alrededor de sus labios había palidecido. El señor Shalimar alzó su vaso de whisky y lo apuró de un trago. Caroline se dio cuenta por primera vez de lo mucho que le desagradaba aquel hombre, en parte porque él había revelado su antipatía hacia ella, y eso haría que resultase más difícil trabajar con él. La desconfianza que a Shalimar le inspiraban su ambición y capacidad no la habría hecho sentirse así respecto a él; en otras circunstancias habría resultado incluso estimulante. Sin embargo, el respeto que ella le había profesado desaparecía rápidamente, y sin él aquel hombre no parecía más que un viejo verde y estúpido.

—Otra copa —exclamó el señor Shalimar—. Otra copa. —Se levantó despacio y se aproximó a la barra. «Ojalá caiga redondo al suelo», pensó Caroline. Consultó su reloj; eran solo las nueve y media, demasiado pronto para reunirse con Paul, y no le hacía ninguna gracia esperar sola en el bar de un hotel.

—Salta a la vista que rebosa de espíritu navideño —comentó el señor Bossart. Su voz era cordial y alegre, pero había en ella cierto tono de disculpa.

—Sí —dijo Barbara.

—Supongo que pasarás la Navidad con tu familia.

Barbara asintió con la cabeza.

—Cuando llegue a casa esta noche decoraré el árbol. Lo hago sobre todo por mi hija; creo que ya es lo bastante mayor para disfrutarlo y para saber que no puede arrancarle los adornos. —Sonrió.

—¿Con solo dos años? —exclamó el señor Bossart—. Pues debe de ser muy lista.

—Debería oír qué bien habla —dijo orgullosa Barbara.

El señor Shalimar regresó con dos copas llenas en la mano. Las dejó en la mesa, pero no se sentó. Se quedó plantado delante de Barbara, sujetándose al borde de la mesa.

—Me gusta tu físico —dijo arrastrando las palabras—. Eres una chica normalita, pero guapa. Tienes una buena estructura ósea. Seguro que tienes unas piernas bonitas. Me encantan las piernas de las mujeres. Son la parte más importante del cuerpo femenino. ¿Tienes las piernas bonitas?

Barbara lo miró sin contestarle.

—En ese caso... lo comprobaré yo mismo —dijo él. Se agachó con torpeza para ponerse a gatas y se metió debajo de la mesa. El mantel blanco le ocultaba el cuerpo, pero sus piernas, enfundadas en pantalones negros, y sus zapatos negros de lustre impecable quedaban a la vista de los presentes en la sala. Caroline observó fascinada aquellas piernas y aquellos zapatos, sin saber muy bien si echarse a reír o morderse las uñas. Debajo de la mesa se oyó una especie de gruñido, seguido de unas palabras ahogadas. A continuación, muy despacio, con el rostro moreno aún más oscuro por el esfuerzo, el señor Shalimar salió gateando de debajo de la mesa y se puso de pie.

—Tienes unas piernas muy bo-ni-tas —dijo.

En el pequeño salón se oyó un sonido que al principio pareció un suspiro o una inhalación, y que enseguida, como si fuese imposible contenerlo, se transformó en una sonora carcajada. Quien hubiese visto al señor Shalimar debajo de la mesa —y era evidente que todos lo habían visto— no habría podido evitar oír sus palabras al salir. Caroline observó que dos mujeres y dos hombres sentados a una mesa que estaba apenas a un metro de la de ellos se desternillaban de risa y lo señalaban con el dedo. Cuando advirtieron que ella los miraba, dejaron de reír y se llevaron los vasos a los labios para disimular la sonrisa. El señor Shalimar era ajeno a cuanto lo rodeaba. Continuaba de pie, con el cuerpo inclinado por encima de la mesa hacia Barbara, intentando besarla. Esta vez, la joven se agachó y volvió la cabeza, de modo que el señor Shalimar besó el aire.

El hombre se tambaleó y agarró con fuerza el mantel arrugado. Frunció el entrecejo.

—¡Zorra! —exclamó, y en voz aún más alta, repitió—: ¡Zorra!

Barbara no podía levantarse para marcharse porque estaba acorralada entre el señor Shalimar y el señor Bossart, quien la miraba con cara de preocupación.

—Solo quería darte un beso —añadió el señor Shalimar, alzando la voz cada vez más—. ¿Qué creías que iba a hacerte? ¿Violarte? —Un silencio de noche cerrada inundó la habitación.

»Maldita zorra… Putita de mierda… —exclamó el señor Shalimar, con el rostro congestionado—. Estás despedida. No te atrevas a aparecer por la oficina el lunes. ¡Ni se te ocurra!

El señor Bossart se levantó al instante y lo agarró del brazo. Miró a Barbara y a Caroline como si quisiera decir algo, lo que fuese, pero meneó la cabeza con gesto de asqueada impotencia y se llevó al señor Shalimar de allí. Este estaba más dócil, ahora que su furia instantánea se había encendido y había estallado como un cohete de fuegos artificiales, y dejó que el otro lo alejara de los murmullos de sorpresa que se elevaban a su alrededor.

Barbara miraba al frente, con lágrimas de ira en los ojos.

—No te preocupes. —Caroline la rodeó con el brazo—. No tiene ninguna autoridad para despedirte. Ni siquiera trabajas en su departamento. Además, seguro que el señor Bossart se ríe en su propia cara y te da a ti la medalla al honor.

Barbara se volvió para mirarla. Por primera vez esa noche, los sentimientos afloraron a su rostro: determinación, rabia y desesperación.

—Necesito el trabajo —dijo—. No permitiré que me lo quite, aunque tenga que ir a hablar yo misma con el señor Fabian. Te aseguro que Shalimar no va a conseguir que me despidan. ¡Maldito viejo verde asqueroso!

13

Barbara Lemont seguía sentada a la mesa donde había sido humillada, apretando los puños con fuerza. Lo que le habría gustado hacer cuando Shalimar estaba debajo de la mesa mirándole las piernas era darle una patada en la cara. El hombre se había acercado tanto a ella que había notado su aliento caliente en las espinillas. Con todo el alcohol que contenía aquella emanación, era un milagro que no le hubiese quemado el nailon de las medias. Era una lástima que la idea de darle una patada no se le hubiese ocurrido hasta ese momento, cuando ya era demasiado tarde. Bueno, tal vez había algo de cierto en el dicho de que el cielo protege a las mujeres que trabajan fuera de casa. Si le hubiese propinado el puntapié, Shalimar sí tendría motivos para despedirla.

Ahí estaba el señor Bossart, que regresaba solo. Le recordó al maniquí de una tienda de ropa de caballero, o a uno de esos modelos que posan para la sección de moda masculina de las revistas. El hombre se sentó a su lado y, tras juntar las manos como haría un cura, se miró los pulgares, de uñas cuadradas y bien cuidadas. Carraspeó unos segundos antes de hablar.

—Hasta en la fiesta de empresa mejor organizada hay siempre algún incidente —dijo. La miró y le dedicó una sonrisa encantadora—. Pareces una chica muy sensata y juiciosa. Estoy seguro de que no le darás más importancia de la que merece, y de que dejarás que las habladurías de la oficina se extingan lo antes posible, sin añadir más comentarios a lo que se diga después de esta noche.

—No suelo alimentar las habladurías —repuso Barbara fríamente. A pesar del férreo control que ejercía sobre sí misma, las lágrimas le afloraron a los ojos. No había nada como que la llamasen «zorra» para destrozar a una chica como ella. Siempre le pasaba lo mismo, y «putita» era aún peor.

—Estoy seguro de que mañana el señor Shalimar no recordará lo sucedido —continuó el señor Bossart—. Y cuando lo recuerde, si es que lo recuerda, se disgustará muchísimo.

«Y no podemos dejar que eso ocurra, ¿verdad que no?», pensó Barbara. No dijo nada.

El señor Bossart volvió a sonreír.

—Le perdonarás, ¿verdad que sí?

—¿Por qué se pone de su parte? —le preguntó ella con curiosidad.

—Le aprecio.

—Ah.

—No, no digas «ah» así, Barbara. Creo que eres una joven encantadora y educada. También te aprecio a ti. No me tomaría la molestia de disculparme en su nombre, de tratar de enmendar su error, si pensara que eres como una de esas mecanógrafas que creen que un incidente como este merece una semana o dos de bromitas en la pausa para el café.

—Lo siento, pero tengo que irme —dijo Caroline Bender. Se levantó—. Me esperan. Buenas noches.

—Buenas noches —se despidió el señor Bossart.

Caroline cogió su bolso y lanzó un beso a Barbara. A continuación alzó el puño por encima de la cabeza del señor Bossart con una mueca de furia fingida que enseguida se transformó en una sonrisa. Barbara no pudo evitar sonreír a su vez mientras Caroline se marchaba.

—Así me gusta —dijo el señor Bossart al reparar en su sonrisa—. Veo que ya se te está olvidando.

Barbara no dijo nada.

—Vayamos a otro sitio para tomar una copa y olvidarlo del todo.

Conque le estaba proponiendo que saliese con él. Era evidente que antes se lo había pedido a Caroline, porque habían estado juntos toda la noche, y ella había declinado la invitación porque había quedado con otro. Ahora, a modo de desagravio, se lo proponía a ella como plato de segunda mesa. ¿Le apetecía irse con él? ¿Por qué no? El señor Bossart era demasiado estirado para montar un numerito al estilo de Shalimar, ni siquiera una escena menos desvergonzada, y ella no tenía ganas de seguir más tiempo allí. Los ocupantes de las demás mesas continuaban mirándola, a la espera de ver qué sucedía a continuación.

—Muy bien —contestó.

Mientras el señor Bossart le recogía el abrigo, Barbara se apoyó con aire cansino en el mostrador del guardarropa. Menuda decepción había supuesto para ella la fiesta. No había conocido a nadie, y el señor Shalimar, cuya reputación y cuyas historias le habían intrigado, había resultado ser un sobón de la peor calaña. Se lo imaginó caminando junto a una fila de chicas y tirándoles del liguero con toda la rapidez de que eran capaces sus dedos, como en una de aquellas cámaras de Cine Exin que parecen reproducir escenas en movimiento, y se rió para sus adentros.

—Vaya, vaya… ¡Pero si pareces otra! —El señor Bossart le sostenía el abrigo para que se lo pusiera. Barbara deslizó los brazos en las mangas. En el fondo, aquel hombre no estaba tan mal; se estaba tomando muchas molestias. A fin de cuentas, podía sacrificar a una directora adjunta por un director editorial, pero no quería sacrificar a ninguno de los dos. Barbara tenía un buen trabajo, le habían concedido un ascenso y el aumento de sueldo correspondiente, así que decidió mostrarse agradable. El señor Bossart lo recordaría la próxima vez que le pidiese un aumento, que sería más bien pronto...

La llevó a un bar pequeño, escasamente iluminado y muy caro de una de las calles adyacentes a Madison Avenue. Barbara lo reconoció al instante como la clase de local que ella y sus amigas denominaban «bar de hombres casados», lo que significaba que no era un establecimiento que frecuentasen los conocidos del señor Bossart o de su esposa, y que si por casualidad alguno llegase a entrar, la penumbra le impediría reconocer a nadie.

—Suelo venir aquí cada vez que tengo que quedarme hasta tarde en la ciudad —le explicó él—. Es un sitio muy agradable.

—Sí —convino Barbara. Se recostó en el asiento de cuero y tomó un sorbo de su copa.

Tres músicos hawaianos recorrían la sala, deteniéndose en cada mesa para tocar canciones hawaianas con sus extraños instrumentos, que a Barbara siempre le hacían pensar en surf tropical a medianoche. «Si de la luna saliera música —pensó—, sonaría así.»

—¡Eh! ¡Sidney! —exclamó el señor Bossart sin alzar demasiado la voz, inclinándose hacia delante. Barbara levantó la vista. El hombre que acababa de pasar por delante de su mesa en dirección a la barra se detuvo y se volvió para mirarlos.

—¡Hola, Art! —El hombre esbozó la sonrisa más deslumbrante que Barbara había visto en su vida, de esas que hacían olvidar por completo cómo era el resto del rostro. Había en ella mucha ternura, placer genuino y también malicia. El resto de las facciones del hombre no estaban mal; de hecho, eran bastante atractivas, y además muy juveniles para una persona de pelo completamente cano. No aparentaba más de cuarenta años.

—¿Estás solo? —le preguntó el señor Bossart.

—Sí. He decidido parar un par de minutos aquí antes de tomar el tren. —Miró a Barbara e hizo amago de echar a andar de nuevo hacia la barra.

—Siéntate con nosotros —lo invitó el señor Bossart, haciéndole sitio.

—De acuerdo.

—Muy bien. —Se sentó junto a Barbara y le dedicó una versión modificada de aquella sonrisa, lo que bastó para que ella enderezase la espalda.

—Te presento a Barbara Lemont. Este es Sidney Carter —dijo el señor Bossart.

—Encantado de conocerte.

—Igualmente —contestó Barbara en voz baja.

—Acabamos de salir de la comilona anual de Fabian —explicó el señor Bossart, como si quisiese que Sidney Carter supiera que Barbara no era uno de sus ligues habituales.

—¿Ah, sí? ¿Y qué tal ha estado?

—Muy bien —contestó el señor Bossart—. Muy bien.

—Estupenda —dijo Barbara sin demasiado entusiasmo.

—Nosotros no vamos a organizar ninguna fiesta este año —comentó Sidney Carter—. He descubierto que todo mi personal la esperaba con tanto pavor como yo, así que les he dado una paga extra mucho más generosa y la hemos dejado para otro año. Tenemos la suerte de que todos nos llevamos muy bien, pero no me explico cómo en algunas empresas celebran las navidades sin pelearse a puñetazo limpio.

Barbara se echó a reír.

—¿Qué haces en Fabian? —le preguntó Sidney Carter.

—¿Además de pelearme a puñetazo limpio?

—Sí.

—Soy directora adjunta de la sección de belleza de *America's Woman*. Bueno, desde ayer.

—Así que puedes hablarle de Wonderful —dijo el señor Bossart.

—¿El perfume Wonderful? ¿Lo fabrica tu empresa?

—No, no. Nosotros intentamos venderlo —aclaró Sidney Carter—. Es uno de nuestros clientes.

—La agencia de publicidad Sidney Carter —dijo Barbara—. Claro, ahora me acuerdo.

Sidney fingió olisquearle el cuello.

—Tú no lo usas.

—Un momento, tengo una sorpresa para ti —dijo Barbara. Abrió el bolso, y allí estaba, como recordaba, el frasco de Wonderful que llevaba consigo cuando salía con algún chico. Solo quedaban unas pocas gotas—. Mira, tengo una botellita aquí mismo.

—Caramba, ¿no es increíble? —exclamó Sidney—. Y se te está terminando. Te enviaré un frasco de cincuenta mililitros la semana que viene.

—Gracias.

—Menos mal que no he explicado que llevamos la publicidad del club de golf —dijo Sidney—, porque seguro que habría sacado unos palos de la manga del abrigo.

Los hawaianos se detuvieron delante de su mesa y empezaron a interpretar el «Canto de guerra hawaiano», a voz en grito y con gran entusiasmo. Sin saber por qué, la música animó a Barbara, que se sorprendió tarareando la melodía y tamborileando los dedos sobre la mesa. Sidney la miró y deslizó un billete doblado en la mano del líder del grupo.

—Tocad la del anuncio de cerveza —dijo.

El líder de la banda sonrió. Los hawaianos se miraron entre sí con evidente alegría y entonaron la canción más divertida que Barbara había oído en su vida. Interpretaron «Piels es mi cerveza, chicos, Piels es mi cerveza» a ritmo hawaiano con toques de jazz, cantando a pleno pulmón y en hawaiano.

—Vuelvan a tocarla —les pidió Barbara cuando terminaron—. ¡Por favor!

Sidney hizo una seña con la cabeza a los músicos.

—Bueno, pero solo una vez más —repuso el líder a regañadientes, y volvieron a tocar la canción.

—Podría pasarme toda la noche escuchándola —dijo Barbara cuando hubieron acabado y se trasladaron a la mesa siguiente.

—Pues yo no, te lo aseguro —afirmó el señor Bossart estremeciéndose con fingido horror. Se levantó para ir al servicio de caballeros.

A solas con Sidney Carter, a Barbara no se le ocurría nada que decir. Se mordió el labio. No podía hablar con él de lo que hablaba con los hombres con los que salía o con los chicos de su edad, porque saltaba a la vista que era un hombre casado además de un ejecutivo, que seguramente debería haber tomado un tren para volver a casa hacía dos horas. Tampoco podía soltarle alguna de las frases amables y forzadas que decía a sus compañeros de trabajo, porque Sidney Carter tenía un brillo precioso en los ojos y una sonrisa contagiosa, y en solo diez minutos había transformado la peor noche de Barbara en la más maravillosa de las veladas.

—Podría publicar un anuncio de Wonderful en *America's Woman* —dijo él—. ¿Crees que sería una buena idea?

—Por supuesto.

—No, en serio. No digas que sí solo porque trabajas allí y estás con uno de sus vicepresidentes. Quiero saber lo que piensas como directora y como mujer.

Barbara se sintió avergonzada y supo que lo que estaba a punto de decir no era lo más apropiado, pero no pudo contenerse.

—No «estoy» con el señor Bossart de la forma en que tú crees. Y no soy directora, solo directora adjunta. Y en realidad tampoco soy una mujer todavía: solo tengo veintiún años.

—Entonces contéstame en calidad de todas esas cosas.

Barbara no contestó de inmediato.

—La verdad es que creo que Wonderful es un perfume demasiado caro para nuestras lectoras. En su mayoría son amas de casa jóvenes que no tienen posibilidad de comprar en grandes almacenes. Van a los supermercados y a las tiendas de su zona, y no tienen más remedio que llevarse a los críos consigo porque solo disponen de asistentas a media jornada, si es que cuentan con alguna ayuda. Compran colonia en la drugstore, y solo en ocasiones especiales, como en Navidad o un cumpleaños, sus maridos a veces les compran perfume, pero es más frecuente que les regalen algún electrodoméstico, como una lavadora, porque la necesitan mucho más.

Sidney Carter asintió con la cabeza.

—Pero tú usas Wonderful. Entonces dime cómo eres.

Esta vez Barbara tampoco contestó de inmediato. ¿Hasta dónde podía contarle? Evidentemente, él quería saber qué tenía ella de típico, y no de atípico.

—Soy una mujer que trabaja —respondió Barbara al fin—. Este es mi primer empleo. Estudié en la universidad, pero no llegué a acabar la carrera, luego seguí un curso de secretariado y encontré el trabajo a través de una agencia de colocación. No gano mucho, pero me preocupo por mi aspecto físico, en parte por vanidad y educación, y en parte por la clase de trabajo que tengo. Me gastaría prácticamente hasta el último centavo en cosméticos y perfume si no me los regalase nadie. Y no le veo la gracia a comprar perfume barato porque resulta que yo también tengo que olerlo.

—¿Esa botellita de Wonderful fue un regalo?

—No, me la compré yo. —Barbara sonrió—. Por eso es tan pequeña.

El hombre apoyó el codo en la mesa, descansó la barbilla sobre el puño y se la quedó mirando largo rato.

—¿Y qué clase de regalos te hacen los hombres que te invitan a salir?

—Los regalos me los hago yo —dijo Barbara. No se dio cuenta de lo amargas que sonaron sus palabras hasta que las hubo pronunciado y ya fue demasiado tarde.

Sidney sonrió, pero esta vez no se trataba de aquella sonrisa deslumbrante, sino que era completamente distinta, llena de comprensión y un poco triste.

—¿No has conocido a nadie que te guste de verdad? —le preguntó con delicadeza.

De pronto Barbara sintió ganas de contarle todo a aquel hombre, un perfecto desconocido.

Volvió la cabeza y descubrió con desesperación que el señor Bossart estaba al final de la barra, rodeando con el brazo a un hombre corpulento. Parecía cómodo junto a su amigo, dispuesto a pasar con él la siguiente media hora. «Cómo detesto a este Sidney Carter —pensó Barbara—. ¿Por qué es tan agradable? Está consiguiendo que me compadezca de mí misma.»

—No, todavía no —respondió alegremente.

—Tendrías que estar casada —repuso él—, te lo digo yo.

—Lo estuve.

—¿Eres divorciada? —Su voz destilaba tanta lástima que Barbara revivió al instante la última escena con Mac tan nítidamente como si hubiese sucedido esa misma noche. Y no solo esa noche, sino todas las noches, una tras otra, de manera implacable, desde que él la había abandonado.

—Sí —contestó.

—¿Y vives sola?

—Tengo una hija —contestó ella.

—Ah... —Y en ese momento Barbara lo vio reflejado en su rostro, vio lo que estaba pensando: «Pobre chica, con lo joven que es... No me extraña que nunca tenga dinero. Qué sola debe de sentirse, y cuánto miedo debe de tenerle al futuro...»—. ¿Y no hay nadie que cuide de vosotras? ¿Tus padres?

—Yo cuido de mi madre y ella cuida de la niña. Mi padre murió cuando yo tenía nueve años. Y mi ex marido nos envía algo de dinero, claro.

—Encontrarás a alguien que cuide de ti, ya lo verás —dijo él.

En boca de cualquier otro hombre, aquella afirmación le habría provocado recelo, habría despertado su instinto de protección, real e imaginario, y le habría hecho pensar: «¡Sí, claro, a un viejo rico para que me mantenga!». Sin embargo, el tono de Sidney era tan impersonal, y al mismo tiempo denotaba tal preocupación por sus necesidades, que Barbara supo que en realidad estaba pensando en un joven y simpático soltero, y el contraste entre la opinión de aquel hombre sobre lo que ella se merecía y la vida que llevaba en realidad derribó los últimos vestigios del muro de protección que había construido cuidadosamente a su alrededor desde que había regresado a Nueva York.

—¡No, nunca lo encontraré! —murmuró, al borde de las lágrimas.

—Deberías tener a alguien que cuidara de ti —dijo él—. ¿Se puede saber qué les pasa a los jóvenes de hoy día?

—Están empezando a labrarse su futuro profesional, igual que yo. Y si han de tener hijos en los próximos años, quieren que sean suyos, no de otro.

El hombre meneó la cabeza despacio, mirándola, y sus ojos traslucían inquietud.

—No dejo de pensar en mi hija —dijo Barbara—. Ella está aquí, es real. Tiene derecho a ser feliz, a tener un hogar y un padre. ¿Qué debo hacer, olvidarme de que existe? En la fiesta de la oficina de esta tarde había un viejo, un cerdo, que no ha parado de hacerme insinuaciones, de acosarme. Es un pez gordo de la empresa y yo sabía que no podía montar una escena delante de tanta gente. —Advirtió la expresión de sorpresa de Sidney y se apresuró a añadir—: No, no era el señor Bossart. Era otra persona, no diré quién. Ha estado todo el rato toqueteándome la pierna, intentando besarme, y yo tenía ganas de vomitar y no dejaba de darle vueltas a lo mismo: ¿qué será de mi hija si pierdo el trabajo? Ahora comprendo que era por culpa del pánico; podría dejar el trabajo mañana mismo y explicarle a mi nuevo jefe por qué lo he dejado, o lanzar amenazas para conservar el empleo que tengo, pero en ese momento no podía razonar. No dejaba de pensar en mi hijita. —Se le quebró la voz y se dio cuenta de que las lágrimas le resbalaban por las mejillas, pero no podía contenerse por más tiempo. Y por algún motivo, delante de Sidney no se sentía en absoluto como una idiota.

»Soy exactamente igual que un hombre —prosiguió Barbara—. Tengo que trabajar como un hombre, pelear por mi trabajo como un hombre, pensar como un hombre. Yo no quiero ser un hombre, quiero ser una mujer... y sé muy bien que no soy una mujer en absoluto, ni siquiera en mis mejores momentos; solo soy una joven con tantas responsabilidades que me dejan paralizada...

Sidney se sacó el pañuelo del bolsillo superior de la chaqueta y se lo ofreció. Ella se secó los ojos, intentando esbozar una sonrisa, y vio que el rímel había dejado unas manchas negras en el pañuelo.

—Lo siento... —se disculpó.

—Me alegro de que alguien lo use al fin —dijo él—. En el bolsillo es solo un adorno.

—Eres muy amable. Supongo que no esperabas ver las cataratas del Niágara. No pegan nada con los hawaianos, ¿verdad que no?

—Son muy divertidos —convino él.

—Me alegro de haberte conocido —dijo Barbara con sinceridad.

—Pues no sé por qué; te has pasado casi todo el tiempo lamentándote. —En ese momento le dedicó la sonrisa risueña.

—Ha sido un alivio, necesitaba desahogarme. Aunque para ti debe de haber sido una auténtica paliza.

—No seas tonta.

—Es que he tenido una noche bastante dura —dijo Barbara tratando de excusarse—. No suelo comportarme así. Y puede que esté un poco piripi también…

—Barbara…

—¿Qué?

—No vuelvas a colocarte la coraza. Cuando te he visto esta noche, no sabía muy bien qué pensar sobre ti. Eres muy joven, pero, al mismo tiempo, tienes un aire retraído. No es timidez natural, sino una especie de amargura. Ahora, evidentemente, ya sé por qué, pero antes no me gustabas y ahora sí. No tienes necesidad de ser igual que un hombre, como tú dices.

—Es que ya no sé cómo tengo que ser —repuso Barbara.

—Has conocido a algunos chicos insensibles que no han sabido darse cuenta de cuáles eran tus necesidades, pero no siempre va a ser así.

—Ya lo sé —dijo Barbara—, pero solo lo sé cuando me lo dice la cabeza.

—Cuando alguien está triste —dijo Sidney—, le parece que siempre ha sido desgraciado y solo se acuerda de las cosas malas y de las decepciones que se ha llevado en la vida. Luego, cuando la vida le sonríe, de pronto es como si en realidad nunca le hubiese ido mal…

—¡Qué bien lo sabes explicar!

Él se echó a reír.

—¿Y de qué te extrañas? ¿Acaso crees que la tristeza es algo exclusivo de los jóvenes?

Barbara no pudo evitar echarse a reír con él.

—Me alegro de que lo estéis pasando tan bien —dijo el señor Bossart, de pie junto a la mesa; el contorno de su traje de tweed se confundía con la penumbra de la sala. Volvió a sentarse junto a Barbara—. ¿Me he perdido algo?

—Unos cuatro mil whiskies —respondió Sidney.

—Entonces os he ganado en la barra. ¿Sabes con quién me acabo de encontrar? Con el viejo George, el mejor jugador de póquer que ha habido a bordo de los trenes de New Haven.

—Pues no parece estar en condiciones de jugar demasiadas manos esta noche —dijo Sidney mirando al hombretón acodado en la barra.

—No, esta noche se queda a dormir en la ciudad. —El señor Bossart consultó la hora—. Bueno, ¿listos para irnos?

—Sí —contestó Barbara en voz baja, de mala gana.

Cuando los tres se dirigían hacia la puerta, el señor Bossart miró atrás e hizo una seña con la mano a su amigo de la barra. Se despidieron con un movimiento de cabeza y agitaron una mano.

El aire era frío cuando Barbara salió a la calle, la noche oscura y despejada, con el engañoso ambiente helado que hace creer al transeúnte que se halla en el campo, en vez de estar respirando el humo de la ciudad. Un taxi recorría la calle, con la luz superior encendida como un adorno de Navidad. El señor Bossart abrió la portezuela del vehículo.

—Sube tú, Barbara —le dijo. Le dio unas palmaditas en el hombro—. Ten cuidado al volver a casa; muy buenas noches y felices fiestas.

La joven no subió al coche, sino que se volvió y lo miró.

—Barbara y yo podemos compartir el taxi —dijo Sidney con toda naturalidad—. A fin de cuentas vamos en la misma dirección.

—¿Es que no vas a tomar el tren? —preguntó el señor Bossart.

—Uno de nuestros clientes celebra una fiesta. Será mejor que me pase por allí y tome el tren de primera hora de la mañana, visto lo tarde que se me ha hecho. A mi cliente le sentará mal si no aparezco.

—Buenas noches, Sid. —El señor Bossart pasó el brazo por los hombros de Sidney Carter y le estrechó la mano con la que le quedaba libre—. Cuídate.

—Tú también.

—Buenas noches, señor Bossart —dijo Barbara. Sidney la ayudó a subir al taxi y este arrancó. La joven miró atrás por la ventanilla y vio al señor Bossart entrar de nuevo en el bar. Dio su dirección al taxista con voz tensa y se volvió hacia Sidney—. ¿Adónde vas tú? —le preguntó.

—Te acompañaré a tu casa y luego iré a tomar el tren. No podía dejar que nuestro boy scout de mediana edad te mandase a casa sola en un taxi a estas horas de la noche.

—Entonces, ¿no hay ninguna fiesta?

—No, que yo sepa.

—Qué bueno eres —dijo Barbara—. Verás… El señor Bossart no significa nada para mí, ya lo sabes, y sin embargo, cuando he mirado atrás y me he dado cuenta de que solo quería librarse de mí para volver con su amiguito, el jugador de póquer, me ha entrado una pena tremenda. Me ha dado por pensar que ahora mismo, por toda la ciudad de Nueva York, hay personas que intentan librarse de otras personas porque se aburren con ellas. Y sin saber por qué eso me ha entristecido.

—Pero la gente de la que los otros se han librado seguramente siente un gran alivio por estar libre de nuevo. ¿No se te ha ocurrido planteártelo de ese modo?

Barbara se quedó pensativa un minuto.

—Tienes toda la razón. Así es exactamente como me siento yo.

Sidney puso la mano en el asiento y luego tomó la de ella.

—¿Te importa?

—No. —Barbara no esperaba que el corazón le diera un vuelco cuando él le cogió la mano, entre asustada y embargada por lo que de pronto reconoció como una mezcla de excitación y deseo. Sus dedos estaban rígidos entre los de Sidney y, cuando él se los apretó, Barbara no respondió.

—Esto no es ninguna insinuación —susurró él—. Solo es algo en braille que los que no son ciegos han inventado para decirse las cosas de las que se dan cuenta y no pueden ver.

Barbara fijó la mirada al frente y leyó el número del conductor impreso en la tarjetita, así como su nombre, y los olvidó un instante después de haberlos leído. Era plenamente consciente de la mano de Sidney unida a la suya, a pesar de que él se la sujetaba con suavidad, y sentía como si todo su brazo se hubiese convertido en el pesado tronco de un árbol. Luego él la soltó y el brazo de Barbara recobró la vida, mientras su mano, sola y abandonada en el asiento de cuero, quedaba fría.

—Esta es mi casa —dijo, deseando que no lo fuera.

Él pagó al taxista y la acompañó a la puerta. Se detuvo en el último escalón.

—¿Estarás bien?

—Sí, gracias.

Sidney miró hacia arriba, hacia las ventanas del edificio.

—¿Qué ventanas son las tuyas? ¿Se ven desde aquí?

Barbara las señaló con el dedo, sintiéndose reconfortada.

—Sí. ¿Ves esa de ahí, la del árbol de Navidad?

—Las luces están encendidas. Es muy agradable llegar a una casa con las luces encendidas.

—Mi madre se queda levantada hasta tarde viendo la televisión.

Sidney se quedó mirando las luces un rato más. Luego bajó la vista para mirarla a ella, muy serio.

—Si te llamase por teléfono y te preguntase si quieres salir a cenar conmigo alguna noche, ¿dirías que sí?

Su voz sonó extraña, no parecía la suya; era como si le costara respirar.

—Estás casado, ¿verdad?

—Sí.

Barbara ya lo sabía, por supuesto; lo había adivinado en el mismo instante en que él había dicho que debía coger el tren, en cuanto vio que tenía más de treinta y cinco años, pero el hecho de que se lo dijera abiertamente, de manera irrevocable, fue como si le echaran un jarro de agua fría. Intentó desesperadamente decir algo enseguida para disimular su decepción.

—¿Y cuántos… hijos tienes?

—Uno, de doce años.

—Ah.

Él estaba esperando, mirándola con una expresión cautelosa. Barbara clavó la vista en el nudo de su corbata.

—No me llames —dijo—. No lo digo con ánimo de ofenderte, pero no me llames, por favor.

—Por eso te lo he preguntado —murmuró Sidney.

—Me gustas —dijo ella—. Me gustas mucho. No pasaba una noche tan agradable y feliz desde hace… no sé cuánto tiempo. Lo sabes todo sobre mí. Sabes quién soy, me llamo Barbara Lemont, la chica que quiere volver a casarse. No puedo pensar solo en mí, así que… por favor, no me llames.

—De acuerdo —dijo él con delicadeza.

Permaneció en el último escalón sonriendo mientras ella introducía la llave en el ojo de la cerradura y abría la puerta. Barbara se detuvo un momento para mirarlo antes de entrar.

—Buenas noches.

—Buenas noches, Barbara. —Él tomó aire, como si quisiese decir algo más, pero no dijo nada y, dando media vuelta, bajó por las escaleras. Ella entró rápidamente en el edificio y cerró la puerta para no oír cómo se extinguía el sonido de sus pasos.

Vivir en un edificio sin ascensor es como vivir en un pueblo, cada rellano y cada apartamento tiene sus propios ruidos y olores. El ascensor, que había funcionado esporádicamente, había quedado inutilizado al final. Mientras Barbara subía por las escaleras hacia su piso, percibía aquellas señales de vidas privadas, una a una, señales que conocía muy bien y que, sin embargo, escondían sus propios secretos. En la segunda planta, los Goldstein, que realizaban el pedido de comestibles más cuantioso y todos los viernes, a primera hora de la noche, guisaban pollo; en la tercera, al fondo, los Kean, que tenían ocho hijos y dejaban la puerta del apartamento abierta todo el día para que los muchachos del vecindario entrasen y salieran a su antojo; los recién casados de la planta baja, que sacaban a pasear a su caniche gris todas las noches con un aire de tímido orgullo, como si de su primer hijo se tratara; los dos mariquitas de mediana edad en su piso de medio dormitorio, con la puerta cerrada en las narices del mundo. Todos tenían algo parecido a una familia, incluso ellos. A todos los esperaba alguien al llegar a casa, alguien con quien estar cuando se cerraban las puertas y el resto del mundo se despedía. Ella también tenía una familia, pero no la clase de familia que quería. «Hay muchos tipos de amor —estaba pensando Barbara—, el amor por los padres, el amor por un hijo, el amor por un amigo, pero ninguno sustituye a los demás. Ninguno de ellos equivale en modo alguno al amor por un hombre que a su vez te ama.»

Ella estaba sola, una figura menuda en un rellano vacío, rodeada de puertas cerradas tras las que había seres que se amaban. A medida que subía por las escaleras, los peldaños le parecían una cinta sinfín. Recordó lo que había dicho Sidney, que cuando las cosas van mal, es como si siempre hubiesen sido así. ¿Qué podía haberle dicho ella, salvo que no la llamara? Estaba casado, vivía con su esposa, no tenía derecho a querer salir con otra mujer. Habría sido una idiota si le hubiese dicho que quería, que volviesen a verse. «Sabe mi dirección —pensó—. A lo mejor me llama de todos modos.»

Barbara se detuvo al llegar a su rellano, dudando antes de enfilar el pasillo y dirigirse a su apartamento, esperando para estar un último momento a solas con aquella emoción que la hacía sentirse tan confusa que apenas si podía pensar. «Está casado —reflexionó—. Está casado y es el único hombre que he conocido a quien podría llegar a amar. ¿Llegar a amar? Creo que ya estoy enamorada de él. Solo se vive una vez. Me han pasado muchas cosas en la vida y no he vivido en absoluto. ¿Cuánto tiempo voy a seguir así, resentida, asustada, sola? Ay, llámame, Sidney, por favor, por favor... ¡Llámame!

»No me llamará. Le he dicho que no me llame, así que no lo hará. Es lo bastante mayorcito para aceptar un no por respuesta. Además, es mejor para mí que no me llame. ¿Cómo iba a poder decirle que no otra vez, cómo iba a poder mantenerme alejada de él? ¿Acaso se escapa de su casa un bebé de dos meses?

»No me llamará —siguió pensando Barbara—, así que puedo pensar lo que quiera sobre él. Tener fantasías no hace ningún daño. Le quiero. No es más que un encaprichamiento, pero lo siento. Siento algo. Me siento viva. Quiero hablar con él y mirarlo, y quiero que vuelva a cogerme de la mano y hasta...

Sabía lo que les ocurría a las chicas que se enamoraban de hombres casados. Ellos seguían casados y ellas rechazaban a sus pretendientes hasta perderlos a todos. Sí, algunos hombres se divorciaban para casarse con mujeres más jóvenes, pero eso solo ocurría en las comedias: el hombre de negocios rico e insensato y la fulana rubia oxigenada. No le había pasado a nadie que ella conociera. Su jefa, una mujer atractiva que tenía cuarenta años y aparentaba treinta, no se había casado. Una vez, cuando ambas quedaron para tomar un martini y comer juntas, su jefa le había dicho, sin que viniera a cuento: «Nunca te enamores de un hombre casado». Ahora Barbara sabía que sí venía a cuento, que había una razón por la que su jefa lo había dicho: la razón por la que una mujer tan elegante y encantadora seguía sola. ¿Qué tenía de positivo una relación amorosa que terminaba con el último tren, y en la que los regalos de Navidad se tenían que entregar el día anterior porque había que pasar las fiestas con la familia, sabiendo que seguirías estando tan sola como antes porque nunca podías llamar al hombre al que amabas cuando lo necesitabas? Barbara sabía muy bien qué implicaba tener una aventura con un hombre casado, no era ninguna ingenua.

Probablemente en esos momentos Sidney Carter ya estaba en el tren y no tardaría en enfilar el sendero de entrada de su casa en las afueras. Abriría la puerta con su llave y estaría en su hogar. Por más hastiado que estuviese —si es que lo estaba—, no estaría solo. Se metería en la cama junto a su esposa y se olvidaría de Barbara. Tal vez desease a Barbara, pero no la necesitaba. «No me llamará nunca —pensó—. Pero, Dios mío… ¿y si llama? Entonces seré una maldita insensata.»

14

El 14 de febrero de 1953, día de San Valentín, Caroline Bender recibió una docena de rosas rojas de tallo largo de parte de Paul Landis, acompañadas de una divertida tarjeta. Mary Agnes Russo recibió de Bill, su prometido, una caja de bombones roja en forma de corazón y ribeteada de papel de seda blanco. Gregg Adams no sabía que era el día de San Valentín porque tenía resaca e intentaba recuperarse a fin de presentarse en condiciones a una importante prueba para el papel de la joven ingenua en una obra de Broadway, un personaje que requería una chica de mirada limpia y rostro lozano. Barbara Lemont paró de camino al trabajo para comprar unos caramelos en forma de corazón que iba a regalar a su hija Hillary, y April Morrison se desmayó en la acera delante de Rockefeller Plaza.

Cuando April volvió en sí, estaba tumbada en un banco de una agencia de viajes. Primero pensó que se había muerto y que yacía sobre una losa de mármol. Lo siguiente que pensó es que nunca había tenido tantas náuseas en su vida, y que si todos aquellos desconocidos no se iban y dejaban de mirarla de aquella manera, vomitaría allí mismo delante de ellos.

—¿Te encuentras mejor, cielo? —preguntó una mujer. Tenía la cara redonda y pálida, y llevaba las pestañas pintadas con un rímel negro que destacaba cada una de ellas. April se concentró en aquellas pestañas puntiagudas (la mujer era igualita a Betty Boop) y al final las náuseas cedieron y pudo volver a respirar.

»Muy bien, cielo, eso es, respira hondo. Bebe un poco más de agua.

April se incorporó.

—Tengo que ir a la oficina. ¿Qué hora es?

—Solo son las nueve y veinticinco. Bebe un poco de agua.

—No... no. No me gusta el agua. —¿Por qué no se había dado cuenta antes de que su sabor le revolvía el estómago?—. Gracias por cuidarme; ahora tengo que irme a trabajar.

—Estás muy pálida, querida.

«Y usted también», quiso decirle April. Se sentía rara: alegre, misteriosa y con ganas de reír para sus adentros. Se sentía completamente ajena a todos cuantos la rodeaban, a la amable mujer que le ofrecía el vaso desechable lleno de agua, a quienes miraban desde el otro lado del escaparate de la agencia de viajes, al ruido del tráfico de la Quinta Avenida que oyó cuando abrió la puerta.

—Gracias —dijo—. Ahora estoy bien. Me encuentro mejor.

Cuando subía en el ascensor hasta la planta treinta y cinco, April cruzó los brazos sobre su vientre con un movimiento automático. ¡Qué tontería!, porque lo que fuese que tuviera ahí dentro no debía de ser mayor que la cabeza de un alfiler, pero tenía que protegerlo: era suyo.

Al principio, cuando empezó a sospechar que estaba embarazada, la había invadido el pánico. Había corrido al aseo de señoras tantas veces, para comprobar si al final no era verdad, que la señorita Farrow había comenzado a hacer comentarios sarcásticos. No tenía ni idea de dónde había sacado el aplomo necesario para almorzar con Barbara y preguntarle, con toda naturalidad, como movida únicamente por la curiosidad, quién era el especialista en medicina infantil que atendía a Hillary. Por alguna extraña razón, le había parecido que un pediatra servía lo mismo que un ginecólogo en casos como ese, pero, cuando fue a su consulta, el pediatra la envió a otro médico. No se atrevió a decir que era la señora Key: alguien podía haber oído hablar de Dexter, alguien podía hacer preguntas o propagar rumores. Intentó encontrar un apellido bonito, refinado, un apellido de mujer casada que sonase a mujer casada, y al final pensó en Mary Agnes, la chica de moral más intachable que conocía. Así pues, dijo que era la señora Russo. El médico no tenía motivos para no creerla.

—Yo diría que está usted de unas seis semanas, señora Russo.

—Gracias —dijo April—. ¿Me da la factura, por favor? La pagaré ahora que aún tenemos dinero. —Soltó una risita nerviosa y algo tímida, para que el médico no se sintiese insultado por tener que hablar de dinero.

El ginecólogo la miró detenidamente.

—Mi enfermera se la entregará —respondió con amabilidad—. Esta es la receta de las vitaminas; al salir puede concertar una visita para el mes que viene.

¡Qué fácil le parecía a él! «Vuelva el mes que viene, señora Russo.» Y al otro, y al otro. No volvería a verlo. La siguiente vez que fuese a un médico, no podía decirle: «Ya no soy la señora Russo, sino la señora Key», así que tendría que buscarse otro ginecólogo. No le resultaría difícil. Una vez que se convirtiese en la señora Key, pediría referencias a sus suegros.

Al principio quiso darle la noticia a Dexter inmediatamente, no podía esperar, pero la noche después de su visita al médico Dexter tuvo que acudir por la noche a una fiesta sin ella, y April no quería decírselo por teléfono. Se quedó en casa sola pensando en la mejor manera de decírselo, y la invadió una oleada inmensa de serenidad y cariño. ¿Quién lo habría dicho? La peor desgracia del mundo, la mayor deshonra para cualquier familia, no era tan terrible después de todo. En cierto modo, se sentía bastante orgullosa. Iba a tener un hijo, ella y Dexter, el hijo de Dexter. Era un lazo de amor, un vínculo, más aún, una persona. Ya pensaba en el bebé como una persona, no como una manchita amorfa. Mientras estaba sentada en su sillón, abrazando y protegiendo a su hijo, no se sentía como una Madre Soltera, sino como una especie de Virgen María. ¿Era eso pecado? ¿No debería tener miedo? Sin embargo, le embargaban una calma y una paz inmensas. Aquella mañana, cuando se había desmayado enfrente de la oficina, era la primera vez que se había encontrado mal.

Al salir del trabajo fue al apartamento de Dexter. Se sentó en el sofá y, mientras él le servía una copa fría, saboreó el último instante de su secreto especial antes de compartir con él la noticia. No podía imaginar qué diría él, pero sabía que se encargaría de todo. Dexter siempre sabía cómo solucionar cualquier cosa.

—Quiero que escuches el nuevo disco que he comprado —dijo él—. ¡Espera a oírlo!

—Dexter…

Él se volvió, arrodillado ya junto al tocadiscos, con el vinilo en la mano.

—¿Qué?

—¿Cómo se llama?

—Es un clásico. Bix Beiderbecke. He tenido que quitar dos centímetros de polvo en la parte trasera de la tienda de discos para encontrarlo.

April decidió que escucharía el disco, tenía tiempo. Era como saborear los últimos momentos agridulces al borde de la pasión antes de entregarse por completo. Se moría de ganas de decírselo, pero esperaría, porque solo podía decírselo una vez, y tenía que hacerlo bien. Apenas oía la música; le llegaba a través de un velo de niebla, a ráfagas. «Voy a tener un hijo. Dexter, voy a tener un hijo.»

—¿Qué te ha parecido?

—Precioso —murmuró ella.

Él puso otro disco y se sentó a su lado. Apoyó la cabeza en el hombro de April, que lo abrazó y posó la barbilla sobre su cabeza, con la mirada fija al frente. Se sentía muy lejos de allí, de él. Solo podía pensar en su secreto, en la maravillosa noticia, que en realidad debería darle miedo. Se apartó de él con suavidad.

—Dexter…

—Dime, cariño.

—Siéntate bien, por favor.

—¿Por qué?

—Incorpórate, haz el favor. Quiero decirte una cosa.

Él obedeció y la miró como queriendo decir: «Será mejor que lo que tienes que decirme sea importante». Por alguna razón, eso hizo que April perdiera la paciencia con él, porque en efecto era importante, de modo que lo soltó a bocajarro.

—Dexter, ayer fui al médico y dice que estoy embarazada.

Él la miró con los ojos como platos, los labios entreabiertos y las manos inertes sobre las rodillas. Parecía un niño asustado.

—¿Está completamente seguro?

—Pues claro.

—A veces esos tipos lo único que quieren es darte un susto. ¿Te hizo alguna prueba?

—¡Pues claro!

Él guardó silencio y se limitó a mirarla.

—Tenía… tenía que decírtelo inmediatamente —añadió April.

—Está bien, no pasa nada —repuso él en un tono que a April le pareció de desesperación—. No te preocupes.

April quería que fuese él quien propusiese el matrimonio, era lo propio. No quería preguntarle: «¿Cuándo nos casaremos?». Esperó y Dexter siguió sentado en silencio, con aquella cara de preocupación; parecía asustado.

—¿Qué vamos a hacer, Dexter?

—No pasa nada —dijo él—. No pasa nada; estoy pensando.

—No salgo de cuentas hasta el otoño.

Él respiró hondo y soltó una especie de suspiro.

—En ese caso, cuanto antes, mejor, supongo. ¿Tienes algo que hacer durante el fin de semana?

April sintió que el corazón le daba un brinco y creyó que se le iba a salir por la boca. Unas lágrimas de felicidad le asomaron a los ojos.

—¡Nos casaremos en secreto! ¡Haremos una locura!

Él la miró arrugando la frente.

—¿Casarnos?

—Tendremos que llamar a mis padres primero. Se van a llevar una sorpresa. De todos modos, les hablé de ti cuando estuve en casa, por Navidad, y sé que se alegrarán mucho.

—¡No podemos casarnos! —exclamó Dexter.

—¿Qué quieres decir?

—¿Qué pensará la gente si nos casamos ahora y tenemos un niño de casi cuatro kilos dentro de siete meses y medio? Nadie se creería que ha sido prematuro.

—No comeré nada —se apresuró a contestar April—. No probaré bocado. Así el bebé será muy, muy pequeñito. —Ya sentía lástima por su hijo, que pasaría hambre antes incluso de nacer.

Dexter negó con la cabeza.

—No te pierdas en tu pequeño mundo de fantasía, cariño, esto es muy serio. Nos iremos el viernes.

—¿Adónde? ¿Para qué?

Dexter lo había dicho con tanta naturalidad que parecía que estuviera hablando de un compromiso social ineludible.

—Para solucionar el asunto.

Ella juntó las rodillas y se apartó de él en el sofá, como si Dexter estuviera a punto de hacerle algo horrible.

—¡No serías capaz de hacer eso…!

—Cariño… cariño… ¿qué otra cosa podemos hacer?

April se mordió el labio para contener las palabras, pero tenía que decirlas, era su instinto de supervivencia. Todo el romanticismo se había desvanecido, no podía esperar que él le propusiera matrimonio de rodillas, y ella ya se sentía como si estuviese muerta. La habitación era muy blanca.

—Podríamos casarnos.

—¡Casarnos! ¿Cómo vamos a casarnos? ¿Acaso quieres pintar un cartel que diga «Boda de penalti» y colgarlo en lo alto de un mástil? ¿Y qué vas a hacer, decir a todo el mundo que le entregue al niño los regalos de cumpleaños seis meses más tarde el resto de su vida?

—Quiero tener este hijo —afirmó April con un hilo de voz.

—Tendremos más hijos.

—Hay mujeres que mueren por culpa de un aborto —murmuró ella.

—Escucha —dijo Dexter con ternura—, no sentirás ni siquiera un mareo. Es muy limpio, como ir a la consulta del médico. Yo te acompañaré.

—¿Cómo sabes tú tantas cosas sobre… los cuchitriles donde se practican abortos? ¿Es que envías allí a todas tus chicas? —Enfadada y dolida, arremetía contra él con toda su rabia.

—No, no.

—Entonces, ¿cómo lo sabes?

—Sé de estas cosas —respondió él, despacio y con claridad, tratando de calmarla pero visiblemente ofendido.

—¿Alguna vez has llevado a una chica a que le practiquen un aborto?

—No.

—¿De verdad?

—De verdad.

—¿Y has dejado… embarazada a otra chica?

—No que yo sepa.

—¡No que tú sepas! —April alzó la voz, escandalizada—. ¿Quieres decir que alguna chica se ha quedado embarazada de ti y no te lo ha dicho?

—Algunas no lo dicen —murmuró él.

—¿Cómo es posible que no te lo digan?

—Tal vez porque no están seguras de que vaya a creer que es mío.

—¡Pero tú sabes que este hijo es tuyo! —exclamó April—. Lo sabes, ¿verdad?

—Sí.

April se tapó la cara con las manos.

—Dexter, no hablemos así, por favor. Me entran ganas de vomitar. Es como si estuviéramos hablando de unas personas horribles, sin corazón. Nosotros no somos así. Nosotros somos diferentes.

—Todo saldrá bien, cariño —dijo él—. Échate y descansa. Te prepararé una copa.

—¿Crees que debería tomar una copa? No es bueno para el niño.

Dexter se la quedó mirando como si April hubiera perdido el juicio y él acabase de darse cuenta.

—No sé qué narices importa eso ahora, ¿no te parece? —replicó. Atravesó la estancia hasta el bar, le preparó una copa y se la ofreció—. Ten, bébetelo. Te sentirás mejor.

April tendió la mano como si estuviera hipnotizada y aceptó el vaso, que notó duro, liso y frío en la palma de la mano. Lo miró como si contuviese veneno, se lo llevó a la boca muy despacio y tomó un sorbo. Era whisky con soda, pero deseó con toda su alma que fuese veneno. Deseó que fuese arsénico para bebérselo y morirse y no tener que hacer frente a un nuevo día.

En todas sus fantasías sobre la condición de madre soltera, April nunca había imaginado la eficiencia y la rapidez con que unas fuerzas ajenas se movilizarían para acudir en su auxilio. Una parte de su cerebro comprendía que debería estar agradecida; al fin y al cabo, aquello significaba que había perfectos desconocidos con corazón en aquella ciudad. La rapidez, le dijeron, era importante. Era casi como si hablasen de un dolor de apéndice. Extírpatelo, extírpatelo rápido. El tiempo era un factor fundamental. La otra parte de su cerebro hacía que April se sintiese agredida, a punto de ser violada, a punto de que le robasen algo que, si pensaba con lógica, sabía que no tenía ningún derecho a conservar, pero que, si pensaba con el corazón, necesitaba conservar a toda costa, pues de lo contrario algo en su interior, algo más importante, moriría también.

Como sabía que no se le permitiría tener a ese hijo (a menos que huyese, pero ¿adónde podía a ir?), cada instante cobró un valor incalculable para ella. Era como si estuviese pasando sus últimos días con alguien al que amaba muchísimo pero a quien no volvería a ver. Nunca vería a aquel bebé, nunca sabría si era niño o niña. Tal vez hubiese llegado a ser una persona con talento, alguien que habría hecho algo por la humanidad, pero todos esos eran pensamientos emocionales, y la otra parte de su cerebro, la racional, no dejaba de decirle: «No sabes la suerte que tienes. ¿Qué otra cosa habrías podido hacer? Todo acabará muy pronto. Lo olvidarás y agradecerás que Dexter se haya ocupado de todo».

Curiosamente ahora, cuando ya no tenía razones para temer quedarse embarazada porque ya había sucedido, no soportaba que Dexter la tocase. «Eres tonta —le decía la parte racional de su cerebro—, dicen que es el mejor momento para hacer el amor. Es el único momento en que disfrutas de verdad porque no tienes el menor temor a las consecuencias. Te arrepentirás de no haber aprovechado estos días.» Sin embargo, la parte de su cerebro que regía su corazón y su vida la mantenía distante.

Dexter se mostraba tierno y casi parecía que le daba un poco de miedo acostarse con ella en esas condiciones. Hacía solo alguna insinuación vacilante, algo impropio de él, y cuando ella ponía objeciones, se daba por vencido. No hablaban del niño ni de su cita del fin de semana, salvo la escueta información del lugar y la hora. Por lo demás, él intentaba mostrarse animado y simpático, actuar como si nada hubiese cambiado. Pasaría a recogerla por su apartamento el viernes por la tarde y la llevaría a un médico de New Jersey. O al menos April esperaba que fuese un médico. Se había formado en la cabeza la imagen de un hombrecillo enjuto con una bata blanca de médico y las uñas largas y sucias. A su lado, ayudándolo, habría una mujer asquerosa que olería a tocino y que tendría la cara redonda e hinchada. Los dos la odiarían. Los dos pensarían que iba a hacer algo peligroso e incómodo para ellos, como morirse, y la odiarían por eso. Los dos pensarían que era idiota por haberse metido en aquel atolladero. April ni siquiera se atrevía a pensar en sus padres. Cada vez que pensaba en su madre y en cómo se sentiría si ella moría en circunstancias extrañas, el corazón casi dejaba de latirle.

Quería irse a su casa, a los brazos de su madre, confesarlo todo y dejar que cuidasen de ella, pero sabía que era imposible. Su madre nunca sería capaz de comprender algo tan vergonzoso, sería algo que se interpondría entre ambas el resto de su vida. No había ninguna razón para destrozar el futuro de toda una familia; se había metido en aquel lío ella solita con Dexter y saldría de él con Dexter. Al menos él no había salido corriendo. Eso había que reconocérselo; no se había apartado de su lado ni un minuto desde que ella se lo había dicho.

La única persona a la que April se lo había contado aparte de Dexter era Caroline. Nunca habría imaginado que pudiera obtenerse tanto consuelo de la preocupación sincera de una amiga, y la lealtad de Caroline era lo único de toda aquella situación que la reconfortaba de veras. A Caroline no le entró el pánico.

—¿Qué puedo hacer? —preguntó. Y cuando April le dijo que

Dexter ya había hecho los preparativos para que abortase, Caroline pareció intuir inmediatamente qué sentía April con respecto a todos los hombres en ese momento.

—Que te lleve en el coche a mi casa de Port Blair para que pases allí el fin de semana —propuso Caroline—. No debes estar sola en tu apartamento después de una operación. Puedes quedarte conmigo y nosotros cuidaremos de ti. Descansarás, comerás bien y te haremos compañía. Dexter también puede quedarse, o bien pasar a recogerte el domingo por la noche si lo prefieres.

—¿Crees que se ofenderá si le digo que quiero quedarme en tu casa sin él? —preguntó April.

—¿Ofenderse? —A Caroline le temblaba la voz de indignación—. ¿Ofenderse? ¿Qué derecho tiene ese a sentirse ofendido por algo?

—Es curioso —dijo April—. Yo le quiero, pero no deseo estar con él después. Sé que le soltaré cosas que no debería decirle, o me las soltará él a mí. Me siento muy rara.

—Sé que es una estupidez decirte que todo saldrá bien sabiendo cómo te sientes —dijo Caroline—, pero créeme, todo irá bien. Tus amigas te quieren. Yo te quiero. A todas nos preocupa muchísimo lo que te pase. Si hay algo que tus amigas podamos hacer por ti, lo haremos.

—Lo sé —murmuró April—. Gracias. —Por primera vez en su vida le pareció que había cruzado un puente hacia un camino sin retorno. Tenía veintiún años, pero ya no era una joven inexperta, y no podía recurrir a su familia ni a los amigos de la familia, solo a personas de su edad. Sin sus amigas, estaría sola. Y sus amigas entendían cómo se sentía y no estaban escandalizadas, solo indignadas porque tuviese que pasar por aquel trance y sufrir tanto, en lugar de tener el marido y el niño que anhelaba más que nada en el mundo. Instintivamente April supo que, si se lo hubiese contado a Barbara, esta habría reaccionado igual que Caroline.

—Te acompañaré cuando salgamos del trabajo el viernes y me

quedaré contigo hasta que llegue Dexter —le aseguró Caroline—. Nos tomaremos un par de copas y te ayudaré a hacer la maleta.

—Me da miedo ver a tu familia —le confesó April—. Tu padre es médico. ¿Crees que adivinará al mirarme que ha pasado algo raro?

Caroline se echó a reír.

—¿Es que crees que los médicos tienen rayos equis en los ojos? Mi padre mirará esa cara joven y lozana que tienes y nos dejará solas para que hablemos y nos riamos de nuestros novios y pretendientes.

—Sí... —dijo April—. El mío haría lo mismo... Gracias a Dios. Mi pobre padre...

El viernes April apenas pudo trabajar. Trató por todos los medios de concentrarse en lo que tenía que mecanografiar, pero durante todo el tiempo solo pensaba en lo absurdo que era intentar no cometer errores, cuando lo más probable era que el lunes por la mañana la señorita Farrow tuviese que pedir una nueva secretaria. Aquellas cartas, el trabajo que hacía en la oficina, adquirieron de repente una gran importancia, como si ya hubiese muerto y las viese desde una distancia dolorosa e intocable. Quería dejar una marca en alguna parte, una impronta tras de sí, y, llevada por un impulso, sacó del bolso el pañuelo con sus iniciales bordadas y lo metió bajo la esquina del cartapacio. Así lo encontrarían el lunes. Sin embargo, cuando dieron las cinco y llegó la hora de echar a correr hacia los ascensores para abandonar la oficina, April se encaminó hacia la puerta de la sección de mecanografía, luego volvió sobre sus pasos y sacó el pañuelo de debajo del cartapacio para guardarlo de nuevo en el bolso. No quería que nada suyo quedase solo y desprotegido si no estaba ella, ni siquiera un pañuelo con su nombre.

El piso de April no quedaba lejos de la oficina, se podía ir a pie, pero Caroline insistió en llevarla en taxi y pagarlo ella. Cuando llegaron, April se sentó en el sillón y miró los muebles de su habitación, sin apenas verlos. Caroline se puso a sacar prendas de ropa interior y un camisón de un cajón de la cómoda y buscó la maleta de April. Había comprado una botella de ginebra de medio litro.

—No te emborracharías lo suficiente con whisky —dijo—. ¿Dónde tienes el zumo de naranja? ¿O es que no hay?

—No lo sé.

—Bajaré a comprar. Quédate aquí. No te muevas.

—¿Adónde quieres que vaya? —preguntó April, desesperanzada.

Caroline volvió al cabo de unos minutos con un envase de zumo de naranja que había comprado en la tienda de comestibles.

—Es el ponche especial Fin de Semana Harvard —anunció con alegría mientras lo preparaba en un cazo que había encontrado sobre los fogones de la cocina—. Ni siquiera notas el sabor de la ginebra y entonces ¡pum!

April esbozó una sonrisa débil.

—Con este ponche han sido seducidas más doncellas inocentes de lo que imaginas —prosiguió Caroline—. No te hará falta ni la anestesia.

—¡Pero si no me van a poner!

—Entonces te la pondré yo. La buena de Caroline está aquí. Bébete esto, mi querida doncella inocente.

April tomó un sorbo e hizo un esfuerzo para que el dulce brebaje atravesara el nudo que parecía habérsele instalado en la garganta. Incluso entonces, aun sabiendo que ya estaba todo decidido y prácticamente acabado, no pudo evitar pensar que el zumo de naranja era bueno para las embarazadas. Se preguntó si alguien que estaba a punto de morir electrocutado en la silla eléctrica y a quien servían su última cena se abstendría del postre porque estaba a dieta. «Yo lo haría —pensó—. Pero, claro, yo soy tonta…»

Sonó el timbre de la puerta y April se levantó de un salto. Caroline fue a abrir.

—Hola, Dexter —dijo con tono amable, como si él hubiese ido a recoger a April para llevarla al cine.

Qué formal era Dexter, qué educado. El joven sonrió y preguntó a Caroline cómo estaba. April temió que se sintiera molesto por el hecho de que su amiga estuviese allí. Esta le estaba explicando cómo llegar a Port Blair desde el Merritt Parkway, y él la escuchaba con interés y asentía.

—Seguramente llegaremos tarde —dijo—. Sin duda bastante después de la hora de la cena.

«Es posible que la fiesta se alargue más de lo que esperamos», pensó April con amargura. Tenía las palmas de las manos húmedas y el miedo hacía que el corazón le palpitara muy deprisa. «Quizá —se dijo— pierda al niño aquí mismo y nos ahorremos tantas molestias.»

Dexter la ayudó a ponerse el abrigo y cogió la maleta. Cuando April se dispuso a bajar por las escaleras, fue Caroline, no Dexter, quien la tomó del brazo. Era lo más cerca que April había estado de prorrumpir en llanto hasta entonces.

Salieron a la oscuridad temprana de un atardecer invernal. Las farolas iluminaban la calle y un grupito de críos del vecindario jugaba en la acera. Junto al bordillo, enfrente del edificio de April, había aparcada una larga limusina Cadillac negra y brillante, de las que tienen dos hileras de asientos en la parte de atrás en lugar de uno, y un compartimiento cerrado delante para el chófer. Este bajó del vehículo cuando se aproximaron y abrió la portezuela de atrás. Era un hombrecillo muy delgado, con un uniforme grisáceo y unas botas de cuero que le hacían parecer un mensajero de la Western Union. Dexter le dio la maleta de April y sacó del interior del coche un enorme ramo de rosas envueltas en papel verde de floristería.

—Para ti —dijo, al tiempo que lo depositaba en los brazos de April.

—¿De quién es el coche? —susurró ella.

—Lo he alquilado. ¿Nos vamos ya? —Tendió la mano a Caroline—. Adiós, Caroline. Te llevaría a la estación, pero tenemos una cita y no podemos llegar tarde. Nos veremos esta noche.

—De acuerdo —dijo Caroline. Besó a April en la mejilla—. Nos veremos pronto. Con esas flores pareces una estrella de cine en la noche de estreno.

«No me dejes», quiso decirle April, que sin embargo se limitó a sonreír.

—Adiós. —dijo. Dexter la ayudó a entrar en la limusina al tiempo que el chófer sujetaba la puerta. April nunca había subido a un coche como aquel y, a pesar de su nerviosismo por lo que iba a pasar después, empezó a sentirse casi alegre. Estaba un poco mareada por la ginebra con zumo de naranja que le había hecho beber Caroline y las rosas que llevaba en los brazos eran frescas y sedosas al tacto, y olían muy bien. Dexter se acomodó a su lado y se encendió un cigarrillo.

—Vamos, Fred —ordenó.

En el apoyabrazos del asiento trasero había un mando de control remoto con el que se podía encender la radio. Dexter sintonizó una música suave. Mientras la limusina avanzaba lentamente entre el tráfico, April veía cómo la gente se volvía a mirarlos y, cuando se detenían en un semáforo, los ocupantes de los vehículos que se paraban a su lado asomaban la cabeza para ver quién viajaba en un coche tan distinguido y lujoso. Tal vez creían que era una estrella de cine de verdad, con aquellas rosas y el chófer, y Dexter, tan apuesto y sofisticado, con aquel gabán negro y el cigarrillo blanco en la comisura de los labios. Si lo intentaba, podía imaginar que iban a una fiesta en una casa de las afueras.

—¿Te gusta? —le preguntó Dexter, sonriendo.

—Me he quedado anonadada.

—Y aún hay más —dijo él. En el bolsillo del gabán llevaba una petaca de plata. Desenroscó el tapón, que se convirtió en un vasito de plata—. Bourbon del bueno.

—Acabo de tomar ginebra.

—No pasa nada. Lo que sienta mal no es la mezcla, sino la cantidad. Bébetelo.

April aceptó el vasito que le ofrecía y se tomó el contenido de un trago, como si fuese un jarabe. Se estremeció al engullirlo y se sintió mejor. Ya se habían incorporado a la autopista, en dirección a Nueva Jersey, y el coche se mecía mientras circulaba a toda velocidad. Por las ventanillas abiertas entraba el olor a azufre de las fábricas de los llanos de Nueva Jersey, y al percibirlo April tuvo ganas de vomitar. Se asomó por la ventanilla, y de pronto la limusina kilométrica con ellos dos a bordo, el chófer de librea, el ramo de rosas, la música suave y la petaca de bourbon ya no le parecieron algo glamuroso, sino ridículo. Ella y Dexter eran un par de idiotas desesperados que atravesaban a toda velocidad unos campos de olor nauseabundo para asistir al asesinato del amor. La gente alquilaba limusinas como aquella para acudir a las bodas y a los entierros. ¿Habría alguien alquilado alguna vez una para ir a abortar? En ese instante ella debería estar dirigiéndose a su boda y, en cambio, lo más probable era que fuera camino de su entierro. Miró a Dexter y se preguntó si en realidad él la había querido alguna vez.

Dexter estaba bebiendo bourbon de la petaca a gollete. Tal vez necesitaba el alcohol tanto como ella para calmar sus nervios. Tal vez no fuese demasiado tarde, después de todo.

—Dexter…

—¿Qué?

—Podríamos casarnos en secreto en Nueva Jersey y luego decir que nos casamos en secreto hace seis semanas. Nadie podría averiguar la verdad. —Pero en el fondo April sabía que eso no era más que un burdo pretexto para dar a Dexter la oportunidad de demostrar que la quería de verdad—. ¿Dexter?

—Es una locura —repuso él—, y tú lo sabes. Nadie se lo creería. Todos se reirían de nosotros.

—No si estuviéramos casados. Cuando estás casado de verdad, la gente no se ríe.

—No hablemos más del asunto, cariño. Ya está todo preparado.

April se retorció las manos y notó cómo las uñas se hincaban en la carne, pero no sintió ningún dolor. Todo se desmoronaba, absolutamente todo, hasta el punto de que ya no podía seguir creyendo en las promesas que él había hecho para el futuro. La había traicionado, de modo que, ¿quién le decía que no la abandonaría?

—Dijiste que podríamos tener hijos más adelante, cuando estemos casados... —le recordó—. A veces las mujeres que abortan no pueden tener más hijos. —Pero eso también era solo un pretexto, una forma de tantearlo, para saber si aún quedaba alguna promesa en la que pudiese creer, o si el matrimonio, el amor y la seguridad pertenecían a un pasado que, de algún modo, se le había escapado de las manos.

—Todo irá bien —afirmó Dexter con un asomo de irritación en la voz—. Ya te lo he dicho. —Enroscó el tapón de la petaca y se la guardó en el bolsillo del gabán. April le miró las manos, casi sin reconocerlas. Eran las manos de un extraño. Luego él la miró con una expresión asombrosamente limpia y cándida.

»Nos casaremos esta primavera si quieres —dijo.

A April le dio un vuelco al corazón. Volvió a entrar en calor lentamente y notó cómo cobraba vida todo cuanto en ella había de muerto.

—Me gustaría mucho —repuso, y a continuación, con verdadero sentimiento, añadió—: ¡Me encantaría! —Se aferró al brazo de Dexter y él la besó. Las luces de la ciudad avanzaban veloces hacia ellos, trémulas, rodeadas de un halo y no tan terribles al fin y al cabo.

El lugar adonde Dexter Key llevó a April no era una consulta médica en el sentido estricto del término, sino que parecía una puerta normal y corriente entre una hilera de tiendas del distrito comercial de la ciudad. Quien no la buscara sin duda no repararía en ella. Junto a la puerta había una plaquita de bronce, oscurecida por los años, con una inscripción apenas legible: «Dr. Thomas. Cirujano». Tras la puerta había un tramo de peldaños estrechos y tan empinados como los de una escalera de mano. Estaban pintados de verde claro, igual que las paredes, y llevaban a un pasillo que conducía a una puerta cerrada. Dexter llamó al timbre.

Se oyó un zumbido, seguido de un chasquido. Dexter empujó la puerta para abrirla y condujo a April al interior. Había una pequeña sala de espera cuadrada con algunas personas que aguardaban en silencio. April, que no esperaba ver a nadie, que había creído que ella y Dexter estarían solos, se asustó tanto que estuvo a punto de salir corriendo. Había una mujer muy delgada y sin duda demasiado mayor para que su presencia allí tuviese algo que ver con el embarazo. Estaba sentada en silencio, con las manos cruzadas sobre el regazo, y tenía un bulto enorme en un lado del cuello. Había también una muchacha regordeta y desaliñada de unos diecinueve años, con la nariz enrojecida y los ojos hinchados. Enrollaba una y otra vez el asa de su bolso de plástico alrededor del dedo índice, y estaba sentada junto a un chico que no parecía mucho mayor que ella y que daba la impresión de sentirse incómodo con el traje marrón de aspecto barato que llevaba. April pensó que la muchacha tenía toda la pinta de necesitar un aborto. Los tres levantaron la cabeza al oír entrar a April y Dexter, los miraron y volvieron a bajar la vista. April hundió las manos sin anillos en los bolsillos de su abrigo.

La sala estaba atestada de muebles desvencijados, de colores que a April le parecieron pardo y morado. En los reposabrazos del sofá y los sillones había tapetes de ganchillo, aunque la tapicería estaba ya demasiado gastada para que resultaran útiles. Sin embargo, la habitación parecía muy limpia. En una mesita alargada junto al sofá había una pila de revistas viejas y destrozadas. April decidió no tocarlas por temor a contraer alguna enfermedad. Se sentó al lado de Dexter en el sofá y se desabrochó el primer botón del abrigo.

—¿Quieres quitártelo? —le preguntó él educadamente.

—No, gracias.

De la pared que había enfrente de April colgaba una reproducción enmarcada de una acuarela en la que aparecían un peludo pastor escocés y un niño pequeño que le abrazaba el cuello. Debajo de la lámina, en pequeñas letras rojas impresas en un recuadro blanco, se leía: «El mejor amigo del hombre». Sin saber por qué, April lo encontró divertido, y sonriendo leyó y releyó la inscripción para encontrar consuelo. Un médico que colgaba un cuadro como aquel no podía ser tan mala persona.

De la habitación contigua salió una enfermera con un uniforme blanco almidonado y limpio y una cofia. Calzaba unos gruesos zapatos blancos y su rostro, surcado de arrugas, denotaba frialdad. April miró de arriba abajo a la mujer, que atravesó la habitación con una pequeña regadera azul en la mano y regó una planta que había en una mesa delante de la ventana. La ventana daba a la calle comercial, pero hacía mucho tiempo que no se limpiaban los cristales y se veía la cuadrícula de lo que parecía una tela metálica, por lo que apenas se vislumbraba el exterior. La enfermera terminó de regar la planta y regresó a la habitación de al lado. A April le pareció una muestra de insensibilidad, pues los pacientes que temblaban en la sala de espera necesitaban su atención más que la planta. Consultó su reloj. Eran las seis y media. No sin cierta vergüenza, porque le parecía completamente fuera de lugar, advirtió que tenía hambre.

Intentó pensar en algún tema banal del que hablar con Dexter, que estaba leyendo una revista. ¡Estaba leyendo una revista! Vio cómo sus ojos se movían de lado a lado siguiendo los renglones. ¿Cómo podía estar tan tranquilo? La enfermera volvió a salir e hizo una seña enérgica a April.

—Puede pasar —le indicó.

April tocó el brazo de Dexter. Este levantó los ojos de la revista y le sonrió.

—Anda, ve —susurró—. Si quieres, deja el abrigo aquí, yo te lo guardaré.

April se quitó el abrigo y lo dejó hecho un fardo en el sofá. Los otros pacientes de la sala de espera la miraron un momento mientras cruzaba aterrorizada la habitación. Por la expresión de sus rostros April dedujo que solo sentían cierta envidia porque ella, la última en llegar, sería la primera en ver al médico, mientras que ellos tenían que esperar aún más y seguramente no podrían cenar.

Era extraño que luego April apenas recordase nada de lo ocurrido en la consulta del médico. Camino de casa quiso explicárselo a Dexter, pero solo supo decir que, en efecto, era doloroso, aunque en realidad no recordaba el dolor. Era más un hecho que una sensación. El doctor era exactamente como se lo había imaginado, salvo que no tenía las uñas largas y sucias, sino cortas y muy limpias. La enfermera le había dado un calmante y un vaso de agua. Entre eso, el bourbon y la ginebra que había ingerido antes, el miedo paralizante y el hecho de haber tenido los ojos cerrados durante toda la intervención, la experiencia en sí le parecía un sueño que recordaba solo a medias. Cuando ya estuvo vestida para marcharse, el médico le había entregado seis sobres con pastillas de colores. Eran para animarla y relajarla, para detener la hemorragia y ayudarla a dormir, y en cuanto él le hubo explicado para qué servía cada una, ella lo olvidó. El médico había escrito en el exterior de cada sobre cuántas pastillas debía tomar al día, y eso era lo único que sabía.

Apenas se percató del trayecto en la limusina hasta Port Blair a causa de la abrumadora sensación de alivio que la embargaba. Le había encantado el médico, un hombre muy amable, y pensó que debería haber regalado algunas de sus rosas a la enfermera. Notaba la lengua un poco entumecida. Le parecía increíble que hubiese sufrido una operación, pues apenas experimentaba unas leves molestias, y hubo de convencerse de que ya no llevaba ningún niño en el vientre. Tal vez se habían equivocado y no le habían quitado el niño. Podía ocurrir, una vez había leído un caso en una de sus revistas de testimonios personales. Esperaba que el médico le hubiese quitado el niño; no soportaba pensar que solo lo hubiese lastimado y lo hubiese dejado seguir creciendo, deforme. Cuando se había despedido del médico, él le había dicho: «Ahora todo seguirá siendo igual que antes». Ella sabía lo que quería decir eso. Quería decir: «Olvídalo. Todo esto no ha pasado. Mañana lo olvidarás. Mañana estarás bien».

Cuando enfilaron el camino de entrada de la casa de Caroline, las luces de la puerta estaban encendidas. Caroline salió al oír el coche, examinó con preocupación el rostro de April en la penumbra y miró a Dexter con aire interrogante.

—Es mejor que se acueste —dijo él.

—He enviado a mis padres al cine —dijo Caroline.

April abrió la boca para hablar, pero no le salió ninguna palabra. Se sentía como drogada. Qué divertido sería, qué sorpresa se llevarían Caroline y Dexter, si preguntaba, como si nada hubiese pasado: «¿Y qué película han ido a ver?», pero no podía hablar, estaba demasiado cansada. Experimentó una sensación de vértigo cuando Dexter la tomó en brazos, y luego notó cómo su cuerpo ascendía y descendía mientras él subía por las escaleras. Cerró los ojos y oyó pasos y el murmullo de voces, y sintió el frescor de una almohada.

«Ah... —quiso decir—, ¿qué película han ido a ver?», pero las palabras giraron en torno a ella formando un arco enorme y la engulleron.

Durmió a intervalos hasta después del mediodía, cuando Caroline entró para subir las persianas y darle un vaso de zumo de naranja. En esas pocas horas había tenido un sueño tras otro, a cual más horrible, de los cuales despertaba llorando y asustada. En ellos la criatura era un varón, y siempre tenía tres o cuatro años, nunca era un recién nacido. April estaba convencida de que los sueños encerraban algo sobrenatural, de que había visto el único atisbo que tendría jamás del hijo que había perdido para siempre.

—¿Has dormido bien? —le preguntó Caroline.

—No he dejado de soñar.

—No me extraña —dijo Caroline—. Ayer tuviste un día muy duro. Este fin de semana descansarás. ¿Qué pastillas te tienes que tomar? —Depositó las pastillas en la palma de la mano de April y las contó, preparándolo todo como si fuera una enfermera—. ¿Crees que podrás bajar a almorzar?

—Tengo que lavarme la cara.

—Anoche deshice tu maleta. Tienes la ropa en el armario, y tu cepillo de dientes y tus cosas en el lavabo. Las toallas blancas son las tuyas.

April se levantó de la cama y se encaminó con cuidado hacia el espejo. Tenía la cara pálida y unos cercos oscuros debajo de los ojos. Parecía anémica. Quizá había perdido mucha sangre. La verdad es que no le importaba.

—Si ves que te mareas, llámame. Estaré en el pasillo.

—Gracias —dijo April.

Después de lavarse, vestirse y peinarse se quedó exhausta. Sus movimientos eran mecánicos. Se sentía como si le hubiese pasado algo muy triste, infructuoso e inevitable, pero no conseguía saber qué era. Era como si se hubiese quitado de la cabeza un enorme secreto que le provocaba remordimientos, pero su impronta siguiese allí, amenazadora, acechando para convertirse de nuevo en el pavoroso original. «Hoy no volveré a pensar en eso», se dijo con determinación.

La madre de Caroline estaba en el comedor, colocando hojas de árbol en un frutero que había en el centro de la mesa. Había visto a April una vez, en Nueva York.

—Hola, April —saludó calurosamente.

—Hola, señora Bender. ¿Cómo está?

—Muy bien, gracias.

Eran cuatro a la mesa: Caroline, sus padres y April. El hermano menor de Caroline había ido a visitar a unos amigos. La criada de color les sirvió unos tazones de caldo. El doctor Bender comió en silencio, observando a las mujeres con una expresión risueña, como si pensase que estaba en minoría y que, por lo tanto, tendría que pasarse toda la comida escuchando chismes, y hubiera decidido resignarse e incluso disfrutar. A April le costaba horrores mirarlo a la cara. Se preguntó si no pensaría que estaba muy pálida.

—Hoy he visto a Kitty —informó a Caroline la señora Bender—. Está en un buen apuro.

—¿Por qué? —preguntó Caroline, al tiempo que untaba mantequilla en un bollo.

—¿Te acuerdas de su hijo mayor, ese chico tan simpático, el que acaba de graduarse en Princeton? —La señora Bender se volvió hacia April en actitud de disculpa—. Perdónanos por hablar de personas que no conoces, pero es que apenas veo a mi hija desde que trabaja y tiene su propio apartamento, así que, cuando se digna hacernos una visita, tengo que ponerla al día.

—No se preocupe —repuso April.

—Por favor —dijo Caroline dirigiéndose a la sirvienta—, April tomará leche.

—¡Ojalá tú también tomaras leche en vez de todos esos martinis que bebes! —exclamó la señora Bender.

—¡Mamá, por favor…! —repuso Caroline entre risas.

—Por eso April tiene una dentadura tan bonita —señaló la señora Bender.

«Nunca bebo leche —pensó April mirando a Caroline—. Solo ahora, porque estoy enferma. Si ella supiese.»

—Muy bien —dijo Caroline—, muy bien, yo también tomaré leche.

—Me alegro, hija mía —repuso su madre. Se sirvió un poco de rosbif frío de la bandeja que pasaba la sirvienta—. En fin, pobre Kitty. Ya sabes que su hijo iba a estudiar en la facultad de medicina, lo habían aceptado en tres. Pues bien, este verano estuvo viéndose con una chica… no diré qué clase de chica es exactamente, pero es de esas que no se detienen ante nada con tal de conseguir lo que quieren. Trabaja de modelo en unos grandes almacenes, pero no es guapa. No me explico por qué la contrataron; tal vez porque tiene una figura bien proporcionada. El caso es que él es un chico con más dinero del que puede gastar, con un futuro espléndido por delante, muy apreciado y guapo a rabiar. Deberíais ver a la chica, antipática como ella sola. Evidentemente, iba detrás de su dinero, porque por su cumpleaños él le regaló un abrigo de visón. ¿Te imaginas…? Todo el mundo sabía que ahí había algo raro.

April cortó el rosbif en trocitos diminutos e intentó comerse uno, pero se le quedó en la garganta.

—Bueno, pues Kitty no podía hacer otra cosa que esperar y cerrar los ojos ante lo que estaba ocurriendo. ¿Cómo le dices a un hijo de veintiún años lo que debe hacer? Kitty lloraba a lágrima viva cuando nadie la veía. ¿Y a que no sabes qué pasó después? ¡Pues que a la chica se le ocurre quedarse embarazada y ahora él se va a casar con ella!

El doctor Bender levantó la vista con un destello en los ojos.

—Pues si se le ha «ocurrido» quedarse embarazada ella solita, como pareces dar a entender, me gustaría conocerla. Sería un caso médico interesantísimo para un artículo que podría escribir yo.

—Ya sabes lo que he querido decir —señaló la señora Bender—. Esas chicas saben lo que tienen que hacer para atrapar a un hombre. No me digas que no saben cómo tomar medidas. —Echó un vistazo alrededor en la mesa—. April, cielo, no has probado bocado. ¿Quieres un poco de mostaza para el rosbif?

—No, gracias —contestó April.

—El rosbif está muy bueno. Lo comimos anoche. Lamento que llegaras demasiado tarde para la cena.

—Yo también —dijo April. Su voz era casi inaudible.

—Bueno, el caso es que —prosiguió alegremente la señora Bender— la chica ya está de dos meses y...

—Mamá —la interrumpió Caroline con cierta acritud—, vamos a publicar un libro que sé que te va a encantar. Intentaré conseguir uno de los primeros ejemplares y te lo traeré la próxima vez que venga a veros.

—Eso estaría bien —dijo la señora Bender—. Probablemente tendrás que volver dentro de diez días para ir a la boda. Verás a la novia más contenta que unas pascuas y al pobre idiota del novio. —Meneó la cabeza—. Se leen historias como esta todos los días, pero, cuando le pasa a alguien a quien conoces, te llevas un verdadero disgusto. Es una pena; un chico joven y bueno, con un futuro prometedor. Ahora cargará con esa deshonra el resto de su vida.

—No seas tan dramática, mamá —dijo Caroline con tono cortante. Se volvió hacia April y añadió—: A mi madre le da rabia porque había echado el ojo a ese chico para mí.

—¡Caroline! —exclamó su madre.

April vio moverse la habitación en oleadas de color. Bajó la mirada hacia el plato. El rosbif estaba tan crudo donde le había hincado el cuchillo que se le revolvió el estómago. Notó el sabor salobre de las lágrimas en la garganta.

—Bueno —dijo la señora Bender con tono desenfadado—, dejemos de hablar de cosas desagradables. Demos gracias por no tener que oír historias como esta más a menudo, o al menos no de gente a la que conocemos. —Lanzó una sonrisa a April—. No comes nada, April, con razón estás tan delgada. Igual que Caroline. Seguro que intentáis moriros de hambre las dos.

«No sería mala idea», pensó April, concentrándose en su plato lleno de roast beef.

15

Las últimas semanas de invierno son una época aburrida para los actores de Nueva York: las obras de la temporada ya se han estrenado y el reparto de las pocas que faltan por estrenar está decidido; es demasiado pronto para la temporada de verano, y solo quedan la televisión y la radio. Gregg Adams se hallaba entre las actrices más afortunadas. Encontraba trabajo suficiente para mantenerse activa y, aunque ninguno de sus papeles conseguía que llamara la atención del público, lo cierto es que gracias a ellos no tenía necesidad de trabajar de camarera o administrativa, como tenían que hacer muchas de sus amigas. Interpretaba a una quinceañera de un grupo de adolescentes en un anuncio para la televisión y, cada vez que lo emitían en antena, recibía un cheque. Tenía dos papeles pequeñitos en un serial radiofónico de primera hora de la mañana, que le permitían pagar el alquiler y la cuantiosa factura mensual del teléfono, y, como la comida siempre le había traído más bien sin cuidado y David Wilder Savage la invitaba a cenar cuatro o cinco veces por semana, se las apañaba bastante bien. Durante el día seguía buscando trabajo o dormía, y por las noches, cuando no le quedaba más remedio que estar sola, se iba a Downey's, en la zona donde se concentran los teatros, o a Maxie's Bar, cerca del Winter Garden, y buscaba a algún conocido para sentarse con él, tomar café y pasar el resto de la noche mirando alrededor por si veía a David Wilder Savage.

Algunas veces, cuando lo veía entrar en algún local acompañado de otras personas, sentía un hormigueo extraño y muy desagradable en las terminaciones nerviosas y apenas podía respirar. Poco a poco dejaba de oír la conversación de los jóvenes actores con quienes compartía el reservado, como si se estuviese quedando dormida, y se levantaba para pasar por delante del reservado donde estaba David Wilder Savage a fin de que este la viese. Entonces él se mostraba contento y sorprendido, y le pedía que se sentase a su mesa. Daba la impresión de que ignoraba lo planeados que eran aquellos encuentros fortuitos o, si lo sabía, lo disimulaba.

Hacía mucho tiempo que se conocían, y, sin embargo, Gregg no acababa de entender a David. Estaba convencida de que la quería, pero su relación había alcanzado una especie de punto muerto en el que ella sufría y él parecía bastante satisfecho. ¿Qué podía hacer Gregg para salir de aquella situación? Recordaba un proverbio chino que había leído una vez: «Se tardan seis años en hacer un amigo y seis minutos en perderlo». Tal vez era una afirmación demasiado cínica, pero ¿por qué nadie, ni siquiera los chinos, con su sabiduría ancestral, inventaba un proverbio que explicara cómo conseguir que un amigo y amante fuera incapaz de vivir sin ti? Todos los meses, cuando descubría que se había librado otra vez, rezaba una oración de acción de gracias, pero, precisamente por saberse a salvo de nuevo, se permitía sentir la punzada de decepción que habitaba en un recoveco de su cerebro. Tal vez algo drástico obligase a David a pasar a la acción, algo que exigiese una decisión inmediata, algo que le hiciese darse cuenta de lo valiosa que era ella para él. Sin embargo, Gregg sabía que una mujer debía tener cuidado, de modo que seguía tomando precauciones para no quedarse embarazada, para no cambiar la situación, para no cambiar la naturaleza estable de su relación, a pesar de que, mientras tanto, bullía y se retorcía por dentro con la fuerza de sus emociones.

Estaba confeccionando las cortinas para la cocina de David Wilder Savage, por fin. Aunque apenas sabía enhebrar una aguja y, desde luego, nunca se había molestado en hacer un dobladillo porque un imperdible diminuto cumplía el mismo servicio, confeccionaba minuciosamente unas cortinas con una tela tan cara que, con el dinero que le había costado, podría haber ido a sus pruebas en taxi durante toda una semana. Además, ¿quién se hacía las cortinas de la cocina en aquellos tiempos? Sin embargo, había algo simbólico en aquel acto, algo que tal vez lograra atravesar el envoltorio dorado de Broadway, las fiestas, los cócteles y las ocurrencias brillantes, e incluso quizá el envoltorio del hombre con el que se moría de ganas de casarse. Era un gesto anticuado, fuera de lugar tratándose de ellos dos y su círculo de amigos. Tuvo las cortinas acabadas un día de marzo, justo antes de la fecha prevista para el estreno de la obra de David fuera de la ciudad. Decidió esperar y guardarlas para darle una sorpresa una vez que hubiesen pasado los nervios del estreno, las críticas y las posibles revisiones del texto. Cuando él la invitó a acompañarlo a Boston para el estreno, tras advertirle de que apenas tendría tiempo para prestarle atención si al final decidía ir con él, Gregg metió en la maleta su mejor vestido de fiesta, un par de pantalones cómodos para repantigarse en la primera fila durante los ensayos de última hora y, debajo de todo, las cortinas de la cocina. Se sentía bien solo con mirarlas, como si en realidad estuviera casada con él y tuviese que hacer las labores domésticas. Daba risa ver su propio apartamento, tan desordenado, y pensar en las tareas del hogar que, como buena y abnegada esposa, se moría de ganas de hacer en el piso de David, pero a ella su apartamento no le importaba lo más mínimo: era un lugar para cambiarse de ropa, dormir y recibir llamadas telefónicas, nada más.

A su llegada a Boston hacía frío y caía aguanieve. Había placas de hielo en los senderos del Common, y el cielo estaba tan oscuro como durante el crepúsculo incluso a mediodía. Era la primera vez que Gregg visitaba Boston, y conoció la ciudad a través de una serie de impresiones: la vista de una estatua desde la ventana de su habitación de hotel, el interior del teatro (igual que el interior de cualquier teatro), los chapiteles de una estación de metro, un par de zapatos de gamuza verde feísimos en un escaparate por el que pasaba todos los días de camino al teatro. Pero sobre todo su estancia en Boston representó una dolorosa conmoción: ir a buscar los periódicos de la mañana y ver unas críticas que de repente le hicieron pensar que no se hallaba en ningún país que ella conociese, sino perdida en la tierra de los hotentotes.

Las críticas eran negativas. No elogiaban a la actriz principal, sino que la compadecían por tener que sufrir así. Era tan increíble que, de no ser por el título de la obra y los nombres de los miembros del reparto y el productor, Gregg habría creído que era la crítica de otra obra. Sin embargo, en el fondo debía admitir que nunca le había gustado el texto, pero había pensado que, puesto que David Wilder Savage lo había escogido para producirlo, debía de tener algún mérito teatral que a ella se le escapaba. Exceptuando la obra de Gordon McKay, aquel era el primer fracaso de David. Gregg odiaba ya a sus amigos de Nueva York por lo que pudieran decir, por lo que pudieran dar a entender. Si Tony se atrevía a esbozar una sonrisa de satisfacción delante de ella y a repetir lo que le había dicho meses atrás, le daría un bofetón. Todo el mundo tenía derecho a equivocarse, y era un milagro que David Wilder Savage no hubiese cometido ningún error antes.

La obra se retiró «temporalmente» de los escenarios de Boston. No había razón para intentar estrenarla en Nueva York. La mañana en que se publicaron las críticas, David se puso el abrigo, salió del hotel y no regresó hasta al cabo de ocho horas. Gregg no sabía qué hacer. Lo imaginó vagando entre la niebla gris de las calles de Boston como un fantasma vengador; en su mente lo vio emborracharse en un bar, caerse bajo las ruedas de un tranvía y morir aplastado. No sabía si quedarse en la habitación del hotel, al lado del teléfono, o ir a un bar tras otro en su busca. Cada minuto parecían diez, una hora se hacía eterna e insoportable. Al final dejó una nota en la habitación y un mensaje en recepción y salió al día helado. El aguanieve se había convertido en una llovizna que, al caerle en la cara, le resultaba un tanto refrescante, y el frío que le entumecía la punta de los dedos le daba algo en que pensar. Debió de andar kilómetros y kilómetros, escudriñando la oscuridad temprana, sin saber adónde ir pero incapaz de quedarse quieta. Imaginaba que lo veía acercarse y que ella se arrojaba a sus brazos con un grito histérico de alivio. No era tanto que temiera lo que pudiese ocurrirle, porque sabía que era un hombre temperamental pero no un insensato, como el terror que le producía estar sin él. Odiaba Boston como no había odiado ninguna otra ciudad en su vida.

Al final, se dirigió al teatro vacío y cruzó la entrada de los artistas. Parecía que su destino era encontrarlo allí, y se preguntó cómo no se le había ocurrido antes. Estaría sentado solo en el centro de la platea, ensimismado en sus pensamientos, con sus largas piernas flexionadas y apoyadas contra el respaldo del asiento de delante y la cabeza reclinada en el suyo. Sin embargo, no había nadie en el teatro, que estaba a oscuras, silencioso, y que olía a tapicería vieja. Había estado tan segura de que lo encontraría allí que comprendió al fin que era inútil tratar de adivinar sus pensamientos. David era un hombre independiente, y su vida, un mundo propio. Y en ese momento cualquier importancia que su propia vida y su intimidad hubiesen tenido para ella hasta entonces se desvaneció por completo.

Cuando regresó al hotel, exhausta, él estaba allí, en la cafetería bien iluminada, hablando con el director, sin haber experimentado en apariencia ningún cambio. Gregg corrió hacia él, se sentó a su lado en el estrecho asiento del reservado y exclamó con voz ahogada:

—¿Dónde te habías metido?

Él la miró con una leve expresión de fastidio.

—¿Quieres un café? —dijo amablemente, aunque estaba interrumpiendo una frase para preguntárselo.

—¿Dónde estabas? ¿Dónde estabas?

—Ivan y yo llevamos una hora aquí sentados charlando. Tendrás que estar callada y escuchar si quieres quedarte con nosotros.

Gregg se quitó del pelo unas partículas de hielo y se inclinó para ver si David tenía los ojos inyectados en sangre o había sufrido algún cambio perceptible.

—Está calada hasta los huesos —señaló Ivan—. Parece Nell, la huerfanita. —Era un hombretón robusto y de rostro rubicundo, con la voz demasiado aflautada para una persona de su corpulencia.

—Será mejor que te tomes un café —aconsejó David a Gregg, calentándole las manos con las suyas. La miraba con curiosidad porque estaba empapada y parecía desesperada, pero no le preguntó qué le pasaba e indicó por señas a la camarera que sirviese más café caliente.

—Estábamos hablando de si podemos salvar nuestra pobre obra moribunda —dijo Ivan. Tenía delante varias cuartillas de papel escritas en letra diminuta.

Gregg lo miró. Era simpático y amable, pero ella tenía tantas ganas de que se marchase que casi se convenció de que solo con la fuerza de su deseo lograría que se esfumara. Se volvió hacia David, estrechando sus cálidas manos con las suyas, todavía frías.

—¿Estás bien?

—Sí.

—No sabía qué te había pasado. ¿Por qué no me dijiste adónde ibas?

—Bébete el café —dijo él en tono amable. Deslizó el azucarero desde el borde de la mesa hasta su taza—. Hablaremos luego, cuando Ivan y yo hayamos acabado.

Gregg se tomó el café oyendo las voces de los dos hombres, pero sin escucharlos apenas. Él sabía lo mucho que significaba para ella; la había invitado a acompañarlo a Boston y luego, cuando más la necesitaba, había huido de su lado. ¿Por qué no había acudido a ella en busca de consuelo, por qué no había dicho nada? Y ahí estaba ahora, con el rostro impasible, tratando de salvar una obra de teatro que, evidentemente, no merecía la pena salvar, y dejándola a ella al margen. Él no le había pedido consuelo ni aliento; había prescindido por completo de ella. ¿Por qué le había propuesto que lo acompañara si no tenía intención de hacerle caso? No era su amiga solo cuando las cosas iban bien. En realidad, habría agradecido la oportunidad de demostrarle lo leal que podía llegar a ser cuando venían mal dadas. Tal vez fuese esa la ocasión que había estado esperando, la de consolarlo cuando él lo necesitara y dejara de mostrarse como un hombre fuerte.

Ivan se había puesto en pie y le estaba sonriendo.

—Hasta pronto —dijo—. Nos vemos en el tren.

—Adiós. —Gregg se alegró tanto de verlo marchar que hasta se mostró cordial. En cuanto Ivan se hubo ido, se volvió hacia David—. ¿Vas a intentar representar de nuevo la obra?

—¿Es que no estabas escuchando? —exclamó él, muy sorprendido.

—Por supuesto —mintió ella. Se miró las manos. Ya le habían entrado en calor y habían recuperado el color—. Sabes que haría cualquier cosa por ti. Por eso estoy aquí. Tengo la sensación de que no te das cuenta.

Él le acarició el pelo cariñosamente.

—Lo sé.

—Quiero ayudarte —dijo ella.

—Ya.

—Pues sí.

Él se levantó y dejó algo de dinero encima de la mesa.

—Tenemos que preparar las maletas, salimos en el tren de las cinco en punto. Ahora he de ver a alguien; y luego me reuniré contigo en la habitación.

—Por favor, déjame ir contigo —pidió Gregg.

—Solo estaré fuera media hora. Hazme la maleta, por favor.

—Deja que te acompañe, por favor. Te he echado mucho de menos mientras estabas por ahí.

—No hay ninguna razón para que vengas conmigo —repuso él, aún amable y cariñosamente, como si hablase con una niña de cinco años—. Volveré enseguida.

—¿A quién vas a ver?

De pronto David pareció muy cansado, como si finalmente acusase la noche que había pasado en vela.

—Muy bien —murmuró—. No voy a ver a nadie. Solo quiero dar una vuelta a la manzana. Ya sabes lo que anoche y esta mañana han significado para mí. Quiero pasear y reflexionar sobre lo que voy a hacer.

Gregg lo tomó de la mano.

—Pasearé contigo y no diré una sola palabra.

Él se soltó.

—Has dicho que quieres ayudarme.

—¡Así es!

—Entonces déjame a solas un rato. A veces, el mayor favor que puedes hacer a alguien es dejarlo solo.

—Vuelve pronto —dijo Gregg, con voz temblorosa, aunque intentó que sonara alegre.

Él le alborotó el pelo, igual que cuando la había dejado para hablar por teléfono la primera vez que hicieron el amor, y salió de la cafetería. Aquel gesto afectuoso desarmó a Gregg por completo; sabía que era imposible que él estuviese enfadado con ella, y también sabía que no soportaría estar sola en la habitación del hotel ni siquiera media hora, recordando ese gesto y sintiendo cómo las paredes se cerraban en torno a ella. Cogió el bolso y corrió tras él, sin molestarse siquiera en abrocharse el abrigo.

Lo vio al final de la manzana, andando a paso ligero, con las manos en los bolsillos del abrigo y el cuello levantado. Gregg echó a correr por la calle y, cuando él dobló la esquina, se escondió detrás de un coche aparcado para que no la viese. David no parecía caminar en ninguna dirección concreta, simplemente paseaba. De pronto a Gregg se le ocurrió la idea disparatada de que tal vez, después de todo, sí fuese a encontrarse con alguien y llegaba a su cita con cierta antelación. «Oh, Dios mío... —pensó—. Oh, Dios...» Ver a David allí delante la tranquilizaba, pues pensaba que, mientras no lo perdiese de vista, todo iría bien. Avanzaba con mucho cuidado para que él no advirtiese que lo seguía, pero al mismo tiempo abrigaba la esperanza de que se volviese, la viese y la dejase caminar con él.

David entró en el Common y aflojó el paso al enfilar el sendero flanqueado de hielo. El parque estaba desierto, era una tarde muy fría. Los árboles parecían delgadas líneas negras contra el cielo gris y los edificios marrones; hileras de árboles, hileras de casas, todo desconocido para ella y sin importancia, casi como si no existieran. Lo único que existía para ella en el mundo era aquel hombre al que seguía furtivamente, sin perderlo de vista ni un segundo porque él era sinónimo de calidez, de vida y de alegría aun en aquel parque vacío y desangelado. Lo siguió durante una hora. Tenía el cuerpo entumecido de frío y temía que perdiesen el tren. David regresó por fin al hotel y, un momento después de que entrase en el vestíbulo, Gregg corrió tras él. Esperó a que el ascensor donde él entró empezara a subir para acercarse y pulsar el botón.

David estaba en su habitación, contigua a la de ella, haciendo la maleta.

—Hola —dijo Gregg. Él no contestó; estaba doblando su batín, y muy mal, además.

Ella se acercó y se lo quitó de las manos.

—Déjame hacerlo a mí.

—Hemos perdido el tren —señaló él—. Tomaremos el de las seis.

—Ya lo sé. ¿Por qué has tardado tanto?

Él se volvió y la miró. Gregg nunca había visto una expresión tan adusta en su rostro.

—Estaba esperando a que te hartases de seguirme.

¿Qué podía decir ella? Lo mejor era conservar la sangre fría.

—¿Y tú cómo lo sabías? —preguntó con una sonrisita nerviosa.

—Me volví al menos dos veces y te vi. No serías una buena detective. —Las palabras eran amables, pero el tono era seco y tenso.

—No te he molestado —dijo ella.

—Me has molestado hasta cabrearme.

—¿Por qué? ¿Por qué?

—Escucha... —dijo él. Lanzó un suspiro—. Si quiero estar solo, ¡solo!, ¿me oyes?, y te pido que me dejes a solas, ¿por qué no respetas mi deseo? Yo te dejaría sola inmediatamente si me lo pidieses.

—Yo nunca te lo pediría. No me gusta estar sola.

—¿Y todo el mundo tiene que ser como tú? —preguntó él en voz baja.

—Claro que no. Pero es que yo solo quiero estar contigo.

—Siempre estás conmigo. Estarás conmigo cinco horas en el tren. ¿Crees que podrás ir tú sola a tu habitación y recoger tus cosas o tendré que llevarte de la mano?

—Lo siento —dijo ella—. No sabía que te enfadarías.

—Sí lo sabías —repuso él—, porque te lo dije, pero por lo visto te da igual. Si estuvieras interpretando un papel en una obra, ¿crees que me quedaría entre bastidores durante toda la función lanzándote besos, susurrando y arrojándote notitas de papel dobladas?

—No seas sarcástico.

—Te lo explicaré una vez más —prosiguió él, hablando muy despacio, como si de verdad estuviera demasiado cansado para hacer el esfuerzo—. Hay veces en las que una persona quiere estar sola, para pensar o para no pensar. Tal vez yo soy peor que otras personas, tal vez necesito estar solo más a menudo, pero el caso es que soy así, y quiero que lo entiendas. Y si no puedes entenderlo, creo que tú y yo no deberíamos seguir viéndonos.

Sus palabras eran como un cuchillo que le arrancara la piel, frías, certeras y aterradoras.

—No —dijo Gregg—. ¡No! Tenemos que seguir viéndonos.

Él se sentó en el borde de la cama, sobre la maraña de ropa todavía por guardar en la maleta.

—Estoy muy cansado —dijo.

Gregg atravesó la habitación hasta la cama, se sentó a su lado y le rodeó el cuello con los brazos.

—Tenemos que seguir viéndonos —insistió—. ¡Tenemos que seguir juntos! Te dejaré solo, te lo prometo.

Él no la apartó ni se alejó de su lado. Continuó sentado en la cama, con los ojos cerrados dejando que ella lo abrazase. Al final habló, en voz baja y casi inexpresiva.

—Pues empieza ahora mismo —dijo.

David Wilder Savage durmió durante todo el trayecto en tren de Boston a Nueva York, con la cabeza reclinada contra el respaldo del asiento y el rostro ceniciento por la tensión y el cansancio. Gregg intentó descansar, pero no pudo. Estaba tan agotada que tenía la impresión de que cualquier cosa, por nimia que fuese, podría romperla en mil pedazos en cualquier momento, como Humpty Dumpty al caerse del muro, y nada pudiese recomponerla, ni siquiera doce horas de sueño con la ayuda de un somnífero. Cuánto tiempo parecía haber transcurrido desde que comenzaron su relación, como si la hubiesen iniciado dos personas distintas. Ahora cada día todo resultaba más insoportable; era un matrimonio una vez finalizada la luna de miel, pero sin nada que reemplazase el romanticismo perdido. Al principio, la novedad había hecho que se mostrase despreocupada y cautelosa a la vez, de modo que había conservado su sentido del humor y conseguido hacer reír a David, a pesar de que estaba mucho más preocupada de lo que él sospechaba. Ahora, en cambio, cada palabra, cada mirada o movimiento ahondaban la herida purulenta del pánico que habitaba en su corazón. Hasta sus actos del verano, sus alegres y cariñosas despedidas cada vez que se marchaba para proseguir con su gira estival, le parecían ahora los movimientos de una desconocida feliz. Lo peor de todo era que no había vuelta atrás ni enmienda posible. Ella no podía remediar ser como era, y había transformado su relación en algo tenso y tambaleante. Lo sabía, y se sentía incapaz de hacer algo al respecto, así que todo cuanto decía y hacía estaba mal, y con cada error crecía la necesidad de obtener el perdón de David, hasta el punto de que Gregg tenía la impresión de estar viviendo una pesadilla. Esa no era ella, ni aquel era David. Todo era una farsa, una jugarreta terrible del destino. Lo único que quería era amar y ser correspondida. Todo aquello era cruel.

Al subir por la rampa de la estación de Grand Central, donde hacía frío, Gregg se sintió más tranquila. Volvían a casa y todo iría mejor. Hablaban con naturalidad, se sonreían; una vez que hubieron dejado las maletas en el apartamento de él, David la llevó a cenar a un pequeño restaurante. Era una bodega con un menú asequible, frecuentada sobre todo por estudiantes de universidades prestigiosas y sus parejas, con manteles de cuadritos rojos y la clase de comida que provoca ardor de estómago antes incluso de terminar el plato. No se servían licores, solo vino y cerveza. Era un sitio donde no habría nadie que reconociera a David Wilder Savage y le preguntara cómo había ido el estreno de la obra o, peor aún, que supiera cómo había ido y expresara su pesar, sincero o falso. Eran las once de la noche y eran las únicas dos personas que había en el restaurante, aparte del camarero con aspecto de gnomo, que salía y entraba de la cocina con sus platos y masticando con disimulo.

—Me alegro de estar de vuelta en Nueva York —dijo Gregg.

—Yo también.

—Deberíamos pedir que nos trajeran una botella de licor. ¿Crees que tendrán algún chico de los recados que pueda ir al otro lado de la calle y traernos una?

—Ese camarero está intentando comerse la cena e irse a casa —dijo David—. Podemos tomar una copa en mi apartamento.

—Pues esperemos que no se esté comiendo nuestra cena.

David sonrió. Volvían a estar juntos, eran una pareja que hacían observaciones y comentarios sobre el mundo; no eran comentarios importantes o ni siquiera demasiado ingeniosos en ese momento, pero eran vitales, porque creaban un vínculo.

—Si es nuestra cena lo que se está comiendo —añadió Gregg—, preferiría que no pusiese esa cara de asco.

—¿Qué hora es?

—Las doce menos cinco. —Gregg puso su servilleta debajo de la taza de café porque se había derramado un poco en el plato—. Ojalá todo el mundo pudiese estar siempre seguro del otro; ¿sabes lo que quiero decir? No tener que adivinar lo que está pensando el otro o lo que va a hacer.

—Espero que esa filosofía de medianoche no te venga del disgusto por tus espaguetis —comentó David alegremente—. Debes de estar cansada.

—No hablo de otra gente —dijo Gregg—. Me refiero a nosotros.

—Eso sería aburrido, ¿no te parece?

—No para mí.

—No... —dijo él con aire pensativo—. No para ti.

—¿Qué significa eso?

—Solo repito lo que acabas de decir.

—Lo más importante en este mundo es la comunicación —afirmó Gregg con vehemencia—. Por eso los seres humanos pueden hablar, para poder consolar a los otros y hacerlos reír y pedirles ayuda.

—Y contarles historias aburridísimas y venderles el puente de Brooklyn —agregó David, sonriendo—. Te has dejado un montón de cosas.

—Bueno, tendremos que olvidarnos de ellas porque ahora estoy hablando de otra cosa.

—Muy bien.

—¿Por qué no me dices nunca que me quieres?

Ya estaba, lo había soltado, la acusación, la pregunta que la corroía por dentro. Se miraron un momento, en silencio, Gregg tensa y asustada y rebelde y aliviada al mismo tiempo, y él bastante triste.

—Porque no es la respuesta a la pregunta que me haces —contestó.

—¿Qué quieres decir?

—La universitaria dentro del coche aparcado pregunta: «¿Me quieres?», y el chico que está con ella le contesta que sí, pero lo que ella quiere decir en realidad es: «¿Me respetarás?», y lo que él quiere decir es: «Quiero irme a la cama contigo». El niño pregunta a su madre si lo quiere, y lo que en realidad quiere decir es: «¿Me protegerás? ¿Me darás tu aprobación?». Tú me preguntas si te quiero y en realidad lo que quieres decir es si te devoraré, si te envolveré por completo, si anularé tu vida y, lo que es peor, si te dejaré anular la mía. Por eso nunca te respondo, porque sí te quiero, pero no de la forma que tú deseas, y nunca lo haré.

Gregg lo miró fijamente un momento, llena de estupor. Todo cuanto él acababa de decir pasó por su cerebro como el papel de un rollo de pianola y se detuvo antes de la última línea.

—Me quieres —susurró—. Me quieres.

—¿Has escuchado el resto?

—Has dicho que me quieres.

Él suspiró y meneó la cabeza con gesto de resignación.

—Que Dios me ayude, porque debo de quererte, supongo —dijo.

Ella se levantó, corrió a su lado y lo besó allí mismo, en el restaurante, abrazándole el cuello y con lágrimas en los ojos.

—Y ahora se cierra el telón —dijo ella—, la orquesta empieza a tocar, el público se pone en pie como si tiraran de ellos con unas cuerdas y ¡es un éxito clamoroso!

—Y luego se marchan —añadió él— y se van a Nedick's. —David se levantó, apartó de su cuello los brazos de Gregg y le puso el abrigo con ternura por encima de los hombros.

—¿Por qué tienes que ser tan cínico? —preguntó ella, agarrándole el brazo y apoyando la cabeza en su hombro. La cabeza apenas le llegaba al hombro de él, y su melena rubia se desparramó sobre la solapa del abrigo de David. Cuando salían del restaurante así cogidos, pasaron por delante de un espejo antiguo colgado de la pared junto al guardarropa. Gregg se detuvo ante él—. Míranos.

—Pareces una sirena agarrada a un marinero a punto de morir ahogado —dijo David Wilder Savage.

Cuando entraron en su apartamento, él puso un disco de inmediato, como hacía siempre, y encendió el fuego de la chimenea. Gregg arrojó su abrigo sobre una silla y se descalzó. Con los pies enfundados en las medias, se acercó al sofá y se sentó, con las rodillas dobladas a la altura del mentón y rodeadas por los brazos, siguiendo con la mirada todos y cada uno de los movimientos de él.

—Tengo un regalo para ti —dijo en tono soñador—. Te lo daré luego.

—¿De verdad? —David parecía divertido.

—Sí, pero no es lo que tú crees. Es un regalo de verdad. Una cosa.

—Pues será mejor que me lo des pronto, porque me muero de cansancio y voy a meterte en un taxi y a acostarme.

Con el ánimo derrumbado, Gregg notó que empezaba a temblar.

—Es mi regalo y te lo daré cuando me apetezca —dijo, dolida.

—Lo siento, cariño. Me encantaría verlo. ¿Dónde está?

—Cuando alguien te hace un regalo, no lo echas de casa justo después —repuso ella.

—Entonces dámelo mañana, cuando no estemos tan cansados —propuso él.

—¿No lo quieres?

—No, si vas a enfadarte.

—Si quiero darte un regalo tienes que aceptarlo —dijo ella—, tanto si lo quieres como si no.

—¡Entonces dame el puñetero regalo de una vez!

—¿Es que no me quieres? —La voz de Gregg era la vocecilla de una niña; la oyó como si perteneciese a otra persona, y eso hizo que le diese aún más miedo tener que esperar la respuesta, porque esta sí le pertenecería a ella y no a otra persona.

—¿Qué diablos tiene que ver un puñetero regalo con si te quiero o no?

—Todo.

—Gregg —dijo él—, esta noche no te voy a seguir la corriente.

—¿Qué tiene que ver quererme con seguirme la corriente?

Él cerró los ojos.

—Estoy muy cansado —dijo.

—¿Me quieres?

—… Sí.

—Entonces, ¿por qué no puedo pasar aquí la noche?

—Quédate. Quédate toda la noche.

—¿Por qué hasta ahora no has dejado que me quede toda la noche?

—Creo que hay un cepillo de dientes limpio en el botiquín —dijo él—. En el estante de arriba.

—Ya lo sé —dijo Gregg.

—Hay un camisón blanco en el último cajón de la cómoda —añadió David—, pero supongo que eso también lo sabes.

—No, no hay ninguno. Nunca he visto… —Se interrumpió al ver cómo la miraba—. Bueno…

—Puedes ponerte la camisa de un pijama mío si te gusta dormir con algo de ropa en invierno —dijo él.

—No me gusta. Ah, hay muchas cosas que no sabemos el uno del otro. Me duele solo pensar en las pequeñas cosas que nos hemos perdido. —Lo abrazó—. ¿Por qué no me has dejado pasar aquí la noche hasta ahora?

—Este verano pasaste tres días seguidos aquí.

—Eso no era quedarse a dormir la noche entera; estaba de visita.

—Ah, y no es lo mismo, ¿a que no?

—¿Por qué eres tan sádico?

—También te has quedado otras noches, si no recuerdo mal. Te quedabas en verano cuando estabas de gira y venías a la ciudad.

—Faltaría más —exclamó Gregg, enfadada—, después de conducir desde tan lejos.

—Válgame Dios… —dijo él—. Quédate toda la noche o no te quedes, pero no lo analices.

—Tengo que hacerlo —repuso ella—. Eres muy raro.

—Sí —contestó—. Soy raro.

Ella se lo quedó mirando un momento, entre enfadada y asustada. Se acordó de lo que Tony había dicho hacía mucho tiempo sobre David Wilder Savage y Gordon McKay: «Nadie sabe a ciencia cierta si estaban enamorados». Y David parecía tener tanto miedo de amarla... Raro... raro... Tal vez fuese raro, pero no en ese aspecto. De ser cierto, Gregg no temería afrontarlo, porque era una mujer de mundo y había conocido a un buen número de hombres que habían resultado ser distintos de lo que ella creía. Pero sabía que en el caso de David Wilder Savage no era cierto, eso no. Habría oído rumores de boca de otras personas aparte de Tony, porque todo el mundo parecía conocer hasta el último detalle embarazoso sobre las celebridades, y David Wilder Savage era toda una celebridad en su círculo de amigos que vivían para y por el teatro.

—No deberías enorgullecerte de eso —dijo fríamente.

—Soy raro —añadió David— por aguantar todo lo que me haces. Me agobias, me asfixias, me exiges, no intentas comprenderme. Nunca piensas que yo pueda estar triste, tú eres la única que puede estar triste. Me sigues, me registras los cajones de la cómoda, tienes celos de mis amigos. Te quedas agazapada esperándome en los bares... ¿creías que tampoco sabía eso? El hecho de que te pida que vengas a sentarte conmigo no significa que no sepa por qué estás ahí.

—Tengo derecho a estar ahí.

—Sí.

—Entonces, ¿por qué estás enfadado? —gritó Gregg—. Creía que me querías.

—No estoy enfadado —dijo él en voz baja—. Solo siento lástima por ti.

—¿Por qué?

—Porque necesitas a alguien que te quiera por hacer esas cosas, alguien a quien le conmuevan, no alguien a quien cada vez le cuesta más perdonarlas.

El dolor que se había instalado en el pecho de Gregg era peor que el que sentía cuando estaba sola; el peso que la oprimía no pesaba dos kilos, sino cuarenta. Cuando habló, lo hizo a través del velo de su dolor, y solo realizó el esfuerzo porque no hablar le habría resultado aún más doloroso.

—¿Y tienes que… perdonarme por quererte?

—El amor que tú me ofreces no es el que yo necesito —dijo él. Sonrió y le acarició la mejilla con la yema de los dedos—. Somos dos seres un tanto neuróticos cuyas neurosis no parecen complementarse. Venga, vamos a dormir. Mañana por la mañana veremos las cosas de otro modo.

—¿Dormir? ¿Tú crees que yo puedo dormir ahora, tal como estoy?

—Te prepararé un vaso de leche caliente y te daré un somnífero. ¿Qué te parece? Yo también me tomaré uno. Nos quedaremos inconscientes juntos.

—Nunca estamos juntos —replicó ella. Se tapó la cara con las manos, los hombros en tensión, esperando a que él se acercara a consolarla. No lo hizo. Lo oyó salir de la habitación y levantó la mirada, presa del pánico, pero él volvió al cabo de un momento con un frasquito de pastillas en la mano, que dejó encima de la mesita del café—. ¿Y qué clase de amor necesitas tú, si puede saberse?

Él seguía sonriendo.

—Un amor manso, como en la canción.

—No, en serio.

—Hablo en serio.

¿Qué demonios era un amor manso? Gregg se imaginó una chiquilla menuda y apocada, con el pelo ralo y sin cara, capaz de contentarse con vivir en la órbita de la vida de David Wilder Savage, admirándolo, esperando pacientemente a que él se fijara en ella, la clase de chica por la que una joven como ella solía sentir lástima. Y no obstante esa chica sería la mujer más afortunada del mundo, porque David Wilder Savage la adoraría y le importaría todo cuanto le sucediera, estuviese donde estuviese.

—Iré a calentar la leche —anunció él. Se dirigió a la cocina. La cocina sin cortinas. ¿Debía darle las cortinas en ese momento? Así le demostraría que era una chica mansa, de las que se quedaban en casa noche tras noche y cosían esas puñeteras cosas. Gregg se levantó de un salto, corrió a su maleta y empezó a desparramar la ropa y los zapatos por el suelo con las prisas por sacar las cortinas del fondo.

Se encaminó a la cocina escondiéndolas detrás de la espalda. David había colocado dos pesadas tazas de porcelana en el escurreplatos y calentaba un cazo de leche en el fogón.

—Sorpresa —dijo Gregg.

Sostenía las cortinas delante de sí y él las miraba con expresión complacida y un tanto perpleja.

—Vamos a colgarlas ahora mismo —dijo Gregg.

—¿Son unas cortinas?

—Sí.

—Ah, son preciosas, cariño.

—Las he hecho yo.

—¿Ah, sí?

Y de repente Gregg se dio cuenta de que se habría mostrado igual de complacido si le hubiese regalado un disco o una botella de vino. Las cortinas no encerraban ningún simbolismo para él, absolutamente ninguno, y no podían cambiarla a ella ni lo que ella significaba para él, igual que el hecho de que un mono aprenda a comer con cuchara no lo convierte en un ser humano. Dobló las cortinas con cuidado y las dejó sobre la mesa de la cocina.

—Las colgaremos mañana —dijo, sin alterar la voz y esbozando una sonrisa forzada.

—Es un detalle, cariño, que te hayas tomado tantas molestias.

—No tienes ni idea de lo hogareña que puedo llegar a ser —dijo ella alegremente y, acto seguido, salió corriendo hacia la sala de estar.

Notó el calor del fuego en la cara, y le pareció que le quemaba las pestañas. El frasquito de somníferos refulgía a la luz de las llamas, con el contorno rojizo. Se las tomaría todas, se las tragaría como si fueran aspirinas y se quedaría ovillada en el sofá para siempre antes incluso de que David hubiese terminado de calentar la leche. Él creería que estaba dormida y no querría molestarla. Le dejaría la taza de leche en la mesita sin hacer ruido y se agacharía para recoger el bote de pastillas. Entonces se daría cuenta de que estaba vacío. Se preocuparía mucho, se pondría furioso, y luego la zarandearía y llamaría al hospital. En la ambulancia, durante todo el camino al hospital, permanecería sentado a su lado, igual que los familiares desconsolados junto a un bulto cubierto por una sábana que Gregg había visto en las muchas ambulancias que pasaban por su calle haciendo sonar la sirena. David se preguntaría qué ocurriría si la perdía. Sabría por qué había querido suicidarse. Ella no tendría que decirle nunca más lo desgraciada que se sentía.

Se oyó un ruido seco cuando él depositó las tazas en la mesita del café.

—Podemos dormir todo el día —dijo.

Solo había sido una fantasía disparatada, lo del suicidio. Sabía que nunca sería capaz. La gente que quería suicidarse se pegaba un tiro en el cabeza o saltaba a la vía para que la arrollase un tren, no se tomaba pastillas cuando sabía que había alguien cerca que se aseguraría de que no fuese demasiado tarde. La escenita de las pastillas era una artimaña femenina, un ardid de los amantes rechazados. No hacía falta valor; lo valiente era seguir viviendo. Gregg experimentaba una sensación muy extraña, como si alguien le hubiese devuelto su vida. No valía mucho, pero era su vida. Si no iba a morir, al menos viviría como le diese la gana, fuera lo que fuese lo que eso significaba. Se preguntó si alguna vez había hecho algo porque realmente quisiera hacerlo, o solo porque tenía que hacerlo, como el suicida que siente la irresistible tentación de bajar del andén hacia el tren.

16

A principios de la primavera de aquel año de 1953, cuando aparecieron en Central Park los primeros jinetes fornidos, y cuando los primeros corredores entusiastas, tiritando y en camiseta, empezaron a corretear alrededor del lago artificial en las mañanas neblinosas, Mary Agnes Russo comenzó a preparar su boda. Su conversación, que hasta entonces siempre había girado en torno a los chismorreos de la oficina, pasó a centrarse en su propia persona. Si Caroline le preguntaba: «¿Qué tal estás?», ella respondía: «Pues he escogido el menú para el banquete. Serviremos macedonia de frutas, sopa, pollo, guisantes, patatas a la lionesa, ensalada, panecillos, helado y tarta nupcial. Y una botella de licor en cada mesa». Para los asuntos importantes, como el hecho de que hubiese ido a probarse su traje de novia, no hacía falta que le dieran pie. Lo único que guardó en secreto era cómo serían sus invitaciones de boda, porque sus amigas las recibirían de un momento a otro y Mary Agnes quería que fuesen una sorpresa. Caroline se preguntaba en qué podía diferenciarse una invitación de boda de otra, pero, conociendo a Mary Agnes, estaba preparada para cualquier cosa.

—¡Y eso que se pasaba el día burlándose de Brenda! —comentó April.

—Al menos ella no trae sus camisones a la oficina —repuso Caroline.

Por un instante la sonrisa de April se esfumó, pero enseguida volvió a mostrarse risueña.

—Supongo que nos resulta gracioso porque sabemos que no va con nosotras —dijo April—. Seguro que yo estaría igual de pesada si se tratase de mis planes de boda.

Todos los escaparates de Saks Fifth Avenue estaban llenos de maniquíes vestidos con trajes de novia, y Caroline sabía que April había ido allí durante su hora del almuerzo todos los días de esa semana para probárselos, mirarse en el espejo, palpar la tela y quitárselos de mala gana. Dexter no había vuelto a mencionar el tema de la boda desde aquella tarde en que fueron a Nueva Jersey para que a April le practicaran el aborto, y ella, que siempre interpretaba el silencio como un consentimiento, al menos tenía la sensatez de no comprarse un vestido de novia y solo se los probaba, por si acaso. Caroline estaba segura de que Dexter no se casaría con April; le costaba un gran esfuerzo seguir tratándolo con cortesía en las raras ocasiones en que coincidían, y temía plantarle cara algún día y soltarle lo que pensaba de él. Nunca había sentido tanta aversión por nadie. El atractivo rostro del joven, que para ella seguía conservando parte del interés estético de una obra de arte, le desagradaba porque reflejaba sus expresiones y proyectaba sus palabras. Caroline creía saber cómo se sentía April cada vez que se probaba un traje de novia, pues había hecho tonterías parecidas cuando planeaba casarse con Eddie Harris, aunque entonces ella contaba al menos con la garantía de una promesa. El placer de probarse un vestido que se luciría en una ocasión inolvidable para alguien a quien se quería con locura era tan distinto de adquirir el primer vestido de noche para acudir al primer baile, que Caroline apenas era capaz de describirlo. Las dependientas eran guapísimas, el probador era rosa y ella nunca había estado más radiante. Parecía aferrar cada vestido con sus nerviosas manos antes de deslizárselo por la cabeza como si dijera: «¿Es este el elegido? ¿Se convertirá de repente este trozo de tela con costuras en el vestido que recordarás toda tu vida?». Sintió tanta lástima al enterarse de las solitarias excursiones de April a la hora del almuerzo que no soportaba ni pensar en eso.

—Dexter pedirá las vacaciones para otoño, en lugar del verano —le explicó April—. Dice que el otoño es la mejor época para viajar a Europa si no puedes ir en primavera. Pasaremos allí nuestra luna de miel.

—¡Entonces ya es definitivo! —exclamó Caroline con alivio.

—Bueno… no tenemos fecha ni nada más. Pero lo hemos hablado.

—¡Cuánto me alegro, April! ¿Y qué habéis decidido?

—Bueno, le comenté que siempre había querido ir a Europa en mi luna de miel y él dijo que también le gustaría. Me explicó que el otoño era una buena época, como ya te he dicho, y luego dijo que iba a tomarse sus vacaciones en otoño. Y añadió que Europa es maravillosa en otoño aunque no estés de luna de miel. Que hay muchas chicas.

«Oh, Dios…», se dijo Caroline.

—Pero ¿te ha dicho que te llevará?

—Bueno, no me ha dicho «Te llevaré», pero sé que lo hará. Se lo puede permitir, eso desde luego.

Caroline trató de mantener el semblante inexpresivo, sin saber qué decir o cómo expresar lo que pensaba, sin querer que April bucease en sus ojos y viese que con aquella absurda patraña solo se engañaba a sí misma. Sin embargo, de repente la sonrisa de April se esfumó, como ocurría tantas veces últimamente, y cuando agarró a Caroline del brazo tenía los dedos fríos.

—Sé que Dexter quiere casarse conmigo —afirmó April en voz baja y con desesperación—. Me lo ha dicho. ¿Te acuerdas de que te lo conté? Nunca ha dicho que no vaya a hacerlo. Cuando se está prometido, no se rompe el compromiso a menos que uno de los dos lo diga. Es un asunto demasiado importante; no se bromea con el matrimonio.

—No, algunas personas no —repuso Caroline, odiándose a sí misma por tener que decirlo.

—Es su familia —prosiguió April—. Son ricos, de la alta sociedad... y unos arribistas, tengo que admitirlo. No entiendo por qué unas personas que tienen todo cuanto necesitan se preocupan por las apariencias. Dexter dice que sus padres necesitan cierto tiempo para hacerse a la idea de que no va a casarse con ninguna de las chicas con las que creció.

—Una debutante con cara de caballo, que camina dando zancadas de la longitud de un campo de hockey y que lleva un traje de tweed con un sombrerito a juego —dijo Caroline con la intención de animar a April—. Las conozco perfectamente, fui al colegio con algunas de ellas.

—No, no —dijo ella—. Estas son guapas. El sábado pasado almorzamos en uno de esos restaurantes de cenas espectáculo (tiene gracia eso de almorzar en un restaurante de cenas), y me presentó a tres chicas con las que había salido antes de conocerme. Eran guapísimas, y dos llevaban abrigos de pieles.

—Tendrías que tratar de conocer a otros chicos —le aconsejó Caroline—, aunque solo fuera para dar un susto a Dexter.

April sonrió.

—He conocido a muchos amigos de Dexter. Cuando vamos a una sala de fiestas siempre bailan conmigo, y uno hasta me ha pedido que salga con él por Nueva York.

—Pues acepta.

—No podría. No sé cómo explicarlo, pero ese joven me dio miedo. Es uno de los mejores amigos de Dexter, y sé que Dexter le ha contado lo nuestro, y aun así, cuando me ayudó a ponerme el abrigo mientras Dexter iba por el coche, me puso la mano justo en... bueno, justo aquí. —Se llevó la mano al pecho.

—¿Estaba borracho?

—No. Da la impresión de que esos chicos nunca se emborrachan. Beben tanto que supongo que se han vuelto inmunes al alcohol.

—Nadie se vuelve inmune al alcohol —dijo Caroline—, y eso es algo que también deberías aprender.

—Bueno, pues no estaba borracho —repuso April con tono pensativo—. De eso estoy segura.

Las chicas de la sección de mecanografía trataban de decidir si celebraban una fiesta en honor a Mary Agnes y cada una le entregaba un obsequio, u organizaban una colecta para comprarle entre todas un buen regalo. Como Caroline y April eran amigas de Mary Agnes, las invitaron a participar en la reunión. Hubo muchos murmullos en el aseo de señoras de la planta treinta y cinco, y al final se decidió que, puesto que Mary Agnes y Bill eran una pareja joven y acababan de empezar a amueblar su primer hogar, preferirían un cheque regalo en lugar de una fiesta.

—Yo también lo preferiría —dijo Caroline a Mike Rice—. Si tengo que soportar otra comida «sorpresa» en que la futura novia (¡oh, qué casualidad!) aparece en la oficina con su mejor vestido y todo el mundo se pone a reír y sale corriendo a las doce menos cinco, dejando a la invitada de honor sentada sola a su mesa como si tuviera la peste y encantada de la vida, y luego una de sus amiguitas le dice «¡Vámonos a almorzar!» y se van al restaurante donde todas las mecanógrafas están ya como una cuba después de haberse bebido medio daiquiri y gritan «¡Sorpresa!», me moriré.

—Eh, tranquila, no te sulfures —dijo Mike entre risas.

—¡Ah! ¡Y la hora de los regalos...! —continuó Caroline—. Una le da un biberón de juguete, y a otra le parece descacharrante regalarle un libro sobre sexo, y todo el mundo se toma otro daiquiri y entonces es el no va más, y luego todas se ponen a hablar de sus novios, y a las tres en punto vuelven tambaleándose a la oficina, donde se pone a trabajar el departamento de altas finanzas, dividiendo la cuenta y la propina hasta el último mísero centavo. Lo peor de todo es que Mary Agnes seguirá trabajando después de casarse y no tardará en quedarse embarazada, y no nos quedará más remedio que repetir el numerito otra vez.

—Eres muy joven para ser tan cínica —dijo Mike con tono burlón.

—No soy cínica, sino práctica. Voy a anotar todo el dinero que he dado con motivo de una boda o el nacimiento de un niño y, cuando me case, si es que me caso algún día, recuperaré hasta el último centavo.

Mike se echó a reír.

—A nosotros nos parece una estupidez, pero para esa chica es muy importante ser el centro de atención aunque solo sea por una vez. A ti te cuesta comprenderlo. Creo que Mary Agnes se llevará una gran decepción cuando vea que las chicas han decidido no celebrar una fiesta en su honor.

—¿Quién? ¿Mary Agnes? ¡Pero si es la mujer más práctica que conozco! Lleva dos años enteros prometida para poder ahorrar. Creo que estará encantada de que le den un cheque regalo.

—Dos años prometida... —dijo Mike con aire pensativo—. Cuando esperas algo durante tanto tiempo, quieres que el momento en que por fin lo consigues sea muy especial. Mientras esperas, sin decir nada, todos los demás lo olvidan, pero tú lo alimentas con tus fantasías hasta que se convierte en lo más importante del mundo.

Por un instante miró a Caroline abiertamente, sin reservas, y ella sintió un sobresalto, algo a medio camino entre la sorpresa y el dolor. Era posible que con aquellas palabras Mike quisiera dar a entender muchas cosas, ninguna de las cuales tenía nada que ver con Mary Agnes. Era difícil adivinar qué pensaba cuando quería que se supiese que algo era personal e importante para él: daba unas pocas pistas y luego había que atar cabos para entender el resto.

—Yo creía que el mero hecho de conseguirlo debería ser suficiente —dijo Caroline, bajando la mirada.

—Para nosotros sí, pero es que nosotros somos más imaginativos. Mary Agnes necesita un poco de confeti. —Sacó la cartera del bolsillo y pasó el pulgar por los billetes para contarlos—. Escucha..., queda con ella mañana para tomar un refresco al salir del trabajo. Y díselo a las demás. Compraré algunas botellas, me haré con unos cuantos vasos y todas esas cosas, y organizaremos en su honor nuestra pequeña fiesta particular. Pero habla con ella hoy para que yo pueda saberlo con antelación; no me gustaría tener que beberme todo ese whisky yo solo, aunque, desde luego, no me costaría nada.

—¡Mike! ¡Eres el hombre más bueno del mundo!

Él se encogió de hombros.

—Me cae bien Mary Agnes. Ah, y dile que traiga a su prometido. No quiero ser el único hombre de la fiesta mañana, indefenso ante tanta mujer.

Caroline le dedicó una sonrisa burlona.

—¿Y por qué no invitas también al señor Shalimar?

Él le devolvió la sonrisa... si es que, viniendo de Mike, podía llamarse sonrisa a eso. Todo el mundo se había enterado del episodio del señor Shalimar prácticamente la misma noche en que había sucedido, y para entonces ya había pasado a formar parte del reino de las leyendas de la oficina.

—¿Qué dices? Esta vez se le podría ocurrir mirarle las piernas a Mary Agnes, y podría ser que hasta se cancelase la boda.

Caroline lo miró cariñosamente. Era su amigo, era divertido, era inteligente, era melancólico, y la quería tanto como ella a él. Ya no lo veía como un amante, sino como un ex amante, y le parecía que lo que había habido entre ellos les había ocurrido a dos personas distintas hacía mucho, mucho tiempo. Recordaba aquella tarde de vez en cuando con cierto remordimiento; cuando veía a Mike los remordimientos desaparecían, y entonces la recordaba con una vaga tristeza porque ninguno de los dos había encontrado la magia que ambos habían fingido creer que había en el otro.

—Te quiero, Mike —dijo.

La amistad que sentía por él se traslucía en el tono, de modo que él no malinterpretó las palabras.

—Yo también te quiero —repuso él con toda naturalidad, sonriéndole—. Y siempre te querré.

Así que al final Mary Agnes tuvo su fiesta, además de su regalo de bodas. Su prometido llegó casi al final de la fiesta, tímido y de mala gana, con un gabán barato de tweed. Parecía amedrentado por todas aquellas mujeres que lo observaban tratando de formarse una opinión sobre él, y lo disimuló con una sonrisa bravucona, como queriendo decir: «Eh, chicas, miradme: soy yo, el hombre», una sonrisa que quedaba desmentida por la forma en que seguía a Mary Agnes con la mirada. Sin embargo, saltaba a la vista que era él, no Mary Agnes, quien llevaba la voz cantante. Cuando estaba con él, Mary Agnes adoptaba una nueva feminidad, que la hacía parecer muy distinta de como era en el trabajo, rodeada de amigas y compañeras.

—Supongo que Mary Agnes te cuenta todos los chismes de la oficina —dijo Caroline a Bill con una sonrisa, tratando de entablar conversación con él.

Mary Agnes y el joven intercambiaron una mirada, como dos colegiales a los que el profesor sorprende cuchicheando al fondo de la clase, y sonrieron.

—Sí —contestó él—. ¡Me pone la cabeza como un bombo!

Mike lo llevó aparte con una botella de whisky y dos vasos, y tras un primer momento de timidez, Bill se mostró más relajado. Mary Agnes se volvió hacia Caroline.

—¿A que es guapo?

Bill tenía el cabello moreno y lo llevaba demasiado largo, y estaba un pelín demasiado recio para el gusto de Caroline, pero tenía un rostro redondeado muy simpático.

—Sí —dijo Caroline—, muy guapo.

Mary Agnes parecía satisfecha.

—Es una fiesta estupenda —dijo—. Ha sido todo un detalle por parte del señor Rice organizarla en mi honor. A veces hace cosas que me sorprenden de veras. No tenía por qué organizar esta fiesta. Apenas me conoce.

—Le caes bien —dijo Caroline.

—Sí, y él también a mí. Me da pena, por la vida que lleva y todo eso, pero me cae bien. Y ahora que se ha portado tan bien conmigo, me da más pena todavía.

—Bueno, pero no te vayas a deprimir en tu propia fiesta —dijo Caroline, sonriendo.

Mary Agnes cogió una patata frita de una bolsa que estaba sujeta con una pequeña pinza.

—Ni se me pasaría por la cabeza —dijo. Mordisqueó la patata—. Vendrás a la boda, espero. Ya te he enviado la invitación.

—Me encantaría.

—También he enviado una al señor Rice. —Mary Agnes adoptó una expresión pícara—. Puedes venir a la boda con él si acepta. A menos, claro está, que estés saliendo con alguien y quieras que te acompañe.

—No estoy «saliendo» con nadie —dijo Caroline.

—Encontrarás a alguien, ya lo verás —le aseguró Mary Agnes—. No te preocupes.

—No estoy preocupada, mamá —dijo Caroline.

—Esa es una buena actitud —repuso Mary Agnes, chupándose la sal de los dedos—. Te admiro por eso. La mayoría de las chicas de tu edad se mueren de miedo si no tienen a nadie en perspectiva, y eso es una estupidez, porque, de las chicas que tienen cinco años más que nosotras, yo no conozco a ninguna que no esté casada.

—Pues yo sí.

—¿Y qué les pasa? ¿Es que son muy feas?

—Todo lo contrario. He conocido a algunas que son muy guapas, además de inteligentes, y que tienen buenos trabajos.

Mary Agnes abrió mucho los ojos, como si estuviera a punto de exponer una teoría filosófica fundamental y misteriosa.

—Ya —dijo—, pero quizá tengan algún problema psicológico.

Caroline apretó los labios para contener la risa e hizo sonar los cubitos de hielo en su vaso vacío para que Mary Agnes lo mirara.

—Voy a por otra copa —anunció con voz ahogada, y corrió hacia la mesa que hacía las veces de barra. La conversación había sido ridícula: Mary Agnes, con aires de superioridad ahora que había pescado a su hombre, y ella, la figura aventurera pero patética de la joven atractiva y sin compromiso. Le entraba la risa solo de pensar en los comentarios de Mary Agnes, pero al mismo tiempo, incomprensiblemente, le causaban dolor. Y es que, como siempre, lo veía y oía todo en dos niveles: el que le decía que era una estupidez, y el que hacía que se sintiera afectada y disgustada. Tenía solo veintidós años, hacía apenas dos que había salido de la universidad, y sabía que se casaría algún día, igual que había sabido desde que era niña que estudiaría en la universidad y luego trabajaría durante un tiempo en algo interesante. Era lo que les ocurría a las chicas como ella, lo que había que hacer. Sin embargo, en el fondo de su alma, donde se agazapaba todo cuanto al final tenía que admitir ante sí misma, Caroline sabía que había mentido a Mary Agnes, porque había que mentir a las personas como ella para sobrevivir. Pero no podía mentirse a sí misma. Lo cierto es que en el fondo sí le preocupaba, y mucho, la posibilidad de no casarse. Sabía que era absurdo, pero le preocupaba. Se preguntó si a todas las chicas les pasaría lo mismo, si se sentirían igual que ella o era solo una tontería particular.

Los días previos a la boda de Mary Agnes fueron frenéticos. Casi siempre llegaba tarde a la oficina o salía antes de la hora, pero los responsables de la sección de mecanografía, respetuosos con todo lo relacionado con el amor y el romanticismo, hacían como que no se enteraban. Bill y ella tenían previsto pasar la luna de miel en las Bermudas, y la mesa de la novia estaba repleta de folletos de agencias de viajes en los que se veían playas rosadas y parejas en pantalones cortos que iban en bicicleta. Caroline no se imaginaba a Mary Agnes pedaleando, y al final, como es lógico, el tema salió a relucir en la conversación de la oficina, con el inevitable comentario —recibido con un coro de risitas— de que Mary Agnes y Bill regresarían sin el menor asomo de bronceado y dejando atrás una habitación de hotel más que aprovechada. Un día, Mary Agnes regresó de la hora del almuerzo con una bolsa que contenía su velo de novia. Era blanco y corto, sujeto a una corona de flores de azahar que parecían de cera; cuando se lo probó delante del espejo, sin necesidad de que sus compañeras le insistieran demasiado, parecía una auténtica novia. «Qué extraño —se dijo Caroline—. Llevamos tanto tiempo hablando y pensando en la boda que ya ni siquiera me parecía real, y ahora que la veo con ese velo, me doy cuenta de que es verdad, de que está a punto de casarse.» Mary Agnes había escogido ya su alianza de boda, que hacía juego con su anillo de pedida y con la alianza del novio. Había un dibujo de la alianza en un anuncio de una revista que Mary Agnes había llevado a la oficina: una delgada sortija de oro blanco con incrustaciones de diamantes diminutos. Por primera vez durante aquel largo período de preparativos, April se acercó a la mesa de Mary Agnes.

—Oye... ¿me dejas probarme tu anillo de compromiso, por favor? —le susurró—. Si no te importa quitártelo un momento, claro...

—Me lo quito por las noches, cuando me acuesto —explicó Mary Agnes, complacida por aquel nuevo y repentino interés. Se lo quitó del dedo—. Siempre lo guardo en su estuchito de terciopelo, en mi tocador. No podría ir a dormir con una joya tan valiosa, me sentiría un poco rara.

Tendió el anillo a April, una sortija de oro blanco con un pequeño diamante redondo en el centro, engarzado con cuatro garfios sobre una montura cuadrada que hacía que el diamante pareciese mayor.

April lo contempló un momento antes de deslizárselo en el dedo. Fijó la mirada en el destello azul y movió los labios casi imperceptiblemente, como si hablara con alguien. A continuación se lo puso en el dedo anular de la mano izquierda, que extendió para mirarlo.

—Caramba —exclamó Mary Agnes—, temía que te quedara demasiado pequeño y luego no te lo pudieses quitar. Entonces habrías tenido que quedártelo. —Se echó a reír.

—De eso nada —terció Brenda desde la mesa contigua—. ¡Le habríamos cortado el dedo!

April se volvió hacia Brenda y sonrió.

—Voy a quedármelo. Y vosotras me cortáis el dedo.

Todas se echaron a reír. A Caroline no le gustó la forma en que April torció la boca esbozando una sonrisa falsa y soltando una carcajada que no sonaba sincera. April se quitó el anillo y lo depositó en la palma de la mano de Mary Agnes.

—Gracias —dijo—. Es precioso, Mary Agnes.

—Ya tengo el vestido para el viaje de novios —contó a sus compañeras Mary Agnes—. Es de rayón azul marino, un vestido de tirantes con una rebequita a juego, de modo que cuando salga por las noches podré ponérmelo solo. ¿Habéis recibido ya las invitaciones?

—Sí —contestó Caroline—. Son muy bonitas. —Eran iguales que todas las que había recibido a lo largo de su vida.

—Están grabadas —explicó Mary Agnes—. Si pasáis el dedo por encima, notaréis el relieve. Las otras no me gustan.

—Son preciosas —aseguró Caroline.

—Tenéis que contestar a la invitación, no podéis decírmelo aquí, en la oficina —dijo Mary Agnes alegremente—. Quiero que todo el mundo conteste por escrito.

—Yo ya lo he hecho —afirmó Caroline.

—Yo también —dijo April, y a continuación esbozó una sonrisa traviesa—. No pienso decirte si voy a ir a la boda, tendrás que esperar a recibir mi respuesta para saberlo.

—Ya hemos encargado el champán —prosiguió Mary Agnes, cautivada por su público cautivo—. ¡Cuatro cajas enteras! Y habrá un fotógrafo que hará una película de la ceremonia y sacará fotos, una tarta nupcial con un novio y una novia en lo alto. Y todo el mundo podrá llevarse un trozo de tarta para ponerlo debajo de su almohada, antes de acostarse.

—Dicen que si lo haces sueñas con el hombre con el que te casarás, ¿verdad? —dijo April—. Yo nunca me he atrevido a hacerlo.

—Yo tampoco —dijo Caroline—. Siempre me ha dado miedo tener pesadillas, con todas esas migas de pastel que se deslizan de debajo de la almohada y empiezan a rozarte el cuello. —Todas se echaron a reír. «¿Por qué —se preguntó Caroline— todas las mujeres creen que sus planes de boda son un tema fascinante para los demás, cuando son iguales que los de todas las bodas?»

Y por fin llegó el día de la boda. Caroline se despertó por la mañana con la sensación de que era un día especial, pero sin saber muy bien por qué. Luego se acordó: la boda se celebraría a las cuatro en punto, y luego tendrían lugar el convite y el baile.

—¿No has tenido nunca la sensación —preguntó a Gregg—,

cuando llevas mucho tiempo esperando algo, de que cuando llegue el día te despertarás y te darás cuenta de que te has quedado dormida y te lo has perdido todo?

—Quizá sería lo mejor que podría pasarte —farfulló Gregg antes de darse la vuelta en la cama y seguir durmiendo con la cabeza tapada con la sábana. No estaba invitada a la boda, desde luego; apenas recordaba a Mary Agnes, pero sí lo suficiente para saber que formaba parte de un inmenso grupo de mujeres a las que no comprendía en absoluto. Las Felices, las llamaba Gregg, que no sabía muy bien por qué lo eran ni abrigaba el menor deseo de sumarse a ellas, pero que en ocasiones decía que era una pena que no pudiera ser una persona tan sumisa y conformista como ellas. También las llamaba Las Pomelos, porque decía que, si a alguien se le ocurriera partir a una de ellas por la mitad, se encontraría con que por dentro estaba dividida en pequeños gajos perfectos y predecibles, todos ellos idénticos.

«A lo mejor debería haberme quedado dormida y no haber despertado a tiempo para la boda», pensó Caroline mientras subía con April la escalinata de la iglesia. Las bodas le provocaban siempre sentimientos encontrados: si era la de alguna amiga íntima, se sentía feliz, entusiasmada, nostálgica y un poco sola, porque, sin quererlo ninguna de las dos, era inevitable que a partir de entonces las cosas fuesen distintas entre ellas; si era la boda de alguna conocida, como en el caso de Mary Agnes, sus sentimientos oscilaban entre el más puro aburrimiento, porque todas las bodas eran siempre iguales, y una especie de estado de ensoñación romántica, porque también eran bonitas. April y ella se detuvieron un momento en el vestíbulo para hacer tiempo y miraron alrededor. April llevaba un vestido de lino gris claro y un sombrero de paja como los de los gondoleros con cintas de raso gris, amarillo y blanco alrededor.

—¡Estás preciosa! —exclamó Caroline.

—Tú también.

—Entremos.

Se cogieron de la mano y entraron de puntillas en la iglesia. Un órgano sonaba bajito. Dos acomodadores se acercaron presurosos a ellas extendiendo los brazos, cuyas mangas negras acababan en unos guantes de un blanco inmaculado.

—¿De la parte del novio o de la novia?

—De la novia —susurró Caroline.

Las condujeron a un banco vacío cerca del fondo. Los delanteros ya estaban casi llenos con los parientes y amigos íntimos de los novios, todos vestidos con sus mejores galas, y en la segunda fila una mujer lloraba y se enjugaba las lágrimas con un pañuelo. Caroline miró alrededor. Era la primera vez que entraba en aquella iglesia; de hecho, era la primera vez que pisaba el Bronx. En las paredes laterales había unas vidrieras altísimas de hermosos colores. El altar estaba bañado por una brillante luz dorada que llamaba la atención. Siempre que Caroline se encontraba en un ambiente como aquel, sentía nacer en su interior un sentimiento religioso que la hacía creer en un Dios que velaba por ella y que sabía de su existencia; aun así, nunca iba a la iglesia. De niña, ni siquiera había vuelto a la escuela dominical después del primer año, durante el cual ni un solo día había acudido sin protestar. Tampoco sus amigas iban a los lugares de culto de sus respectivas familias más de una vez al año, ni siquiera April, que a su llegada a Nueva York hablaba a menudo de ir a misa y de la religión, pero que ahora parecía haberse olvidado por completo del asunto. Cada vez que Caroline entraba en una iglesia para asistir a una boda, tenía la sensación de que podía alcanzar allí una especie de paz, al menos durante un tiempo, y que debería intentarlo. «Cuando me sintiese sola podría venir aquí —se decía— y meditar, aunque me diese vergüenza ponerme a rezar después de tanto tiempo.» Sin embargo, en cuanto estaba de nuevo en la calle, al aire, la sensación se desvanecía y Caroline la olvidaba. Era como ver un espectáculo de ballet, embelesada por la belleza de los movimientos, diciéndose: «Tendría que ir a clases de ballet por las noches para ser como esas gráciles bailarinas», y luego las obligaciones de la vida arrumbaban poco a poco ese pensamiento.

En ese momento, sentada en el banco, escuchando la suave música del órgano y contemplando el fulgor que inundaba el altar, se preguntó si incorporar ese aspecto a su vida sería una respuesta. Estar sola en un lugar como ese durante una hora no era lo mismo que estar sola en su apartamento, porque en realidad no estaría sola. Habría gente rezando en silencio, tal vez solo un par de personas, además de unas figuras vestidas con sotana que de vez en cuando entrarían y saldrían sin hacer ruido de su campo visual. Había una especie de vida oculta en una iglesia. Y quien no estaba del todo seguro de creer en Dios podía estar más seguro en un lugar construido para el culto y dedicado a él. Si Dios estaba en alguna parte, sin duda era allí, aunque solo fuese porque había muchísima gente buscándolo.

A su lado, April se removió incómoda en el banco y Caroline la oyó respirar hondo. Se imaginaba lo que estaba pensando su amiga. Si en ese momento había alguien que pensaba que debía ir a la iglesia más a menudo, sin duda era April.

La música había cambiado de pronto para dar paso a aquella que todos conocían. Los bancos se habían llenado de personas que, sentadas bien erguidas, estiraban el cuello mirando a los lados y al fondo, a la espera de que sucediera algo. Un acomodador recorrió el pasillo acompañando a una mujer delgada con un vestido de encaje violeta, obviamente la madre de Mary Agnes. Llevaba un sombrero con detalles violeta a juego y tenía el pelo moreno y la cara muy blanca. Intentaba no sonreír al reconocer a algunos de los invitados sentados en los extremos de los bancos y parecía contenta y feliz. ¿Dónde estaban los padres del novio? Caroline dedujo que debía de haberlos pasado por alto con todo el jaleo. En los primeros bancos había varias personas a las que no había visto nunca, y supuso que entre ellas estarían los padres de Bill. En ese momento llegaron el novio y el padrino, nerviosos, que caminaban deprisa y pasaron prácticamente inadvertidos. A continuación, con paso acompasado y regular, tambaleándose ligeramente sobre unos tacones altísimos, recorrieron el pasillo las damas de honor. Eran seis, de distintas estaturas y tamaños: una muchacha delgada y morena (la hermana soltera de Mary Agnes); una rubia de pecho generoso y mejillas sonrosadas (la mejor amiga de la novia desde el instituto); una morena de cara redonda, distinta de las demás, que evidentemente era prima o hermana del novio. La hermana mayor de Mary Agnes, ya casada, estaba embarazada de seis meses, así que no podía ser dama de honor. Las otras tres eran amigas de la infancia de Mary Agnes. Caroline había oído la lista tantas veces que casi podía adivinar quién era quién. Las seis tenían algo en común: ninguna era especialmente guapa. Caroline hizo memoria y se dio cuenta de que nunca había ido a una boda en que las damas de honor fuesen más guapas que la novia. Se preguntó si se debía a que esta ponía todo su empeño en estar deslumbrante el día de su boda o a que escogía a sus damas de honor atendiendo a eso. Como era junio, las damas de honor lucían un vestido de rígido organdí color malva, con la falda acampanada sobre las enaguas. Iban tocadas con una corona de flores frescas y llevaban en la mano un ramo anticuado y minúsculo con cintas. Mary Agnes había elegido el malva porque le gustaba, pero el color daba un tono cetrino a las morenas y hacía que las rubias pareciesen lecheras. Caroline se acordó de los tres vestidos de dama de honor que guardaba en su armario, y que nunca más había vuelto a lucir, y solo pudo sonreír.

El órgano empezó a tocar la marcha nupcial. Mary Agnes emergió de la penumbra del fondo de la iglesia cogida del brazo de su padre. Llevaba la corona de flores de azahar con el velo que Caroline había visto en la oficina, y ese detalle le confirmó que se trataba de la misma chica, porque todo lo demás era distinto. El velo desdibujaba el rostro de Mary Agnes, le daba un aire misterioso y una belleza que nunca había visto en ella. Tenía los ojos brillantes, los labios húmedos y rojos, pintados con carmín nuevo, y las mejillas coloradas. El vestido de raso blanco que lucía llegaba hasta el suelo, tenía una larga cola, y distribuidos a intervalos, círculos de encaje con perlas recamadas en el centro; Caroline estaba segura de que le había costado más de cien dólares. Tenía el escote redondo, la cintura muy entallada y las mangas largas y ceñidas, terminadas en picos. Pero la sorpresa era el espectacular busto de Mary Agnes, que evidentemente iba con la ropa interior que se llevaba con aquel vestido y era *de rigueur* para una novia el día más importante de su vida, aunque todas sus amigas sabían que no era suyo.

Ante el altar, el novio se adelantó para tomar a la novia de manos del padre en el ancestral gesto simbólico. Mary Agnes y Bill se arrodillaron ante el cura. Caroline se inclinó hacia delante y aguzó el oído para no perderse una sola palabra, pero, como cabía esperar, desde el fondo de la sala las respuestas de la joven pareja, embargada por la emoción, eran inaudibles. Sintió rabia por un momento. «Vengo nada menos que hasta el Bronx para ver la boda y no oigo una sola palabra.» De espaldas, aquella figura blanca con velo y la otra fornida y vestida de negro podían ser cualquiera. La pompa era la misma que en todas las bodas, la ceremonia era la de siempre, y Caroline empezó a divagar. Todo el mundo estaba quieto, encandilado, escuchando, observando. Media hora de palabras, de promesas, y ya estabas atado para toda la vida. O al menos eso creías en ese momento, que era para toda la vida. Mary Agnes sabía que tenía que serlo. Había algo terrible en el hecho de saber que no se podía vulnerar ese pacto, y pese a ello, pensó Caroline, también debía de dar mucha seguridad. No tener que pensar nunca en nada más que en sacarle el máximo partido a la vida que habías escogido. De todos modos, ¿no es eso lo que hacemos todos, a nuestra manera, hasta que algo sale mal? Y si sale mal y sabemos que hemos cometido un error, intentamos encontrar las cosas buenas de nuevo.

Se imaginó por un instante ante un altar, contrayendo matrimonio con Paul. Con Bermuda Schwartz. Oh, Dios, saldría huyendo, en el último momento se volvería y diría: «No, no puedo hacerlo. No puedo». Cuando estabas en una boda y te dabas cuenta de lo imponente que era, sabías que no podías fantasear con la idea de casarte con alguien a quien no amabas, por más que se portase bien contigo y estuviera enamorado de ti. Porque Paul Landis la quería. Se lo había dicho muchísimas veces, siempre de forma velada, medio en broma, medio en serio, para evitar sentirse herido si su amor no era correspondido. Y en efecto no era un amor correspondido. Sí, Caroline le apreciaba, pero ¿casarse con él? Solo podría contraer matrimonio con una persona a la que su corazón quisiese abrirse de par en par, como sus brazos, alguien como Eddie Harris.

Ya estaba, por fin lo había admitido y, por extraño que resultara, no le causaba dolor. Estaba embargada por el amor que recordaba haber sentido por Eddie, un amor cálido, vehemente y tierno hacia él tal como era dos años atrás, y como seguramente seguía siendo. La novia arrodillada ante el altar, sin duda debilitada por los nervios, debería haber sido ella. El novio debería haber sido Eddie. ¡Qué reales resultarían de repente las palabras de una ceremonia nupcial si ella y Eddie fuesen los contrayentes! «Todavía lo amo —pensó Caroline—. Eddie, no dejaré de amarte mientras viva.»

El cura había dejado de hablar en latín y ahora decía algo en inglés, con voz clara, de modo que Caroline pudo oírlo.

—Estos dos jóvenes —decía— se han unido por el vínculo del matrimonio. Saben que su promesa es una promesa hecha a Dios. No se debe tomar a la ligera. Es una promesa que no se puede romper mientras vivan en este mundo terrenal.

«Yo podría prometer eso —se dijo Caroline— con respecto a Eddie. No vacilaría ni un instante. Eddie sería mi vida.»

—Como son conscientes de la seriedad de la promesa hecha a Dios, estos dos jóvenes lo han meditado mucho. Saben lo que hacen.

«¿Sabía Eddie lo que hacía cuando se casó con Helen Lowe? —pensó Caroline—. Era muy joven, apenas un crío. ¿Qué sabía él lo que significaba "para siempre"? ¿Qué sabía él sobre el amor siquiera? Me pregunto si la querrá todavía, si todavía deseará seguir con ella para el resto de su vida.»

El cura volvía a hablar en latín y Bill deslizaba el anillo en el dedo de Mary Agnes. De manera inconsciente Caroline dobló los dedos sin sortijas imaginando que Eddie le ponía una ancha alianza de oro. Ella querría un anillo ancho, que le produjera una sensación de comodidad y amplitud, grande y dorado para que no pasase inadvertido a nadie. Cuando entrase en una habitación con Eddie, todo el mundo sabría de inmediato que ella era su esposa. No era tan difícil imaginar que aquella no era la boda de Mary Agnes, sino la suya con Eddie Harris. «Sí, quiero —dijo para sus adentros—. Yo, Caroline Bender, te tomo a ti, Eddie Harris...» Nadie oiría su voz, ni siquiera los que estuvieran sentados en las tres primeras filas, y Caroline supo por qué. «Yo sería la única novia que lloraría en su boda.»

El órgano atacó la alegre música de «Here Comes the Bride», esa vieja canción cursi a la que Caroline nunca había prestado demasiada atención. Sin embargo, al oírla en ese momento tuvo ganas de reír de felicidad. Mary Agnes, ya con el velo retirado para dejar al descubierto su rostro radiante, avanzaba casi a la carrera por el pasillo, cogida de la mano de Bill. Sus amigas le tendían la mano para felicitarla, tan impacientes que no podían esperar a que terminase el himno. Pero a nadie parecía importarle. Todos estaban contentos, la música parecía elevarse hasta la bóveda de la iglesia, y Caroline vio al fondo la figura blanca de Mary Agnes abrazada por una de sus damas de honor. «Es mi boda —pensó Caroline—, y estoy llorando y riendo a la vez, y no puedo apartar la mirada de Eddie el tiempo suficiente para que me besen mis parientes.»

Los invitados se habían puesto en pie, listos para marcharse. La ceremonia había acabado. El novio y la novia se dirigirían a toda prisa al hotel donde se celebraría el banquete. «Será mejor que nos apresuremos nosotras también —pensó Caroline de mala gana—, o no lograremos encontrar el hotel por nuestra cuenta.» Se volvió hacia April, de quien se había olvidado durante toda la ceremonia.

—¿Cómo diablos se apellida Bill? —susurró—. Nunca me acuerdo. —Se interrumpió porque April ni siquiera parecía darse cuenta de que le hablaba. Tenía la mirada fija al frente, perdida, el pintalabios corrido y el pañuelo hecho una bola de encaje en un puño. Los ojos le brillaban, pero no por las lágrimas. Caroline se percató entonces de que no había sido la única en imaginar que la boda que acababa de celebrarse era de otras dos personas.

Fuera de la iglesia había dos limusinas largas, negras y brillantes para la novia, el novio y la familia de ambos, y una serie de automóviles mucho más viejos que pertenecían a algunos invitados. Caroline y April lograron encontrar un taxi que se colocó al final de la hilera de vehículos y las trasladó al hotel. Había una salita donde ya estaban los novios y sus padres, además de un trío que tocaba canciones de amor en un rincón. Antes de colocarse al final de la cola de los que deseaban felicitar a los recién casados, Caroline se encontró con una copa de champán en la mano que amenazaba con desbordarse y derramarse en su muñeca. Se la bebió de un trago para solucionar el problema y un camarero volvió a llenársela al instante con una sonrisa de oreja a oreja.

—Conque va a ser de esa clase de fiestas… —susurró a April al oído.

Mientras avanzaban lentamente en la cola de invitados, Caroline se bebió el champán y buscó desesperadamente un lugar donde dejar la copa antes de estrechar la mano de todos aquellos desconocidos. April se había quitado el sombrero de gondolero y lo sostenía delante de sí, escondiendo la copa de champán detrás. No parecía demasiado cómoda. Cuando al fin llegaron hasta el novio, este también sujetaba una copa de champán con dos dedos regordetes, y tenía las mejillas coloradas y los ojos húmedos, como si ya hubiese bebido más que suficiente. Caroline le estrechó la mano y a continuación, llevada por un impulso, abrazó a Mary Agnes.

—Me alegro mucho por ti.

—Gracias —repuso Mary Agnes. Acto seguido bajó la voz y adoptó un tono confidencial—. ¿Llevo el pelo alborotado por culpa del velo?

—No, estás preciosa.

Mary Agnes la obsequió con una sonrisa inamovible y se volvió para saludar a los siguientes invitados de la fila, que ya se arremolinaban en torno a ella.

—¡Qué novia más guapa! —gritó una mujer de mediana edad, secándose los ojos con un pañuelo—. ¡Qué boda más preciosa!

—¡Una boda preciosa!

—¡Una novia radiante!

—¡Una boda maravillosa!

Caroline se abrió paso apresuradamente entre la muchedumbre, sujetando a April por la muñeca.

—¡Uf!

—¿Te has quedado con los nombres de todos esos parientes? —le preguntó April.

—No. ¿Y tú?

—Ni uno. Sentémonos. —Pero no había ningún sitio donde sentarse, así que durante la media hora siguiente permanecieron de pie a cierta distancia de la muchedumbre, donde se respiraba algo de aire fresco, oyendo el murmullo de voces y los compases apagados del trío musical. Los camareros corrían de acá para allá con bandejas en las que llevaban copas de champán repletas hasta el borde, haciendo equilibrios con ellas como auténticos malabaristas mientras zigzagueaban entre los apretados corros de personas entusiasmadas y ajenas a ellos. En su rincón, Caroline y April pasaban inadvertidas, algo de lo que Caroline se alegraba. Las dos copas de champán le habían hecho sentirse acalorada y, con tanta gente, la habitación resultaba sofocante. Le dolían los pies.

—Por favor, por favor —dijo alguien en voz alta—, cuando acaben de saludar a los novios, diríjanse a la otra sala. Hay muchísimo espacio en la otra sala. —Pero nadie pareció prestar atención.

—Vamos. —Caroline y April se abrieron paso entre el gentío hasta la otra sala, mucho más espaciosa, con una pista de baile de madera en el centro rodeada de mesas redondas. En un extremo había una tarima preparada para el banquete, con una mesa larga. Esta tenía centros de flores mucho más elaborados que los de las mesas redondas, porque a ella se sentarían los novios y sus familias. Caroline y April buscaron entre las mesas redondas hasta encontrar aquella que tenía las tarjetas con sus nombres. Ya había tres personas sentadas a ella: Brenda y el pánfilo de su marido, y un joven delgado de unos veintitantos años, con el pelo rojo y lacio, una nuez muy marcada y gafas de cristales gruesos. Caroline observó con disgusto que ocupaba una silla entre las destinadas a ella y April.

—Hola —las saludó Brenda agitando el brazo. Llevaba un vestido rosa corto muy ceñido de algodón brocado y un juego de collar de estrás rosa, pulsera de estrás rosa y pendientes de estrás rosa. Caroline nunca había visto a nadie lucir bisutería de estrás, solo la había visto en los escaparates—. Os presento a mi marido, Lenny. April y Caroline, de la oficina. —Lo dijo arrastrando las vocales.

«Conque este es el marido rico», pensó Caroline. Tenía la cara larga y ovalada, las mandíbulas largas y ovaladas, el labio superior muy largo, la nariz larga y la frente estrecha bajo el cabello moreno y muy corto.

—Encantado —dijo, levantándose un poco de la silla.

El muchacho sentado entre Caroline y April se dirigió a la primera enseñándole su tarjeta.

—Este soy yo —dijo—. Me llamo Donald.

—Yo soy Caroline y esta es April.

El joven se volvió hacia April.

—¿April? ¿Es tu verdadero nombre?

April se quedó tan atónita que enmudeció por un momento.

—Pues claro —dijo.

—Mary Agnes estaba guapísima, ¿no os parece? —exclamó Brenda.

—Sí —respondieron Caroline y April al unísono, asintiendo con la cabeza—. Mucho.

—Ha sido una boda preciosa —comentó Donald.

—Sí.

—¿Sois amigas de Mary Agnes?

—Trabajamos juntas —contestó Caroline, sonriendo—. Hace más o menos un año y medio que nos conocemos.

—Ah, entonces os gano —dijo Donald—. Yo la conozco desde hace unos quince años.

—¡No puede ser!

—Pues sí.

Llegó a la mesa otra pareja que se presentó como Bo y Dotty Nosecuántos, un apellido que Caroline no entendió. Bo medía más de metro ochenta, tenía la piel rojiza, como si se la hubiera restregado, y la corpulencia de un atleta profesional. De vez en cuando hacía crujir los nudillos, uno a uno, como si estallaran diez petardos minúsculos. Dotty llevaba un traje de premamá y un sombrero con velo, y cada vez que sonreía, el labio inferior, más regordete, se le montaba sobre el superior y los ojos le desaparecían bajo un rebujo de pestañas maquilladas y arruguitas. Era una amiga de la infancia de Mary Agnes. A Caroline le recordó a su amiga Kippie Millikin, quien le había presentado a Paul, y cayó en la cuenta de que no la telefoneaba desde hacía más de un mes. Tendría que acordarse de llamarla al día siguiente. Seguramente Kippie pensaba que estaba tan ocupada con su relación amorosa con Paul que no tenía tiempo para llamar a las viejas amigas; conociendo a Kippie, seguro que era eso lo que pensaba, y sin duda estaría encantada, pero también un poco molesta, porque consideraba que era la artífice de aquel «noviazgo» y tenía derecho a ser informada de su evolución.

—¡Mary Agnes está guapísima! —dijo Dotty.

—Sí.

La novia y el novio habían salido al centro de la pista para inaugurar el baile. Con todas las miradas puestas en ellos, estaban un poco cohibidos y se movían con cierta rigidez, pero disfrutaban cada segundo. Cuando terminó la primera pieza, el padre de Mary Agnes salió a la pista para reclamar su turno y Bill se puso a bailar con su madre. La pista empezó a llenarse de parejas. Un niño de unos diez años llevaba a una mujer de mediana edad por toda la pista bailando un fox-trot, con cara muy seria y satisfecho de sí mismo.

—¿Te apetece bailar? —preguntó Donald a Caroline.

—De acuerdo.

Era un hombre bastante torpe, Caroline debería haberlo sabido solo con mirarlo. Con una mano la sujetaba con firmeza, con la palma abierta posada en el centro de su espalda, mientras movía el otro brazo, extendido rígidamente como el mango de una bomba, hacia arriba y hacia abajo siguiendo el ritmo de la música. Unas perlas de sudor empezaron a aparecerle en la frente.

—No se me da demasiado bien bailar —confesó.

—No lo haces tan mal.

—Vaya, veo que, además de recibir cumplidos, también sabes hacerlos. —Rió tímidamente por su atrevida ocurrencia y se puso a mover el brazo con más fuerza.

«La canción está a punto de terminar y entonces podremos sentarnos», se dijo Caroline con alivio. Sin embargo, el final de la canción enlazó con el principio de la siguiente, y tuvo que aguantar otros cinco minutos de ejercicios atléticos.

—Vamos a ver qué nos dan de comer —dijo ella.

Él apartó las manos de la cintura y la mano de Caroline como si quemaran y regresó obedientemente a su mesa.

«Pobrecillo —pensó ella con ciertos remordimientos—. Espero que no se haya ofendido.»

Cuando estaban a punto de terminar la sopa del primer plato, Dotty comenzó a enseñar fotografías de sus dos retoños, de uno y dos años.

—¿A que es una monada?

—Una preciosidad. Qué mofletes más bonitos —dijo Brenda.

—¿Vosotros tenéis hijos?

—Todavía no. —Brenda miró a su marido, y su rostro adoptó una expresión que solo podía describirse como de timidez absoluta—. Pero tendremos uno en febrero.

—¡Qué bien! —exclamó Dotty—. La verdad es que no pareces... Pero ¡si para febrero faltan diez meses!

—Ya lo sé —repuso Brenda con calma.

Donald se volvió hacia April.

—¿Te apetece bailar?

—Sí —respondió April, levantándose. Salieron a la pista y Caroline vio el brazo de Donald moverse arriba y abajo, arriba y abajo, al son de la música. Un hombre de mediana edad con una oronda barriga y una botella de champán en la mano atravesaba la pista de baile en dirección a la mesa de Caroline. Se detuvo un momento para rodear con un brazo los hombros de Donald y miró a April como un anciano duendecillo. Caroline vio que Donald los presentaba a ambos y luego el hombre prosiguió su camino a través de la pista. Se detuvo delante de Caroline y le dedicó una sonrisa de oreja a oreja.

—Soy Fred, el tío de Mary Agnes. ¿Quién eres tú?

—Soy su amiga Caroline.

El hombre dirigió la vista a las dos sillas vacías.

—¿Puedo sentarme?

—Por supuesto.

Dejó la botella de champán encima de la mesa con mano temblorosa, dio media vuelta a una silla y se sentó a horcajadas, con los brazos cruzados sobre el respaldo y la barbilla apoyada en ellos. Miró fijamente a Caroline.

—¿Lo estás pasando bien?

—Sí, muy bien, gracias.

—Eres muy guapa. ¿Estás casada?

—No.

La obsequió con una sonrisa aún más amplia.

—Eres muy mona. —A continuación se volvió hacia la mesa y la botella de champán—. Mira lo que tengo. Champú. ¿Te gusta el champú?

—Sí... —contestó Caroline con aire vacilante. El tío Fred tenía las mejillas tan coloradas como las de Santa Claus y, cuando hablaba, le salpicaba la cara de saliva. Caroline se figuró que debía de llevar una buena dosis de champú en el cuerpo.

—Ten. —El hombre cogió el vaso de Caroline, medio lleno de agua, y vertió el contenido, con cubitos de hielo y todo, en el centro de mesa. A continuación lo llenó hasta el borde de champán.

—No, no, es demasiado —protestó Caroline.

—Yo te ayudaré —dijo él con dulzura—. Es una especie de copa de la amistad. —Se llevó el vaso a los labios y bebió con avidez varios tragos—. Me encantan las bodas, ¿y a ti?

—También.

—Iré a tu boda. Beberé champú y bailaré. ¿Me invitarás a tu boda?

—Por supuesto —dijo Caroline.

El hombre le pellizcó la mejilla.

—Eres muy mona.

—No conoce usted al resto de los comensales de la mesa —dijo Caroline, desesperada—. ¡Brenda! —Brenda la miró—. Este es el tío de Mary Agnes, Fred. Estos son Brenda y su marido, Lenny. Y supongo que ya conoce a Dotty y Bo.

—Hola, tío Fred —lo saludó Dotty, agitando dos dedos.

—¡Hola, Dottikins!

Brenda y Lenny, que estaban al otro lado de la mesa y parecían saber cuándo estaban a salvo en una situación incómoda, se limitaron a sonreír amablemente y saludaron al hombre con un gesto de la cabeza. El tío Fred se volvió inmediatamente hacia Caroline.

—Me gustaría bailar contigo.

—Es que acabo de bailar —dijo ella—. Estoy muy cansada.

—¿Cansada? ¿En la boda de Mary Agnes? ¿Qué clase de amiga eres tú?

—Me he… quitado los zapatos —mintió ella—. Están debajo de la mesa y no los encuentro. Tal vez más tarde.

—Bueno, ¡pues baila descalza! ¡Lo pasaremos aún mejor! —La agarró del brazo. Ella suspiró y dejó que la ayudase a levantarse.

El tío Fred era de su misma estatura. Cuando la sujetó para bailar el fox-trot que interpretaba la orquesta, su barriga no dejaba de rebotar contra el estómago de Caroline. Era una barriga tremendamente dura, y no parecía haber manera de librarse de ella.

—¡Es una pena que no te haya conocido antes! —dijo el tío Fred.

Caroline notó cómo se le congelaba la sonrisa mientras miraba a las demás parejas por encima del hombro del tío Fred. Todas parecían estar pasándolo en grande. A lo mejor ella también daba esa impresión. Percibió que el aliento del tío Fred le salpicaba la mejilla de saliva.

—No me miras cuando te hablo —dijo él en un tono que pretendía ser lastimero y recriminador. Ella volvió la cabeza haciendo un gran esfuerzo.

»Seguramente no quieres mirarme —añadió él en el mismo tono tristón— porque no soy más que un viejo. Seguro que piensas que no soy más que un viejo. Pero a mí me gusta mirarte porque eres joven y guapa.

Caroline no sabía si sentir lástima por él porque tampoco estaba segura de si aquel hombre sentía lástima por sí mismo.

—Gracias —repuso.

—Bah —continuó él—, no soy más que un viejo. Tengo cuatro hijas, todas casadas, y a las cuatro les ofrecí una boda por todo lo alto. Cada una quería que la suya fuese más sofisticada y ostentosa que la anterior. A nadie le importa un pito el viejo. Él se limita a pagar las facturas, que es para lo único que sirve.

En ese momento Caroline lo miró a la cara, perpleja, pero él sonreía con su cara de duendecillo y ahora, además, medio compungido, y ella no pudo saber si de verdad se sentía tan desgraciado o solo estaba bromeando.

—No, si no me importa —prosiguió el tío Fred—. Me encantan las bodas: bailar, divertirme, beber, conocer a chicas guapas. Las bodas son divertidas. Al fin y al cabo, uno solo se casa una vez en la vida. Luego llegan las faenas domésticas, y nacen los hijos y empieza el trabajo de verdad. Una chica necesita tener algo para recordar, ¿no te parece? —Le dio un apretón a Caroline en la cintura.

—Sí —contestó ella.

—No me importa pagar las facturas.

La música había cesado, el baile había terminado. Al oír el silencio Caroline exhaló un suspiro de alivio y se zafó de los brazos del tío Fred.

—Le he prometido el próximo baile a Donald.

El tío Fred la tomó del codo y la acompañó de vuelta a la mesa. Donald estaba sentado con April y en la mesa había un plato de helado delante de cada silla.

—Atención —anunció Donald—, la novia está a punto de cortar la tarta.

Sonaron los primeros acordes de «The Bride Cuts the Cake» y Mary Agnes y Bill se pusieron de pie en la tarima. Tenían delante una enorme tarta nupcial de tres pisos, decorada con volutas de azúcar y campanillas, y coronada por unos novios diminutos bajo una enramada. Mary Agnes sostenía un cuchillo enorme con un lazo blanco anudado en el mango. Lo alzó como si fuera una famosa a punto de bautizar un barco y de pronto empezaron a destellar las luces de los flashes. Ella y Bill se miraban entre sí y al pastel, posando, mientras les hacían más fotos, los invitados mandaban callar a sus compañeros y la orquesta seguía tocando. A continuación Mary Agnes levantó aún más el brazo y lo dejó caer, la hoja se hundió en la tarta y todos aplaudieron. Con el rostro arrebolado de pura satisfacción, entregó el cuchillo a un camarero para que terminase la faena. Ella y Bill volvieron a sentarse y un joven se puso en pie en la tarima.

—Quiero proponer un brindis. —Alzó la copa y se hizo el silencio. Se inclinó mirando a los novios y comenzó a recitar atropelladamente lo que Caroline dedujo que era un poema. Solo conseguía captar alguna palabra de vez en cuando porque la voz del joven, avergonzado de hablar en público, era casi inaudible. Sin embargo, los invitados más próximos a la tarima sí lo oían, y hubo risas y aplausos cuando al fin se sentó, con las orejas coloradas. Todos los presentes alzaron sus copas y bebieron. El tío Fred, al ver que un camarero había retirado su vaso con champán, se llevó la botella a los labios y bebió a gollete.

—¿No es el colmo del lujo? —preguntó a Caroline agitando la botella, y comenzó a reír a mandíbula batiente.

Por fin, después de lo que a Caroline le pareció una eternidad, se acabó la comida y apenas quedaba nada de beber, los bailarines estaban agotados y alguien advirtió que Mary Agnes había desaparecido para cambiarse. El tío Fred, que había redescubierto a April, había arrimado su silla a la de ella para darle palmaditas en la mejilla, apretarle la mano y ofrecerle lo que quedaba en su botella de champán, que ella rechazaba educadamente. Caroline se preguntó dónde estarían su esposa y sus cuatro hijas, y por qué no acudían en su busca, pero seguramente estaban acostumbradas a su comportamiento; al fin y al cabo, era de la familia.

—¡Mirad! ¡Ahí está! ¡Ahí viene Mary Agnes! —gritaron entusiasmados algunos invitados. Mary Agnes, con su vestido de viaje de rayón azul marino, un bolso a juego y un sombrerito con flores rosas, estaba en la puerta. Llevaba el ramo de novia en la mano.

—¡A formar, chicas! —gritó el tío Fred. Dio un codazo a April y se volvió para empujar a Caroline—. Formad una fila para atrapar el ramo.

April y Caroline intercambiaron una mirada. Era una superstición absurda de la que Caroline siempre se había avergonzado, sobre todo porque en parte creía en ella. Le habían tocado en suerte varios ramos de novia cuando sus amigas de Port Blair o de la universidad se habían casado, y era evidente que no le habían servido de nada. Estaba segura de que a otras chicas les había pasado lo mismo. Aun así, siempre se repetía la escena de la carrera precipitada para atrapar el ramo, las manos tendidas y el coro de risas y grititos. Se levantó de mala gana y siguió a April hasta el centro de la pista de baile, donde ya esperaban una docena de jóvenes solteras. Mary Agnes aguardó a que se hiciese el silencio. Entonces levantó el brazo, respiró hondo y lanzó el ramo blanco, que trazó una curva en el aire, arrastrando tras de sí sus cintas como la cola de un pájaro. Hubo gritos y carreras atropelladas. Una chica que se había situado a la cabeza del grupo levantó el ramo en alto con gesto triunfal. Todos aplaudieron y la joven del ramo y Mary Agnes se abrazaron.

—¡Adiós, adiós, adiós!

Bill estaba junto a Mary Agnes, con el pequeño bolso de viaje de esta en la mano. Pasarían la noche de bodas en un hotel y a primera hora del día siguiente cogerían un avión rumbo a las Bermudas. La madre de Mary Agnes corrió hacia ella y le plantó sendos besos en las mejillas. A continuación besó a Bill.

—¡Adiós, adiós!

—Adiós.

Los recién casados se marcharon. Caroline se volvió hacia April.

—Creo que deberíamos irnos, es muy tarde.

—¿Nos despedimos de Donald?

—Ve tú si quieres. Yo tengo miedo de encontrarme al tío Fred.

—Yo también —admitió April con una sonrisita. Buscaron con la mirada a los padres de Mary Agnes para darles las gracias, pero habían desaparecido entre una muchedumbre de buenos amigos—. Vámonos —dijo April—. Estoy muy cansada. Les trae sin cuidado si nos vamos o nos quedamos.

—Yo también estoy cansada. —Abandonaron la sala, recorrieron un pasillo hasta el vestíbulo y salieron por la puerta giratoria.

La noche primaveral las recibió con un soplo de aire cálido y suave, inundada por el sonido del viento entre las hojas de los árboles y el chirrido de los neumáticos de los coches sobre la calzada. La calle estaba bien iluminada por las farolas y el letrero de neón del hotel.

—Caminemos hasta esa esquina.

Anduvieron en silencio, oyendo el leve taconeo de sus zapatos en la acera y la música de la orquesta a través de los ventanales abiertos del hotel que acababan de dejar atrás. Caroline no estaba segura de si era la orquesta de la boda de Mary Agnes o de alguna otra; todas tenían el mismo sonido festivo y alegre cuando se oían desde fuera. Doblaron la esquina hacia Grand Concourse, la avenida repleta de luces de neón. Era sábado por la noche y había cola en la puerta del cine: adolescentes, chicas con vestidos de verano de color pastel y zapatos planos a juego, chicos con el pelo sobre los ojos, parejas cogidas de la mano, algunas agarradas de la cintura. En los coches que circulaban por allí, había parejas algo mayores, de veinteañeros y treintañeros, que habían salido para pasar la noche en la ciudad mientras la niñera se quedaba en casa con sus hijos. Delante de una tienda que vendía palomitas de maíz y pizza, un grupo de adolescentes varones, sin chicas, silbaban a las jóvenes que pasaban. De la sesión de tarde del cine, cuya película acababa de estrenarse, salían montones de veinteañeras, sin acompañante masculino, que habían quedado temprano para ir juntas al cine antes de irse a casa a ver la televisión.

Allí era donde habían nacido y crecido Mary Agnes y Bill, donde se habían conocido, enamorado y casado, y donde vivirían y criarían a sus hijos. Tal vez se mudasen al cabo de un par de años, a Levittown o Forest Hills, o incluso a Manhattan. No importaba. Viviesen donde viviesen, daría lo mismo. Mary Agnes llevaba cuatro años trabajando, dos más que Caroline, pero eso no le había hecho cambiar lo más mínimo. Cuando se dirigía al Rockefeller Center todas las mañanas, se llevaba su mundo consigo, un mundo que la protegía y aislaba. La oficina era un sitio donde se trabajaba y ganaba dinero, nada más. La gente que conocía allí pasaba por su vida a una distancia segura; le resultaba interesante observarla y hablar de ella, pero en realidad no le inspiraba verdadero aprecio. Mary Agnes sabía más chismes personales que cualquier otra de las mecanógrafas, pero para ella era como contar el argumento de cualquier historia que hubiese leído en *Unveiled*; era puro entretenimiento. Su vida real, las cosas que en verdad le importaban, estaban en su casa de Crescent Avenue, en su arcón del ajuar de madera de cedro.

Tal vez los adolescentes cogidos de la mano delante del cine llegasen a casarse algún día, o tal vez se casasen con otras personas que, en ese mismo instante, estaban delante del Loew, en lugar del RKO. Entonces se sumarían a los matrimonios que se dirigían en coche a casa de unos amigos para beber una cerveza, ver la tele, jugar a cartas, comer galletitas saladas, contar chismes, tomar café y tarta. Sus hijos se quedarían en casa con la niñera. Y más adelante, los hijos ya serían lo bastante mayores para salir solos un sábado por la noche y se cogerían de la mano delante del cine.

Las chicas soñarían durante años con una boda por todo lo alto, como la de Mary Agnes, con un día en que habría una sola estrella y muchos admiradores, aunque solo fuese por unas pocas horas. Caroline estaba segura de que, con el hotel, el servicio, la comida, el alcohol y las flores, la boda había costado más de dos mil dólares... prácticamente lo que Mary Agnes ganaba en un año. Podía ser incluso que hubiese costado mucho más, ella no entendía de esas cosas. Mary Agnes llevaba dos años ahorrando, llevándose el almuerzo a la oficina en bolsas de papel, y quizá sus padres hubiesen estado ahorrando para la boda durante los veinte años anteriores. Y todo había acabado en cinco horas, sin dejar tras de sí más que un álbum de fotografías, un par de rollos de película y un vestido que habría que guardar en una caja con bolas de alcanfor, además de un millón de recuerdos confusos y borrosos. Caroline se acordó de un anuncio que había visto en el periódico una noche, con una foto de una novia y el título: «Regálale una boda que recuerde el resto de su vida». Eso era lo que Mary Agnes había tenido, ostentación y aplausos. «¡Qué novia más guapa!», había dicho un centenar de personas. «¡Qué guapa está!» Podía ser que nadie salvo su marido volviese a pensarlo, pero eso daba igual. Durante veintidós años Mary Agnes había sido una chica del montón, delgada y plana como una tabla, y durante aquella única noche, la culminación de todos sus planes y sueños, había sido una mujer de belleza radiante. Lo recordaría el resto de su vida.

17

Algunas chicas saben que en Nueva York hay una quinta estación: la estación de los Solteros de Verano. Desde finales de junio hasta primeros de septiembre envían a sus esposas e hijos a cabo Cod, Southampton, Martha's Vineyard o los bosques de Maine, y los viernes por la tarde los helicópteros zumban, los trenes añaden vagones adicionales y los aviones están llenos con las reservas de fin de semana. Desde el lunes hasta el jueves por la noche el Soltero de Verano está solo, cena sin compañía en restaurantes y queda con otros amigos, también solos, o bien trabaja hasta tarde en la oficina, o tal vez se acuerda de una chica a la que conoció durante el pasado invierno y a la que creía que no volvería a ver. Unos se comportan como colegiales que durante las vacaciones salen de un internado privado donde no se bebe alcohol y hay que acostarse temprano; algunos se conducen como caballeros, son muy trabajadores y se aburren virtuosamente, y otros se dejan arrastrar hacia algo que no esperaban y jamás habrían imaginado.

Un martes por la tarde de finales de julio, sonó el teléfono de la mesa de Barbara Lemont. Esta respondió automáticamente, sin que el corazón se le acelerase. Hacía meses que, a la fuerza, se había quitado a Sidney Carter de la cabeza.

—¿Diga?

—¿Barbara?

—¿Quién es? —Pero ella ya lo sabía, había reconocido su voz, y la sorpresa de oírla la invadió por un momento sin dejar espacio para ninguna otra emoción.

—Soy Sidney Carter. ¿Te acuerdas de mí?

—Sí... sí. —De repente Barbara lo revivió todo y apenas pudo respirar.

—¿Cómo estás?

—Estoy bien. —La joven dejó escapar una risa nerviosa—. Se te olvidó enviarme ese perfume, ¿te acuerdas?

—No se me olvidó. Lo pensé unas cuantas veces, pero temía que pareciese que te estaba persiguiendo.

—Ah. —«Y seguramente lo habría parecido», pensó ella. Recordó cuántas mañanas había esperado nerviosa a que el chico del correo le llevase sus cartas y paquetes, con la disparatada esperanza de que el perfume estuviese allí para poder llamar a Sidney y darle las gracias—. ¿Y tú, cómo has estado durante este tiempo? —le preguntó.

—Bien. —Él no parecía feliz, sino cansado. De pronto a Barbara se le ocurrió que tal vez no la hubiese llamado porque quisiera hablar con ella, sino por algo relacionado con el trabajo; una llamada de negocios. La decepción empezó a socavar sus esperanzas.

—Ahora... Ahora escribo una columna —dijo—. Es una columna en la sección de belleza. ¿La lees alguna vez?

—Sí —contestó él—. La leo siempre.

—Es un poco aburrida, pero para mí ha supuesto un cambio. Así sale mi nombre en la revista y, por supuesto, significa un salario mayor.

—¿Y cómo está tu hija?

—Bien —contestó Barbara—. Muy bien. ¿Y tu... y tu hijo?

—Estupendamente. Está en Nantucket. Hemos alquilado una casita allí, en la playa.

—Ah, yo estaba pensando en ir ahí en las vacaciones de verano con dos compañeras del trabajo. Dicen que es un sitio fenomenal para conocer a hombres, si es eso lo que te interesa. ¿Te imaginas…? Tú y yo podríamos habernos encontrado en la playa por casualidad.

—Nosotros no estamos donde iríais vosotras —explicó Sidney—. Nosotros estamos en el otro lado de la isla, donde viven los lugareños.

—Eso está bien. La verdad es que no tenía intención de ir allí de momento. —¿Por qué se mostraba tan arisca con él, cuando no era eso lo que pretendía? Sin embargo, lo odiaba y lo quería y tenía miedo de él, todo a la vez, y apenas sabía lo que iba a decir a continuación.

—Has dicho «si es eso lo que te interesa» —repitió él con naturalidad, haciendo caso omiso del último comentario de ella—. ¿Significa que a ti te interesa o que no?

—¿Que si me interesa conocer a hombres?

—Sí.

—Claro que me interesa conocer a hombres —contestó ella alegremente—. ¿Conoces tú a alguno para mí?

—No, ya te buscaré uno.

—Sí, hazlo. —Y en el preciso instante en que pronunciaba esas palabras, quiso morderse la lengua porque no era eso lo que quería decir.

«Ay, Sidney… —pensó—. Por favor, no me hagas caso.» Hubo una pausa que a Barbara le pareció que duraba cinco minutos eternos.

—Me preguntaba si te apetecería ir a tomar una copa conmigo al salir de la oficina —propuso él al fin. No añadió: «Ya te hablaré de Nantucket»; no añadió nada, se limitó a esperar.

«¿Soy lo bastante fuerte? —se preguntó ella—. ¿Podré sobrellevar esto?» Se lo había quitado de la cabeza, pero ahora su voz le hacía recordarlo todo: su cara, su sonrisa, su comprensión. Tuvo ganas de salir corriendo de la oficina en ese instante para ir adondequiera que él estuviese.

—Estaría bien —respondió con toda naturalidad.

—Te recogeré en la puerta a las cinco en punto.

—Muy bien.

—Esperaré ese momento con impaciencia.

—Yo también. —El tono de Barbara fue muy formal.

Cuando colgó el auricular, se dio cuenta de que la mano le temblaba tanto que apenas podía encenderse el cigarrillo.

Solo faltaba una hora para las cinco, pero se le hizo interminable. Barbara entró en el aseo de señoras, se lavó la cara y se maquilló de nuevo. Solo tardó diez minutos. Volvió a la oficina e intentó leer algunos números atrasados de la revista, pero no pudo. Sabía que ya no lograría concentrarse en el trabajo. Descolgó el teléfono y llamó a su madre.

—Voy a salir a tomar una copa después del trabajo. No sé si volveré a tiempo para la cena, así que será mejor que no me esperes. Y da de comer a Hillary, por favor.

—Ah, ¿y eso? —preguntó su madre—. ¿Es que tienes una cita?

—No exactamente. Es una reunión de negocios.

—Vaya —repuso su madre—, qué lástima. Bueno, pásalo bien si puedes. Yo me haré cargo de todo.

«¿Qué me pasa? —se dijo Barbara—. ¿Cómo puedo estar haciendo esto?» Tenía la impresión de que estaba causando a su madre una gran cantidad de problemas innecesarios, pero sabía que era porque se sentía culpable. Su madre daría a Hillary la papilla y no le supondría ninguna molestia. El problema, lo sabía, lo tendría ella si dejaba que aquella copa se alargase hasta convertirse en una noche entera con Sidney. «Solo me tomaré una y luego me iré a casa», se dijo. Pero no dejaba de mirar el reloj y tenía las manos frías.

Cuando salió del edificio de la oficina, a las cinco y un minuto, Sidney ya la esperaba. Lo vio justo al lado de la puerta y advirtió que parecía nervioso. Barbara se contagió de su nerviosismo y sintió el impulso de dar media vuelta y huir de él. Era la primera vez que lo veía así, sin tener pleno dominio de sí mismo y de la situación.

—Hola —dijo él con una sonrisa, levantando la mano. Estaba

bronceado, y con el pelo cano y aquel rostro juvenil parecía un diplomático o un playboy internacional. Vestía un traje negro de seda salvaje y estaba más delgado. Se aproximó a ella y la cogió del brazo con mucha delicadeza—. ¡Qué guapa estás! —añadió. La condujo hasta un taxi estacionado junto al bordillo.

—Gracias.

Cuando hubieron subido al vehículo y él dio al taxista la dirección de un bar, Barbara empezó a sentirse mejor. Sidney estaba sentado a cierta distancia, recostado en la ventanilla, y la observaba con una expresión cordial.

—Nunca te había visto a la luz del día —dijo.

—No.

«Si apenas nos hemos visto —pensó ella—. Apenas nos conocemos. Todos estos meses he estado enamorada de una fantasía.» Apenas se percataba de lo que había al otro lado de las ventanillas del taxi, no podía apartar la vista de la cara de Sidney.

—Me alegro de que me hayas llamado —dijo al fin.

—Tenía miedo de que me colgases el teléfono.

—No.

—He pensado en ti algunas veces: cuando oía a los hawaianos, cada vez que veía a una joven de pelo castaño empujando un cochecito de bebé, cada vez que hojeaba un ejemplar de *America's Woman*. Supongo que eso quiere decir prácticamente todo el tiempo.

—¿De veras? —exclamó ella, con más brusquedad de la que pretendía—. ¿Es eso cierto?

—Quería llamarte para saber cómo estabas, si eras más feliz, si las cosas te iban bien, pero no podía confiar en que no fuese a pedirte que nos viéramos otra vez… Por eso no te he llamado.

—Hasta que tu mujer se ha ido de veraneo —dijo Barbara. No quiso sonreír para fingir que era una broma, porque era demasiado importante para ella, pero temía mirarlo a la cara.

Él no dijo nada porque el taxi se había detenido. Se inclinó para pagar al conductor y a continuación abrió la puerta a Barbara. Ella se bajó, y Sidney la siguió y esperó hasta que el taxi se hubo marchado.

—Escucha —dijo él sin alterarse—, no quería hablar de esto delante del taxista, pero, si lo deseas, pararé otro taxi y te llevaré a casa ahora mismo. Ya sé que piensas que soy un auténtico canalla, y tienes razón al pensarlo, porque seguramente lo soy. No sé qué voy a hacer durante la siguiente hora, y tú tampoco. Lo único que puedo decir es que te he llamado porque te echaba de menos. El hecho de que mi familia no esté en la ciudad no tiene nada que ver. La única razón por la que voy a Nantucket los fines de semana es para ver a mi hijo. Si se hubiera ido de campamentos como mi mujer y yo pensamos que debería haber hecho, dudo que ella y yo nos viéramos, salvo en las fiestas a las que ambos estamos invitados. Como ya habrás adivinado, mi mujer y yo apenas nos vemos. No te estoy diciendo esto para que te hagas ilusiones ni quiero darte a entender que estamos legalmente separados, porque no es así. No te he invitado a salir para seducirte, porque si quisiera seducir a alguien buscaría a alguien que tuviese las mismas intenciones que yo. Te he llamado porque me gustas. Me gustas mucho. Eso es todo.

—Yo también te dije eso una vez —susurró Barbara.

—Lo recuerdo.

Barbara permaneció inmóvil en la acera, bajo la intensa luz del sol de los atardeceres de julio, mordiéndose el labio.

—Supongo que lo mejor será que entremos a tomar una copa.

El interior del bar era oscuro y fresco. Se sentaron a una mesita cuadrada con la superficie de cristal negro. Barbara pidió un gin-tonic y se sirvió todo el botellín de tónica en el vaso porque quería mantenerse sobria. Sin embargo, tenía la extraña sensación de que en el fondo deseaba estar borracha, no ser una persona responsable, ser capaz de hacer todas las cosas irresponsables que de verdad quería hacer sin avergonzarse luego de sí misma. Quería acercarse a él y apoyar la mejilla en su mano, y decirle todas las frases descabelladas que le había dicho en sus fantasías durante todos aquellos meses.

—Estuve unos días en Haití en febrero —dijo Sidney—. Es un sitio precioso. ¿Has estado allí alguna vez?

—No.

—No hice nada especial, solo quería esconderme y descansar tumbado al sol. Estaba agotado.

—Yo detesto febrero —dijo Barbara—. Quienquiera que crease el calendario acertó al hacer que fuera el mes más corto. Todos los meses de febrero pienso: «Si consigo pasar el mes de febrero, todo irá bien».

—¿Qué hiciste este mes de febrero?

Barbara se encogió de hombros y agitó el contenido de su copa, tratando de recordar. «Pensar en ti...»

—Nada en particular. Salí con unos chicos cuyos nombres ya no recuerdo, fui al cine unas cuantas veces y vi una obra de teatro o dos.

—No está mal.

—No —dijo ella—, fue divertido.

Él sonrió.

—Lo dices como si estuvieras a punto de echarte a llorar.

—Me encanta tu sonrisa.

Él no dijo nada. Barbara cogió su copa y la apuró de un trago, sin detenerse un instante. No le hizo ningún efecto, pero se sintió mejor solo por habérsela bebido. Se arrepentía de haberle dicho aquello sobre su sonrisa, era demasiado personal. Tendría que tener más cuidado.

—¿Te apetece otra ginebra?

Iba a tomarse una sola copa con él y luego marcharse, ese era su plan inicial, pero se había terminado la copa en cinco minutos y ahora ¿qué podía hacer?

—Sí —contestó. Recordó una frase de una canción: «Cócteles y risas, y lo que viene después, nadie lo sabe».

—¿Sabes —dijo él— que no he vuelto a ver a Art Bossart desde la noche en que nos conocimos?

—Creía que erais buenos amigos.

—No. Somos amigos para salir de copas. Los dos tenemos dos o tres docenas, si es que se les puede llamar amigos.

—Yo lo veo en el ascensor algunas veces —explicó Barbara—, y solo me dice «Hola» así. —Imitó a Art Bossart, frío y distante, como si apenas la recordase—. «Hola.» Parece mentira, sales con alguien a tomar una copa después de una fiesta y al día siguiente se comporta como si no se acordase de tu nombre.

—Es lo que suele pasar en la Gran Fiesta Navideña de Empresa —dijo Sidney, divertido—. Piensa en las chicas que se van a la cama con un ejecutivo y al día siguiente tienen que pasar por el numerito del saludo en el ascensor.

—Se me hiela la sangre solo de pensarlo.

«Está hablando de sexo —pensó Barbara con amargura—; justo al principio se pone a hablar de sexo para allanar el terreno. Son todos iguales.» No obstante, pese a sus recelos, no acababa de creer que Sidney fuera así, todavía no. Él la miraba atentamente.

—He dicho algo, ¿verdad? ¿Qué ha sido? —preguntó.

—¿Cómo dices?

—Tu cara, has cambiado de expresión de repente. He dicho algo sobre lo que pasa en las oficinas, y no debería haberme metido donde no me llaman, ¿no es así?

—No, claro que no.

Él se mostró aliviado.

—Pero he dicho algo.

—No es nada. —Esta vez Barbara solo añadió la mitad de la botella de tónica a la ginebra y se terminó la copa entera antes de darse cuenta de lo que hacía. ¿O acaso era una orden de su subconsciente? En todo caso, se sentía mejor, más cómoda y relajada—. Me da un poco de miedo que te des cuenta de todo. Tendré que ir con más cuidado. —Se echó a reír.

—No tiene mucho mérito. Es solo experiencia. Cuando uno tiene mi edad, se da cuenta de todo.

—¿Y qué edad es esa?

—Cuarenta.

—Creo que me gustan los hombres mayores. Si quieres que se den cuenta de algo, sabes que al menos lo harán. Mi marido no tenía ni la menor idea de qué pensaba yo. Pero no debería reprochárselo. Yo tampoco le entendía demasiado bien.

—Ha pasado ya mucho tiempo —dijo Sidney.

—Han pasado dos años y cinco mil horas de lucha cuerpo a cuerpo para quitarme de encima a algún que otro indeseable.

Él se echó a reír.

—La última moda en el noble arte del cortejo.

—Ojalá supiesen lo que es eso...

—Estoy intentando acordarme de cuando yo tenía veinticinco años —dijo Sidney—. No recuerdo ni una sola vez en que me impusiera de esa manera a una mujer.

—Y seguro que tenías más éxito que esos hombres de brazos musculosos y fuertes.

—Supongo que sí.

«Ahora he sido yo quien ha sacado el tema —pensó Barbara—, soy yo quien está hablando de sexo. Sexo, sexo, sexo..., ¿por qué no puedo hablar de trivialidades en lugar de esto? ¿Será porque es en lo que estamos pensando los dos, incluso yo, aunque no quiera? Es horrible.» Pero continuó hablando, como quien habla en sueños, con una voz agradable e inexpresiva que pretendía que sonara como la que se usa para hablar de trivialidades, pero que escondía mucho más.

—Voy a contarte cómo me fue con el chico con el que salí el sábado pasado por la noche, si crees que puedes soportarlo.

—Cuéntamelo.

—Lo había visto en algunas fiestas, pero él nunca me había dicho más de dos palabras seguidas. Una noche me llamó y me invitó a salir, así que quedé con él el sábado. Primero fuimos a su apartamento para tomar una copa y él puso algunas canciones subidas de tono en su equipo de alta fidelidad.

—¡Un equipo de alta fidelidad nada menos!

—Tenía tres altavoces, de modo que era imposible perderse ni una sola palabra de la canción, por supuesto. Luego fuimos a cenar a un restaurante carísimo, y resultó que era un hombre elegante e inteligente, y la verdad es que empezó a caerme bien a pesar de los discos verdes. Supuse que seguramente él los encontraba divertidos y me dije que no debía ser tan mojigata. Todo fue bien hasta que me acompañó a mi casa y me preguntó si podía entrar para tomar una copa. Yo no quería quedar mal con él; al fin y al cabo, la cena había sido muy cara y solo eran las once y media. Mi madre sabía que tenía una cita y siempre corre hacia su habitación en cuanto me oye meter la llave en la cerradura, porque sabe lo difícil que me resulta vivir con ella e invitar a mis amigos si ella está en el salón. Así que ahí estábamos los dos, y yo le ofrecí una copa y él ni siquiera la tocó. Se abalanzó sobre mí. Te juro que solo le hizo falta gruñir para parecer un gorila.

Sidney sonrió.

—¿Y luego...?

¿Por qué demonios se le habría ocurrido contar aquel desagradable episodio? Pero si ya se sentía avergonzada... Era demasiado tarde, él esperaba una respuesta. «¿Por qué no habré mantenido la boca cerrada? —pensó Barbara—. ¿Por qué me habré tomado esa segunda copa? ¿Qué me pasa?»

—Pues... hoy día, cuando le toqueteas el liguero a una chica, ya estás bastante arriba. Yo trataba de zafarme de aquellas manazas, y estoy segura de que para él era más que evidente que no me estaba gustando nada todo aquello. No me atreví a hacer ningún ruido porque no quería que me oyese mi madre… me sentía como una estúpida. Y tampoco quería despertar a la niña. Fue una especie de combate silencioso a muerte, y entonces, ¿sabes lo que tuvo el valor de decirme? Me dijo, como si con eso lo arreglase todo: «No te preocupes, que no quiero acostarme contigo. Solo quiero sobarte un poco».

—Si fuera una chica, me habría quitado el zapato y le habría atizado con él —dijo Sidney—. Eso deja un buen verdugón.

—¿Con el tacón o con la suela?

—Con el tacón.

—Ojalá lo hubiese hecho.

—¿Y qué hiciste?

—Me lo quité de encima y él se enfadó, claro. No he vuelto a tener noticias suyas ni espero tenerlas nunca, a menos que sea porque un tercero me informe de que él cree que soy una sosa.

Sidney meneó la cabeza.

—Parece increíble —dijo con aire compungido—. ¿De dónde sacas a esos brutos?

—Tengo suerte, supongo.

—Cuando mi hijo se haga mayor, espero que no sea así.

—¿Cómo iba a serlo? —exclamó Barbara.

Se miraron un instante y Barbara percibió el encuentro de sus miradas casi como si fuera un impacto físico. Se le olvidó por completo lo que pensaba decir a continuación y se limitó a mirar a Sidney a los ojos, incapaz de evitarlo. Él apartó la mirada primero.

—¿Te apetece otra copa?

—No, gracias.

Él hizo una seña al camarero levantando un solo dedo.

—¿Cómo decía esa canción… —dijo Barbara, tratando de recordar las palabras—, o era un chiste…? «Voy a echar arena en las espinacas de ese bebé porque podría crecer y casarse con mi hija»?

—«Crecer y salir con mi hija», creo yo —repuso Sidney. Extendió el brazo por encima de la mesa y la asió por la muñeca levemente con dos dedos—. Escucha, he quedado para cenar. ¿Quieres acompañarme?

Otras personas... ¿podía haber una situación más segura? Barbara se sintió aliviada y aun así, en cierto modo, se llevó una decepción. Empezaba a sentirse a gusto y no quería hablar con nadie que no fuese Sidney. Pero la alternativa era, obviamente, mucho más sensata.

—Sí —dijo—, me encantaría.

Se quedó de piedra al descubrir que no la llevaba a un restaurante para hombres casados, el equivalente al bar para hombres casados donde se habían conocido. Era un restaurante conocido, muy lujoso y bien iluminado, cuyos clientes eran personas que podían permitirse pagar aquellos precios y a las que les gustaba la gastronomía, un local que atraía tanto a gente de éxito como a sus fieles comparsas, que los seguían a todas partes. Se reunieron con otra pareja que ya los esperaba en el bar. La mujer era una ex actriz de cine que había abandonado su profesión para volcarse en su nuevo papel de madre; Barbara nunca la había visto en el cine, pero sí en la televisión, en una reposición de una vieja película. Su marido era encargado de prensa. No se mostraran ni sorprendidos ni escandalizados por el hecho de que Sidney se hubiese presentado con una chica, y tampoco actuaron como si lo hubiesen visto docenas de veces con otras jóvenes. Barbara se sintió enseguida a gusto, a pesar de que eran mucho mayores que ella, y a mitad de la comida se sorprendió hablando con la otra mujer sobre maquillaje y ropa y los problemas de criar a los hijos. Sidney no había inventado ninguna excusa para explicar la presencia de Barbara cuando los presentó, no dijo que era una vieja amiga ni una colega de negocios, y sin embargo la pareja no trató a Barbara con una solicitud excesiva que indicase que la consideraban ajena al grupo. Para ella era una situación extraña; por alguna razón, había esperado que todo se desarrollase de forma diferente. «Eso me pasa por lo provinciana que soy», reflexionó.

Terminaron de cenar a las once. A pesar de que Barbara nunca había conocido a nadie que pudiese invitarla a aquel restaurante y de que siempre había querido ir, apenas probó bocado. El vino que había ingerido durante la cena y el brandy de después le hicieron sentirse muy rara, como si supiera que debería estar borracha; sin embargo, no lo estaba. Tenía la sensación de que todo cuanto dijese sería perfectamente sensato y, aun así, debía tener cuidado porque podía sonar distinto a otras personas.

Cuando la otra pareja se disponía a subir a un taxi, la actriz se acercó a ella y la besó en la mejilla.

—Barbara, querida, me alegro de haberte conocido. ¿Me mandarás un ejemplar de tu revista?

—Por supuesto. —Barbara permaneció junto a Sidney mientras el taxi se alejaba—. ¿Por qué todos me piden que les envíe un ejemplar de la revista, si pueden comprarla donde y cuando quieran por veinticinco centavos? —le preguntó—. Aunque no es que me importe.

—Es una forma de mantenerse en contacto contigo. Le has caído bien.

—A mí también me ha caído bien ella.

—Me alegro. —Sidney la tomó de la mano y Barbara apenas reparó en ello, pues parecía un gesto natural—. Son dos de mis mejores amigos, a pesar de que apenas los veo, seis veces al año, como mucho. Apenas tengo tiempo de ver a la gente con la que quiero estar.

—Trabajas casi todo el tiempo, ¿verdad?

—Sí. Y lo más estúpido es que no tengo necesidad. Te dejas llevar por la rutina. Piensas que puedes quedarte en la oficina una hora más, hacer una cosa más. Luego te enfrascas en la tarea y no puedes dejarla inacabada. Vamos a tomar un brandy.

—Muy bien.

Caminaron por la calle oscura, cogidos de la mano. Aunque a Barbara nunca le había gustado ir cogida de la mano de un hombre por la calle porque le parecía una cursilería, algo propio de quinceañeros, de pronto con Sidney se le antojaba de lo más natural. Le traía sin cuidado quién pasase a su lado y los viese. Pasearon por la Quinta Avenida mirando todos los escaparates. «Me gusta eso», decía él, o «Eso me parece horroroso, ¿a ti no?», y ella compartía todas sus opiniones. Se pararon ante un escaparate bastante chabacano, desternillándose de risa.

—¡Eso es justo lo que necesito!

—¡Yo quiero una docena!

Era un comportamiento de lo más normal, tanto como cogerse de la mano en público, pero con Sidney era algo nuevo. Barbara se acordó de lo que él le había dicho cuando la cogió de la mano la noche en que se conocieron: que era el braille que los que no son ciegos habían inventado para decirse las cosas de las que se daban cuenta y no podían ver. Decenas de señales, los primeros pasos vacilantes de una relación entre un hombre y una mujer estaban llenos de ellas. Barbara recordó las primeras citas que había tenido con chicos, veladas aburridas en las que se habían dedicado a hablar de sus gustos: discos, política, libros, restaurantes. Todo había sido mecánico, soporífero. En cambio, sin que hubiese ningún motivo razonable, todo cuanto a Sidney le interesaba a ella le resultaba fascinante. Quería saber absolutamente todo lo que le había gustado en la vida, y contarle todo cuanto ella había considerado importante alguna vez.

Fueron al Oak Bar del Plaza para tomar una copa y se sentaron en una mesa de un rincón.

—Últimamente —dijo Barbara—, siempre que veo a una pareja que lleva casada mucho tiempo, sea felizmente o no, me pregunto: ¿cómo se conocieron? ¿Qué hace que dos personas decidan permanecer juntas el resto de su vida? Parece que haga tanto tiempo que me casé, y por razones erróneas, que supongo que estoy buscando una fórmula en las demás parejas.

—Los matrimonios de los demás siempre entrañan cierto misterio, ¿no crees? —repuso Sidney—. Sobre todo si son felices. Te preguntas cómo lo han conseguido. Te preguntas qué tienen ellos que tú no has conseguido tener. Yo también pienso en eso.

Barbara lo miró bajo la luz tenue.

—Quizá no sea asunto mío, y quiero que si es así me lo digas, pero... no eres feliz, ¿verdad?

—Supongo que no, si me paro a pensarlo. Por eso no lo pienso.

Algo se removió en el interior de Barbara, provocándole una sensación de dolor.

—Entonces, no es asunto mío.

Él le cubrió la mano con la suya, sobre la mesa.

—Te diré todo lo que quieras saber.

—Nunca hago preguntas personales a nadie. No sé por qué te lo he preguntado. Estoy un poco borracha, como de costumbre, supongo. Nunca me has visto en mis mejores momentos.

—Y si nunca nos hacemos preguntas personales, ¿cómo vamos a conocernos mejor? No tenemos mucho tiempo.

—No, tienes razón. —Entonces Barbara lo comprendió, lo inútil de todo aquello, las prisas y la artificiosidad. No disponían de mucho tiempo porque cada uno tenía su vida, o al menos Sidney, ya que la de ella distaba mucho de ser una vida plena. La mujer y el hijo de Sidney no tardarían en regresar de sus vacaciones, aunque Barbara estaba segura de que él no se refería a eso. Prisas y más prisas, un romance rápido, unas cuantas cenas, unas cuantas copas más, unas cuantas noches en la cama. ¿Qué podían ofrecer al otro que fuese duradero, que no muriese por su propia imposibilidad? Por supuesto que debían darse prisa, porque el final se les echaría encima antes de que se dieran cuenta, y el principio estaba sembrado de dudas, y la única parte que importaba de veras era el momento culminante del medio. Lo que fuera que se había removido en el interior de Barbara, se removió de nuevo, hasta inundarle el pecho, y ella volvió la cabeza y fijó la mirada en un mural de la pared.

—No debería haber dicho eso —señaló Sidney—. Ha sido una estupidez.

Ella se volvió para mirarlo.

—¿Qué?

—Tenemos todo el tiempo del mundo. Lo sabes, ¿verdad?

—Sí.

Por primera vez se sintió relajada, tranquila, y la invadió una verdadera calidez. Él no era como los demás hombres, ahora estaba segura. Y quería seguir viéndolo. Ya no tenía la impresión de que debía demostrarle lo ingeniosa que era, podía ser ella misma sin más. Él había rebajado la tensión de la relación entre ambos a lo largo de la tarde, con sus actos y sus palabras, y ahora con aquella última promesa.

—Dime —dijo Barbara, inclinándose hacia él—, ¿dónde os conocisteis tu mujer y tú?

—En una fiesta en el Greenwich Village cuando los dos teníamos veinticuatro años. No parece algo propio de mí ahora, ¿a que no? Ella era bailarina de ballet, o al menos iba a clases de ballet tres horas al día, y yo trabajaba en una agencia de publicidad. Durante el día yo llevaba un traje de franela gris, y por las noches y los fines de semana salía por el Village con un grupo de tipos a los que había conocido cuando llegué a Nueva York.

—¿De dónde eran?

—De Lebanon, Pensilvania. Bueno, en realidad eran de todas partes. Uno escribía para revistas modestas; otro pintaba unos cuadros horribles y nunca se limpiaba la pintura de los brazos; y otro tocaba la guitarra. Siempre hay alguien que toca la guitarra. Fue dos años antes de que estallara la guerra en Europa, y éramos unos jóvenes nerviosos y llenos de ideales que se pasaban el día hablando. Supongo que por todo el Village había grupos de muchachos que creían que iban a ser los Thomas Wolfe y los Picasso del mañana, como nosotros. Bueno, el caso es que en la fiesta conocí a una chica elegante y encantadora, y la llevé a su casa. Vivía sola en un apartamento horrible sin agua caliente, pero era verano y los dos pensábamos que el sitio era bonito. Me quedé allí. Los dos nos sentíamos solos, aunque nunca lo admitíamos, y creíamos que éramos muy bohemios. Cuando decidimos casarnos, un sábado por la tarde fuimos en vaqueros a Cartier para escoger el anillo. Recuerdo que me pregunté qué pasaría si nos veía alguien de mi oficina.

—No parece nada propio de ti —comentó Barbara—. Me cuesta mucho imaginarlo.

—Con el tiempo todos los tipos que conocía se casaron y se convirtieron en hombres respetables. Nosotros también nos volvimos bastante respetables. Después de tener a nuestro hijo, mi mujer dejó el ballet para siempre y decidimos mudarnos a las afueras. Seguramente fue la peor idea que se nos podía haber ocurrido. En realidad, fue idea mía, tuve que convencer a mi mujer. Algunos de mis amigos, los que acababan de volverse respetables, se trasladaban a Westchester, así que nosotros también fuimos a parar allí, y al cabo de un año yo ya estaba más que dispuesto a regresar a la ciudad, pero ella no, a ella le gustaba vivir allí. Nos quedamos y al final compramos la casa donde vivimos ahora. El problema es que el trayecto hasta la ciudad es muy largo y algunas noches yo tenía que quedarme hasta tarde, de modo que solo nos veíamos los fines de semana. Yo tenía mi grupo de amigos en la ciudad y ella el suyo en las Afueras Bohemias, con sus jardines de césped bien cuidado. Tardamos diez años en darnos cuenta de que ya apenas nos conocíamos.

—¿Por qué no volvisteis a la ciudad —preguntó Barbara— antes de que fuese demasiado tarde?

—Si hubiese tenido la certeza de que todo se debía al hecho de vivir en las afueras, habría insistido, pero no estaba del todo seguro. Es algo que no dejo de preguntarme. Ojalá lo supiese con seguridad, me sentiría mejor.

—Dicen que en una pareja cada uno madura a su ritmo —señaló Barbara—. Oh, ha sido un comentario malicioso. Si alguien le hubiese dicho eso a mi marido mientras estaba casada con él y yo me hubiese enterado…

—No ha sido malicioso. Sé lo que has querido decir. Escucha, Barbara, puede que digas algo cargado de mala intención y que signifique una cosa, y puede que lo digas porque eres un ser humano que piensa y comprende al otro, y que signifique algo muy distinto.

—Siempre justificas todo lo que digo —murmuró.

—¿Por qué? ¿Acaso te ves como la destrozahogares? ¿Te parece una situación muy dramática? —Su sonrisa quitó hierro a sus palabras.

«Podría sonreírme así —pensó ella— y llamarme lo que quisiese, y creo que se lo toleraría.»

—No puedo decir que no lamente que estés casado —admitió.

—Tengo otros muchos defectos aparte de ese —dijo él sonriendo—. Procura pensar que el principal obstáculo para nuestro amor es que soy demasiado mayor, algo que, dicho sea de paso, también cabría considerar, y te sentirás mejor.

—Ya lo sé… es una tontería. Salgo con muchos chicos con los que sé que no me casaré, pero porque no me gustan o porque no les gusto a ellos. Sin embargo, sé que aunque tú y yo, por alguna disparatada razón, decidiéramos enamorarnos, no podría tenerte, y eso me asusta.

—Créeme: no vas a enamorarte de mí.

—Es muy peligroso decir eso a una chica —observó Barbara con tono jovial.

—¿Por qué?

—No lo sé. Solo sé que pone las ruedas del engranaje en movimiento. Solo hay algo más peligroso que eso, y es decir: «Nunca me enamoraré de ti».

Él permaneció unos minutos callado.

—Entonces no lo diré —dijo al fin—, pero no por esa razón.

—Además —dijo Barbara—, sé que los hombres casados no se divorcian de su esposa por otra mujer. Se divorcian porque ya no quieren seguir con su esposa. No estoy hablando de hombres mayores que pierden la chaveta, de viejos verdes ni de neuróticos, sino de la clase de hombres casados de los que una chica como yo podría enamorarse. Un hombre como tú. Tengo razón, ¿verdad?

—Sí.

—Bien, una vez aclarado ese punto, cambiemos de tema.

Él la miró detenidamente.

—Eres una mujer extraordinaria.

—No, tú eres extraordinario.

—¿Yo?

—Porque eres sincero —afirmó Barbara.

Por un momento no hubo nada más que añadir y permanecieron sentados muy juntos, terminándose el brandy. Sidney no la tenía cogida de la mano, y la presión de su hombro contra el de ella era muy leve, una mera transmisión de calor corporal, pero Barbara era plenamente consciente de la presencia del hombre. Debería haberse sentido triste, condenada a la decepción y quizá a algo aún peor, pero solo experimentaba satisfacción. Sidney le gustaba tanto, la había deslumbrado de tal manera, que el simple hecho de estar sentada a su lado sin pronunciar palabra la hacía pensar que sería capaz de enfrentarse a cualquier cosa: a los tocones, a los chicos que solo querían «sobarla» un poco, a la búsqueda de alguien compatible a quien pudiese amar. Sabía que, tras su prolongada separación, volvía a estar peligrosamente a punto de enamorarse de Sidney Carter, pero esta vez no se trataba de un encaprichamiento infantil y tenía la impresión de que sabría cómo actuar. Enamorarse locamente de él, estropear la calidez que sentía para convertirla en la gélida frialdad de un problema emocional, sería una auténtica estupidez. Ya estaba advertida. Sin embargo, sabía que las personas, pese a sus buenas intenciones, llegaban a un punto más allá del cual no había retorno posible, y lo único que podían esperar era que el aterrizaje no fuese demasiado duro.

Sidney pagó la cuenta, salieron despacio del bar y atravesaron el vestíbulo del hotel. Sidney se detuvo en el quiosco y compró un ejemplar de todos los periódicos de la mañana para él y para ella.

—No tendré tiempo de leérmelos todos —observó Barbara—. ¿Tú los lees todos antes de irte a dormir?

—Todas las noches.

—¡Cuánto me alegro de no ser una ejecutiva!

Él se echó a reír.

—Es un hábito que adquirí en el tren. Hay que hacer algo durante el trayecto, y yo no juego a las cartas. En verano no tengo que ir arriba y abajo con el tren, pero no consigo abandonar esa costumbre, así que leo los periódicos en mi habitación.

—¿Duermes en… la ciudad?

—Me alojo en un hotel, solo cuatro noches a la semana. No me apetece coger el tren y estar solo en ese viejo caserón.

¿Por qué se asustó Barbara un poco al enterarse de que se hospedaba en un lugar cercano? ¿Acaso porque suponía que la llevaría a su habitación y la seduciría? ¿O porque quería que lo hiciese? «Soy veterana en los intentos de seducción —se dijo—, y todavía no he caído en ninguna trampa. Todo depende siempre de la chica.»

—Es muy tarde —anunció—. Será mejor que me vaya a casa.

—Es ahí adonde te estoy llevando.

Cuando el taxi se detuvo delante de la puerta del edificio de Barbara, Sidney salió con ella y subió los escalones de la entrada. Ella abrió con la llave la pesada puerta principal y entró, y él la siguió.

—No hay ascensor —advirtió Barbara.

Él adoptó una expresión risueña.

—Ah, ¿es que estoy invitado?

—Claro, tú siempre estás invitado.

Barbara sintió cierta vergüenza por el estado en que se encontraban las escaleras y los descansillos de su bloque de apartamentos, porque parecían muy lúgubres comparados con los que él estaría acostumbrado a ver, y porque aún olían a los guisos de la cena. Sidney no era ahora un muchacho de veinticuatro años que acompañaba a una bohemia bailarina de ballet a su romántico piso sin agua caliente. Tenía cuarenta y comía en Le Pavillon, y el repollo olía a repollo. En cuanto a ella, no vivía allí porque le pareciese bohemio y divertido, sino porque era lo único que su familia podía permitirse. Le pasó por la cabeza una imagen desagradable: la joven y pobre empleada de una revista y el ejecutivo rico y mayor. Cuando abrió la puerta de su apartamento, una lámpara proyectaba una luz tenue sobre la mesita que había junto al sofá, y el único olor que se percibía era el suave aroma a polvos de talco de bebé procedente de la habitación que compartía con Hillary. Todas las ventanas de la sala de estar estaban abiertas de par en par, y empezaba a soplar la fresca brisa nocturna. Encendió la luz del techo.

—¿Te apetece una copa?

—Será mejor que no tome nada. No te dejaré irte a dormir. —Sidney miraba alrededor—. ¿Es ahí donde se escabulle tu madre cuando oye tu llave en la puerta?

—Sí.

Sidney señaló el sofá.

—Y ese es el escenario de todas esas batallas.

Ella no pudo reprimir una sonrisa.

—Pues sí.

Él se acercó a la mesita y examinó dos fotos que había encima.

—¿Quién es este?

—Mi padre.

—Y esta es tu hijita. Es guapa.

—Ahora está más guapa.

Sidney cogió sus periódicos y se los colocó bajo el brazo.

—Me voy. Solo quería fisgonear un poco. —Se dirigió hacia la puerta y Barbara lo siguió. Al llegar se detuvo y la miró—. Gracias por una noche maravillosa.

—Gracias a ti.

—¿Quieres cenar conmigo el jueves?

—Sí —susurró ella.

Continuaron mirándose, él con el paquete de periódicos bajo el brazo y ella con la mano en el pomo de la puerta para abrirla. Ninguno de los dos se movió ni un milímetro. Barbara tenía la impresión de que estaba paralizada.

—Escucha —dijo Sidney—, esto es absurdo. —Con un movimiento rápido depositó los periódicos en una silla y la abrazó. Apartó un momento la mano de la espalda de Barbara para apagar la luz del techo. Ella podría haber retrocedido un paso y él la habría soltado, pero se sentía tan incapaz de zafarse de él como de arrojarse por el hueco de la escalera. Cuando Sidney la besó, experimentó cierta resistencia e indiferencia por un instante, un segundo en que se dijo: «Esto es aún más absurdo...». Pero a continuación la embargó la más extraña de las sensaciones; era como si por primera vez en su vida percibiese la existencia de cada vena y arteria de su cuerpo, porque el calor y la sangre palpitaban en su interior, y la sensación que había rechazado cada vez que la besaba un chico acabó por vencerla y ella la acogió al fin. Le rodeó el cuello con los brazos y le correspondió con otro beso, reconociendo su propio deseo como si fuera un desconocido porque había pasado mucho tiempo, y como si fuera un viejo amigo porque la hacía completamente feliz.

Fue él quien se apartó primero. La miró afectuosamente y le dedicó una sonrisa radiante, con el mismo brillo en los ojos que ella había visto la noche en que se conocieron.

—Tranquila —dijo él—, no te preocupes. No quiero sobarte. Solo acostarme contigo.

Sidney recogió sus periódicos, abrió la puerta y se marchó, no sin antes lanzarle un beso.

—Te llamo mañana.

Barbara se quedó de pie en el umbral, mirándolo, tocándose los labios con los dedos, preguntándose por primera vez qué sabor tendrían para otra persona.

Esa noche se durmió inmediatamente y no tuvo ningún sueño, y cuando sonó el despertador a la mañana siguiente, no estaba cansada, sino impaciente por llegar a la oficina, adonde tal vez la llamaría Sidney. La aguardaba un día cargado de promesas, todo cuanto iba a sucederle sería bueno. Por primera vez en más de dos años había algo que esperaba con ilusión. Saber que Sidney la llamaría, y que lo vería al día siguiente, hacía que hasta las tareas más monótonas de la oficina adquiriesen una nueva dimensión. Le encantaba su trabajo, le encantaba ir a pie a la oficina a primera hora de la mañana, antes de que el sol empezase a calentar, y ese día le encantó ver su reflejo en la luna del escaparate de la tienda de comestibles que había cerca de su edificio. Qué garbo tenía esa chica, la chica que a Sidney Carter le gustaba y que le parecía interesante.

La llamó a las tres en punto. Barbara había cerrado las persianas de su despacho para que no entrase el sol abrasador de primera hora de la tarde, de modo que se estaba fresco en la penumbra de su pequeño cubículo, aislado del resto de despachos y sus ruidos, con parte de la perezosa y agradable sensación de estar en la cama en mitad de la tarde. Cuando oyó la voz de Sidney al otro lado de la línea, la sensación se hizo completa, y Barbara se preguntó por qué no se había dado cuenta hasta entonces de que las tres de la tarde era el mejor momento para hacer el amor.

—¿Qué haces? —le preguntó él.

—Estoy aquí sentada. Me pondré a escribir dentro de un par de minutos. Es que me parecía demasiado pronto después del almuerzo para abordar los problemas del acné juvenil.

Él se echó a reír.

—Tengo a cuatro personas esperando a la puerta del despacho para verme, pero quería hablar contigo antes.

Los dos estaban ocupados, los dos tenían responsabilidades y, sin embargo, durante aquel instante habían dejado al margen todo lo demás.

—Me alegro de que hayas llamado —dijo ella.

—Yo también...

—¿A qué hora nos vemos mañana?

—A las cinco, en la puerta de tu oficina.

Barbara lo imaginó allí y sintió una felicidad y un entusiasmo inmensos.

—Tengo que dejarte —dijo él—. Solo quería hablar contigo un minuto.

—Sí, ponte a trabajar.

—Y tú también...

Barbara colgó el aparato y permaneció inmóvil recordando la conversación, no tanto las palabras de él como el tono en que las había pronunciado. Había habido cariño en su voz, un cariño sincero. Un hombre atareado en plena jornada laboral había hecho una pausa para decir unas pocas cosas sin importancia por teléfono porque le apetecía; el día se detuvo un momento y luego continuó. Era esa pausa lo que hacía que el resto de la jornada mereciese la pena. Barbara tenía la sensación de que había significado lo mismo para él que para ella. Ahora no le costó tanto volverse en su silla giratoria para empezar a teclear en su máquina de escribir. «Una nueva base en polvo para los problemas cutáneos de los adolescentes...» Pobres adolescentes, también querían que los admirasen, con sus complejos de inferioridad y sus granos... ¿y quién no?

El jueves por la tarde se desató una tormenta que cesó al cabo de quince minutos y dejó las calles mojadas y frescas. Barbara salió de la oficina con un vestido nuevo de lino rojo que había comprado a principios de verano y que hasta entonces no había tenido ningún interés por lucir. Se había empapado de perfume Wonderful, en parte como un guiño a Sidney, porque era uno de los productos cuya publicidad él llevaba, y en parte porque le gustaba de veras. Se había lavado el pelo la noche anterior, el cielo era de un azul resplandeciente, la tarde era lo bastante fresca para que Barbara no empezase a languidecer antes de entrar en un local con aire acondicionado, y el corazón le latía a toda velocidad. Cuando Sidney se acercó a ella y la condujo a un taxi, tuvo la sensación de que ambos habían vivido esa misma escena no una vez, sino muchas.

—Qué vestido más bonito.

—Es nuevo.

En el taxi él se sentó frente a ella de nuevo, pero no tan lejos como la vez anterior. Barbara se alegraba mucho de verlo, se sentía muy a gusto con él.

—¿Qué estás pensando? —preguntó Sidney.

—Estaba pensando que ojalá todo el mundo pudiese conocerse por primera vez en una segunda cita, como esta, sin la desconfianza y los malentendidos que se dan al principio... casi como la primera vez que tomamos una copa juntos, ¿te acuerdas? Y también pensaba que si nuestra relación hubiese empezado en la segunda cita, me habría perdido el buen rato que pasamos juntos el martes.

—Deberías haber aceptado cuando te pedí que nos viéramos las navidades pasadas. Podríamos haber pasado meses juntos.

—Ya lo sé —repuso Barbara—. Pero yo era distinta entonces.

—¿Distinta? ¿Por qué?

Ella sonrió.

—Más lista, tal vez.

—Más ocupada, tal vez.

—Siempre te las arreglas para convertirlo todo en un piropo.

La llevó a un bar del East Side donde se sentaron en un pequeño jardín vallado y cubierto por un toldo de rayas, con el suelo alfombrado de gravilla gris. Las mesas eran redondas, de metal blanco, igual que las sillas. Los clientes parecían la clase de personas que se ven por Madison Avenue: tres hombres enzarzados en animada conversación, una chica con un caniche atado a la pata de su silla y una pareja joven que parecía tensa y cohibida. El chico lucía una corbata de rayas rojas y azules y un traje de cloqué, y tenía el pelo rubio y muy corto, de modo que su cuello parecía carne cruda. La chica debía de acabar de salir de la oficina, porque no iba muy arreglada pero tenía cierto aire chic y formal. Era evidente que intentaba mantener a flote una conversación que languidecía sin remedio.

—Mira a esos dos —dijo Barbara—. Yo era esa antes.

—¿Lo conoces a él?

—No, pero puedo contarte unas cuantas cosas sobre él. Trabaja en Madison Avenue, o tal vez en Wall Street, y ha salido con ella antes alguna vez, pero no con demasiada frecuencia.

—Pues a mí me da la impresión de que es una cita a ciegas —aventuró Sidney—, y no parece que les vaya muy bien.

—No, él no la habría traído a un sitio tan caro si fuera una cita a ciegas. A fin de cuentas, podría no haberle gustado la chica.

—¡Menudo razonamiento! —exclamó él, divertido—. Cuéntame más cosas, pero primero tomemos un martini.

Sidney pidió las copas y Barbara observó a la pareja del rincón con más detenimiento, lo que no resultaba fácil porque estaban bastante lejos. Sin embargo, las mesas que había en medio estaban vacías porque era temprano.

—Ella es la única que habla, para lo poco que hablan, pero eso no significa necesariamente que él le guste. Yo diría que cree que es su obligación. Y es evidente que él también lo cree, porque ni siquiera se esfuerza en despegar los labios.

—Qué triste para los dos —comentó Sidney.

—El vestido de ella es muy bonito, pero barato. Doce con noventa y cinco, diría yo. Creo que es secretaria, al menos tiene pinta de serlo.

Barbara tomó un sorbo de su martini. El vidrio de la copa estaba helado, y la bebida muy fría y caliente al mismo tiempo.

—Mira qué rápido se han terminado las bebidas —dijo—. Se han tomado dos mientras nosotros esperábamos la primera. Sé cómo se siente ella, he hecho eso yo misma en alguna que otra ocasión.

—Bueno, ¿y por qué ha salido con él?

—Seguro que comparte piso con otras dos chicas y quiere librarse de ellas un rato. No lleva medias, probablemente sus compañeras se las han cogido todas prestadas.

Sidney entrecerró los ojos.

—Tiene unas piernas bonitas. Seguramente es una de las razones por las que él ha salido con ella.

—¿Cuáles son las otras?

—Dímelas tú.

—No —repuso Barbara—. Tú hablas en nombre de los hombres.

—Parece tan aburrido ahora mismo que yo diría que solo quiere llevársela al catre.

—Pobrecilla. El año que viene ya estará casada; siempre es igual.

—Pero no con él.

—Ni hablar.

Sidney se echó a reír.

—Siento lástima por él. Tú no tienes compasión.

—Ya lo sé —dijo ella entre risas—. Soy una víbora. Y ahora mismo me siento superior porque lo estoy pasando en grande y me acuerdo de todas las veces en las que no ha sido así.

—Es el precio que hay que pagar para disfrutar de un final feliz. Seguro que tu madre te lo ha dicho muchas veces.

—Sí. Pero yo sigo esperando.

La pareja del rincón se levantó. El hombre apartó la silla a la joven mientras ella recogía el bolso y los guantes. Por debajo de la mesa, Sidney dio un toquecito a Barbara en la rodilla.

—Tus amigos se van.

—Chist.

En ese momento cruzaban el jardín en dirección a su mesa. Barbara levantó la vista para mirarlos con curiosidad. Pasaron tan cerca que percibió el olor del humo del cigarrillo del chico. En la mano con que lo sujetaba llevaba un delgado anillo de casado. Barbara se volvió, sorprendida, a mirar la mano de la chica. Ella también lucía una delgada alianza, tan fina que no la había visto cuando la pareja estaba sentada en la otra punta.

—¡Están casados!

Miró a Sidney y este la miró a ella y sonrieron con gesto risueño y de sorpresa.

—Pero si parecían unos seres tan desgraciados… —comentó ella.

La sonrisa de él se desvaneció levemente, lo bastante para que Barbara lo advirtiera.

—Sí —dijo él.

—Soy una idiota —murmuró ella—. Hasta se me había olvidado qué aspecto tenía yo. La gente se enfrasca de tal modo en sus rencores y problemas que se olvida de los demás.

—Ha sido divertido —señaló él. Parecía casi tan alegre como antes, el momento de la revelación había sido solo un destello fugaz.

«Se siente muy desgraciado —pensó ella—. Lo sé.» Y aunque no le gustaba saber que había algo que lo hacía sufrir, Barbara no tuvo más remedio que admitir, con una perversa punzada de placer, que se alegraba de corazón. Significaba que Sidney era más accesible, significaba que… «Oh, soy una tonta —se dijo—. Pensar eso es caer en la trampa más antigua del mundo.»

A las ocho en punto salieron del bar y se encaminaron hacia un restaurante para cenar. Empezaba a oscurecer y el cielo estaba teñido de intensos colores. Las calles estaban desiertas y tranquilas porque era la hora de la cena de una noche de verano, y todo el que podía había salido de la ciudad, y los que no podían permitírselo estaban en habitaciones con aire acondicionado. Sin el gentío ni el tráfico, las calles parecían más amplias que de costumbre. Tenían toda la noche por delante, como si fueran vacaciones. «Ojalá la vida fuese siempre así, como en este instante», pensó Barbara. Cuando Sidney le abrió la puerta del restaurante, les recibió una ráfaga de aire artificialmente frío y oyeron el sonido de música y voces. Era un restaurante bien iluminado, con murales en las paredes, flores en las mesas y una carta de un metro de largo escrita en francés en una caligrafía indescifrable. Había varios carritos de elaborada repostería arrimados a una pared, repletos de tartas y pasteles con adornos de nata montada. Barbara nunca había tenido menos hambre en su vida. Miró alrededor. Cuánta luz había allí, qué alegría se respiraba, y qué insensibles parecían todas aquellas personas, engullendo la comida y riendo sin parar.

—¿Mesa para dos, señor? —inquirió el maître, blandiendo una carta. Sidney miró a Barbara.

—Primero tomaremos una copa en el bar —contestó con brusquedad.

Se sentaron a la barra, en unos taburetes de cuero rojo resbaladizo. Barbara clavó la mirada en su martini.

—Pensarás que estoy loca —dijo—, pero no quiero quedarme aquí. ¿Te importa?

Él ya se estaba poniendo en pie.

—Vamos.

Una vez en la calle, bajo la tenue penumbra purpúrea, Barbara se sintió mejor.

—Es que en ese sitio...

—Había demasiada luz y demasiado ruido, y no era para nosotros —dijo Sidney—. En cuanto hemos entrado me he dado cuenta de que no era una noche para ir a L'Oiseau.

—¿Podemos pasear un rato?

La asió del brazo con ademán protector y echaron a andar sin rumbo.

—¿Tienes hambre? —le preguntó él.

—No, ¿y tú?

Él negó con la cabeza.

Caminaron en dirección este, hacia el río. De vez en cuando pasaban por delante de algún restaurante o un bar de donde salían grupitos de personas que reían, charlaban y parecían estar un tanto borrachas y haber comido muy bien. «Claro —pensó Barbara—, es jueves, la noche en que libra el servicio.» Las costumbres de los otros, los hogares de los otros, se le antojaban muy lejanos. Se sentía curiosamente ajena a todo aquello. Estaba un poco achispada a causa de los martinis, pero ni mucho menos ebria, no tenía los labios entumecidos y lo veía todo con una claridad meridiana. El paisaje cambió: los bloques de oficinas, las tiendas y los restaurantes dieron paso a edificios de apartamentos más bien lúgubres y, por último, a los enormes y lujosos edificios nuevos junto al río, casi pegados a los bloques de viviendas que esperaban su demolición. Había un paseo pavimentado, una barandilla y algunos bancos, y más allá se divisaban el lento movimiento de las aguas negras y las luces de la otra orilla. Se apoyaron en la barandilla y Sidney encendió un cigarrillo para él y otro para ella.

—Es curioso —dijo Barbara—. Vivo en Nueva York y nunca había estado aquí.

—Yo hacía años que no venía aquí.

Ella dio media vuelta y, con la espalda apoyada contra la barandilla y los codos encima, contempló las luces de los edificios de apartamentos. En lo que debía de ser la planta veinte había una terraza con gente moviéndose. Tan solo eran unas motas negras. Era más feliz junto a Sidney Carter de lo que había sido en toda su vida, y aun así estaba nerviosa y se sentía insatisfecha, como si hubiese otra persona bajo su piel luchando por salir a la superficie. Deseó echar a correr calle abajo siguiendo el río y no detenerse jamás, o lanzarse al agua de un salto y nadar hasta la otra orilla, o echar los brazos al cuello de Sidney y decirle que no la soltara nunca. Sin embargo, no hizo nada de eso. Dio media vuelta de nuevo y arrojó el cigarrillo al agua.

—¿Quieres ir a escuchar jazz? —propuso él.

—¿Y tú?

—No.

Sidney le encendió otro cigarrillo y se quedaron en silencio, contemplando el río, sin tocarse.

—No sé qué me pasa —dijo ella—. Estoy muy nerviosa.

Sidney arrojó su cigarrillo al agua y Barbara observó el arco que describía al caer, con la diminuta punta roja encendida. Le parecía muy importante observarlo, seguir su trayectoria, concentrarse en el cigarrillo en lugar de pensar en los sentimientos confusos e inquietantes que empezaban a hacer que le castañetearan los dientes a pesar del calor de la noche. Él se acercó a ella en ese instante y la rodeó con los brazos, no de un modo autoritario sino con aire protector, y Barbara apoyó el rostro en su solapa. Notó en la mejilla cómo le palpitaba con fuerza el corazón, pero Sidney no se movió ni habló durante mucho rato, y ella tampoco.

Barbara solo se movió para deslizar los brazos alrededor de la cintura de él. Por dentro tenía ganas de llorar y reír al mismo tiempo, pero se sentía incapaz de pronunciar una sola palabra. Sabía que estaba tiritando.

—No podemos quedarnos aquí toda la noche —dijo él con delicadeza.

—No.

Pero ninguno de los dos se movió.

—No creí que fuera a ser así —dijo él al fin.

—¿Es «así»?

—¿Lo es para ti?

—… Sí.

Barbara levantó la cabeza para mirarlo y él la besó. Ella nunca había besado a nadie como lo besaba a él, como si quisiese que su cuerpo absorbiera todo el aliento de Sidney porque sin él se asfixiaba. Él la abrazaba con tanta fuerza que le hacía daño en las costillas, pero a Barbara le traía sin cuidado, el malestar quedaba relegado a un rincón de su cerebro, un dolor que era una parte del placer. Él dio un paso hacia un lado y se sentaron en un banco, estrechándose con los brazos, con las bocas aún juntas. Barbara oía su propia respiración, ¿o era la de él? No parecía haber ninguna diferencia entre la respiración de uno y la del otro. Él le besó el cuello, la garganta y la oreja, y a continuación se apartó un poco y se la quedó mirando. Escasos centímetros separaban sus caras, y Barbara vio que movía los labios antes de empezar a hablar, como si le costase mucho esfuerzo articular las palabras.

—Nos recogerán como si fuéramos un par de vagabundos —murmuró.

—Ah...

—Ven conmigo.

—Sí.

Echaron a correr, cogidos de la mano, hacia el otro lado de la calle y a lo largo de los desfiladeros vacíos que formaban los edificios oscuros, como niños, y el sonido de sus pasos retumbaba en la noche estival. El cielo era de un añil casi negro, veteado de nubes blancas y tachonado de estrellas, un espectáculo de pirotecnia nocturna. Un portero plantado en la acera ante un gigantesco edificio blanquecino los miró con curiosidad cuando pasaron corriendo a su lado. Un taxi circulaba por la Primera Avenida. Sidney hizo una seña al conductor y el taxi se paró, subieron al vehículo y se sentaron muy juntos, y estuvieron con las manos cogidas mientras avanzaban por las calles de la ciudad rumbo al hotel de él. A Barbara le daba miedo pensar; se llevó las manos de Sidney al corazón palpitante y cerró los ojos. Cuando atravesaron el bien iluminado vestíbulo del hotel donde Sidney se hospedaba, ella mantuvo la cabeza agachada y los ojos cerrados, para aislarse de la realidad, dejando que él la guiara, y por un momento pensó que aquel vestíbulo alfombrado, que de pronto era el escenario del recorrido de ensueño más importante y breve que había realizado jamás, era el lugar donde tantas veces había quedado con sus amigas para almorzar o con otros chicos para tomar una copa.

Sidney abrió la puerta de su habitación con una llave y encendió la luz. No era una simple habitación de hotel, sino una suite. En la sala de estar había un pequeño balcón al otro lado de la vidriera, cubierta con unas cortinas largas y blancas que se inflaban ligeramente con la brisa nocturna. Había una chimenea enorme que no parecía haber sido utilizada nunca, dos sofás y una mesita de café repleta de papeles y correspondencia. La combinación de la fría impersonalidad de la suite de hotel y el trabajo de Sidney desperdigado sobre la mesa conmovió a Barbara. Junto a una pared había un mueble bar con algunas botellas y licoreras. Sidney caminaba deprisa de un lado a otro, encendía una lámpara, apagaba la luz del pasillo. En la habitación reinaba una suave penumbra azulada de sombras. Barbara dejó el bolso en un sofá, se acercó al ventanal para asomarse y percibió el roce de la brisa en la cara. Había millones de luces ahí fuera, amén de la zona oscura y salpicada de destellos del parque. Oyó a sus espaldas el ruido de los cubitos de hielo al caer en un vaso de cristal. Se volvió y negó con la cabeza.

Sidney dejó la botella en el mueble bar, sin abrirla, y se quedó inmóvil, con la mano aún en el cuello de la botella, mirando a Barbara.

—¿Me haces un favor? —susurró.

Barbara asintió con la cabeza.

—Quédate ahí y estira los brazos.

Ella obedeció. Él siguió mirándola un instante, luego se acercó a ella rápidamente y la tomó en sus brazos.

—Dios —murmuró con los labios en su pelo—, es la imagen más hermosa del mundo.

—Eso es lo que siento yo cuando te veo —dijo Barbara.

Había dos camas individuales separadas por una mesilla de noche. Sidney y Barbara fueron despojándose de la ropa mientras se dirigían hacia el dormitorio, dejando un reguero de prendas tras de sí, con la misma prisa jadeante que los había hecho echar a correr por la calle en busca de un taxi. Se pararon en la puerta, abrazados, mirando aquellas dos ridículas camas estrechas, y esbozaron una sonrisa al mismo tiempo.

—Arrojo —dijo Sidney—, lo que hace falta es arrojo…

Se tendieron sobre una cama y esta vez fue Barbara quien extendió el brazo para apagar la luz. Por el hueco de la puerta abierta entraba suficiente luz de la sala de estar para que Barbara viese el perfil de Sidney cuando este se inclinó sobre sus pechos. ¿Por qué no se había dado cuenta hasta entonces de lo hermoso que era el rostro de aquel hombre? Era un placer solo mirarlo. «Dios mío, lo amo —pensó—. Lo quiero con locura, lo amo.» El mero hecho de saber que lo amaba le bastaba, aunque no le estuviese permitido amarlo. En todo caso sí podía sentir. Solo por eso merecía la pena: sentir, interesarse por alguien, sin importar que al final todo acabase en un inmenso vacío, porque tener la capacidad de amar era algo muy hermoso. Supo que hasta entonces nunca había amado de verdad a ningún hombre.

Jamás había sentido aquel placer físico, no hasta ese extremo, y se dio cuenta de que era el amor lo que lo estimulaba. Barbara no se acostaba con ningún hombre desde que se había separado de su marido, hacía ya dos años, mucho tiempo, de modo que al principio Sidney le hizo daño, pero solo fue un segundo. Luego lo recibió en su interior. Ignoraba que pudiera haber semejante pericia y, pese a todo, no le sorprendió, porque sabía que Sidney Carter lo hacía todo bien, nunca lo había puesto en duda. Lo único que la asombró fue su propia reacción: de repente se había convertido en un ser sin ningún pudor, hecho por completo de sensaciones y movimiento, sin la menor conciencia de lo que ocurría fuera de su cuerpo y del de él. Se oyó a sí misma proferir un grito como si estuviera muy lejos, y notó cómo él le colocaba, muy delicadamente, una esquina de la almohada entre los dientes. «¡Soy un animal!», pensó, y luego no le importó lo más mínimo.

Estaban bañados en sudor, y eso tampoco le importó lo más mínimo, a pesar de que siempre le había parecido una parte desagradable del acto amoroso. Después él la mantuvo abrazada durante un buen rato, hasta que la brisa que entraba por la ventana les hizo sentir frío y él se incorporó para tapar a ambos con la sábana.

—¿En qué estás pensando? —le preguntó él.

—En nada. Salvo que soy feliz.

—Además de ser feliz, eres Barbara Lemont, la chica que quiere casarse.

—Todas las mujeres quieren casarse.

—Yo quiero que te cases. Quiero que seas feliz. Eres una buena persona.

—Y me casaré algún día —afirmó Barbara con alegría fingida—. Eso me lo dijiste tú una vez, y yo también tengo buena memoria.

—Haces que me sienta como un canalla.

—¿Por qué? Pensaba que nunca conocería a nadie a quien amara, y te he conocido a ti. De modo que es lógico pensar que al final encontraré a alguien con quien casarme, porque eso es mucho menos milagroso.

Sidney la estrechó con fuerza entre sus brazos y permaneció así sin pronunciar palabra. Luego la soltó. Su semblante denotaba preocupación.

—Vístete —dijo—. Vamos al bar a tomar una copa.

En el bar del hotel bebieron dos copas, cogidos de la mano por debajo de la mesa. Barbara se preguntó si quien los viese podría adivinar que acababan de acostarse. Miró su imagen reflejada en el espejo que había detrás y supo que nunca había estado tan radiante. Se sentía tranquila, relajada y muy feliz.

A las doce y media Sidney la llevó a casa. Subió con ella las escaleras y se detuvo ante la puerta de su piso.

—No voy a entrar —susurró—. No quiero que tu madre tenga que levantarse de un salto y dejar de ver el programa de medianoche.

Barbara sonrió.

—¿Cuándo volveré a verte?

—¿Mañana?

—Sí.

La rodeó con los brazos y permaneció un momento con los labios en la mejilla de ella. Barbara percibió el movimiento cuando habló, así como el susurro de su aliento.

—¿Qué será de nosotros? —murmuró él.

Ella no podía responderle. No lo sabía.

Durante todo el día siguiente, en la oficina, por la cabeza de Barbara pasaba una y otra vez una sola frase, que parecía sacada de una de las historias de *America's Woman*: «Lo quiero tanto que no soy capaz de pensar con claridad». Nunca había imaginado que algún día fuese a pensar algo así, y menos aún con convicción. El amor la inundaba, ella lo sentía. No había nada más tonto, y nunca se había sentido tan feliz. A la hora del almuerzo, pidió que le llevaran un sándwich y cerró la puerta de su despacho para quedarse sola soñando despierta. Nunca había creído que ella, Barbara Lemont, la chica que daba un salto de un metro si alguien la tocaba, llegaría a enamorarse perdidamente de alguien. Ya estaba esperando en la puerta del edificio a las cinco menos cinco. Vio a Sidney cruzar la calle y apretar el paso al verla.

—Hola —lo saludó Barbara, con la sensación de que sonreía de oreja a oreja y, peor aún, de que seguramente se había ruborizado.

—Estás muy guapa. —Sidney parecía algo inquieto mientras la miraba, y la asió del brazo muy aprisa.

Cuando la llevó al bar de hombres casados donde se habían conocido, a Barbara le hizo gracia. Era un sitio muy oscuro y no había nadie más que ellos dos y el camarero, que estaba secando vasos. Era demasiado temprano para que apareciesen los hawaianos y, evidentemente, demasiado temprano también para su animada clientela. Sidney pidió dos martinis.

—Tengo que irme a las siete —dijo—. Una reunión de negocios.

—Ah... De acuerdo. —Ella le cogió la mano—. Me alegro de haber podido verte, aunque solo sea un rato.

—Barbara, no me lo pongas difícil, por favor. Me siento como un canalla. No sé qué decirte.

Ella le soltó la mano, se cruzó de brazos y le sonrió.

—No sé cómo decírtelo —dijo imitando el tono serio de Sidney—, pero estoy casado. No quería decírtelo por miedo a que dejara de gustarte.

Él sonrió a su vez y ella advirtió por vez primera que parecía muy cansado; era como alguien que sufre un gran dolor y aun así se ríe porque el chiste es gracioso, a pesar de que el hecho de reírse acentúe su dolor.

—¿Qué pasa? —preguntó.

Sidney cogió su martini e hizo una seña a Barbara, que levantó el suyo y bebió un sorbo.

—Voy a hacer una profecía —dijo él—. El año que viene por estas fechas te estarás tomando uno de estos con una persona de la que estarás enamorada.

—¿Quién? —preguntó ella, aun cuando sabía lo que estaba pensando Sidney, y sintió una punzada de dolor por tener que entablar una conversación tan tediosa. ¿Por qué tenía él que estropearlo todo de aquella manera?

—Todavía no lo sé —respondió Sidney—, pero espero que me lo digas cuando lo encuentres.

—Te lo prometo.

—Llámame para decirme: «Sidney, estoy enamorada». —Sonrió, y esta vez era su sonrisa de siempre, risueña y rebosante de encanto—. No, se te olvidará decírmelo y entonces sabré que lo quieres de verdad.

—¿Y tenemos que hablar de él, quienquiera que sea? Empiezo a sentirme incómoda.

—¿Anoche estabas borracha? —le preguntó él de pronto.

—No. ¿Por qué? ¿Hice alguna estupidez?

—No, no, por Dios —respondió él—. Solo intentaba dejar una última puerta abierta para huir de mi mala conciencia.

—Bueno, pues no estaba borracha y tú no me sedujiste —aseguró Barbara—, y yo diría que, por lo tanto, no deberías tener tan mala conciencia.

—El caso es que la tengo.

«Me temo que voy a necesitar este martini», pensó Barbara, y apuró la copa de un trago, como una medicina, y empezó a toser.

—No lo entiendo.

—He intentado buscar una explicación, porque la verdad es que no soy de esa clase de personas. Evidentemente, un tipo que te llama con toda su sangre fría y te lleva a la cama no puede ser el mismo al que luego le remuerde la conciencia, y sin embargo, ese soy yo.

—Evidentemente —dijo Barbara—, un hombre capaz de pronunciar un discurso como ese sí es de «esa clase de personas», como tú dices. No he oído muchos discursos parecidos en mi dilatada carrera.

—Tú no tienes una dilatada carrera.

—No suelo ceder ante los hombres, pero a lo largo de mi vida he conocido a suficientes donjuanes para distinguir a los auténticos de los que no lo son.

Sidney no dijo nada. Siguió fumándose su cigarrillo y, cuando lo terminó, lo apagó, se bebió el martini e hizo señas al camarero para que les sirviese otros dos, todo ello sin pronunciar una sola palabra.

—Hoy he tenido un día un poco peculiar —dijo Barbara, y empezó a contarle anécdotas de ese día que creía que tal vez a él le resultarían graciosas, aunque era extremadamente difícil contar algo a una persona que saltaba a la vista que hacía un gran esfuerzo por no estar deprimido. Se tomaron sus copas y pidieron otra ronda mientras mantenían una conversación que habría parecido agradable a cualquier otra persona, pero que Barbara advirtió al instante y con gran dolor que era completamente forzada. Una charla banal, pero esta vez sin la emocionante sensación de dos personas que se dan cuenta de que están enamorándose y descubriéndose mutuamente.

«Debe de haber muchas clases de conversaciones intrascendentes —pensaba Barbara—, y esta es de las que indican que todo se está acabando. Pero ¿por qué? ¿Se puede saber por qué?»

Sidney consultó la hora.

—Son las siete menos cuarto. Yo nunca me iría y desaparecería sin más; lo sabes, ¿verdad?

—… Sí.

—No te volveré a llamar nunca más —aseguró Sidney—, pero si algún día necesitas algo, lo que sea, si estás en apuros o necesitas que te ayude como amigo, alguien a quien le importas muchísimo, llámame.

—¿Qué significa eso? —preguntó Barbara con la voz ronca.

—Significa —contestó él, sonriendo— que yo sé un poco más de la vida que una chica a la que doblo la edad.

—Vaya, así que de repente te sale la vena paternalista —dijo Barbara con tono jovial.

—Nuestra diferencia de edad no me importa en absoluto —repuso él—. Supongo que no he escogido la frase más acertada.

Barbara se miró las manos, que parecían tan solas… Había entrado allí con ellas y no tardaría en marcharse con ellas, siempre vacías.

—Sí, habría sido mucho más acertada una frase del tipo: «Ha estado muy bien, pero no ha sido más que una de esas cosas que pasan» —dijo ella. Intentó mantener una expresión agradable en el rostro y evitar que su voz trasluciera amargura—. ¿A que sí?

—No me hagas enfadar.

A Barbara se le saltaron las lágrimas.

—¿Hacerte enfadar? ¿Hacerte enfadar? Eres tú quien me da miedo.

—Ahora mismo me muero de ganas de besarte —susurró él—. Me gustaría cogerte de la mano y llevarte a mi habitación y encerrarte allí conmigo un año entero. —Se puso en pie—. Pero no voy a pensar en nada de eso nunca más. ¿Estás lista?

Barbara se quedó sentada, mirándolo.

—Deberías haberme dicho todo esto anoche —dijo con amargura—. Cuando acabábamos de acostarnos y tú me estabas subiendo la cremallera del vestido. Eso habría sido aún más apropiado. —Entonces se levantó, apartando la mirada de la cara de él, y recogió el bolso y los guantes. Siguió a Sidney fuera del bar y por la acera. El sol de la tarde le hacía daño en los ojos.

—Te llevaré a casa —propuso él.

—No me apetece irme a casa ahora, pero gracias de todos modos. Creo que iré a pasear un rato. Me iría de compras, pero hoy las tiendas cierran temprano; es viernes. —Lo miró a la cara—. Sí, es viernes. Se me había olvidado por completo. ¿No te vas a Nantucket?

—Salgo en el avión de las ocho —contestó él.

A Barbara eso le dolió más que ninguna otra cosa. Él había intentado ponérselo más fácil diciendo que tenía una reunión de negocios, pero iba a ver a su familia. Podía ser que la amara, podía ser que le costara mucho más que a ella mantener el tipo durante la cena, pero lo cierto es que volvía con su familia. Era su vida, parte de sus responsabilidades y, aún más, su obligación. Barbara se preguntó qué mérito tenía una obligación que equivalía a una vida sin amor, pero no dijo nada.

—Barbara —dijo él—, por favor...

—Me has dicho que te llame si te necesito —le recordó ella—. Si te llamo para decirte que necesito que me quieras, ¿qué harás?

Él permaneció callado un momento.

—No te invitaré a salir —respondió al fin—. Y entonces sabrás que te quiero de verdad.

Barbara se detuvo en la acera y lo miró, memorizando sus facciones, incapaz de soportar el hecho de tener que renunciar a él y, al mismo tiempo, tratando con todas sus fuerzas de no derrumbarse. «No prolongues la situación más de lo necesario —se dijo—, no te pongas en ridículo. Es evidente que quiere librarse de ti. Sé elegante y di lo correcto para que al menos se quede con un buen recuerdo y no piense en ti con desagrado.»

Extendió la mano, inmaculada en su guante blanco.

—Adiós —le dijo—. Date prisa o perderás el avión.

Él le tomó la mano casi con temor.

—Si... —empezó a decir, y se interrumpió. Pasaba un taxi por la calle y le hizo señas para pararlo. El taxi se detuvo junto al bordillo—. Adiós —dijo, y añadió estúpidamente—: Dale un beso de mi parte a tu hijita.

—Y tú dale un beso de mi parte a tu hijo. Y lee mi columna.

—Lo haré.

Sidney subió al taxi, que se alejó haciendo chirriar el cambio de marchas. Barbara echó a andar rápidamente en la dirección contraria para que, si Sidney se volvía a mirarla por última vez, supiese que ya tenía un sitio adonde ir.

Estuvo caminando durante horas, mirando los escaparates sin ver lo que tenía ante los ojos, tropezando con la gente y murmurando «perdón», y deseando pelearse y dar un puñetazo a cualquiera de aquellos cuerpos insensibles. Tenía un dolor tan atroz en el corazón que apenas la dejaba respirar. Nunca había creído que la expresión «mal de amores» tuviera una base científica, pero ahora sabía que ese mal existía, y comprendió por primera vez que sí era posible que a alguien se le rompiese, literalmente, el corazón. ¿Qué error había cometido? «Quizá no debería haberme acostado con él —pensó Barbara—. Ha logrado seducirme y para él ya está, se acabó. Hay hombres que son así. Aunque no lo dejan después de una sola noche; si ella es razonablemente buena en la cama y ellos creen que es una chica fácil, vuelven a por más, al menos durante un tiempo. No puedo haber sido tan mala en la cama, lo sé. Y no le he pedido que se case conmigo, siempre le he dejado muy claro que me conformaba con haberlo conocido. ¿En qué me habré equivocado?»

Temía ir a casa porque se sentía tan frágil que sabía que si alguien le decía una palabra más alta que la otra, se derrumbaría por completo. Su madre no esperaba que regresara hasta muy tarde y cuidaría de Hillary. Barbara pasó por delante de un cine de arte y ensayo donde no había cola y compró una entrada. Se sentó en un extremo, dejando casi una fila entera de asientos vacíos entre ella y los demás espectadores. La película iba por la mitad, y cuando miró la pantalla apenas si distinguió el contorno de los actores y los objetos. Solo era un montón de ruido, movimiento y color blanco. Se tapó la cara con las manos y se echó a llorar.

El lunes, al llegar a la oficina, Barbara intentó sumergirse en el trabajo. Estaban a punto de cerrar un número y, por suerte, todo el mundo estaba histérico con las prisas de última hora. Era más fácil no pensar cuando tenía tanto que hacer, pero cada vez que sonaba el teléfono, casi se le paraba el corazón, y cuando levantaba el auricular y oía la voz de otra persona, no la de Sidney, a duras penas lograba reunir las fuerzas necesarias para hablar. Pero en el fondo sabía que él no volvería a llamarla. Aquella esperanza no era más que una ilusión que alimentaba ella misma para seguir viviendo. Podía decirse: «Me llamará este mes», y así podría seguir adelante hasta que se acabara el mes. El miércoles por la tarde su jefa la llamó para que acudiera a su despacho.

—Tenemos una buena noticia, Barbara.

«Aquí estamos las dos —pensó Barbara al mirar a la mujer que había tras aquel escritorio enorme—; ambas enamoradas de hombres casados. Ahora te comprendo.»

—¿Ah, sí? ¿De qué se trata?

—Han llamado de la agencia de Sidney Carter para informar de que van a publicar un anuncio del perfume Wonderful en meses alternos durante el próximo año. Dicen que han elegido nuestra revista porque les encanta tu columna, y para publicitarlo quieren que menciones el perfume en tu columna. He hablado con el señor Bossart al respecto y dice que no hay ninguna razón para no hacerlo porque eres una redactora excelente.

—Eso es un disparate —murmuró Barbara—. No puedo escribir sobre el mismo perfume todos los meses.

—Eso mismo hemos pensado nosotros, y por eso hemos decidido que tendrás dos columnas a partir del número de diciembre. Una de ellas ofrecerá análisis de distintos productos, pero con un estilo y un tono que hagan que parezca mucho más personal que eso. Y la otra será la misma columna de belleza que has estado escribiendo hasta ahora. He llamado al mismísimo Sidney Carter y le he preguntado su opinión, él me ha dicho que le parece una buena idea siempre y cuando seas tú quien escriba ambas columnas. ¿Qué te parece?

—¿Puedo sentarme? —preguntó Barbara, con un hilo de voz.

Su jefa se echó a reír.

—Pues claro. Siéntate. Ten, fúmate un cigarrillo. Todos estamos muy orgullosos de ti. Vas a llegar muy lejos dentro de *America's Woman*, ya lo verás.

Barbara aceptó el cigarrillo, lo encendió y, acto seguido, el pitillo se le cayó en el regazo. Se levantó de un salto sacudiéndose la falda.

—Estoy demasiado alterada. Será mejor que baje a tomarme una taza de café. ¿Puedo?

—Adelante —respondió su jefa, con una sonrisa alegre—. Dentro de unos pocos meses tendrás una secretaria que te llevará el café a la mesa.

Barbara bajo corriendo a la cafetería. El café caliente le quemó la lengua, y derramó la mitad del contenido en el plato sin querer. Así que Sidney había hecho aquello por ella. ¿Por qué? Era un regalo, obviamente, para endulzar su adiós, o para agradecerle los dos días que habían pasado juntos. No era de esos hombres que enviaban un abrigo de pieles o una joya de diamantes; de haberlo sido, ella le habría arrojado el regalo a la cara. Él le había dado lo que podía darle, lo que creía que ella podría aceptar sin perder la dignidad. «De modo que es así como se progresa —pensó Barbara con amargura—. Ahora sí estoy aprendiendo. Es posible que hasta me convierta en una profesional de éxito, después de todo.»

Era muy curioso, pensaba a medida que transcurrían los días, que no pudiera sino sentirse llena de entusiasmo ante la perspectiva de escribir su nueva columna, pese a saber por qué se la habían ofrecido. Se le habían abierto las puertas, y había conseguido el aumento de sueldo que tanto necesitaba y más prestigio. Estaba más ocupada que nunca, y cuando al cabo de dos semanas le vino el período en la fecha prevista, tuvo la impresión de que aquello era el final de algo sutil pero importante que había mantenido con Sidney, y que ahora ya no quedaba nada. Se sintió vacía. Físicamente seguía siendo la misma que antes de conocer a Sidney, pero en todos los demás aspectos sabía que había cambiado, y se preguntó si lograría olvidar algún día.

18

Las vemos en el autobús por las mañanas: mujeres que leen el periódico, mujeres con novelas sacadas en préstamo de la biblioteca y mujeres que tienen la mirada perdida. Si no llueve y el autobús no va abarrotado de gente que se apretuja y empuja en el pasillo, les vemos la cara. Cada una de ellas es una máscara de autocontención, aderezada con cosméticos, que mantiene recluidos sus pensamientos íntimos en un vehículo público. Algunas de esas mujeres se dirigen a la oficina porque cada día constituye un paso más hacia el éxito con el que sueñan; algunas van al trabajo porque necesitan el dinero para vivir, y otras porque es ahí adonde van todos los días laborables y nunca se han parado a pensar por qué. Se dirigen a la sección de mecanografía o a la de calculadoras como quien va a una sala de espera, un limbo para chicas solteras a la espera de que lleguen el amor y el matrimonio. Tal vez la chica sentada en el autobús con una novela sacada en préstamo de la biblioteca y forrada de plástico esté leyendo una historia de amor, o tal vez solo esté mirando la página y pensando en sí misma. X conoce a Y, y surge la magia. O bien X conoce a Y y no pasa nada; puede que ese no sea el mejor año, puede que un par de años después Y hubiese resultado mucho más deseable para X. O tal vez X conoce a Z y se enamora locamente, una especie de autohipnosis, mientras que si X hubiese conocido a Z un par de años después tal vez no habría sucedido nada.

En el otoño de 1953 April Morrison empezó a prepararse para su boda, en algunos aspectos tal como había hecho Mary Agnes, y en otros de un modo que Mary Agnes no habría imaginado jamás. Para empezar, Dexter no le había regalado ningún anillo de pedida, y tampoco se había avenido a fijar una fecha. Los planes del joven eran tan inciertos que podría decirse que eran prácticamente inexistentes, pero April, que siempre había considerado que una boda era sobre todo responsabilidad de la chica y un quebradero de cabeza para el chico, escribía diligentemente a sus parientes de Colorado para informarles de que recibirían la buena noticia de un momento a otro y para averiguar cuándo estaría disponible la iglesia.

Durante aquel segundo verano había visto a los padres de Dexter a menudo, pero siempre muy brevemente, les había sonreído desde el otro lado de la sala durante los bailes del Hudson View Club, o los había saludado al pasar por la terraza, y lo cierto es que se sentía algo decepcionada por no conocerlos mejor. A pesar de que ambas generaciones acudían a las mismas fiestas en el Hudson View Club, jamás se mezclaban a fin de disfrutar de un ambiente más distendido. A nadie se le pasaría por la cabeza decir: «¡Eh, señor Allison, su hijo acaba de desmayarse en la ducha de caballeros!». Era responsabilidad del joven —y de alguno de sus amigos más sobrios— llevar en coche a su novia a casa o adondequiera que se hospedase durante el fin de semana. En los bailes, los jóvenes se congregaban alrededor del bar, mientras que los mayores se sentaban a las mesas de la terraza, donde tres camareros entrados en años les servían las bebidas. No se podía irrumpir en un grupo así como así para decir: «Me gustaría sentarme con vosotros»; los límites estaban establecidos desde hacía tiempo. Al final, April decidió que tenía que haber otro modo y pensó que, puesto que era más joven que la madre de Dexter, la responsabilidad de romper el hielo recaía en ella.

—Tu madre me dijo una vez que le gustaría almorzar conmigo

—le recordó a Dexter—. Ha pasado ya mucho tiempo. Me siento muy mal por no haber hecho nada al respecto. Voy a llamarla.

—¿Para qué? —preguntó él. Estaba leyendo el periódico.

—Para almorzar juntas. ¿Crees que hago bien?

—Adelante, llámala —respondió Dexter, como si nunca se le hubiese ocurrido la posibilidad—. Seguro que le gustará. Le caen bien las chicas jóvenes.

«Podría ponerme el traje verde oscuro con el cuello de visón», pensó April. Era lo último que había comprado antes de que le bloqueasen la cuenta de crédito por impago de una factura de hacía ocho meses. Durante un tiempo le había aterrorizado la posibilidad de que las tiendas le reclamasen la ropa que había comprado, pero no lo habían hecho, sino que se habían limitado a seguir enviándole cartas amenazadoras y telefoneándola para advertirla de que le pondrían una denuncia, y cuando en verano consiguió un aumento de sueldo y logró arreglárselas para llegar a fin de mes, empezó a mandar a las tiendas pagos parciales. No quería ir a la cárcel y que la familia de Dexter pensase que este iba a casarse con una granuja o una ladrona o algo por el estilo. Lo único que pasaba es que era una mujer muy poco práctica.

A la mañana siguiente, no demasiado temprano, llamó a la madre de Dexter desde su oficina, pero la sirvienta le informó de que la señora Key había salido. April dejó su nombre y el número de la oficina. A las cinco y media la madre de Dexter no la había telefoneado todavía y, como hacía ya rato que todo el mundo se había marchado de Fabian y le daba un poco de apuro quedarse allí sola, April decidió volver a llamarla.

—¿La señora Key?

—¿Quién es?

—Soy April.

Hubo una pausa. La voz al otro lado del aparato sonó un tanto desconcertada y esquiva.

—¿Quién?

—April. La April de Dexter.

—Ah... Ah, sí, claro. April, la amiga de Dexter. ¡Qué tonta soy! Pues claro. —La señora Key se echó a reír—. Verás, es que cuando esta mañana has dejado tu nombre, «la señorita Morrison», no he conseguido saber quién eras. Por eso no te he devuelto la llamada.

«Es la mujer más extraña con la que he hablado en mi vida —se dijo April—. Dexter debe de haberle hablado de mí millones de veces. Puede que esté borracha o enferma... Los de la alta sociedad beben como cosacos.»

—¿Cómo está usted? —le preguntó April educadamente.

—Muy bien, gracias, ¿y tú?

—Bien, gracias. Imagino que se estará preguntando para qué la he llamado.

La risa que oyó en el receptor era un poco nerviosa, pero era evidente que pretendía resultar afectuosa.

—Sí, bueno, la verdad es que sí.

—Me gustaría almorzar con usted un día de la semana que viene, si tiene tiempo.

—Caramba... Es muy amable por tu parte. ¿Por alguna razón especial?

—Simplemente he pensado que deberíamos conocernos un poco mejor —dijo April con cierta timidez.

—Qué detalle, querida... Eres un encanto. Tendré que consultar mi agenda.

—Esperaré.

La pausa fue muy breve.

—Veamos —dijo la señora Key—. Me temo que la semana que viene es del todo imposible. Estoy comprometida todos los días.

—¿Y la semana siguiente? Yo estoy libre todos los días.

—¿Te importa que te llame en otro momento?

—Por supuesto que no —respondió April, decepcionada—. No es necesario que me avise con mucha antelación, porque cancelaré cualquier compromiso que tenga...

—Muy bien, pues ya te llamaré.

—¿Tiene mi número?

—La sirvienta lo anotó, así que debe de estar por alguna parte. Lo encontraré.

—Se lo daré ahora mismo —repuso April rápidamente, y se lo dijo muy despacio para que pudiera apuntarlo—. Me encontrará en ese número todos los días de nueve a cinco, es el de mi oficina. Esperaré su llamada con mucha ilusión.

—Gracias por llamar —dijo la señora Key—. Ha sido muy amable por tu parte.

April colgó el auricular y se quedó inmóvil un momento, con la mano aún sobre él. Un pensamiento le estaba pasando por la cabeza, la clase de idea desagradable que hay que ahuyentar a la fuerza para evitar convertirse en una de esas personas que sufren manía persecutoria. «Juraría que esa mujer no sabía que soy alguien especial para su hijo. Daba la impresión de que se sentía incómoda hablando conmigo. ¡Hacer yo que la madre de Dexter se sienta incómoda! ¡Imagínate!»

Cuando más tarde se reunió con Dexter para cenar, April no sabía muy bien cómo decírselo. No quería que pensase ni por un minuto que pretendía dar a entender que su madre era una maleducada o, aún peor, una excéntrica.

—Dexter... he llamado a tu madre —dijo al fin.

—Sí... —repuso él, con cara alegre y risueña—, me lo ha dicho. La he llamado esta noche y me ha dicho que ha sido un detalle simpático por tu parte. Oye, ¿por qué no nos hacemos unos gibsons en lugar de martinis? He comprado cebolletas en vinagre.

—Un detalle simpático... —murmuró April.

—¿Quieres varias cebolletas o solo una?

—¡Dexter! ¿No le caigo bien a tu madre?

—¿Cómo diablos quieres que lo sepa? —preguntó Dexter, irritado—. Si apenas te conoce.

April notó que comenzaba a ponerse roja.

—Quiero caerle bien.

Dexter sonrió.

—Y le caerás bien. Te llevaré cuando dé una fiesta en casa y así la conocerás.

—¿No se… enfadaría ni nada parecido cuando le dijiste que íbamos a casarnos?

—¿Enfadarse? ¿Y por qué iba a enfadarse?

—Hay madres muy posesivas. Pensaba que a lo mejor te había dicho algo, eso es todo.

Dexter se llevó el gibson a los labios con mucho cuidado para que no se derramara y bebió un sorbo. Parecía mucho más interesado en la mecánica de la copa y el líquido de lo que requería la situación.

—Aunque, a decir verdad —comentó con toda naturalidad—, no se lo he dicho.

—¡Dexter! —exclamó April, perpleja—. ¿Por qué no se lo has dicho?

—Tenía muchas ganas de pasar una velada agradable —afirmó Dexter—. ¿Es que quieres que empecemos a discutir, es eso lo que quieres?

April nunca había creído poseer demasiado coraje, pero el estupor, la indignación y el miedo la armaron de valor.

—Quiero saber de una vez por todas si vamos a casarnos; eso es lo que quiero.

Él la miró con gesto impasible durante un minuto y luego arrugó la frente.

—No, no vamos a casarnos —contestó con tono inexpresivo.

—Dexter, no me tomes el pelo —repuso April con voz temblorosa. Intentó reír, pero el sonido que salió de su boca fue tan patético que parecía más bien el maullido de un gato—. No tengo sentido del humor para esa clase de bromas, te he esperado mucho tiempo.

Él estaba casi sonriendo.

—¿Y te has aburrido?

—¿Cómo voy a aburrirme si hasta has estado a punto de provocarme un ataque al corazón con tu bromita? —dijo April. Se levantó, se acercó a él y lo rodeó con los brazos, apoyando la cabeza en su hombro—. No podría vivir sin ti, lo sabes.

Él se quedó tan rígido e inmóvil, con una expresión tan cautelosa, que a April le pareció que abrazaba a un desconocido.

—Quizá haya sido un error estar juntos tan tiempo —dijo él—. No lo sé. En todo caso, tú sabías lo que hacías. Hace un año te dije que nunca obligo a nadie a hacer lo que no desea. No quiero que pienses que soy el culpable de tu infelicidad.

—Toda mi felicidad te la he debido siempre a ti —afirmó April—. Y lo otro, también. Pero eso es lo que pasa cuando la gente se enamora, que lo que uno hace afecta al otro.

—Cualquier hombre podría hacerte infeliz —continuó él—. Chasquearía los dedos y tú serías infeliz. —Estaba mascullando, y daba la impresión de que intentaba justificarse a sí mismo—. Tú no sabes nada de la vida.

—¿De la vida?

Dexter tendió la palma de la mano, con los dedos doblados, y se la quedó mirando, como si la vida fuese como un huevo que se pudiese sostener en la mano, mirar y palpar.

—Sí, de la vida. —Levantó la voz—. ¡De la vida, querida! No sabes nada de la vida.

—Sí sé —replicó April—. Sé todo lo que quiero saber. —Vaciló un instante antes de añadir—: Todavía tengo pesadillas con el niño.

Dexter se apartó.

—No me refería a eso —dijo.

—Dijiste que te casarías conmigo en primavera —le recordó April—. Luego dijiste en otoño. ¿Qué debo pensar? Es lógico que creyera que íbamos a casarnos pronto, lo prometiste.

Nunca había visto a Dexter tan desprovisto de elegancia y aplomo, parecía casi asustado.

—¿Cuándo te lo prometí? —preguntó él.

—¿No quieres casarte conmigo?

—¿Por qué has tenido que hacer esto? —preguntó él. Casi parecía sentir lástima de sí mismo.

—¿Hacer qué, Dexter?

—Hacerlo todo tan emocional.

—¿Emocional? Después de un año juntos, ¿cómo puedes decir eso?

—Tienes veintidós —dijo Dexter—. ¿Qué representa un año en tu vida?

—¡Oh, Dexter! Para ti no hay nada sagrado, ¿verdad?

—Siempre dices lo mismo.

—¡Es que es verdad!

—Muy bien —exclamó él, enfadado—. Si tú dices que es verdad, será verdad. Venga, insúltame. Soy un canalla, ¿a que sí? —Se sentó en una esquina del sofá, encendió un cigarrillo y exhaló el humo.

—¿Se puede saber qué te pasa? —preguntó April, preocupada.

—Nada.

—¿Estás enfadado porque he llamado a tu madre?

—¿Y qué puñetas me importa a mí si llamas a mi madre o no? Como si llamas a toda mi familia.

April lo miró de hito en hito, sin saber qué pensar, mordiéndose el pulgar, como hacía siempre que estaba alterada o nerviosa. Un año atrás, si él se hubiese comportado así (y a veces lo hacía), ella se habría puesto histérica. Pero ahora estaba acostumbrada y, más aún, había cambiado. Sobre todo durante los siete meses anteriores, desde lo que en secreto recordaba como la muerte de su hijo, había cambiado. No era que se hubiese endurecido en ningún aspecto, pero se había dado cuenta del valor que tenía ser fuerte. Para April la fortaleza era más bien la clase de desesperación que nace de la debilidad, la fuerza que da a una mujer de cuarenta kilos a punto de ahogarse la capacidad para hundir en el agua a un socorrista desprevenido. April solo sabía que debía sobrevivir, y la supervivencia significaba amor y esperanza. Si Dexter hablaba de matrimonio, ella tenía que creerle, y si posponía la boda, ella tenía que perdonarlo y concentrarse en la futura fecha. Eso era la supervivencia, eso impedía que su vida se viniera abajo, eso era ser una mujer. Sin embargo, Dexter era tan impredecible y ella tan ingenua que, por algún motivo, al final nunca surtía el efecto esperado.

—Dexter —dijo April despacio—, si no quieres una boda a lo grande en una iglesia, podemos ir al ayuntamiento. Yo quería casarme por la iglesia, pero puedo renunciar a eso por ti.

Él la miró con gesto inexpresivo.

—Para mí significa mucho —prosiguió April, que empezó a tartamudear al advertir la mirada insensible de Dexter—, pero quiero hacer lo que tú quieras. Ya sé que para ti será un engorro ir nada menos que hasta Colorado… y de todos modos es una tradición un poco tonta… Yo ya me siento casi neoyorquina…

—¿De qué estás hablando?

—De nuestra boda —contestó April.

Dexter encendió otro cigarrillo con la colilla del anterior.

—No hay necesidad de hacer planes con tanta antelación.

—Pero si ya estamos en septiembre…

—Es que no pienso casarme este otoño —dijo Dexter.

—¿Por qué no?

—¿Por qué no? ¿Por qué no? ¿Qué quieres decir con eso de por qué no? ¿No crees que las mujeres deberíais dejar que fuéramos los hombres quienes os propusiésemos matrimonio?

—Sí, desde luego —contestó April, con la voz entrecortada, retorciéndose las manos a la espalda—. Pero tú ya me propusiste matrimonio, y ahora solo estoy haciendo planes.

—¿Que yo te propuse matrimonio? ¿Acaso ves algún anillo?

—Dijiste: «Podemos casarnos en primavera». Me acuerdo. Eso fue lo que dijiste. Y luego dijiste que harías las vacaciones en otoño y que Europa era un buen destino para una luna de miel.

—¿Y eso equivale a una proposición de matrimonio?

¿Cómo podía ser Dexter tan cruel? Esa noche se estaba comportando peor que nunca. April apenas lo reconocía.

—Podemos... casarnos... en... primavera... —repitió, tratando de contener las lágrimas.

—De eso hace muchísimo tiempo —repuso él con calma—. Verás, si encuentras un paquete en el autobús y nadie lo reclama en un plazo de noventa días, no es de nadie, quien lo encuentra puede quedárselo. Puedes alquilar un piso, eso también tiene un plazo temporal. ¿Durante cuánto tiempo crees que tiene validez ese comentario fortuito?

Había habido varias ocasiones en su vida en las que April había pensado que era imposible sufrir más, pero ahora supo que se había equivocado. Estaba viviendo el momento más cruel de todos y, lo que era aún peor, no entendía en absoluto por qué. El mundo se desmoronaba a su alrededor, nada tenía sentido, Dexter era un canalla de repente. Hasta la cara del joven había cambiado, pues exhibía las señales del secreto y el miedo. Pero aun en ese momento, aterrorizada, dolida y enfadada por el incomprensible comportamiento de Dexter, April no pudo sino advertir lo hermoso que era aquel rostro y cuánto lo amaba, y tuvo ganas de besarlo y decirle que sonriese y pusiese fin a aquella desagradable escena.

Dexter se levantó, fue a la cocina y tiró los restos de su gibson al fregadero.

—¿Quieres salir a cenar —preguntó— o prefieres quedarte aquí discutiendo toda la noche?

—No estamos discutiendo. Estamos hablando sobre nuestro futuro, el tuyo y el mío. Yo no… no soy de esas chicas que viven con un hombre y… siguen así, como si nada, para siempre. Siempre creí que nos casaríamos.

—¿Vivir juntos? Pero si no vivimos juntos —exclamó Dexter indignado.

—Pero… ¡nos acostamos juntos!

Él alzó los brazos.

—Supongo que también vas a esgrimir eso contra mí. Cualquier cosa que haya hecho o dicho.

April se lo quedó mirando.

—No significa nada para ti, ¿verdad que no?

Entonces Dexter esbozó una sonrisa íntima, y ella casi lo reconoció de nuevo.

—Claro que sí, cielo —dijo él. April reconoció su tono, pero esta vez comprendió todo cuanto encerraba, por primera vez. Era el tono ronroneante, el tono feliz, el tono apaciguador, pero no había ni rastro de amor en él, y April se preguntó cómo era posible que lo hubiera oído durante más de un año sin darse cuenta hasta entonces. Muy bien, Dexter no la quería. La magnitud de aquella revelación era tal que no podía asimilarla, así que la empujó hasta lo más recóndito de su cerebro. Tal vez Dexter no era capaz de amar. Ella no tenía por qué entenderlo. Dexter quería estar con ella, y eso era lo único que importaba. Esa era una forma de amar. Si era lo máximo que Dexter podía ofrecer, ella tendría que aceptarlo y sentarse incluso agradecida.

—No voy a seguir hablando de matrimonio —anunció April, titubeante, tratando de calmarlo—. Hablaremos de eso en otro momento.

—No hay nada de que hablar.

—¿Cuándo empiezas las vacaciones?

—Había pensado cogerlas a final de mes —respondió Dexter—. Ahora creo que las empezaré la semana que viene.

—¿Y qué vas a hacer?

—No lo sé.

April estuvo a punto de decir: «Dijiste que tal vez irías a Europa», pero se contuvo. Temía que volviera a ensañarse con ella.

—Siempre he querido ir a las Bermudas —dijo—. Una chica de mi oficina estuvo allí en su... el mes de junio pasado, y dice que es un sitio estupendo. —Esperó a que él diese alguna señal, de que todo volvía a ser como antes, de que la llevaría consigo de vacaciones.

—No sé adónde iré —dijo él.

—Yo aún he de hacer mis vacaciones —explicó April—. Tengo dos semanas, igual que tú.

—Es posible que me tome un mes y me vaya a Europa.

Era como cuando el dentista te lima un diente con la fresa; al cabo de un rato el dolor es tal que ni siquiera lo sientes, te abstraes del dolor y el ruido y olvidas qué hora es y dónde estás.

—Supongo que no vas solo —dijo April.

—Si convenzo a alguna chica de que me acompañe, no iré solo —repuso Dexter.

Entró en el vestidor y empezó a peinarse frente al espejo. April lo veía a través del hueco de la puerta abierta. Se acordó de la primera vez que había ido a su apartamento, aquel verano de hacía tanto tiempo, cuando él se miró al espejo en esa misma postura después de haber intentado besarla. Y cuántas veces lo había visto desde entonces peinarse después de haberla besado y de haberle hecho el amor, de manera que el sencillo acto de peinarse tenía ahora para ella una gran importancia sentimental. Se preguntó si alguna vez podría observar a un hombre mientras se peinaba, encorvado ante el espejo, sin aquella misma mezcla de felicidad y sufrimiento.

—La semana pasada conocí a una chica en una fiesta —soltó Dexter como si tal cosa—. A lo mejor se lo pido a ella.

—¿Una… chica?

—Sí.

—¿Y te irías con una desconocida?

Él estaba inclinado ante el espejo, tratando de alisar la onda de su pelo con dos dedos tiesos.

—Bueno, primero saldríamos juntos unas cuantas veces, claro, para ver si nos llevamos bien.

—¿Cómo puedes irte con otra chica? —Era más bien un grito de dolor que una pregunta. En su cabeza se agolpaban toda clase de pensamientos.

—No puedo ir contigo —aseguró él, como si fuese algo perfectamente lógico—. Tú verías el viaje como una especie de fuga para casarnos. Lo pasarías fatal diciéndome que llevamos mucho tiempo saliendo juntos, que has malgastado el tiempo a mi lado. —¿Era posible que estuviese dolido y se compadeciera de sí mismo?—. Puesto que has perdido el tiempo a mi lado, creo que lo más sensato sería que dejaras de perderlo ahora mismo.

—¡Oh, Dexter! —exclamó April—. No me tortures así. Nunca he dicho que haya perdido el tiempo contigo. Solo he mencionado el tiempo que llevamos juntos porque me parece un vínculo muy fuerte. Deja de hablar de esa manera… por favor, amor mío.

—Hablo en serio —repuso él. Salió del vestidor enderezando las puntas del pañuelo de su bolsillo.

—¿Saldrías con otra chica?

—Con tantas como pueda. —Dexter parecía muy complacido con la idea—. Así ninguna podrá decir que por mi culpa ha malgastado un año de su vida.

—¿Y yo qué? —preguntó April con una vocecilla asustada.

—Te he invitado a cenar esta noche. Todavía estoy disponible.

—¿Y... mañana?

—Será mejor que quedes con otro.

Más tarde, a solas en su apartamento, April recordó la conversación. Las palabras que Dexter había dicho regresaron implacables, al igual que las suyas, que parecían tan lógicas, inteligentes y cariñosas, y que él no parecía haber entendido en absoluto. Habían cenado juntos, o al menos habían estado sentados frente a frente mientras Dexter comía y ella contenía las lágrimas y empujaba la comida hacia los bordes del plato. Ni siquiera pudo beberse un cóctel y emborracharse; no le pasaba nada por la garganta. Había mantenido la mirada clavada en su rostro, tratando de entenderle, de llegar hasta él, de averiguar por qué lo que fuera que había habido entre ellos se había hecho añicos tan repentinamente, sin posibilidad de volver a juntar los trozos. Lo que había visto en aquella cara la dejó aún más desconcertada: era un rostro inescrutable para ella, bajo la máscara de aplomo que Dexter había perfeccionado a lo largo de años y años en las escuelas adecuadas, ante conocidos de mayor edad y en incontables presentaciones de personas desconocidas. No acababa de controlar su voz, por lo que el encanto y la desenvoltura no se traslucían en su tono. April se percató al oírlo de que se sentía incómodo, aunque él insistió en limitar la conversación a temas insustanciales. Fue la cena más larga y desagradable que April había tenido que soportar en su vida, y aun así también fue la más corta, porque Dexter dejó claro que no volvería a verla.

—Creo que es más fácil así —afirmó—. Una ruptura radical. No hay necesidad de alargarlo y seguir peleándonos. Quiero dejarlo aquí.

—Por favor... —dijo April—, espera hasta después de Acción de

Gracias. Por favor. No quiero pasar sola ese día tan especial. Iré a casa por Navidad, pero Acción de Gracias…

—¡Faltan aún dos meses! —exclamó él, indignado.

—No es tanto tiempo.

—No —dijo Dexter—. Tiene que ser ahora.

April no se veía con ánimos de presentarse en la oficina al día siguiente, así que llamó para decir que estaba enferma. No era del todo falso: estaba enferma. Cuando se miró en el espejo, vio que parecía una persona a quien hubiesen intentado ahogar, golpeado y mantenido despierta cuatro noches enteras. Tenía la cara pálida y con manchas rojas, los ojos enrojecidos de tanto llorar y marcas moradas en los labios en los lugares en que se los había mordido. Tenía la garganta en carne viva. No podía tumbarse en la cama porque entonces la asaltaban los pensamientos más negros, de modo que empezó a pasearse arriba y abajo, todavía con el vestido que se había puesto la noche anterior para salir a cenar. A las once en punto llamó a Dexter a su oficina.

—¿De parte de quién? —preguntó su secretaria.

—La señorita April Morrison.

—Lo siento, señorita Morrison, pero el señor Key no está. —Parecía sentirlo de veras, quizá sabía algo. April lo llamó a su apartamento y dejó que el timbre del teléfono sonara diez veces. Volvió a llamarlo a su oficina a las doce, y de nuevo a las tres, y luego a las cuatro y a las cuatro y media. Cada vez, la secretaria parecía sentirlo aún más. Entre esas llamadas, April lo telefoneaba también a casa, pero nunca obtenía respuesta. Al fin comprendió por qué la secretaria se mostraba tan apenada: cualquier mujer compasiva se sentiría fatal al hablar con otra mujer que estaba angustiada y a la que sabía que debía decir una mentira.

19

A finales de otoño Caroline Bender cayó en la cuenta de que llevaba un año saliendo con Paul Landis. Al pensarlo no experimentó ninguna emoción especial, como la habría sentido si hubiera sido un aniversario. Sencillamente le sorprendía que llevasen tanto tiempo saliendo juntos sin que hubiesen cambiado sus sentimientos hacia él, aparte de que se sentía más cómoda a su lado, como si fuera un viejo amigo. Nunca había salido con un hombre durante un período tan prolongado, excepto con Eddie, y ella y Eddie estaban enamorados. «Es una señal de perseverancia —pensó Caroline, bastante satisfecha de sí misma—, pero ¿de perseverancia por parte de quién?»

Mencionó el aniversario a Paul la noche siguiente, mientras cenaban. Él pareció conmoverse mucho más que ella.

—¡Esto hay que celebrarlo! —exclamó, feliz y entusiasmado, y al punto pidió una botella del mejor champán.

Mientras se bebía el champán y miraba pensativamente a Paul por encima del borde de la copa, Caroline no pudo evitar pensar que él jamás se olvidaría del cumpleaños de su mujer ni de su aniversario de boda. Era un pensamiento reconfortante y, pese a ello, le causaba cierto dolor, porque sabía que nunca amaría a Paul lo suficiente para casarse con él, de modo que se perdería una vida entera de pequeños detalles y atenciones. Comenzaba a comprender, al término de su segundo año en Nueva York, que era difícil encontrar aquella clase de consideración. Había hombres como Dexter Key, a quien odiaba con toda su alma por lo que le había hecho a April, todo encanto y apostura, que se quería tanto a sí mismo que ni siquiera se molestaba en disimularlo. Luego estaban los chicos con los que había quedado en las desafortunadas citas a ciegas que le habían impuesto a lo largo de aquellos dos años, una condena a trabajos forzados que comenzaba con las siguientes palabras (pronunciadas normalmente por una simpática mujer mayor que a duras penas los conocía a ella o al chico): «Conozco a un joven muy agradable que quiero que conozcas». Aquellas casamenteras aficionadas parecían creer que el mero hecho de que Caroline llevase falda y el hombre pantalones bastaba para que ambos quisiesen arrojarse a los brazos del otro. Y luego estaba la mayoría, los chicos «ni fu ni fa», que le interesaban tan poco como ella a ellos, pero que de vez en cuando la llamaban para salir a cenar o a tomar una copa porque también estaban marcando el tiempo en el calendario. Estaba muy bien, a la vista de todo aquello, salir con alguien como Paul, a quien ella le importaba de veras, y lo cierto es que había conocido chicas que habían contraído matrimonio con hombres como Paul por esa misma razón y porque tenían muchísimas ganas de casarse.

Durante aquellos últimos meses monótonos, se sorprendía cada vez más a menudo pensando en dos cosas. En primer lugar Eddie. «Si me hubiera casado con Eddie —se decía—, hoy sería feliz. No tendría que aguantar nada de todo esto.» Entonces la asaltaba el segundo pensamiento recurrente: «Pero no tendría este trabajo tan maravilloso». En su fuero interno sabía que, de tener elección, arrojaría su trabajo por la borda sin pensárselo dos veces a cambio de ser la esposa de Eddie. O continuaría trabajando unos años. Eddie estaría orgulloso de ella, le gustaría que trabajase si era lo que ella quería. A Paul también, o eso suponía Caroline, pero se mostraba siempre tan fascinado por su profesión y sus casos legales que daba la impresión de que el empleo de ella le parecía un juego de niños, sobre todo desde que había hojeado dos o tres libros de Derby Books y que, según había afirmado categóricamente, eran para idiotas.

—Esta noche tenemos que ir a algún sitio especial —decía Paul—, dado que es nuestro aniversario. Es demasiado tarde para conseguir entradas para el teatro. ¿Por qué no me lo has dicho antes?

«No me parecía tan importante», quiso responder Caroline, pero se limitó a sonreír y encogerse de hombros.

—La verdad es que preferiría ir al cine, Paul.

—Ni hablar. Iremos al Blue Angel.

Se sentó en el club oscuro para ver el espectáculo y Paul le cogió la mano. En el lúgubre apartamento que todavía compartía con Gregg, tenía una colección de cajas de cerillas de locales caros desperdigadas por las mesas. Hacían que pareciese que llevaba una vida alocada y alegre. ¡Qué estampa más típica para alguien que no fuese de Nueva York! Apartamento de una joven que trabaja, varios pares de medias puestos a secar en la barra de la cortina de la ducha, ropa arrojada de cualquier manera por las prisas para llegar a tiempo a la oficina o a una cita amorosa, un trozo de queso y un envase con un poco de zumo de naranja en la nevera, quizá también una botella de vino, capas de polvo debajo del sofá porque solo tenía tiempo para limpiar los fines de semana, y a veces ni siquiera eso, y cajas y cajas de cerillas de vivos colores con nombres de restaurantes famosos para que, aunque solo consiguiese comer decentemente un par o tres veces a la semana, pudiera seguir encendiendo los cigarrillos el resto de los días con el recuerdo.

El apartamento que le había parecido sensacional hacía meses ahora se le antojaba demasiado pequeño. Era como si las paredes se juntasen. Se moría de ganas de disponer de un salón y un dormitorio para ella sola, de modo que tanto ella como Gregg pudiesen disfrutar de algo de intimidad, pero todavía no estaba lista para vivir sola porque con lo que ganaba no podía pagar el alquiler de la clase de apartamento que le gustaba, y también porque en los momentos de soledad se alegraba de tener una compañera de piso como confidente. Además, con Paul era más seguro. Él nunca intentaría llevársela a la cama a menos que ella dejase bien claro que hacía esa clase de cosas, pero después de un año Paul estaba llegando a un punto en que mostraba más abiertamente su deseo de mantener relaciones sexuales con Caroline, y ella trataba de evitarlo lo mejor que podía. Era más fácil mentir y decir: «Gregg tiene compañía esta noche y creo que preferirán estar solos», o bien: «Gregg se ha acostado pronto», y así limitar todo contacto físico a una breve sesión de besos en el descansillo. Paul vivía con sus padres, de modo que no disponía de ningún pisito de soltero al que intentar llevarla. A Caroline le hacía gracia que Paul fuera un hombre tan convencional planificando cada momento de su velada juntos para que se ajustase a las reglas de la vida refinada, que todavía, a sus veintiséis años, conservaba la actitud convencional de esperar hasta el final de la noche para besarla. Nada de abrazos mientras tomaban un cóctel, ni de escapadas a la playa un día de verano para darse un apasionado revolcón tras una duna solitaria. A la chica se la besaba en su apartamento después de haberla invitado a cenar con una buena botella de vino. Era más bien como un trato. Y debido a lo predecible y regular de la forma en que la cortejaba, para Caroline había perdido todo su atractivo y casi le parecía una especie de obligación.

Apreciaba a Paul, lo apreciaba de verdad, y quería portarse bien con él, pero ¿qué podía ofrecerle? Su compañía era lo primero que le venía a la cabeza, claro, pero su compañía dos veces por semana suponía tanto una satisfacción como una frustración para él. Caroline sabía que él prefería verla así antes que perderla, que salía con muchas otras chicas y no se había enamorado de ninguna de ellas. Compartían la afabilidad aparente de los viejos amigos, pero no la comunicación. Sí, cuando ella le contaba la última jugarreta de la señorita Farrow, no hacía falta que le explicase quién era la tal Farrow, y él siempre se solidarizaba con ella. Paul conocía sus gustos y preferencias, hasta el punto de que podía pedir por ella en los restaurantes, y muchas veces decía: «Tú no quieres pato, ¿verdad que no? Lo comiste la semana pasada». Sin embargo, aquellos elementos de su relación eran más importantes para Paul que para ella. Cualquier camarero que la conociese bien podía saber que había comido pato la semana anterior, pero solo un hombre a quien ella pudiese amar podía conocer su corazón y saber qué pensaba y demostrárselo por sus respuestas a lo que ella decía.

Entonces, ¿qué podía ofrecerle? ¿Amor? ¿Sexo? Quizá otros hombres la considerarían una mala pécora por mantener su relación en un plano tan cercano a la castidad durante tanto tiempo. Y quizá otros pensarían que era la virgen inocente que habían estado buscando. En todo caso, lo que Paul pensaba al respecto era un verdadero misterio para ella. Mantenía ocultos sus sentimientos. O quizá, empezó a pensar Caroline con cierto remordimiento, los había mostrado en todo momento, en sus ojos, pero ella se había empeñado en no verlos.

Cuando terminó el espectáculo, Paul pagó la cuenta y caminaron varias manzanas en el aire de la noche otoñal, que empezaba a refrescar.

—¿Tienes frío? —preguntó él mirándola en la oscuridad—. Yo diría que tienes frío.

—No, estoy bien.

—¿De veras?

—Sí.

Por alguna razón, aquella noche la actitud solícita de Paul la molestaba. ¿Era porque la estaba atosigando o porque se detestaba a sí misma por no sentirse más agradecida? Si lo amase de verdad, ¡cuánto se alegraría de que a él se interesara por si tenía frío o no! En cambio, ahora lo único que pensaba era: «Sé cuidar de mí misma, gracias». Era la primera vez que se sentía así, independiente, encerrada en sí misma. En su cerebro flotaba la imagen de un manuscrito que había dejado a medio leer en su escritorio a las cinco, cuando se había marchado para encontrarse con Paul. Era una novela de lo más absorbente, y en ese momento deseaba con toda su alma saber qué les pasaba a los personajes. Debería habérsela llevado consigo, entonces podría haberse acurrucado en la cama y leer el resto antes de dormirse.

—Ponte mi abrigo —le propuso Paul— si tienes frío, o si lo prefieres tomaremos un taxi.

—Tomemos un taxi —dijo ella. Así llegarían antes y no tardaría en estar en su casa. De pronto se sentía tan deprimida que apenas podía hablar.

Se detuvo ante la puerta de su apartamento, con la llave metida en la cerradura.

—¿Puedo entrar un momento? —preguntó Paul.

A Caroline no le importaba. «Que entre, que se vaya a su casa... ¿qué más da?» La depresión era como una vieja compañera, casi podía hablar con ella. Hacía más de un mes que Paul no pasaba de la puerta, así que eso también se había convertido en un hábito. En los últimos meses su vida entera estaba hecha de hábitos, era predecible, siempre igual.

—Pasa —le dijo.

Caroline encendió las luces, y Paul la ayudó a quitarse el abrigo y lo colgó en el vestidor.

—¿Te apetece una copa? —le preguntó ella.

—Sí —contestó Paul, muy complacido—. Un whisky con soda, si tienes. Y no muy cargado. Ya he bebido suficiente por esta noche.

«Creo que yo también —pensó Caroline—. Estoy muy cansada.» Se puso a revolver en la cocina.

—Lo siento, pero se nos ha acabado la soda. ¿Te da igual si te pongo agua?

—Está bien. —Paul se acomodó en un sofá y encendió un cigarrillo. Extendió el brazo hacia la radio de la mesita para encenderla y movió el dial hasta encontrar un programa donde emitían música clásica sin interrupción. Caroline advirtió que se preparaba para quedarse allí un buen rato, y ese pensamiento la deprimió aún más. No le apetecía darle conversación y luego dejarse besar durante quince minutos. Quería que Paul se marchara, apagar las luces y meterse en la cama con la cabeza bajo la almohada y echarse a llorar.

No supo por qué, pero le preparó una copa muy cargada. El vaso estaba medio lleno con el whisky y los tres cubitos antes de que añadiera el agua. Tenía buena pinta, así que se preparó otro para ella; acto seguido los llevó a la sala y se sentó junto a Paul en el sofá.

—Salud.

—Salud —repitió él. Y entonces—: ¡Uff!

—¿Demasiado fuerte?

—Está bien —respondió él—, pero tendré que enseñarte a preparar una copa.

—Tú siempre lo haces todo bien —comentó Caroline con aire pensativo—, ¿verdad?

—Sé preparar una copa mejor que tú —afirmó él con tono jovial. Esa noche estaba de muy buen humor, justo al contrario que ella. Alargó el brazo y le alborotó el pelo—. Ven y siéntate más cerca, me siento solo.

En lugar de hacerlo, Caroline se apartó aún más.

—Yo también me siento sola —repuso. Trató de no ponerse melodramática, pero el mero hecho de pronunciar aquellas palabras en voz alta le hizo sentirse más sola que nunca.

—Entonces, ven a sentarte aquí.

Caroline estaba sentada justo en el borde del sofá, con las manos entrelazadas sobre las rodillas. Negó con la cabeza.

—Háblame.

—De acuerdo.

Caroline no pudo evitar sonreír al oír las palabras de Paul.

—Al menos no has preguntado: «¿De qué?». La mayoría de la gente siempre dice «¿De qué?» cuando les pides que te hablen.

—Tendrás que reconocerme el mérito de ser más original —dijo Paul.

—¿Tú te deprimes alguna vez?

—Pues sí.

—¿Y qué haces?

Paul se encogió de hombros y tomó un sorbo de su bebida color caramelo.

—Me voy a dormir, si puedo, y ya está. Solo me deprimo cuando estoy agotado por haber trabajado demasiado.

—A veces —dijo Caroline—, cuando Gregg llega tarde por la noche y yo todavía estoy despierta, nos sentamos con una taza de leche y hablamos durante horas y horas. En mi cabeza veo la imagen de un reloj hecho de mantequilla cuyas manecillas se deslizan por la esfera como cuchillos. En un momento dado son las dos de la noche, y sin que nos percatemos nos dan las cuatro y media.

—Debe de ser una mujer muy interesante.

—Sí, tiene un sentido del humor increíble, pero no es eso. Las dos nos ponemos muy serias a las tres de la madrugada. Charlamos sobre todo de nosotras mismas y, lo creas o no, de la vida en general.

—¿Y qué descubrís sobre la vida en general vosotras dos en plena noche?

—Nada —contestó Caroline—, ese es el problema.

—¿Te molesta si te digo algo sobre ti? —le preguntó Paul.

—No, claro que no.

—Te lo tomas todo demasiado en serio.

—¿Quién, yo?

Paul había terminado casi la copa, y su dicción no era ni tan clara ni tan precisa como de costumbre.

—¿Se puede saber qué narices tienes que tomarte tan en serio? ¿De qué te sirve? Una cosa es que disfrutes con tu trabajo, todas las chicas deberían tener algo con que entretenerse hasta que se casan, pero es que tú lo vives cada minuto del día. Te llevas el trabajo a casa, te preocupas por las luchas de poder que se dan en la oficina, permites que la señorita Farrow te deprima. Si quieres saber mi opinión, creo que lo que a ti te gustaría es ocupar su puesto algún día.

—Pues sí —admitió Caroline.

—¿Para qué? ¿Para ser igual que ella, una arpía amargada? La sombra de mi enemigo.

Caroline sonrió.

—¿Y crees que doy señales de eso?

—Eres demasiado ambiciosa, y lo peor es que estás luchando contra molinos de viento. Si tuvieras talento como cantante de ópera, o como pintora o astrofísica o algo por el estilo, entonces sería inevitable. Un artista o un genio no puede evitar hacer lo que hace, pero tú te estás dejando la piel por esa pequeña editorial de segunda o tercera fila.

—Yo no diría que es pequeña —repuso Caroline, dolida.

—¿De veras crees que estás haciendo un trabajo que ninguna otra chica podría hacer, igual de bien además, a los cinco minutos de que tú te hubieras marchado?

—Ya que esta noche nos toca ponernos desagradables —dijo Caroline—, tú tampoco eres Clarence Darrow, que digamos, pero eso no te impide pensar en tu trabajo las veinticuatro horas del día y hablar de él cuando no estás en la oficina o enfrascado en tus papeles en casa. En las facultades de derecho hay muchachos que se preparan los exámenes de abogado, quizá para quitarte a tus potenciales clientes dentro de un par de años.

—Eso es distinto —afirmó Paul.

—¿Por qué?

—Es mi profesión. Constituye una parte esencial de mi vida. ¿Qué haría, si no? Morirme de hambre o convertirme en un playboy, en función de mi situación económica. Ninguna de las dos posibilidades me atrae en absoluto.

—Pues a mí me pasa lo mismo —replicó Caroline, indignada—. ¿Qué haría yo, si no? ¿Quedarme en mi casa de Port Blair limándome las uñas y esperando a que regresara mi maridito? No estamos en el siglo diecinueve. Una mujer tiene que hacer algo.

—Podrías casarte si quisieras —dijo Paul.

Caroline bebió un sorbo de su copa con intensa concentración, intentando escoger bien las palabras que iba a pronunciar. Para Paul era muy fácil decir aquello: ella parecía una chica muy simpática y apreciada por los demás, no tenía ningún defecto. Sin embargo, no había nadie de quien estuviese enamorada.

—Con un empujoncito —añadió Paul—, yo mismo me casaría contigo. —Su tono era jocoso y sentimental al mismo tiempo; su voz, un tanto pastosa por la copa tan fuerte que ella le había preparado. Sin embargo, Caroline se dio cuenta de que, aun borracho, Paul Landis sabía expresarse con precisión e inteligencia, y cómo nadar y guardar la ropa. Esperaba que fuese ella quien moviese ficha. Si Caroline se lo tomaba a broma, él haría otro tanto, y si ella le decía que estaba enamorada de él desde el primer día, él se hincaría de rodillas inmediatamente y le propondría matrimonio. Qué fácil sería, pensó Caroline, y qué fácil resultaría todo a partir de entonces—. No estás preparada para el matrimonio —dijo Paul al ver que ella guardaba silencio—. Supongo que eres feliz con la vida que llevas.

«¿Feliz? —pensó Caroline—. ¿Feliz? ¡Oh, Dios mío! ¡Lo que pasa es que no te quiero!»

—Sigue pareciéndote emocionante vivir en un piso de soltera —dijo Paul—, pero deberías tener cuidado, porque, si te acostumbras y llega a gustarte demasiado, puede convertirse en una trampa.

—Muy bien —repuso Caroline. Estaba demasiado cansada para discutir, demasiado harta de tratar de atravesar la barrera de increíble serenidad que ocultaba y protegía cualesquiera que fueran los verdaderos sentimientos de Paul. O tal vez lo que veía en la superficie de aquel hombre era también lo que habitaba en su interior. Tal vez sí merecía el apodo de Bermuda Schwartz. Era bueno, amable y tan pagado de sí mismo que rozaba el engreimiento, y quizá tenía todo el derecho a serlo. Caroline consultó la hora y se levantó.

—Es tardísimo.

Él también se puso en pie.

—Estaba a punto de irme. Mañana tengo que llegar temprano a la oficina.

Se dirigieron hacia la puerta del apartamento y Caroline se quedó un poco rezagada para que él no intentara abrazarla.

—Gracias por una velada maravillosa —dijo ella.

—Ha sido un placer.

Se detuvieron al llegar a la puerta. Paul le puso las manos en la cintura, pero ella volvió la cabeza, de manera que se abrazaron pero no se besaron. Paul le besó la mejilla y Caroline apoyó la cabeza en su hombro.

—Tengo una jaqueca terrible —murmuró con la boca pegada a la tela de la chaqueta, y se preguntó si él creería semejante mentira—. Supongo que es la resaca que me merezco, aunque un poco prematura.

Él no la soltó.

—Solo quiero seguir abrazado a ti un minuto —dijo él con voz ronca.

Caroline le rodeó la cintura con los brazos y permanecieron así un momento, apoyados el uno en el otro. «Él también necesita ternura —pensó—, no cabe duda. Todo el mundo la necesita, incluso Bermuda Schwartz, con sus guantes y su sombrero. Ay, Paul, ojalá pudiera darte yo esa ternura, y tú a mí, y que eso fuese suficiente.»

Al final Paul se apartó y le dio una palmadita.

—Abrazarte es estupendo —dijo con tono jovial—, aunque estés tan flaca. —Recogió su sombrero de encima de la cómoda—. Nos vemos el sábado que viene —dijo—. Te llamaré antes. Mis padres me han pasado dos entradas para la ópera porque se van a Europa.

—Qué bien. Buenas noches, Paul. Que descanses.

Al cerrar la puerta Caroline oyó los ágiles pasos de Paul escaleras abajo. Incluso silbaba. «Le envidio —pensó— por ser un hombre tan ocupado y satisfecho y por encontrar refugio en las cosas materiales. Su chica rechaza su propuesta de matrimonio, y él se pone contento porque va a ir a la ópera. Quizá debería intentar ser como él. Mañana en la oficina todo irá mejor. Mañana ocurrirá algo bueno en mi vida. Cuando más negras están las cosas, siempre pasa algo bueno.»

Lo que sucedió al día siguiente fue algo que Caroline nunca habría imaginado. Estaba en su minúsculo despacho, cuando la señorita Farrow entró cargada con un montón de manuscritos tan sucios y con los bordes tan raídos por el roce de las gomas elásticas que parecía que hubiesen ido de aquí para allá durante meses.

—Tendrás tiempo para leer esto, ¿verdad que sí? —dijo la señorita Farrow, y los depositó sobre la mesa de Caroline sin aguardar una respuesta.

—¿Qué es?

—Son algunos de mis manuscritos. Estoy haciendo limpieza del trabajo atrasado. —La señorita Farrow hizo una pausa y esbozó una sonrisita fría que denotaba más arrogancia que alegría—. Dejo la editorial el viernes.

—¿Se marcha?

—La empresa emitirá una nota oficial al respecto.

Caroline no sabía qué decir. ¿Qué bien? ¿Lo siento? Lo primero que le pasó por la cabeza fue que habían despedido a la señorita Farrow, pero sabía que era imposible. Lo siguiente que pensó fue que había encontrado un trabajo mejor, pero le pareció casi igual de absurdo. Al final dio con una fórmula que no era comprometedora:

—Debe de haber sido una sorpresa para todos.

—No me gusta tener que marcharme tan precipitadamente y dejaros a todos con el trabajo pendiente —dijo la señorita Farrow—, y eso que al final he conseguido preparar a mi secretaria y todo, pero no me queda otro remedio.

—¿Adónde... adónde se va? —se decidió a preguntar Caroline.

La sonrisa de la señorita Farrow se hizo entonces más amplia.

—Me caso. Mi marido va a trasladar su fábrica a California, así que, como es lógico, tengo que dejar Fabian.

—¡Qué emocionante! —exclamó Caroline, sin acabar de asimilar la noticia—. Le deseo toda la suerte del mundo.

—Gracias.

—¿Cuándo se casa?

—El viernes o el sábado. Seguramente en el campo.

La señorita Farrow parecía en cierto modo distinta, más tierna. O mejor dicho, no tan dura. Parecía incluso menos desconfiada y menos nerviosa. De repente Caroline advirtió a qué se debía en parte el cambio: no llevaba el sombrero. Su cabello rojizo, recogido en un moño exquisito y elegante, brillaba con la luz del techo. Caroline sintió afecto por ella. Se iba, el monstruo se marchaba para siempre. Ya no era una persona que inspiraba antipatía o miedo, solo una mujer a la que un hombre encontraba lo bastante femenina para querer casarse con ella. Caroline se levantó y le ofreció la mano.

—La echaremos de menos —le aseguró.

La mano de la señorita Farrow era tersa y esbelta, de uñas largas y afiladas.

—Os escribiré de vez en cuando desde California —afirmó la otra sonriendo—, pero volveremos a vernos antes de que me marche.

—Se estrecharon la mano, como si fueran dos hombres, y la señorita Farrow salió del despacho. Caroline cogió el primer manuscrito de la pila que había dejado.

—¡Será bruja! —La fecha de la hoja de comentarios en blanco era de hacía cinco meses. Y era una novela del Oeste. Caroline revisó los otros originales de la pila. Con razón parecían tan viejos y estropeados... Eran de hacía cuatro o cinco meses, y todos sin excepción eran novelas del Oeste. Caroline sabía que a la señorita Farrow le gustaba tan poco como a ella leer novelas del Oeste. «¡Pero al menos yo las leo! —pensó, indignada—. ¡No las escondo!»

A las cuatro y media la telefoneó la secretaria del señor Shalimar para decirle que su jefe quería verla. Caroline se miró a toda prisa en el espejito de mano y echó a andar presurosa por el pasillo. El señor Shalimar estaba sentado detrás del enorme escritorio, atareado con sus papeles. Hacía más de dos meses que no lo veía, salvo cuando se cruzaban por el pasillo, y él también parecía cambiado. Daba la impresión de ser más menudo, menos autoritario, menos aterrador. Lo cierto es que ahora casi nadie de la oficina tenía miedo del señor Shalimar; todos lo consideraban un ser patético, un viejo verde, y era posible que a esas alturas él mismo lo supiese. El relato de su comportamiento en la fiesta navideña del año anterior se había propagado inmediatamente después, y había dado alas a las mecanógrafas y administrativas que habían tenido experiencias similares con él, de manera que al final todas las chicas a las que el señor Shalimar había pellizcado o besado alguna vez habían incorporado, entre risitas y murmullos, sus anécdotas personales a los chismorreos de la oficina.

—Ah, Caroline —dijo él, casi con entusiasmo—. Siéntate. Aquí, a mi lado. —Señaló una silla y Caroline se acomodó con cierta cautela—. Últimamente apenas nos vemos. —Sonrió y añadió con cierta coquetería—. Me parece que me estás evitando.

—No, no, en absoluto. Es que he tenido mucho trabajo. —Y añadió con cierta coquetería, para mantener el mismo tono—. Eso es lo que quería usted, ¿no?

—Sí, pero deberías venir a verme de vez en cuando —afirmó el señor Shalimar—. Me gusta estar al corriente de lo que hacen mis editores favoritos.

Caroline no sabía si debía recelar o sentirse halagada. Aquel comportamiento era, cuando menos, muy extraño.

—¿Has encontrado algún libro bueno para nosotros?

—Estoy leyendo un manuscrito que podría resultar interesante.

—Muy bien —dijo él—, muy bien. Adelante. Sigue haciendo descubrimientos. —Cogió una hoja mecanografiada que había sobre la mesa—. Supongo que ya sabes que la señorita Farrow nos deja.

—Sí.

—Sentiremos que se marche. Es una buena editora.

—Sí —convino Caroline.

—En un principio había pensado en contratar a un nuevo editor para que se encargara de los autores de la señorita Farrow, pero luego caí en la cuenta de que disponemos de varios editores jóvenes y brillantes que podrían desempeñar el trabajo igual de bien. —Tendió la hoja de papel a Caroline—. Esta es la lista de los autores de la señorita Farrow y de los manuscritos en los que algunos de ellos están trabajando. Te los paso todos a ti.

A Caroline empezó a brincarle el corazón. Cogió el papel como si fuera un documento muy valioso y lo examinó. ¡Los autores de la señorita Farrow! Algunos eran de lo mejorcito de su generación.

—Gracias —dijo.

—Tendrás que trabajar mucho —le advirtió el señor Shalimar—. Deberás estar pendiente de lo que hacen esos autores, darles ánimos, escribirles si llevan un tiempo sin entregarnos nada, revisar sus manuscritos y hasta escuchar sus problemas.

—¡Me encantará! —Pero, en medio de la felicidad que la embargaba, su cerebro ya estaba trabajando—. Necesitaré una cuenta de gastos de representación para invitarlos a almorzar.

—La tendrás.

—Igual que la de la señorita Farrow. No queremos que piensen que los han dejado en manos de una simple ayudante; se sentirían insultados.

—Pero es que la cuenta de la señorita Farrow era muy limitada.

«Ya estamos tratando de reducir costes —pensó Caroline—. ¡Menudo embustero!»

—Lo sé —mintió Caroline a su vez—. La señorita Farrow me dijo de cuánto disponía.

—Por supuesto, se te asignará la misma cantidad.

—Gracias. —Caroline bajó la vista tímidamente y, una vez que se hubo armado de valor, lo miró a la cara—. Supongo que, dado que se acercan las navidades, se me aumentará el sueldo de acuerdo con mi ascenso. Me gustaría pedir veinte dólares más a la semana. Ya sé que es menos que lo que cobra la señorita Farrow, pero me parece una cifra justa.

—Bueno, no sé si será posible —dijo el señor Shalimar—. Al fin y al cabo, este nuevo trabajo ya supone todo un honor para ti. Se te aumentará el sueldo, claro, pero yo no contaría con veinte dólares más. La empresa no es tan rica.

«¡Menudo sinvergüenza! —pensó Caroline—. Ya sé por qué dice que los "editores jóvenes y brillantes" pueden hacer el trabajo de la señorita Farrow igual de bien. Por la mitad de precio es lo que quiere decir.»

—Espero que de todos modos tenga presente mi petición —repuso. Acto seguido, se levantó—. Y gracias de nuevo. Intentaré hacer un buen trabajo.

—Ven a verme de vez en cuando —dijo el señor Shalimar al tiempo que se despedía de ella agitando la mano.

De vuelta en su despacho, Caroline leyó alborozada la lista de autores. Cuando Paul había dicho la noche anterior que lo que ella quería era el puesto de la señorita Farrow, no imaginaba que pudiera llegar a conseguirlo. Ella sí, aunque, por supuesto, no era más que un sueño. Su enfado por la mezquindad del señor Shalimar comenzaba a remitir. Ella lo haría mucho mejor que la señorita Farrow —en realidad, cualquiera podía hacerlo mejor— y además recibiría un aumento. Y ya tenía la cuenta de gastos. Era una editora de verdad, como la señorita Farrow, como Mike… ¡Una editora de verdad!

20

Mientras se acercaban las navidades y el viejo año agonizaba lentamente en un derroche de luces, April Morrison no sabía qué hacer. ¿Debía regresar a casa? Estaba tan desconsolada por el rechazo de Dexter, y le daba tanta vergüenza ver a todos los parientes a los que había anunciado su boda para el otoño, que deseaba quedarse en Nueva York y esconderse de todo el mundo. Pero en Nueva York estaba Dexter Key, en alguna parte, haciendo algo, viviendo y tal vez, por fin, accesible. A pesar de su tristeza, April no podía por menos de emocionarse al ver las luces de la Quinta Avenida, el coro de niños que cantaban en lo alto de Saks al atardecer, el árbol gigantesco del Rockefeller Center con sus enormes y luminosas bolas de Navidad, el árbol construido con centenares de bombillas a la entrada del edificio de Lord and Taylor. ¡Y los escaparates! Los patinadores que se deslizaban mecánicamente en círculos sobre el espejo de hielo, las princesas, los ángeles, las guirnaldas, el espumillón y la música que sonaba hasta altas horas de la noche, mientras la gente desfilaba despacio entre los cordones de terciopelo colocados para contener a la multitud, mirando los escaparates iluminados, hundiendo las manos heladas en los bolsillos y oyendo los gritos de júbilo y entusiasmo de sus hijos. April disfrutaba muchísimo de aquel espectáculo, con su corazón de turista, pero también se entristecía, porque cuando al fin se iba a casa, a su apartamento, su arbolito parecía muy solo y artificial encima de aquella mesa pequeña y no tenía a ningún ser amado con quien contemplarlo.

Sabía que en Nochebuena los padres de Dexter celebraban una fiesta por todo lo alto a la que invitaban a todas sus amistades y a muchos amigos de Dexter. El año anterior April no había asistido porque estaba en Colorado, pero sabía dónde vivían y sabía lo que iba a hacer.

Tal vez era una locura, pero no le importaba. Tras tomar la decisión se sintió feliz por primera vez desde que Dexter la había dejado. Cuando en Nochebuena se puso su mejor vestido, le temblaban las manos. Había ido a la peluquería y se había pasado veinte minutos maquillándose. Parecía, pensó, Cenicienta a punto de ir al baile, y a lo mejor lo era. El príncipe, en cualquier caso, estaría allí.

Se desplazó a casa de los padres de Dexter en taxi para asegurarse de que no se le estropease el peinado. Llegó a las once menos cuarto. Era lo bastante tarde para que nadie advirtiese su aparición y, si alguien reparaba en ella, habría bebido tanto ponche navideño que se alegraría de ver a otra chica guapa. Estaba temblando, y se sentía feliz, nerviosa y asustada, todo al mismo tiempo. Oyó bullicio cuando salió del ascensor. Había una corona enorme colgada en la puerta de los Key, que estaba cerrada. April se atusó el pelo antes de llamar al timbre.

Abrió una criada menuda y delgada que vestía un traje negro con un pequeño delantal blanco. Saltaba a la vista que la habían contratado para la ocasión, porque miró a April con perplejidad, le gustó lo que vio, sonrió tímidamente y dijo:

—Pase. Le indicaré dónde se dejan los abrigos de las señoras; sígame.

April caminó con paso brioso detrás de la sirvienta, mirando alrededor. Era un apartamento muy espacioso, con habitaciones enormes de techos altísimos, mobiliario francés que parecía caro y múltiples espejos. Una de las habitaciones, un gabinete, estaba repleta de percheros para los abrigos. La sirvienta colgó el de April, de cachemir beis, comprado el año anterior, entre uno de visón marrón y otro de piel de foca negro.

—Pase al salón —le indicó, y desapareció en un santiamén, dejando a April sola.

Así que aquella era la casa de los padres de Dexter. Pensó que le encantaba todo cuanto contenía porque eran objetos ligados a él. Tal vez aquel gabinete fuese el cuarto que había usado de pequeño. Encaminó sus pasos hacia el bullicio y la multitud de invitados, echando un vistazo a través de las puertas entreabiertas. Había un dormitorio con una cama doble, acaso la habitación de los padres. Y un cuarto de invitados, ¿o era la antigua habitación de Dexter? Le gustaban todas, y sintió el impulso de entrar y observar las antiguas pertenencias de Dexter. Se abrió paso entre la multitud en dirección a una mesa con un enorme recipiente de cristal lleno de ponche, y aceptó la copa que le tendió un mayordomo de uniforme. Junto a la mesa había un árbol de Navidad que llegaba hasta el techo, cargado de adornos y rodeado de regalos envueltos primorosamente que se apilaban unos sobre otros hasta rozar las ramas inferiores. Era como el que su familia ponía en casa, y al verlo se sintió más a gusto aún y más esperanzada sobre el resultado de aquella velada.

Echó un vistazo alrededor en busca de Dexter. Al principio no lo localizó en la animada turba de invitados, pero por fin lo vio al otro lado de la sala, alto, moreno y con una desenvoltura pavorosa, junto a las cortinas de seda blanca de un ventanal. Tenía una copa en la mano y hablaba con una chica mucho más baja que él, por lo que April apenas la distinguía por encima de las cabezas de la multitud. «Dexter... —pensó—. ¡Oh, Dexter!» Solo quería quedarse allí, invisible, pasar inadvertida y mirarlo, temerosa de que él volviera a hacerle daño y deseando tener siempre a la vista el rostro amado.

Le temblaba tanto el pulso que estuvo a punto de derramar el ponche sobre su vestido. Se lo bebió de un trago para librarse de él, sin degustar apenas el dulce sabor a frutas. Contenía algún licor, ginebra o algo así. «Quizá sea lo que necesito», se dijo, y se dirigió hacia la mesa a por más, volviendo la cabeza varias veces para no perder de vista a Dexter. Daba la impresión de estar a gusto, no se movería de allí en un buen rato. Bebía whisky, no ponche. April quería acercarse a él, sonriendo como si no hubiera pasado nada entre ellos, pero temía dar ese paso. Tendió la copa para que le sirvieran más ponche, sonriendo al mayordomo en lugar de a Dexter, y el hombre sonrió a su vez y dijo: «¡Por supuesto, señorita!», como si se alegrase de haber convencido a alguien de que se alejara del bar y de los licores más potentes. El ponche estaba lo bastante fuerte para April. Experimentó una cálida sensación de bienestar y empezó a relajarse, y de pronto el deseo de oír una palabra de los labios de Dexter le resultó insoportable. Se abrió paso hacia él.

—Hola —le dijo alguien. April levantó la vista, temerosa de que esa persona se interpusiera en su camino, y vio que era un amigo de Dexter, un chico de cara pálida y anodina, con el pelo castaño y corto.

—Ah... tú eres Chet, ¿verdad?

—Sí. ¿Cómo estás, April?

—Bien —mintió, y esbozó una sonrisa nerviosa al tiempo que se preguntaba cómo podía quitárselo de encima.

—No te veía desde el verano pasado —dijo Chet.

Entonces April lo recordó más claramente: era el joven que había estado insinuándosele cada vez que Dexter miraba para otro lado. Nunca había llegado a estar segura de si le gustaba de veras o era un simple donjuán, o si sabía lo que había entre Dexter y ella. Ahora le traía sin cuidado; solo quería atajar su intento de entablar conversación y acercarse a Dexter.

—¿Has venido con alguien? —le preguntó Chet.

—Bueno... No... Sí.

—¿No, sí? —El joven le dedicó una amplia sonrisa.

—No. Me han invitado.

—Ah, yo también estoy solo —dijo él, muy contento—. ¿Quieres que te traiga una copa?

—No, ahora no, gracias. Tengo que ver a alguien.

—¿A Dexter?

April lo miró a la cara, perpleja.

—¿Por qué lo dices?

—Porque vosotros dos... erais muy amigos. —April se preguntó si eran imaginaciones suyas o si en efecto el joven sonreía con lascivia.

—Y todavía lo somos —afirmó—. Quiero saludarle porque es el anfitrión. Te veré luego.

Él alzó una mano.

—Ya te veré yo si tú no me ves a mí. Buena suerte.

April avanzó hacia el ventanal sin apartar la mirada de Dexter. Enseguida estuvo delante de él, tan cerca que hasta olía el aroma de su loción para después del afeitado. Era una fragancia suave, pero despertó en ella tantas emociones que casi la hizo tambalear.

—Dexter... —dijo.

Él la miró. No había en su rostro ninguna expresión que delatara qué sentía en esos momentos, si estupor, sorpresa, fastidio o alegría involuntaria.

—Hola —dijo él. Hizo una pausa y se volvió hacia la chica que estaba a su lado y las presentó a ambas—. Ruth Potter, esta es April Morrison.

—Encantada.

Las dos mujeres se miraron con recelo un instante, como midiéndose. Ruth Potter era menuda, tenía la cara redonda y llevaba un vestido de un verde intenso. Al cabo de un momento pareció convencerse de que April era una más de las invitadas que pululaban por la fiesta y no una rival, de modo que sonrió y dijo:

—Nos vemos luego, Dexter. Bunny me matará si no le saludo. —Y acto seguido se acercó a otro grupo.

—¿Quién es? —preguntó April.

—Una vieja amiga. —Dexter hizo ademán de alejarse—. Voy a buscar otra copa.

—¿No te sorprende verme aquí?

—¿A ti qué te parece?

—Hace… hace mucho tiempo que no te veo.

—¿Cómo estás? —le preguntó él al fin, como quien de pronto recuerda sus buenos modales.

—Ay, Dexter —susurró April—. Dexter… He estado muy mal. Ni te lo imaginas. —Los ojos se le inundaron de lágrimas, y tuvo que hacer un gran esfuerzo para que no se le quebrara la voz. No quería montar una escena, no había ido allí para eso.

—¿Qué te pasa? —preguntó él. Por primera vez su voz denotaba cierta preocupación.

—Es terrible —susurró ella.

—Bueno, pero ¿qué tienes? —Ahora estaba aún más preocupado.

—No he podido dormir, ni comer ni hacer nada de nada. He adelgazado cinco kilos.

—Pero ¿por qué?

April no se atrevía a contestar. Sabía qué esperaba oír él, quería que le dijese que tenía alguna enfermedad, parecía barruntar una desgracia. Nada salvo una desgracia lo satisfaría ahora que ella había despertado su interés y estaba preocupado. April se dio cuenta demasiado tarde, pero no había vuelta atrás.

—¿Qué te pasa? —insistió Dexter.

—Te echo muchísimo de menos.

—Ah. —La curiosidad y la preocupación que reflejaba el rostro de Dexter se transformaron en fastidio—. ¿Eso es todo?

April le tocó la muñeca, intentando cogerle la mano.

—Eres el único hombre al que he amado —susurró—. Fuiste mi primer amor. Te quiero mucho. Por favor, dame otra oportunidad.

—¿Para qué? —replicó él. Movió la mano para librarse de su contacto en un acto reflejo instantáneo, como el gato que se sacude la mano de un molesto ser humano que intenta acariciarlo.

—Podríamos volver a empezar, podríamos salir juntos otra vez. Nunca mencionaré el tema del matrimonio. Por favor, salgamos juntos. Quiero hablar contigo…

—¿De qué tenemos que hablar? No pienso hablar sobre ti y sobre mí.

—Antes hablábamos de muchas cosas.

—Ya nos lo hemos dicho todo.

—Dexter… ¿es que no me quieres, ni siquiera un poquito?

—¿Vas a atosigarme con eso ahora?

—Por favor, dímelo.

Dexter miró con disimulo alrededor.

—¿Piensas montar una escenita delante de mis amigos?

—¿No podemos ir a otra parte a hablar? Será solo un minuto. Al gabinete…

Él la miró con evidente impaciencia.

—De acuerdo.

Echó a andar delante de ella, sonriendo a los invitados que lo saludaban, y April lo siguió ciegamente, apartando a la gente de su camino. Entraron en el cuarto de invitados y Dexter cerró la puerta.

—Bueno, ¿qué quieres decirme?

April no podía hablar, estaba llorando. Ansiaba desesperadamente que la estrechara entre sus brazos, que le acariciara el pelo, que hiciese algo que le demostrase que todavía se interesaba por ella, aunque solo la viese como a una persona que lloraba a lágrima viva y deseaba haber muerto. Sin embargo, Dexter no hizo nada de eso, sino que se quedó allí plantado, con el vaso de whisky vacío en la mano, observándola.

—¿Qué te pasa? —le preguntó al fin.

—Te llamo y no te pones al teléfono —le explicó April entre sollozos—. Solo quiero oír tu voz, ni siquiera me importaría que no me invitaras a salir. No soporto estar sin ti. Has llegado a significar tanto en mi vida que no soporto vivirla si no es a tu lado. Todo me recuerda a ti.

—¿Y de qué te serviría hablar conmigo por teléfono? —preguntó Dexter—. Acabarías pidiéndome que quedara contigo, y no pienso hacerlo.

—¿Por qué?

—Ojalá me hubiese traído una copa… —dijo él—. Esta estúpida conversación resulta insufrible sin una copa. Estamos en una fiesta. ¿Qué te propones?

—Dexter —dijo April—, quiero hacerte una pregunta. Sé sincero y no volveré a molestarte.

—¿Qué quieres saber?

Había llegado el momento, el momento terrible que nunca debería haber llegado y que era imposible evitar.

—¿Me has querido de verdad alguna vez?

Dexter la miró un instante y se encogió de hombros.

—Nunca me he parado a pensarlo —contestó.

¿Qué podía decir ella? Todo había terminado. Dexter lo había olvidado, o estaba asustado, o tal vez decía la verdad. No importaba. Ahora no la quería y estaba muy ocupado olvidando todo cuanto le había dicho porque había sucedido hacía mucho tiempo. Todo había terminado.

—Gracias —musitó April. Se enjugó las lágrimas con el pañuelo y se sonó la nariz—. Solo quería que me lo dijeras.

—Voy a volver a la fiesta —anunció Dexter—. Serénate y ven a conocer a algunos de mis amigos. Tómate unas copas. Ya que has venido, al menos diviértete. —Se acercó a la puerta y la abrió.

—¡Dexter!

—¿Qué?

—Solo quiero decirte una cosa. Te querré mientras viva.

—No, ya verás como no es así —repuso Dexter con calma. Salió y cerró la puerta del dormitorio tras de sí.

Cuando April salió del cuarto de invitados al cabo de media hora, parecía otra persona. Se había lavado la cara, maquillado de nuevo y peinado. Con todo, era la expresión de su rostro lo que la hacía parecer distinta. La había visto al mirarse en el espejo del baño y se había sorprendido: la sonrisa fija en los labios, las aletas de la nariz un tanto tirantes por el esfuerzo, los ojos brillantes y redondos, como los de una muñeca. Se veía a sí misma como a una desconocida, hasta el punto de que podía juzgar su aspecto casi objetivamente. «Es guapa —se dijo April al mirarse la cara en el espejo—, aunque tiene una expresión dura, parece un poco insensata. Parece una de esas chicas que van de fiesta en fiesta y beben, coquetean y ríen y ríen sin parar.»

Salió del dormitorio con la cabeza bien alta y se dirigió directamente al bar, donde se tomó dos whiskies seguidos. Qué curioso: el sabor siempre le había resultado desagradable, pero esa noche le gustó. No había cenado, de modo que cogió una cereza y una aceituna de los platillos que había en la barra y se las comió. Esa sería su cena. No miraba a ningún sitio porque no quería ver a Dexter, se limitaba a beber y a sonreír.

Notó una mano cálida sobre el brazo.

—Sabía que volvería a verte —dijo Chet—. ¿Te importa que te acompañe?

—Claro que no.

—¿Qué bebes?

—Whisky.

—Eres una chica lista. Beber ese ponche es una pérdida de tiempo.

—Muchas cosas lo son —repuso April animadamente—, así que solo hay que buscar algo mejor.

—Tienes toda la razón —convino Chet—. Toda la razón. —Le puso la mano en la cintura.

—¿Tienes un cigarrillo?

—Sí. —Chet se lo encendió. April, que habría fumado cuatro cigarrillos en toda su vida, dio una calada sin tragarse el humo y se sintió mejor.

—Gracias —dijo.

—¿Otro whisky?

—Me encantaría.

Hicieron entrechocar los vasos una vez llenos y April sacudió la cabeza, dejando que el pelo se le alborotara alrededor de la cara, y le sonrió. Él le rodeó la cintura con el brazo.

—Eres una chica muy divertida —dijo Chet—. Es una lástima que nunca hayamos tenido ocasión de conocernos mejor.

—¿Por qué? ¿Acaso es demasiado tarde?

—¿Lo es?

—Cuando ya es demasiado tarde para pasarlo bien —dijo April alegremente—, más vale tirar la toalla y morirse de una vez.

—Brindo por eso. —Chet alzó el vaso y bebió un trago. Ella lo imitó.

Ahí estaban Dexter y Ruth Potter, pasando por delante del bar. April los veía como si fueran dos Dexter y dos Ruth Potter. La cara le ardía. Dexter evitaba mirarla, pero ella sabía que la había visto. «Que piense que no me importa», se dijo. Tenía la sonrisa tan fija en los labios que era como una mueca.

—Hace mucho calor aquí, ¿no crees? —dijo Chet.

—Muchísimo.

—Y ni siquiera puedo oír lo que digo.

—Yo tampoco.

—¿Y por qué no vamos a un buen restaurante del centro y recibimos el día de Navidad con un vaso de ponche caliente? —propuso Chet—. ¿Tienes comida familiar mañana?

—No tengo familia en Nueva York.

—Mejor. Yo no tengo que ir a casa de mi familia hasta las cuatro. Habrá tiempo de sobra para que se nos pase la resaca.

—Será mi primera Navidad en Nueva York y mi primera resaca —dijo April, y se echó a reír.

—Y tu primera cita conmigo.

Fue al gabinete a recoger su abrigo y Chet la esperó junto a la puerta del apartamento. April intentó no pensar en nada cuando se marcharon, solo en cuándo conseguiría otra copa y lo mucho mejor que se sentiría entonces. Chet se sentó muy pegado a ella en el taxi y April hizo como que no lo tenía a su lado. No obstante, sentía el calor de su cuerpo, y resultaba reconfortante percibir la calidez de otro ser humano, a pesar de que él apenas existía para ella. Notó que le zumbaban los oídos.

—Feliz Navidad —dijo Chet. La rodeó con los brazos y empezó a besarla. April tenía la cabeza recostada contra el asiento, los ojos cerrados, y el taxi parecía girar y girar, y ella apenas tenía conciencia de lo que estaba sucediendo. Notó que él le estaba besuqueando la barbilla, pero ¿qué más daba? Chet le puso la mano sobre el escote del vestido y a April le pareció que la tenía muy fría.

En Nochevieja, a las nueve en punto, Mary Agnes Russo De-Marco estaba vistiéndose para ir a una fiesta.

—Súbeme la cremallera, cariño —dijo, ofreciéndole la espalda a su marido, Bill.

Él la subió con cierto esfuerzo.

—Estás engordando —dijo con tono afectuoso. Los dos sonrieron. Mary Agnes estaba embarazada, daría a luz en verano, y solo quería comer y comer a todas horas. Seguramente sería la última vez que podría ponerse aquel vestido de fiesta, pero no le importaba. Ya tenía un vestuario completo de premamá y se moría de ganas de estrenarlo.

—La verdad —dijo— es que pensaba que Dotty y Bo nunca se decidirían a organizar esta fiesta. Creía que nos quedaríamos colgados sin nada que hacer esta noche.

—Podríamos haber organizado una fiesta nosotros —dijo Bill.

—Sí, supongo que sí, pero nos hemos gastado tanto dinero en la boda y el viaje de novios que no habría podido ser una gran fiesta. Tenemos que ahorrar todo lo que podamos, ya lo sabes.

—Lo sé —dijo él, y volvieron a sonreír.

—No me imagino una Nochevieja sin una fiesta —comentó Mary Agnes—, ¿a ti no te pasa?

—Ajá. ¿A cuánta gente han invitado?

—Creo que a unos doce.

—¿Y habrá champán?

—Eso espero —respondió Mary Agnes con preocupación—. No me imagino una Nochevieja sin champán.

—Claro.

—A lo mejor deberíamos llevar una botella —dijo Mary Agnes—. ¿Tú qué crees?

—Sí… por si acaso.

—¿Podemos permitírnoslo?

—Sí, claro —contestó Bill—. Pero solo una. Después de todo, no sería Nochevieja sin una botella de champán.

A las once en punto de la Nochevieja, Gregg Adams y David Wilder Savage abandonaban furtivamente una fiesta que estaba en pleno apogeo. Cerraron la puerta del piso de sus anfitriones con sumo cuidado para que nadie los oyera y, cogidos de la mano, echaron a correr por el pasillo en dirección a las escaleras.

—Chist… —dijo David.

Llegaron a la planta baja jadeando.

—¿Por qué la gente se ofende cuando quieres marcharte de su fiesta? —preguntó Gregg con tono alegre.

—Porque se aburren mucho cuando solo quedan unas pocas personas; entonces tienen que hablar unos con otros.

—Ah… —Ella se echó a reír y corrieron hacia un taxi, que los llevó al apartamento de David. Él encendió la chimenea y colocó una botella de champán frío y dos copas en la mesa que había delante. Puso una pila de discos junto al tocadiscos y se sentó al lado de Gregg en el sofá.

—Y ahora —dijo— podemos recibir el Año Nuevo en paz.

Gregg le cogió la mano y con la otra comenzó a toquetear un corazoncito de oro que llevaba colgado al cuello de una fina cadena.
David se la había regalado por Navidad, y ella no se la había quitado
desde ese día, ni siquiera cuando se bañaba. No se la quitaría, estaba
pensando, hasta que estuviese casada con él, o con otro. Había de-
seado con toda su alma un anillo de compromiso, pero, naturalmen-
te, él no era la clase de hombres que regalaban un anillo de compromiso, así que había tenido con ella el siguiente mejor gesto en orden
de importancia: le había ofrecido un regalo sentimental que podía
considerarse significativo o insignificante. Un corazón simbolizaba
amor, pero un corazoncito de oro podría verse también como una
simple joya, y quizá solo con el tiempo llegaría a saber qué representaba para él en realidad.

—Es una Nochevieja perfecta —dijo Gregg con un suspiro—.
Espero que mil novecientos cincuenta y cuatro sea un año tan feliz
como este. O más, incluso.

—¿Más que perfecto?

—Nunca se sabe —dijo Gregg—, hasta que ocurre.

A las once cuarenta y cinco de la Nochevieja, Barbara Lemont y su
madre estaban en el salón escuchando la radio. Habían oído cómo las
multitudes aguardaban la llegada del Año Nuevo por todo el país, en
los salones de baile del Crystal Palace y en las salas del Blue Twilight
y en los hoteles Hilton, y en esos momentos oían el sonido de los clá-
xones, y el jolgorio de Times Square. «Dentro de apenas catorce minutos la bola dorada subirá por la Times Tower —explicaba la voz
del locutor— y cuando llegue a lo alto… ¡comenzará mil novecientos
cincuenta y cuatro!»

—¿Por qué no enciendes el televisor? —preguntó la madre de Barbara—. Así podremos ver a la gente.

—¿Quieres verla?

—Sí, claro. Es Nochevieja, ¿no? Escucharemos la radio y veremos la televisión.

Barbara encendió el aparato.

—Será una pesadilla —comentó.

—No sé cómo esos idiotas pueden estar ahí, pisoteándose los unos a los otros, y encima decir que lo están pasando en grande —observó su madre—. Seguro que hay montones de borrachos entre tanta gente.

—Supongo que sí.

—Y carteristas —añadió su madre con tono alegre.

Barbara lanzó un suspiro. No le importaba demasiado no tener ninguna cita esa noche, porque de todos modos habría sido con alguien que no le interesaría. La Nochevieja se hacía eterna en compañía de un hombre aburrido, todo el mundo se sentía obligado a quedarse despierto hasta altas horas de la noche. Pronto serían las doce, más tarde amanecería y ella podría olvidarse de todo aquel suplicio hasta el año siguiente. ¿Dónde estaría Sidney en ese momento? ¿Qué estaría haciendo? ¿Pensaba en ella alguna vez? Él seguramente creería que ella estaba en alguna fiesta pasándolo bien con algún posible buen partido, si es que pensaba en ella. Últimamente Barbara se preguntaba a menudo si Sidney aún pensaría en ella, a pesar de que había intentado quitárselo de la cabeza con todas sus fuerzas.

—Anímate, mujer —le dijo su madre—. Hay un montón de chicas que no tienen con quien salir esta noche. Estoy segura de que no eres la única.

—No me importa.

—El año que viene será mejor, ya lo verás.

«El año que viene… —pensó Barbara—. Me pregunto si todavía

pensaré en Sidney. Nadie sigue enamorado de alguien que no le corresponde durante tanto tiempo, ni siquiera una idiota como yo. Me pregunto dónde estaré el año que viene, y con quién. Cada Nochevieja que te quedas en casa sola o sales con alguien a quien apenas conoces o que te cae mal, te acuerdas de todas las Nocheviejas en que ha sucedido exactamente lo mismo, y te parece que todas van a ser siempre igual. Sidney dijo algo por el estilo una vez; dijo que, cuando vienen mal dadas, es como si toda la vida hubiese sido así. Ay, Sidney... Ojalá pudiera telefonearte para que me animaras aunque solo fueran cinco minutos. Todo sería distinto. ¿O no? ¿De veras sería todo distinto?»

Cuando faltaba un minuto para la medianoche, en los últimos segundos de mil novecientos cincuenta y tres, cuando la bola dorada hubo iniciado su recorrido ascendente por la Times Tower y en cada rincón de la ciudad la gente cogía copas de champán o se acercaba a sus acompañantes y se preparaba para formular los buenos deseos y para la tradicional ronda de besos, en una fiesta que se celebraba entre las calles Treinta y Cuarenta del East Side de Nueva York alguien apagó todas las luces.

—¡Eh! —exclamó otra persona—. ¡Volved a encenderlas! ¡No encuentro a mi pareja!

Todos se echaron a reír y la sala volvió a iluminarse. Caroline Bender estaba delante de un árbol de Navidad con Paul Landis.

—Un minuto —dijo él, consultando su reloj.

Ella sonrió nerviosa y miró para otro lado. «¿Qué hora será en Dallas?», se preguntó.

—¡Las doce! —gritó alguien—. ¡Feliz Año Nuevo!

—Feliz Año Nuevo —dijo Paul en voz baja. Alrededor todos se

abrazaban y besaban para dar la bienvenida al nuevo año, algunos aprovechándose descaradamente de la situación. Paul, que se sentía un poco incómodo entre tanta gente, tomó a Caroline por los hombros con mucha delicadeza y se inclinó para posar los labios en los de ella casta y brevemente. Sin embargo, el contacto fue demasiado para él, y la rodeó con los brazos y la estrechó contra su cuerpo.

Caroline tenía los ojos cerrados. «Eddie, amor mío... —dijo para sus adentros, enviando su pensamiento a través del país hasta dondequiera que él estuviese—: feliz Año Nuevo, cariño. Aún pienso en ti. Acuérdate de mí, aunque solo sea en este momento. Acuérdate de mí.»

Se apartó de los brazos y los labios de Paul con la máxima delicadeza posible.

—Feliz Año Nuevo, Paul.

—Dejad de besuquearos, chicos —exclamó alegremente la anfitriona—. Sobre todo los que lleváis tantos años casados. Debería daros vergüenza. Y ahora, a comer. ¡Caviar! Y enseguida habrá más champán.

—¿Vamos? —preguntó Paul a Caroline. Le ofreció el brazo, ella lo aceptó y echaron a andar hacia la mesa del bufet, sorteando por el camino a una pareja de recién casados a quienes era evidente que les traía sin cuidado si había caviar o no.

A las cuatro y media de la madrugada de la Nochevieja —que seguía siendo la Nochevieja para algunos—, April Morrison salía de El Moroco en compañía de un joven llamado Jeffrey que era amigo de Chet, quien a su vez era amigo de Dexter. Estaba algo más que un poco borracha y tropezó al subir al taxi. Jeffrey, que se había despejado un poco con el aire frío, la asió del brazo rápidamente y ambos entraron en el vehículo, riéndose y agarrados, y así fueron durante todo el camino hasta el apartamento de April, al otro lado de la ciudad.

—¿Puedo subir? —le preguntó él, pero ya había cubierto la mitad del primer tramo de escaleras y April ni siquiera tuvo que responder. Subieron el resto de las escaleras cantando, riendo y mandándose callar el uno al otro, y se detuvieron en todos los rellanos para abrazarse y besarse.

—Con los abrigos puestos —dijo April—, parecemos dos osos. Así no hay manera de abrazarte.

—Pronto pondremos remedio a eso.

Una vez en el apartamento, April se encaminó directamente a la mesita reconvertida ahora en mueble bar.

—¡Mira! —exclamó, alzando una botella de whisky—. Está vacía. ¿Qué le habrá pasado?

Jeffrey se quedó pensativo un momento, con gesto serio.

—Alguien se la ha bebido —dijo al fin.

—¡Yo sé quién!

—¿Quién?

—¡Yo! Esta tarde. —Parecía algo muy gracioso y April rió y rió sin parar—. No —se corrigió—, fue ayer. Ayer por la tarde. Cuando pensaba que no tendría con quien salir en Nochevieja. Antes de que me llamaras. Estaba muy deprimida.

—Me alegro de haberte llamado —dijo él.

—Yo también.

Jeffrey se quitó el abrigo y lo arrojó al suelo, y April hizo lo mismo. Era un chico guapo, pensó ella; no era del todo su tipo, porque le gustaban los hombres morenos como Dexter, pero de todos modos era guapo. Solo era la tercera vez que salía con él, y se había quedado de piedra cuando él la llamó para invitarla a salir en Nochevieja. Se preguntó si Chet le habría contado lo que había pasado entre ellos, y al principio eso le preocupó un poco, pero Jeffrey no había sido difícil de manejar. Chet sí. Se le revolvía el estómago al acordarse de lo que había hecho con Chet, y por eso ya no salía con él. Al recordarlo se preguntó qué habría visto en Chet y cómo había podido ella hacer algo así, pero no quería pensar más en eso. La historia había terminado.

Jeffrey observaba la habitación. April se alegraba de haberla ordenado; había guardado la ropa en el armario y plegado la cama. Parecía el salón de un apartamento de dos habitaciones, ahí estaba la cocina y ahí dos puertas cerradas. Jeffrey podía incluso pensar que era rica. Ojalá lo pensase. Tal vez así tendría una mejor opinión de ella que Dexter, no la consideraría una paleta de pueblo. La vería simplemente como a una amiga de Chet y una antigua novia de Dexter Key. April podía ser quien ella quisiera.

—Ahora ya no parecemos dos osos —comentó Jeffrey, y avanzó hacia ella con los brazos abiertos.

—Aún queda algo de ginebra —señaló April rápidamente.

—No quiero ginebra.

—Pues yo sí.

Se sirvió la ginebra en un vaso con mano temblorosa y huyó corriendo de él hacia la cocina para sacar una bandeja de cubitos de hielo de la nevera. Los cubitos repiquetearon en el fregadero, y April cogió tres y los arrojó en el vaso. La ginebra le salpicó el vestido.

—Vaya —dijo él—, te has puesto perdida.

Intentó limpiarle el líquido con un paño de cocina y rodearla con los brazos a la vez, mientras April trataba de llevarse el vaso de ginebra a la boca. Al final lo consiguió y bebió un largo trago, haciendo un gran esfuerzo. Nunca había bebido ginebra a palo seco, pero no estaba tan mal, se parecía al martini. Jeffrey seguía intentando besarla, y ella seguía volviendo la cabeza y tratando de beberse la ginebra, y al final llegaron a un punto medio: ella le dejó besarla y luego él le permitió apurar de un trago la ginebra.

—Vaaa… —murmuró él—, deja el maldito vaso de una vez. —Se lo arrebató de la mano y lo dejó en el escurreplatos.

—¿Quién eres?

—Jeffrey.

—¿Me quieres?

—Te adoro.

—¿De verdad?

—Sí. —Él intentaba bajarle la cremallera del vestido.

—Yo no te quiero.

—¿No?

—No. Te odio. —April no lo dijo con animadversión; simplemente soltó las palabras sin más.

—Está bien, no pasa nada.

—¿Ah, no?

—No —contestó Jeffrey, y la besó—. No pasa nada.

—No me muerdas.

—No.

—Te odio —repitió April con alegría.

—Está bien.

Tenía frío sin el vestido.

—Aaaah… —exclamó él, lanzando un suspiro, al tiempo que la cogía en brazos.

Parecía una escena de una novela romántica, pensó April, mareada: el apuesto galán que lleva a la heroína en volandas a la cama con sábanas de raso. Jeffrey volvió la cabeza tratando de localizar la cama. No vio ninguna, y tampoco un sofá, pero sí una puerta. Se dirigió hacia ella con April en brazos y, cuando se hubo acercado lo suficiente, alargó la mano hacia el tirador y la abrió. April cerró los ojos, aferrada con fuerza a su cuello para no caerse.

—Cariño… —le murmuró él al oído, al tiempo que desplegaba la cama de la pared.

«Sabía desde el principio qué había detrás de esta puerta —pensó April—, no se ha llevado ninguna sorpresa. Y el único modo que tenía de saberlo era por medio de Chet.» Se sintió tan humillada que quiso levantarse de la cama de un salto, pero era demasiado tarde, así que mantuvo los ojos cerrados con fuerza y se entregó a la sensación que le había producido la ginebra, la sensación de que en el fondo daba igual, porque la vida era divertida, muy divertida.

22

Primavera. Todo es más suave, el aire es suave con el aviso aún del frío y la promesa del calor que está por llegar; el paisaje se suaviza con los brotes de hojitas de color verde claro. A la hora del almuerzo, las chicas de las oficinas remolonean en el charco que la luz del sol primaveral forma en las aceras frente a sus edificios, no quieren volver al trabajo, preferirían pasear por el parque. Puede que algunas lo hagan. Comen perritos calientes que han comprado en un carrito blanco, caminan por los senderos entre frondosos arbustos de forsitia amarilla y notan cómo el corazón se les llena de sentimientos indescriptibles: felicidad, esperanza, emoción, impaciencia. En el Rockefeller Center, unos obreros están colocando unas mesas en el lugar que ocupaba la pista de patinaje, debajo de la gigantesca estatua de Prometeo, y en el parque se oye el sonido de los patines sobre ruedas de los niños donde antes se deslizaban en silencio las cuchillas sobre el hielo. Hay algo muy evocador en la escena de unos niños patinando sobre ruedas en primavera: parece unir a todas las generaciones en el río de la vida. Hay cosas que nunca cambian. Las mecanógrafas, a la hora del almuerzo, recuerdan cuando de pequeñas patinaban por la acera delante de su casa, o en el parque, como aquellos niños, y les parece que fuera ayer. Se acuerdan de las rodillas magulladas, de las caídas, de la libertad de la velocidad cuando se levantaban y lo intentaban de nuevo, y de la emoción y el castañeteo de los dientes cuando las ruedas metálicas se deslizaban raudas por el cemento. Ahora son lo bastante mayores para tener hijos, y puede que los tengan dentro de un año o dos. Y alguna primavera no muy lejana serán sus hijos los que bajen patinando a toda velocidad por los senderos del parque los domingos por la tarde, atravesando los túneles y gritando a pleno pulmón para oír el eco de sus voces.

La hija de Barbara Lemont, Hillary, tenía cuatro años esa primavera de 1954. Ella tenía veintidós. Cuando llevaba a Hillary a pasear por el parque, la gente no sabía a ciencia cierta si eran hermanas o madre e hija. Guardaban un gran parecido: el pelo castaño claro y liso, recogido detrás de las orejas, el de Hillary en dos coletas y el de Barbara con un pasador; el cuerpo menudo, el rostro dulce y sereno. Aquella primavera las dos llevaban abrigos grises con botones blancos de perla, y Hillary había estrenado su primer bolso, muy chiquitín, de charol rojo de imitación, de las dimensiones justas para que le cupiera un pañuelito y el pintalabios de juguete.

Barbara había obtenido bastante éxito en su profesión a pesar de su juventud, pues todos los meses publicaba dos columnas con su firma. Asistía a las fiestas que daban las empresas de cosméticos para presentar un nuevo color de pintalabios y laca de uñas, a las que ofrecían las empresas de productos químicos para presentar un nuevo tejido, y a las que organizaban las cadenas de perfumería para dar a conocer un nuevo perfume y colonia. Allí comía buñuelos de bacalao pinchados en mondadientes y salchichas mini, bebía martinis y observaba cómo modelos altas y delgadas se bañaban en burbujas de colores o se paseaban con atuendos estrafalarios y más bien escuetos, actividades por las que cobraban diez dólares la hora y por las que a ella no le pagaban nada. En aquellas fiestas conocía a un sinfín de compradores y escritores de sexo masculino, de mediana edad, casados, que se aburrían mortalmente y que a menudo ni siquiera estaban seguros de por qué los habían invitado. Algunos le proponían que cenaran juntos, pero Barbara siempre rechazaba la invitación. Conocía también a mujeres profesionales de treinta y cuarenta y tantos años que siempre lucían modelos similares a los que aparecían en las páginas de moda de las revistas para las que trabajaban, y que parecían aburrirse mucho menos que los hombres. Y conocía a varias chicas de su edad que llevaban medias de nailon verde oscuro, toneladas de sombra de ojos y pequeños blocs de notas, que miraban alrededor con disimulo y entusiasmo, y que solían aceptar las invitaciones para cenar de los hombres mayores a los que Barbara había rechazado. Era un mundo en el que Barbara por fin había logrado entrar y donde se sentía aceptada e incluso reconocida, pero al que le parecía que pertenecía solo a medias. Porque al terminar esas fiestas se iba a su casa, y su casa no era un apartamento con un jardín, un teléfono rojo, tres niñas que soltaban risitas y una cena a base de estofado a la luz de las velas, sino un piso en una escalera sin ascensor, con muebles decentes pero gastados después de veinticinco años de uso, un triciclo infantil en mitad del salón y un televisor que emitía a todo volumen los frívolos sueños de un ama de casa en *Reina por un día*.

Todavía pensaba en Sidney Carter, por las noches, cuando el cansancio le impedía seguir censurando sus pensamientos, y a veces cuando, después del almuerzo, subía en el ascensor abarrotado de ejecutivos que olían a ginebra, todos ellos rumbo a otras plantas del edificio y a otras vidas, y todos completamente ajenos a ella. Se imaginaba cómo serían las actividades diarias de Sidney, e imaginándolas obtenía cierto consuelo. «Ahora estará almorzando», pensaba, o bien: «Ahora estará en el tren, leyendo todos esos periódicos». No estaba tan segura acerca del tren de la noche, y eso le dolía. Se preguntaba si estaría tomando un cóctel con una mujer, una profesional unos años mayor que ella y más sofisticada, que hubiese tenido ya muchas aventuras y que se sentiría fascinada por Sidney Carter, pero que nunca se enamoraría de él.

Aquella primavera Mac, el marido de Barbara, volvió a casarse. Ella no estaba del todo preparada para lo que sintió al enterarse de la noticia: sorpresa, miedo, alegría porque de veras quería que fuera feliz, pero sobre todo la certeza de que una etapa de su vida se había cerrado para siempre. Él la telefoneó para preguntarle si podía ir a buscar a Hillary a fin de presentársela a su esposa, y lo primero que experimentó Barbara fue pánico. «Mi hija es lo único que tengo», pensó, pero de inmediato se dio cuenta de que Hillary había vivido con ella casi la totalidad de sus cuatro años de vida, y de que Hillary la quería, así que dijo: «Sí, Mac. Ven». Era evidente que él pensaba que sería de mal gusto presentarle su mujer a Barbara también, y ella tampoco se lo propuso, pues creía que no podría soportar conocer a la esposa de un hombre al que había amado; la situación le haría pensar en Sidney. Así pues, un domingo por la mañana Mac llegó al apartamento, cogió a Hillary de la mano y bajó con ella a la calle, donde su mujer los esperaba en el coche, estacionado junto al bordillo, y Barbara tuvo la más extraña de las sensaciones: que era una piedra en medio de un río turbulento, inmóvil y azotada por el agua, siempre en el mismo sitio, mientras la vida pasaba y lo cambiaba todo a su alrededor.

El primer día de primavera en que de verdad hizo calor, cuando el ruido de los automóviles entraba por las ventanas abiertas de par en par, sucedieron dos cosas. Barbara lo recordaría posteriormente como un día muy extraño, porque en el transcurso de cuatro horas pasó de no creer en nada a creer que todo en la vida era maravilloso. Almorzó sentada a su mesa porque tenía mucho trabajo por hacer y, de repente, decidió que no soportaba ni un minuto más el aire acondicionado en un estupendo día de primavera como aquel, así que abrió la ventana y se inclinó sobre el alféizar para observar a los transeúntes y los taxis, que parecían motas de colores allí abajo, y los bloques de oficina, envueltos en la calima de la tarde. Respiró hondo y el corazón empezó a latirle más deprisa, y de pronto rompió a llorar, no con lágrimas, sino con una especie de convulsión seca y lacerante, la garganta atenazada, la boca abierta sin emitir sonido alguno, los ojos cerrados con fuerza. Temblaba de pies a cabeza, porque era primavera, porque hacía calor, porque estaba sola y porque en ese momento le parecía que no soportaría ni un solo instante más de su propia vida. No lloraba por nadie en especial, eso ya lo había superado; sencillamente, estaba sobrecogida por su necesidad de entregarse, de amar, de crecer al calor de cada ser vivo en aquella estación cambiante, y a nadie parecía importarle. Cuando sonó el teléfono, apenas lo oyó, y al final se volvió como en un trance y descolgó el auricular.

No sabía por qué había respondido, ya que estaba segura de que iba a colgar de inmediato. Fue la curiosidad la que la llevó a descolgar el aparato, solo eso.

—¿Diga?

—Barbara...

—Oh...

—Barbara... Soy Sidney.

—Oh... —repitió ella. Se sentó, sujetando el auricular con ambas manos.

—Creía que no estarías en la oficina —dijo Sidney—. Simplemente he decidido probar suerte.

—¿Qué tal estás? —preguntó ella, asombrada de lo bien que controlaba su propia voz, sin traicionar en absoluto sus sentimientos.

—Estupendamente. ¿Y tú?

—Bien.

—Me estaba preguntando... —dijo él—. ¿Has almorzado ya?

—¿Almorzado? —repitió ella estúpidamente.

—Ya sé que te llamo con muy poco margen. Es que me acaban de cancelar una comida de trabajo, y es el único día que tengo libre esta semana para hacer lo que quiera. Así que se me ha ocurrido llamarte.

—Estoy sorprendida —murmuró Barbara.

—¿Quieres almorzar conmigo?

Barbara estaba temblando.

—Sí —contestó, con voz muy serena—. Nos encontraremos abajo, si te va bien.

Lo esperó delante del edificio, tal como había hecho esas dos tardes de hacía tanto tiempo, y se preguntó si él la vería cambiada. No tenía ni idea de por qué la había llamado tan repentinamente, pero no quería analizarlo. Solo sabía que apenas unos minutos atrás, asomada a la ventana, se sentía el ser más insignificante de la tierra, y ahora tenía la impresión de que estaba a punto de sucederle algo extraordinario. Intentó pensar en lo peor que podía pasarle, para no llevarse luego una decepción. «Puede que no quiera que siga escribiendo mi columna.» Eso era bastante malo, aunque también poco probable.

Sidney salió de un taxi. Barbara se asustó al ver que no había cambiado en absoluto. Él se acercó y, sonriendo, le tendió la mano, como haríamos con alguien con quien tuviéramos algún negocio. Sin saber qué otra cosa hacer, Barbara se la estrechó.

—Hola —dijo Sidney—. Estás exactamente igual que la última vez que nos vimos.

—¿Ah, sí? —Barbara sonreía, aterrorizada, tan pendiente de lo que le diría para ocultar sus verdaderos sentimientos que apenas tenía sentimientos.

—¿Quieres comer al aire libre?

—Sí.

Echaron a andar hacia el lugar que había sido la pista de patinaje en invierno y que ahora era una cafetería al aire libre, con mesitas y parasoles.

—Pareces feliz —comentó Sidney, mirándola de reojo mientras caminaban—, o, mejor dicho, muy contenta. La vida debe de estar tratándote muy bien.

—Me gusta mi trabajo —repuso ella—. Es muy emocionante.

—Pareces una mujer enamorada. Espero que no estés solo enamorada de tu trabajo.

—Creo que no soy de esa clase de mujeres —aseguró ella despreocupadamente. Se encogió de hombros—. Puede que solo esté enamorada de la primavera. Esas cosas pasan.

—Hacía mucho tiempo que no te veía —dijo Sidney.

Bajaron los escalones de la cafetería y encontraron una mesa junto al surtidor que salía de la estatua de Prometeo.

—Este sitio está bien —dijo Barbara.

—¿Qué te apetece beber?

—Un martini, por favor.

—Hacía mucho tiempo que no te veía —repitió él—. Creía que a estas alturas ya estarías prometida. A veces he buscado tu nombre en las páginas de sociedad.

—¿De veras?

Él asintió con la cabeza.

—Bueno, pues no lo estoy.

—Pero estás enamorada.

Ella sonrió, como si eso no importara lo más mínimo.

—No, hoy no.

El camarero llegó con los martinis, y Barbara y Sidney se sonrieron, bebieron un sorbo y luego se sonrieron de nuevo, como un par de bobos. Barbara tenía la impresión de que iba a desmayarse.

—Te he echado de menos —afirmó él al fin.

—No mucho.

—Mucho.

—Yo también te he echado de menos —murmuró ella.

—Barbara…

—¿Por qué me has llamado? —quiso saber ella.

La voz de Sidney sonó tan despreocupada que fue casi como si anunciase: «Me voy a Florida de vacaciones».

—Me divorcio dentro de dos semanas —respondió.

—Te divorcias…

—Son cosas que pasan.

—Supongo que sí.

Él seguía hablando con tono despreocupado, pero también con delicadeza.

—Mi mujer volverá a casarse una vez que nos hayamos divorciado. Se casará con un hombre a quien conocemos desde hace años. También son cosas que pasan. Quería decírtelo para que no te preocuparas; tienes la manía de preocuparte por las cosas más absurdas.

—Mi marido volvió a casarse el mes pasado —dijo Barbara—. La primavera debe de ser la época de las bodas.

—Sí.

—Tiene gracia —comentó Barbara.

«Espera —se dijo—, contente, no dejes volar la imaginación. No es el momento, ni siquiera sabes si será el momento alguna vez.» Se quedó mirándolo atentamente para saber si lo que decía era apropiado, para saber cuándo debía parar. ¿Cómo esperar que la otra persona siga sintiendo lo mismo que tú durante tantos meses? Era esperar demasiado para cualquier persona racional.

—¿Tienes algún plan especial? —preguntó como si tal cosa.

—¿Para qué?

—Para la primavera. Para el verano. Para otras personas.

—Sí. En cierto modo.

—Ah.

El camarero acudió a su mesa blandiendo dos cartas, pero Sidney le indicó que se marchara con un gesto. Barbara se inclinó hacia delante, con las manos entrelazadas en el regazo para que él no viera cómo le temblaban.

—Ha pasado mucho tiempo —dijo Sidney.

—Es como si hiciera cien años y como si hubiese sido ayer.

—Para mí también —replicó él.

Barbara intentó que su voz sonase fría, como si hablara de una relación que habían mantenido otras dos personas.

—A veces pensaba que era una lástima sentir lo que sentía por ti, porque es mucho peor perder algo especial que no haberlo tenido nunca. Y luego pensaba… que es mejor haberlo tenido.

—Lo dices como si todo hubiera acabado.

—No —repuso ella—. Al menos no para mí.

—Esperaba que empezaras a odiarme —dijo Sidney—. Creía que te estaba haciendo un favor. Y luego tenía miedo de que me odiases.

—Yo nunca te odiaría.

El camarero se acercó de nuevo, insistente, porque era la hora del almuerzo y la cafetería estaba abarrotada.

—¿Otra copa, señor? —Sidney asintió con impaciencia y el camarero cogió los vasos vacíos y se fue.

—Oh… —exclamó Barbara—. Cógeme la mano.

Él obedeció al instante, y algo que había estado interponiéndose entre ambos pareció desvanecerse con aquel contacto, de modo que se agarraron con las dos manos y se miraron con una expresión que traslucía dolor y que mostraba un asomo de asombro. De pronto a Barbara ya no le importó lo más mínimo si lo que decía era inapropiado o no. Lo soltó sin más, y oyó cómo su voz se volvía ronca en su garganta, y eso tampoco le importó.

—Te quiero —dijo—. Siempre te he querido. No vuelvas a hacerme daño. Acababa de superarlo y ahora todo comienza otra vez, igual que antes. Si te importo, dímelo ahora, no me hagas esperar más, no pretendas que lo adivine yo. No quiero tener que volver a adivinar los sentimientos de nadie nunca más.

Sidney le apretaba las manos con tanta fuerza que Barbara notaba el pulso de sus dedos.

—No tendrás que volver a adivinar mis sentimientos —le aseguró él, y por su tono parecía que era él quien le estuviera pidiendo ese favor—. Yo también te quiero.

Ella lo dijo de nuevo, porque le producía una sensación muy tierna, muy hermosa, poder decirlo.

—Te quiero.

—Te quiero —repitió él en voz baja.

—Dios, vayámonos de aquí. Voy a llorar.

—No te atreverás.

Sidney se levantó, apartó la silla de Barbara y dejó un puñado de billetes sobre la mesa. Cuando se marchaban, estuvieron a punto de chocar con el camarero, que llevaba una bandejita redonda con sus bebidas y parecía muy enfadado.

—Está visto que nunca terminamos una comida juntos —dijo Barbara, entre risas.

—Es cierto.

—¿Qué quieres hacer?

—Mirarte. Hablar contigo. Abrazarte. ¿Qué quieres hacer tú?

—Lo mismo.

—Ha pasado mucho tiempo —dijo él de nuevo.

—Sí. Y durante todo este tiempo pensaba que era yo la que te echaba de menos a ti.

—No, cariño —dijo Sidney—. ¿Tienes que volver a la oficina esta tarde?

Barbara negó con la cabeza.

—¿No les importará?

Ella le sonrió, entrelazando los dedos en los suyos, y sintió cómo él se los apretaba de inmediato, como había hecho siempre, como supo entonces que siempre haría.

—No —respondió—. Y me trae sin cuidado si les importa o no. Me trae sin cuidado si no vuelvo nunca más a la oficina.

23

Era el tercer verano de Caroline en Fabian y se sentía como si ya llevara diez años allí. Sabía muy bien cómo era la vida en verano: las calurosas noches de insomnio, las escapadas a las oficinas con aire acondicionado, donde se pillaban los resfriados de verano, el ritmo relajado, la desgana, los planes para las dos semanas de vacaciones, que se hacían con gran entusiasmo porque se sabía que eran las únicas vacaciones de que se dispondría hasta al cabo de un año. Había conseguido el pequeño aumento que le había prometido el señor Shalimar y ahora cobraba noventa dólares a la semana. Eran solo cinco dólares más de lo que ganaba la secretaria personal del señor Shalimar, y sesenta dólares menos de lo que le pagaban a la señorita Farrow por el mismo trabajo, y sabía que albergaba cierto rencor, aunque intentaba no sentirlo. A pesar de que nunca había sido materialista ni lo bastante pobre para sufrir la angustia de la pobreza, sino solo sus pequeños inconvenientes, Caroline se daba cada vez más cuenta de que en las empresas la capacidad se juzgaba por el dinero que se ganaba. En Fabian se llevaban con gran secreto los aumentos de sueldo, pero al final acababa sabiéndose todo, y si alguien se enteraba de que a un compañero le habían concedido un aumento mayor, se generaba cierta envidia. Era como no conseguir un premio al que se aspiraba; no quedaba más remedio que esperar hasta las navidades siguientes para presentarse otra vez.

Tenía una secretaria, una chica de dieciocho años llamada Lorraine, recién graduada en Katherine Gibbs, que parecía que se hubiese quitado los aparatos de ortodoncia solo un par de años antes. Caroline la veía muy joven, y eso la sorprendía. Era tan joven, tan entusiasta, tan inocente, se mostraba tan ansiosa por hacerlo todo bien... exactamente igual que ella apenas tres años atrás. A través de los ojos de aquella chica Caroline lo veía todo distinto: el señor Shalimar era un editor serio y famoso; April era el ideal de chica provinciana que había pasado a ser glamurosa en Nueva York, y ella misma era «muy afortunada por tener ese trabajo tan maravilloso». Caroline se preguntaba en su fuero interno cuánto tardaría Lorraine en envidiarla, en acostumbrarse a su emocionante nuevo trabajo y en empezar a pensar si no podía ella hacer el trabajo de Caroline igual de bien que esta.

April, que había pasado de un jefe a otro durante los tres años que llevaba en la sección de mecanografía y como secretaria de la señorita Farrow, había conseguido al fin un puesto modesto en el departamento de publicidad. Le gustaba porque le daba más independencia, estaba mejor pagado y era más interesante. Rara vez llegaba a la oficina antes de las diez de la mañana, y Caroline sabía que salía casi todas las noches; parecía que cada mes se echaba un novio que la llamaba al trabajo todos los días y la llevaba a cenar y a tomar cócteles.

«Está loco por mí», decía April, muy halagada, pero sin demostrar ninguna otra emoción, y al cabo de unas pocas semanas empezaba a hablar de otro que también estaba loco por ella. Caroline se preguntaba si tal vez April no se mostraba conmovida por todas aquellas atenciones porque, en el fondo, sabía que los hombres no estaban enamorados de ella. Sonreía a menudo, una sonrisa alegre pero carente de autenticidad, disimulaba sus ojeras aplicándose una base de maquillaje de un tono más claro, y hablaba atropelladamente empleando una jerga compuesta de las expresiones más novedosas. Si en los clubes estaba de moda hablar como los aficionados al be-bop, así hablaba ella; si lo que se llevaba eran las expresiones propias del mundo de la farándula, ella las conocía todas. Se estaba forjando toda una educación.

Caroline pasaba casi todos los fines de semana del verano en Port Blair, tumbada en la terraza de la segunda planta, al otro lado de la ventana de su dormitorio, envuelta en una toalla, o en la playa. Los sábados Paul Landis iba allí en coche para almorzar, acompañarla a la playa, llevarla a cenar a un restaurante y luego al cine. Todos los sábados hacían lo mismo, y aunque resultaba agradable, y desde luego más interesante que quedarse en casa con sus padres, en ocasiones Caroline pensaba que no soportaría hacer lo mismo de siempre una vez más, y entonces mentía a Paul diciéndole que había quedado con otra persona. De vez en cuando April o Gregg pasaban el fin de semana con ella, o solo uno de los dos días, y si era sábado, Paul llevaba a cenar a Caroline y a su amiga. Le caían bien April y Gregg porque eran las mejores amigas de Caroline, pero daba la impresión de que se sentía un poco superior a ellas, como si le dieran lástima.

«Esa chica no quiere sentar la cabeza —decía sobre April, como si fuera una debutante atolondrada—. No sé si habrá algún hombre capaz de hacerla feliz. Enseguida se cansa de ellos.»

«¿Se cansa de ellos? —pensaba Caroline, acordándose de Dexter—. ¿No será que no sabe cómo manejarlos?» Recordó una conversación que había mantenido con April un fin de semana de aquel verano, una conversación inquietante que la había entristecido y asustado. Era una noche muy calurosa de junio, y ella y April estaban sentadas en el jardín trasero, con las luces del porche apagadas para no atraer a los mosquitos y una pequeña vela de citronela encendida en un vaso junto a ellas. No se oía nada. Por las ventanas traseras Caroline veía cómo la sirvienta secaba los últimos platos de la cena, y por las ventanas laterales de la casa contigua veía las imágenes de la pantalla de un televisor. Hacía mucho tiempo que no mantenía una conversación seria con April.

—Cada vez que recuerdo cómo era cuando llegué a Nueva York —dijo April—, me parece increíble. ¡Qué inocente! ¿Te acuerdas de cuando planeaba casarme con Dexter?

—Sí —respondió Caroline.

—Si hasta me probé vestidos de novia.

—Lo sé...

—¿Puedo hacerte una pregunta?

—Pues claro —dijo Caroline.

—¿Tú te acuestas con Paul?

—¿Con Paul? No, por Dios.

—¿Es que él no quiere?

—No lo sé —respondió Caroline con aire pensativo—. Supongo que en parte sí. Pero no se muestra insistente.

—Quiere casarse contigo, ¿no es eso? —dijo April.

—Estoy casi segura de que sí.

—¿Y crees que te casarás con él?

—No lo sé —respondió Caroline con cierta tristeza—. Me parece que no podría.

—¿A causa de Eddie?

Caroline reflexionó un momento.

—No. No puedo pasarme el resto de la vida de luto por Eddie. No me casaría con Paul a causa de Paul, no de otra persona.

—No puedes pasarte el resto de la vida de luto —repitió April con tristeza.

—Eso también va por ti.

—Ya lo sé —repuso April, suspirando—. No es que crea que no vaya a encontrar otro gran amor, sé que eso no es cierto. Es que lo que sentí por Dexter, las tonterías que hice, el ridículo... no puedo olvidar nada de eso. Dudo que pueda olvidarlo algún día. Ahora me duele recordarlo.

—Todo el mundo tiene derecho a hacer el ridículo si está verdaderamente enamorado —afirmó Caroline—. No hay leyes al respecto. Tienes que pensar que eso nos pasa a todos, y perdonarte a ti misma. Eso sí que es una ley.

—¿La ley de quién?

—La ley de Caroline —dijo Caroline.

—¿De verdad crees eso? —preguntó April en voz baja.

—No tengo más remedio. O al menos lo intento.

—Estuviste enamorada de Mike Rice durante un tiempo —dijo April.

—Sí. Más o menos.

—¿Sabes lo que me dijo Dexter? —dijo April—. Fue la última vez que hablé con él, la noche en que fui a casa de sus padres para intentar recuperarlo. Las últimas palabras que le dije fueron: «Dexter, te querré mientras viva». —Hablaba en un susurro, de modo que Caroline apenas la oía, pero su voz era nítida y triste, como la de un niño que hace una confesión—. Y Dexter me respondió: «No, ya verás como no es así».

—Él tiene más experiencia que tú —repuso Caroline—. Quizá sabía lo que decía.

—Fue la noche en que monté esa terrible escena —prosiguió April—. Lloré sin parar. No tenía ni pizca de orgullo.

—Las chicas solemos hacer eso —dijo Caroline—. Puede que yo también hubiera montado una escena a Eddie si me hubiese dicho en persona que me dejaba, en lugar de anunciármelo por carta.

—Luego empecé a salir con todos esos hombres —continuó April—. ¿Te acuerdas de Chet?

—Sí...

Se quedaron en silencio, cada una ensimismada en pensamientos que solo existían en las negras horas de las noches en que estaban solas, o a solas con una amiga íntima y querida. Caroline oía el canto de los grillos en la hierba.

—¿Me dirás una cosa? —preguntó April.

—Ajá.

—Yo te lo diré a ti si tú me lo dices a mí. Contaremos hasta tres y luego indicaremos cuántos levantando los dedos. Así no tendremos que decirlo.

—¿Decir el qué?

—Con cuántos chicos nos hemos acostado.

Era raro; en la oscuridad, donde ella y April apenas si se veían la cara, Caroline no sentía vergüenza. En cambio, se compadecía de April, porque hablaba en susurros, con voz nítida y casi infantil, y porque sabía que sus aventuras amorosas debían de atormentarla mucho para que las sacase a relucir de esa manera, para que necesitara compañía y contar con una amiga comprensiva que la entendiera y la hiciese sentirse menos sola.

—Muy bien —dijo Caroline.

Se pusieron la mano a la espalda, cerrada en un puño. Caroline preparó un dedo, por Mike Rice.

—¿Lista?

—Uno, dos, tres… ¡ya!

Alzaron los dedos a la luz de la vela de citronela. Caroline levantó solo un dedo; April, cuatro. Ninguna dijo nada durante un minuto.

—Ay, ¡qué vergüenza! Me siento fatal… —musitó April. Luego sonrió—. ¿Quién es el tuyo?

—Mike.

—¿De veras? Ya me lo imaginaba.

—¿Quiénes son los tuyos?

—Dexter —respondió April. Luego respiró hondo—. Chet, al que ya conoces… Tom Banks, el chico que me llevaba a Long Island en su avión privado. Y el amigo de Tom, Walter, el productor de aquella obra de teatro. Con él solo lo hice una vez; fue una noche en que no pude seguir quitándomelo de encima... ¡Huy! —Se tapó la boca con las manos y sus ojos reflejaron tristeza y horror a la vez—. ¡Se me ha olvidado uno!

—Se te ha olvidado...

—Supongo que quería borrarlo de mi mente, porque lo había olvidado por completo. Jeffrey. Era un amigo de Chet. Ahora me acuerdo. Fue en Nochevieja. —Hablaba con voz asustada—. Con él van cinco.

—No pasa nada —dijo Caroline—, no pasa nada...

—Se me había olvidado —insistió April—. ¿Cómo es posible? Debió de ser una experiencia horrorosa. Se me había olvidado por completo. Ahora me acuerdo..., fue derecho a la cama plegable. Sabía exactamente dónde estaba. Recuerdo la vergüenza que sentí. Ay, Caroline...

—Ya pasó —dijo Caroline—. De eso hace mucho tiempo. Han pasado seis meses.

—¿Cómo puedo haber olvidado una cosa así?

«Todas hemos cambiado», pensó Caroline aquella misma noche, y más adelante, en la oficina, volvió a pensarlo. Dos años y medio, más de la mitad de lo que duran los estudios en una escuela universitaria. Es inevitable que suceda algo. Sentía lástima por April, y se preguntó si no debería sentir lástima por sí misma también. Desde luego, ella tampoco podía retroceder en el tiempo, pero ¿quería hacerlo? Seguía siendo la misma chica que Mike Rice había descrito dos años antes, sentada en una roca, ante la disyuntiva de elegir entre dos modos de vida, pero ahora la vida y las cosas que le habían sucedido habían acentuado aún más esas diferencias. Ya nada era simple, ni las convicciones ni la satisfacción. A medida que pasaban los meses se sentía cada vez más insatisfecha, aspiraba a más en su profesión, quería progresar, ganar más dinero, tener más responsabilidades y ser reconocida. Le ocurría lo mismo con la gente. El señor

Shalimar no volvería a intimidarla ni a darle miedo, pero, por otra parte, ella nunca se quedaría impresionada, en términos románticos, por un Bermuda Schwartz. Era como tomar un taxi: a los dieciséis, si un chico la llevaba en taxi, se sentía impresionada por el lujo y la sofisticación del gesto, pero dos años después, si él quería ir en autobús en lugar de parar un taxi, ella se sentía casi molesta. «Es fácil comprender lo que le ha pasado a April —pensó Caroline—, pero ¿alguien puede entender lo que me ha pasado a mí? Lo que me ha pasado a mí es invisible, pero también lo es un cristal, y si intentas atravesarlo, te haces daño.»

El señor Shalimar había recibido dos postales de la señorita Farrow, una de California y otra de Hawai, donde pasaba sus vacaciones. Su secretaria fue de mesa en mesa para enseñárselas a las chicas, como si todas hubiesen sido buenas amigas de la señorita Farrow y fuesen a alegrarse de que se hubiese acordado de ellas. Era una especie de hermandad femenina, a la que solo podían acceder quienes ya se habían ido. Ahora que la señorita Farrow no estaba allí para molestar a nadie, hablaban de ella incluso con cariño. Caroline no salía de su asombro. Brenda y Mary Agnes también eran miembros *in absentia*: Brenda había presentado su dimisión el primer día que sintió náuseas matutinas, y Mary Agnes había seguido en su puesto hasta el sexto mes de embarazo. Nadie había vuelto a tener noticias de Brenda, pero las chicas que llevaban en la empresa tanto tiempo como Caroline y April hablaban de ella de vez en cuando con tono jocoso. «¿Os acordáis de Brenda —decían—, la chica que se quitó los dientes picados cuando se prometió?» En cuanto a Mary Agnes, le organizaron una fiesta el día que se marchó, y cuando nació su hijo envió una tarjetita azul con una cigüeña que llevaba un fardo, para que la pasaran entre sus amigas de la oficina. Un día, a finales de julio, apareció por allí.

—Hola —dijo—. ¿Hay alguien en casa?

—Vaya, vaya, ¡pero si es Mary Alice! —exclamó el señor Shali-mar efusivamente. Lo cierto es que nunca había tratado mucho con ella.

Mary Agnes llevaba un vestido azul marino que le daba cierto aspecto de matrona, pero por lo demás no había cambiado. Estaba tan delgada como siempre, y Caroline recordó que era la única chica que había visto que parecía completamente plana de pecho con un vestido de premamá.

—¿Cómo estás, Caroline? —preguntó Mary Agnes echando una ojeada a su despacho con aire apreciativo—. ¿Alguna novedad?

Caroline trató de recordar algo que a Mary Agnes pudiera parecerle interesante.

—He quedado con John Cassaro el viernes —dijo—. Queremos convencerlo de que promocione un libro cuya adaptación cinematográfica él va a protagonizar. Pondremos al libro una faja donde aparezca su nombre.

—¿Está aquí, en Nueva York? —preguntó Mary Agnes.

—Vive aquí, cuando no está rodando —respondió Caroline.

—No me digas… Siempre me ha gustado ese actor. —Mary Agnes bajó el tono de voz como si fuera a decir algo escandaloso—. Normalmente nadie piensa que un cómico sea sexy, pero a mí me ha parecido siempre el hombre más sexy del mundo.

—A ti y a otro millón de chicas —dijo Caroline, sonriendo.

—Bueno —dijo Mary Agnes, y esbozó una sonrisa radiante—. ¡Mira lo que he traído!

Abrió el bolso y sacó un sobre de papel blanco, del que extrajo un fajo de fotos.

—¡Este es mi hijo!

Caroline cogió las fotos que le ofrecía con una mezcla de interés y temor. La gente se sentía obligada a hacer alharacas y expresar su admiración por la belleza de los bebés, aunque tuvieran que ver un montón de fotos y la criatura fuera fea, y a Caroline siempre le había parecido una situación bastante embarazosa. Sin embargo, el hijo de Mary Agnes era en verdad un bebé muy guapo, con la carita redonda, los ojitos redondos y el gorrito con volantes, así que a Caroline no le resultó difícil exclamar «¡Oh, es una ricura!» al ver las primeras cuatro o cinco fotos casi idénticas, y seguir expresando su aprobación al ver el resto.

—Esas son las últimas —dijo Mary Agnes con orgullo, antes de guardárselas en el bolso.

—Son preciosas.

—Se bebe el biberón entero. Es un glotoncete.

Caroline sonrió.

—Sabía que querrías verlas. Es muy bueno. Duerme toda la noche de un tirón después de la toma de las diez.

—Es fantástico.

—Aunque no me importaba levantarme. De todos modos en verano hace tanto calor que apenas duermo. Tenemos aire acondicionado en el cuarto del niño y la semana que viene lo instalaremos en nuestro dormitorio. Un primo de Bill conoce a alguien que puede conseguirnos el aparato a precio de fábrica.

Caroline asintió.

—¿A quién crees que se parece?

—¿Quién?

—El niño, ¿quién va a ser?

—Creo que se parece a ti —contestó Caroline. Ya había olvidado la cara del crío.

—¿De verdad? Me siento halagada. Casi todos dicen que ha salido al padre de Bill. Tú no lo conoces, claro, pero es cierto que se parece a él. Salvo los ojos. El niño ha heredado mis ojos.

—Supongo que por eso le he encontrado cierto parecido contigo —dijo Caroline.

—Bueno, voy a enseñárselo a April. Seguro que se muere de ganas de ver las fotos. ¿Dónde está? No la he visto.

—Al fondo del pasillo, a la izquierda —le indicó Caroline—. Ahora tiene su propio despacho. La han ascendido al departamento de publicidad.

—Qué bien.

—¿Quieres que te dé unos libros antes de irte?

—¿Libros? —repitió Mary Agnes—. No sé... ¿Tienes alguno bueno?

Caroline señaló la estantería.

—Coge los que quieras.

Mary Agnes miró la estantería sin moverse.

—No, no voy a coger ninguno. Pero gracias de todos modos. Bueno, ya nos veremos. Hasta otra.

—Adiós —dijo Caroline—. Y gracias por enseñarme las fotos.

—De nada.

Cuando Mary Agnes se alejó con aire triunfal por el pasillo en busca de April, Caroline sintió un gran alivio porque tenía mucho trabajo, y de pronto le embargó una emoción que solo supo describir como pura envidia. Mary Agnes sabía qué iba a hacer aquella noche: se quedaría en casa con su marido y su hijo. No iría a un apartamento vacío donde esperaría que sonase el teléfono y pondría unos cuantos discos (no de los tristes, porque serían peligrosos), daría de comer al gato y por último prepararía un bocadillo porque parecía absurdo cocinar y poner la mesa para una sola persona. Tal vez, pensándolo bien, Mary Agnes también había sentido por un momento una punzada de envidia por Caroline, porque esta iba a comer en el lujoso Moriarity's con un autor y porque el viernes conocería al galán de cine favorito de Mary Agnes. Sin embargo, mientras pensara en Caroline y John Cassaro, Mary Agnes estaría sentada ante su televisor, con su marido, en su hogar, y John Cassaro sería una imagen fugaz en una pantalla, una persona que no existía salvo en sus fantasías. Quizá Mary Agnes comentaría a Bill: «Caroline tiene mucha suerte, su trabajo es interesantísimo». Y tal vez hasta se volviera hacia él para preguntarle: «¿No te parezco aburrida, amor mío?». Pero en realidad no lo pensaría en serio, ni por un momento, y su marido ni siquiera sabría de qué demonios hablaba. ¿Aburrida? ¿Su media naranja, la mujer que amaba? ¿Cómo iba a ser aburrida? ¿Acaso era aburrida la vida, era aburrido respirar, eran aburridas la serenidad, la calma y la esperanza en el futuro?

«Yo podría tener todo eso con Paul», pensó Caroline. Pero sabía que no podía. No era como Mary Agnes, nunca lo había sido. ¿Era porque ahora era más exigente y tenía una percepción más aguda de las cosas, o porque sencillamente no estaba enamorada de él? Era un hombre bueno, amable, íntegro y más que presentable y, sin embargo, por alguna perversa razón, ella no podía corresponderle con su amor. Aunque Paul no lo sabía, aquello la trastornaba tanto como debía de trastornarlo a él. «En todo caso, voy a conocer a John Cassaro.» El corazón comenzó a palpitarle como el de una adolescente. Le gustaba John Cassaro desde que era una quinceañera y, sentada en un cine a oscuras, miraba embelesada al sustituto romántico de los chicos que todavía eran demasiado jóvenes para invitarla a salir. Y el viernes por fin lo conocería, pero no como una admiradora adolescente, sino como editora y mujer. Ahora era lo bastante mayor para despertar el interés del actor, y él no era demasiado mayor para interesarle a ella. Tal vez era solo una fantasía, de un cariz más realista que las que tenía a los catorce, pero no podía evitar tenerla. Debía presentarse en su hotel a las once y media de la mañana. Habría preferido quedar más tarde, después del mediodía, pues la hora del cóctel era más propicia para las relaciones personales, pero las once y media de la mañana era mejor que nada. Al menos tendría algo en que pensar hasta el viernes, y eso era lo más importante.

Resultó que tuvo algo más en que pensar antes del viernes, algo que estuvo a punto de revolucionar su situación laboral. El miércoles, a las tres de la tarde, Caroline vio por el pasillo al señor Shalimar, que regresaba del almuerzo cogido del brazo de Amanda Farrow. La señorita Farrow —o la señora Comosellamara en esos momentos— lucía un brillante bronceado de California, un vestido de tirantes de lino negro para presumir de moreno y un buen puñado de pulseras de oro. Iba sumamente elegante, con ropa cara, y parecía algo preocupada. Al pasar junto a Caroline, que se había detenido en el umbral de su despacho, la señorita Farrow la miró, pero ni siquiera asintió con la cabeza a modo de saludo. «Ha vuelto a Nueva York —pensó Caroline—. ¿A qué habrá venido? ¿Estará de visita o se quedará para siempre?» Abrigaba la esperanza de que solo estuviera de visita y no quisiera reincorporarse a la empresa; todo empezaba a ser mucho más tranquilo sin ella. Al cabo de media hora, el señor Shalimar llamó a Caroline a su despacho.

—Siéntate, Caroline —dijo, con las manos entrelazadas sobre la mesa. Parecía más seguro de sí mismo que la última vez que Caroline lo había visto en su despacho, y eso le preocupó, porque sabía que solo se sentía seguro de sí mismo cuando tenía la certeza de que hacía sentirse incómodo a su interlocutor—. Bueno, bueno… ¿Cómo va el trabajo?

—Bien —contestó Caroline, sonriendo.

—¿Te has adaptado?

—Sí, gracias. Todo va muy bien.

—No será demasiado para ti, ¿verdad?

—¿Demasiado?

—Solo lo pregunto por curiosidad. Apenas te veo. Te pasas el día entero metida en tu despacho.

—Porque estoy trabajando —explicó Caroline.

—Tienes razón —repuso él. Asintió con la cabeza como si fuera algo en lo que acabara de pensar en ese momento—. La señorita Farrow ha estado aquí hace un rato. ¿La has visto?

—La he visto pasar —contestó Caroline.

—Quiere volver a vivir en Nueva York.

—¿Ah, sí?

—Es una pena —dijo él—, pero su matrimonio no ha funcionado. Se va a divorciar. Supongo que no podía estar lejos de nosotros, ¿eh?

Caroline sonrió con nerviosismo.

—Verás —prosiguió él—, la señorita Farrow estuvo trabajando con nosotros mucho tiempo.

—¿Y quiere volver?

—Bueno, de eso precisamente quería hablarte. No sé qué puesto podríamos asignarle. Tú has estado haciendo un buen trabajo con sus autores, y no me gustaría trastocar las cosas ahora que todo empieza a ir sobre ruedas...

Caroline comprendió por fin adónde quería ir a parar él y empezó a ponerse tensa por el resentimiento ante la injusticia que estaba cometiendo.

—A mis autores les gusta trabajar conmigo —afirmó, tratando de mantener la calma y no alzar la voz—. Sabe que están todos muy satisfechos, y usted también lo está con mi trabajo.

El señor Shalimar carraspeó.

—Sabes que tienes muchísimo trabajo —dijo, como si estuviera regañando a una niña poco razonable—. ¿No crees que podrías pasarle a ella unos cuantos?

—¿Pasarle unos cuantos? —Caroline no pudo seguir controlándose, y se le quebró la voz con la emoción—. Los autores son personas, y muy sensibles, además. No podemos ir pasándolos de un editor a otro como si fueran una pelota. ¿Y qué hay de mí? La señorita Farrow se fue, y yo he estado haciendo un buen trabajo, usted mismo lo ha dicho. Si se reincorpora se quedará con todos mis autores, uno tras otro, y yo volveré a ser lectora. Eso es lo que pasará, y usted lo sabe.

A los labios del señor Shalimar, afloró una débil sonrisa.

—Eres muy joven para ser editora. Sabes que has tenido suerte. No tienes tantos años de experiencia como la señorita Farrow y aun así ocupas su puesto.

«Muy bien, maldito canalla sádico —pensó Caroline—. Si quieres guerra, la tendrás.»

—No tengo tantos años de experiencia como ella—dijo—, es cierto, pero tampoco me tomo tres horas para almorzar, ni llego a la oficina a las diez, ni me marcho a las cuatro, ni me limo las uñas en lugar de leer manuscritos. No envío a mi secretaria a hacer recados estúpidos a los grandes almacenes cuando le pagan cincuenta dólares a la semana por pasar la correspondencia a máquina. Aquí ocurrían muchas cosas que usted tal vez ignoraba, pero se las contaré si es preciso. Y espero no tener que hacerlo.

La sonrisa del señor Shalimar se hizo más amplia.

—Estoy al tanto de todo eso —afirmó.

—Entonces, ¿cómo puede pensar en darle la mitad de mi trabajo a ella?

—Quiero ser justo.

—¿Justo? ¿Justo con quién?

—Tenemos que ser justos —repitió él.

Entonces Caroline lo entendió todo: Bossart lo había incitado a tomar aquella decisión. Sin embargo, ignoraba si Bossart quería que la señorita Farrow volviera, o si simplemente actuaba así por cumplir y esperaba encontrar una buena excusa para decirle que no podía reincorporarse a Fabian. Trató de serenarse lo suficiente para pensar con claridad y rapidez. Por supuesto que el señor Bossart no quería que la señorita Farrow regresara: era perjudicial para la empresa. A fin de cuentas, él era, por encima de todo, un ejecutivo, y podía acostarse con ella en su tiempo libre si le venía en gana. La señorita Farrow se había marchado de Fabian por voluntad propia, se lo había puesto fácil al señor Bossart. El corazón de Caroline latía a toda velocidad. «Yo también le pondré las cosas fáciles al señor Bossart —pensó—, si es lo que él y el señor Shalimar quieren.»

—Ya sé que está usted satisfecho con mi trabajo —empezó a decir con calma—. Y considero que la empresa está en deuda conmigo. No he pedido nunca grandes sumas de dinero, sé que gano mucho menos de lo que cobraba la señorita Farrow. Mi intención era esperar y seguir haciendo mi trabajo lo mejor posible pero, si me quita a alguno de mis autores, me marcharé.

El señor Shalimar arqueó las cejas, pero Caroline advirtió que, aun a su pesar, estaba complacido. El hombre no dijo nada.

Ella se levantó.

—Supongo que eso es todo —dijo—, a menos que haya algo más que quiera que haga. Tengo un manuscrito que quiero terminar antes de las cinco para entregarle el informe. Su secretaria me ha dicho que le gustaría llevárselo a casa.

El señor Shalimar se reclinó en su silla giratoria y cruzó los pies encima de la mesa. Era la primera vez que Caroline lo veía hacer eso, a pesar de que April le había dicho que lo hacía a menudo cuando estaba solo.

—Sí —dijo—, me gustaría llevármelo.

Caroline se volvió para marcharse.

—Caroline...

—¿Sí, señor?

Él chascó la lengua.

—«Señor.» No seas tan formal. Llevas trabajando mucho tiempo aquí. Yo que tú no empezaría a recoger mis cosas; despediría al resto del personal de Fabian antes que dejarte marchar a ti.

—Gracias.

—Nos tomaremos una copa juntos una noche de estas —dijo él—. Ya me dirás cuándo estás libre.

—Sí. Gracias.

Caroline cerró la puerta a sus espaldas, y de buena gana habría echado a correr por el pasillo dando saltos de alegría. Tendría que helarse el infierno antes de que ella se tomase una copa a solas con el señor Shalimar, pero eso él no lo sabía. Y la verdad es que no importaba. Por primera vez se dio cuenta de lo mucho que la necesitaban en la empresa. Era una buena editora, y ellos lo sabían. Era tan buena que estaba por encima de las luchas de poder, de los tejemanejes secretos, de las intrigas personales. Nunca sabría si había estado a punto de perder su puesto cinco minutos antes, en el despacho del señor Shalimar, pero sus escasos segundos de pánico le habían demostrado lo mucho que su trabajo significaba para ella. Lo había aceptado como un simple pasatiempo provisional, pero se había convertido en una forma de vida. La hacía sentir que tenía valía y que estaba ligada a algo. Tal vez por eso, junto con su capacidad, era tan buena en su trabajo que no podían permitirse el lujo de perderla.

El jueves por la tarde hizo algo que no había hecho durante años. Compró dos revistas de cine en busca de artículos sobre John Cassaro y, después de leerlos, se preguntó cuánta verdad habría en aquella prosa almibarada y rebosante de idolatría. «John Cassaro: el hombre solitario», se titulaba uno. Había una foto del actor, el rostro enjuto, la boca increíblemente sensual, los ojos brillantes que traslucían a un tiempo sagacidad y candidez. Aquellas revistas se preciaban de contar la «verdadera historia»: que un payaso era un ser triste... ¿cómo no? ¿Cómo iba un payaso a ser feliz? Eso sería demasiado simple. Y, por supuesto, que un hombre con fama de ser un mujeriego y el terror de las coristas, fuera de las pantallas era en realidad un ser solitario e introvertido. No obstante, al leer aquellos artículos Caroline se estremeció aun a su pesar, como debía de ocurrirles a miles de jovencitas a lo largo y ancho del país. «Está solo —se decían—; por más que lleve una vida disipada, no ha encontrado a ninguna mujer que lo comprenda. Al fin y al cabo, puede que todas esas coristas de Las Vegas, todas esas *starlets* de Hollywood, sean mucho más guapas que yo, pero lo único que les preocupa es su carrera. Seguro que piensan en sí mismas a todas horas y no en él, en los problemas secretos que les confesaría si de veras pudieran comprenderle. En las películas, en los relatos que publican las revistas, la chica que se lleva el gato al agua es buenísima, la administrativa modosita y con la cara lavada que trabaja en una oficina y nunca ha ido a ninguna parte.»

—¿Por qué no lee un ejemplar de *Unveiled*? —le preguntó Lorraine—. Hace unos meses publicaron un reportaje sobre John Cassaro. ¿Quiere que baje y se lo traiga?

—Sí, por favor —respondió Caroline, pensando en la rapidez con que aquella chica se anticipaba a todos sus deseos en su ansia por progresar en su trabajo. Observó cómo Lorraine salía presurosa del despacho, muy elegante con aquel vestido de algodón de estilo más bien conservador, y pensó: «Dios mío, me estoy volviendo como la señorita Farrow. No tengo ningún motivo para desconfiar de ella, es una buena chica, simpática, y solo quiere complacerme. Si a estas alturas voy a tener miedo de una recién llegada de dieciocho años, entonces es que no he llegado a ninguna parte». Sin embargo, no pudo evitar preguntarse si en adelante se sentiría siempre así, porque así eran las cosas.

Lorraine volvió al cabo de tres minutos.

—Gracias —le dijo Caroline, cogiendo la revista, que la joven ya había abierto por la página que a ella le interesaba.

—De nada.

—Cielo santo, ¿cómo pueden publicar semejante porquería?

Había varias fotografías borrosas en las que aparecían unas figuras escondidas entre unos arbustos, y una de mejor calidad de un lujoso hotel de Las Vegas. En otra, tomada en un club nocturno en otro momento, John Cassaro estaba sentado con una chica guapa a la que miraba a los ojos con una sonrisa seductora. Seguramente había sido una cita concertada con fines publicitarios, pero *Unveiled* no lo decía. El artículo, titulado «La noche que la madre de la virgen llamó a la puerta de John Cassaro», explicaba sin revelar nada en realidad, que una joven de veintiún años, enamorada locamente de su ídolo cinematográfico, estaba tomando una copa con él en su suite del hotel, cuando su madre y su ex novio de veintidós años, despechado, irrumpieron en la habitación sin encontrar (como al final admitía la revista) absolutamente nada. Sin embargo, cuando el lector llegaba a la última línea, después de avanzar con el alma en un hilo por la prosa obscena y socarrona en que había sido escrito, tenía la impresión de que en aquella habitación habían tenido lugar toda clase de orgías.

—No me quedó muy claro —dijo Lorraine— si al final habían hecho algo o no.

—A los de *Unveiled* tampoco —dijo Caroline, con repugnancia—. Obtienen las fotos de los archivos de los periódicos y de las revistas de cine, y se inventan la mitad del escándalo en las reuniones de redacción.

—¿Y pueden hacer eso?

—Lo están haciendo.

—Algún día alguien los demandará —apuntó Lorraine.

—¿Por qué? Lee esto. Es cierto que estuvieron en Las Vegas y que estuvieron juntos en la habitación de él. Puede que se dedicaran a jugar a cartas, y el artículo no dice en ningún momento que no lo hicieran. Pero todo el texto es tan sarcástico que John Cassaro puede sentirse insultado con cada frase, sin que por ello pueda afirmar que se le ha insultado en ningún momento.

—Todo eso me da igual —dijo Lorraine con indignación—. Saldría con él ahora mismo si me lo pidiera. ¿Usted no?

Caroline sonrió.

—Sería una buena manera de salir malparada.

—¿Malparada? ¿Por qué?

—Tú hazme caso. He investigado un poco al personaje. Su fama de mujeriego lo precede, con *Unveiled* o sin ella. Nunca sale dos veces con la misma chica.

—Una sola cita no basta para salir malparada —repuso Lorraine.

—Con él, es evidente que sí.

Lorraine abrió como platos sus ojos de jovencita de dieciocho años con una mezcla de fascinación y estupor.

—Quiere decir...

—No lo sé —la interrumpió Caroline, tratando de poner fin a la conversación—. Yo no estaba allí, así que no lo sé.

Vio que Lorraine sonreía para sí mientras reanudaba sus labores de mecanografía y archivo, y se preguntó si incluso aquella jovencita sensata y ambiciosa pensaba secretamente que, si alguna vez llegaba a salir con John Cassaro, ella sería la excepción. «Las mujeres siempre piensan: "Yo seré la excepción" —reflexionó Caroline—. Es una debilidad de la especie, como el cerebro diminuto de un collie.» Había oído a menudo que John Cassaro era un amante inolvidable, pero por alguna razón le pareció que el mero hecho de pensar en eso era vulgar e infantil. Cassaro era un hombre de carne y hueso, tenía una vida privada, y ella iba a conocerlo al cabo de menos de veinticuatro horas, no como un compañero de cama imaginario, sino como una persona con quien debía hablar de negocios. Ver aquella cita desde otra óptica sería perjudicial para ella, estaba segura, tanto si él la veía a ella como a una mujer o no.

Con todo, esa noche se lavó y arregló el pelo, y por la mañana se maquilló con sumo esmero, diciéndose que era por el bien de Derby Books. Llegó al hotel a las once y media y, mientras subía en el ascensor, se preguntó si el ascensorista sabría adónde se dirigía ella. Cuando llamó al timbre de la suite, pensó: «¿Quién es John Cassaro? Nadie». No obstante estaba temblando de miedo.

Había imaginado que abriría la puerta un sirviente oriental de aspecto siniestro, pero fue Cassaro quien la abrió. Era igual que en las fotos, un poco mayor quizá, un poco más delgado. Caroline sabía que tenía cuarenta años, pero eran unos cuarenta muy bien llevados.

—Usted debe de ser Caroline Bender —dijo él.

—Sí.

—Pase.

Llevaba un batín de seda azul marino y un pañuelo también de seda alrededor del cuello. Ofrecía el aspecto que ella había imaginado que tendría por las mañanas. Cuando lo siguió a la sala de estar, Caroline advirtió para su sorpresa que era mucho más alto de lo que suponía. Tal vez debido a la delicada estructura ósea de su cara, imaginaba que sería un hombre bajito, pero medía casi metro ochenta.

En la sala de estar había aire acondicionado, al igual que en el resto de la suite, y un piano en un rincón. Era una estancia espaciosa, con moqueta y paredes de colores claros, y las persianas estaban abiertas para que entrara la resplandeciente luz del sol estival. Había una puerta que daba a una amplia terraza, y más allá del antepecho Caroline vio el perfil de los edificios de la ciudad. «Tengo que recordarlo todo —se dijo— para contárselo a Gregg y a April.»

—¿Le apetece un café? —le preguntó John Cassaro.

—Sí, gracias.

—Me acabo de levantar —dijo él.

Delante del sofá había una mesita con un juego de café del hotel. Caroline había esperado encontrar a un representante obeso sentado en un rincón masticando un puro, o a varios parásitos sin una función precisa pululando alrededor de la estrella, o una sirvienta, o un mayordomo, pero no había nadie. «Está solo —pensó—. Qué extraño. A solas conmigo.»

—Así que usted trabaja para esos mierdas de Fabian Publications

—dijo él bruscamente—. No me enteré hasta ayer. Ustedes publican *Unveiled*.

—Yo trabajo para Derby Books —aclaró Caroline—. Leí la porquería que escribieron sobre usted en *Unveiled* y me pareció una vergüenza. —Lo dijo con calma, sin vehemencia, y él sonrió un poco.

—No presto atención a esa basura —aseguró—, pero no deja de ser irónico que Fabian Publications espere que les haga un favor después de lo que me hicieron.

—Lo sé —repuso Caroline con aire comprensivo—, parece injusto, pero la promoción del libro ayudará a la promoción de su película, y eso es lo importante.

En ese momento sonó el teléfono y el actor atendió la llamada con una especie de gruñido contenido.

—Sí...

Caroline se puso un poco de leche en el café y lo removió, tratando de hacer como que no estaba allí. John Cassaro hablaba al auricular y escuchaba, al tiempo que caminaba en círculo hasta donde le permitía el cable del aparato, como un animal sujeto a una cadena. Caroline nunca había visto a nadie hablar por teléfono de aquel modo, como si cada instante en que no se moviese con impaciencia fuese un instante malgastado. El actor acabó la conversación y se acercó a Caroline.

—¿Eres escritora? —le preguntó.

—No, soy editora.

—¿Y te gusta?

—Sí.

—Pareces muy joven.

—Tengo veintitrés años.

—Eres muy joven para ser editora, ¿no? —dijo él.

—Sí.

John Cassaro se quedó junto al sofá mirándola, y en ese preciso instante Caroline supo instintivamente que todas las historias que había oído sobre él eran ciertas. Su voz, que había hecho reír y suspirar al mismo tiempo a millones de personas, conservaba aún la entonación de su infancia en los barrios bajos, su cuerpo y su rostro poseían la dureza y el recelo propios de alguien que ha luchado durante años para llegar a donde estaba John Cassaro. Caroline supo mientras él la miraba que, si llegasen a conocerse mejor, él sería capaz de pedirle que hiciese cualquier locura: que se escapase con él, que corrieran juntos una juerga breve pero monumental... y esa sería justo la clase de cosa que a alguien como ella le parecería escandalosa, significativa y romántica, mientras que para él no significaría nada en absoluto. Eran dos perfectos desconocidos, y aun así la mirada de aquel hombre decía: «Nos conocemos muy bien, ¿a que sí?». Y ella no tenía más remedio que admitir que era verdad. Nunca se había sentido más convencional, limitada y vulgar.

El actor le dedicó una breve sonrisa y se sentó a su lado en el sofá.

—¿Un cigarrillo?

—Gracias.

Una vez que hubo prendido los cigarrillos, John Cassaro estuvo un rato encendiendo y apagando el mechero, con la mirada clavada en la llama. Luego lo dejó sobre la mesa.

—Muy bien —dijo—, ¿qué quieres que haga por ti? —Abrió un poco más los ojos, solo un instante, pero Caroline lo advirtió. Se inclinó para coger su bolso.

—Tengo aquí el contrato para la promoción del libro, que me he tomado la libertad de redactar —dijo, sin mirarlo—. Pensé que así le ahorraría la molestia, ya que tiene la amabilidad de colaborar con nosotros. Si está conforme, firme aquí abajo y eso será todo.

Él le quitó el papel de la mano y lo leyó rápidamente, como un profesional, receloso de nuevo.

—¿Lo has escrito tú?

—Sí.

—¿Tienes un bolígrafo?

Caroline le tendió uno, ya sin el capuchón. Él depositó el papel sobre la mesita de café, tras apartar las tazas, y se inclinó sobre él, con el cigarrillo entre los labios. Tachó una palabra, escribió otra en su lugar y por último estampó su firma, con grandes letras de trazo elegante, al pie del documento.

—Gracias —dijo Caroline. Había ladeado la cabeza para mirar por encima del hombro del actor lo que este había escrito. Cassaro se había limitado a cambiar un adjetivo, un detalle insignificante, pero quedaba mejor así—. Y gracias por la corrección —añadió con una tímida sonrisa.

Cuando él volvió la cabeza para mirarla, su rostro quedó a escasos centímetros del de ella. Caroline tuvo la extrañísima y disparatada sensación de que iba a besarla, como en una de esas escenas cursis de las películas, y de repente el corazón le dio un vuelco y pensó que, si Cassaro era capaz de hacer algo así, no sería en absoluto extraño ni cursi. Se apartó de él rápidamente.

Él se quedó sentado, mirándola.

—Envía los mil dólares a la Ciudad de los Muchachos —dijo.

—Es muy generoso por su parte. Cuando vuelva a la oficina, indicaré al tesorero que los mande en su nombre.

Él consultó su reloj.

—Tengo que ir al centro a un ensayo. ¿Por qué no te preparas una copa mientras me visto? Te dejaré en tu despacho. Me viene de camino.

—Muy bien. Gracias.

—Prepara otra para mí. —John Cassaro se levantó y se dirigió al dormitorio—. Vuelvo enseguida.

Había un amplio bar junto a una pared, con botellas de toda clase de licores y un gran surtido de vasos. Caroline se sirvió un whisky con agua y se quedó allí sin saber qué hacer, porque él no le había dicho qué quería. Se armó de valor y llamó a la puerta cerrada del dormitorio.

—¿Le sirvo un whisky?

—Sí.

Después de prepararlo se acercó con el suyo en la mano a la puerta que daba a la terraza. Al ver cómo el sol abrasaba las piedras blancas de fuera pensó que iba a ser un día insoportable. Por fortuna la suite era fresca, además de lujosa, con unos claveles blancos en el jarrón de la mesa del fondo, el mejor whisky en el bar y el solícito personal del hotel dispuesto a presentarse en cualquier momento para atender el menor deseo de John Cassaro. El actor debía ir a un ensayo, tenía montones de amigos y millones de admiradores, y aun así le había pedido a ella que lo esperase y se tomase una copa con él, cuando era ella quien debería estarle agradecida por haber accedido a firmar el contrato. No iba a embolsarse ni un dólar, puesto que le había indicado que destinase el dinero a beneficencia. Además, ¿qué suponían mil dólares para él, cuando ganaba dos millones al año?

John Cassaro se acercó a ella por la espalda sin hacer ruido, vestido con un traje de lino claro.

—¿Quieres salir a la terraza?

—¡Ah! Sí… me gustaría.

Él abrió la puerta y salieron juntos. Hacía mucho calor, pero la suite estaba en un piso tan alto que soplaba una suave brisa. Bajo un toldo había dos tumbonas y una mesa con la superficie de cristal, así como una maceta con una planta de casi metro y medio. Una paloma blanca zureaba en el antepecho.

—Mire —dijo Caroline, señalándola—. Debe de haberse perdido.

—¿Ese palomo? Lo tengo amaestrado. Bebe martinis.

Caroline se echó a reír.

—Esto es muy bonito.

John Cassaro estaba apoyado en la baranda, bebiéndose su whisky.

—Desde aquí se ven los barcos, ¿los ves? —dijo—. Ese es el *Île-de-France*. Lo verás mejor dentro de un momento. Son las doce en punto.

—Odio los barcos que van a Francia —dijo Caroline.

—¿De verdad? ¿Por qué?

—Estuve enamorada de alguien que se marchó a bordo de uno y nunca regresó conmigo —respondió ella con tono jovial. Mientras lo decía, de pronto se dio cuenta de que no era cierto que odiaba los barcos, de que París ya no era una palabra que le causara dolor, y de que solo le contaba aquello a John Cassaro para que supiera que era una mujer que había estado enamorada.

—¿Y cómo es que nunca volvió?

—Porque se casó.

—Debió de ser con una Helena de Troya —dijo él, mirando a Caroline.

Ella sonrió.

Él dejó su vaso casi lleno sobre el antepecho de la terraza.

—Ahora observa: el palomo vendrá y se lo beberá —anunció—. No hagas ruido.

—Creía que le gustaban los martinis —susurró Caroline.

—Un whisky antes del almuerzo. Ha de tener la cabeza despejada porque, de lo contrario, se estrellaría contra una ventana.

Con los codos apoyados sobre la baranda, observaron con el rabillo del ojo al palomo. Este zureó, erizó sus plumas blancas y avanzó despacio hacia el vaso de whisky dando unos pasos cautelosos con sus patitas de palillo. Luego, con un suave batir de alas, se abalanzó sobre el vaso, metió la cabeza y se bebió el contenido con calma, sin dejar de agitar las alas y a todas luces sediento.

—¡Es imposible! —susurró Caroline—. Si no lo veo, no lo creo.

—Es mitad colibrí.

—Nadie me creerá cuando diga que he estado aquí con John Cassaro viendo a un palomo beberse un whisky.

—¿Por qué no? —dijo él—. ¡Si se creen cualquier cosa! —Volvió a mirar el reloj—. Tenemos que irnos.

Cuando cruzaron el vestíbulo del hotel, Caroline notó que todo el mundo los miraba. Habían reconocido a John Cassaro, y seguramente pensaban que ella era su última chica. La joven misteriosa. Él la asió del brazo para ayudarla a subir al taxi, y fue como si la hubiese agarrado cualquiera del centenar de chicos que la habían invitado a salir en los ocho años anteriores, y al mismo tiempo fue diferente. Completamente diferente. «¿Por qué tiene que ser así? —se dijo Caroline—. Es injusto. Una mano es anatómicamente casi idéntica a cualquier otra, y aun así una tiene la capacidad de hacer que quiera acercarme, y otra me molesta tanto que quiero quitármela de encima enseguida. No conozco a este hombre, no representa nada para mí, solo es un famoso del que he oído hablar.» Aquello no era amor, aquel no era Eddie, ni siquiera era un amigo que le gustase especialmente. Sin embargo, en ese momento, si John Cassaro hubiese decidido besarla, Caroline sabía que habría respondido con una pasión que no sentía desde su noviazgo con Eddie Harris. Por primera vez se daba cuenta de que, pese a todo lo que ella y sus amigas habían creído y se habían repetido hasta la saciedad, sí existía eso que llamaban atracción sexual puramente animal, un magnetismo entre dos personas sin que mediara ningún sentimiento, y se sintió tan incómoda y vagamente culpable que no se le ocurrió prácticamente nada que decir a aquel hombre durante todo el camino hasta su oficina.

El taxi se detuvo delante de la estatua de Atlas.

—Gracias —dijo Caroline.

Él le sonrió. «No es más que otro hombre —pensó ella—, otro

hombre con un traje de lino claro en un día de verano», pero era consciente de que lo estaba mirando embobada.

—Buena suerte —le deseó John Cassaro.

Caroline salió del taxi y se dirigió al edificio de Fabian, sin atreverse a dar media vuelta para mirarlo por miedo a que él la viese y pensase que la había dejado impresionada. Al cabo de un minuto pensó: «¡Qué tonta! Debería haberme vuelto y haberme despedido con la mano. Eso habría estado bien. Pero ¿bien para qué? Con un poco de suerte no volveré a verlo».

Eran casi las doce y media y las chicas salían del edificio en parejas o en grupitos para ir a almorzar. En cierto modo todas parecían iguales: acaloradas, sorprendidas al notar el calor abrasador tras varias horas en su oficina con aire acondicionado, hambrientas, un poco lánguidas, contentas de disponer de una hora de libertad para charlar y relajarse. Algunas eran guapas, pero la mayoría no, y ninguna era tan guapa como para que nadie se volviera a mirarla. Quizá una entre un millón tuviese una vida que despertase interés al cabo de diez años, y a muy pocas les importaba eso en realidad, pero todas fantaseaban a veces, y tal vez en ocasiones fantaseaban con una cita con John Cassaro. «¿Y por qué no iba a hacerlo yo? —pensó Caroline—. No soy distinta de ellas; lo he conocido en persona, sí, pero no creo que eso cambie nada. Las fantasías son inofensivas pero importantes, sí a veces muy importantes, mientras esperamos a que llegue algo real y bueno de verdad.»

Al día siguiente, cuando Paul se presentó en Port Blair, Caroline y él fueron a un cine de sesión doble. A la una de la noche, cuando él intentó besarla, Caroline corrió a su habitación alegando que estaba agotada porque era muy tarde y porque había pasado el día en la playa, al sol. Por primera vez desde que salía con Paul, se sintió como si hubiese escapado de sus garras y se alegró de estar sola y libre de nuevo. Lo último que recordó antes de quedarse dormida fue a John

Cassaro dando de beber whisky al palomo, y su mano alrededor del vaso. Paul pasó la noche en su casa para ir a la playa con ella al día siguiente. Cuando por la mañana Caroline lo vio sentado en el porche, leyendo la prensa dominical y completando el crucigrama como un miembro más de la familia, tuvo una aguda sensación de irrealidad, como si estuviese viviendo en dos mundos simultáneamente. A las diez y media, April la telefoneó desde Nueva York.

—¡Caroline! Adivina quién acaba de casarse.

—¿Quién?

—Barbara Lemont, mi amiga. Se ha casado con Sidney Carter, de la agencia de publicidad. Es el hombre del que lleva un año locamente enamorada. Me acaba de llamar. Se marcharon de Nueva York para pasar el fin de semana fuera y se casaron.

—¡Es maravilloso! —dijo Caroline.

—Deberías verlo, es muy guapo… y el hombre más elegante que he visto en mi vida.

—Debe de ser muy mayor —dijo Caroline.

—No, tiene cuarenta. No es muy mayor, ¿no crees?

—No —respondió Caroline, pensando en John Cassaro—; puede ser la mejor edad.

—Barbara es muy buena —dijo April—. Me alegro mucho por ella. Dejará el trabajo y se quedará en casa para cuidar de su hijita.

—Y vivirán felices y comerán perdices… —Caroline exhaló un suspiro—. ¿Y cómo es que hasta ahora nadie le había echado el guante a un hombre así?

—Se acaba de divorciar.

—A lo mejor son esos a los que hay que buscar —dijo Caroline—, pero hay que buscar mucho.

—No lo sé —dijo April con tristeza—. Yo ya no sé nada.

—¿A qué venía tanta agitación? —preguntó la madre de Caroline cuando su hija colgó el teléfono.

—Una compañera mía y de April se ha casado por sorpresa. Barbara Lemont; te he hablado de ella alguna vez.

—Ah, sí, la que tiene la hija. ¿Con quién se ha casado?

—Con Sidney Carter. Tiene cuarenta años y es un profesional de éxito: dirige su propia agencia de publicidad. Y April dice que es muy guapo.

Su madre chascó la lengua con cierta compasión, lo que sorprendió a Caroline.

—Pobrecilla, tener que casarse con un hombre mayor… ¿Quién si no iba a mantener a su hija?

—Nosotras creemos que ha tenido mucha suerte —protestó Caroline.

—Y tiene mucha suerte. Una joven con una hija de esa edad. Tiene suerte de haber atrapado a alguien.

—Estoy de acuerdo —terció Paul.

«Cómo no… —pensó Caroline—. Cómo no…»

24

El verano es en Nueva York la época de los turistas, que acuden por centenares. Llegan a la ciudad abrasadora en autocares de Greyhound, en tren, en avión o en coches particulares, con sus zapatos blancos y su ropa veraniega, sus cámaras, sus maletas y sus ahorros, y la férrea determinación de olvidarse del calor cegador que se desprende del asfalto y visitarlo absolutamente todo. «Todo» significa el Radio City Music Hall, Times Square de noche, el edificio de Naciones Unidas, las máquinas del Automat, un buen paseo en taxi y unos cuantos espectáculos de Broadway. Algunos viajan por primera vez a Nueva York y se alojan en hoteles que los neoyorquinos no han pisado jamás, por cuyas ventanas se cuelan el ruido de los camiones y el parpadeo de las luces de neón, y después de pasar una semana o diez días en una zona de unas diez manzanas de extensión regresan a su casa diciendo: «Sí, Nueva York es una ciudad bonita para visitarla, pero, desde luego, yo no viviría allí». Hay quienes llevan consigo cartas de amigos de amigos o de parientes lejanos, con quienes se alojan en el Bronx, en Flushing o en Jericho, y realizan su peregrinaje diario al centro de la ciudad y dicen: «Bueno, sí, Nueva York es muy grande, claro, pero no sé por qué dicen que no es una ciudad acogedora». Otros, los más ricos, se hospedan en el Plaza o en el Waldorf o en el Saint Regis, van a los musicales de éxito con entradas que cuestan cincuenta dólares por pareja y cenan en el Colony, en el Brussels y en Le Pavillon, y toman una copa en el Harwyn y el Little Club y el Starlight Roof, y cuando vuelven su casa dicen: «Una vez al año es suficiente, ¡no podría soportar tanta actividad!».

En el verano de 1954, en pleno agosto, un joven llamado Ronnie Wood llegó a Nueva York para visitar la ciudad. Era la primera vez que iba. Llevaba una cámara Argoflex en una funda de piel marrón colgada al hombro, un traje de poliéster de los que se pueden lavar en la habitación del hotel y, dentro de su maltrecha bolsa de lona, el nombre y la dirección de una chica llamada April Morrison, cuya madre era amiga de su tía de Springs, Colorado. Medía un metro setenta y tres, tenía el pelo castaño y ondulado, que le caía sobre la frente cada vez que meneaba la cabeza, y los ojos oscuros e inquisitivos, y tartamudeaba un poco cuando se ponía nervioso y en presencia de desconocidos. No conocía a April Morrison.

El día que llegó a Nueva York, se registró en un hotel cercano a la estación Grand Central y fue andando hasta el edificio de las Naciones Unidas, donde sacó fotos de las banderas ondeantes y la arquitectura reluciente, y no pudo conseguir una entrada para ver la Asamblea General porque las de ese día ya estaban agotadas. A continuación se encaminó hacia Broadway y estuvo mirando todas las barracas de tiro al blanco, los puestos ambulantes de pizza y las marquesinas de los cines; observó a las chicas que salían de las oficinas a la hora del almuerzo y tomó algunas fotografías más, y se preguntó si alguna de ellas sería April Morrison, quien, por lo que sabía, trabajaba entre las calles Cincuenta y Sesenta. Después de comprar un perrito caliente y un vaso de leche de coco en un tenderete de Broadway, se dirigió a la Quinta Avenida. El termómetro marcaba treinta y dos grados al sol, pero a Ronnie Wood el calor no le molestaba en exceso. Estaba demasiado entusiasmado para que le molestara.

Vio a dos chicos en mangas de camisa, de modo que se quitó la chaqueta del traje y se la echó al hombro, sujetándola con dos dedos, como había visto hacer a Gary Cooper en las películas. Había empezado a llevar la chaqueta así años antes, cuando le había picado el gusanillo de la interpretación, y ahora se había convertido en un gesto automático. Se encaminó hacia el Rockefeller Center, mirando a la gente y los escaparates, y cuando llegó a la estatua de Atlas que se alzaba ante un enorme edificio de oficinas, preparó la cámara y miró por el visor con los ojos entrecerrados. Así era Nueva York, tal como siempre había imaginado que debía ser: edificios increíblemente altos e impersonales, con el toque personal de una obra de arte. Esa chica, April, trabajaba por aquella zona.

Decidió llamarla y miró alrededor en busca de algún sitio donde hubiese un teléfono, un drugstore, por ejemplo, pero no vio ninguno. Después de recorrer quince manzanas sin encontrar ninguno, se dio por vencido. Regresó a su hotel, se duchó y se tumbó en la cama en calzoncillos. Eran las cinco menos diez. Obedeciendo a un impulso, decidió llamarla a la oficina para preguntarle si quería cenar con él. Esperaba que no fuese un adefesio. «Sería el colmo tener que cenar con un adefesio mi primera noche en la ciudad de mis sueños», pensó Ronnie Wood.

—Sí —dijo April Morrison—, esta noche estoy libre. Pero solo para tomar unos cócteles. Podemos quedar delante de mi oficina a las cinco y media.

A Ronnie le gustó su voz, un tanto entrecortada y sensual. Era una voz susurrante.

—Perfecto —dijo, intentando no tartamudear—. Llevaré un traje gris claro.

—Yo también —repuso April, y se echó a reír—. Hasta luego.

Ronnie no tenía la menor idea de adónde llevar a una chica a tomar un cóctel antes de la cena en Nueva York, pero supuso que ella sí lo sabría. Le había parecido una mujer sofisticada. «Esta noche estoy libre… pero solo para tomar unos cócteles.» Bueno, pues mucho mejor. En su primera noche en Nueva York quería estar con una chica que fuese lo más sofisticada y neoyorquina posible. Ya se la estaba imaginando. No sabía por qué, pero tenía la sensación de que aquella chica no sería ningún adefesio.

La vio delante de la estatua de Atlas, con el pelo ondeando en la ligera brisa de la tarde. No tardaría en romper a llover. Su cabello se veía dorado bajo el cielo encapotado, con destellos rojizos, y lo tenía corto y brillante. En efecto, llevaba un traje gris, de un tejido sedoso y fino, de manera que le marcaba las curvas del cuerpo. Y tenía un rostro precioso. Cuando lo vio acercarse, sonrió.

—¿April? —dijo él.

—Hola, Ronnie Wood.

—Encantado de conocerte —dijo él, tartamudeando—. Me alegro de que hayas podido quedar conmigo.

Ella posó levemente la punta de los dedos sobre su brazo.

—Será mejor que vayamos a algún sitio antes de que empiece a llover. ¿Quieres ir a algún lugar en especial?

—¿Yo? No… no. Pensaba… dejar que decidieras tú.

—Corramos a refugiarnos en el Barberry Room.

Echaron a correr y llegaron jadeantes, sonriéndose el uno al otro. Empezaban a caer las primeras gotas cuando Ronnie empujó la puerta de cristal del local. Encontraron una mesa en el fondo.

—Vaya —exclamó él—, sí que está oscuro esto.

—Ya te acostumbrarás.

—¿Qué te apetece… tomar?

—Un martini de vodka. Con una oliva.

—Un martini de vodka. Con una oliva —repitió cuidadosamente Ronnie al camarero—. Que sean dos.

—Bueno —dijo April—, ¿llevas mucho tiempo en Nueva York?

—He llegado esta mañana.

—¿Y qué has visto?

—Debo de haber caminado unos cincuenta kilómetros —contestó él—. O al menos eso me parece.

—Madre mía —exclamó ella—. Eres animoso, no cabe duda.

—Sí —admitió él.

—Yo también caminaba mucho cuando llegué a Nueva York —dijo April—. Kilómetros y kilómetros. Incluso me perdía. ¿Te has perdido?

—Creo que ni siquiera me enteraría —respondió él. Ambos se echaron a reír.

April levantó su copa.

—Salud —dijo con tono jovial.

—Salud.

—Por tus vacaciones, para que sean estupendas.

—Ya han empezado a serlo —dijo Ronnie.

—Háblame de ti —propuso ella—. ¿A qué te dedicas?

—Voy a empezar a trabajar con mi padre. En una inmobiliaria. Acabo de licenciarme del ejército.

—¿Has estado en Corea?

—No, tuve suerte. Estaba destinado en Alemania.

—¿De verdad? Yo nunca he estado en Europa.

—Durante un permiso fui a Roma —explicó él—. Es muy bonita, una ciudad preciosa. Pero no llegué a conocer París.

—A lo mejor vuelves algún día.

—Me encantaría. Sería un sitio estupendo para pasar la luna de miel.

¿Eran imaginaciones suyas o los ojos de April se habían empañado? Por un instante pareció a punto de echarse a llorar. Luego sonrió.

—¿Puedo tomar otra copa? —preguntó alegremente.

—Claro… ¡Camarero! Otros dos… mmm… martinis de vodka. Por favor.

—Prefiero los de vodka a los de ginebra —dijo April—. No soporto el sabor de la ginebra. Antes me gustaba, pero una mañana me desperté con una resaca horrenda y desde entonces no soporto el sabor de la ginebra.

—No deberías beber tanto como para tener una resaca al día siguiente —dijo él—. Deberías ser más prudente.

—Dios mío, me recuerdas a mi padre.

—Lo siento…

—No pasa nada —dijo April. Le sonrió—. A la mayoría de las chicas les gusta tener a un hombre que se preocupe por su salud. —Tomó un sorbo de martini y miró a Ronnie por encima del borde de la copa—. A mí también. Me importa un comino mi salud cuando me dejan a mi aire.

—Pues debería importarte —afirmó él. Cuando la había visto delante de la estatua de Atlas, había pensado que era tal como debía ser una verdadera neoyorquina: sofisticada, con unas piernas preciosas, guapa y con mucho aplomo. Ahora, en cambio, había momentos en que April parecía una niña temeraria. Por alguna razón, a Ronnie le gustaba más así—. Esta noche no pienso dejar que bebas demasiado —añadió—. Me gustaría… que cenases conmigo.

—A lo mejor puedo.

—Dime adónde quieres ir. Yo soy el forastero.

—Será divertido.

—¿Quieres que… te hable un poco más de mí?

—Sí —contestó ella con mucho interés—, por favor.

—Bien… Durante un tiempo quise ser actor. De hecho, estuve a punto de ir a la escuela de interpretación del ejército, pero al final me lo quité de la cabeza. Supongo que hay que tener un carácter especial para actuar, mucha confianza en uno mismo, porque es tu propia persona lo que tratas de vender. Entonces pensé que se me daría mejor vender casas.

—Mira por dónde, yo también quise ser actriz durante un tiempo. Por eso vine a Nueva York.

—¿De verdad?

—Pero al cabo de unos meses abandoné la idea. Por eso trabajo en publicidad. Al menos es algo artístico.

—Debe de ser fascinante.

—Sí… es muy divertido.

—Creo que eso es lo importante —dijo Ronnie—, hacer lo que te gusta.

—¿Y te gusta vender casas?

—Todavía no lo sé. Si no me gusta o no se me da bien, buscaré otra cosa.

—Eres muy valiente —comentó April—. La mayoría de los chicos toman un camino y no se apartan de él durante el resto de su vida.

—No me gustaría ir dando tumbos por la vida, desde luego, pero soy lo bastante joven para buscar durante un tiempo algo que sepa hacer bien.

—¿Qué edad tienes?

—Veinticuatro —contestó él.

—Eres muy joven.

—¿Por qué? ¿Cuántos años tienes tú?

—Veintitrés —respondió April.

Ronnie se echó a reír.

—Hablas como si fueras una anciana.

—A veces me siento como si lo fuera —dijo ella con tono jovial.

—Por favor, cena conmigo.

—Tendré que cancelar la otra cita.

—¿Puedes? Quiero decir… ¿te importaría?

—No —dijo ella.

Ronnie rebuscó en su bolsillo.

—Ten, una moneda para el teléfono.

—No hace falta. El camarero traerá el teléfono a la mesa.

«Caramba —pensó él—, creía que eso solo lo hacían en las películas.» En efecto, el camarero se acercó y enchufó el aparato junto a la mesa; April cogió el receptor y empezó a marcar. Acto seguido, tapó el auricular con la mano e interrumpió la llamada.

—Dime una cosa —soltó de pronto.

—¿Qué?

—¿Te sientes solo?

—¿Solo? ¿Por qué?

—Acabo de pensar que quizá te sientes solo —respondió ella—. Ya sabes, tu primera noche en Nueva York y todo eso.

—Supongo que sí —dijo Ronnie despacio—. La verdad es que no lo había pensado. Pero si no cenas conmigo sí me sentiré solo, eso seguro.

—Era lo único que quería saber —repuso April. Levantó de nuevo el auricular y empezó a marcar, y mientras esperaba a que sonase el timbre se volvió hacia Ronnie y le sonrió.

25

Una noche de mediados de octubre, cuando cayó la primera helada en los barrios residenciales de la periferia y sus habitantes empezaron a recordar lo bien que se estaba en casa, junto a la chimenea o el televisor, recogidos y calentitos, Gregg Adams estaba en el dormitorio de David Wilder Savage registrando los cajones de su cómoda. Inspeccionaba su contenido furtivamente, a toda prisa, porque él se hallaba en la ducha, y sabía que mientras oyese correr el agua podía estar tranquila. No tenía la menor idea de qué la había impulsado a cometer un acto tan despreciable, salvo que él estaba ocupado y ella estaba allí y de repente había sentido la necesidad de averiguar más cosas de él. Ignoraba qué iba a averiguar, pero David era un misterio para ella desde hacía tanto tiempo, con su vida independiente y al parecer autosuficiente, que creía que si lograba descubrir algún efecto personal secreto, una carta, alguna fotografía, lo que fuese, entonces lo entendería mejor. Había acariciado la idea de que David era una persona normal, que en realidad no había en él nada misterioso, salvo en su imaginación, pero luego la había descartado. Tenía que haber una respuesta oculta en algún sitio, la vida no era tan simple.

En el cajón del medio, bajo una pila de camisas blancas y limpias, Gregg encontró varios sobres. Más que escondidos, parecían guardados allí sin más por una persona desordenada a la que no movía ningún afán de ocultar nada. Gregg aguzó el oído un momento para comprobar si seguía cayendo el agua de la ducha y luego abrió los sobres. Uno contenía una fotocopia de la partida de nacimiento de David Wilder Savage y su pasaporte. Gregg los examinó, sobre todo la fotografía del pasaporte, y lamentó no haberlo conocido entonces. Tenía celos incluso de los años que él había vivido, trabajado y estado enamorado sin que ella formase parte de su vida.

Tres de los sobres restantes contenían cartas, y otro, fotografías. Miró las fotos primero. Todas eran de la misma persona, un joven a quien no conocía, pero cuyo rostro le sonaba, y enseguida Gregg cayó en la cuenta de quién era: Gordon McKay, el amigo de David, el que había muerto. Eran unas fotos sencillas que podían haber sido tomadas en cualquier sitio, dos de ellas en interiores y, por tanto, de mala calidad; otra en el campo, y otra con una chica. Gregg se preguntó quién era la chica y si había significado algo para David o para Gordon, y por qué aparecía en la foto. Eso era lo malo de espiar: no se podía pedir explicaciones de lo que se había averiguado.

A continuación miró las cartas. Iban dirigidas a David y estaban firmadas por Gordon. El corazón se le aceleró mientras alisaba el papel doblado, y odió a Gordon McKay porque su letra era tan minúscula e ilegible que no tendría tiempo de descifrarla. La primera carta era la narración de un viaje, y muy divertida. Estuvo a punto de reír al leer alguna de las descripciones, pero se reprimió a tiempo. No tenía nada de raro guardar una carta como esa, era algo que cualquiera querría conservar. Se saltó algunos de los párrafos más insustanciales para llegar al final. No había ninguna despedida especial, nada de «Con cariño», solo «Hasta pronto, Gordon». Abrió la segunda carta y se puso a leerla.

En ese momento tuvo la sensación de que había alguien detrás de ella. No había nada que alimentase esa sospecha solo el sexto sentido que hace que a un gato se le erice el pelo y que una persona note un molesto cosquilleo en la nuca. Se volvió. David Wilder Savage, mojado de pies a cabeza y tapado únicamente con una toalla, estaba plantado a menos de metro y medio, con los brazos cruzados y una expresión de furia implacable. No pronunció ni una palabra, no se movió ni un centímetro; tan solo la miraba. Detrás de él, Gregg oyó el ruido del agua de la ducha.

—¿Qué haces ahí? —preguntó ella como una idiota.

—Haciendo de Gregg —contestó él. Se acercó y le arrebató las cartas de la mano. Gregg notó cómo se deslizaban sobre sus dedos fríos; David las miró, volvió a depositarlas en su mano y le cerró los dedos en torno a ellas. Seguía sin hablar y a ella no se le ocurría nada que decir. Gregg lo miraba tratando de inventar alguna excusa, de soltar alguna broma que quitara hierro a la situación, mientras él, metódica y coléricamente, abría todos los cajones de la cómoda, sacaba a puñados su contenido y arrojaba al suelo ropa, papeles y otros artículos.

—¿Estás loco? —le preguntó ella al fin, temblando.

—Te estoy facilitando las cosas —afirmó él—. Así podrás inspeccionarlo todo. ¿Quieres que baje lo que hay en lo alto del armario?

—Déjalo ya —exclamó Gregg, asustada—. ¡Déjalo de una vez!

—No quiero que pases nada por alto —dijo él.

Gregg estaba cubierta hasta las rodillas por el montón de ropa: calcetines, camisetas y calzoncillos. David abrió su joyero de piel, y los gemelos y alfileres de corbata se desparramaron por todas partes. Una vez que hubo vaciado los cajones de la cómoda, dio media vuelta sin decir palabra para regresar al baño y cerró con un portazo.

Al cabo de un rato David salió del baño vestido con ropa limpia. Gregg ya había acabado de colocarlo todo. Él no le hizo ningún caso; pasó a su lado sin mirarla y consultó el reloj.

—Te doy cinco minutos para que acabes de fisgonear y te largues de aquí —dijo con calma—. Si no te has ido para entonces, te echaré.

—¿Por qué? —exclamó ella—. ¿Por qué?

—¿No sabes por qué?

—¡No! Solo quería ordenarte los cajones. Era una… sorpresa —afirmó con escasa convicción.

—Tengo una asistenta para eso —dijo él.

—Sí, pero es que… quería hacer algo por ti.

—¿Y has encontrado muchas cosas? ¿Esa mente inquisitiva y enfermiza ha descubierto muchos secretos? ¿Has averiguado que tengo doce pares de calcetines negros y otros diez grises? ¿Sabes que guardo los pañuelos rotos debajo de todo en lugar de tirarlos a la basura? ¿Has encontrado mis carnets de conducir caducados y cartas y fotos viejas que he olvidado guardar en algún álbum? ¿Y estás satisfecha?

No había nada más que decir.

—Por favor, perdóname —dijo Gregg.

—¿Por qué tienes que hacer estas cosas?

—No lo sé…

—Yo tampoco —dijo él—. Y la verdad es que ya no me importa. Estoy harto de verte. No soporto ver tu cara. Quiero que te vayas.

—No creo que lo digas en serio, porque de lo contrario no me pedirías que me fuera —dijo Gregg—. Si de verdad me odiases, me echarías sin más.

—¿Odiarte? Yo no te odio.

—Entonces perdóname. No lo haré nunca más.

—Te repito que no quiero tener que perdonarte. Te he perdonado miles de cosas: invasión de la intimidad, desconfianza neurótica, insensibilidad, egoísmo. No se trata solo de lo que ha pasado esta noche. Esto es solo la gota que colma el vaso. ¿Por qué crees que he aparecido así, detrás de ti sin hacer ruido? Porque en cierto modo me estoy volviendo como tú; empiezo a tener alucinaciones contigo. Quiero que salgas de esta casa, como favor personal, que te comportes como una persona madura.

—No te enfades conmigo —dijo Gregg—. Iré a sentarme en la sala de estar y al cabo de un rato vienes tú y hacemos como si la noche acabara de empezar. Volveremos a comenzar desde cero.

—Vamos —dijo él—, compórtate como una mujer madura. —David hablaba como si tratase de tranquilizar a una persona trastornada—. Vamos —repitió. Se acercó al armario y sacó el abrigo de Gregg—. Aquí tienes tu abrigo.

—¿Me estás echando?

—Sí.

Gregg se sentía mareada, era como si toda la sangre se le hubiera agolpado en los tímpanos.

—No puedes echarme —protestó—. Es temprano.

—Ten, tu bolso. —David lo examinó mientras se lo tendía—. Es bonito —murmuró.

—Ya lo habías visto.

—¿Llevabas guantes?

—¡No quiero irme a casa! —gritó Gregg. Levantó la voz por el miedo que le provocaba la ausencia absoluta de emociones en el rostro de David. La ira era algo a lo que podía hacer frente; solo tenía que calmarlo, tal vez llorar un poco incluso, y él la perdonaría. Sin embargo, hasta entonces nunca había visto aquella calma y determinación inamovibles en la cara de David—. ¡No quiero irme a casa! ¡No quiero!

—No me importa a donde vayas —dijo él.

—Iré a dar una vuelta a la manzana y luego volveré —propuso ella.

—Voy a acostarme. Es tarde.

A Gregg le daba miedo tocarlo.

—¿A qué hora nos vemos mañana?

—Mañana estoy ocupado.

—Bueno… ¿Cuándo volveré a verte?

—No quiero volver a verte nunca más.

—¿Por qué? ¿Qué he hecho? —gritó Gregg—. ¿Qué he hecho?

—No lo sabes —dijo él. Parecía sentir lástima por ella—. Es verdad que no lo sabes.

Se la quedó mirando. Había compasión en sus ojos, además de serenidad.

—Bésame... —susurró Gregg.

David se inclinó hacia ella sin tocarla con las manos y le dio un beso fugaz en la frente.

—Pórtate bien —dijo.

—Te llamaré mañana —anunció Gregg. Se enderezó y echó a andar hacia la puerta—. Buenas noches.

—Buenas noches, Gregg.

Ella salió al descansillo y él cerró la puerta. Gregg oyó el suave chasquido del cerrojo. Se volvió. Ahí estaba la puerta de David, cerrada, y detrás, él. Al otro lado, yendo de acá para allá, aún despierto, estaba lo más preciado del mundo para ella. Arrimó el oído a la puerta. Oyó unos sonidos débiles —pasos, un disco que empezaba a sonar—, que la tranquilizaron. Los ruidos le permitían deducir lo que hacía David, y eso era casi igual de bueno que estar con él. Estaba solo, completamente solo. Al cabo de un buen rato Gregg se cansó de estar de pie en el mismo sitio con sus zapatos de tacón, de modo que se los quitó y, apoyando el peso del cuerpo en un pie, se frotó los dedos doloridos del otro contra el tobillo. Miró alrededor buscando un sitio donde sentarse.

El tramo de escaleras que ascendían hasta la planta siguiente estaba al lado de la puerta de David Wilder Savage, y discurrían por la pared que comunicaba con su apartamento. Gregg recordó la disposición de las habitaciones y dedujo que aquella era la pared de su dormitorio. Subió por las escaleras hasta el penúltimo peldaño, debajo del rellano intermedio y de un ventanuco cerrado, y se sentó. La bombilla que iluminaba el descansillo estaba abajo, en la planta de David, y ahí arriba reinaban la penumbra y el silencio. Se apoyó contra la pared y no oyó nada. Por un instante se sintió desilusionada, pues temía que la pared fuese demasiado gruesa para permitir el paso de ningún sonido, hasta que oyó unos pasos y un ruido sordo inquietantemente cerca. A David debía de habérsele caído algo al suelo. Gregg se dio cuenta de que, si no había oído nada hasta entonces, era porque él acababa de entrar en la habitación.

Qué sensación más rara, e íntima…, era estar en la oscuridad escuchando los ruidos que hacía alguien a quien conocía tan bien y a quien tanto amaba. Oyó cerrarse la puerta del armario; sin duda David acababa de guardar la ropa. Se disponía a acostarse. Pobrecillo, se iba a la cama. Gregg miró el reloj. Eran las doce menos diez.

Muy débilmente, lo oyó toser mientras se acomodaba en la cama. Santo cielo, se oía todo. Sonó el teléfono que había junto a la cama y Gregg se incorporó de golpe, aguzando el oído. Captó el sonido de su voz…, su voz…, si supiese lo cerca que estaba ella, oyéndolo todo. Era una llamada de trabajo. Gregg exhaló un suspiro de alivio. Solo quería que David se durmiera, que se quedase solo, separado de ella por aquella pared fina y reveladora, todo suyo para el resto de la noche. Oyó que dejaba de hablar, que caminaba por la habitación, que cerraba otra puerta. Luego regresó al dormitorio, y ella supo que se había metido en la cama. Durante largo rato no se oyó nada, y Gregg supo que al fin se había dormido.

Apoyó la mano en la pared, con la palma dirigida hacia el lugar donde estaría él. «Amor mío», pensó. En cuanto amaneciera, lo llamaría por teléfono. Sabía que podía llamarlo temprano porque se había acostado pronto, así que no lo despertaría. Todo saldría bien. Tenía que salir bien. David estaba muy cerca, a su lado, y ella sabía lo que él hacía. No tardaría en amanecer. A las tres de la madrugada Gregg salió del bloque de apartamentos de David, fue en taxi a casa y se acostó. Caroline ya estaba dormida, acurrucada junto a la pared, con la respiración sosegada. Cuando a las ocho sonase el despertador de Caroline, Gregg también se levantaría. Sería demasiado temprano para que David hubiese tenido tiempo de salir de casa y escapar.

Tuvo que pasar una semana entera para que Gregg asimilase que David hablaba en serio. ¡Una semana! Parecía una eternidad. Le costó enormemente aceptar que habían transcurrido tres días, luego cuatro, por último, siete. Lo llamaba a diario, a primera hora de la mañana, y a menudo le respondía una voz soñolienta que no parecía entender muy bien qué le decía ella. Y él siempre le colgaba el teléfono. «Hablaba en serio, Gregg —decía—. Deja de llamar. Adiós.» Acto seguido ella volvía a llamar y él respondía, inocentemente al principio, y luego colgaba. Cuando lo telefoneaba por tercera vez, David contestaba con mayor recelo, y al final ni siquiera atendía la llamada. Gregg tomó la costumbre de telefonearlo por las noches solo para oír su voz, sin decir nada cuando él respondía, y entonces le colgaba antes de que lo hiciera él. No sabía si David sospechaba que ella era la autora de aquellas llamadas misteriosas. Lo llamaba a la hora de la cena para averiguar si había salido o estaba en casa, y a las nueve para comprobar si pasaba la noche en su apartamento. Lo llamaba después de medianoche para cerciorarse de que había vuelto. Sin embargo, las llamadas telefónicas no le decían nada, porque David podía haber estado en casa todo el tiempo con otra mujer. Si estaba solo, si acaso sufría pese a su rotunda negativa a darle otra oportunidad, Gregg quería saberlo. Así que una semana después de que David le dijera adiós, abandonó su apartamento a la una de la noche para ir al de él.

Subió furtivamente hasta su piso y se agazapó en lo alto de la escalera, como aquella noche. Confiaba en que nadie regresara a casa en ese momento y la sorprendiera allí; pensarían que era un poco rara. Se arrimó más a la pared, aguzando el oído.

—¿Cariño? —dijo una voz. Era una voz femenina, suave y sofisticada, que diría «cariño» sin el menor sentimiento, y el hombre al que se lo dijese sabría que no lo había dicho de corazón. Gregg se puso tensa, mientras unas lucecitas parpadeaban ante sus ojos en la penumbra.

—¿Mmm? —Era él, Gregg lo supo oyendo solo aquel murmullo.

—¿En qué lado de la cama duermes?

—En este.

—¿Te importa que duerma yo ahí? Es que soy un poco especial para eso.

Gregg apretaba los puños con tanta fuerza que se le habían entumecido.

Había afecto en la voz de David, pero también un asomo de preocupación.

—No me digas que eres una maniática. Por favor, no me digas eso.

La chica se echó a reír.

—No, cariño.

«"Cariño"... —pensó Gregg—. Furcia más que furcia. ¿Con quién te acostaste anoche? ¿Con otro al que también llamaste "cariño"? ¿O con mi David, mi amor?» Temblaba de humillación, de dolor y de odio hacia aquella chica a la que no conocía, ni siquiera de vista, y quiso levantarse y huir, bajar a la calle, pero no tenía fuerzas para moverse. Debía quedarse allí, escuchar, oír lo peor y sufrir aún más, y no renunciar a él a pesar del dolor e incluso la repugnancia que le inspiraba su propia persona. Entonces oyó unos sonidos, los del preámbulo del amor, y deseó más que nada en el mundo desmayarse en ese momento. Le parecía que una llama le recorría por dentro desde la garganta hasta la boca del estómago. Todo su cuerpo se estremecía, como el de una persona a punto de vomitar, pero no podía apartarse de aquella pared, ni de aquellas palabras y sonidos suaves que tan bien conocía.

26

A finales de octubre, Caroline invitó a April a cenar en su apartamento. Quedaron en la puerta de la oficina a las cinco y por el camino se detuvieron en una tienda de comestibles donde compraron pan, queso y jamón para preparar unos bocadillos, batidos de chocolate y helado de chocolate con merengue. Dejaron los paquetes en la cocina y April se descalzó y se sentó en el sofá cama, mientras Caroline se quitaba el traje elegante de ir a trabajar, lo guardaba en el armario y se ponía unos pantalones anchos y viejos de terciopelo y un suéter. No se molestó en preparar unos cócteles porque ninguna de las dos bebía, salvo cuando salían con algún hombre. Puso un disco y se sentó en el sofá de enfrente, en la cama de Gregg.

—¿Dónde está Gregg esta noche? —preguntó April.

—No lo sé. Últimamente se comporta de una forma un poco rara —contestó Caroline.

—Es por lo del tal David Wilder Savage.

—Ya lo sé… —Caroline bajó la voz, como si Gregg estuviera escondida debajo de la cama o en un armario—. Lo llama por teléfono a todas horas y hacia las doce y media de la noche, cuando me voy a dormir, sale de casa.

—Creía que él no quería verla.

—Y no quiere. No sé adónde va Gregg. Bueno… sí lo sé.

—¿Adónde?

—No se lo digas a nadie —le advirtió Caroline.

April abrió los ojos de par en par.

—Claro que no.

—Se moriría de vergüenza si se enterase de que alguien más lo sabe. Pero tengo que decírtelo. Se me pone la carne de gallina… Verás, va al edificio de David y se sienta junto a la pared de su apartamento para escuchar.

—¡Dios santo! —exclamó April—. ¿Y cómo es que él no sale y la pilla?

—Se sienta en un lugar que queda oculto, en las escaleras. Y lo peor de todo es que al día siguiente me llama a la oficina para contarme lo que ha pasado.

—¿Si él ha estado con alguna chica?

—Sí.

—¡Dios santo! —exclamó April de nuevo—. Pobrecilla. ¿Cómo puede hacer eso? A mí no se me pasó nunca por la cabeza cuando Dexter y yo acabamos.

Era la primera vez en más de un mes que mencionaba el nombre de Dexter. Desde que había conocido a Ronnie Wood, el chico de su ciudad natal, era una persona distinta. Habían salido juntos todas las noches durante las dos semanas de vacaciones que Ronnie pasó en Nueva York, y, desde que se había marchado, él le escribía a diario. April poseía una capacidad de recuperación que ni siquiera Caroline había sospechado: había pasado una época muy triste, con una sonrisa falsa dibujada en los labios, sin el menor interés por cuanto la rodeaba, y de repente había vuelto a enamorarse, para su sorpresa, y para sorpresa aún mayor de sus amigas.

—¿Qué sabes de Ronnie? —preguntó Caroline para cambiar de tema.

—Hoy he vuelto a recibir una carta suya —dijo April.

—¿Y con cuánta frecuencia le escribes tú?

—Todos los días.

—¿Y qué tienes que contarle, escribiéndole todos los días?

—Lo que pienso —contestó April—, lo que opino de ciertas cosas. Casi nunca le cuento lo que hago, porque, a fin de cuentas, ¿qué hago? No salgo, y en la oficina hago todos los días lo mismo. A veces le mando libros. Dice que me echa de menos.

Caroline no quiso hacerle la pregunta lógica: ¿qué crees que pasará ahora? Temía por April, porque era tan poco realista que siempre se hacía ilusiones y acababa malparada. No obstante, habían pasado casi dos meses y casi sesenta cartas; era increíble.

—Todavía leo entre líneas sus cartas —dijo April— para ver si tiene algún defecto, si es un neurótico, un egoísta o un mentiroso. Pero parece tan perfecto que no me lo creo. Ninguna neurosis, nada de nada. Y encima, me quiere. —Hablaba con la misma voz suave y nítida con que había contado a Caroline aquellas escandalosas historias de desamor no hacía tanto tiempo, pero ahora había en ella cierto asombro y una especie de orgullo—. Es increíble —añadió April—. Es un hombre completamente normal.

—¿Sigue trabajando para su padre?

—Sí. Dice que le gusta. Va a cogerse unos días de vacaciones por Navidad, si puede, y vendrá a Nueva York. Dice que quiere verme.

Caroline aguardó a oír las palabras que sabía que vendrían a continuación: «Vamos a casarnos». Y las aguardó con cierto desasosiego, no porque desconfiase de Ronnie Wood —aunque, pensándolo bien, había pocos hombres en los que confiase de verdad—, sino por April. Ella abrigaba demasiadas esperanzas, y en sus labios las palabras «Vamos a casarnos» resultaban un tanto patéticas. Caroline habría preferido oírle decir: «Me ha propuesto matrimonio». Sin embargo, su amiga no dijo ninguna de las dos cosas, sino que se limitó a sonreír con cara de felicidad.

—Estoy loca por él —exclamó—. Me encantaría que se casase

conmigo. Creo que… puede ser que… a lo mejor consigo que se case conmigo. Ojalá.

«Y eso —pensó Caroline—, viniendo de April, es como si lo dijera una persona diez años más madura.»

Era divertido preparar bocadillos con April y hablar de los compañeros de trabajo y de la vida, y advertir que, siempre que podía, April colaba en la conversación alguna referencia a Ronnie. Saltaba a la vista que estaba enamorada de él, pero parecía muchísimo más segura de sí misma que cuando salía con Dexter, hasta el punto de que los temores de Caroline se disiparon casi por completo.

—No me acosté con él —le confió April—, ni pienso hacerlo cuando vuelva a Nueva York. Es muy respetuoso. Ni siquiera lo intentó, solo me preguntó de pasada si me apetecía subir a su habitación del hotel una noche y yo le dije que no, así que no me lo volvió a pedir. De todos modos, me muero de ganas; para mí es un auténtico suplicio decirle que no. Es un bombón, ¿a que sí? ¿A ti no te parece que es un bombón?

—Sí —contestó Caroline, aunque Ronnie Wood no era su tipo. Le parecía demasiado joven e inseguro. Seguramente era la clase de chico que sentiría auténtica adoración por April y, desde luego, eso esperaba Caroline.

—El sábado vi a Dexter —explicó April—. Fui a Brooks Brothers porque quería comprar unas corbatas a mi padre por su cumpleaños y allí estaba, comprándose una corbata. Al principio hizo como que no me veía, pero al final no pudo seguir disimulando, así que dijo: «Hola. ¿Qué tal? ¿Cómo estás?». Y yo le dije: «Muy bien, ¿y tú?». Después le dijo al dependiente que no veía ninguna corbata que le gustase y que volvería otro día, y se fue corriendo. Fue una sensación muy extraña.

—¿Qué sentiste al verlo? —preguntó Caroline.

—No lo sé. La verdad es que no sentí nada. Lo miré y pensé que, si me lo pidiese, volvería con él. Después de todo lo que me hizo, volvería con Dexter. Y sin embargo estoy segura de que ya no le quiero. Quiero a Ronnie, pero de otra forma. Creo que lo quiero más de lo que quise a Dexter, pero es distinto.

—Ronnie es muy buena persona —exclamó Caroline—. Y Dexter no te conviene, ¡ya lo sabes!

—Sí —repuso April con aire reflexivo—. El sábado estuve pensando en lo injusto que es que el primer amor de una mujer resulte ser un hombre que no le conviene. A veces es la peor persona del mundo. Y sin embargo en el primer amor hay siempre algo, si eres lo bastante mayor, no una cría de quince años, que nunca se olvida. Es como si de repente, por primera vez, todo se volviera importante porque lo haces con él. Y luego están todas esas pequeñas cosas de la vida cotidiana que duelen durante mucho, muchísimo tiempo, porque antes las hacías con él y ahora ya no puedes hacerlas.

—Lo sé —dijo Caroline.

—Ojalá Ronnie hubiese sido mi primer amor. Estaba ahí durante todo este tiempo, y nunca habíamos llegado a conocernos. Él fue a la universidad, yo vine a Nueva York, luego él se alistó en el ejército... Nunca coincidimos.

—Tal vez si lo hubieses conocido antes no te habrías enamorado de él —apuntó Caroline—. A lo mejor buscabas algo distinto.

—¡Qué va! Me habría enamorado de él de todos modos —afirmó April—. En cualquier momento de mi vida. Lo sé.

«Y seguramente tiene razón», pensó Caroline.

—Lavaré los platos —propuso April.

—No tienes que lavar nada.

—Déjame hacerlo.

—Te enseñaré los zapatos que me he comprado —dijo Caroline—. Son de piel gris muy oscura. —Se dirigió al vestidor y se puso a rebuscar entre los zapatos, suyos y de Gregg, que había en la parte inferior. Vio una funda de almohada llena de ropa sucia que Gregg había olvidado bajar a la lavandería china, y una falda de Gregg que se había soltado de la percha colgada en la barra abarrotada—. Nunca encuentro nada con tanto lío de ropa. Ojalá tuviésemos más sitio —Por fin dio con la caja de zapatos y recogió la falda de Gregg para colgarla en la percha. Al levantarla, cayó al suelo algo que había en el bolsillo.

Lo recogió. No era «algo»: eran tres colillas, una con un cerco de carmín, un estuche de pintalabios vacío y un trozo de una carta. Miró toda aquella basura con repugnancia, se encogió de hombros y volvió a meterlo todo en el bolsillo de la falda de Gregg. Sin embargo, su mano palpó algo más que la hizo sacarla al instante y pararse un momento; luego, pasmada, la introdujo de nuevo en el bolsillo para sacarlo y echarle un vistazo. Eran dos colillas más, manchadas de un carmín más oscuro, un trozo de un sobre, una caja de cerillas de un restaurante y una horquilla negra. «Puaj…», exclamó. Los zapatos ya no le parecían importantes, de modo que colocó la caja en el estante del vestidor.

Sin saber qué le había llevado a sospechar —quizá el hecho de que la funda de la almohada no estuviese tan llena como para contener ropa sucia, ni mostrase los bultos que forman las toallas arrugadas—, Caroline se arrodilló, desató con cuidado el nudo de la parte superior de la funda y miró su contenido.

—¡Oh, Dios mío!

—¿Qué pasa? —preguntó April.

—Mira esto. —Caroline llevó la funda de almohada al salón y buscó un sitio donde dejarla. En el sofá no, desde luego, y tampoco en la mesa donde comían. Al final la puso sobre el radiador—. Mira.

—Abrió por completo la parte superior de la funda y April se inclinó para ver qué había dentro.

—¡Basura! —exclamó April—. ¿De dónde la has sacado?

—Es de Gregg.

—¿En una funda de almohada?

—Lo que más me molesta —dijo Caroline— es que la funda es mía.

No era basura propiamente dicha, de la que suele encontrarse en un basurero, sino más bien la clase de desperdicios que se tiran a una papelera: una par de medias rotas, una caja de medias con la talla, un sobre en cuyo interior había habido billetes de avión, algunos trozos más de cartas, facturas y papeles, paquetes de cigarrillos vacíos de dos marcas distintas, cajas de cerillas vacías y un frasco vacío que había contenido algún medicamento, con el número del código y el nombre escritos aún en él, prescrito a nombre de una tal señorita Masson. Caroline y April miraron estupefactas todo aquello y luego Caroline volvió a atar el nudo de la funda apresuradamente.

—Será mejor que la deje donde estaba.

—¿Qué hace Gregg con todas esas porquerías? —preguntó April—. No lo entiendo.

—No sé desde cuándo se dedica a guardar estas cosas… —Caroline trató de recordar cuánto tiempo llevaba la funda de almohada en el suelo del vestidor, pero no lo consiguió. Gregg era muy desordenada; de todos modos, algo tan grande como una funda de almohada medio llena… No estaba allí la semana anterior, de eso estaba segura, porque había sido entonces cuando había comprado los zapatos y guardado la caja en un rincón del vestidor.

—Colillas… —dijo April—. ¿Te das cuenta? ¡Colillas!

—Pues las demás cosas no es que sean mucho mejores… —señaló Caroline.

—Caroline, ¿crees que Gregg está loca? Es muy raro que le haya dado por coleccionar todo eso.

—Tal vez le gusta la basura —dijo Caroline. Se miraron un momento y de pronto la escena les pareció muy divertida y se echaron a reír.

—¿Cómo se gana la vida tu compañera de piso? —bromeó April—. Pues verás, se dedica a recoger basura. El único problema es que se la trae a casa.

La risa se transformó en carcajadas y se les saltaron las lágrimas.

—Lo siento —dijo Caroline, con la voz entrecortada—, pero no puedo salir contigo esta noche. Tengo que ir a recoger basura. —Se secó las lágrimas.

—Tendré que guardarle la mía de ahora en adelante —señaló April.

—No; no quiere la tuya. —Caroline dejó de reír al instante y miró a April; aquello ya no tenía ninguna gracia—. Es horrible —añadió—. ¿Te das cuenta?

—Sí...

—¿De quién crees que será?

—No lo sé.

—Sí lo sabes.

—Sí —dijo April despacio, con el semblante sombrío—. Sí lo sé. ¿Tú no?

Charlaron de otros temas durante un rato, pero seguían pensando en Gregg y en lo que le había sucedido, y al final volvieron a hablar de su amiga.

—Me contó todo lo demás —explicó Caroline—, pero no me había dicho nada de esto.

—Seguro que le daba vergüenza.

—No me extraña.

—Es de él —dijo April.

—¿De quién, si no?

—¿Y cómo la consigue?

—Debe de esperar hasta que él saca la basura. O hasta que la saca la asistenta, porque tiene asistenta. Sé que Gregg nunca entra en su apartamento, me lo ha dicho.

—Qué cosa más rara...

—Debe de tener muy mal concepto de sí misma —murmuró Caroline— para hacer algo así. Debe de pensar que no vale nada para obligarse a sufrir de esa manera.

Cuando April se marchó a las once, Caroline no estaba cansada. Seguía pensando en Gregg y en la basura, porque le resultaba muy extraño y deprimente. Había conocido a gente excéntrica, pero todos eran unos pobres desgraciados de mediana edad, cuyos amigos hablaban y se reían de ellos a sus espaldas, y que se las apañaban para vivir y seguir adelante a pesar de sus extrañas costumbres. Pero que su compañera de piso, una joven con la que vivía y a la que conocía desde hacía más de dos años, estuviera tan trastornada era muy distinto. No acertaba a comprenderlo. «Ninguna de nosotras haría una cosa así —pensó Caroline—, ni April, ni yo... nadie. Si se lo contase a mi madre, me diría: "No puedes seguir viviendo con esa chica, está enferma". Y April y yo nos hemos reído, nos ha parecido gracioso. Tiene que haber un estadio intermedio, entre la repugnancia y la comicidad, que nos explique qué pasa exactamente.»

Al final Caroline se durmió, intranquila, pero, cuando Gregg abrió la puerta principal, la oyó en sueños y se despertó. Gregg encendió la luz del vestidor y empezó a quitarse el abrigo.

—Ay —dijo—, ¿te ha despertado la luz?

—No —contestó Caroline.

—Me alegro de que estés despierta. Así podemos hablar. ¿Tienes sueño?

—Un poco.

—Bueno, pero podrás hablar un ratito.

—Sí...

Caroline se incorporó en la cama y Gregg encendió la lámpara del techo. Caroline lo veía todo envuelto en una luz deslumbradora, como cuando, al despertar, una luz eléctrica nos da en los ojos. Gregg estaba en el centro de la habitación, toda blanca, dorada y espectral, con la cara muy pálida bajo la luz cegadora y ojeras por la falta de sueño; su melena rubia caía desgreñada alrededor de los hombros. Se había desabrochado el abrigo y tenía las manos metidas en los bolsillos, que Caroline advirtió que estaban repletos.

—He descubierto quién es la chica —dijo Gregg. Se sentó a los pies de la cama de Caroline, quien, en un acto reflejo involuntario, se apartó un poco—. Hay dos chicas —explicó Gregg—, pero a él le gusta más la segunda, que va a su casa a todas horas. La primera ya no aparece por allí. Tenía el pelo moreno y la piel atezada; lo sé porque llevaba pintalabios oscuro y una horquilla negra. Encontré manchas de carmín en unos cigarrillos que tiraron.

«Conque es cierto», se dijo Caroline.

—La segunda chica no es de Nueva York. O eso, o acaba de volver de viaje. Dejó el sobre de un billete de avión procedente de California. Al principio pensé que era actriz, pero luego encontré un frasco de pastillas con su nombre, y no conozco ninguna actriz joven que se llame Masson, ¿y tú?

Caroline negó con la cabeza.

—Llamé a la farmacia diciendo que era ella para encargar otro frasco y dije que pasaría a recogerlo, pero el farmacéutico me dijo que las pastillas llevaban codeína y que no podía dármelas sin receta. Creo que eran analgésicos, no somníferos, porque David tiene somníferos y le podría haber dado alguno. Toma pastillas para el dolor cuando tiene el período. Lo sé porque la oí decir que le había venido la regla. ¿A que tiene gracia? Lo sé todo sobre ella, el color de pintalabios que usa, cómo es su voz, la marca de cigarrillos que fuma, su número de zapatos, incluso cuándo le viene la regla, y no la he visto nunca. Y ella ni siquiera sabe que lo sé.

—Ay, Gregg… —dijo Caroline—. Gregg, no…

Gregg estaba sonriendo; su sonrisa era minúscula y fría.

—¿Y sabes cómo he averiguado todas esas cosas? ¡Mira! —Sacó las manos de los bolsillos, llenas de nuevas pruebas, más porquerías, y se las enseñó con ternura, como si fuera joyas—. Mañana las clasificaré —anunció—. Las he cogido de su papelera. La asistenta deja todas estas cosas en el descansillo, metidas en una bolsa de papel, el conserje sube y se la lleva. Pero últimamente apenas hay nada en la bolsa.

—Gregg —dijo Caroline con dulzura, escogiendo con sumo cuidado las palabras—, ¿de qué te sirve hacer todo esto? Solo consigues sufrir más. Escucha, puedo buscarte un trabajo en Fabian, y así estarás ocupada y conocerás gente y ganarás dinero, y a lo mejor en Navidades podrás ir a esquiar a New Hampshire. Ya habrás reunido suficiente dinero para entonces. Todo esto no te hace ningún bien, esta manía tuya de… hurgar en las basuras.

Gregg no parecía escucharla. Había depositado las nuevas pruebas en su regazo y estaba ocupada ordenándolas, con la lengua en la comisura de la boca, como una chiquilla preparando la cama de su muñeca.

—Se llama Judy —explicó—. Me parece que a él le gusta mucho. Su voz es distinta cuando se dirige a ella… más tierna. ¿A que tiene gracia? Lo sé todo sobre ella. Me pregunto si se enamorará de ella, es decir si se enamorará de verdad. Me pregunto qué tendrá ella que no tenga yo… Voy a averiguarlo.

27

A principios de noviembre Caroline tuvo un sueño que la perturbó durante varios días. No estaba del todo segura de si estaba dormida o en un duermevela cuando lo había tenido, por lo que bien podía haber sido un deseo en lugar de un sueño. En él aparecía Eddie Harris. Era tan real, hasta el último detalle, se parecía tanto al hombre que ella recordaba, que era como si le hablase desde el otro extremo del país con una especie de poder extrasensorial. Podía decirse a sí misma que era natural pensar en Eddie y soñar con él en aquel momento, pues se acercaban las navidades, una época de fiestas, para estar con la familia y los seres queridos si era posible. ¿Y qué tenía ella? A Paul Landis y una serie de citas con jóvenes que no eran más interesantes que Paul y que encima no tenían tan buen carácter como este. Y una fantasía cada vez más tenue con John Cassaro, una fantasía que, como había concluido, era una broma pesada que se gastaba a sí misma en lugar de un asidero y un apoyo. Sin embargo, el sueño de Eddie había sido tan real, su voz le había hablado con una claridad tan asombrosa, que todos los sentimientos que en el pasado él le había inspirado regresaron de una forma perturbadora, y no consiguió librarse de ellos hasta al cabo de varios días. Caroline empezó a pensar que tal vez Eddie se hubiese acordado de ella en aquel preciso instante y que por eso había soñado con él de aquella manera tan vívida.

En el sueño Eddie le había dicho que la quería. «Siempre te he amado —le decía—, al final he tenido que aceptarlo.» Se habían mirado a los ojos y ella había sabido que era verdad; sus manos se habían tocado y ambos habían comprendido que estaban hechos el uno para el otro. «¡Pues claro! —pensó Caroline al despertar, tendida en la cama con los ojos cerrados, aferrándose a las últimas migajas del sueño—. ¿Por qué no se me habrá ocurrido antes?» Era una imagen tan real y poderosa que le pareció que estaba predestinada a reencontrarse con Eddie y a recordarle su existencia.

Al día siguiente, en la oficina, Caroline pensó en él de vez en cuando, y al caer la tarde sintió el deseo de escribirle una carta, como si fuese lo más natural del mundo. «Esto no tiene pies ni cabeza —se dijo—; simplemente tengo ganas de escribirle, así que estoy inventando toda clase de excusas para hacerlo. Aunque lograse averiguar dónde vive, estoy segura de que no me contestaría. Además, yo nunca sabría si la ha recibido y no ha querido contestarme o se le ha olvidado porque para él solo soy una amiga del pasado, o si la carta ni siquiera ha llegado a sus manos, y me pasaría el resto de la vida dándole vueltas al asunto y eso me haría sufrir.» No obstante, al día siguiente llamó al servicio de información para pedir la dirección de la Lowe Oil Company de Dallas, en Texas, y la anotó. Intuía que Eddie trabajaba para su suegro, en algo que tuviera que ver con las relaciones públicas, porque conocía bien a Eddie. Tenía que trabajar allí. Si no era así, nunca lo encontraría, porque desde luego no pensaba mandarle una carta a su casa, aunque solo le escribiese por pura curiosidad y sin ninguna mala intención.

Caroline comprendió que, en efecto, lo que la movía era la curiosidad. Hacía tres años que Eddie había roto su compromiso, y a ella le habían pasado muchas cosas, de modo que era natural que sintiese curiosidad por saber qué había sido de él. Las personas que forman parte de nuestro pasado y han contribuido a crear nuestro presente permanecen siempre en nuestra memoria, aunque solo sea porque nos preguntamos qué habría sucedido si las cosas hubiesen sido distintas. ¿Tendría hijos, habría cambiado, se habría vuelto más estirado, como tantos de los chicos a los que había conocido en la universidad? «¿Y por qué no puedo escribir a Eddie? —se dijo Caroline—. No supongo ningún peligro para él, solo soy una amiga que siente curiosidad.»

Así que al final de la semana le escribió. Era una carta muy breve. La escribió a máquina en papel de cartas de la oficina.

«Querido Eddie: Han pasado ya tres años desde que te vi por última vez y, puesto que me han sucedido muchas cosas interesantes desde entonces, he pensado en escribirte para contártelas, y espero que tú también me escribas para contarme qué ha sido de ti durante todo este tiempo.» El texto le pareció forzado y un tanto ridículo, pero no se le ocurría ninguna otra manera de expresar lo que quería decir. Tras releer las líneas varias veces, arrancó el papel de la máquina de escribir y lo arrojó a la papelera. «Querido Eddie: El otro día mientras miraba mi viejo álbum de la universidad, vi unas fotos tuyas, tomadas hace años, y me acordé de ti. Así que aquí estoy, una voz del pasado, y llena de curiosidad. Me han sucedido tantas cosas interesantes desde la última vez que nos vimos que se me ha ocurrido escribirte para contártelas, y siento curiosidad por saber cómo te ha tratado a ti la vida durante estos años.» ¡Oh, Dios! ¡Quien la leyera pensaría que tenían cien años los dos! ¿Cómo era posible que escribiera cartas tan fluidas e inteligentes a sus autores y, sin embargo, al escribir a Eddie Harris, que tanto había significado en su vida, pareciera casi una analfabeta? Al final dejó el texto tal como estaba y pasó a contarle que trabajaba de editora, tratando de que pareciera que gozaba de un gran prestigio y llevaba una vida divertida y desenfadada, pues salía a comer con escritores famosos y asistía a cócteles donde se celebraban tertulias y reuniones literarias. Le contó que tenía un apartamento en Nueva York, que lo compartía con una actriz de la que tal vez hubiese oído hablar (dando a entender que, si Eddie estaba al tanto de la cartelera teatral, sin duda conocería a la cotizada *ingénue* Gregg Adams), y que lo pasaba en grande. «¿Y tú qué tal? ¿Tienes hijos? Recuerdo que tocabas muy bien el piano... Espero que no lo hayas dejado.» Finalmente, firmó: «Un abrazo, Caroline». «Un abrazo» estaba bien, podía significarlo todo o no querer decir nada. Antes de que pudiera arrepentirse metió la carta en un sobre para el correo aéreo, que dirigió a nombre de Eddie Harris, de la Lowe Oil Company, y pegó la etiqueta de «Correo personal». Y ya que había sido tan insensata y se había tomado tantas molestias, decidió añadir que se reenviara a la nueva dirección en caso de traslado del destinatario. Así al menos sabría que él la había recibido y no seguiría alimentando sus esperanzas con falsas excusas si él no le respondía.

Dejó la carta en la bandeja de la correspondencia de salida y vio cómo se la llevaba el chico del correo. Ya estaba hecho. De todos modos, aún podía dar marcha atrás; podía ir a la sala del correo y coger la carta y hacerla trizas. Consciente de esa posibilidad, salió de la oficina de inmediato y se fue a casa; una vez allí, sin miedo a que le asaltaran pensamientos sensatos de salvación, se dijo: «Una carta tarda dos días en llegar a Dallas. Pongamos tres, para estar del todo segura, y una semana para que él responda, como mucho, y luego tres días más para que reciba su carta. Dos semanas. No volveré a pensar en todo esto hasta dentro de dos semanas».

Experimentó cierta tranquilidad al saber que tenía ante sí dos semanas de tregua, durante las cuales no se sentiría dolida, sorprendida ni decepcionada, porque nada de lo que ocurriera a lo largo de esas dos semanas sería culpa suya. Después podría empezar a esperar, y acudiría a la sala del correo antes de que el chico le llevase su correspondencia y se regañaría a sí misma, y se preguntaría si Eddie pensaría que pretendía que volviera con ella. Después vendrían las dudas, pero de momento solo sentía serenidad. Por extraño que pareciese,

Caroline se sentía más feliz de lo que se había sentido en todo el año.

El martes por la tarde John Cassaro la llamó a su despacho. Caroline reconoció su voz de inmediato, pero no acababa de creer que fuese verdad. Por un momento pensó que se trataba de una broma, aunque en el fondo, siempre había sospechado que volverían a encontrarse, y se sintió muy extraña: distante, inmune a él y a sus encantos, capaz de cuidar de sí misma. Mientras estaba al teléfono, la encargada de los manuscritos entró en su despacho con una pila de originales, y Caroline la despachó impacientemente con un gesto de la mano. La chica era una idiota que mascaba chicle a todas horas, y le gustaba esperar a que Caroline acabara de hablar por teléfono para entretenerla con diez minutos de conversación inane sobre los manuscritos que traía.

—No me ha costado nada dar contigo —le dijo John Cassaro—. La operadora ha reconocido tu nombre al instante. Me ha dicho: «Ah, sí, Caroline».

—¿De veras ha dicho eso? ¿Caroline?

—Ajá.

Caroline se dio cuenta de que le estaba tomando el pelo, y el actor le cayó aún mejor.

—Bueno, es que aquí soy famosa —dijo con tono jovial.

—Debes de recibir más llamadas que cualquier otro empleado.

—No lo sé.

—Oye —dijo John Cassaro—, mi palomo te echa de menos. Está tan triste que se ha pasado al Alka-Seltzer.

Caroline se echó a reír.

—Eso es porque tiene resaca —dijo—. No trates de engañarme.

—¿Por qué no vienes a verlo y lo compruebas tú misma?

—No sé…

—Ven al salir del trabajo para tomar una copa conmigo.

«La cita de mi vida con John Cassaro —pensó Caroline—. ¿Quiero que sea esta noche? ¿O no quiero que ocurra nunca?»

—No puedo —contestó despreocupadamente—. Ya he quedado.

—¿Ah, sí? ¿Con tu novio?

—No tengo novio.

—Entonces dale pasaporte y ven a verme. Él no tiene un palomo como el mío, ¿a que no?

«Estoy segura de que no», pensó Caroline.

—No puedo —repitió, esta vez con voz más firme.

—O sea, que el chico te gusta.

—No se trata de eso, pero si lo dejo plantado y le miento… entonces, si alguna vez cancelara una cita contigo, tú no me creerías. —¿Por qué había dicho eso? No tenía ningún plan esa noche, salvo quedarse en casa y pensar en Eddie, y aun así había rechazado a John Cassaro y luego le había dado a entender que le gustaría verlo en otra ocasión.

—Tienes razón —repuso John Cassaro—. Tienes toda la razón. Eres una buena chica. Que lo pases bien esta noche.

—Gracias.

—Adiós.

Él colgó primero, y Caroline dejó el receptor en la horquilla muy despacio. Hasta entonces no se había dado cuenta de lo nerviosa que estaba. Tenía las manos frías y una sensación de vacío por dentro, como cuando tenía hambre. Intentó imaginar qué pasaría si fuese a la suite de John Cassaro a tomar una copa. Se pondría más nerviosa de lo que estaba en ese momento, y él intentaría seducirla, arrojando su encanto como flechas envenenadas, y la experiencia supondría un mal trago para ella. En el fondo no le importaba haberle dicho que no, aunque él no volviese a llamarla nunca. No se podía herir el orgullo de una celebridad como John Cassaro y esperar que él volviese a correr ese riesgo otra vez. Había acabado con ella antes incluso de haber empezado. «Pero Eddie tal vez escriba…» Esa era la razón por la que lo habría pasado tan mal en la habitación de John Cassaro, porque su corazón habría estado en otra parte. No le quedaba más remedio que reconocer que le interesaba mucho más saber si Eddie todavía pensaba en ella, tanto que prefería no pensarlo.

Algunas mañanas, cuando Caroline llegaba a la oficina diez o quince minutos tarde, la primera remesa de correspondencia ya estaba allí, remetida bajo el borde de cuero de su cartapacio. De ese modo le resultaba más fácil sobrellevar esos últimos días, porque así tenía una remesa menos que esperar como un animal enjaulado en su cubículo. A pesar de su decisión de no pensar en el asunto, a veces lo hacía, y se planteaba la posibilidad de que su carta hubiera llegado a su destino al cabo de solo dos días y que él le hubiera contestado a vuelta de correo. Cuando el miércoles llegó a la oficina a las nueve y cuarto, la correspondencia ya asomaba por el borde de cuero del cartapacio, como un abanico blanco. Uno de los sobres era de papel azul con el borde rojo, blanco y azul del correo aéreo. Caroline lo cogió con el corazón en un puño. El nombre y la dirección estaban escritos a mano, y en los escasos segundos que tardó en reconocer la letra olvidada, su mirada ya se había desplazado hacia el matasellos, donde se leía «Dallas, Texas».

No conseguía encontrar el abrecartas, por lo que rasgó el sobre con las uñas y el pulso tembloroso, procurando no romper la carta que había dentro. Se sentó en su silla giratoria y, mientras la leía, la forma de las letras que componían las palabras le resultó tan entrañable, la recordaba tan bien, había cambiado tan poco, que casi se quedó sin aliento.

Querida Caroline:

Me he alegrado mucho de recibir noticias tuyas. Creía que ya te habrías olvidado por completo de mí. Por lo que me cuentas, te va de maravilla en Nueva York. Desde luego, si te paras a pensarlo, ha pasado mucho tiempo, tres años nada menos, que seguramente habrán sido más largos para mí que para ti. Yo no tengo muchas cosas que contarte. Tenemos una niña de un año, Alexandra, aunque todos la llamamos Sandy. Trabajo para mi suegro, en un puesto que nada tiene que ver con la geología ni con la dirección de empresa, para que te hagas una idea de en qué consiste. ¡A veces creo que no lo sabe ni él! Tenemos una casa en las afueras, que, a pesar de que esto es Texas, solo está a media hora en coche de mi oficina. Y tenemos una piscina en forma de corazón (hay que verlo para creerlo) y un par de cachorros de dálmata enormes (eso también hay que verlo para creerlo).

Tengo que ir a Nueva York por motivos de trabajo hacia el 15 de diciembre; me quedaré una semana. ¿Puedo llamarte a la oficina? Me gustaría volver a verte y, si te dijera que es por los viejos tiempos, sería una verdad a medias. Podríamos comer juntos.

Un abrazo,

EDDIE

Caroline releyó la carta tres veces antes de doblarla y volver a meterla en su sobre. ¿Qué había querido decir con eso de «tres años, que seguramente habrán sido más largos para mí que para ti»? ¿Que con los años todo se olvida? ¿O que la había echado de menos más de lo que ella podía imaginar? Conocía a Eddie lo bastante bien para saber que era incapaz de escribir o decir algo malintencionado, aunque fuese sin darse cuenta; era demasiado inteligente. Así pues, debía de querer decir que esos tres años se le habían hecho muy largos porque la echaba de menos. «¡Me echa de menos!» Y las otras razones por las que quería verla… Colocó rápidamente una hoja de papel en el carro de la máquina de escribir.

Querido Eddie:

Me encantaría comer contigo en Nueva York, así que, por favor, llámame. Te doy el número de mi oficina…

Tenía un calendario sobre la mesa y empezaría a tachar los días. Faltaban poco más de cuatro semanas para el 15 de diciembre.

28

Los optimistas incorregibles son aquellos que siempre dicen: «Mañana todo irá mejor», y cuando dicen «mañana» se refieren literalmente al día siguiente, o como mucho a la semana siguiente. Las personas más prácticas, que a menudo son las más sensatas, piensan en períodos de tiempo más prolongados, como un año. April Morrison, cuya filosofía de vida nunca contemplaba el largo plazo, pues se regía por la máxima de «Hoy no voy a pensar más en ello porque si no sufriré dos veces», estaba pensando por primera vez en términos de cambio moderado mientras ordenaba y guardaba sus pertenencias en la maleta el 10 de diciembre. «Hace un año —se decía con asombro—, justo antes de Navidad, me sentía la mujer más desgraciada del mundo. Y hoy soy la más feliz.»

La noche que había ido al apartamento de los padres de Dexter Key para pedirle que volviera con ella le parecía tan lejana que ahora podía reflexionar al respecto sin estremecerse ni sufrir. Había sido un error, al igual que su unión con Dexter Key, pero cualquier chica tenía derecho a cometer errores. Unas veces veía su relación con Dexter como una unión, y otras como un romance, en función de su estado de ánimo, y en ocasiones, cuando recordaba lo que él le había hecho, se preguntaba cómo podía haberse enamorado de aquel hombre. Recordaba que siempre le decía: «Todo irá bien. Ya verás como todo irá bien». Recordaba sobre todo que se lo había dicho la noche en que ella le había anunciado que esperaba un hijo suyo. ¡Qué contenta estaba entonces! Contenta y asustada y llena de esperanza en el futuro. Ahora comprendía vagamente que cuando Dexter decía «Todo irá bien», lo que pretendía era tranquilizarse a sí mismo, no a ella. En fin, ya no importaba, April no le guardaba ningún rencor. Había necesitado muchísimo a Dexter, era culpa suya no haber entendido desde el principio qué clase de hombre era. Y ahora que tenía a Ronnie, todo aquello era como un episodio triste y desgraciado que le había sucedido hacía muchos, muchos años… y algo maravilloso a la vez, en algunos aspectos, aunque ahora April tenía que hacer denodados esfuerzos para recordar por qué.

Descubrió sorprendida que había varias botellas de ginebra debajo del fregadero, botellas vacías. No las había tirado y luego se había olvidado de que estaban allí. Mientras las llevaba al incinerador, le vinieron a la memoria otras noches cuyo recuerdo le provocaba más dolor que cualquiera de los que guardaba de Dexter Key. Pero aquello era agua pasada, y al final las olvidaría también.

Se había planteado seriamente si debía confesárselo todo a Ronnie. Él había estado en Nueva York hacía una semana y se habían visto todos los días. Habían caminado por la calle cogidos de la mano como un par de adolescentes; habían pasado horas y horas hablando de ellos y su futuro juntos sentados a una mesa diminuta de un café del Village; se habían besado tiernamente, asombrados, en su apartamento, y habían hablado de cuántos hijos querían tener. Y al final Ronnie había dicho, como si ella lo hubiese sabido desde el principio: «Aquí estoy, pensando en formar una familia contigo, y ni siquiera te he propuesto matrimonio como es debido. Espera… —Y cogiéndole la mano entre las suyas, dijo—: April, ¿quieres casarte conmigo?».

La felicidad inundó el pecho y la garganta de April, y los ojos se le anegaron de lágrimas. No se atrevía a responder porque temía echarse a llorar. Así que asintió con la cabeza, apoyó la mejilla en la mano de Ronnie y por fin levantó la vista para mirarlo y dijo: «Sí, claro que sí». Se quedaron un buen rato sentados, él abrazándola y ella con la cabeza apoyada en su hombro, y lo único que pensaba April era «Feliz, feliz, feliz», como un estribillo absurdo que se repetía de forma insistente en su cabeza. Luego empezó a preguntarse si debería contar a Ronnie lo de los otros hombres.

Era su deber con él; Ronnie lo descubriría de todos modos cuando estuviesen casados. Le aterrorizaba pensar que algún día se enteraría. ¿Qué pensaría de ella? No sabría con cuántos, pero sabría que había habido otros. Sin embargo, veía que Ronnie era tan feliz... ¿cómo iba a decírselo? No podía soltarlo como si tal cosa: «Ah, por cierto, ya que vamos a casarnos, he pensado que debería decirte que he tenido algún que otro amante». ¿Qué podía decirle?

Al final pidió consejo a Caroline, porque era la mujer más sensata y comprensiva que conocía.

—Eres tonta si se lo dices —sentenció Caroline—. ¿Qué quieres, darle un cuchillo y decirle que se rebane el cuello?

—Pero guardar un secreto como ese...

—Es que se supone que debe ser secreto.

—Ronnie confía en mí. Es como si... me idolatrase.

—Y tendrá que contar con buenas razones para hacerlo —repuso Caroline—. Tú le quieres, y deseas serle fiel y hacerle feliz el resto de tu vida, ¿no es así?

—¡Pues claro!

—Entonces, ¿qué te propones? ¿Decirle que has sido una chica mala y que te remuerde la conciencia? ¿No crees que él se habrá acostado con otras chicas?

—Huy, sí, estoy segura —contestó April—. Estuvo en el ejército.

—¿Y te gustaría que te lo contara con pelos y señales?

—¡Claro que no!

—Pues será peor si eres tú quien se lo dice a él —afirmó Caroline—. Créeme, será peor. Si hubieras conocido a Ronnie hace dos años, no te habría pasado nada de eso. Solo ha sido mala suerte. Te habrías casado con Dexter si hubieras podido, pero él no quería. No podemos culparnos de que haya gente maravillosa a la que no conocemos; solo tenemos suerte cuando por fin la conocemos. A él le interesa tu vida con él de ahora en adelante, no lo que hiciste antes de que te conociera. Si le cuentas lo de Dexter y los demás, no volveré a dirigirte la palabra.

—No se lo contaré —prometió April.

—Y será mejor que te olvides de ellos cuanto antes.

—Pero... —dijo April—. Es que yo... Ronnie se enterará de todos modos. Lo sabrá cuando nos casemos.

Caroline se mordió el labio.

—Tu primera vez con Dexter... ¿te dolió? —preguntó despacio—. ¿Tuviste que pedirle que parase? ¿Hubo...?

—¿Una señal?

Caroline asintió.

April negó con la cabeza, asombrada.

—No —contestó, sorprendida al recordar aquella noche—. No. Todo fue bien.

—Hay quien tiene esa suerte —dijo Caroline—. Cásate con Ronnie y, cuando vaya a tu boda, espero que tenga algún amigo para mí tan bueno como él.

—¡Es imposible que tenga un amigo tan maravilloso como él! —exclamó April, rebosante de felicidad—. ¡Pero se lo preguntaré!

Así pues, ahora estaba preparando el equipaje, despidiéndose de su apartamento, de Nueva York y del trabajo, que en el fondo nunca le había gustado lo bastante para que fuera a echarlo de menos. Qué raro resultaría quedarse en la cama todas las mañanas hasta las diez, y recortar las recetas del periódico y preparar los platos que a Ronnie le gustaban, y saber que había alguien que regresaría a casa esperando encontrarla, que se iría derecho a su casa del mismo modo que un pájaro vuela hacia el sur en invierno, instintivamente, en busca de calor, de amor y de la vida que necesita. Cosas que antes nunca le habían interesado lo más mínimo, como los manteles, las sábanas bordadas o las cuberterías de plata que veía en los escaparates, adquirían ahora una enorme importancia. Se había entretenido mirando aquellos artículos de menaje cuando estaba enamorada de Dexter, pero entonces era distinto. Dexter tenía un apartamento, decorado con sus cosas, y cuando April pensaba en casarse con él era con la idea de mudarse a su piso, de correr al refugio protector de sus brazos, no de compartir un hogar que ambos construyesen juntos. ¿Le gustarían a Ronnie las sábanas azules o prefería las blancas?, se preguntaba April, porque Ronnie debía tener las que le gustasen. A Dexter no se le podía preguntar si prefería las sábanas azules; se limitaba a encogerse de hombros y a poner cara de fastidio porque le daba miedo hablar de esa clase de cosas. April comprendió por primera vez que se había mostrado tan arisco con ella porque estaba asustado.

Las chicas de la oficina habían organizado un almuerzo de despedida cuando April presentó su dimisión, y durante unos minutos no acabó de creerse que estuvieran celebrando una fiesta en su honor, cuando durante tres años había realizado aportaciones para comprar regalos y asistido a fiestas dedicadas a otras chicas. Ahora ella era la del ramillete de flores y la expresión de fingida sorpresa, y la de la sonrisa de felicidad que no necesitaba fingir porque era muy feliz. Le caían bien todas aquellas chicas, hasta aquellas con las que apenas había cruzado dos palabras. Qué amables eran por acudir a aquel almuerzo en su honor y agasajarla y hacerle un regalo. April lo había abierto con cierto recelo, preparándose para soltar unos grititos de entusiasmo mientras deshacía el lazo plateado, que tenía campanas de papel pegadas, porque sabía por experiencia que, por lo general, el regalo era algo horroroso que a alguna mecanógrafa le había parecido precioso. Sin embargo, era un camisón blanco de nailon, corto y plisado, con capullitos de rosa de color azul y rosado bordados en el canesú, el camisón más bonito que April había visto en su vida. Cuando lo levantó para que todas lo vieran, reparó en la mirada de felicidad de Caroline al otro lado de la mesa y adivinó que era ella quien lo había elegido. ¡Pues claro! Caroline conocía muy bien sus gustos.

Y Caroline le había hecho su propio regalo de despedida, para que se lo llevase a Colorado: una maletita cuadrada de piel blanca con sus iniciales de casada grabadas en oro, en la que podía guardar el camisón y las zapatillas bajo la bandeja de los artículos de maquillaje. April recorrió con la yema de los dedos las minúsculas iniciales de oro, A. M. W., como si leyera braille. Qué preciosas eran: A. M. W. Tan simétricas y tan naturales.

Cerró una maleta y se dispuso a preparar la nueva. Caroline se presentaría de un momento a otro para ayudarla con el equipaje y despedirse de ella, y luego llegaría Ronnie y subirían a su flamante camioneta, de un rojo subido, y se pondrían en marcha. Cuando April se había enterado de que Ronnie había comprado la camioneta solo para llevarla de vuelta a casa a lo grande, como ella se merecía, en lugar de en su viejo y sucio cacharro, estuvo a punto de echarse a llorar.

Sonó el timbre de la puerta y corrió a abrirla. Era Caroline.

—¡Hola! —exclamó Caroline, abrazándola—. Ya casi has terminado. ¿Qué quieres que haga?

—Siéntate aquí y habla conmigo —dijo April.

—¿Quieres que te pase las prendas del vestidor?

—Sí, gracias.

—¡Mira esto! —exclamó Caroline—. Tu traje nuevo. Es muy bonito.

—Es para después de la boda. Para el viaje. Pero tendré que ponerme un abrigo, porque en febrero hace mucho frío. Mira el que me he comprado, está en esa caja de ahí.

Caroline abrió la caja que había sobre la mesa y al ver el abrigo exclamó:

—¡Es precioso!

—¿Y has visto mi conjunto de estar por casa? Menuda tontería.

—April se lo enseñó: un mono de terciopelo rojo con una camisa blanca de raso.

—Es monísimo. ¿Cuándo estará listo el vestido de novia?

—Están haciéndole los arreglos en la tienda y me lo enviarán a casa.

Caroline se acercó a la ventana y miró el jardín.

—Mira por dónde —exclamó—, por fin alguien ha colgado adornos navideños en ese arbolito. Pobrecillo, no tiene hojas y queda ridículo.

April miró por encima del hombro de Caroline.

—Es un árbol más bien raquítico, ¿verdad? —dijo, sorprendida—. Antes me parecía un árbol precioso.

—Tiene peor aspecto en invierno.

—Supongo. Y este apartamento también es horrible, ¡míralo! —Se volvió para contemplar la habitación, con los brazos extendidos—. No hay dos platos iguales, la cubertería es de hojalata y ¡fíjate en esa cama! Es una antigualla, ya nadie tiene camas que se recogen en la pared. ¿Y sabes qué? Tenía un muelle roto en el centro; no sé cómo no acabó conmigo después de un par de años.

Caroline sonrió.

—¿Te acuerdas de lo contenta que estabas cuando te mudaste aquí?

—Sí. ¿Sabes lo que estaba pensando? Cuando me vaya, otra chica vendrá a vivir aquí dentro de una o dos semanas y le parecerá un piso maravilloso, como me lo pareció a mí.

—Seguramente será una viuda anciana que cobrará su pensión, y tendrá tres o cuatro gatos —aventuró Caroline.

—No, será una mujer joven, estoy segura —repuso April—. Tiene que ser otra chica recién llegada a la ciudad, igual que yo. Me gustaría dejarle una nota.

—¿Una nota? ¿Qué clase de nota? —preguntó Caroline, sorprendida.

—No lo sé exactamente —contestó April—. Una nota que diga: «Sé cómo te sientes». Ojalá alguien me hubiese dicho eso a mí. Bah, solo era una idea. —Se encogió de hombros.

—Sé lo que quieres decir —repuso Caroline—. Nunca pensamos que los demás tienen los mismos problemas y pensamientos que nosotros. Pensamos que estamos solos.

—¡Voy a echarte de menos! —exclamó April—. ¡Voy a echarte muchísimo de menos!

—Yo también te echaré de menos —dijo Caroline—. Más que tú a mí, porque tú tendrás a Ronnie.

—Nos escribiremos a menudo.

—Claro.

—Algunas personas se olvidan de escribir a sus amigos, como mis compañeras del instituto, pero tú y yo no nos olvidaremos, ¿verdad que no? —dijo April.

—No —contestó Caroline, y a April le pareció que su voz denotaba cierta tristeza y que estaba un poco ausente, como si supiera algo que ella ignoraba—. Tú y yo no dejaremos de escribirnos. —Caroline se animó un poco y sonrió—. De todos modos, te veré dentro de dos meses, en tu boda, y luego en primavera, porque cuando tú y Ronnie os vayáis a Europa tendréis que pasar primero por Nueva York.

—Volveremos a vernos aquí —dijo April con alegría—. Imagínate, Caroline… ¡Europa, nada menos!

En ese momento sonó el teléfono y April contestó.

—Cariño —dijo Ronnie—, ¿estás lista? —Qué adorable era su voz, qué dulce.

—Solo me falta una maleta —respondió April—. ¿Tú estás listo?

—Sí. Esperaré cinco minutos antes de salir del hotel e iré a buscarte. ¿Se puede aparcar delante de tu casa?

—Sí, claro —dijo April—. La gente aparca ahí. —La imagen de una larga limusina negra pasó fugazmente por su cerebro, pero la ahuyentó a toda prisa. No tardaría en ver junto a la acera una camioneta de un rojo intenso, cuya imagen permanecería grabada en su mente para siempre—. Hasta pronto, amor mío.

Embutió sus últimas pertenencias en la última maleta, corrió hacia la cómoda para ver si se había dejado algo en los cajones, y metió un frasco de perfume medio vacío y unas viejas cartas en su bolso de mano, ya abarrotado.

—Esto es lo bueno de viajar en coche —señaló—, que no hace falta ser tan organizado. —Corrió al espejo para ponerse más pintalabios y darse unos retoques con los polvos compactos, y entonces estuvo lista. Miró la habitación—. Dios santo —exclamó—. Este cuchitril nunca había estado tan limpio. —En cierto modo parecía un lugar despersonalizado, despojado de todo su carácter; sin embargo, allí dentro habían pasado tantas cosas que April no quería dar la espalda a aquella habitación sin algo parecido a una despedida. Pero no se le ocurría nada especial, así que se quedó junto a la puerta, rodeada de su equipaje, mirándola.

«Primero Barbara —pensó— y ahora yo. Todas nos vamos de este edificio.»

Sonó el timbre y se volvió para abrir la puerta. Ronnie entró y se inclinó para besarla en el cuello con un gesto rápido e instintivo.

—Hola —le dijo—. Hola, Caroline. —Cogió una maleta con cada mano.

April tomó el maletín de fin de semana y se agachó para coger la última maleta.

—No, déjala —le indicó Ronnie—. Volveré a recogerla.

—¿Y subir otra vez tres pisos? No debería permitirlo.

—Déjame a mí —dijo Ronnie con afabilidad, y echó a correr escaleras abajo.

—Es muy bueno —comentó Caroline—. Y te quiere mucho.

—Lo sé.

Caroline y April se sonrieron, sin que ninguna de las dos quisiese dar comienzo todavía al ritual de la despedida, y esperaron a que volviera Ronnie. Regresó al cabo de un momento y cogió la última maleta y el maletín de April.

—Bueno, allá vamos —dijo ella, y cerró la puerta de su apartamento por última vez.

Hacía frío, pero no era un frío desagradable; era la clase de temperatura que hace a la gente preguntarse por qué nunca se ha dado cuenta de lo mucho que le gusta el invierno. Brillaba el sol, con un resplandor cegador, y sus rayos hacían relucir los fragmentos de mica de las aceras, de modo que los niños o las personas soñadoras se sorprendían de vez en cuando agachándose para recoger lo que su ojo había confundido con una joya. Luego se incorporaban, avergonzados, esperando que nadie se hubiese dado cuenta, pero tarde o temprano aquel extraño fulgor volvía a engañarles. April notó su anillo de compromiso en el interior de su guante y lo apretó con los dedos. Un fino aro de platino con un pequeño diamante entre azul y blanco engarzado. «Quiero que lo escojas tú —le había dicho a Ronnie— y que me lo regales por sorpresa.» Y eso había hecho él, y había adivinado la forma de diamante que ella quería. April solo quería lo que él quisiese para ella, pero en las cosas importantes sus gustos eran tan similares que él siempre parecía saber lo que le gustaba.

Ronnie colocó las maletas de April en la parte posterior de la camioneta, al lado de la suya. Ella le tendió la caja de cartón que contenía su abrigo de viaje, y él la depositó con cuidado en lo alto de la pila.

—Bueno... —dijo Caroline.

Ronnie se acercó y ambos se estrecharon la mano calurosamente.

—Eres la mejor amiga de April —dijo él—. Yo también te echaré de menos, a pesar de que acabamos de conocernos. Tendrás que venir a visitarnos algún día.

—Gracias —repuso Caroline—. Espero poder ir. —Se volvió hacia April.

—Oh, Caroline —exclamó April. Por primera vez se dio cuenta de que era verdad: se marchaba, abandonaba Nueva York y a las amigas que tenía allí, y después de su viaje a Europa tal vez no volviese nunca a la ciudad. Quién sabía. Quizá tuviese un hijo el primer año de casada, hiciese nuevas amigas, las personas quedaban atadas al sitio donde vivían... Besó a Caroline en la mejilla—. Adiós, Caroline.

—Adiós, April. Que tengáis buen viaje. Y feliz... feliz... ¡todo!

—Te deseo lo mismo —murmuró April—. De corazón. Espero que tú también consigas lo que quieres.

—Gracias —susurró Caroline.

—Adiós.

—Adiós.

A continuación April fue al otro lado de la camioneta, donde Ronnie la esperaba con la puerta abierta, y subió. El reflejo del sol en la ventanilla era tan deslumbrante que apenas veía a Caroline en la acera, solo una silueta oscura. Levantó la mano para despedirse, y la silueta agitó la mano a su vez. Luego April se volvió y echó el seguro de la puerta. Ronnie se sentó al volante, arrancó el motor y esperó a que el vehículo se calentase. Miró a April y no dijo nada; solo sonrió. Ella le devolvió la sonrisa, y el amor y la felicidad casi le atenazaron la garganta.

—Oye —susurró.

—¿Qué?

—Nos vamos de verdad.

—Ajá.

Se acercó a él y se agarró a su brazo.

Mientras la camioneta avanzaba por las calles de la ciudad, April contemplaba por la ventanilla los escenarios que tantas cosas distintas habían significado para ella durante aquellos tres años. Se veían grises en invierno y, aun así, siempre la emocionarían. Atravesaron una parte de la ciudad que no conocía y por fin llegaron a la autopista, bordeada por un lado por el agua fría y azul, con un engañoso aspecto alegre en aquel día soleado. Echó un último vistazo a través del parabrisas trasero a los rascacielos que desaparecían a sus espaldas; luego se volvió y miró las fuertes manos de Ronnie, que, enfundadas en guantes, sujetaban el volante rojo, y no volvió a acordarse de la ciudad ni a añorarla.

29

Para las personas que poseen algo en el presente, es más sencillo olvidar el pasado, a pesar de que nunca se olvida del todo. Cuando llega el invierno, la primavera no es más que un vago recuerdo, algo que se evoca con nostalgia, pero el invierno es el presente y requiere toda nuestra energía. Si la primavera desapareciese y no dejase nada tras de sí, solo un abismo, si fuese posible imaginar algo semejante, entonces viviríamos con los recuerdos de la primavera por siempre jamás, o bien pasaríamos a formar parte del abismo. Lo mismo puede decirse a veces del amor, pero no siempre. Hay amores que perduran durante años, inexplicablemente, aunque los amantes estén separados y no haya esperanza alguna de que puedan volver a estar juntos, salvo como amigos corteses y distantes. Caroline Bender pensaba en todas estas cosas mientras tachaba los días en su calendario de mesa, esperando el regreso a Nueva York de Eddie Harris.

«¿Será todo igual que antes? —se preguntaba—. ¿Será casi lo mismo que antes?» A medida que se aproximaba el día 15, Caroline se mostraba a veces cautelosa, y a veces presa de la euforia de una novia antes del día de su boda. Era ridículo, se decía, y sin embargo nunca se había sentido así, como si no fuera ella, sino una muchacha joven que esperaba, inocente e ilusionada, ver cumplido su sueño. En otros momentos, cuando el miedo se imponía, se preparaba para una posible decepción, para descubrir que, después de todo, Eddie era un ser humano, y que podía resultar no ser nada más que el prototipo del marido joven, de modo que le enseñaría fotos de su hijita, hablaría de su trabajo y le contaría que se había aficionado al golf. Solo de pensarlo se le helaba la sangre en las venas. Recordó que cuando estaban en la universidad, cuando ella y Eddie estaban enamorados, habían leído juntos *Suave es la noche*, y cogió el libro de la estantería de su apartamento para leerlo de nuevo. Había una escena de un reencuentro entre un hombre casado y una mujer a la que había amado años atrás, reencuentro que terminaba no en amargura, sino en algo aún más desolador: la absoluta falta de interés. Ambos habían cambiado, y al encontrarse de nuevo tuvieron una breve relación carente de amor, tras la cual se separaron sin que en el fondo les importase, sin ser conscientes de lo que habían perdido. «Si a Eddie y a mí nos ocurre eso... —pensó—. Oh, no...» Sin embargo, tal vez fuese una bendición. De ese modo al fin se libraría de él, de su hechizo, y podría pasar página y volcarse de lleno en su futuro, fuese lo que fuese eso. Si al final descubría que lo único que Eddie despertaba en ella era indiferencia, ¿no sería eso infinitamente mejor? Sería algo lógico, y ella ni siquiera se enteraría. Se limitaría a tomar de nuevo las riendas de su vida y diría: «Bueno, eso es todo». Solo de pensarlo le daban ganas de llorar.

En el fondo de un cajón de la cómoda, debajo de los jerséis, guardaba su álbum de fotografías de la universidad, que había escondido allí porque había muchas de ella y Eddie con sus viejos amigos. Y al lado, en un marco de plata, que para entonces ya se había ennegrecido, había una fotografía de Eddie de veinte por veinticinco centímetros. Decidió sacarlas, por primera vez desde que se había mudado al apartamento de Nueva York, y las miró. Casi le daba miedo mirar primero a Eddie, de modo que se miró a sí misma. ¡Qué joven estaba! Con las facciones mucho más suaves, poco definidas; el rostro de una jovencita. Pensó que ahora era más guapa, que tenía más estilo.

Se preguntó si Eddie pensaría que había cambiado mucho. ¿Y Eddie? En ese momento miró su rostro, tan familiar y querido que, sin darse cuenta, tendió los dedos para tocarle los labios y acariciarle la mejilla. Lo quería mucho. Deseó besarlo. Con razón había escondido aquellas fotos en los cajones: ver esa imagen todos los días le habría roto el corazón.

Sin embargo ahora, por un breve espacio de tiempo, podía mirarla de nuevo. Colocó el álbum de fotos encima de la mesita de café y la foto con el marco de plata sobre el tocador. Eddie. Su presencia parecía inundar la habitación. Y, mientras Caroline miraba la fotografía, recordó por primera vez en casi dos años el sonido de su voz, cada una de sus entonaciones y acentos, como si hubiese hablado con él esa misma mañana: un tanto ronca, baja, casi gutural, con ese algo imposible de definir conocido como sensualidad, y siempre rebosante de humor.

Recordó cómo sonaba su voz mientras hacían planes para su vida en común, y eso le provocó dolor. Podía repetir para sí las palabras de Eddie, pensando que tal vez se hicieran realidad, pero en el fondo le dolían: haber creído ciegamente en algo que había significado tanto para ella, y descubrir después que sencillamente no existía, era algo aterrador.

Conservaba los discos que habían oído juntos, y que siempre había tenido miedo de volver a escuchar sola. Eran discos de setenta y ocho revoluciones por minuto, y cuando Caroline puso el primero, al principio le chocó lo diferente que sonaba aquella música, distorsionada, distante. Pero enseguida reconoció la melodía, y entonces lo revivió todo, tan deprisa y con tanta intensidad que se levantó y empezó a pasearse por la habitación, bailando un poco al son de la música, pensando en Eddie y en sí misma tres años antes y tendiendo casi las manos hacia él. Movió los labios al hablar con Eddie, pronunciando en parte las palabras que le había dicho cuando escuchaban esos discos y hacían el amor —pero el amor de verdad, no la farsa de dos desconocidos apasionados, sino algo lleno de ternura, intimidad y una gran pasión, siempre con las palabras del amor mutuo—, y en parte con las palabras que le gustaría decirle en ese momento. En esa fantasía Eddie estaba en la habitación, había vuelto con ella, los dos comprendían que, en realidad, nada había cambiado.

Qué rápido acababan aquellos discos de pasta. Apenas habían pasado unos pocos minutos embriagadores, cuando ya tenía que volver a mover el brazo articulado. Caroline se arrodilló junto al tocadiscos y lo apagó. «Dos días más, dos días más…»

Al día siguiente fue a Saks durante la hora del almuerzo y compró perfume, colonia y aceite para el baño, la misma fragancia que usaba cuando salía con Eddie y que no había vuelto a ponerse desde entonces. Cuando quitó el tapón sentada a su tocador, estuvo a punto de marearse al aspirar de nuevo aquel olor, un embriagador aroma a flores, recuerdos y felicidad antigua que estaba segura de que no podían afectar a nadie tanto como a ella. «Mañana. Mañana…»

Esa noche se acostó a las nueve en punto para estar fresca por la mañana, pero no logró conciliar el sueño. «Puede que no venga mañana —pensaba—. Puede que venga pasado mañana. ¿Podré soportarlo, podré esperar un día más? He esperado ya mucho tiempo.» Sin embargo, sabía que esperaría otro día más si era necesario, u otra semana, o lo que fuera, porque nada podía hacérsele tan largo como esas horas insomnes en aquella última noche de expectación.

Gregg llegó a casa a las tres, de puntillas, y Caroline volvió la cara hacia la pared y se hizo la dormida. No quería —no podía— oír a Gregg contar los nuevos secretos que había descubierto hurgando en la basura de David Wilder Savage. Esa noche no. Apreciaba a Gregg, y le daba mucha lástima, pero esa noche, de entre todas las noches, en su espera, Caroline quería sentirse sola, intacta, pura, lejos de todo lo relacionado con la locura, el desamor o el disparate, para poder esperar a Eddie como Caroline, no como el receptáculo de las penas de otra persona, no como una chica que había sufrido y cometido errores, sino como Caroline, cuyo corazón rebosaba de amor, admiración y esperanza. Lo último que vio Caroline fueron las manecillas luminosas del reloj que señalaban las cuatro, y luego se quedó dormida.

Llegó a su despacho a las nueve, se sentó a la mesa, aferrada con fuerza a los brazos de la silla giratoria, y se quedó mirando el teléfono como si pudiera conseguir que sonase solo con desearlo. Sabía que era una estupidez, que seguramente él estaba dormido o no había llegado todavía, pero no podía soportarlo. Intentó leer un manuscrito, pero se sorprendió releyendo el mismo párrafo cuatro veces sin entenderlo, así que lo dejó a un lado. A las once menos cuarto sonó el teléfono. Caroline dio un respingo —un movimiento de sorpresa, involuntario— y descolgó el auricular.

—¿Diga?

—Caroline —dijo Eddie.

Esa voz, esa única palabra eran tan cercanas y conocidas que de inmediato empezó a temblar. El corazón le palpitaba desbocado.

—¿Eddie? ¿Eddie? ¡Hola! —exclamó con alegría.

Él parecía aliviado, y su voz, que ahora brotó del auricular con mayor seguridad, hizo que Caroline lo recordase todo, lo acercó más a ella. Caroline tenía los labios casi pegados al receptor, como si este fuese el propio Eddie.

—¿Cómo estás, Caroline? —preguntó él, y sin aguardar la respuesta, añadió—: Por tu voz, diría que estupenda.

—¿Y tú qué tal estás, Eddie?

Él se echó a reír.

—He pasado toda la noche en vela en el avión. Tengo los ojos enrojecidos y estoy sin afeitar. ¿Querrás almorzar conmigo de todos modos?

—¡Claro! ¿A qué hora? ¿Dónde?

—¿Qué te parece a las doce? ¿O prefieres a la una?

—No, a las doce me va bien.

—Me hospedo en el Plaza. —Eddie hizo una pausa—. Creo que lo mejor sería... como ha pasado tanto tiempo y me gustaría hablar contigo sin estar rodeados de extraños... ¿te importaría venir a mi hotel?

—No, en absoluto.

Caroline sacó un lápiz de su estuche, y al hacerlo se le cayeron todos los demás, y anotó el número de su habitación.

—Es una suite —explicó él— y está al final del pasillo. Gira a la izquierda cuando salgas del ascensor y sigue hasta el fondo.

—Sí...

—Nos vemos luego —murmuró él—. A las doce.

—Sí... —Y Eddie colgó el teléfono.

Qué tono más formal habían empleado, pensó Caroline: cita, hora y lugar. No obstante, la manera en que él había bajado la voz, su deseo de verla en privado, solo podía significar emoción, aun a través de la impersonalidad del hilo telefónico. Se dirigió rápidamente al aseo de señoras, donde se lavó la cara, a pesar de que se la había lavado solo dos horas y media antes, y volvió a maquillarse; se aplicó rímel y todo lo demás, pero de forma discreta, para que pareciese muy natural. Se echó más perfume en el cuello y el pelo, a pesar de que su cuerpo aún conservaba el aroma del aceite para el baño que había usado esa misma mañana, y comprobó por enésima vez que las costuras de las medias estaban rectas. Debió de peinarse quince veces frente al espejo antes de quedar satisfecha con el resultado, aunque se dijo con ironía que al subir y bajar del taxi el aire de diciembre le estropearía el fruto de su esmerado esfuerzo. Las once y media. No podía regresar a su despacho, estaba demasiado nerviosa.

Echó a andar por el pasillo en dirección al despacho que antes ocupaba April. No dejaba de ser curioso que, desde que su amiga se había marchado, aún se dirigiera a veces hacia allí, olvidando que el despacho estaba vacío, que no encontraría a April para hablar con ella y compartir su secreto. Sabiendo que así se sentiría mejor, Caroline abrió la puerta del despacho de April y entró. Ahí estaba la librería llena de volúmenes en rústica de vivos colores, la mesa vacía, con excepción del cartapacio, el tintero y el calendario, objetos que proporcionaba la empresa, y ahí el perchero donde solía ver colgado el abrigo beis de cachemir de April. Si esta estuviese allí, podrían hablar, pasar juntas aquellos quince minutos de espera. Caroline permaneció unos minutos en la estancia antes de regresar despacio a su despacho, se puso el abrigo y los guantes, y echó a andar aún lentamente por el pasillo en dirección al ascensor.

Cuando Caroline salió del ascensor del Plaza en la planta de la suite de Eddie, solo eran las doce menos cuarto. Vaciló un instante, mientras oía el ruido metálico de las puertas del ascensor cerrándose a sus espaldas. Podía aguardar allí mismo o sentarse en las escaleras, o bien arriesgarse a llamar al timbre de Eddie. Se mordió el labio y echó a andar despacio por el pasillo, mirando los números de las puertas, hasta llegar a la de él, y entonces, tímidamente, levantó la mano y llamó al timbre.

Tras un momento de silencio, oyó pasos, solo uno o dos, los que se oyen cuando la otra persona está a apenas medio metro de la puerta, y entonces Eddie la abrió. Se miraron sin decir nada. Él no había cambiado; no había cambiado nada. Todavía llevaba bastante corto el pelo, que era castaño claro. Acababa de afeitarse, y su rostro era tan terso y hermoso que Caroline se dio cuenta de que había olvidado lo guapo que era. Él la miraba fijamente, casi embobado; luego sonrió y dijo:

—Pasa, Caroline, pasa.

Vestía un traje de franela gris marengo, con solapas estrechas, una camisa de rayas azules y blancas muy finas, y una corbata oscura y sencilla. Quien lo mirara se fijaría en el traje solo de pasada —sí, era gris—, porque lo que más llamaba la atención era la forma en que se movía, como un animal se mueve bajo su pelaje. Cuando levantó el brazo para ayudar a Caroline a quitarse el abrigo, ella vio el brazo y la mano, no la manga de franela ni el puño de debajo, y tampoco el gemelo, si es que lo llevaba. Apenas reparó en eso, mientras intentaba pensar en algo que decir.

—Llego un poco pronto —comentó.

—Me alegro.

—Estás exactamente igual —dijo Caroline.

—Tú también.

—¿No me ves cambiada?

—Para nada. Temía que hubieses cambiado. Temía que fueses como una de esas mujeres que se ven en la Quinta Avenida, que siempre parecen recién salidas de la peluquería.

—Y seguro que así es —repuso ella entre risas—. Van a la peluquería tres veces por semana.

—Y llevan a sus perros consigo y los atan a la pata de su silla. —Eddie estaba sonriendo, pero cuando sus miradas se encontraron la sonrisa se esfumó de sus labios y tendió la mano para tocarle el brazo—. Siéntate —dijo—. Siéntate. Me alegro mucho de verte.

—Yo también me alegro de verte —repuso ella en voz baja—. Eddie.

Había una ventana por la que entraba la luz del sol y que ofrecía una vista minúscula y levemente exquisita del parque a través de las cortinas transparentes. Delante de la ventana había un canapé y una botella de champán en una cubitera plateada.

—Tengo champán —anunció Eddie—. He pensado que sería divertido. Champán para desayunar. Ah, pero seguramente tú ya has desayunado; para ti es muy tarde.

Ella negó con la cabeza.

—¿Te acuerdas de aquel domingo en la universidad, cuando fuimos a desayunar al Ritz y bebimos champán? —añadió él con alegría—. Ni siquiera me acuerdo de lo que comimos.

—¡Yo tampoco! Recuerdo que estaba en la ducha y me llamaste para decirme: «Vamos a desayunar al Ritz», sin más, en un arranque, y yo nunca había ido allí salvo para cenar, y siempre con mis padres.

—Fue divertido.

—Sí —convino Caroline—. Supongo que todo lo que hacíamos en aquella época era divertido.

—Yo me acuerdo de todo —afirmó Eddie. Su semblante era tranquilo, pero sus ojos reflejaban tristeza, como si estuviera recordando un pasado lejano. Se inclinó hacia delante y tiró del corcho de la botella de champán, que saltó con un taponazo—. No siempre hace ruido, ¿lo sabías? —explicó—. Es un mito.

—¿De verdad?

Eddie sirvió el champán en dos copas anchas de cristal y le pasó una a ella. Levantó la suya y miró a Caroline a los ojos.

—Supongo que debería decir: por el reencuentro.

—Sería apropiado para una reunión de ex alumnos, promoción del cincuenta y dos —señaló Caroline en voz baja.

—¿Ah, sí? —Eddie miró su copa y se la bebió.

—No estás moreno —observó Caroline—. No sé por qué, esperaba verte bronceado.

—En invierno, no. ¿Te acuerdas de cuando fuimos de picnic a la playa?

—A Revere Beach.

—Sí. Y era demasiado pronto para ir a la playa, así que todo el mundo se moría de frío, pero nadie lo reconocía.

—Y nos pusimos a correr arriba y abajo por la playa para entrar en calor. —Caroline se echó a reír—. Hizo un día magnífico … todo tan azul, tan blanco y radiante.

—Pero hacía frío.

—Aun así, alguien se metió en el agua. ¡Fuiste tú!

—Es verdad —dijo él—. Ahora me acuerdo. Dios mío, cómo me arrepentí cuando salí del agua, pero no me atreví a admitirlo. —La miró—. Oh, Caroline…

Se miraron a los ojos y Caroline sintió que estaban a punto de saltársele las lágrimas.

—Tú nunca admitías haber cometido un error, jamás —recordó con un hilo de voz.

—Ha pasado mucho tiempo desde entonces —murmuró Eddie—. En aquella época era un crío. Solo han transcurrido tres años, pero en realidad ha pasado mucho más tiempo. Muchísimo más.

—Eso dijiste en tu carta —apuntó Caroline—. ¿Qué querías decir?

Estaban sentados en el canapé, que era tan estrecho que, solo con moverse unos centímetros, Caroline tocaría a Eddie. Tenía tantas ganas de tocarlo, incluso de rozarle la muñeca con el dedo para asegurarse de que de verdad estaba con ella al fin, para percibir algo de él que fuese permanente y suyo de veras, que no pudo resistir la tentación: deslizó la mano por el cojín de terciopelo y tocó el dorso de la suya. Él volvió la mano de inmediato y cerró los dedos en torno a los de ella.

—¿Qué… querías decir? —repitió Caroline sin aliento, con la voz atenazada en la garganta.

—Que te he echado de menos —contestó él muy serio. Con la mano libre cogió la botella—. Tomemos otra copa, o se desbravará.

—Deberíamos tener… una de esas varitas para agitar el champán —dijo Caroline.

—¿Te refieres a esos palitos con unas espátulas diminutas en la punta? ¿Los has visto? En Dallas hay una mujer que lleva uno en el bolso; es de oro macizo, con un diamante pequeñito en el extremo de cada espátula, y cuando agita el champán todas las burbujas brillan con la luz. —Sonrió—. Es la personificación de todos los defectos que suelen atribuirse a los millonarios texanos.

—Hablas como si todavía fueras un neoyorquino que solo está allí de paso —señaló Caroline—. ¿Es así como te sientes?

—En cierto modo, sí. Por supuesto, he hecho muchos amigos, y algunos son gente estupenda. Ya sabes… otras parejas jóvenes. —Su voz se fue apagando mientras pronunciaba las dos últimas palabras, como si se hubiese dado cuenta demasiado tarde de que podían herir a Caroline. Puso la otra mano sobre la de ella—. Así son las cosas —murmuró mirándola a los ojos—. Es mi vida, la vida que llevo. Tú te lo has pasado bien, ¿verdad? ¿Hay… alguien importante en tu vida?

—No —contestó Caroline.

—Todavía guardo las cartas que me escribiste cuando estaba en Europa —dijo él—. Tiene gracia, ¿no? No podía tirarlas.

—Yo no le veo la gracia —dijo Caroline.

—No… —repuso él—. No la tiene. Las leo a veces, cuando estoy en la oficina y no tengo nada que hacer. Es bastante habitual que no tenga nada que hacer. Y cuando las leo… me daría de tortas por ser tan cruel contigo, por ser tan rematadamente estúpido. Eran unas cartas muy dulces, rebosantes de bondad. Todo lo que eres está en esas páginas, una mujer generosa, que se da siempre. Y… y yo las leía cuando llegaban y luego me iba a una fiesta, o a una cena con diplomáticos o embajadores o condes o gente así, y creía que lo pasaba bien. El joven que emprende su primer viaje a París. —Lo dijo con tanto odio y desprecio hacia sí mismo que Caroline sintió una inmensa lástima por él—. Hice todo lo que creía que debía hacer. Hasta me paseé por el mercado de Les Halles a las cuatro de la madrugada en un carro de hortalizas. ¿Te acuerdas de esa escena del libro de F. Scott Fitzgerald? El carro de zanahorias. Bueno, en este también había zanahorias, y Helen y yo las tiramos como en el libro, y cantamos y nos bebimos una botella de vino tinto... Oh, Dios mío. —Soltó a Caroline y se cubrió la cara con las manos.

—Eddie...

—Bebe un poco más de champán, cariño —dijo él al fin, y cogió la botella.

—Eddie, amor mío...

—Te he echado mucho de menos durante estos tres años —afirmó él—. A veces soñaba que me caía por un precipicio y me despertaba de pronto dando un respingo... ¿Te ha pasado eso alguna vez?

—No.

—Bueno, pues da mucho miedo. Y entonces me quedaba horas y horas despierto en la oscuridad y tenía la horrible sensación de que había perdido a alguien, y sabía que eras tú, y que nunca volverías a quererme, y que nunca volveríamos a estar juntos.

—Te quiero —dijo Caroline.

—¿De verdad?

—Siempre.

Caroline tendió las manos hacia él y Eddie la estrechó entre sus brazos.

—Amor mío... —dijo ella—. Amor mío... —Por fin podía tocarlo, por fin; le rodeó el cuello con los brazos y le acarició el pelo, tan suave, que tan bien recordaba, y estuvieron besándose durante largo rato con pasión temerosa y entregada, como si en el preciso instante en que dejasen de besarse fuesen a separarse otra vez y a perder al otro como antes, y perderse al otro esta vez, después de todo lo que había sucedido, era algo que ninguno de los dos podía soportar.

Eddie retiró sus labios de los de ella solo una vez para decir «Te quiero, Caroline, te quiero», y a continuación siguieron besándose durante mucho rato, y al final él se apartó y Caroline apoyó la cabeza sobre su hombro, junto al cuello, donde solía posarla mucho tiempo atrás. Él enterró la mejilla en su pelo y luego lo acarició con los labios.

—Siempre hueles a flores —dijo—. A flores dulces, de muchas clases.

—Es el mismo perfume que usaba antes.

—Una vez entré en una sala, era una fiesta, y había una chica con ese mismo perfume. Me acerqué a ella, no sé por qué, pues sabía que no eras tú, pero le toqué el hombro y se volvió... y fue horrible. Fue como ver la cara de otra persona en un miembro de tu familia.

Caroline sonrió, volvió la cabeza y lo besó.

—Fuguémonos —propuso él—. Escapémonos a alguna parte, no sé adónde.

—¿Adónde?

—Retrocedamos cuatro años. ¿Crees que podemos hacer que desaparezca todo lo demás?

—Si lo intentamos de veras...

Eddie le acariciaba la cara y el pelo con la yema de los dedos, como si quisiera volver a familiarizarse con ellos, y a continuación la abrazó con fuerza.

—Eres la misma de antes —afirmó.

En ese momento Caroline pensó que efectivamente era la misma. No le había sucedido nada durante aquellos tres años, nada importante. Era la novia de Eddie Harris, como lo había sido siempre, y el mundo era bueno. Era su mundo, porque se querían, y cuidarían el uno del otro, y harían cosas buenas por el otro por siempre jamás.

—¿Adónde nos fugaremos? —preguntó Caroline con ternura.

—No lo sé. Lo cierto es que no podemos, salvo con la imaginación.

—¿Por qué?

—Porque así es el mundo —dijo él con tristeza.

«Tú sí has cambiado», pensó Caroline, y sintió una punzada de dolor, pero solo por un instante. Pues claro que la gente no se fugaba por las buenas, pero sí trazaba planes, y no había nada que se hubiese hecho apresurada e infantilmente que no pudiera deshacerse de algún modo.

—No me refería a fugarnos literalmente a algún sitio —señaló sonriéndole.

Él volvió a besarla, y Caroline sintió cómo sus labios se encendían entre los suyos, y lo abrazó y dejó que la inundara el amor. Al cabo de un rato se separaron, pero muy despacio, con un beso, y luego otro.

—Tenemos una semana entera —señaló él.

—Sí.

—Te quiero mucho, Caroline.

—Yo te adoro.

Eddie lanzó un suspiro.

—Supongo que tendré que darte algo de comer. Te he invitado a almorzar, así que ahora vas a almorzar. ¿Qué te apetece?

—Me da lo mismo.

—¿Sándwich de pollo, *filet mignon*?

Ella negó con la cabeza.

—Cualquier cosa.

Eddie llamó al servicio de habitaciones y, mientras esperaban el almuerzo, Caroline le habló de sus amigas de Nueva York, de su trabajo, de su apartamento, de Gregg, que recogía basura, y de April, que había acabado casándose con un chico de su ciudad natal, y del día en que había asistido a la boda de Mary Agnes y había imaginado que era la suya con Eddie. Le habló de todo eso brevemente, procurando que pareciera alegre y agradable, salvo, claro está, lo relativo a Gregg, que era inquietante. Era como en los viejos tiempos cuando lo compartían todo, y Eddie la escuchaba con atención, cogiéndole la mano y sin apartar los ojos de su cara. Cuando llegó el almuerzo, Caroline se dio cuenta de que tenía mucha hambre.

El camarero empujó una mesa con ruedas cubierta por un largo mantel de lino blanco. Los filetes eran muy jugosos, acompañados de una guarnición de berros, y estaban cubiertos por una tapa abombada de plata. Sin embargo, cuando Caroline se hubo llevado a la boca dos o tres bocados, se dio cuenta de que no podría tragar ni uno más, pues estaba demasiado llena de entusiasmo, felicidad y amor. Soltó el tenedor y el cuchillo.

—No puedo comer —dijo—. Estoy... muy emocionada.

Eddie no había probado bocado. Apartó el plato.

—Yo tampoco.

—Es una lástima. Cuestan mucho dinero.

—¿Tu gato come carne?

—Solo la carne troceada de los envases de comida para gatos.
—Se echó a reír.

—¿Eres feliz?

—Sí. ¿Y tú?

Él asintió.

—Feliz y triste.

—¿Triste por qué?

—Porque eres muy hermosa.

—¿Y eso por qué te pone triste?

—No lo sé. Lo he dicho por decir. La verdad es que no me produce tristeza. Me alegro de que seas hermosa. Me hace feliz mirarte.

—Te quiero.

Eddie la tomó de la mano.

—Y yo a ti.

—No debemos volver a pasar por ese suplicio nunca más.

—No —dijo Eddie.

Cuando Caroline regresó a su oficina a las tres y media, pasó de puntillas ante la puerta cerrada del despacho del señor Shalimar y entró en su cubículo. Se desplomó en la silla giratoria, exhausta de felicidad, sorpresa y emoción. A las cinco y media volvería a ver a Eddie y cenarían y pasarían la velada juntos. No podía hacer planes para el futuro, su cabeza estaba demasiado llena con todo lo que le había sucedido ese día, desde la primera palabra que había pronunciado Eddie. Solo quería quedarse sentada tranquilamente y rememorarlo, recordar todo cuanto había dicho él, cada palabra de amor, reencuentro y sentimiento, y evocar qué había sentido al besarlo y abrazarlo. Sin embargo, ahora apenas recordaba sus besos; solo recordaba la felicidad, la pasión y el amor, mientras que algo tan concreto como el roce de sus labios se había borrado de su memoria. Tendría que fijarse en todo con más cuidado esa noche, para acordarse cuando estuviese sola en la cama, pero estaba casi segura de que se le olvidaría fijarse, porque cuando estaba con Eddie todo pensamiento abstracto y racional desaparecía.

Consiguió salir de la oficina a las cuatro y media para ir a casa a cambiarse y ponerse su mejor vestido de noche para Eddie. Se dio cuenta de que, desde que estaba en Fabian, era la primera vez que se había pasado un día entero en la oficina sin hacer absolutamente nada, pero había que tener poderes sobrehumanos para poder trabajar con todo lo que le estaba sucediendo, pensó Caroline sintiendo un leve remordimiento, que enseguida ahuyentó. Había esperado tres años a Eddie; él era su vida, su futuro. ¿Qué eran cincuenta páginas de un manuscrito en comparación? Se bañó de nuevo con el aceite que a Eddie le gustaba y estrenó su vestido rojo de gasa, cuya falda era de vuelo y tenía tres capas. Cuando se miró en el espejo, pensó fugazmente en la imagen que había ofrecido a Paul Landis y los demás hombres durante esos años: la chica delgada con el vestido negro, eficiente, refinada e intocable siempre. Y ahí estaba ella, con el rostro encendido por la emoción y un vestido sedoso de color vivo cuyas faldas se movían cuando caminaba, dejando tras de sí una estela de dulce fragancia. Era alguien a quien recordaba de hacía mucho tiempo, y a la vez era distinta, más dueña de sí, con más aplomo, y consciente, porque lo había perdido una vez, de lo valioso que era tener a alguien a quien amar.

Se reunió con Eddie en el vestíbulo del hotel.

—Has ido a casa —dijo él mirándola y admirando su vestido—. Ese será mi vestido favorito de ahora en adelante.

—Entonces, el mío también —dijo Caroline.

Echaron a andar juntos en la noche fría y bien iluminada, y mientras bajaban por la amplia escalinata blanca del hotel Caroline percibió que la gente los miraba como siempre que se cruza con otras personas en una escalera. Sabía que formaban una magnífica pareja, porque eran jóvenes y muy atractivos, porque eran felices y estaban enamorados.

—Esta tarde no he podido trabajar —dijo Caroline.

—Yo tampoco he podido hacer mucho, la verdad. —Eddie le sonrió—. Ocupas todos mis pensamientos. He tenido que ir a ver a alguien que tiene una oficina cerca de Wall Street, con vistas al río. Desde la ventana se veían pasar los barcos y, como él tenía dos pares de prismáticos, nos hemos puesto a mirar los transatlánticos y los remolcadores. Yo estaba pensando en ti, por supuesto, y justo entonces ha pasado un barco de la compañía naviera francesa, blanco y reluciente bajo el sol, rumbo a Le Havre. Me he sentido como si alguien caminara sobre mi tumba. He recordado el aspecto que tenías aquel día en el muelle, la última vez que te vi, cuando nos despedimos.

—¿Y cómo crees que me he sentido yo? —susurró Caroline—. He visto zarpar muchos barcos desde entonces, y siempre me recordaban a ti.

—No pensaremos más en eso —dijo él, apretándole la mano—. Ahora estamos juntos.

Caminaban por la Quinta Avenida, y se detuvieron al llegar a Tiffany, cuyos escaparates estaban iluminados por ser ya de noche. Las enormes puertas de acero estaban cerradas y, tras los cristales, los diamantes brillaban sobre el terciopelo negro: un collar como una cascada, un anillo con una piedra redonda tan grande que los ojos no daban crédito. Caroline y Eddie miraban uno de los escaparates, cogidos de la mano, como habían hecho otras parejas de amantes a lo largo de los años, tanto las que tenían intención de comprar algo como las que nunca podrían permitírselo pero lo deseaban.

Pasó a su lado otra pareja que se detuvo a observar el escaparate contiguo. Eran de mediana edad y Caroline apenas se fijó en ellos. Sin embargo, Eddie se puso tenso al instante.

—Da la vuelta a la esquina —le susurró—. ¡Rápido! Ponte a mirar el otro escaparate. —Y la empujó, no de forma violenta, pero sí con el apremio que exigen las prisas.

Caroline estaba tan perpleja que dejó que la empujara, caminó hasta la esquina y la dobló, volviendo la cabeza para mirar a Eddie solo una vez. Este echó a andar y la pareja se volvió cuando pasó a su lado; lo saludaron y él se detuvo. Caroline miró el escaparate que había al doblar la esquina, y los diamantes y los zafiros empezaron a destellar y titilar como si fueran estrellas. Se percató de que tenía lágrimas en los ojos, pero no sabía muy bien por qué lloraba. Si aquellas personas eran conocidas de Dallas, o viejos amigos de su familia de Nueva York que sabían que estaba casado, tal vez Eddie consideraba que debía esconderla. Al fin y al cabo, tenía un secreto que guardar: el hecho de que iba a dejar a su esposa por otra mujer; así pues, debía proteger a esa otra mujer hasta que se hubiese llevado a cabo la desagradable separación. Era lógico. Entonces, ¿por qué se sentía tan dolida, tan asustada?

Eddie apareció al fin, por el otro extremo de la calle, con paso presuroso. Había dado la vuelta a la manzana.

—Lo siento —se disculpó, y la asió del brazo—. Son los mejores amigos de los padres de Helen. Sabía que estaban en Nueva York, pero no esperaba encontrármelos por la calle. Tendremos que ir con cuidado a partir de ahora.

Caroline no sabía qué decir. Dejó que él la alejara de los escaparates de Tiffany. Volvió la cabeza para mirarlo. Eddie era muy joven, con el perfil perfectamente delineado, sin ninguna de las señales que el tiempo y la vida acaban dejando. La mano con que le asía el brazo era cálida y tranquilizadora. Eddie era muy joven, y la situación resultaba muy difícil para ambos. Cambiar de vida, sobre todo cuando había otras personas en quienes pensar, siempre era difícil, pero estar separados era peor, y eso él también lo sabía.

Fueron a un restaurante francés muy tranquilo del West Side donde Caroline nunca había estado. Eddie se dirigió al camarero en perfecto francés y pidió la comida y el vino.

—¿Te gustan los caracoles? —le preguntó—. ¿O te dan aprensión?

—No —contestó Caroline—. Me gustan.

—¿Te acuerdas de Locke Ober's?

—Sí, claro.

—Solo podía permitirme llevarte allí un par de veces al año.

—Me resulta muy extraño recordar todo aquello —comentó ella—. Me acuerdo de lo que hacíamos, y de cuánto costaba todo, y de lo impresionada que estaba yo entonces, y pienso que, si después de tanto tiempo volviéramos a comer en esos sitios, ¿nos seguirían pareciendo tan caros?

—¿Te acuerdas de los bistecs de dos dólares que servían en Cronin's?

—Sí, solo nos los podíamos permitir de vez en cuando.

—¿Y te acuerdas de aquella canción que escuchábamos en mi cuarto, «Someday I'll Find You»?

—Una y otra vez. Pero no podía cantarla, la melodía era demasiado difícil para mí. ¡Pero cómo me gustaba! Todavía guardo los discos que solíamos poner.

—Yo también —dijo Eddie—, pero no he vuelto a escucharlos. No podía.

—Yo tampoco... hasta que recibí tu carta. Me traían demasiados recuerdos. Todavía tocas el piano, ¿verdad? —dijo Caroline—. ¿Toda esa maravillosa música de jazz? ¡Y qué mano derecha tenías!

—Sí, todavía toco —dijo él—. A veces.

—Pues deberías tocar más.

—Toco en las fiestas. Ya me conoces, soy el que siempre se escabulle cuando los demás empiezan a emborracharse y se pone a tocar unos cuantos acordes. El tímido.

—¡Tú nunca has sido tímido!

—Pero es una buena excusa —dijo Eddie—. Si soy tímido o... si en realidad estoy deprimido, ¿cómo pueden saberlo los demás?

—Ay, Eddie...

Llegaron los caracoles, guisados con sus conchas, cada uno colocado en un pequeño hueco de la fuente redonda de plata, con salsa de mantequilla y ajo, y unas pinzas de plata. Cuando el camarero dejó las fuentes en la mesa, Caroline se dio cuenta de que, una vez más, no tenía apetito.

—No puedo —dijo.

Eddie se echó a reír.

—Yo tampoco. ¿Crees que si nos quedamos aquí una semana entera nos moriremos de hambre?

—Ya nos acostumbraremos el uno al otro —contestó ella—. Es todo tan nuevo..., todo es maravilloso.

Bebieron un trago de vino, se rieron, intercambiaron una mirada y se cogieron de la mano por debajo de la mesa.

—Es nuevo —dijo Eddie—, y sin embargo tú siempre has formado parte de mi vida. Es casi como si estuviéramos casados. Es como si nos hubiésemos criado juntos y tú fueses la niña con la que solía meterme de pequeño y con la que jugaba y de la que me enamoré. Es como si hubiésemos pasado juntos toda nuestra infancia, en cierto sentido, y nadie más pudiera significar para nosotros lo mismo que significamos el uno para el otro.

—Lo sé —dijo Caroline—. Te conozco muy bien... te conozco mejor que cualquier otra persona en el mundo.

—Y sin embargo, ¿cuántos años tenías cuando nos conocimos? ¿Diecisiete, dieciocho?

—¿Y qué importa eso? —preguntó ella cariñosamente.

—Nada, nada en absoluto.

—Nunca querré a nadie como te quiero a ti.

—Yo tampoco —repuso él.

—¿Y qué vamos a hacer?

—Ya se me ocurrirá algo —dijo Eddie—. Tú confía en mí.

Después de cenar o, mejor dicho, después de pedir varios platos, probarlos y dejarlos casi intactos, se fueron al apartamento de Caroline, donde se sentaron en el sofá y pusieron los viejos discos rayados de Noel Coward que escuchaban cuando se enamoraron por primera vez, y se rieron al ver sus fotos de hacía cuatro o cinco años, y bebieron brandy, y pronto se sorprendieron abrazándose, besándose y aferrándose con fuerza, como si una distancia de medio metro entre ambos fuese excesiva tras aquellos tres años de soledad. Era extraño: a pesar de que habían hecho cosas mucho más íntimas que besarse cuando iban a la universidad, los dos tenían miedo. Habían estado separados durante tanto tiempo que, en cierto modo, sentían cierta timidez, pero sobre todo era la imagen de la esposa de Eddie lo que se interponía entre ambos, como si fuese un problema que hubiese que solucionar y no pudiese apartarse a un lado. Él era como un visitante de otro mundo, de paso, con el deseo de quedarse, que se adaptaba muy lentamente porque parte del proceso de adaptación exigía romper las viejas ataduras. «Seguramente piensa que la odio —se dijo Caroline con los ojos cerrados, la cabeza apoyada en el hombro de Eddie—. Y es verdad. La odio.»

A las once en punto, Eddie se levantó.

—Cariño —dijo tras consultar su reloj de pulsera—, no me apetece nada, pero tengo que irme. Prometí a ciertas personas que tomaría una copa con ellas. Son las personas a las que he venido a ver. Pude posponer la cita hasta las once y media porque les dije que iba al teatro.

—Ah…

Eddie sonrió.

—Rápido, cuéntame el argumento de una obra que hayas visto y que pueda decirles que he visto, por si preguntan.

—Ojalá pudiera ir contigo —dijo Caroline con tristeza.

—Sí, ojalá.

—Ha sido el día más feliz de toda mi vida —exclamó Caroline, abrazándolo—. Nunca habría imaginado que sería tan maravilloso, ni en mis mejores sueños.

Eddie la besó.

—Te veré mañana, y al otro, y al otro. Te llamaré por la mañana. Y quedaremos para almorzar.

—Sí.

—Y para cenar.

—Sí.

—¿Por qué la gente siempre se reúne en torno a la comida? —se preguntó él—. ¿Lo has pensado alguna vez? Quedan para tomar un cóctel, o para cenar, o para almorzar, o para tomar café… siempre se juntan para comer.

Ella se echó a reír.

—¡Pues nosotros no!

—No, nosotros no. Debemos de ser antisociales.

—Mejor.

—Te quiero, Caroline.

—Y yo a ti, amor mío. Me alegro de que hayas vuelto.

Cuando Eddie se hubo marchado, Caroline se percató de lo cansada que estaba. Estaba agotada. Le habían pasado más cosas en aquel día tan largo que en cualquier otro de los últimos tres años. Mientras se lavaba la cara, pensó fugazmente en lo maravilloso que sería acompañar a Eddie, en calidad de esposa, cuando fuese a sus cenas de negocios, en lugar de quedarse sola esperando. Era muy duro ser la otra, la mujer que debía permanecer en la sombra. Era un papel para el que no estaba preparada. Sin embargo, no tendría que desempeñarlo durante mucho tiempo, no tardaría en estar casada con Eddie, y él no tendría que esconderla nunca más. Y mientras tanto dormiría, porque al día siguiente volverían a estar juntos, y eso era más importante para ella que cualquier otra cosa.

Quedaron al día siguiente en la suite de Eddie para almorzar, y todo fue igual que el día anterior. La misma agitación, las mismas palpitaciones precedieron al momento en que Eddie abrió la puerta, pero en esta ocasión hubo algo nuevo: la dicha de saber de antemano que todo iría bien. Nunca había habido nada que él no pudiese contarle, ni siquiera cuando, en los viejos tiempos, estaba preocupado o taciturno y no quería hablar con nadie más, y nunca había habido nada que ella no pudiera contarle a él. Sin embargo, ahora Caroline era consciente de la inevitable diferencia; había dos cosas de las que Eddie no podía hablar: de Helen y de su hija. Se moría de ganas de ver una foto de su hijita, pero le daba miedo pedírselo, y también le daba miedo que, si se lo pedía, él se la enseñase. La hija de Eddie, que podía haber sido suya. Sería como mirar en un espejo del futuro. Lo máximo que Caroline tuvo valor de preguntarle fue:

—¿Tu hijita se parece a ti?

—Es idéntica, pobrecilla.

—Ah... —Y se arrepintió de haberlo preguntado, porque la respuesta le causó dolor. Hubiese preferido que la niña fuese idéntica a Helen, sin un solo rasgo de Eddie, pues en ese caso no habría sentido aquel extraño e íntimo anhelo que se apoderó de ella.

—Quiero darte algo —dijo Eddie—. Vamos a pasear. ¿Te apetece?

—Sí. ¿Qué es?

—Algo significativo y duradero. Todavía no sé qué exactamente. Vayamos a pasear y a ver qué pasa.

Caminaron por la Quinta Avenida, muy juntos pero sin tocarse, y en la claridad de aquel mediodía abarrotado de gente bien podían ser solo un par de compañeros de trabajo que habían decidido almorzar juntos y se dirigían a un restaurante. El placer secreto de saber que iban a hacer algo infinitamente más emocionante y significativo llenaba a Caroline de alegría. No podía dejar de sonreír y le parecía que en cualquier momento podía prorrumpir en carcajadas sin ton ni son. Apenas se fijaba en la gente que caminaba presurosa, todo era borroso salvo la figura de Eddie a su lado. Pasaron por delante de Tiffany en dirección a Bonwit Teller, y al llegar a los almacenes Eddie se paró.

—Me gusta este sitio —dijo, y la condujo al interior. Dieron vueltas durante un rato entre la muchedumbre de clientas perfumadas, y al final Eddie se detuvo ante el mostrador donde se vendían joyas: anillos, pulseras y alfileres de oro con piedras preciosas engastadas—. Rápido, vete allí —indicó a Caroline con una sonrisa, señalando el mostrador donde vendían pañuelos, al otro lado del pasillo.

—¿Y ahora qué pasa?

—Quiero darte una sorpresa.

Caroline era tan feliz que se sentía como una niña, con el renacer de la sensación, largo tiempo olvidada, de que un regalo es algo mágico. A duras penas conseguía vencer la tentación de mirar a Eddie con el rabillo del ojo mientras hacía como que examinaba los pañuelos. Qué guapo era, qué alto y qué bien formado. Era increíble que todo en él fuese tan hermoso. Le costaba creer que quien lo viese no reparase en su belleza. Y todas aquellas mujeres sabrían que estaba buscando un regalo para alguien a quien amaba, inclinado sobre la vitrina, muy concentrado con una expresión de felicidad en el rostro. Bajo el cristal donde Eddie apoyaba los antebrazos, había anillos de oro, algunos sencillos y otros con muchas incrustaciones de piedras. «Cómprame un anillo —pensó Caroline, cerrando los ojos, como si pudiese conseguir que su deseo se convirtiese en realidad—. No tiene por qué parecer una sortija de compromiso; una de oro normal y corriente sería mucho mejor, y nadie más que nosotros lo sabría hasta el día señalado.» Casi le dolía el dedo, como si hubiese llevado un anillo durante años y lo hubiese perdido de repente. «Por favor, un anillo…»

Aguardó hasta que Eddie apareció detrás de ella y le tocó el brazo.

—No he esperado a que me lo envuelvan —le susurró al oído—. Vamos a algún sitio donde pueda dártelo.

Volvieron sobre sus pasos en dirección al parque y luego cruzaron la amplia avenida donde los taxis y los coches particulares, después de doblar la esquina a toda velocidad, quedaban parados en el atasco del mediodía. Delante del parque había algunos cabriolés, cuyos caballos, cubiertos con mantas, aguardaban pacientemente, muy quietos, mientras el vaho de su respiración ascendía en el aire helado. Resultó fácil encontrar un banco vacío en un día tan frío como aquel, y tan pronto como Caroline y Eddie se sentaron, él rebuscó en su bolsillo y le entregó una cajita de cartón.

Ella se quitó los guantes y abrió la tapa de la caja. Había una capa de algodón blanco, que retiró, y debajo, cobijado en otra capa de algodón blanco, un corazoncito de oro diminuto con una cadena muy fina, también de oro…

—¿Te gusta?

—Me encanta.

—Te abrocharé la cadena —se ofreció Eddie—. Vuélvete.

Se quitó los guantes y Caroline notó sus dedos en la nuca, de modo que se olvidó del corazón —dijo Eddie.

—Te queda muy bonito —dijo Eddie.

Ella palpó con los dedos el corazón, diminuto, sólido y tranquilizador.

—No me lo quitaré nunca —aseguró—. Nunca.

Esa noche cenaron en otro restaurante poco iluminado, y pasaron varias horas tomando café expreso y hablando en susurros, mientras la llama de una gruesa vela multicolor parpadeaba a su lado. Caroline llevaba un vestido con escote redondo, para que se viese el corazón de oro. Había adoptado un criterio distinto respecto a sus vestidos: o quedaban bien con el corazón de oro, o no. No lucía ninguna otra joya. De vez en cuando palpaba el corazón con los dedos para asegurarse de que seguía allí, porque era muy liviano y no notaba la cadenita alrededor del cuello, y porque el hecho de saber que estaba allí le hacía sentir que todo estaba en su lugar, que todo iba bien.

—Tengo que ir a cenar a casa de mis padres mañana por la noche —anunció Eddie—. Les duele que me aloje en un hotel, y peor aún que tenga que atender burdos compromisos comerciales en lugar de visitarlos. Hace seis meses que no me ven; fueron a ver a la niña el verano pasado. Pero intentaré escaparme pronto y me reuniré contigo.

«Si fuera Helen —pensó Caroline—, yo también estaría invitada.»

—No sé si todavía se acordarán de mí —dijo.

—¿Cómo podrían olvidarte?

—Y ni siquiera puedo pedirte que les des recuerdos de mi parte. Ojalá pudiera.

Él guardó silencio.

—Podré escaparme hacia las once —dijo luego.

—Eddie, ¿por qué te has alojado en un hotel?

—Cuando recibí tu carta pensé... abrigué la esperanza de que todavía sintieras algo por mí. En realidad era más bien una fantasía. En todo caso, quería hospedarme en un hotel por si, por alguna razón improbable, todo seguía siendo igual entre nosotros, para ir a mi aire sin que nadie me organizase planes de ninguna clase. El hombre al que he venido a ver me ofreció quedarme en su casa, tiene once habitaciones. No me costó demasiado convencerlo. Le dije que eso les sentaría mal a mis padres.

Más tarde se dirigieron al apartamento de Caroline porque Gregg no estaba allí, y esta vez fue algo más familiar, como si ambos volvieran a su hogar. Caroline encendió la luz del techo y el gato de Gregg corrió hacia ella, maullando, se frotó la cabeza contra sus pantorrillas y correteó entre sus pies restregándose el lomo en sus tobillos. Eddie se agachó para cogerlo y le acarició el pelaje.

—Pobrecillo —dijo Caroline—, otra vez se le ha olvidado darle de comer.

—Lo haré yo —dijo Eddie. Encontró una lata de comida para gatos en el estante de la cocina, la abrió con un abrelatas y la vació en el plato del animal. A continuación llenó otro plato de agua.

—Pareces un hombre muy hogareño —observó Caroline cariñosamente.

—Es un gato callejero precioso.

—Esta es nuestra casa, y ese es nuestro gato, y pronto cerraremos la puerta, y fuera será de noche y aquí estaremos calentitos y felices.

—Y a salvo —añadió Eddie—. Y seremos felices y comeremos perdices.

Se arrojaron a los brazos del otro al mismo tiempo, como si en la habitación no hubiese otro lugar para ellos.

—Seremos felices —murmuró Caroline—. Felices...

Jamás en la vida había estado tan hechizada, tan absorta, como en esos momentos entre los brazos de Eddie. E incluso cuando se encontraba lejos de él, como descubrió a la mañana siguiente en su despacho, le resultaba imposible pensar en nada ni en nadie más. Se le ocurrían un millar de cosas que quería decirle, y cuando volvían a separarse para cumplir con sus obligaciones laborales, se le ocurrían un millar más. Su cabeza funcionaba en todas direcciones a la vez, pero con la aguda lucidez que siempre había experimentado al lado de Eddie. Era como si, con otras personas, estuviera lastrada por varias capas de apatía, torpeza e incomunicación, ligeras pero inmóviles, mientras que con Eddie aquellas capas desaparecían, de manera que de repente se percataba de lo limitadas que eran sus relaciones con los demás. Cada pensamiento que tenía le parecía importante porque él lo entendería, cada idea era importante porque él sería rápido en responder. Nadie la había entendido nunca como Eddie, nadie la había conocido nunca tan bien. Mientras estaba sentada a la mesa de su despacho, Caroline imaginaba qué estaría haciendo él en la ciudad, reuniéndose con alguien, hablando, siempre tan expresivo. Se quedaba absorta en sus pensamientos, tocándose con gesto automático el corazón diminuto que le colgaba del cuello, esperando a que llegara la hora de volver a verlo, y todo lo demás carecía de sentido para ella.

Esa noche, mientras esperaba a que Eddie llegase a su apartamento después de cenar con sus padres, Caroline se bañó por segunda vez ese día y colocó todos sus vestidos sobre el sofá a fin de decidir cuál luciría para él. Qué distinto era tratar de ponerse guapa para alguien a quien amaba. Era más divertido que cualquier otra cosa.

Cuando sonó el teléfono, lo descolgó automáticamente, aunque en el fondo no tenía ganas de conversar con nadie que no supiera nada de aquel secreto maravilloso que todo lo llenaba. Al principio apenas reconoció la voz al otro lado del hilo.

—¡Caramba! —exclamó Paul Landis con tono jovial—. ¡Por fin! Llevo toda la semana intentando dar contigo.

—¿Ah, sí? —murmuró Caroline. Lo primero que sintió fue fastidio, porque a Paul le gustaba mantener largas conversaciones telefónicas con ella por las noches, y Caroline no tenía nada que decirle.

—Has estado muy solicitada esta semana —señaló Paul.

—Sí.

—¿Lo has pasado bien?

—Sí.

—Me alegro. Ayer intenté localizarte en la oficina, pero todavía no habías vuelto de almorzar.

—Ah… sí.

—Tres horas para almorzar —se burló Paul—. Ya te dije que acabarías volviéndote como la señorita Farrow.

Caroline ni siquiera tenía energía para contradecirlo.

—Me estaba vistiendo para salir —dijo.

—¿Otra cita? ¡Madre mía! Será mejor que haga mi propuesta o la semana que viene no querrás verme.

—No puedo quedar con nadie la semana que viene —repuso Caroline de inmediato—. Tengo otros compromisos.

—Qué lástima. Pensaba proponerte que fuéramos al cine el miércoles, a la primera sesión de la noche, cuando no está tan lleno, y que luego fuéramos a cenar tranquilamente.

—Lo siento, pero ya he quedado.

—Bueno, entonces el jueves.

—No sé si podré.

—¿Y cuándo lo sabrás?

A Caroline no se le había ocurrido preguntarle a Eddie cuándo debía volver a Texas, había estado demasiado ocupada siendo feliz, pero, lógicamente, tendría que regresar, para hablar con Helen, rendir cuentas de aquel viaje de negocios y organizar su trabajo. Estaba segura de que si se separaba de Helen Lowe, abandonaría la Lowe Oil Company, pues seguir trabajando en la empresa sería demasiado embarazoso para todo el mundo. Quizá volviese a Dallas el miércoles por la noche o, como muy tarde, el viernes.

—No lo sé —repitió.

—¿Qué te pasa? Estás muy rara.

—No...

—Debes de estar agotada de tanto salir por la noche. ¿Por qué no te quedas en casa alguna vez? —dijo Paul. Su tono denotaba celos y cierta mojigatería. Caroline no estaba segura de cuál de esos dos sentimientos pretendía transmitir, y en realidad le daba igual.

—Es que es Navidad —repuso con todo despreocupado—, y ya sabes lo que pasa.

—Sí, supongo que sí.

—Además, solo han sido dos noches. No sé por qué hablas como si hubieran sido muchísimas. —Caroline empezaba a animarse lo bastante para bromear con él.

«Es Paul —se dijo—. Paul, ¿te acuerdas? Tu amigo. Te cae bien.»

—Sí, supongo que no son tantas —admitió él. Parecía más contento—. Pero en Nochevieja beberás conmigo hasta emborracharte, ¿verdad?

—¿Qué? —preguntó ella, distraída.

—Nochevieja, otra vez. No tenemos escapatoria. Compartiremos nuestras penas.

—Ay, Paul... —dijo Caroline con delicadeza—, ni siquiera había pensado en la Nochevieja. He estado muy ocupada con mi trabajo y... visitas de amigos que han venido a Nueva York. Ni siquiera sé dónde estaré en Nochevieja.

—Conmigo, espero.

—¿Por qué no me llamas la semana que viene? Ahora tengo que dejarte.

—Ah —dijo Paul, como si acabase de encontrar la solución a un problema que le rondaba por la cabeza y ahora volviese a sentirse seguro—. Ya ha llegado la persona a la que esperabas.

—Sí —contestó Caroline.

—Muy bien. Te llamaré a principios de la semana que viene. Resérvame la Nochevieja, y también alguna noche antes para que pueda darte tu regalo de Navidad.

—Sí —dijo Caroline—. Hablaremos otro día. Adiós.

—Adiós, picaflor.

Cuando hubo colgado el auricular y atravesado la habitación, Caroline ya se había olvidado de la existencia de Paul Landis. Mientras se vestía, imaginó que aquella era la casa de Eddie y que este volvería al hogar para reunirse con ella. Luego no tuvo que seguir imaginando. Era verdad. Cuando él llamó al timbre poco después de las once, Caroline corrió a abrirle.

—Hola, cariño.

Eddie se quedó quieto en el umbral. Tenía unas manchas oscuras en las solapas y los hombros, donde le habían caído las gotas de lluvia.

—Está lloviendo —explicó— y no quiero mojar nada. —Se limpió los zapatos en el felpudo.

—No te preocupes, da igual. —Caroline lo cogió de la mano y le hizo entrar.

—¿Qué has hecho esta noche? —preguntó él quitándose el abrigo.

—No me acuerdo —contestó ella, feliz—. No mucho. Esperarte.

Eddie se sentó en el sofá y la tomó de la mano.

—¿Quieres salir?

Ella negó con la cabeza.

—Me da igual. ¿Y tú?

—No. Prefiero estar a solas contigo. No quiero ir a ningún bar.

—¿Te apetece un café?

—No, gracias. —Eddie tenía dibujada en el rostro una media

sonrisa que traslucía tristeza—. Esta noche ha pasado una cosa muy rara. Estaba hablando con mi padre después de la cena, solos los dos, tomando una copa en el salón, cuando me ha preguntado: «Oye, Eddie, ¿van mejor las cosas entre Helen y tú?». Y yo le he dicho: «¿A qué te refieres?». Y él me ha contestado: «Lo noté cuando fuimos a visitaros el verano pasado. No quise decir nada entonces, pero saltaba a la vista que las cosas no iban bien entre vosotros».

—¿Y tú qué le has dicho? —susurró Caroline con cautela.

Eddie se encogió de hombros.

—Le he dicho que todo iba bien, claro.

—¿Eso has dicho?

—Tenía que hacerlo. No quiero que sufra más gente de la necesaria. Esto es algo entre tú y yo, amor mío; no estoy dispuesto a involucrar a mi padre.

—Supongo que tienes razón.

—En todo caso, él lo sabía —dijo Eddie—. No puedo engañar a mi padre. Ya sabes lo listo que es. Me ha mirado y me ha dicho: «Eso espero». Eso ha sido todo, pero por su tono he comprendido que no lo he engañado.

—Es raro —comentó Caroline— pensar que los demás se preocupan por ti, por tu vida, cuando en realidad no pueden hacer nada por ayudarte.

—También te ha mencionado a ti.

—¿A mí?

—Me ha preguntado: «¿Te acuerdas de Caroline Bender?». Yo le he contestado que sí, y entonces ha soltado lo más extraño de todo. Por poco me caigo de la impresión. Estaba agitando el whisky en el vaso, mirándolo como un anticuario examinaría una pieza, y sin siquiera mirarme ha dicho: «A veces me pregunto qué habría pasado si te hubieras casado con ella».

—Oh...

—Y yo le he dicho: «Yo también». Y eso ha sido todo.

—Y yo también —susurró Caroline—. Me lo pregunto a todas horas. No, eso no es del todo exacto. No me lo pregunto: lo sé.

—Tú y yo estamos casados —afirmó Eddie. Hablaba en voz tan baja como ella—. No podría haber dos personas más casadas en este mundo.

—No.

—Quería contarle lo nuestro. De verdad, quería contárselo, más que nada en el mundo, pero no he podido.

—Lo sé.

—Quiero contárselo a todo el mundo.

—Yo también —repuso Caroline—. No soporto hablar con gente que no sabe nada de lo nuestro; es como si conversar sobre cualquier otro tema fuese una mera cháchara hipócrita.

Eddie sonrió.

—Lo sé.

—¿Oyes la lluvia? Ha arreciado. —Escucharon en silencio el sonido de la lluvia—. Fuera llueve, y la gente charla y los teléfonos suenan y un montón de personas con las que hablamos no saben nada de lo que está pasando entre tú y yo. Y aquí estamos nosotros, todo un mundo de amor en una habitación.

—Lo sé.

—Ya no tienes el pelo mojado —señaló Caroline con ternura—. Se te ha secado.

Le acarició el cabello y Eddie la estrechó entre sus brazos. Por primera vez Caroline se fijó en cómo era el tacto de sus labios, para poder recordarlos después, dulces, suaves y frescos, y luego más cálidos, y la piel de su rostro, tersa y fresca, y luego más cálida, conocida y grabada en su memoria, aunque siempre nueva y un poco asombrosa, porque, por mucho que lo intentase, nunca conseguiría evocar por completo lo agradable, lo perfecta que era al tacto. Daba lo mismo lo mucho que lo añorase cuando no estaba con él, porque tenerlo entre sus brazos era siempre mejor y distinto. Tan pronto como Eddie la acarició y ella lo acarició a él, Caroline dejó de percibir el sonido de la lluvia al otro lado de la ventana y todo cuanto había en su habitación. Las lámparas estaban encendidas, arrojaban una luz intensa, pero bajo los párpados cerrados solo veía una oscuridad con vetas doradas, y cuando abrió los ojos vio la ansiada cercanía del rostro de Eddie. Cuando las manos de Eddie buscaron con delicadeza el cierre de su vestido, ella lo ayudó, y cuando él se lo quitó y lo arrojó al sofá o dondequiera que hubiese caído, ella solo experimentó una sensación de libertad y alivio por no estar cubierta con aquella prenda que solo los entorpecía. No podía estar lo bastante cerca de Eddie, se aferraba a él con los brazos, las manos, los labios, las rodillas, con cada parte de su cuerpo que pudiese aproximar más al suyo, para poder fundirse juntos en una unión perfecta.

—Te quiero, Caroline —susurró él.

—Eddie... Te quiero, te quiero.

Más cerca, cada vez más cerca, y nada podía ser más natural. El mayor placer era el amor, tener a Eddie entre sus brazos, lo más cerca posible, y luego había otro placer, el físico, casi insoportable porque su corazón rebosaba de amor. Hablaban en murmullos, susurraban palabras de ternura y pasión, sin pensar apenas en las palabras que pronunciaban, conscientes solo de su significado, sin saber lo que estaban haciendo salvo como una enorme y devoradora necesidad de estar aún más cerca, de dar amor y compartir amor en todos los sentidos.

Luego permanecieron abrazados durante largo rato, sin hablar de lo que acababan de hacer. A Caroline se le pasó por la cabeza decir algo, pero no quería estropearlo con palabras, porque ¿qué se podía decir? Solo sabía que era feliz, y que lo quería más que nunca, y que jamás en la vida se había sentido tan unida a alguien.

Eddie se apartó de ella al fin y se incorporó.

—¿Cuándo vuelve tu compañera de piso?

—¿Quién?

—La actriz.

Caroline sonrió.

—Oh, Eddie... Me había olvidado de ella. Volverá de un momento a otro. ¿Qué hora es?

Él no se había quitado su reloj de pulsera.

—Casi la una.

—Bueno, entonces tenemos tiempo.

Eddie comenzó a vestirse deprisa. Caroline nunca había visto a nadie vestirse tan rápido.

—Vístete, cariño, date prisa —dijo él.

Caroline no podía pensar con claridad. Miró a Eddie sin mover un solo músculo y por fin, como una sonámbula, se levantó, se puso el vestido, enrolló la ropa interior, las enaguas y las medias, y lo metió todo en un cajón de la cómoda. Por último se calzó los zapatos.

—Ahora estamos presentables —comentó Eddie con una sonrisa—. Además, me encanta ese vestido, y casi no he tenido tiempo de vértelo puesto. Pareces preparada para ir a una fiesta, mírate. —La cogió de la mano, la condujo hasta el espejo del tocador y se puso detrás de ella, con los brazos cruzados sobre la cintura de Caroline y la barbilla apoyada en su cabeza. Caroline posó las manos sobre las suyas—. Qué bonita pareja formamos —dijo Eddie—. Parecemos hechos para estar así siempre.

Caroline miró la imagen de ambos en el espejo. Parecía un daguerrotipo antiguo..., no, no era eso exactamente. De pronto supo a qué le recordaba: parecía una foto de bodas.

Cuando Gregg hubo vuelto y Eddie se hubo marchado, Caroline se tumbó en la cama y se puso a pensar en lo que había pasado esa noche. Resultaba extraño estar tendida en el mismo sofá cama donde ella y Eddie habían hecho el amor apenas unas horas antes. Eso le hacía sentirse más cerca de él, como si Eddie siguiera a su lado, en lugar de estar en su habitación de hotel. Se estremeció al rememorar aquellos momentos de pasión. «Me alegro de haber esperado a Eddie», pensó. Entonces se acordó de Mike Rice. «Pero en realidad con él no pasó nada —se dijo para tranquilizarse—. No es lo mismo. Mike no va a aguarme la fiesta, no dejaré que nada me la agüe. Eddie ha sido mi único amante, y siempre lo será. Con Eddie ha sido distinto, no ha habido un solo momento de miedo o dolor, solo amor e intimidad.» Caroline no habría podido imaginar jamás que algo tan importante como acostarse con alguien pudiese resultar tan natural. Ni siquiera había palabras para describirlo, salvo «amor»; la expresión «acostarse con alguien» le parecía ridícula.

Recordó aquella tarde con Mike de hacía tanto tiempo. Había ocurrido en aquella misma cama, y Caroline se arrepentía ahora de eso. Ya entonces había pensado en Eddie, le habría gustado estar con él en lugar de Mike, pero tal vez, de no haber sido por este, nunca habría disfrutado de aquella noche con Eddie. «Y me habría perdido esa entrega sincera y audaz. Me pregunto si…» Pero lo cierto es que no importaba por qué.

—Caroline —susurró Gregg—, ¿estás dormida? ¿Podemos hablar un rato? —Caroline mantuvo los ojos cerrados y oyó un susurro de trocitos de papel cuando Gregg dejó algo sobre la mesita del café, entre las dos camas. Dedujo de qué quería hablar a aquellas horas: de sus últimos hallazgos. Como otras tantas noches, Caroline no tenía ganas de escucharla. Era demasiado feliz y no quería romper el hechizo.

Vio a Eddie a la mañana siguiente, y también durante todo el fin de semana. Eso fue lo mejor, porque ella no tenía que ir a la oficina y podían pasar el día entero juntos. Eddie siempre escogía con mucho cuidado los sitios adonde la llevaba, pues no quería que nadie los viese juntos, y Caroline, aunque esa actitud le molestaba un poco, no te-

nía más remedio que reconocer que era lógico. A Eddie no le gustaban los escándalos, de ninguna clase. Parecía haber cambiado en muchos aspectos, o quizá era que ahora ella lo veía con otros ojos, porque había madurado. Eddie era un hombre imaginativo y
encantador, pero también convencional, y daba mucha importancia a
las costumbres tradicionales y las apariencias. Caroline se alegraba.
En el fondo ella era también una mujer convencional, pese a tener
una aventura con un hombre casado. Ni siquiera pensaba en su relación con Eddie como «una aventura con un hombre casado», salvo
en broma, porque sabía que lo que había entre ambos era distinto.
Casi parecía más natural que ella y Eddie estuviesen juntos que el hecho de que él estuviese casado con Helen. Caroline solo quería casarse con Eddie y llevar una vida convencional a su lado, tener amistad
con otros matrimonios jóvenes, hacer lo que hacían todos los demás
y disfrutar haciéndolo. Durante aquellos días felices se acordó una
vez más de Mike Rice, que en cierta ocasión la había descrito como
una niña sentada en una roca ante la disyuntiva de elegir entre dos
clases de vida. Ella quería ser convencional, le había dicho Mike, pero con alguien extraordinario a su lado. Nunca sería como Mary Agnes, pero tampoco como Gregg, y el hecho de tener que esconderse
en restaurantes pequeños y oscuros empezaba a irritarla.

—¿Cuándo tienes que volver? —preguntó a Eddie el miércoles
por la tarde.

—Pasado mañana. Debo estar en casa el día de Navidad.

Caroline intentó aplacar el dolor que le provocaron aquellas palabras, pero le resultó difícil. Navidad, una época para estar con la familia. Eddie debía regresar a casa por Navidad, no a su lado, sino a su
hogar.

—Verás —dijo ella con tono animado, sonriéndole—, me pone
un poco triste oírte decir eso. Ojalá pudieses pasar las navidades conmigo.

—Ojalá.

—Pasaremos juntos las del año que viene. Esperaré con ilusión que llegue ese día.

—Oh, Caroline... —Eddie estaba muy triste, su rostro pareció demudarse. Se llevó la mano de Caroline a los labios para besarla y luego la apretó con fuerza.

—¿Qué pasa?

Él meneó la cabeza y no respondió. Le estrechó aún más la mano, como si sintiese un dolor insufrible que solo conseguía aliviar aferrándose a algo. Ella no soportaba verlo así, tan apenado, tan distinto. Casi le parecía percibir su dolor, como si unas cuerdas le ciñesen el pecho y le impidiesen respirar.

—Cariño, ¿qué pasa? —repitió—. ¿Qué tienes? —Le puso la otra mano en la muñeca.

—Cuando me tocas... —dijo Eddie—. Eres la única mujer del mundo que me produce ese efecto. Es...

Estaban en un restaurante, terminándose el café, y sin mediar más palabras se levantaron de la mesa a la vez y Eddie la ayudó a ponerse el abrigo.

—Esta tarde no voy a volver a la oficina —dijo ella. Salieron a la calle, encontraron un taxi y se fueron directamente a la suite de Eddie.

Caroline no quería estar en otro lugar que no fuese junto a él, lo más cerca posible.

—¿Son así las lunas de miel? —le preguntó ella después, risueña.

—No lo sé —contestó él—. La mía no fue así.

—Oh, Eddie...

—Es que no fue así. Parecía que no tuviésemos mucho que decirnos cuando nos quedábamos solos. Tenía la impresión de que debía devanarme los sesos para encontrar algún tema de conversación. Contigo eso no me pasaría jamás. Pienso en cosas que tengo que decirte aun cuando no estoy contigo.

—¡A mí me ocurre lo mismo!

A finales de diciembre anochece temprano, y fuera estaba oscuro.

—Quedémonos aquí toda la noche y pidamos que nos suban un sándwich —propuso él—. No puedo moverme.

—Pues yo no quiero moverme si es para apartarme de ti —dijo Caroline cariñosamente.

Solo les quedaba un día juntos después de esa noche y, a pesar de lo feliz que era, Caroline sabía que tenían que hacer planes, hablar de lo que pasaría durante las semanas siguientes, aunque no fuese un tema agradable.

—Tendrás que decírselo a Helen —señaló—. ¿Qué le vas a decir? ¿Le vas a hablar de mí?

—Ella no debe saber nunca de tu existencia —contestó Eddie, rotundo.

—¿Y cuánto tardarás en... conseguir... —a Caroline le costaba un gran esfuerzo decirlo, pero debía hacerlo—... el divorcio?

Eddie la miró con una expresión casi acongojada y, a continuación, negó con la cabeza.

—Caroline... No puedo... No puedo divorciarme.

—¿No puedes? —Caroline lo miró de hito en hito, asustada—. ¿Qué quieres decir con eso de que no puedes? ¿Por qué no puedes?

Él volvió a negar con la cabeza, de nuevo con el semblante pálido y torturado que había desconcertado y hecho sufrir a Caroline durante la cena. Sin embargo, esta vez comprendía su significado.

—No puedo —repitió él—. No puedo. Haría sufrir a demasiadas personas. Sería... el final de mi vida tal como es ahora, todo... mi trabajo, mi familia, mis amigos, mi hogar... Quiero a mi hija, Caroline.

Al principio Caroline no daba crédito a lo que oía, pero de pronto supo que lo que decía Eddie era cierto. O al menos era cierto en ese momento. Se negaba a creer que pudiese ser cierto para siempre.

—¿Y qué hay de mí? —le preguntó en un susurro—. ¿Y si me haces sufrir a mí?

—Yo no quiero hacerte sufrir, cariño. No podría.

—¿Y crees que de este modo no voy a sufrir? Eddie, tú eres mi vida. Siempre lo has sido.

—Te prometo que encontraré alguna solución antes de irme de Nueva York. La encontraré.

—¿Y te casarás conmigo?

—No puedo casarme contigo, amor mío.

—Pues no hay otra solución —dijo Caroline. No había lágrimas en sus ojos, pero le dolía la garganta por las ganas de llorar y se esforzaba por mantener el rostro sereno. Era la primera vez que intentaba ocultar sus sentimientos delante de Eddie, pero no quería llorar; solo deseaba comprenderlo y conseguir que él entendiese cómo se sentía.

—Por favor, no pienses que voy a casarme contigo, amor mío. Por favor, no te engañes de ese modo —le imploró él.

—Lo sabías desde el principio, ¿verdad?

—Sí —respondió Eddie.

—Deberías habérmelo dicho —murmuró Caroline, y en ese momento se le quebró la voz. No pudo añadir nada más porque sabía que si lo intentaba se echaría a llorar.

Eddie entrelazó las manos y bajó la vista, incapaz de mirar a Caroline a los ojos.

—Si me hubiesen dicho hace tres años que algún día te diría que te quiero más que a nada en este mundo y que a pesar de eso nunca me casaré contigo, no me lo habría creído. Pero he cambiado. Antes todo era muy sencillo: te enamorabas, te casabas, querías algo y lo conseguías. Ahora no es tan sencillo; ahora sé que la vida es así, y no como creía que era entonces. —En ese momento miró a Caroline por fin, y añadió despacio—: Ni como tú crees que es ahora.

—Siempre he sido la chica sensata y juiciosa a quien todo el mundo cuenta sus problemas —dijo ella—. Pero ahora no, esta vez no. Contigo no. Y sé que ahora tengo razón porque creo en ti, creo en nosotros. Eddie, por favor, no me obligues a dejar de creer en nosotros.

—Hay muchas cosas en las que dejamos de creer con el paso de los años —afirmó Eddie—. ¿No te parece que sería más feliz contigo que dejando las cosas tal como están? ¿No comprendes que quiero una esposa de la que esté enamorado, con quien sea feliz?

—Debes de ser más feliz con ella de lo que estás dispuesto a admitir —repuso Caroline.

Él negó con la cabeza.

—Pues no lo soy.

—Entonces, ¿qué te gusta? ¿Esa vida cómoda y segura? ¿Esa piscina en forma de corazón? ¿Esa oficina con aire acondicionado donde no tienes que dar golpe? ¿Esas fiestas en el club de campo, donde tocas el piano y sientes nostalgia al pensar en mí? ¿Es eso lo que te gusta?

—No digas eso.

—¿Es verdad?

—Es mi vida —contestó Eddie—. Eso es verdad.

Caroline se sentía tan dolida que apenas tenía fuerzas para seguir hablando. Se quedó sumida en el dolor y el desconcierto, como si tuviese mucha fiebre, y ni siquiera pudo mirar a Eddie a la cara, pues eso solo contribuiría a empeorar la situación. Clavó la vista en la pared desnuda porque era de color crema e inocua, y esperó a que el dolor cediera, como quien espera a que remita la fiebre. Sin embargo, el dolor no cedía y ella no sabía qué hacer.

—No puedo perderte —dijo Eddie—. Tengo que pensar en algo.

—Piensa en mí —murmuró Caroline—. Por favor, piensa en mí.

A la mañana siguiente, en la oficina, Caroline estaba todavía embotada, pero empezaba a animarse poco a poco. Eddie pensaría en algo, lo había prometido. Tal vez se le ocurriría una manera de conseguir la custodia compartida de su hija. Ella estaría incluso dispuesta a ayudar a criar a la hija de otra mujer, y querría a la niña si de ese modo hacía feliz a Eddie y lograba tenerlo para sí sola. Parecía una gran responsabilidad, eran muchas las cosas en las que no había pensado, o en las que no se había permitido pensar, pero tenía que haber alguna forma y, si la había, Eddie la encontraría. Vio a Mike Rice en el pasillo.

—Hola —la saludó él cariñosamente—. Te he estado observando últimamente. Diría que estás enamorada. —La miró de hito en hito.

—Sí, lo estoy —repuso ella, tratando de sonreír.

Mike se mostró sinceramente complacido.

—Lo sabía. Es un buen partido, joven, bueno y atractivo, ¿a que sí?

—Mmm… sí —contestó Caroline.

—Eso también lo sabía —afirmó Mike—. Me alegro mucho, Caroline.

—Gracias —murmuró ella, y acto seguido se alejó apresuradamente antes de que él dijera algo más. Y en ese momento se dio cuenta de que no tenía escapatoria.

Se reunió con Eddie en su hotel a las doce. Sobre la banqueta había una maleta de cuero abierta a medio hacer.

Eddie estrechó a Caroline en sus brazos.

—¿Me quieres?

—Sí.

—¿De verdad?

—Sí, de verdad.

—Entonces todo irá bien —dijo Eddie, acariciándole el pelo—. Estaremos juntos.

—¿Cuándo te marchas?

—Mañana por la tarde, en el avión de las cinco. Estoy haciendo la maleta porque esta noche tengo que cenar con las mismas personas del otro día. Me acompañarás al aeropuerto, ¿verdad?

—Sí —dijo Caroline—, claro, amor mío. Pero ¿y luego? ¿Qué pasará luego?

—Ya está todo solucionado. ¿Estarías preparada para abandonar Nueva York dentro de un mes?

—Un mes... —Caroline apenas podía respirar—. Sí...

—Tendrás que dejar tu trabajo. No te importa, ¿verdad?

—No —contestó ella—, claro que no.

—Te he encontrado un empleo en Dallas. No ha sido nada fácil, pero he tenido la suerte de dar con él. En Dallas hay un hombre muy rico, un poco excéntrico, que va a empezar a escribir un libro y necesita una ayudante. Tú tienes tanta experiencia como editora que eres perfecta para el puesto. Te daré su nombre y dirección para que le escribas lo antes posible.

—No hace falta —murmuró Caroline, con los brazos alrededor de la cintura de Eddie y la cabeza apoyada en su pecho—. No hace falta. Tengo suficiente dinero ahorrado para vivir allí un tiempo, hasta que nos casemos. No necesito el trabajo. —Alzó la vista para mirarlo—. A menos, claro está, que necesitemos el dinero. Estaré encantada de trabajar si lo necesitamos.

—Caroline... Caroline... Tú me quieres, ¿verdad?

—Sabes que sí.

—Sabes que no puedo casarme contigo, ya te lo he dicho. Lo sabes, ¿verdad?

Caroline se apartó de él.

—¿Qué quieres decir? —exclamó, asustada y perpleja—. ¿Por qué quieres que me vaya a Dallas?

—Para que estemos juntos, amor mío. Para siempre. ¿Acaso no quieres eso tú también?

—Pero ¿juntos cómo? —preguntó Caroline, que comenzó a temblar de dolor y vergüenza, porque ya conocía la respuesta a su pregunta y se negaba a aceptarlo; era demasiado terrible.

—Juntos —contestó Eddie—. Tú tendrás tu apartamento y un buen trabajo, y yo iré a verte. Vivirás cerca de mí y almorzaremos juntos al menos dos veces por semana, no me costará encontrar un hueco, y me escaparé un par de noches para estar contigo, y hablaremos por teléfono todos los días, y a veces hasta podremos pasar un fin de semana entero juntos, ya lo verás. Podemos ir en coche a...

—¡Almorzar juntos! —lo interrumpió Caroline a voz en grito. Retrocedió un paso para alejarse más de él, como si de pronto se hubiese sorprendido abrazando por error a un desconocido que guardaba un asombroso parecido con Eddie Harris—. ¿Un par de noches cuando consigas escaparte de tu mujer y tus respetables amigos casados? ¿Un fin de semana, dices? ¿Y durante el resto de mi vida tendré que seguir así, siempre sola, esperándote, escondiéndome? ¿En qué quieres que me convierta?

Eddie había palidecido.

—Quiero estar contigo.

—¿Cuándo? ¿Cuando tengas una noche libre?

—Caroline, iré a verte a todas horas. Te veré...

Ella no quería decirlo, no por miedo a herir a Eddie, sino porque pronunciar la palabra haría que de repente se convirtiera en realidad, y eso le resultaba insoportable. Sin embargo, tenía que decirla, obligar a Eddie a reconocerlo y confirmar, de una vez por todas, que era a eso a lo que él se refería. Pero también, como comprendió en ese instante, porque esperaba desesperadamente que él lo negara.

—Quieres que sea tu amante.

—No digas eso —susurró él—. Eso suena horrible.

—Es que es horrible —afirmó Caroline. Se alejó aún más de él, al tiempo que deseaba con toda su alma arrojarse a los brazos de Eddie y suplicarle que le jurase que no era verdad, que él la amaba, que aquella conversación era una broma de mal gusto. Y retrocedió un paso más—. ¿Es eso lo que quieres?

—En nuestro caso no será horrible —respondió Eddie despacio—. Haremos que sea... diferente.

—Así que esa es tu solución. Ese es tu plan para que seamos felices. Y dentro de veinte años estaré en ese apartamento de Dallas esperando a que vengas a comer conmigo, esperando a que vengas por las noches para hacer el amor y luego vuelvas a casa con tu esposa. Y habré cumplido cuarenta y tres años y no tendré hijos ni un verdadero hogar, ni nadie que me quiera y se preocupe por lo que pueda pasarme... y todo eso porque tú no has querido hacer sufrir a nadie.

Eddie guardó silencio. Se mordió el labio, miró a Caroline y a continuación dio media vuelta.

—Haces que me entren ganas de... llorar —dijo.

—¿De veras?

Él asintió con la cabeza.

—Yo no he hecho nada —murmuró Caroline—. Solo te he dicho lo que ya sabías. —Y acto seguido rompió a llorar incontrolablemente, en mitad de la habitación, tapándose la cara con las manos, demasiado abatida y destrozada para moverse o sentarse o salir huyendo de la habitación. Eddie corrió a su lado y la estrechó entre sus brazos, y cuando ella pudo mirarlo al fin vio que tenía los ojos cerrados y el rostro bañado en lágrimas—. Por favor... —susurró, y no pudo decir nada más.

—No... —murmuró él—. Amor mío, no... Yo te quiero, te quiero...

—¿Y qué es eso otro que te importa mucho más que tu amor por mí? Solo quiero saberlo.

Él no respondió, y entonces ella lo supo.

Al cabo de un rato Caroline entró en el cuarto de baño y se lavó la cara, pero estaba demasiado cansada para maquillarse, y además le traía sin cuidado el aspecto que tuviera. Volvió despacio al salón, se sentó en el canapé donde ambos se habían sentado la primera vez que se habían visto en aquella habitación y, con las manos entrelazadas sobre las rodillas, trató de respirar despacio y en silencio, sin llorar. No podía pensar en nada, ni siquiera en lo que iba a hacer al cabo de una hora.

Eddie se sentó a su lado sin tocarla, mirándola con tristeza.

—¿Te lo pensarás? —le preguntó—. No tienes que darme una respuesta ahora, primero reflexiona. Puedes decírmelo mañana cuando nos veamos. Por favor, piénsatelo, hazlo por mí.

Caroline no podía responder.

—¿Caroline? ¿Lo harás?

—Está bien —dijo ella al fin—. Me lo pensaré. —Sin embargo, ya sabía que aquello no funcionaría, que no podía vivir del modo que Eddie había planeado. Y no obstante vivir sin él, después de haber vuelto a estar juntos, era como morir dos veces. Miró a Eddie. Incluso entonces, a pesar de lo que él le había hecho, lo amaba. La persona que le había pedido que pasara el resto de su vida como su amante no era Eddie, sino un desconocido loco y cruel, se dijo Caroline. Tenía que serlo. Y, sin embargo, sabía que era Eddie, y que el mundo era así, como solía decir Eddie—. Estás muy afligido —dijo ella con un suspiro—. Tienes una expresión de pena en la cara.

—¿De veras?

Caroline le dedicó una sonrisa débil, porque aún lo quería, y porque su corazón se abría a él cada vez que lo miraba y oía su voz, sin importar lo que le hubiese revelado de sí mismo.

—Sí.

Entonces él también sonrió.

—No era esa mi intención.

—Ya lo sé. —La voz de Caroline era muy amable y estaba impregnada de amor.

—Estaba pensando en cómo me sentiré mañana por la noche al regresar a casa sabiendo que, por mucho que te espere, nunca volverás a mí. No podré soportarlo.

—Pero lo soportarás —dijo Caroline con tono afable—. Seré yo quien no podrá soportarlo, seré yo quien se morirá poco a poco por dentro.

—Si no vienes a mí —dijo Eddie, cogiéndola de la mano al fin—, entonces vendré yo aquí el próximo verano. Puedo hacerlo. Me quedaré una semana y al menos estaremos juntos.

—¿Dos veces al año? —preguntó ella—. ¿Y tengo que vivir con esa ilusión?

—Puede que decidas mudarte a Dallas.

Ella negó con la cabeza. Le tocó la mano con los dedos, acariciándola, recorriendo con la yemas el dorso y el interior de la muñeca, porque en ese instante él le pertenecía y podía tocarlo, amarlo, abrazarlo tanto como quisiera.

—¿Quieres saber qué diferencia hay entre tú y yo? —preguntó—. Te lo diré. Tú te irás mañana y volverás con Helen, tus amigos, tu trabajo y tu vida cómoda y regalada, y yo me quedaré aquí. Nadie muere por amor, y los dos sobreviviremos; tu egoísmo te ayudará a olvidar, pero yo solo tendré a mano un poco de valor.

Gregg Adams, agazapada entre las sombras en lo alto de las escaleras del apartamento de David Wilder Savage, parecía una chiquilla de doce o catorce años que tiene miedo de la oscuridad. Tenía las rodillas dobladas contra el pecho y rodeadas por los brazos, y la melena rubia le caía alrededor de la cara como la de una colegiala. Se destacaba un poco entre las sombras de la medianoche, con la cara blanca muy pálida, el pálido pelo rubio platino, al que la luz de la diminuta bombilla del techo arrancaba destellos como chispas de un cohete de pirotecnia, y el pálido impermeable beis claro. Tenía frío con el impermeable y no recordaba por qué se lo había puesto en lugar del abrigo de invierno. No se había enterado de que lo llevaba puesto hasta que rodeó un charco de agua helada que había en la acera ante la casa de David y se dio cuenta de que estaba tiritando en la noche helada. Ahora recordó también que se había olvidado de cenar, pero le traía sin cuidado porque estaba demasiado angustiada para tener hambre. David estaba en el apartamento con la chica.

Gregg oía la música, que habían puesto a todo volumen, como siempre. La oía amortiguada a través de la pared del dormitorio al aplicar la oreja, a pesar de que el aparato de alta fidelidad estaba en el salón. En la pared, al lado de donde había apoyado la mejilla, alguien había garabateado algo, con un lápiz de cera: «Odio a Johnny». Por algún motivo, a Gregg le hizo gracia y sonrió, cerrando los ojos.

«Odio a Johnny». ¿Quién odiaba a Johnny? Alguna chica, seguramente. Alguna chica a la que Johnny no había tratado bien o a la que quizá no hubiese hecho caso. «Odio a Johnny —se dijo alegre—. Odio a David. No, a él lo quiero, lo quiero. Odio a Gregg.»

Abrió los ojos inmediatamente al oír ruido de pasos vacilantes: alguien subía por las escaleras. Se le aceleró el pulso. ¿Quién debía de ser a esas horas, pasada la medianoche? Seguramente algún borracho, o algo peor. Se encogió, pegada a la pared, con la esperanza de que quienquiera que fuese no se percatase de su presencia y pasase de largo.

«Vete —pensó—, vete, vete.» Si lo pensaba con mucho empeño, quienquiera que fuese se iría. «Vete, te odio. Déjame en paz. Vete a tu casa.» Entonces vio la coronilla de una cabeza cana y redonda, con algún que otro pelo moreno, en el tramo de escaleras del piso inferior, y oyó pasos y una respiración jadeante. La cabeza se movía de lado a lado con el balanceo del cuerpo, y Gregg oyó el ruido sordo de un brazo o una cadera al chocar contra la barandilla. Antes incluso de percibir el olor a whisky supo que el hombre estaba borracho.

Este alcanzó el descansillo y se detuvo un momento, resoplando, antes de emprender el ascenso del tramo de escaleras donde Gregg estaba sentada. Al principio no la vio. Era de estatura media, pero parecía muy alto porque ella estaba hecha un ovillo tratando de esconderse, y casi tan ancho como la escalera. Llevaba el abrigo abierto, al igual que la chaqueta del traje, y tenía la manga desgarrada, como si se hubiese caído, en una alcantarilla quizá. Gregg le vio primero la cara, pálida, bobalicona, con la boca muy abierta por el esfuerzo de tomar aliento. Tenía un manchurrón en la mejilla. Empezó a subir por las escaleras en dirección a ella, sujetándose con fuerza a la barandilla, y de pronto se detuvo al reparar en ella.

—Eh… —dijo.

Gregg no respondió.

—¡Eh! ¡Eh, tú!

A Gregg le latía tan deprisa el corazón que veía rayas rojas. «Vete —pensó—, vete. Aléjate de mí.»

El hombre reanudó la marcha, pero esta vez se dirigía hacia Gregg porque sabía que estaba allí. ¿Qué podía hacer ella? ¿Correr escaleras abajo? ¿Correr al piso de arriba? ¡Tenía que correr hacia alguna parte! El hombre estaba ahora a solo cuatro pasos y su cintura se hallaba al nivel de los ojos de Gregg. Esta vio la camisa blanca que cubría la oronda barriga como un paracaídas y, debajo, los pantalones sin cinturón. Un botón los mantenía cerrados por encima de la cremallera, y el borde de la tela, demasiado tirante, se había vuelto y mostraba el forro blanco. Gregg fijó la mirada en el forro blanco con horrorizada fascinación, y también en la cremallera, y fue como si volviera a ser una niña, cuando observaba a los desconocidos por la calle después de haber descubierto que eran distintos de las niñas. «Aléjate de mí —pensó, desesperada—, aléjate, vete… ¡violador!»

—¿Qué te pasa? —le preguntó el hombre—. ¿Has perdido la llave?

Ella ni siquiera lo oyó. Se levantó de un salto e intentó bajar por las escaleras para llegar al apartamento de David, para huir. Notó aquel cuerpo inmenso, inamovible, cubierto de ropa, que le cerraba el paso, y olió su aliento.

—Apártate… —imploró entre sollozos, y empujando al hombre de un codazo se coló por el pequeño hueco que quedaba entre él y la pared. Entonces dio un paso en falso, buscó el escalón con el pie y experimentó la sensación escalofriante de tambalearse al perder el equilibrio antes de empezar a caer. No supo si era su voz o la del hombre la que lanzaba aquel grito. Lo único que sintió fue que el mundo se le venía encima, que el mundo se ponía del revés, en su garganta, en su cabeza, mientras trataba de agarrarse a una barandilla, a una mano, a algo que no estaba allí.

—Caramba —exclamó Paul Landis con alegría—, ha sido una agradable sorpresa. Me alegro de que me hayas llamado esta noche. Estaba intentando relajarme un poco después de un día de perros en la oficina, y no se me ocurre mejor forma de pasar la velada que a tu lado.

Caroline sonrió pero no dijo nada. Estaba cortando la lechuga para preparar la ensalada porque así tenía las manos ocupadas, pero apenas se daba cuenta de lo que hacía. En esos momentos Eddie estaría cenando con las personas con que se había citado, y no tardaría en regresar a su hotel e irse a la cama. Quizá le costase un poco conciliar el sueño porque se preguntaría qué respuesta le daría Caroline al día siguiente. En cuanto a ella, se preguntaba cuándo conseguiría volver a dormir sin problemas.

—¿Cómo te gusta el bistec? —preguntó—. Poco hecho, ¿verdad?

—Lo menos hecho posible —contestó Paul—. ¿Te ayudo?

—No. Quédate ahí. Tómate otra copa.

Caroline terminó de preparar la ensalada y puso los bistecs al fuego, tras lo cual se sentó en el sofá cama enfrente de Paul. Encendió un cigarrillo y lo apagó casi de inmediato porque apenas notaba el sabor.

—¿Quieres que te prepare una copa? —le preguntó Paul.

—No, gracias.

—Me alegro de que cocines para mí. Hacía mucho tiempo que no comía en tu apartamento.

—Pues no soy una gran cocinera, te lo aseguro —dijo ella, y se encendió otro cigarrillo.

—Para mí sí lo eres.

Caroline le dedicó una débil sonrisa y apagó el cigarrillo en el cenicero. «Sonríe, habla, reacciona, sigue viviendo —se dijo—. Al principio tendrás que obligarte, pero al final lo harás de forma automática, como antes. La gente sobrevive, sigue adelante, no tiene otro remedio.» Se alegraba de haber invitado a Paul, porque necesitaba a alguien a quien de veras le gustase estar con ella. Su compañía era reconfortante. Tal vez si ella llorase en su hombro y le contase lo de Eddie, no se mostraría tan comprensivo ni la consolaría, e incluso podía ser que le dijese que era culpa suya. Quizá Paul no lo entendiese nunca. En cualquier caso, Caroline no podía correr ese riesgo, y en el fondo tampoco lo deseaba. Lo que le había pasado ese día era problema suyo, y tenía que afrontarlo sola. En cuanto a Paul, era su amigo, había acudido para cenar con ella, y le impediría pensar demasiado. Y ella se sentía agradecida por eso.

—Me alegro de que estuvieses en casa cuando te he llamado —dijo.

¡Qué expresión de gratitud se dibujó en el rostro de Paul! A Caroline le dolió ver cómo se le iluminaba la cara, y sintió mucho más afecto por él del que había sentido hasta entonces. Él solo quería ser bueno con ella, en todos los sentidos aceptados y respetables, y eso le bastaría.

—Te he traído un regalo de Navidad —anunció Paul metiendo la mano en el bolsillo.

Le tendió un paquetito envuelto en papel de regalo con motivos navideños de unos grandes almacenes.

—¿Puedo abrirlo ya? —preguntó ella.

—Es lo que quiero.

Caroline lo abrió y sobre una capa de algodón blanco, vio un colgante de oro grande y rectangular, que llevaba grabada una hoja de calendario del mes de diciembre, con un rubí diminuto incrustado en el día 25.

—¡Qué bonito!

—Tienes una pulsera que hace juego con él. Te la he visto.

—Es verdad. Me lo pondré enseguida.

—Lo he comprado con una segunda intención —dijo Paul.

—¿Cuál?

—He pensado que tal vez la fecha pueda tener otro significado, aparte de un día de Navidad más.

«Si tú supieras —pensó Caroline—. Quiera Dios que no vuelva a tener nunca otra Navidad como esta.»

—¿Ah, sí? ¿En qué sentido? —preguntó.

—Algo sentimental.

—Tengo que ir a dar la vuelta a los bistecs —dijo Caroline rápidamente, y se levantó—. Perdona que te interrumpa, querido, pero sé que no te gusta muy hecho.

—Eres muy hogareña —dijo Paul.

—¿Yo? —Caroline estaba inclinada junto al fogón, dando la vuelta a los bistecs, y no miró a Paul. El humo de la carne asada hizo que se le saltaran las lágrimas, o tal vez fuera por otra razón.

—Sí lo eres.

Caroline se sentó de nuevo en el sofá y miró su regalo de Navidad. Paul había sido muy considerado y generoso, como siempre. Solo pensó que no debería haberse gastado tanto dinero, pero sabía que él disfrutaba haciéndole regalos caros, y eso le hizo sentirse un poco menos culpable por no apreciar más el valor sentimental del obsequio.

—Lo que quería decir con sentimental —prosiguió Paul mirándola a los ojos— es que he pensado que quizá este año tendrías algo especial por lo que acordarte de esta Navidad.

A Caroline le dio un vuelco el corazón, y las lágrimas asomaron a sus ojos. «No sigas —pensó—. Por favor...»

—Lo que quiero decir —añadió Paul— es que me gustaría... Bueno, más vale que lo suelte de una vez. —Sonrió con cierta timidez—. Nunca he defendido a nadie en un juicio como abogado, así que no se me dan bien los discursos. Me gustaría que el día de Navidad de este año fuese la fecha de nuestro compromiso.

—Oh, Paul... —dijo Caroline con dulzura, y negó con la cabeza.

—No digas que no —repuso él con tono jovial—. No sabes lo buen partido que soy. —Y sonrió para que Caroline supiera que solo estaba frivolizando porque en realidad aquello era muy importante para él.

—Claro que lo eres —afirmó ella—. No cabe duda. Y algún día harás muy, muy feliz a una chica.

—¿Por qué no a ti? —preguntó él, sonriendo aún—. Eres mi chica favorita. Eres la única a la que de verdad quiero hacer feliz.

—Y me haces feliz —repuso ella, tratando de adoptar el mismo tono desenfadado que él e incapaz de mirarlo a la cara—. Pero no quiero casarme.

—Sí quieres.

—Algún día, sí, pero no ahora. Todavía no... no estoy preparada para casarme.

—Pues no esperes demasiado —dijo Paul.

Caroline le sonrió, y por fin pudo mirarlo a los ojos porque el último comentario la había herido lo suficiente para superar el sentimiento de culpa que le producía el haberlo rechazado.

—¿Me puedo quedar con mi regalo de Navidad?

—Supongo que sí. Puede que así cambies de idea. Todavía dispones de un día entero antes del veinticinco.

—Voy a echar un vistazo a esos bistecs —murmuró Caroline, y corrió hacia el fogón.

Paul había llevado vino además del regalo de Navidad, y se lo tomaron con la cena. Ella puso un disco, una música de jazz bulliciosa que en modo alguno le recordaría a Eddie. Había quitado su retrato del tocador y el álbum de fotos de la mesita del café. Sin embargo, no necesitaba nada para acordarse de Eddie, estaba embotada por el desconcierto y la tristeza, y era como si tuviese un pequeño motor en el cerebro que, por más que lo intentara, no conseguía apagar. Necesitaba hacer acopio de fuerzas para reaccionar, para hablar, para contestar, para actuar como un ser vivo ante Paul. Era dos personas: la Caroline que preguntaba a Paul si quería más vino, si prefería café normal o un expreso, y la Caroline que se aferraba desesperada a aquellos pensamientos sencillos como a una última tabla de salvación para que el motor que había en su cabeza no estallase.

—Hoy he tenido un caso muy interesante en el despacho —dijo Paul—. Hay una empresa del Bronx... —Clic, el motor apagó la voz de Paul. Él seguía hablando, relatando su caso, y el motor se ocupaba de ciertas funciones: sonreír, asentir, recoger la mesa, buscar un cenicero, sonreír, asentir... Y en todo momento estaba tan embotada por el dolor que no se dio cuenta de que había quitado la mesa hasta que se encontró llevando los platos del postre.

Después de cenar se sentaron en los sofás cama y bebieron mucho café, o al menos Paul, mientras Caroline tomaba unos sorbos de su taza y lo observaba y escuchaba cuando lograba concentrarse en sus palabras, y se levantaba de vez en cuando para cambiar el disco.

—¡Tienes uno de Noel Coward! —exclamó Paul, mirando por encima del hombro de Caroline—. Ponlo, me gusta.

—No; no me apetece —dijo ella. Su voz sonó apagada y distante a sus oídos. ¿De veras había hablado o solo lo había imaginado?—. Prefiero este.

—Pareces cansada —señaló Paul.

—¿Cansada? Sí, supongo que sí.

Él consultó su reloj.

—Parece mentira, pero ya son más de las doce. Ahora empiezo a sentirme relajado. ¿Tú no?

—Supongo —murmuró ella. Estaba tan tensa que sentía calambres en la espalda. Cuando sonó el teléfono que había junto a la cama, se levantó de un salto y soltó un grito ahogado.

—Desde luego, tus novios llaman a horas intempestivas —comentó Paul con tono afable.

«Eddie... —pensó Caroline—. Oh, Eddie...» Casi le daba miedo responder, temía echarse a llorar al oír su voz. Sabía que era Eddie, tenía que serlo.

—¿Diga? —dijo. Le costó un gran esfuerzo balbucear la palabra.

—¿Caroline?

No era Eddie; no sabía quién era.

—¿Sí?

—Soy David Wilder Savage.

—Ah... ¿Cómo estás?

—¿Puedes venir a mi casa enseguida? —preguntó él—. Le ha sucedido algo a Gregg.

Paul acompañó a Caroline a la dirección que David Wilder Savage le había dado. Era un edificio sin ascensor, y delante había aparcado un coche de policía negro junto a una larga ambulancia, de la que dos hombres sacaban una camilla. Caroline corrió hacia la puerta antes de que entrasen y apretó el timbre hecha un manojo de nervios.

—Está abierta —dijo Paul, y la rodeó con el brazo para conducirla al interior.

Ella corrió escaleras arriba, seguida de Paul. Ignoraba en qué planta vivía David Wilder Savage, pero lo supo en cuanto vio a la multitud apiñada en el descansillo. Se abrió paso entre la gente.

Gregg yacía en el suelo, al pie del tramo de escaleras, y parecía inconsciente. Un policía sujetó a Caroline del brazo.

—¿Qué ha pasado? —gritó ella.

—No la toque —dijo el agente—. Está muerta.

Caroline no podía creerlo. Miró estupefacta al policía y luego a Gregg.

—¡No está muerta!

David Wilder Savage estaba delante de la puerta entreabierta de su apartamento, en albornoz, y detrás de él había una chica con cara de preocupación. Eso era todo, preocupación. También llevaba un albornoz.

—Es Caroline Bender, la compañera de piso de la señorita Adams —explicó David al policía.

El agente aflojó la presión que ejercía sobre el brazo de Caroline, pero no la soltó, como si esperase a ver si cometía algún acto desesperado.

—Lo siento —le dijo.

—¿Gregg? —murmuró Caroline—. Gregg… —Se arrodilló junto a su amiga, que solo parecía inconsciente, y entonces se fijó en el extraño ángulo que formaba su cabeza. Su suave y rubia cabellera estaba extendida sobre el suelo sucio, manchado con las pisadas de la gente, y sin pensárselo dos veces Caroline tendió la mano hacia ella.

—¡No la toque! —gritó el policía, apartándola de un tirón.

—No la dejen ahí tirada —dijo Caroline—. El suelo está muy sucio. —Y entonces se echó a llorar, porque comprendió que Gregg no sabía ni le importaba si el suelo estaba sucio o no.

Había un hombre apoyado contra la pared. Tenía la cara muy pálida, como si estuviera enfermo, y parecía que se había reclinado contra la pared para no desplomarse.

—Se cayó —murmuró—. Se cayó. Salió corriendo escaleras abajo y se cayó.

—Está bien —dijo el policía—. Ya lo sabemos.

—Se cayó… —repitió el hombre, como si estuviera conmociona-
do—. Se cayó escaleras abajo. Yo creía que estaba fuera porque se había dejado las llaves.

Subieron los dos enfermeros con la camilla y la multitud se apartó a un lado. Había dos policías y algunas personas en pijama, que sin
duda eran vecinos, además del hombre que había presenciado la escena, David Wilder Savage y la chica. David rodeaba con el brazo a la
chica y no decía ni una palabra. Paul abrazó a Caroline.

—No mires —le susurró.

Caroline no pudo evitar mirar. Vio cómo los enfermeros coloca-
ban el cuerpo de Gregg en la camilla y se la llevaban escaleras abajo,
con mucho cuidado, como si aún estuviese viva. Alguien la había tapado con una sábana, y Caroline tuvo la descabellada idea de que, si
no le quitaban la sábana de la cara, se asfixiaría. Pero Gregg estaba
muerta…

—Alguien tiene que llamar a su familia —dijo. Miró a David Wilder Savage, que seguía allí plantado, en albornoz, rodeando con un
brazo a la chica en actitud protectora, como si estuvieran casados, y
de repente Caroline, aunque sabía que él no tenía la culpa de lo sucedido, lo odió con toda su alma—. Yo no sé dónde viven —dijo, mirando directamente a David—. Nunca le escribían, y ella no me lo dijo. Alguien tiene que localizar a su familia.

—Lo haremos nosotros —dijo el policía.

—Viven en Dallas —explicó Caroline.

—Los encontrarán —la tranquilizó Paul—. Ven conmigo.

Caroline seguía mirando a David. Este no había pronunciado ni
una palabra y su semblante pálido denotaba contención; cierta tristeza, cierta estupefacción, pero sobre todo contención. La chica que
estaba a su lado parecía perpleja. Debía de tener veintipocos años.
«Esa es Judy Masson», pensó Caroline, como si la conociese, y expe-

rimentó una sensación extraña, perturbadora. «¿Es que no os importa?», quiso gritarles.

—¿Eso es todo? —preguntó David Wilder Savage.

—Sí —respondió el policía. Estaba anotando algo en una libretita—. Ya pueden irse a casa.

«A casa», pensó Caroline. Dejó que Paul la alejara de allí, notando su mano cariñosa y fuerte, en el hombro. Ni siquiera se despidió, pero, cuando empezó a bajar por las escaleras, miró atrás una vez y vio que David Wilder Savage conducía a Judy Masson al interior de su apartamento, con gesto protector, y luego cerraba la puerta. «A nadie le importa nadie —se dijo Caroline—. Podríamos morirnos todos y ¿a quién le importaría? ¿De veras le importa alguien a alguien?» Cuando estuvo sentada en un taxi junto a Paul, apoyó la cabeza en el hombro de este, cerró los ojos y dejó que brotaran las lágrimas, y dio gracias por el consuelo de tener a aquel hombre a su lado.

—Iremos a tu casa —dijo Paul.

Ella apenas lo oyó. «Me negué a escuchar a Gregg —estaba pensando— cuando quiso hablarme en mitad de la noche.»

Cuando llegaron a su apartamento, el que hasta entonces había compartido con Gregg, dejó que Paul le quitara el abrigo y la condujera con delicadeza al sofá cama. Se tumbó y él le quitó los zapatos, le echó encima el abrigo como si fuera una manta y le sirvió una copa de brandy.

—Bébetelo —dijo—. Esta noche no quiero que pienses más en lo que ha pasado.

—Eres como una enfermera.

Caroline se bebió el brandy. Paul se arrodilló en el suelo junto a ella y le acarició el pelo.

—No puedes quedarte aquí esta noche —dijo.

—No...

—¿Quieres venir conmigo? Mis padres están en casa, no pasa nada.

Ella negó con la cabeza.

—Quiero quedarme aquí.

—Creo que no deberías.

—¿Te quedarás conmigo?

Por un momento Paul pareció preocupado, pero enseguida sonrió.

—Si quieres, sí, me quedaré.

—No quiero estar sola —susurró Caroline.

Paul seguía acariciándole el pelo, con delicadeza, hipnóticamente.

—No quiero que estés sola —murmuró—. Quiero cuidar de ti. Nunca tendrás que estar sola.

Caroline tenía los ojos cerrados. Apenas sabía lo que decía. Solo sabía que no quería ser como Gregg, ni siquiera quería ser como Caroline, y que no quería estar sola.

—¿Me quieres? —le preguntó—. Nunca me lo has dicho.

—Sí —contestó Paul—. Te quiero.

—¿Mucho?

—Mucho.

—Quiero que alguien me quiera —murmuró ella.

—Yo te quiero.

—¿Todavía deseas casarte conmigo?

—Sí.

—Yo también quiero casarme contigo —dijo Caroline.

Paul se incorporó y se sentó a su lado en el sofá cama. Apoyó la mejilla sobre la de ella y se quedó en silencio durante unos minutos. Luego dijo:

—Yo te haré feliz.

—Lo sé.

Entonces Paul la besó en la boca. Ella no se movió. «Feliz… —pensaba—. Feliz…» Era lo que le había dicho a Eddie. Intentó no pensar en eso, sino sosegar su mente, alisar sus asperezas como quien alisa la sábana arrugada de una cama, y no pensar en nada más que en Paul y en cómo cuidaría de ella y la querría para siempre.

—No te arrepentirás —murmuró él. Volvió a besarla, con suavidad, como se besa a un enfermo, y aun así Caroline notó el pulso en sus labios mientras intentaba mantener la mente en blanco.

Paul se tumbó a su lado en el estrecho sofá cama. Solo cabían los dos si estaban muy pegados. Él no apartó el abrigo que la cubría, sino que le rodeó la cintura por encima de la prenda y la atrajo hacia sí.

—Caroline... —dijo, y volvió a besarla en la boca.

«Eddie —pensó ella, y trató de ahuyentar aquel pensamiento—. Este es Paul, mi prometido. Mi prometido. Me quiere muchísimo. Y yo le aprecio, le aprecio mucho. Le quiero.» Mantuvo los ojos cerrados mientras Paul la besaba, esta vez con más sentimiento, y notó cómo apartaba a un lado el abrigo y le acariciaba el hombro. No se movió, ni siquiera se atrevía a respirar. Él deslizó la mano por su cintura y las costillas, debajo del pecho, y ella siguió sin moverse. Intentó pensar en lo mucho que quería a Paul; era muy bueno, atento y amable.

—¿Cómo te encuentras? —le preguntó él.

—Bien —susurró ella.

—Casémonos lo antes posible —dijo Paul—. Hace mucho que nos conocemos. He esperado durante mucho tiempo. —Le acarició el pecho y Caroline supo entonces a qué se refería él. «¡Eddie!», pensó. Acudió a su cabeza como un grito desesperado, tan fuerte y desgarrador que se preguntó si Paul lo habría oído.

«Oh, por favor... —se dijo—. Por favor, Señor, haz que todo salga bien.»

Abrió los ojos y miró a Paul. Estaba apoyado sobre un codo, acariciándole un seno con la otra mano, y la miraba a la cara con una sonrisa tierna. Vio que se había quitado las gafas; había doblado las patillas cuidadosamente antes de depositarlas en la mesita del café que había junto a la cama. Hasta entonces no lo había visto nunca sin gafas, y se quedó un poco sorprendida, porque parecía desnudo sin ellas. La cara de Paul estaba tan cerca, tan expuesta, había algo tan íntimo en ella; un cara blanca y medio ciega con los preliminares del amor. «Ese es el aspecto que tendrá cuando nos vayamos a la cama una vez casados», pensó Caroline. De pronto sintió náuseas y un temor intenso, y se incorporó de golpe.

—¿Qué te pasa, amor mío? —preguntó él.

Caroline se había tapado la cara con las manos y sacudía la cabeza. «Eddie, Eddie, Eddie...», repetía para sí, y supo entonces que era inútil seguir intentándolo con Paul.

—Por favor... —le suplicó—. Oh, por favor... Vete a casa.

—¿No quieres que me quede? Dormiré en la cama de Gregg, o en el sillón, si lo prefieres.

—Por favor, vete a casa, Paul. No te preocupes por mí. Estaré bien.

—¿Estás segura?

—Sí.

Él se levantó y se puso las gafas. Sonrió, sin sospechar nada.

—¿Quieres que te arrope antes de irme?

Ella negó con la cabeza.

—Duérmete. Te llamaré por la mañana. —Paul seguía sonriendo—. Caroline...

—¿Sí?

—Reserva la hora del almuerzo del lunes. Iremos a buscar el anillo.

Ella negó con la cabeza, pero no dijo nada. No podía decírselo a Paul esa noche. «Se lo diré mañana —pensó—, por teléfono.»

Cuando Paul se hubo marchado, Caroline se levantó despacio, como quien pone a prueba sus piernas vacilantes tras un largo período de convalecencia, y se dirigió a la puerta. La cerró con llave. Acto seguido se acercó al tocador, donde había escondido el retrato enmarcado de Eddie, y lo sacó. No era una buena foto; demasiado formal. Eddie era mucho más guapo. Sin embargo, era lo único que tenía. La dejó sobre el tocador y la miró durante largo rato. Al día siguiente tendría que comprar un poco de limpiametales para sacar brillo al marco.

No sabía cuánto tiempo llevaba sentada en el borde de la cama, con la mirada perdida. Podía llamar a Eddie en ese momento. En todo caso se verían al día siguiente y ella le diría si aceptaba su plan. Ni siquiera trataba de tomar una decisión al respecto; solo intentaba no pensar en nada. Su cerebro, que mientras Paul le hacía el amor había estado tan activo que no había logrado detenerlo, estaba ahora completamente inerte. Había parado al fin, había conseguido apagarlo. El pequeño motor había dejado de funcionar.

Ni siquiera tenía ganas de llorar. Ya había llorado y el llanto se había agotado. Las lágrimas se habían acabado, estaba embotada, seca, muerta. «Me quedaré aquí sentada para siempre —se dijo cansinamente—, y no volveré a pensar nunca más. Así todo será fácil. No pensar nunca, no moverme jamás. Si no llega nunca mañana y no he de volver a hablar con Eddie, puedo sobrevivir.» Sin embargo, la cara de Eddie, su voz, sus palabras, el significado de la pregunta que tanto temía la desgarraban de tal modo que no quería pensar en eso. No podía aceptar lo que Eddie proponía y renunciar a su vida para vivir solo una mísera parte de una vida hasta el fin de sus días. Eso sería más doloroso que cualquier otra cosa que pudiese sucederle. Solo sabía que no quería volver a sentirse tan herida como en las horas anteriores, cuando el dolor era tan agudo que su cerebro se rebelaba y se negaba a percibirlo.

El teléfono sonó cuatro veces antes de que lo descolgara, aunque estaba a escasos centímetros de su mano.

—¿Diga?

—Caroline... ¿eres tú?

—¿Quién es?

—¿Es que no lo adivinas?

—No quiero adivinarlo.

—Soy John Cassaro.

—Ah —dijo. Caroline prestó un poco más de atención, porque le sorprendía que la hubiera llamado. No sentía nada, solo sorpresa, y al menos eso era algo—. ¿Cómo me has localizado? —preguntó.

—Existe una gran institución americana conocida como guía telefónica. Y este año apareces en ella, guapa.

Caroline sonrió a su pesar.

—Vaya, no se me había ocurrido.

—Debo de haberte despertado —dijo John Cassaro con tono comprensivo.

—No... ¿Qué hora es?

—La una.

Caroline miró el reloj. Faltaban veinticinco minutos para las dos. Bueno, ¿qué más daba?

—¿Sueles llamar por teléfono de madrugada?

—A mis amigos sí.

—Ah.

—¿De veras que no te he despertado?

—No, estaba despierta —contestó Caroline.

—Por las noches me siento solo —dijo John Cassaro—. ¿A ti no te pasa?

—Sí.

—¿Qué gracia tiene recibir una llamada a plena luz del día, cuando estás ocupado? Las horas de la noche son las peores.

—Sí —repitió Caroline. Empezaba a sentirse un poco más animada. No creía ni una palabra de lo que John Cassaro decía, estaba segura de que todo era mentira, pero al mismo tiempo era verdad.

—La noche es un momento de espera —añadió él. A través del teléfono su voz era un susurro íntimo, una voz de medianoche, la de una persona sola que habla con otra—. ¿Qué haces, Caroline?

—¿Ahora?

—Sí.

—Nada —respondió ella.

—¿Estás vestida?

—Sí.

—¿Tienes una maleta, un vestido de noche y un bañador?

—Sí —contestó Caroline, desconcertada.

—Entonces mételos en la maleta y ven en taxi a mi hotel. Te esperaré abajo y pagaré al taxista. Pasaremos la Navidad en Las Vegas.

—¿Pasaremos? ¿A quién te refieres? No me incluirás a mí —dijo Caroline. Con todo, se sorprendió sonriendo por la osadía y el descaro de aquel individuo. Además, John parecía un niño travieso, como si la idea del viaje a Las Vegas se le hubiese ocurrido mientras hablaba con ella.

—Te incluyo a ti, a mí y a cuatro amigos más. No te preocupes, iremos en un vuelo regular. El avión sale a las cuatro y media, así que más vale que te des prisa.

—Las Vegas… —dijo ella.

—Mañana no tienes que trabajar, es Nochebuena. El lunes por la mañana estarás de vuelta. Además, dime: ¿tienes algo mejor que hacer en Navidad?

—No… no lo sé.

A su manera, John Cassaro trataba de convencerla; un hombre que podía tener a la mujer que quisiera con solo chasquear los dedos. ¿Qué le importaba si ella iba o no? Podía encontrar a un centenar de chicas una vez en Las Vegas. Caroline seguía sin confiar en él, pero le halagaba que la hubiese invitado, aun cuando no tenía ninguna intención de acompañarlo.

—¿Tienes algo mejor que hacer mañana por la noche? —insistió él—. ¿Colgar el calcetín de Navidad con ese tipo?

—¿Qué tipo? Y no me hables con ese descaro.

—El tipo con el que no quisiste cancelar una cita la última vez que te llamé.

—Ni siquiera me acuerdo de quién era.

—Pues yo sí —dijo John Cassaro—. Me acuerdo de todos los hombres con los que sales mejor que tú. ¿Qué clase de mujer eres? —Hablaba en un tono tan simpático que Caroline no podía enfadarse con él. Trataba de provocarla, no pretendía insultarla; su tono de voz lo dejaba bien claro. Caroline quería colgarle porque la había llamado a una hora intempestiva, con una propuesta indecorosa, pero no podía. Porque su voz era alegre, tranquilizadora, y al oírla ella pensaba: «¿Y qué le digo ahora?», y era muy divertido, y cuando él la obligaba a discutir en broma apenas se acordaba de su soledad y su dolor; era como si la providencia lo hubiese enviado para distraerla.

—No sé… —dijo—. Nunca he estado en Las Vegas.

—Por eso deberías ir. ¿Te gusta jugar? Yo suelo tener suerte.

—Estoy segura.

—Quiero que conozcas a mis amigos —prosiguió él—. Te caerán muy bien.

«John Cassaro me está pidiendo que vaya con él a Las Vegas —se dijo Caroline—. A lo mejor le gusto de verdad. Supongo que es lo que piensan todas: "Le gusto a John Cassaro", y luego no vuelven a verle el pelo. Pero me está ofreciendo tres días enteros. Eso tiene que significar algo.» En el fondo sabía que no significaba nada, que estaba buscando una explicación racional a su propuesta, porque la voz despreocupada, fascinante e inesperada de John Cassaro había obrado el milagro de levantarle el ánimo.

—Me ha animado un poco oírte —dijo—. Estaba deprimida.

—Y yo. ¿Qué tiene de bueno estar deprimido?

—Nada, supongo.

—Tienes razón. Escucha —añadió John Cassaro—, si quieres deprimirte en Las Vegas, no tengo nada que objetar. Como si quieres morirte de amargura; me da lo mismo. Pero estoy dispuesto a apostar lo que quieras a que no pasarás ni diez minutos deprimida una vez que subas al avión.

—¿Ah, no?

—¿Qué te apuestas?

—Acabas de decir que tienes suerte en el juego —le recordó Caroline.

Hubo una pausa. Caroline oyó el chasquido de un mechero y dedujo que estaba encendiendo un cigarrillo. Entonces se lo imaginó perfectamente: la cara angulosa, los ojos de expresión cándida y mirada penetrante, la boca con las comisuras ligeramente hacia arriba, y ahora con un cigarrillo. Al saber lo que estaba haciendo, logró representárselo con mayor claridad, y se preguntó si la habitación donde se encontraba estaba iluminada o en penumbra, qué llevaba puesto y con quién había estado antes de llamarla.

—Y la tengo —afirmó él.

—¿Suerte?

—Sí.

—Yo necesito suerte —dijo Caroline—. Últimamente todo me ha ido fatal.

—No puedo prometerte que vayas a tener suerte —repuso John Cassaro—, pero al menos lo pasarás bien. A veces pienso que se necesita toda la suerte del mundo solo para eso.

—Dime una cosa.

—¿Qué?

—¿Estás paseando en círculos mientras hablas por teléfono?

—¿Qué?

Caroline sonrió, a pesar de que él no podía verla.

—Nada, nada. No importa.

—Oye, Caroline…

—¿Qué?

—Ven. —John Cassaro vaciló un instante—. Por favor.

Caroline notó que algo aleteaba en su interior, muy suavemente, como una hoja al caer al suelo. Apenas lo percibió, pero experimentó una sensación muy extraña.

—Tardaré un poco en estar preparada —dijo.

La voz de John Cassaro se tornó más íntima, tranquilizadora, casi cariñosa.

—No importa. Te esperaremos.

—Muy bien —susurró ella—. Iré.

Colgó el auricular y miró la habitación como si fuese la primera vez que la veía. Iba a marcharse de allí, a huir, a escapar, cuanto antes mejor. John Cassaro la estaría esperando, y la haría reír y pensar en otras cosas. Era un payaso, era divertido, era encantador, y poseía tal atractivo que hasta podía ser que se fijara en él. John no podía impedir que recordara y pensara, pero la ayudaría. La distraería. Podía ser que incluso la salvase.

«Si alguien se enterara —pensó, preocupada—. Mis padres se llevarían un gran disgusto.» Sin embargo, durante esos tres años se había alejado tanto de ellos, la vida que llevaba y la que sus padres habían querido para ella eran tan distintas, que no podía esperar que lo entendiesen. No podía recurrir a ellos y decirles cómo se sentía en esos momentos, porque antes tendría que contarles toda la historia de su vida, y ni aun entonces llegarían a entenderlo. No tenía a nadie a quien recurrir. April se había ido, Gregg se había ido, todas se habían ido. Todas esas chicas a las que había conocido se habían desvanecido como sombras: Mary Agnes, Barbara Lemont, las compañeras de la oficina, las amigas de su ciudad. «¡Será mejor que haga la maleta, porque me marcho a Las Vegas!»

El gato de Gregg salió sigilosamente del cuarto de baño y empezó a restregarse el lomo contra el tobillo de Caroline mientras esta preparaba el equipaje. Ella se agachó para cogerlo y se lo acercó a la cara, y mientras besaba su suave pelaje pensó en Gregg. Notó en los dedos las vibraciones de su garganta al ronronear.

—Pobre gato —murmuró—. Pobre gatito. —Recordó cuando Eddie le había llenado cuidadosamente los platos de agua y comida, y volvió a sentir el embate del dolor. Alguien tendría que cuidar del gato de Gregg. Le dio un beso—. Este precioso gato callejero... —dijo, repitiendo las palabras de Eddie, y dejó al animal en el suelo. Fue a la cocina y abrió dos latas de comida para gatos. Había oído que los gatos saben racionarse el alimento, que se les podía dejar comida suficiente para tres días y que consumían justo la necesaria cada día. Repartió el contenido de las latas en dos platos y dejó otros dos con agua fresca y uno con leche. A Eddie le había gustado aquel gato. Ella tendría que cuidar de él en adelante.

El viernes por la tarde, la víspera del día de Navidad, Eddie Harris abandonó el hotel Plaza, cogió la maleta que le daba el botones y esperó en la acera un taxi para ir al aeropuerto. Consultó el reloj varias veces, porque estaba nervioso, porque llegaría con el tiempo justo para coger su vuelo, y se preguntó si tendría un momento para volver a llamar a Caroline una última vez. La había telefoneado nada más despertarse por la mañana, con la esperanza de que quisiese desayunar con él, pero ella no había contestado. Eddie había dejado sonar el timbre mucho más de lo necesario, y luego había pedido a la operadora que volviese a intentarlo. Mientras se terminaba el zumo de naranja, había pensado que debía de estar en la ducha, y por eso había vuelto a llamarla. No había obtenido respuesta. «¡Maldita sea! —había pensado—. ¿Qué demonios le pasa a esa chica? No me digas que ha ido a la oficina.» Así que la había llamado a la oficina, no enfadado con Caroline, sino consigo mismo por haber sido tan estúpido como para olvidar que podía haber ido a trabajar a pesar de que era el día de Nochebuena.

—Lo siento —le dijo la telefonista—, pero hoy no hay nadie.

—¿Y no puede llamar a algún otro número? ¿No puede averiguar si está en su despacho?

—Lo siento, señor. Solo recojo mensajes.

Eddie cayó en la cuenta de que Caroline lo habría llamado si hubiese ido a la oficina. Pensó que quizá estuviera dormida, pero no conocía a nadie con el sueño tan profundo como para no despertar con un insistente teléfono que sonaba doce veces. La llamó otra vez a mediodía, y luego a las tres. Para entonces no tenía más remedio que irse, pues de lo contrario perdería su avión, así que salió del hotel.

Para ahorrar tiempo fue en el taxi hasta el aeropuerto en lugar de ir a la estación, y cuando llegó descubrió que todavía le sobraban quince minutos. Facturó el equipaje y acto seguido se dirigió a la cabina más próxima para llamar a Caroline de nuevo. Al menos podría decirle adiós. Cuando oyó que el teléfono sonaba una y otra vez sin que nadie lo descolgara, se le ocurrió por primera vez que tal vez estuviese enferma. Quizá hubiese sufrido un ataque de apendicitis por la noche, o le hubiese atropellado un coche cuando se dirigía hacia su hotel esa mañana. Ambas posibilidades parecían ridículas, pero esas cosas pasaban. O tal vez, empezó a sospechar Eddie, estaba en casa pero no quería hablar con él.

Decidió no darle vueltas porque sabía que no conseguiría nada. Si a Caroline le había pasado algo, posibilidad extremadamente remota, acabaría enterándose, y si estaba enfadada con él, se enteraría también. Había aprendido con los años que no tenía sentido hacer conjeturas sobre hechos que ignoraba, porque al final siempre acababa averiguando lo sucedido.

Se aproximó a la máquina de tabaco para comprar un paquete de cigarrillos y se miró en el espejo que había en la parte delantera. Se acordó de la noche en que él y Caroline se habían mirado al espejo de su apartamento, después de hacer el amor. ¡Qué guapa estaba! Volvió a desearla en ese mismo instante, con una intensidad física que lo alcanzó con la velocidad del rayo. Se dirigió despacio a la puerta de embarque mirando alrededor, como si por algún motivo Caroline pudiese haber decidido ir al aeropuerto directamente y fuera a aparecer a todo correr, jadeando, para arrojarse a sus brazos. Pero sabía que no acudiría y lanzó un suspiro, y procuró no volver a pensar en dónde podía estar.

Cayó en la cuenta de que no tenía nada para leer en el avión, de modo que volvió una vez más sobre sus pasos y se dirigió al quiosco, donde compró un diario vespertino y varias revistas. Una vez en su asiento, echó un vistazo a los titulares del periódico doblado y luego le dio la vuelta. Trató de concentrarse en la lectura. El gobierno había emprendido una campaña contra las revistas sensacionalistas: «Ya era hora», pensó Eddie. En la parte inferior de la portada había una fotografía de John Cassaro con una chica. Acababan de entregarle una citación para que acudiera a declarar ante un tribunal.

Había algo en aquella chica que hizo a Eddie mirarla con más atención. Era guapa, con el pelo oscuro, la cara muy blanca y los ojos enormes, con una expresión aterrorizada. Se dio cuenta de que se parecía mucho a Caroline. Tal vez a partir de entonces pensaría que todas las chicas se parecían mucho a Caroline. Sonrió y leyó el pie de foto. «John Cassaro con una editora de Fabian.»

La historia se narraba en la columna que había al lado. Al principio no sospechó nada; simplemente decidió leerla por encima para saber quién era esa editora de Fabian. Entonces dejó de sonreír.

Junto a Cassaro, en el lujoso hotel Pharaoh, estaba Caroline Bender, la atractiva editora de Fabian, de veinticuatro años, que trabaja para la empresa que publica *Unveiled*. Cuando un periodista le preguntó si la señorita Bender estaba recopilando más material para un nuevo reportaje en *Unveiled*, Cassaro respondió a puñetazo limpio y tuvo que ser reducido por dos de sus amigos. Cassaro aseguró más tarde que era «una vieja amiga». La señorita Bender rehusó hacer comentarios y posar para los fotógrafos, y se encerró en su habitación, contigua a la de Cassaro.

«¡Maldita sea!», pensó Eddie. Aún no acababa creerlo; era como estar seguro de que alguien se encontraba a escasas manzanas de distancia y averiguar de repente que en realidad no era así, que estaba en Marte. ¿Qué mosca le habría picado para largarse con Cassaro?

Los motores dejaron de zumbar en ese momento y enseguida arrancaron de nuevo cuando el avión comenzó a deslizarse por la pista de despegue a toda velocidad. Eddie permaneció en su asiento, con el cinturón abrochado, y examinó la foto de Caroline. Era ella, no había ninguna duda. Hasta en la foto podía verse que tenía los ojos claros, azules. Se acordó de lo azules que eran, y de sus párpados cuando los cerraba, y de lo oscuras y espesas que eran sus pestañas. ¡Cielo santo, se estaba acostando con aquel tipo! ¿Qué la habría impulsado a hacer algo así? Eddie miró la foto con más detenimiento. Caroline llevaba un vestido de escote en pico y, colgado del cuello, el minúsculo corazón de oro que él le había regalado la semana anterior. Todavía lo llevaba. Lo llevaba cuando se había ido con Cassaro.

No entendía qué impulsaba a las mujeres a comportarse como lo hacían. Muy bien, John Cassaro era famoso, pero Caroline conocía a muchos famosos, era su trabajo. No era ninguna colegiala obsesionada con las estrellas de cine. Era una buena chica, sensata e inteligente, amable, cariñosa. Cariñosa… Eddie tragó saliva. Estaba un poco mareado. Acababa de apagarse la luz de la señal de «Prohibido fumar», así que encendió un cigarrillo y dio una fuerte calada. Veía la ciudad más allá del ala, mucho más abajo, los rascacielos como maquetas a escala sobre una mesa. Cariñosa… «Me dijo que no vendría a Dallas conmigo, y va y se larga con John Cassaro. Caroline…»

«Bueno —se dijo Eddie—, supongo que en el fondo no la conocía tan bien como creía. Tres años es mucho tiempo. Creía saberlo todo de ella. Era la mujer a la que había querido durante mucho tiempo, y creía conocerla de veras.»

Dobló el periódico. Ya no le apetecía seguir leyendo. Cuando la azafata pasase por el pasillo, le pediría que le sirviera una copa. Era una de las ventajas de volar en primera clase: podía tomarse un buen trago. Y no tardaría en estar en casa. Al día siguiente celebraría la Navidad con Helen y la niña. Había comprado a Helen un chaquetón de visón, el primer regalo verdaderamente caro que hacía a una mujer; al día siguiente ella se llevaría una sorpresa. Seguro que se pondría loca de alegría. «Mi esposa», pensó Eddie. Era agradable poder regalar a la esposa un abrigo de piel, o solo un chaquetón. Era como constatar que ibas por el buen camino. Veías el futuro, planificado, seguro, un futuro cada vez mejor a medida que pasaban los años. Era curioso, pero, ahora que se dirigía de vuelta a casa, la echaba de menos.

—Señorita… ¿Podría servirme un whisky con hielo? Que sea doble.

Nunca llegaría a entender lo de Caroline. Ni siquiera estaba dispuesto a intentarlo. Nunca se sabía lo que iba a hacer una mujer y, una vez que lo había hecho, era imposible encontrar una explicación lógica a sus actos porque, seguramente, ella tampoco sabía qué la había impulsado a actuar. ¡John Cassaro! ¡Uno de los donjuanes con peor fama de Hollywood! Santo cielo. Ahora Caroline también sería famosa: la chica que estuvo con John Cassaro en Las Vegas. Eddie meneó la cabeza.

«De buena te has librado, amigo mío —se dijo—. Tal vez hayas tenido suerte. No habría funcionado; has pecado de romántico. Ahora sabes cómo son las cosas. Tú elegiste en su día, y fue una buena elección. La vida es sencilla… aunque a veces nos empeñemos en complicar las cosas.»

Epílogo

L a forma en que todo sucedió es como una novela. Yo era una joven aspirante a novelista en el Nueva York de la década de los cincuenta que llevaba practicando el difícil arte de escribir desde los dos años y medio. Cuando cumplí los nueve, empecé a enviar mis cuentos a *The New Yorker*, y la revista me los devolvía una y otra vez: los editores creían que era una adulta que no sabía escribir.

Tras graduarme en Radcliffe a los diecinueve años, me puse a trabajar en una editorial, Fawcett Publications, en la que permanecí durante casi cuatro años y donde ascendí de administrativa a editora adjunta. En esa época conseguí publicar varios relatos en revistas nacionales, hasta que dejé mi trabajo para dedicarme en exclusiva a la escritura con la esperanza de terminar una novela. No tenía dinero y todavía vivía en casa de mis padres.

Un día fui a las oficinas de Simon & Schuster para visitar a una amiga de la universidad, Phyllis Levy, que era la secretaria del director editorial, Jack Goodman. Dio la casualidad de que Jerry Wald, el famoso productor de Hollywood, estaba allí en aquel momento, en una reunión con el jefe de mi amiga. Goodman le dijo a Wald: «Rona va a escribir una novela sensacional algún día».

«Y nosotros se la publicaremos», añadió Phyllis.

Wald, que había ido a Nueva York en busca de nuevo material, dijo: «Estoy buscando algo así como una *Kitty-Foyle* moderna, un libro sobre mujeres jóvenes que trabajan en Nueva York». Por curiosidad, fui a la biblioteca y me leí la novela de Christopher Morley, que había sido adaptada al cine en 1940, con Ginger Rogers. Me pareció una tontería. Me dije: «Este hombre no sabe nada sobre las mujeres. Yo sí sé cómo somos las mujeres. Y trabajo en una oficina». Aun así, me olvidé del tema, hasta que Phyllis y yo fuimos a Hollywood de vacaciones y Jerry nos invitó a almorzar. Quise decirle algo interesante, así que se me ocurrió comentar, como si tal cosa: «Voy a escribir ese libro sobre mujeres que trabajan en Nueva York». Y él me contestó que él lo produciría.

En el tren de vuelta de California, ya cerca de Nueva York, tuve la visión que da comienzo al libro: «cientos y cientos de mujeres» que se dirigen andando al trabajo. El título también se me ocurrió esa misma mañana; me acordé de una frase del anuncio de una oferta de empleo del *New York Times* que empezaba diciendo: «Te mereces lo mejor».

Yo no sabía si las cosas que nos pasaban a mis amigas y a mí eran raras o no, así que me entrevisté con cincuenta mujeres para ver si habían tenido las mismas experiencias con los hombres, con el trabajo y con todas las cosas de las que nadie hablaba en público porque eran de mal gusto. Por aquel entonces, las jóvenes no hablaban de la posibilidad de no ser virgen, ni de si salían o no con hombres casados. Tampoco se hablaba del aborto. No se hablaba del acoso sexual, que en aquella época no tenía un nombre específico. Sin embargo, después de entrevistar a esas mujeres, me di cuenta de que todos esos temas también formaban parte de sus vidas. Pensé que si era capaz de ayudar aunque fuese a una sola muchacha que, encerrada en su minúsculo apartamento, sintiese que estaba completamente sola y que era una chica mala, entonces el libro habría valido la pena. No tenía ni idea de que llegaría a tocar la fibra sensible de tantos millones de mujeres.

Jack Goodman murió de repente de un ataque al corazón, y lo sustituyó la joven promesa de Simon & Schuster, Robert Gottlieb, quien me dijo que investigase y escribiese, y eso fue lo que hice. Hablábamos por teléfono con regularidad, y yo le decía en qué iba a trabajar ese día en concreto. Mientras tanto, Jerry había puesto en marcha una colosal campaña publicitaria para un libro que yo ni siquiera había escrito y él ni siquiera había leído, así que fue una época un poco surrealista y de muchísima ansiedad.

Escribí, de forma obsesiva, todos los días durante cinco meses y cinco días, hasta que el manuscrito de 775 páginas estuvo terminado y los dos dedos que usaba para teclear me sangraban debajo de las uñas. Me sentí muy orgullosa de que mi editor no hiciese más revisiones que las necesarias para comprobar la gramática y la ortografía. Como yo no había hecho ninguna copia con papel carbón —y como en aquel entonces no había fotocopiadoras—, tuvieron que enviar el manuscrito a un servicio de mecanografía para hacer copias. Tuve el primer indicio de que el libro iba a ser un éxito cuando hablé con las mecanógrafas encargadas de copiarlo que habían conseguido mi número de teléfono. Como el editor tenía mucha prisa, tuvieron que contratar a un equipo de mecanógrafas y dar a una solo una parte de la novela para que la copiasen. Los capítulos en los que estaban trabajando las habían atrapado de tal manera que no podían esperar a que el libro estuviese terminado para averiguar qué sucedía a continuación. Así que, en vez de esperar, me llamaban a mí. Fue en ese momento cuando pensé: «He aquí mi público».

El libro se publicó menos de un año después de que me marchara de la casa de mis padres, de que me fuese a vivir a mi propio piso y lo empezase. Tenía veintiséis años.

En cuanto se publicó *Lo mejor de la vida*, fue un éxito de ventas apabullante. Las sesiones para firmar libros se llenaban de mujeres que, con su gastado ejemplar en la mano, se me acercaban pidiéndome que se lo dedicara «a las chicas de la planta cuarenta y nueve». To-davía hoy hay mujeres que se me acercan y me dicen que el libro les cambió la vida. Después de leerlo, decidieron venir a Nueva York y trabajar en el mundillo editorial. La verdad es que eso me dejaba bas-tante perpleja, porque hasta entonces había creído que la moraleja de *Lo mejor de la vida* más bien prevenía contra eso, aunque, por su-puesto, una vida emocionante, por difícil que sea, siempre es mucho mejor que una vida aburrida, aunque te cambie para siempre.

Se dio tanta publicidad al libro y todo sucedió tan rápido que la situación me parecía del todo irreal. En los periódicos aparecían fo-tos y entrevistas mías a todas horas, y hasta me enviaron a Hollywood varias veces para que colaborara en la realización de la película. Cuando me detenía ante una librería, miraba en el escaparate los ejemplares de mi primera novela, con mi foto en la portada, y me pre-guntaba qué pensaría yo de aquella persona tan súbitamente célebre si no fuese ella. Lo único que estaba claro era que me había converti-do en una escritora profesional con una carrera por delante.

La sinceridad que transpiraban las páginas de *Lo mejor de la vida* sirvió para allanar el camino a otras autoras. Y en muchos sentidos eso resulta tan relevante hoy como lo fue entonces. Algunas cosas han seguido siendo como eran y otras han vuelto. *Lo mejor de la vida* es un documento sociológico, pero también habla del cambio: de có-mo cambian nuestros sueños, de cómo cambia nuestra vida, de cómo todo cuanto nos sucede nos cambia…

Y eso no cambia.

Rona Jaffe

2005